सीधा-सादा रास्ता

सीधा-सादा रास्ता

रांगेय राघव

राधाकृष्ण प्रकाशन

ISBN : 978-81-7119-811-5

सीधा-सादा रास्ता

पहला संस्करण : 1967
पहला राधाकृष्ण संस्करण : 2002
चौथा संस्करण : 2018

मूल्य : ₹895

प्रकाशक
राधाकृष्ण प्रकाशन प्राइवेट लिमिटेड
जी-17, जगतपुरी, दिल्ली-110 051

शाखाएँ : अशोक राजपथ, साइंस कॉलेज के सामने, पटना-800 006
पहली मंजिल, दरबारी बिल्डिंग, महात्मा गांधी मार्ग, इलाहाबाद-211 001
36 ए, शेक्सपियर सरणी, कोलकाता-700 017

वेबसाइट : www.radhakrishnaprakashan.com
ई-मेल : info@radhakrishnaprakashan.com

मुद्रक
बी.के. ऑफसेट
नवीन शाहदरा, दिल्ली-110 032

SIDHA-SADA RASTA
Novel by Dr. Rangeya Raghav

टेढ़े-मेढ़े रास्ते
पर
भटकने और भटकाने
वालों को

दो शब्द

प्रस्तुत उपन्यास अपने ढंग की नई चीज़ है। मैंने भी भगवतीचरण वर्मा के उपन्यास 'टेढ़े-मेढ़े रास्ते' के आगे इसे लिखा है। मेरा उपन्यास अपने आप में स्वतन्त्र है। इसका केवल एक सम्बन्ध अपने पूर्ववर्ती उपन्यास से है कि मेरे पात्र, उनकी परिस्थितियाँ, सामाजिक व्यवहार, घर भूगोल, सम्पत्ति सब वही हैं जो 'टेढ़े-मेढ़े रास्ते' में हैं। कहानी अब आगे चलती है। इन पात्रों का अतीत 'टेढ़े-मेढ़े रास्ते' की कहानी है, वह सब गुज़र चुका है। जब उसकी आवश्यकता पड़ती है तो वह चिन्तन बनता है, पूर्वस्मृति बनती है।

मैं नहीं कह सकता कि मैंने पहले उपन्यास का उत्तर लिखा है। किन्हीं विशेष पात्रों, परिस्थितियों का वर्माजी ने अपने अनुकूल एक विशेष चित्रण किया है। मैं समझता हूँ, उसमें कुछ विकृतियाँ हैं। मेरी राय में इन्हीं पात्रों का असली चित्रण नहीं हुआ। वह अब मैंने अपने अनुकूल किया है। वह विचारों का संघर्ष है। मैंने एक बात का विशेष ध्यान रखा है। जैसा जो वर्माजी का पात्र है, उसको मैंने वैसे ही लिया है, पर वर्माजी ने चित्र का एक पहलू दिखाया है, मैंने दूसरा भी। जैसे ऐतिहासिक पात्रों पर कोई भी अपने विचारों के अनुसार लिखता है, वैसे ही मैंने भी प्रयोग किया है। साहित्यिकों पर मैं विस्तार से नहीं गया हूँ क्योंकि उसमें व्यक्तिगत बातें आने का भय था।

मित्रों ने राय दी कि 'टेढ़े-मेढ़े रास्ते' के बारे में भी पाठक को थोड़ा ज्ञान करा देना आवश्यक है। अतः वर्माजी के उपन्यास का परिचय देने के लिए मैंने डॉ. रामविलास शर्मा की आलोचना को पुस्तक में जोड़ दिया है। उन्होंने अच्छी ही लिखी है।

मैं वर्माजी तथा शर्माजी दोनों को धन्यवाद देता हूँ। वर्माजी ने एक भूमि देखी। शर्माजी ने उनके वर्णन को गलत कहा। जो मैंने जाकर देखा, वह उपस्थित है।

–रांगेय राघव

प्रस्तावना

टेढ़े-मेढ़े रास्ते

डॉ. रामविलास शर्मा

बॉम्बे टाकीज़ के भूतपूर्व कथाकार और हिन्दी 'नेशनल हेराल्ड' (यानी 'नवजीवन') के मौजूदा सम्पादक श्री भगवतीचरण वर्मा का उपन्यास 'टेढ़े-मेढ़े रास्ते' लीडर प्रेस से छपकर निकला है; जिस प्रेस पर कभी उदारपन्थियों का कब्जा था और अब जो बिड़ला-मोनोपली की लपेट में आ चुका है,* उपन्यास को समझने के लिए इन सब बातों को याद रखना जरूरी है। आप बहुत जगह लोगों को अपने अन्तर्द्वन्द्व से परेशान पागलों का-सा अभिनय करते पाएँगे, या मुँह पर नकाब डाले पिस्तौल ताने देखेंगे। आप खामखाह हैरत में पड़ जाएँगे, अगर आप यह याद न रखेंगे कि श्री भगवतीचरण वर्मा बॉम्बे टाकीज़ के असफल कथाकार रह चुके हैं। मुमकिन है, आपने वर्माजी की 'बॉय एक पेग और' वाली कहानियाँ पढ़ी हों। 'तीनों वर्ष' के व्हिस्की के दौर याद हों या किसी ताल्लुकेदार को समर्पित की हुई उनकी किताब देखी हो, तो इस नए उपन्यास में उन्हें, अहिंसा और नैतिकता का उपदेश-पर-उपदेश झाड़ते देखकर शायद फिर आप कुछ परेशानी में पड़ जाएँ—परेशानी में इसलिए कि ऐसा आकस्मिक हृदय परिवर्तन स्वास्थ्य के लिए अच्छा नहीं होता, तो इस परेशानी से बचने के लिए आप उनका 'नवजीवन' सम्पादक होना न भूलें क्योंकि अपनी अहिंसात्मक पत्रकार कला की मश्क उन्हें टेढ़े-मेढ़े रास्तों से होकर पूरी करनी पड़ती है। आपकी नज़रों से यह भी छिपा न रहेगा कि वर्माजी ने टेढ़े-मेढ़े रास्तों का टेढ़ा-मेढ़ापन ही नहीं दिखाया बल्कि सीधे रास्तों को भी टेढ़ा कर दिया है। यह कमाल दिन पर दिन आपको उन पुस्तकों में निखरता हुआ दिखाई देगा जो बिड़ला-मोनोपली की कृपा से साहित्य जगत् में प्रकट होंगी।

कई पाठकों ने यह उपन्यास पढ़ने पर मुझसे सवाल किया कि वर्माजी आख़िर किस रास्ते को सही समझते हैं; उनकी राय से किस राह पर चलकर आदमी मंजिले मक़सूद तक पहुँच सकता है। हर पाठक को चाहिए भी कि उपन्यास ख़त्म करने पर वह अपने से यह पूछे कि लेखक किस रास्ते पर चलने का इशारा करता है। अगर उसको अपने

* मैं इससे सहमत नहीं हूँ। वर्माजी का उपन्यास पहलेवाले मालिकों के समय में छपा था।

सवाल का साफ-साफ जवाब न मिले तो उसे वर्माजी को उनकी सफलता पर बधाई देनी चाहिए। पर उनका ध्येय सही रास्ता दिखाना नहीं है बल्कि पाठक को टेढ़े-मेढ़े रास्तों में भटकाना है और इस तरह भटकाना है, इस होशियारी से और उसके बिना जाने हुए कि उसे रास्ते पर चलने से ही नफ़रत हो जाए, वह अपने मकसद तक पहुँचने की तरफ़ से निराश हो जाए। यानी लेखक का उद्‌देश्य जीवन के प्रति विश्वास डिगाना है; सामाजिक परिवर्तन में आस्था का खंडन करना है; जनवादी क्रान्ति और वर्गहीन समाज की रचना की तरफ से मन फेरकर आदमी को दुश्मन के सामने लाचार और अपाहिज बना देना है।

संवत् 2003 विक्रमी में इस तरह के उपन्यास की रचना क्यों की जा रही है, इसका भेद भी साफ है। आज हिन्दुस्तान की जनता पूँजीवादी व्यवस्था से आजिज़ आकर, जनवादी क्रान्ति की तैयारी कर रही है, वह अपने लड़ाकू वर्ग संगठन बना रही है जिससे कि वह अपने दुश्मनों से एकजुट होकर लड़ सके। पूँजीवादी समाज के ठेकेदारों का सिंहासन डोल रहा है। इसलिए 'कला' और 'संस्कृति' के चौकीदार—लेखक—जो कल तक दारू और व्यभिचार की कहानियाँ लिखते थे—अचानक विनोबा भावे बनकर 'क्रान्ति नहीं, समाजवाद नहीं, शुद्ध भारतीयता, शुद्ध अहिंसा' के नारे लगाने शुरू कर देते हैं। पूँजीवादी प्रेस किस तरह की विचार-स्वाधीनता का हामी है, वह किस तरह की कला और संस्कृति का रक्षक है, यह 'टेढ़े-मेढ़े रास्ते' से ज़ाहिर है। यह एक गुलाम-प्रेस की गुलाम-रचना है, जो हमारे स्वाधीनता-आन्दोलन की तमाम परम्पराओं पर कीचड़ उछालती है।

इस उपन्यास में नैतिक साधनों को लेकर, अहिंसा को लेकर, अहम्मन्यता और पाशविकता से ऊपर उठने को लेकर, बड़ी लम्बी-चौड़ी बातें कही गई हैं। अगर वह सब उपदेश एक जगह इकट्ठा करके छाप दिया जाए तो पता लगाना मुश्किल हो जाएगा कि उसे खुद वर्माजी ने लिखा है या गांधीजी की रचनाओं से नकल कर लिया है।

लेकिन इतना द्वेष, भेद, ईर्ष्या और अहंकार आपको हिन्दी की किसी दूसरी रचना में न मिलेगा। इसमें अहिंसावादी लेखक हर जगह गन्दे-से-गन्दा कीचड़ उछालता दिखाई देता है; वह अपने प्रतिस्पर्धियों को नीचा दिखाने के लिए हर मुमकिन तरीके से उनके खिलाफ़ नफ़रत उभारने की कोशिश करता है। उनका ख़ाका खींचते हुए उनके पिचके गाल और कीचड़ बहाती हुई आँखों का ज़िक्र करके उनकी 'आत्मिक कुरूपता' (पृ. 249) की बात करने में नहीं हिचकिचाता। निस्सन्देह उसने खुद अपने को आत्मिक रूप का ऐसा अवतार मान लिया है कि उसे किसी वर्ग, किसी दल, किसी विचारधारा पर कीचड़ उछालने में आगा-पीछा नहीं होता। कीनापरस्ती की यह मिसाल बेजोड़ है।

दो आदमियों पर कीचड़ जरूर नहीं उछाला गया। ये हैं पं. रामनाथ तिवारी बड़ी रियासत के छोटे ताल्लुकेदार और पं. मार्कंडेय मिश्र जो लेखक की तरफ से अहिंसा की वकालत करते हैं। इन पर कीचड़ क्यों नहीं उछाला गया, यह आगे स्पष्ट हो जाएगा।

कहानी बहुत सीधी है। एक राजा के तीन लड़के थे। एक कांग्रेसी हो गया; दूसरा कम्युनिस्ट और तीसरा क्रान्तिकारी (आतंकवादी)। कांग्रेसी ने आखिर कांग्रेस छोड़ दी क्योंकि वह नगर कांग्रेस का सभापति न चुना गया। क्रान्तिकारी ने मुख़बिरी के लिए राजी होकर फिर विचार बदले और अपनी प्रेमिका के हाथ से जहर लेकर खा लिया। कम्युनिस्ट, पुलिस के पीछे पड़ने पर, हिन्दुस्तान छोड़कर बाहर चला गया। तीनों के बाप राजा साहब अपने राजत्व में और भी महान् होकर पर्दा गिरने के वक्त स्टेज पर खड़े रहे।

इन तीनों पात्रों के सहारे श्री भगवतीचरण वर्मा ने, राष्ट्रीय आन्दोलन पर जो विचार प्रकट किए हैं और लगे हाथ हिन्दी लेखकों को भी जो लपेट लिया है, उस पर कुछ विस्तार से विचार करना जरूरी है।

पहले कांग्रेस और राष्ट्रीय आन्दोलन को लीजिए। वर्माजी सन् 1930 के आन्दोलन का चित्रण कर रहे हैं। उस आन्दोलन के दृश्य अभी हजारों पाठकों को याद होंगे। प्रेमचन्द की कोई मामूली कहानी उठा लीजिए। उसमें आप जनता के उत्साह और संघर्ष की जैसी सच्ची तस्वीर पाएँगे, वैसी इस मोटे पोथे में कहीं आपको न मिलेगी। बावजूद भारतीयता का राग अलापने में श्री भगवतीचरण वर्मा को उस आन्दोलन के नेता सब स्वार्थी और जनता रुपयों के बल खरीदी हुई भेड़-बकरी जैसी ही नज़र आई है। सरकार का मुक़ाबला करने के लिए आदमी नहीं मिलते, इसीलिए दयानाथ इस नतीजे पर पहुँचता है कि 'देश अभी स्वतन्त्र होने के लिए तैयार नहीं है।' दयानाथ के मुँह से यह बात कहलाकर लेखक ने दिखा दिया है कि हिन्दुस्तान की जनता की तरफ उसका रवैया अंग्रेज साम्राज्यवादियों से कितना मिलता-जुलता है। और इस दलील को वहाँ बैठा हुआ कोई भी कांग्रेसी नहीं काटता। उलटा मार्कंडेय—जो अहिंसा का सबसे बड़ा उपदेशक है—यह सुझाव पेश करता है कि लोगों को 'जेल जाने के काम पर नौकर' रखा जाए (पृ. 24)। (मानो जेल जानेवाली जनता भी किसी ईमान-फरोश उपन्यासकार की तरह खरीदी जा सकती है!) मार्कंडेय इतिहास की दुहाई देकर कहता है कि सारी दुनिया में ऐसा ही होता है, "और इसलिए अगर कांग्रेस मजबूरी की हालत में तनख़्वाह देकर लड़ने के लिए सिपाही रखती है तो इसमें हर्ज ही क्या है?" (पृ. 25)। यह प्रस्ताव बहुमत से पास भी हो जाता है।

जिन सैकड़ों देश-प्रेमियों ने लाठियों के वार सहे, जिन पर पुलिस ने घोड़े दौड़ाए, जिन्होंने जेल में अनेक यातनाएँ सहीं, उनके त्याग और बलिदान पर श्री भगवतीचरण वर्मा की यह टिप्पणी है! उनका दिमाग़ी दिवालियापन, उनका नैतिक खोखलापन इसी से ज़ाहिर है। जो अपनी जुझारू जनता पर इस तरह कीचड़ उछाल सकता है, उसके लिए कोई भी झूठ, कोई भी कुकृत्य, कोई भी साहित्यिक फरेब त्याज्य नहीं हो सकता।

आज़ादी के आन्दोलन पर श्री भगवतीचरण वर्मा ने एक बार नहीं कई बार थूका है, जिससे आप यह भूल न जाएँ कि वह मिस मेयो की मानसिक सन्तान हैं। पृ. 308 देखिए। रामभरोसे कह रहा है, "गिरफ्तार होने के लिए आदमियों की कमी नहीं है,

हज़ार-दो हज़ार जितने आदमी चाहें, गिरफ्तार होने के लिए तैयार हैं।'' दयानाथ ताज्जुब करता है कि इतने आदमी कहाँ से मिल गए और लाला रामकिशोर जवाब देते हैं, ''इसमें ताज्जुब की क्या बात है ? हिन्दुस्तान में गरीबों और बेकारों की कमी नहीं, उनको रुपए दो और स्वयंसेवक बनाओ।''

बात स्वयंसेवकों की ही नहीं है। लेखक की दृष्टि में 'जनता' एक घृणित वस्तु का नाम है, जिससे सभ्य और सुसंस्कृत व्यक्तियों को दूर रहना चाहिए। यह एक ऐसा मसला है, जिस पर उपन्यास के सभी पात्र एकमत हैं। देखिए पहले तीनों सन्तानों के पिता पं. रामनाथ तिवारी क्या कहते हैं, ''और जनता ? यह अपढ़, मूर्ख और कंगाल जनता ? किसी के भी बरगलाने में यह जनता आ सकती है। इसके माने यह है कि जो जितना ही मक्कार, चालाक और बेईमान होगा, वही इनका प्रतिनिधि बन सकेगा। और इनका प्रतिनिधि बनकर शासन कर सकेगा !'' (पृ. 52)

बिल्कुल यही तर्क उपन्यास के आदर्श, अहिंसावादी पात्र मार्कंडेय से भी सुन लीजिए। कहता है, ''तुम्हारा यह बहुमत वास्तव में अल्पमत है, क्योंकि यह बहुमत केवल साधन है, कर्ता नहीं है। कर्ता कुछ थोड़े से इने-गिने लोग हैं जिन्हें 'नेता' कहा जाता है, बहुमत इन्हीं थोड़े से नेताओं के इशारे पर भेड़-बकरियों की तरह चलता है।'' (पृ. 350)

इस तरह बहुमत का मज़ाक उड़ाने का उद्देश्य क्या है ? इसका एक ही उद्देश्य हो सकता है कि जनता को भेड़-बकरी की संज्ञा देकर, अल्पमत में आस्था पैदा की जाए। यही फैसिज्म की विचारधारा का स्रोत भी है।

कांग्रेसी दयानाथ कहता है, ''मैं वास्तव में अनुभव करता हूँ कि अधिकांश मनुष्य ऐसे नहीं हैं, जिनके साथ मैं बराबरी से मिल सकूँ। उनमें बेईमानी है, उनमें बेवक़ूफ़ी है, उनमें संस्कृति, शिष्टता और सभ्यता का अभाव है !'' (पृ. 461)

एक बार आगे भी वह कहता है, ''मैंने यह नहीं सोचा था कि इन पशुओं के साथ काम करने के लिए स्वयं पशु बन जाना पड़ेगा।'' (पृ. 516)

और पात्रों के मुँह से भी हिन्दुस्तान की जनता को मूर्ख, भेड़-बकरी, कीड़े वग़ैरह कहलाया गया है, लेकिन किसी को भ्रम न रह जाए इसलिए, लेखक ने खुद भी कलकत्ते के मजदूरों के बारे में अपनी राय जाहिर कर दी है। मजदूर मशीनें चलाते हैं, 'भावनाहीन, चेतनाहीन।' काम से लौटने पर ताड़ी-शराब पीकर वे अपने बीवी-बच्चों को पीटते हैं या एक कोने में पड़कर सो जाते हैं (पृ. 61)। उनमें कहीं भी मानवीय चेतना, आज़ादी से जीवन बिताने की आकांक्षा, संगठन करने और लड़ने की क्षमता श्री भगवतीचरण को नहीं दिखाई देती। यहाँ तो जड़ता का ही दूसरा नाम जनता है। उसके आज़ाद होने की कहीं भी सम्भावना नहीं दिखाई गई। बल्कि मनोविज्ञान से यह पेशबन्दी भी कर दी गई है कि अगर यह 'भावनाहीन, चेतनाहीन' समुदाय कभी क्रान्ति कर भी बैठे तो उससे शोषण का अन्त न होगा।

अहिंसावादी मार्कंडेय क्रान्ति के खिलाफ यह अनमोल तर्क पेश करता है, ''इन

बूर्जुआ लोगों को मिटाने के बाद, मिटानेवाले लोग शोषक बन जाएँगे और मिटनेवाले उत्पीड़ित बन जाएँगे, मनोविज्ञान तो यह कहता है। आख़िर उत्पीड़न है क्या ? सबल का निर्बल से बेजा फायदा उठाने की कोशिश करना! मारनेवाला सबल है। मारा जानेवाला निर्बल है।'' (पृ. 350)

कैसी सुघड़ दलील है! निर्बल पूँजीपतियों की रक्षा करने के लिए कैसी तीव्र संवेदना है! जब तक क्रान्ति नहीं होती, तब तक तो जनता भेड़-बकरी है ही ! उसे हम छककर गाली देंगे। जब क्रान्ति से वह पूँजीवादी आस्था व्यवस्था को उलट देगी, तब हम उसे शोषक कहेंगे और मनोविज्ञान से सिद्ध कर देंगे कि इसका फल भूतपूर्व शोषितों के लिए अच्छा न होगा। आखिर समाज में शोषकों और शोषितों के अलावा और कोई तीसरा तो हो नहीं सकता! यह मनोविज्ञान की किसी भी पोथी में नहीं लिखा है कि मानव-समाज शोषणहीन भी हो सकता है। इसलिए यह हाय-हत्या क्यों? सभी रास्ते टेढ़े-मेढ़े हैं। फिर बरगद की छाँह में चुपचाप बैठकर क्यों न सुस्ताया जाए!

देश के नौजवानों और विद्यार्थियों पर श्री भगवतीचरण को इससे ज्यादा आस्था नहीं है। इन्हीं के बीच में आतंकवाद पनपा था। लेकिन देखिए आतंकवादी नेता ही देश के तरुणों को क्या समझते हैं। क्रान्तिकारिणी प्रतिभा कहती है, ''हमारे देश के नवयुवक नपुंसक और कायर हैं; न उनमें साहस है और न उनमें स्वाभिमान है !'' (पृ. 72)

स्वयं क्रान्तिकारी नेताओं का मनोबल टूटा हुआ है, उनकी गिनती हत्यारों और डाकुओं के साथ की गई है। पं. रामनाथ कहते हैं कि उनमें 'चरित्र का अभाव' है क्योंकि 'क्रान्तिकारी युद्ध नहीं करता--वह हत्या करता है !' (पृ. 220) बिल्कुल वही दलील जो अंग्रेज साम्राज्यवादी दिया करते थे और जिसे बाबू भगवतीचरण ने ज्यों का त्यों उतार लिया है। क्रान्तिकारिणी वीणा इस बात का जबाव नहीं देती, उलटा पं. रामनाथ से पूछती है, ''ठीक क्या है ?''

दूसरा आतंकवादी नेता प्रभाकर उर्फ मनमोहन अपने जीवन को कृत्रिम बताता है। वह कहता है कि ''मेरी आत्मा संकुचित हो गई है। और रही वीरता...वहाँ भी...(पृ. 275) यानी लेखक ने खुद आतंकवादियों से वही बातें कहलाई हैं, जिन्हें पं. रामनाथ तिवारी—सामन्तवाद के प्रतिनिधि—कह चुके हैं। आगे चलकर मनमोहन कहता है कि हम छिपकर काम करते हैं, यह इसलिए कि डरते हैं। डरना कायरता है। और भी—''हमारी ज़िन्दगी सच्ची नहीं, सीधी नहीं। हमारा अस्तित्व एक भयानक झूठ है।'' वह समझता है कि आतंकवादी कार्यों से मनुष्यता का पतन होता है। (पृ. 276-77)

आजाद और भगतसिंह की परम्परा की यह तस्वीर इस टुटपुँजिए उपन्यासकार ने दी है, उसने क्रान्तिकारियों को चोर, डाकू, कायर और मनुष्यता से गिरा हुआ दिखाया है। जिसके दिल का शीशा धुँधला हो, उस पर सूरज की तस्वीर भी कैसे साफ़ आएगी ?

श्री भगवतीचरण ने क्रान्तिकारियों के मुँह से ऐसी बातें बारम्बार कहलाई हैं, जिससे आपको विश्वास हो जाए कि उनके बारे में अंग्रेजों की कही हुई बातें बिल्कुल सच हैं।

मनमोहन कहता है, ''मैं भाग रहा हूँ! कायर की भाँति।'' (पृ. 293)।

—"मेरा अस्तित्व एक भयानक झूठ है।" (पृ. 293) मनमोहन की आत्मा जितनी गिरी हुई दिखाई गई है; उतनी ही कुरूप उसकी आकृति भी हो जाती है। उपन्यासकार अपने शब्दों में लिखता है, "और उन्होंने देखा कि उस मुस्कुराहट से मनमोहन का चेहरा एकाएक बहुत भयानक रूप से विकृत हो गया है, मनमोहन की उस महाकुरूप मुस्कुराहट से झगड़ू सिहर उठे।"

(पृ. 335)

और भी, "उस समय रामसिंह ने देखा कि उनके सामने मनुष्य नहीं खड़ा है, एक महाकुरूप दानव खड़ा है। मनमोहन मुस्कुरा रहा था और उसके हाथ में पिस्तौल थी।"

(पृ. 373)

इस कुरूपता से पुलिस सुपरिंटेंडेंट श्यामनाथ या ताल्लुकेदार रामनाथ की सुरूप मुस्कुराहट की तुलना कीजिए तो आपको मालूम हो जाएगा कि किसे देखकर स्वामिभक्त लेखक का रोम-रोम सिहर उठता है।

जब मनमोहन मरने लगता है तब आप जानते हैं, वह अपने साथी प्रभानाथ से क्या प्रतिज्ञा कराता है ? वह कहता है, "तुम मुझे वचन दो कि तुम इस क्रान्ति के मार्ग से हट जाओगे—मुझे वचन दो !" और प्रभा उसे तुरन्त वचन भी दे देता है! (पृ. 390)

इसी तरह मज़दूर-आन्दोलन पर भी कसकर कीचड़ उछाला गया है। तमाम क्रान्ति-विरोधी अच्छी तरह जानते हैं कि संगठित मज़दूर वर्ग ही क्रान्ति की सही अगवाई कर सकता है। इसलिए मज़दूर संगठनकर्ताओं पर औरों से ज्यादा कीचड़ उछाला गया है। उनकी राजनीति पर सीधा हमला न करके उनके चरित्र को कलंकित करके मज़दूर आन्दोलन के प्रति अविश्वास पैदा करने की कोशिश की गई है। उपन्यास में एक भी ऐसा पात्र नहीं है जो कि मज़दूरों में काम भी करता हो और जिसकी तरफ लेखक की सहानुभूति भी हो। इसका रहस्य यही है कि सन् 1930 में राष्ट्रीय ट्रेड यूनियन कांग्रेस बनी न थी, वरना उसके किसी कार्यकर्ता को जरूर आदर्श रूप में चित्रित किया जाता। ब्रह्मदत्त रुपए खा जाता है और इतना असंस्कृत है कि कांग्रेसी दयानाथ उससे बात तक नहीं कर सकता। उमानाथ पुलिस को घूस देता है, चन्दे का रुपया खा जाना नैतिक ठहराता है। विदेश से रुपया लेना भी न्यायपूर्ण ठहराता है। वह अपनी स्त्री को छोड़ देता है और विदेश से एक दूसरी पत्नी—और वह भी बर्लिन कम्युनिस्ट पार्टी की सेक्रेटरी—ले आता है। यह जर्मन नारी इतनी सभ्य है कि चाँदी के सिगरेट केस के पीछे मॉरीसन का मुँह नोच लेती है! मॉरीसन एक पड़ोसी की बिल्ली बन्द करके रुपया ठगता है।

यह सब अलिफ़लैला इसीलिए है कि मज़दूर संगठन से लोगों को विश्वास उठ जाए और वे इसे लफंगों और उठाईगीरों का काम समझने लगें। उमानाथ के मुँह से बहुत अजीबोगरीब बातें कहलाई गई हैं। वह मज़दूर आन्दोलन की बढ़ती के लिए यह जरूरी नहीं समझता कि हिन्दुस्तान आज़ाद भी हो! यही नहीं, जब तक आज़ादी की लड़ाई चलती है, तब तक वह इस पक्ष में भी है कि मज़दूर हड़तालें न करें! गोया इस हड़ताल

विरोधी नीति से खुश होकर ही अंग्रेज सरकार ने मेरठ षड्यन्त्र का प्रसिद्ध मुक़दमा चलाया था! मज़दूरों को चुप बैठाने के साथ-साथ वह किसानों को भी उसी हालत में चुपचाप रहते देखना चाहता है। (पृ.267)

मानना पड़ेगा कि झूठ का यह अम्बार खड़ा करके लेखक ने शासकवर्ग की सच्ची नमकहलाली की है।

श्री भगवतीचरण वर्मा को अपनी समझ से हिन्दी में उचित सम्मान नहीं मिला। कुछ दिन पहले तक अपनी किताबों की भूमिका में लिख दिया करते थे कि मैं भी पाँच सवारों में हूँ या संसार के बड़े-से-बड़े उपन्यासों से इसकी तुलना कर लीजिए। यह निराशा और कुढ़न इस उपन्यास में कोढ़ की तरह फूट पड़ी है। एक जगह आपने खुलासा लिख मारा है कि "हिन्दी के साहित्यकारों में इस तरह की बदतमीज़ी की बातचीत हो जाना बड़ी साधारण-सी बात थी।" (पृष्ठ 240)

इस तरह खुद अपनी तमीज़ में उन्होंने सुर्ख़ाब का पर ख़ोंस लिया है।

रामेश्वर के मुँह से कहलाया है, "ये सबके सब घमंडी, बदतमीज़ और बेवकूफ़ हैं।" (पृष्ठ 244)

उनका चित्रण भी इस इरादे से किया गया है कि पाठक के मन में यही भावना पैदा हो।

उमानाथ से कहलाया गया है कि 'हिन्दी साहित्यिकों का' जमाव पागलों का जमाव है। जिसमें हरेक आदमी अपनी कहता है, बेमतलब और असंगत कहता है, बिना सोचे-समझे कहता है और गलत कहता है। "...आज तक हमारे देश में सत्-साहित्य का सृजन नहीं हुआ, हो भी नहीं सकता था।" (पृष्ठ 271)

इस ख़ीज का सबब इसी उपन्यास में आपको मिल जाएगा। आखिर हिन्दी संसार में सभी आदमी घमंडी, बदतमीज़ और बेवकूफ़ हों, ऐसा तो हो नहीं सकता। कम-से-कम एक आदमी—नाम लेने भर को तो—तमीज़दार, अक्लमन्द और नम्र होना चाहिए। वह है ज़रूर लेकिन अफ़सोस, हिन्दी संसार ने उसे न कवि माना, न उपन्यासकार। उसका नाम कुछ भी रखा जाए, आप पहचानने में ग़लती न करेंगे।

मुलाक़ात कीजिए, "श्री देवीप्रसाद नाटे से आदमी थे, एकहरे बदन के। इनकी गणना हिन्दी के सफल कवियों तथा उपन्यासकारों में होती थी। पर हिन्दी के आलोचक न इन्हें कवि मानने को तैयार थे और न उपन्यासकार।" (पृष्ठ 238)

अब अगर श्री देवीप्रसाद को अपनी सफलता घोषित करने के लिए समूचे हिन्दी साहित्य पर कीचड़ उछालना पड़ा तो क्या आश्चर्य ?

'टेढ़े-मेढ़े रास्ते' में हिन्दी साहित्यकारों की ऐसी ही टेढ़ी-मेढ़ी तस्वीरें भरी हैं। जैसे लेखक को आज़ाद और भगतसिंह की परम्परा में चोर, डाकू और कायर ही दिखाई देते हैं, वैसे ही उसे प्रेमचन्द और प्रसाद की परम्परा में सब घमंडी, मूर्ख और बदतमीज़ ही दिखाई पड़ते हैं। ज़िन्दगी की तस्वीरें इतनी टेढ़ी-मेढ़ी होकर, इतनी भद्दी और बेडौल होकर लेखक के सामने क्यों आती हैं ? इसलिए कि अब नज़र ही ऐसी बन गई है कि

साफ़-सुथरा और सुडौल कुछ दिखाई ही नहीं देता। इस किताब में कुरूपता, कायरता, निराशा, अन्धकार वगैरह का इतनी बार जिक्र आता है कि लेखक के दिमाग़ पर साफ छाई हुई दिखाई देती हैं। किसी एक पात्र की कायरता और निराशा समझ में आ सकती है, लेकिन यहाँ तो सभी एक ही दिमाग़ की झलक लिये आते हैं। कुछ मिसालें देखिए :

"उस बात में रक्त को जमा देनेवाली भयानकता के साथ उससे अधिक ठंडा और कुरूप सत्य था।" (पृष्ठ 74)

"मनमोहन की उस महाकुरूप मुस्कुराहट से झगड़ू सिहर उठे।" (पृ. 335)

"उनके सामने मनुष्य नहीं खड़ा है, एक महाकुरूप दानव खड़ा है।"(पृष्ठ 373)

"और ब्रह्मदत्त हँसता रहा, मानो वह अपनी इस व्यंग्यात्मक और कुरूप हँसी से अपने दिल पर लगी हुई चोट की मरहम पट्टी करने का प्रयत्न कर रहा हो।" (पृष्ठ 434)

"दयानाथ ! तुममें अहम्मन्यता है कठोर और कुरूप।' (पृष्ठ 460)

"नरोत्तम का यह खुलकर मिलना, हँसकर बात करना—यह सब उसके अन्दरवाली किसी भयानक कुरूपता को छिपाने के लिए आवरण भर हैं।" (पृष्ठ 468)

"और एकाएक विश्वम्भरदयाल हँस पड़ा। कुरूप और भयानक हँसी थी वह और वह बड़ी देर तक हँसता रहा।" (पृष्ठ 510)

"एक भयानक कुरूपता उसके सामने बैठी हुई थी।" (पृष्ठ 248)

इसी तरह तमाम पात्रों के भावों में निराशा, संशय और उदासी की प्रधानता है।

—प्रभानाथ के लिए, "एक भयानक सूनापन, उसके कमरे में व्याप्त था और कमरे का वह भयानक सन्नाटा मानों बरबस उसके प्राणों में भरा जा रहा था।" (पृष्ठ 99)

"और दयानाथ के चारों ओर उदासी का अथाह सागर लहरा रहा था। उसके अन्तर वाली गहरी कालिमा आकाश को घेरती हुई बढ़ रही थी।" (पृष्ठ 420)

—फिर दयानाथ के लिए, "उसकी आत्मा में एक प्रकार की भयानक शिथिलता भर गई थी।" (पृष्ठ 455)

—उमानाथ के लिए, "उस कमरे का अन्धकार उसकी आत्मा में सजाया जा रहा था। घबराकर उमानाथ ने बिजली का स्विच दबा दिया।" (पृष्ठ 498)

[प्रभानाथ के कमरे के सूनेपन से तुलना कर लीजिए !]

"और अब उसकी शक्तियाँ क्षीण होने लगी थीं, प्रभानाथ के चारों ओर निराशा थी।" (पृष्ठ 531)

—पं. रामनाथ तिवारी—उमा, प्रभा और दया तीनों के पिता के लिए, "जीवन के प्रति एक प्रकार की भयानक उदासीनता को वे अनुभव कर रहे थे—इतनी थकावट उनके प्राणों में भर गई थी कि वे चिर-विश्राम की कामना करने लगे थे।" (पृ. 536)

इसी तरह श्री भगवतीचरण वर्मा की दृष्टि में पशुता भी मानवता का अनिवार्य और प्रधान अंग है।

—प्रभानाथ कहता है, "न मैं देवता हूँ, न मनुष्य ! मैं केवल पशु हूँ !"

—उमानाथ कहता है, "हम हिन्दुस्तानियों में पशुता पूरी तरह भरी हुई है। इसी पशुता से प्रेरित होकर हम सब यह कर डालते हैं।" (पृष्ठ 173)

—सुपरिंटेंडेंट पुलिस भी यही कहता है, "ये स्त्री-पुरुष—ये सब के सब पशु हैं—और पशुओं में कोई भेदभाव नहीं होता।" (पृष्ठ 211)

—पं. रामनाथ तिवारी कहते हैं, "विषमता ही प्रकृति का नियम है। हम सब एक प्रकार की पाशविकता लिये हुए हैं, हम सबों में दूसरे को उत्पीड़ित करने की दबी हुई मनोवृत्ति है।" (पृष्ठ 221)

—अहिंसा का उपदेशक मार्कंडेय कहता है, "हम सबमें पशुता है, वही पशुता जिसे हम हिंसा कहते हैं।" (पृष्ठ 453)

इस पशुवाद को जानबूझकर एक महान् मनोवैज्ञानिक सत्य के रूप में पेश किया गया है। उसका उपयोग किसी मनोवैज्ञानिक उद्देश्य के लिए नहीं, बल्कि विशुद्ध राजनीतिक उद्देश्य के लिए किया गया है। वह उद्देश्य यह है कि मज़दूर और किसान अपने संगठन से पूँजीवादी व्यवस्था को न बदलें। जब पूँजीपति और मज़दूर दोनों में ही पशु वर्तमान है, तब पूँजीवाद को खत्म करने से मनुष्यता का विकास कैसे होगा ? समाज के तमाम लोगों की पाशविकता जहाँ की तहाँ रह जाएगी। उलटे मज़दूर हिंसक और उत्पीड़क बन जाएँगे ! इसलिए जरूरत है कि पूँजीवाद से लड़ना छोड़कर हर आदमी अपने 'पशु' से लड़े;...पूँजीपति भी लड़े और मज़दूर भी लड़े और दोनों का पशु-विरोधी संयुक्त मोर्चा बन जाए ! [मॉरल रिआर्मामेंट नामक पश्चिमी आन्दोलन का यही नारा भी है] इसीलिए जब मार्कंडेय इस फिलॉसफी पर स्पीच झाड़ता है तो "ऐसा मालूम होता था कि उसके पिता की आत्मा अपनी समस्त साधना और बलिदान के साथ उस पर आ गई थी।" (पृष्ठ 422)

पिता के बदले यदि सेठ घनश्यामदास बिड़ला की आत्मा उस पर आ जाती तो स्पीच में ज्यादा फर्क न पड़ता !

एक दूसरी जगह मार्कंडेय अपनी बात को और भी साफ कर देता है। आज़ादी की लड़ाई चलते वक्त किसानों और मजदूरों को जमींदारों और पूँजीपतियों से न लड़ना चाहिए। यही नहीं आज़ादी मिलने के बाद भी उन्हें संघर्ष न करके प्रेम और सदिच्छा से ही जीवन बिताना चाहिए। वह कहता है, "इस समय जब हमें विदेशी सरकार से लड़ना है, आपस में इस तरह का कलह, द्वेष हमें शोभा नहीं देता। और इसी समय क्यों ? मैं तो कहता हूँ कि हर समय, हर काल सदिच्छा और सद्भावना से हमें काम लेना चाहिए।" (पृष्ठ 346)

पं. रामनाथ तिवारी की फिलासफी से कि समाज में अनादि विषमता है, यह चिरकालीन सदिच्छा का व्यवहार खूब मेल खाता है। समाज कभी नहीं बदल सकता, क्योंकि पशुता अमर है। इसलिए वर्ग-संघर्ष को वर्गहीन समाज के निर्माण द्वारा खत्म करने के बदले, सदिच्छा और वर्ग-सहयोग की राह पर चलते रहो। पूँजीवाद के समर्थन

का इससे अच्छा तरीका और क्या हो सकता है ?

दरअसल पं. रामनाथ तिवारी और मार्कंडेय एक ही आदमी के दिल और दिमाग हैं। पं. रामनाथ तिवारी पशुवाद के बावजूद अहिंसा के सिद्धान्त की श्रेष्ठता स्वीकार करते हैं। कहते हैं, ''सब कुछ देखते हुए भी, मैं कभी-कभी सोचने लगता हूँ कि अगर अहिंसा का सिद्धान्त सम्भव हो सकता तो वह मानवता के लिए अवश्य हितकर होता।'' (पृष्ठ 291) मार्कंडेय उसे सम्भव मानता है, लेकिन उसके लिए असाधारण साधना की माँग करता है, जिससे उसकी और तिवारीजी की बात में ज्यादा फासला नहीं रह जाता।

पं. रामनाथ तिवारी का चरित्र देखने लायक है। वे उस तमाम कुरूपता और कायरता के बक्स हैं, जो लेखक को सारी दुनिया में छाई हुई जान पड़ती है। वे उसके आराध्य देव की तरह हैं, जिन्हें देखते उसकी आँखें नहीं थकतीं। जिस तरह दयानाथ की बीवी अपने पति को 'गौरवर्ण का एक वीर, हिमालय की भाँति अचल, मेघमाला की भाँति गम्भीर' (पृष्ठ 126) देखती है, उसी तरह श्री भवगतीचरण वर्मा ताल्लुकेदार रामनाथ को, 'छाती फुलाए हुए और अपना मस्तक ऊँचा किए हुए' 'एक पाषाण मूर्ति की भाँति' (पृष्ठ 300) देखते हैं !

मजाल है, यहाँ कुरूपता और पाशविकता की झलक आपको मिल जाए !

मिल भी कैसे सकती है ! आखिर पं. रामनाथ तिवारी उस वर्ग के प्रतिनिधि हैं जो समाज में सबसे निकम्मा है, जिसके खत्म हुए बिना समाज की प्रगति एक कदम भी असम्भव है, लेकिन जिस वर्ग से भी भगवतीचरण वर्मा का आध्यात्मिक सम्बन्ध जुड़ा हुआ है, उनकी नजर भविष्य की ओर नहीं है, ढलते हुए अतीत की ओर है, उस सामन्तवाद की ओर जो अपनी आखिरी साँसें गिन रहा है। उसी से उनके व्यक्तित्व का तार बँधा हुआ है। वह खानदान की शान, वह रुतबा, वह शासन का रोब-दाब—इनकी याद आते ही उनकी हृदय-वीणा के तार झंकृत हो उठते हैं ! उनकी लेखनी यदि किसी का चित्र आँकते हुए पुलकित हो उठती है, तो ताल्लुकेदार पं. रामनाथ तिवारी का। लेखक की कल्पना जितना ही उनका ध्यान करती है, उनकी मूर्ति उतनी ही भव्य और विशाल होती जाती है। पृ. 3 पर पाठक को बताया जाता है कि ''पं. रामनाथ तिवारी अवध के एक छोटे से ताल्लुकेदार थे।'' लेकिन पृ. 49 तक पहुँचते-पहुँचते—''एक बहुत बड़ी रियासत का भार उनके कन्धों पर लदा था और वे अकेले थे।''

इसी तरह पृ. 3 पर उपन्यासकार उनका परिचय देते हुए कहता है, ''तिवारीजी सभ्य तथा सुसंस्कृत पुरुष थे, उन्हें सभ्य तथा पढ़े-लिखे लोगों का ही साथ पसन्द था। ग्रामीण जीवन में विद्वानों के संसर्ग का अभाव था। इस अभाव को उन्होंने उन्नाव आकर दूर किया था।'' लेकिन हिन्दुस्तान तो ठहरा पशुओं का देश; उसमें पढ़े-लिखे सभ्य आदमी कहाँ ? इसलिए लेखक ने जोड़ दिया है कि उन्नाव में जिन विद्वानों का वे सत्संग करते थे, वे 'कलेक्टर, डिप्टी कलेक्टर आदि पढ़े-लिखे अफ़सर' थे।

तिवारीजी तो पशुवाद के महान आचार्य हैं। पशुवाद और पढ़ना-लिखना कुछ विरोधी क्रियाएँ हैं। इसलिए लेखक ने पं. रामनाथ तिवारी से कहीं पढ़ने-लिखने की चर्चा

नहीं कराई। बल्कि आगे चलकर प्रभानाथ को यह उपदेश दिलाया है कि "यह विद्वत्ता, ये सिद्धान्त ! ये सबकी सब धोखे की चीजें हैं।...ये सारे सिद्धान्त–यह सारी बुद्धि ? यही हमारे विनाश के कारण हैं।" (पृष्ठ 38)

पशुवाद के आचार्य के लिए यह जरूरी था कि वह तर्क और बुद्धि से ऊपर उठ जाए वरना उसकी भव्यता के बेरंग हो जाने का खतरा था। यह बात नहीं है कि तिवारीजी के अपने सिद्धान्त न हों ! हैं, लेकिन उनका बुद्धि से कोई सम्बन्ध नहीं है। कहते हैं, "जीवन का नियम क्या है ? समर्थ और असमर्थ पर विजय ! अनादि काल से समर्थ असमर्थ पर शासन करता आया है और अनन्त काल तक शासन करता रहेगा ! इसको तुम रोक कब सकते हो ?" (पृष्ठ 144) अपने सामर्थ्य भर यह मनुष्य (या पशु) किसानों पर अत्याचार करता है; उसे उचित और न्यायपूर्ण ठहराता है। क्रोध में वीणा पर भी हाथ उठाने में वह नहीं झिझकता। फिर भी उसके चरित्रबल की महिमा गाते लेखक नहीं अघाता। यही नहीं, दूसरों से बराबर उनको सर्टिफिकेट भी दिलवाता जाता है, जिससे भव्यता में कमी न पड़ने पाए।

पृष्ठ 3 पर पहले परिचय में उनकी सभ्यता और संस्कृति की तारीफ की जाती है। पृ. 42 पर फिर लेखक कहता है, "तिवारीजी शिक्षित व्यक्ति थे, और शिक्षित से कहीं अधिक सुसंस्कृत।" इसी तरह पृष्ठ 131 पर, "वे ताल्लुकेदार थे, शिक्षित थे और चरित्रवान थे !" अगर ताल्लुकेदारों को बाबू भगवतीचरण चरित्रवान होने का सर्टिफिकेट न दें तो बात पर विश्वास कौन करे ?

आतंकवादी मनमोहन उनके लिए कहता है, "काश ! कि हरेक आदमी ऐसा बन सकता !" (पृष्ठ 300)। आतंकवादी बेटा प्रभानाथ उनके चरणों पर गिर पड़ता है और कहता है, "आपने मुझे उचित रास्ता दिखला दिया।" (पृष्ठ 502) लोग उनकी गाली सुनते हैं फिर भी उनके पैर छूते जाते हैं ! "न जाने क्यों, रामनाथ की गाली सुनने पर भी वीणा ने अनायास ही झुककर रामनाथ के चरण की धूल अपने मस्तक पर लगा ली।" (पृष्ठ 503) जब वह पूजा-घर में बैठे होते हैं तो वीणा 'अपना मस्तक देहली पर रखकर' प्रणाम करती है ! (पृष्ठ 520)

यह सब घिनौना व्यापार इसलिए कि अवध के महापतित ताल्लुकेदारों के प्रति पाठक में सहानुभूति पैदा की जाए। उपन्यास में कोई भी ऐसा पात्र श्री भगवतीचरण वर्मा को नहीं मिलता जिसके चरणों में वह अपनी श्रद्धा उड़ेल सकें। मज़दूर आन्दोलन के संगठनकर्त्ताओं को उन्होंने जितना ओछा करके दिखाया है, उतना ही भव्य और महान् इन राजा साहब को दिखाया है। इससे जाहिर है कि सामन्तवाद की गुलामी उनकी नस-नस में भरी है। यह कला का व्यभिचार है। समाज की प्रगति को रोककर पुरानी व्यवस्था को दीर्घजीवी बनाने का प्रयत्न है। अहिंसा पर लम्बे-लम्बे व्याख्यान और जनता के आन्दोलन पर धूल फेंकना इसीलिए है कि पुराने समाज का टूटता हुआ ढाँचा किसी तरह जुड़ा रह जाए।

कौन नहीं जानता कि अवध की उर्वर धरती पर ताल्लुकेदारी व्यवस्था कोढ़ की तरह

उसे विकृत किए हुए है। अंग्रेजों के पाले-पोसे हुए गदर के ये गद्दार आज भी जनता की छाती पर मूँग दल रहे हैं। कौन सा कुकर्म, कौन सा व्यभिचार, कौन सा पाप इनके नाम के साथ नहीं जुड़ा हुआ है। फिर विद्वत्ता, संस्कृति और ताल्लुकेदार ! इनकी अपार मूर्खता की कहानियाँ, आप किसी भी शहर, किसी भी गाँव में सुन सकते हैं। लेकिन इस तमाम पाशविकता की झलक भी आपको 'टेढ़े-मेढ़े रास्ते' में न मिलेगी। उसे जानबूझकर छिपाया गया है, जिससे जनता का क्रोध इस वर्ग के खिलाफ न उभरे। उसके बदले एक पशु-प्रदर्शन का निर्माण कर डाला गया है, जिससे लोग भूलभुलैया में पड़कर वर्ग-संघर्ष सच्चाई को बिल्कुल भूल जाएँ।

रामनाथ का पशुवाद और मार्कंडेय का अहिंसावाद एक ही दर्शन के दो पहलू हैं। रामनाथ अहिंसावाद की श्रेष्ठता स्वीकार करते हैं और उसकी श्रेष्ठता इसी में है कि वह इतना कठिन है। मार्कंडेय पशुवाद को मानते हैं और चूँकि पशुवाद इतना प्रबल है, इसीलिए अहिंसावादी व्यक्ति की असाधारण साधना व्यर्थ हो जाती है ! लेकिन मार्कंडेय अच्छी तरह जानता है कि अहिंसा की तमाम दलीलें दिल को खुश करने को हैं, उनसे होना-हवाना कुछ नहीं है। उमानाथ के मुँह से मार्कंडेय को 'सिनिक' कहलाया गया है। (पृष्ठ 112) जो दरअसल सही है। अहिंसा पर व्याख्यान देते समय पिता की आत्मा के आने के बावजूद वह है ऐसा 'सिनिक' जो मानव समाज में किसी परिवर्तन की आशा नहीं करता। उमानाथ के सामने वह यही दलील देता है कि क्रान्ति के बाद मजदूर वर्ग उत्पीड़क हो जाएगा। यानी यह विधाता का लेख है कि जैसे पूँजीपतियों ने अपनी हुकूमत में समाज को गुलामी और शोषण के बन्धनों से जकड़ रखा है, ऐसे ही मज़दूर वर्ग भी नए समाज में गुलामी और शोषण को कायम रखेगा। इस बात का सबूत देने के लिए वह सोवियत संघ पर वही झूठे आरोप लगाता है, जिन्हें बीस साल से दुनिया के तमाम पूँजीवाद अखबार लगाते आए हैं। मार्कंडेय के कम्युनिष्ट विरोध और सोवियत संघ पर झूठे आरोपों का मतलब साफ है—यह साबित कर देना कि मजदूर वर्ग पूँजीपतियों की ही तरह निकम्मा है और वह आज से ज्यादा अच्छी व्यवस्था नहीं बना सकता।

'सिनिक' होने का मतलब है, अपनी निराशा को दार्शनिक रूप देकर उसमें रस लेना। अगर कोई आदमी नई विचारधारा लेकर आता है तो 'सिनिक' उस पर सोच-विचार करने के बदले, पहले से ही 'कुछ न होगा' मानकर उधर से मुँह फेर लेता है। देखिए किस सफाई से मार्कंडेय 'कुछ न होगा' की फिलासफी आपके गले उतारना चाहता है। कहता है, "तुम्हें यह स्मरण रखना पड़ेगा कि दुनिया में तुम्हारी ही भाँति हर एक आदमी का अपना निजी विश्वास है, अपनी निजी भावना है।" (पूँजीपति की भी है, ताल्लुकेदार की भी है, मजदूर की और किसान की भी है। और सब एक ही धरातल पर हैं !) "और यही तुम्हारा निजी विश्वास और निजी भावना दूसरों की नजर में पागलपन है क्योंकि दूसरों के विश्वास और दूसरों की भावनाएँ बिल्कुल दूसरे हैं। और इसलिए तुम्हारी बात ही बेकार हो जाती है, क्योंकि जिस अधिकार को तुम माँग रहे हो, वही अधिकार तुम्हें दूसरों को भी देना पड़ेगा।" (पृष्ठ 56)

नतीजा यह निकला कि मज़दूर को कोई हक़ नहीं है, जो कहे कि पूँजीपति की विचारधारा यानी मुनाफा कमाने का अधिकार गलत है। अगर मज़दूर अपनी भावना को सही मानता है तो वह पूँजीपति को भी वही अधिकार दे जिससे वह अपनी भावना पर अड़ा रहे। कैसा सुन्दर मानववाद है, जहाँ मज़दूर और पूँजीपति एक घाट पानी पीते हैं; जहाँ दोनों वर्ग-भेद को कायम रखते हुए मनुष्यता की खोज में तल्लीन हैं ! इसीलिए जब मार्कंडेय आँख, नाक, कान सब पर विचित्र आभा, प्रकाश और ज्योति लिये हुए सारे समाज के व्यक्तियों को अहिंसावादी बनाने पर व्याख्यान देता है, तब भी उसके 'सिनिक'-पन में कमी नहीं होती, क्योंकि वह जानता है कि उसके सिद्धान्त का वर्ग-भेद और वर्ग शोषण को मिटाने से कोई सम्बन्ध नहीं है।

पं. रामनाथ तिवारी कहते हैं, "कार्लमार्क्स ने लिखा और लेनिन ने किया, परिणाम ? रूस में भयानक रक्तपात और यहाँ गांधी ने एक मत बतलाया और परिणाम ? जेल गिरफ्तारियाँ ! पर वास्तव में क्या होना चाहिए, जिससे सब सुखी हो सकें, जो सबों की उलझनों का हल हो ? कोई नहीं बतला सका ! आखिर होगा क्या ?" (पृष्ठ 220)

कितने पते की बातें कही हैं तिवारीजी ने ! और इन पर बाबू भगवतीचरण की अपने ही शब्दों में यह टिप्पणी है :

"वीणा गौर से तिवारीजी की बातों को सुन रही थी। उसे यह खयाल था कि देहात में रहनेवाला आदमी इतना सोच सकता है, इतना समझ सकता है ! और तिवारीजी के तर्क ? उनमें गम्भीरता थी, उनमें ईमानदारी थी, उनमें सार था।" (पृष्ठ 220)

इसका मतलब साफ है। जो आदमी सिनिक है, जो सामाजिक परिवर्तन में विश्वास खो चुका है, वही गम्भीर है, वही ईमानदार है, उसी की बातों में सार है ! मार्कंडेय और रामनाथ दोनों ही सिनिक हैं, पशुवाद के आचार्य जो सामाजिक उलटफेर में विश्वास नहीं करते, बल्कि क्रान्ति-विरोधी होने के नाते अपने सिनिक दर्शन से उस विचारधारा का डटकर विरोध करते हैं। वर्गशोषण मिट सकता है—इस बात में लोगों का विश्वास न रहे—यही 'टेढ़े-मेढ़े रास्ते' का उद्देश्य है।

यह उपन्यास साबित करता है कि कला, विज्ञान, दर्शन, संस्कृति आदि वर्गों से परे नहीं हैं, वरन् वे वर्गों के विकास और पतन के साथ बँधे हुए हैं। 'टेढ़े-मेढ़े रास्ते' का 'कुछ न होगा' वाला दर्शन एक जड़ और पतित शासकवर्ग का दर्शन है, जो आगे बढ़ने की तमाम आशाएँ खो बैठा है और जो किसी तरह अपनी पुरानी सम्पत्ति को बनाए रखना चाहता है। लेकिन शोषित वर्ग जो सम्पत्तिहीन है, जो शोषणहीन समाज बनाना चाहता है, जिसमें आगे बढ़ने और समाज को बदलने की आकांक्षा और सामर्थ्य है, वह वर्ग, 'कुछ न होगा' वाले दर्शन को मानकर सिर्फ अपनी गुलामी के बन्धनों को मज़बूत बना सकता है। शासक वर्ग यही चाहता भी है। इसलिए शोषित वर्ग का दर्शन होता है—'समाज बदल सकता है और हम उसे बदलेंगे !' मार्क्सवाद इस परिवर्तन का रास्ता दिखलाता है। वह बतलाता है किस तरह संगठित मज़दूर वर्ग के नेतृत्व में तमाम शोषित जनता पूँजीवादी वर्ग और उसके सामन्ती सहायकों को खत्म करके एक समाजवादी

व्यवस्था कायम कर सकती है। मार्क्स का दर्शन इसी से पैदा हुआ है कि वह सामाजिक परिवर्तन में विश्वास करता है। उपन्यासकार नहीं चाहता है कि वह दर्शन शोषित जनता के हाथों पहुँच जाए। इसीलिए उसने यह भारी-भरकम उपन्यास लिखा है और इस तरह की कोशिशें अभी और होंगी हालाँकि वे विफल होंगी।

इस उपन्यास में कुछ दिलचस्प बातें और हैं। मुसोलिनी किसी ज़माने में कम्युनिस्ट था ! (पृष्ठ 207)। प्रगतिशील लेखक संघ की नींव सन् 1930 में पड़ी थी ! झगडू और उनका बेटा मार्कंडेय आपस में बातें करते हैं तो बाप अवधी बोलता है और बेटा खड़ी बोली ! शुरू में झगडू और रामनाथ की शत्रुता बताई गई है (पृष्ठ 17-18) लेकिन आगे चलकर कहीं भी उसका चिह्न आपको ढूँढ़े न मिलेगा।

सुन्दर अवधी का नमूना 'रहे सहन' के प्रयोग में देखिए—"अब ही हम तुम्हरे विषय माँ श्यामू से बतियात रहे रहन।" (पृष्ठ 160)

स्वाभाविक वाक्य-रचना देखिए, "अब मैं महालक्ष्मी के मेरे प्रति प्रेम की विवेचना करता हूँ" (पृष्ठ 202)। स्त्री पति से कह रही है, "अपना दुर्भाग्य मुझे वहन करना होगा" (पृष्ठ 208)। "अब क्या करोगे ? किससे बोलोगे ? किस पर शासन करोगे ? सब गए—हमेशा के लिए गए !" (पृष्ठ 545)

—इस तरह के फिल्मी वाक्य और 'रामनाथ का स्वर तेज़ होता गया' के स्टेज-डायरेक्शन, बॉम्बे टाकीज़ की याद दिलाने के लिए कई जगह मिलेंगे।

—'ज़िला का सदर होने के कारण' (पृष्ठ 3)

—'ताल्लुका का उत्तराधिकारी होने के कारण' (पृष्ठ 31)

—'पर आप इस ताल्लुका के स्वामी रहकर' (पृष्ठ 32)

—'टोड़ी बच्चा के अर्थ क्या होते हैं' (पृष्ठ 50) इन टुकड़ों में वर्माजी ने अपना आकारान्त-प्रेम प्रकट किया है। ज़िले का सदर, ताल्लुके का उत्तराधिकारी शायद गलत हिन्दी होगी !

प्रभानाथ से फर्स्ट डिवीजन एम.ए. पास कराया लेकिन कम्पिटीटिव की जगह उससे 'कम्पटीशन इक्जामिनेशन' कहलवा गए। (पृष्ठ 38)

'अभी' और 'फिलहाल' एक साथ आपने न देखे होंगे। 'पर अभी फिलहाल विरोध की गुंजाइश नहीं है।' (पृष्ठ 101)

इसी तरह 'दृष्टिकोण देखा' जाता है (पृष्ठ 74 और 75) और लोग किसी चीज 'का' नहीं, किसी चीज 'पर' अवलोकन करते हैं ! (पृष्ठ 151)

सभ्यगण वैसे ही बहुवचन है लेकिन और गौरव देने के लिए 'सभ्यों' न लिखकर 'सभ्यगणों' लिखा गया है ! (पृष्ठ 135)

पिस्तौल पुल्लिंग है या स्त्रीलिंग ?

—'अच्छे पिस्तौल ही देखे थे।'

—'उसके पास तीन पिस्तौलें थीं।' (पृष्ठ 69)

—ज़ाहिर है कि वर्माजी उलझन में हैं।

—'आपकी हठ पूरी हुई।' (पृष्ठ 219)

लेकिन बोलनेवाली लड़की बंगाली है।

—'उसकी चेतना और कर्मण्यता एकाएक जाग उठे' (पृष्ठ 462) हालाँकि चेतना और कर्मण्यता दोनों स्त्रीवाचक हैं फिर भी 'उठे' !

जब शिक्षा और विद्वत्ता के आदर्श पं. रामनाथ तिवारी हों तो भाषा में ऐसी भूलें क्षम्य समझी जानी चाहिए।

उपन्यास का मूल्य सात रुपया है। वर्माजी का धैर्य सराहनीय है जो उन्होंने इतना मोटा पोथा लिख डाला, उन पाठकों का धैर्य और भी सराहनीय है जो उसे आख़िर तक पढ़ गए होंगे।

पहला खंड

•

पहला परिच्छेद

1

बालक कुछ भी नहीं समझा। आवेश के कुछ क्षण व्यतीत हो गए। बच्चा हाथों में मचलने लगा क्योंकि उस समय रामनाथ की मुखाकृति अत्यन्त करुण और गम्भीर थी। आज तक उसने बाबा का ऐसा रूप नहीं देखा था। आज उस कठोर मुख पर यह दयनीयता सचमुच एक ऐसी वस्तु थी जिसे बालक के लिए समझ लेना एक असम्भव बात थी।

चारों ओर घर में सन्नाटा छा रहा था। श्यामनाथ सो रहे थे। राजेश्वरी और बच्चों के चले जाने पर महालक्ष्मी को और भी सूना-सूना सा लगने लगा। पति चला गया, देवर, जेठ, चले गए, अब घर में कोई भी नहीं रहा। वह सीधी-सादी स्त्री थी। बँगला या कोठी उसके मस्तिष्क में केवल घर के रूप में समाते थे। उसकी इच्छा हुई थी कि वह उमानाथ से कहे, मैं भी चलूँगी, तुम्हारे साथ चलूँगी, पर न जाने क्यों वह नहीं कह सकी। और जब वह इसी चिन्ता में अकेली बैठी थी वह एकाएक चौंक उठी। दूर कहीं शहनाई बजने की आवाज आ रही थी। इसके साथ ही नगाड़े और ताशे बजने का स्वर आया, फिर शहनाई किसी गत पर झूमी, झूमकर उसके कानों के पास झनझनाने लगी। आजकल तो कहीं ब्याह का भी समय नहीं था। फिर यह असमय देवों को कौन जगा रहा है ?

उस आवाज को सुनकर अवधेश रामनाथ की गोदी से उतरकर द्वार की ओर छोटे-छोटे पैर रखकर भाग चला। बाजे की आवाज़ थी और वह उसे सुनकर कैसे चुप रह सकता था। पंडित रामनाथ ने देखा और उनके मुँह से एक ठंडी आह निकली। कैसा भाग रहा है, जैसे आज तक कभी शहनाई की आवाज़ नहीं सुना। सड़क पर पलते हुए नंगे गँवार बच्चों सा। यदि कोई देखे तो क्या कहे कि इस घर के बच्चों को ठीक से शिक्षा तक नहीं मिली। और फिर उन्होंने मन-ही-मन अपने को सान्त्वना दी। जैसे माँ-बाप वैसा बच्चा। किन्तु यह भाव एक ऐसा बम था जो उलटा उन्हीं के बनाए स्वप्नों पर गिरा। उनके अपने पुत्र ऐसे क्यों हुए ? दया, उमा, प्रभा, तीनों ! एक नहीं

तीनों...और तीन...बस यही शब्द बार-बार भीतर ही भीतर चिल्लाने लगा।

और फिर एक-एक करके सबके मुख उनकी आँखों के सामने चलने लगे। प्रभानाथ ! कितना नम्र था वह, कितना शान्त लगता था। और विधाता ने उसका अन्त कितना भीषण लिखा था। विष खाकर मृत्यु। और वह भी एक स्त्री के हाथ से ? स्त्री, जो उसकी कोई न थी !

किसलिए ? देश के लिए ? नहीं इसलिए कि यदि मरता नहीं तो अनेक व्यक्तियों के नाम बता देता। अनेक आदमी पकड़े जाते, समस्त षड्यन्त्र नष्ट हो जाता। किन्तु इस भयानक अपमान को उसने अस्वीकार कर दिया। व्यक्ति की मर्यादा तब अपने पूर्णत्व को प्राप्त कर गई जब उसने अपना समष्टि के लिए बलिदान दे दिया। अब प्रभा, प्रभा नहीं रहा। अब वीणा का प्रेम फिर एक उज्ज्वल गरिमा से चमकने लगा। वह गई। उसने उसे विष दिया जिसे वह सबसे अधिक प्यार करती थी। जिसको लेकर वह अपनी दुनिया बसा सकती थी। सुख से रह सकती थी। किन्तु मुख़बिर ! मुख़बिर से संसार घृणा करता है। तब प्रश्न हुआ। क्या प्रभा ने अपनी कायरता का अन्त करने के लिए मृत्यु पथ चुना, या एक ध्येय, एक आदर्श, एक सत्य की रक्षा के लिए अपने आप तक को निर्भय होकर मिटा दिया। क्या मिला उसे ? यश ? कौन जानता है उसे ? हाँ, वह प्रसिद्ध होता, सबकी जुबान पर उसका नाम होता। काश, वह बता देता, सिर इसलिए झुका देता कि वह कन्धों पर बना रहे।

मुख़बिर ! शब्द बड़ा होने लगा। रामनाथ के हृदय के अन्धकार में वह ऐसे बढ़ने लगा जैसे सिनेमा के पर्दे पर कभी-कभी अक्षर बढ़ते हुए दिखाए जाते हैं, जैसे पानी में पत्थर का टुकड़ा फेंक देने से भँवर पड़ते चले जाते हैं, एक के बाद एक, गोल, गोलाई का विस्तार, जल के समस्त स्तर पर झनझनाता प्रसार बढ़ता चला जाता है...वहाँ... घर...कोठी...बँगला, गौरव, जमींदारी, वैभव, परम्परा, अधिकार...कुल...कुल...की मर्यादा...!!!

रामनाथ को लगा वे कुछ भूल गए हैं। एक सींक के चारों ओर कोई बहुत तेजी से डोरा लपेटता चला जा रहा था। हठात् किसी ने सींक को बाहर खींचने का प्रयत्न किया। वह अन्दर ही टूट गई, डोरा बुरी तरह उलझ गया। और फिर उँगलियों ने जितना ही उस डोरे को सुलझाने का प्रयत्न किया, वह उतना ही उलझता गया।

रात अब ग्यारह से उधर के घंटे फलाँग रही थी। उन्नाव की नीरवता कभी-कभी कुत्ते भोंककर तोड़ देते थे। रामनाथ के दिमाग में दो ही बातें चक्कर लगाने लगीं, कुल...गौरव...मुख़बिर...अन्त...

वे उठ खड़े हुए। उन्हें याद आया। महालक्ष्मी खाने को बुलाने आई थीं। उन्होंने अवधेश को गोदी में लिया था। वे खड़े हुए थे। पर न जाने कब वह चली गई, वे बैठ गए, अब वे फिर अकेले थे। बरामदे में अवधेश का स्वर सुनाई दिया। वह अभी तक खेल रहा था। बाजे की आवाज़ आ रही है। दिन में खूब सोया है। उसे अभी नींद कहाँ ? रामदीन कह रहा है; भला बताओ यह भी कोई बात है...।

इससे आगे कुछ स्पष्ट नहीं। महाराज बाहर मैदान में हँस पड़ा है। रामनाथ ने आँखें उठाकर चारों ओर देखा। उनकी वेदना उन्हें एक कमरे से दूसरे कमरे में ठेल चली। प्रभानाथ का अन्तिम समय का वह नीला चेहरा आँखों के सामने आ गया। मुख़बिर !! फिर उनके मुख से यह शब्द फूट निकला। तू मुख़बिर होता ? कुल का गौरव खंड-खंड हो जाता। हठात् वे चौंक उठे। जिस कमरे में वे खड़े थे वह उनके कुल गौरव का प्रतीक था। ज़मीन पर काफ़ी मोटा कालीन बिछा था जो उनको यौवन में पसन्द आ गया था। तब संग उठने-बैठनेवाले लोगों ने कहा था, "सरकार, शोभा है। यह पठान इसे काश्मीर से लाया है। उन्होंने खरीद लिया। दीवारों पर पुराने तैलचित्र टँगे थे। छत से पुराने झाड़फानूस लटक रहे थे।"

रामनाथ को उस कमरे में घुसते ही एक शान्ति सी मिली। उस हवा में एक पुरानापन था। मध्यकालीन वातावरण। रामनाथ ने सिर उठाकर देखा। बीच में पिता का बड़ा तैलचित्र था। सिर पर रेशम की पगड़ी। ऊपर से नीचे तक पुराने जमाने का भव्य लिबास। गले में मोतियों की माला। उसकी बाईं तरफ रामनाथ के बाबा की तस्वीर थी। दाईं ओर रामनाथ का अपना चित्र था। उनका यह चित्र तब मुसव्विरों ने तैयार किया था जब रामनाथ को गद्दी मिली थी। इस गद्दी के सामने गाँववाले—रियाया आकर नज़र पेश करती थी। सामने की दीवार पर रामनाथ के चाचा का चित्र था। सबके चेहरे चमकते हुए उज्ज्वल। सुन्दर। देखकर लगता था कि यह कुल, यह वंश कितना प्राचीन था, कितना महान् !

किन्तु प्राचीन शब्द का ध्यान आते ही रामनाथ का मस्तिष्क कुछ और सोचने लगा।

चित्र में उनका मुख उन्हें उनके यौवन की याद दिलाने लगा। वे बीते हुए दिन जो आज सपने की तरह भाग गए हैं और भोर होने के पहले ही वे अँधेरे में जागकर करवटें बदल रहे हैं। उनका विचार था कि वे आराम से सोते रहेंगे। मृत्यु ही उनके लिए उस प्रभात के समान होगी जिसमें उनके सब दुखों का अन्त होगा। दुख क्या है ? संसार में जीवित रहना ही दुख है। यहाँ कष्ट पाना नरक को इसी पृथ्वी पर भोग लेना है। दुख से मुक्ति कब होगी ? जब भगवान से मिलन होगा। इस देह को छोड़कर दूसरी देह में उन्हें प्रवेश करना होगा। आज के उनके ये वस्त्र पीछे छूट जाएँगे। कल यदि उन्हें रामदीन के चोले में रहना पड़ा...।

"नहीं, नहीं," रामनाथ अपने आप बुड़बुड़ा उठे। उन्होंने आज तक कोई पाप नहीं किया था।

2

और धीरे-धीरे उन्हें अपना समस्त अतीत स्मरण होने लगा। बहुत दिन पहले। जब शायद दुनिया बहुत बड़ी लगती थी उन्होंने बानापुर छोड़ा था। उस बार की अभी तक याद

है। गोद में, कन्धों पर सोते हुए समय की तो याद नहीं रही। बाल्यकाल में कोई कमी नहीं थी। उन दिनों जीवन कितना कठोर था। पंडितजी सब तरह का सम्मान करके भी कोई कसर नहीं करते थे। पिता की आज्ञा थी कि पढ़ाते समय गुरु-गुरु है, शिष्य-शिष्य है। कोई रियायत नहीं होती थी। जाँघों पर कभी-कभी नोंच-नोंचकर गुरुजी नील डाल देते थे। सुबह अँधेरे उठना, नहाना—ठंडे पानी से नहाना। उफ ! तब कितना कठिन लगता था। पर वह सब ठीक था। उसी से मनुष्य बनते थे। रामनाथ ने घोख-घोख किताबें फेंक दीं। कसरत करानेवाला उस्ताद उनसे प्रसन्न था ही। क्या था जो उन्होंने नहीं सीखा। जब वे सुबह डेढ़ सेर दूध में पाव भर मलाई और आध पाव रबड़ी पीने लगे उन्होंने यात्रा की। देखकर आँखों में लोच आती थी। वह यौवन की लुनाई थी। लोग पच्चीस का बताते थे, ये तब केवल उन्नीस ही के थे। स्त्रियाँ उन्हें देखती थीं। रीझ जाती थीं कि बेटा हो तो ऐसा हो। और रामनाथ का नाम अवध के ही नहीं आगरा तक के रईसों, जमींदारों में आदर के साथ लिया जाने लगा था।

रामनाथ उस समय भी एक मात्र नक्षत्र थे। वे कभी अपनी इच्छा से तवायफों की महफिल तक में नहीं बैठे। दयानन्द का आन्दोलन उस समय जोरों पर था, पर उन्होंने सनातन धर्म से आँखें नहीं हटाईं। विधवा विवाह के विरुद्ध रहे। दुनिया जिसे आगे बढ़ना कहती थी वे उसे सदैव पतन कहते थे। चन्द उचक्कों की कुछ नाम कमा लेने की साध समझते थे, क्योंकि उनके पास और क्या था ? यदि वे अच्छे घरों में पैदा होते तो काहे को न्याय और अन्याय की दुहाई देते फिरते ? धनी और शक्तिशाली के विरुद्ध कभी अन्याय नहीं होता। गरीब के साथ अन्याय हो सकता है, क्योंकि उसके पास अपनी रक्षा करने के साधन नहीं हैं। यदि संसार में अन्याय हो ही नहीं तो फिर न्याय सत्ता की क्या आवश्यकता है ? न्याय उनका है जो समर्थ हैं। किन्तु उनके साथ क्या न्याय हुआ है ? किस अपराध के कारण घर में माया, कहने में नारी देकर भी परमात्मा ने उनको पुत्र नहीं दिया ? क्योंकि ब्रिटिश गवर्नमेंट उनसे अधिक समर्थ थी, क्योंकि साम्राज्य का खम्भा होने पर भी उनका मूल्य नगण्य था, उन्होंने अपने को बचाने के लिए एक स्वामी स्वीकार कर लिया था।

फिर विवाह हुआ। वह दिन भी अभी तक याद है। उस दिन हृदय में एक अद्‌भुत स्पन्दन हुआ था। पिता ने ही सब खोजबीन की थी। वह बारात ऐसी निकली थी कि सात गाँवों ने बारात में जाने के लिए फेंटे रँगे थे। वह गौरव था। और जब चाचा का देहान्त हुआ और पिता भी उनके एक वर्ष बाद ही मर गए, तब ब्राह्मणों ने दक्षिणा पाकर जो आशीर्वाद दिया था, यदि वह सब सच था तो उसी पुण्य के बल पर सात पीढ़ियाँ आकाश के नक्षत्रों की भाँति जगमगा सकती थीं। कितने भिखमंगों का पेट भरा था उस दिन ! माल इतना बन गया था कि जब फेंका गया तब भिखमंगे बटोर-बटोरकर असीस देते हुए ले चले।

यौवन में उन्हें गद्‌दी मिली थी। अखंड अधिकार मिले थे। उस दिन के बाद घर के सब पुराने-पुराने लोग धीरे-धीरे चले गए। वे कभी नहीं टिकते। जब एक जाने लगता

है तो जैसे दूसरे को इशारा कर जाता है कि आजा आ, पीछे ही चला आ।

गृहस्वामिनी ने अपने अल्प वयस में ही सब कुछ सँभाल लिया। वे घर की ओर से निश्चिन्त हो गए। अब केवल बाहर ही बाहर का प्रभुत्व हो गया। घर छोड़ दिया कि मालकिन ने, पतिव्रता ने, दासी ने सब पर स्वामित्व जमा लिया। पुरुष की पुरातन लिप्सा पूर्ण हुई, जब उसका अपना गौरव ही दूसरे का भी गौरव बन गया।

उन दिनों अंग्रेज आते थे, वे भी रामनाथ की उपेक्षा करने में असमर्थ रहते थे। कितने ही ताल्लुकेदारों की, साहब को देखकर घिग्घी बँध जाती थी। अंग्रेज प्रसन्न होकर उनसे कहते थे वेल मिस्टर रामनाथ ! आप जैसा वफ़ादार आदमी मिलने से हमको बड़ा ख़ुशी हुआ। आपको कोई तकलीफ़ तो नहीं है ?

''नहीं हुजूर अंग्रेजी हुकूमत में,'' रामनाथ उत्तर देते, ''शेर और बकरी एक घाट पानी पीते हैं।''

अंग्रेज प्रसन्न हो जाते। अक्सर अंग्रेज उन्हें बताते कि वे उनकी दी हुई सहायता के प्रति कितने आभारी थे। उन्होंने डाबसन कलक्टर के सामने साफ़-साफ कह दिया था कि ब्रिटिश सरकार का स्वार्थ भारत में जमींदारों के साथ बँध गया है। रामनाथ ने कभी दबकर बात नहीं की। किन्तु उनकी अकड़, उनका स्वाभिमान, उनकी बराबरी, उनका गौरव सब अंग्रेजों ने अटूट स्वामिभक्ति और वफ़ादारी के रूप में लिया। लिया, क्योंकि वे विजयी थे। जमींदारों को उन्होंने बनाया था। शक्ति रहते यहाँ के जमींदारों ने अपनी निरंकुशता को स्थापित रखने का प्रयत्न किया, किन्तु जब उनके लिए यह असम्भव हो गया तब उन्हें सिर झुकाना पड़ा। सबल के सामने सिर न झुकाना तो व्यर्थ की मूर्खता और उद्दंडता है, जिसे कोई भी बुद्धिमान आदमी नहीं कर सकता, क्योंकि निर्बल उसमें नष्ट हो जाता है, खो जाता है।

वे दिन भी चले गए। अंग्रेजों से पहले लोग डरते थे। जिधर से अंग्रेज निकल जाता था उधर लोग काँप उठते थे। अब क्यों नहीं काँपते ? यह क्या है जिसे दयानाथ, उमानाथ, प्रभानाथ सबने घृणा की दृष्टि से देखा ? परम्परा से जो होता चला आ रहा था वह इसी पीढ़ी के लिए अखरने लगा ? राज बदलते थे, समाज बदलते थे, कायदे बदलते थे पर क्या यही सब नहीं होता था जो आज हो रहा है ? तब धनी दरिद्र नहीं थे ? क्या तब सुखी, दुखी नहीं थे ? क्या तब मालिक और नौकर नहीं थे ? तब उच्चवर्ग का निम्नवर्ग पर शासन नहीं चलता था ? क्या तब भी सबल ही की तलवार सबको नहीं झुका देती थी ?

दया के जन्म के समय का चित्र फिर याद आया। सुननेवालों ने आसीस दी थी। घर में उजाला आया था, वह आया था जिसके कारण सोना मिट्टी नहीं हो पाया, वह आया था जिसके कारण पितरों को सहारा मिल गया, वह आया था, जिसके कारण रामनाथ को एक बहाना मिल गया था कि जो करना है इसके सहारे वह हो सकेगा। उनकी इच्छाओं का स्रोत अब एक समतल पा गया। जवानी का गिरता हुआ निर्झर अब फैलने लगा। दया ने जब आँखें खोलीं, अन्नप्राशन हुआ, मुंडन, विद्यारम्भ, हमेशा वही

खर्च हुआ जिससे लोगों की आँखें फटी रह गईं। मूर्ख थे वे ताल्लुकेदार जिन्होंने क़र्ज़ा ले-लेकर ऐश किए, अपने को बरबाद किया। जब वे रामनाथ की ओर देखते तो चकित रह जाते। इस व्यक्ति को इतनी बुद्धि किसने दी ?

इस प्रशंसा, इस सम्मान के सहारे ही रामनाथ ने जीवन व्यतीत किया है ! वह आज तक इसी का अभिमान करते रहे हैं। उन्होंने कभी ऐश नहीं किए। जो किया है वह धर्मानुसार, या फिर वह जो ओहदे और सम्मान के लिए। उनके बराबर, ब्याह-शादी में आसपास का कोई खर्च नहीं करता, जन्म-मरण, यहाँ तक कि जो भी धर्म कहता है, तीज-त्योहार, सब पर दान दिए हैं, नज़र ली हैं। पर अपनी रियाया से। गरीब हो, दलित हो, अपने भाग्य से। कहीं से दो। जो हमारा है वह देना ही होगा। जो तुम्हारा है वह तुम लो। सीधा हिसाब है। हम तुमसे अधिक लेते हैं, हमारा खर्च ज़्यादा है, हम सबल हैं। सरकार जो लगान हमसे लेती है, हम देते हैं। एक-आध बार हमने उसे तुम पर माफ़ भी किया, पर कब तक ? तुम इसीलिए बने हो कि हम तुमसे लें। भगवान ने हमें दिया है। सरकार ने तभी हमारे लिए कानून बनाए हैं।

रामनाथ अपने विचारों में खो चले। तार टूट गया। विचार अब दूसरी तरफ चले। और जब उमानाथ पैदा हुआ उन्होंने क्या नहीं किया ? इसी दिन के लिए ?

रामनाथ ने सिर हिलाया। हिन्दुस्तान में बिरादरी का झगड़ा क्यों है ? क्यों हिन्दुस्तानी बाहर से लौटनेवालों को अपने भीतर मिलाने से हिचकिचाते थे ? वे जानते थे कि बाहर से आया आदमी कभी अपने रीति-रिवाज़ में नहीं बैठ सकता। उस दिन उन्होंने बिरादरी की उपेक्षा की थी जब उमानाथ विलायत से लौटकर आया था। उस दिन उन्होंने उन लोगों को दकियानूस, रूढ़िवादी, पुराणपन्थी कहा था ! किसलिए ? क्योंकि वे भूल गए थे। पुत्र के प्रेम ने आँखों पर पर्दा डाल दिया था। क्यों न उसी दिन उनकी आँखें खुल गई थीं। सनातन धर्म का चिरन्तन स्वरूप कहाँ है ? इन्हीं गाँव वाले ब्राह्मणों में, भंगी, चमारों में, चमारों में जो अपनी भाग्य का लेखा-जोखा समझकर सब कुछ समझ लेते हैं। इन अंग्रेजों ने हमारे धर्म को आकर तोड़ा है—भंगी को सिर चढ़ाकर। क्यों उमा को वहीं भेजा था उन्होंने ? क्योंकि उन्होंने अपने विश्वासों को स्वयं कुल्हाड़ा मारकर काट देने का प्रयत्न किया। उन्हें दकियानूस कहा जो समाज की व्यवस्था के लिए अपनी जान दे देने को सदैव तत्पर रहते हैं। उन्होंने ठीक किया कि समय रहते वे चेत उठे और उन्होंने निर्मोही होकर उसे रुपया देने से अस्वीकार कर दिया।

और प्रभानाथ ! कितना प्यारा था वह। किन्तु कितना मूर्ख। एक स्त्री उसे धकेल चली और वह सब कुछ हारा हुआ सा वह चला। अकेला, कुछ लोगों को साथ लेकर सर्वशक्तिमान ब्रिटिश साम्राज्य से टक्कर लेने उठ खड़ा हुआ था। किसलिए ? क्योंकि उसके पास कोई ध्येय नहीं था। वह सिर्फ हत्या किया करता था। जो सामने आकर नहीं लड़ता वह कायर होता है।

रामनाथ को इससे ही सन्तोष नहीं हुआ। क्या वह सिर झुकाकर निरीह बना रहता तो उसमें कुछ अधिक गौरव रहता ? नहीं।

किसने कहा, 'नहीं'। रामनाथ चौंक उठे। वे यह क्या सोच रहे थे ?

वे थककर गद्‌देदार कुर्सी पर बैठ गए। उनकी कुहनियाँ सामने रखी मेज पर टिक गईं। गाल हथेली पर रखे वे छत की ओर देखने लगे। कमरे की भव्य आलमारियाँ किताबों से भरी हुई थीं। प्रकाश में सब ऐसा लग रहा था जैसे यह सब बह रहा है, बह रहा है, बह जाएगा...

वह दिन कितना अशुभ था जब उन्होंने सुना कि दयानाथ कांग्रेस में काम करने लगा है। वह अकेला नहीं था। उसके साथ अनेक वैसे ही मूर्ख थे जो सब कुछ खोकर भी कुछ नहीं पाना चाहते थे। पर दयानाथ उस ओर क्यों गया ? यह तो उनका काम था जिनके पास कुछ भी नहीं था। उसे किसी चीज़ की कमी थी ? बँगला, कोठी, मोटर, रुपया...सब था...और फिर वह कुल का कर्त्ता होता। गौरव ! परन्तु उसने इस सबको तुच्छ समझा। उस सबको तुच्छ समझा जिसे स्वयं रामनाथ बहुत बड़ी चीज समझते थे। क्या रामनाथ किसी हीन वस्तु को ही जीवन का आदर्श बनाए बैठे हैं ? क्या उनकी महत्त्वाकांक्षा इतनी निरीह है कि उनका लड़का उस दिन उसे निस्संकोच ठोकर मार गया !

वे उस सबको भूल जाना चाहते थे, जैसे वह सब जो कुछ हुआ उनके जीवन में नहीं हुआ था। वे आज भी वहीं हैं, जो थे, और वे वही बने रहना पसन्द करेंगे उनके नियम साधारण नहीं हैं जो आसानी से बदल जाएँ। और यदि कपूत लड़के उनकी राह में आए हैं तो उन्हें ठुकरा देना भी कठिन नहीं है। उमानाथ की स्त्री महालक्ष्मी अभी घर में ही है। उसका पुत्र अवधेश भी है। रामनाथ के पास अपना नाती है। वह उसे ही उस गद्‌दी पर बिठा देंगे।

किन्तु भूलना क्या सरल था ? क्या पुत्रों को वे भूल सकेंगे ? अवधेश उनके स्वप्नों को पूरा कर सकेगा ?

वे उद्‌विग्न से उठ खड़े हुए और फिर कमरे में चक्कर लगाने लगे। इस समय उनके कन्धे झुके हुए थे। वह व्यक्ति जो अभिमान के कारण आकाश देखकर चलता था, आज पृथ्वी पर पड़े लात खानेवाले पत्थर से टकराकर ठोकर खा गया था। पत्थर जड़ निर्जीव था, किन्तु वह ठोस था जिसमें ध्वंस की शक्ति थी। वह जो एक पर एक धर दिया जाता है तो उससे इमारत बनती है, इमारत जिसमें रहकर दूसरे सुख उठाते हैं वे सिहर उठे। न जाने क्या था जो हृदय कचोट रहा था। क्या वे कहीं कोई गलती कर गए हैं जो लगता है कि उनके पाँवों के नीचे से जमीन खिसक रही है ?

3

चाचा के चित्र पर आँखें ठिठक गईं। तब कोई क्यों नहीं बोलता था ? तब क्या लोगों के मुँह में जुबान नहीं थी ? क्या तब लोगों में तह कुटिल चातुर्थ्य नहीं आ गया था ? सचमुच नहीं आया था। सरकार ने ग़लती की। इन टुटपुँजियों को पढ़ाकर दुश्मन बना

लिया। अगर पढ़ाना था तो लालच देते। इन्हें ख़रीद लेते।

चाचा दबंग आदमी थे। योग-साधन में अपनी दिन-रात की लगन से उनकी देह स्वच्छ बनी रहती। अखंड ब्रह्मचारी थे। आँखों में ऐसी चमक थी कि जिसकी तरफ़ देखते वह आँखें नहीं मिला पाता। महफ़िलों में बैठते। तवायफ़ों से अक्सर मिलते, पर मजाल थी कि उनका हृदय कभी भी विचलित होता, कभी भी उसमें विकार दिखाई देता। दिन-रात साधु सेवा में लगे रहते। अपना-पराया, यह मोह तो उनमें था ही नहीं। और एक बार उन्हीं साधु प्रकृति चाचा चन्द्रनाथ के पास गाँव का एक आदमी अपने लड़के को लाया। झुककर कहा, ''सरकार, इसे नौकर रख लीजिए। मिडिल पास करा दिया है। आप ही की रियाया है।''

चाचा ने सुना। दयालु आदमी थे। मंज़ूर कर लिया। पर, लड़का भूला हुआ था। वह चाचा को एक दिन जवाब दे उठा। उन्हें क्रोध हो आया। डाँटा। पर उसकी बुद्धि विपरीत हो रही थी।

इतना पिटवाया, इतना पिटवाया कि खाल उधड़ गई। लड़के की चीख़-पुकार से ददुआ भी काँप उठे। पर लड़का जब तक बचाया गया, वह मर चुका था। 1890 ई. का समय था।

लड़के का बाप ददुआ के पास आकर रोने लगा। ददुआ ने उसे पचास रुपए दिए। पर गाँववालों ने उसे भड़का दिया। मुक़दमा दायर हुआ। उन दिनों वे ठाठ थे कि लखनऊ से उन्नाव तक कलक्टर साहब की स्पेशल ट्रेन आई थी। उसी दिन तबादिला होकर तशरीफ़ लाए थे। उनके कानों में रिपोर्ट पहुँची। कलक्टर का वह दबदबा था कि लोग खड़े काँपते थे। उनकी रगों में लहू दौड़ना बन्द कर देता था। उन्होंने भीतर से कहलवा दिया, ''चन्द्रनाथ सरकार के ख़ास आदमी हैं।'' ग़रीब की हिम्मत टूट गई। क्या करे दावा करके ! उनका कोई जुर्म नहीं सुना जा सकता था। ग़रीब सिर धुनकर रह गया। जश्न हुआ। कलक्टर साहब आए। क्या हुआ ? ग़रीब ने क्या कर लिया ? अब क़ानूनों की गिरफ़्त बढ़ गई है। अब सब बड़े-छोटे बराबर बनने लगे हैं। तब 'रख और रखा' का सिद्धान्त चलता था। चाचा का उठा हुआ हाथ कभी उनकी मर्ज़ी के बिना नहीं रुका।

गौरव अखंड बना रहा। उसके बाद गाँवों में दूर-दूर तक नाम फैल गया। ताल्लुक़ेदारों में जीवन आ गया। उन्हें लगा वे सरकार के विश्वासपात्र थे। उन्हें इतना दबे रहने की आवश्यकता नहीं थी। अंग्रेज उनके सच्चे हितैषी थे।

किसलिए हुआ यह सब ? क्योंकि उस समय अमरनाथ जीवित थे। अमरनाथ का दूर-दूर तक के इलाक़े में प्रभाव था। आज उन्हें मरे हुए लगभग चालीस वर्ष हुए। उस समय वे लगभग 60 वर्ष के थे। कितना रोबीला था उनका चेहरा ! देखकर डर-सा लगता था, जैसे कोई महाराज थे। उन्हें किसी ने कभी चिन्ता करते ही नहीं देखा। नियमित रूप से पूजा-पाठ में लगे रहते थे।

अमरनाथ के पिता विलासनाथ लखनऊ की बेगम हज़रतमहल के ख़ास नौकरों में

थे। उन्होंने उन्हें कुछ ज़मीन भी दे रखी थी जिससे उनका घर-ख़र्च चला करता था।

विलासनाथ के पिता निर्भयनाथ, उनके पिता अजयनाथ, उनके पिता रामनाथ, उनके पिता आदिनाथ और...आदिनाथ से पहले काशीनाथ...न जाने कब से वे एक-दूसरे राजा के यहाँ रहते आए थे। कभी जागीर बढ़ती थी, कभी कम हो जाती थी। परन्तु, पुरुष-परम्परा से वे राजकीय कार्यों में लगे रहे। बुद्धिमानी से अपने को सब तरह के संकटों के बीच में भी आगे बढ़ाते रहे।

विलासनाथ पर बेगम की कृपा थी। उन्हें महल की भीतरी ड्योढ़ी तक जाने का अधिकार मिला हुआ था। जब कोई ख़ास काम रहता तो उन्हें भी कभी-कभी सौंप दिया जाता। निर्भयनाथ मुग़लों के सेवक थे। लखनऊ आकर उन्होंने लखनऊ के नवाब की नौकरी स्वीकार कर ली। उन्हीं के कारण उनकी सन्तान को भी स्थिति बनाने में सहायता मिल गई। उनके परिचय से विलासनाथ आगे बढ़े और उन्होंने अमरनाथ को भी वफ़ादारी के लिए पेश किया।

1857 की भीषण आग में विद्रोही लखनऊ धधक रहा था। सारे उत्तरी भारत में विद्रोही सेनाएँ उठ खड़ी थीं। अंग्रेज़ों के पाँव उखड़ चले थे। ऐसा लगता था अब उनके पाँवों का आख़िरी निशान भी ख़ून से धो दिया जाएगा। उस वक्त सारा देश पत्ते की तरह काँप रहा था। विद्रोही हनुमान पकड़ा गया था। राजा बालकृष्णसिंह मर गए थे, विद्रोही सेना में अव्यवस्था घुस रही थी। आलमबाग़ में पड़े हुए कैम्पवेल की समझ में नहीं आ रहा था कि क्या करे, क्या न करे। उसकी सेना शहर के बाहर पड़ी थी। भीतर तीस हज़ार हिन्दुस्तानी सिपाही और 50 हज़ार सशस्त्र स्वयंसेवक जमा थे। उसकी हिम्मत पस्त हो रही थी। हमला करने की सोचता था पर चालीस हज़ार गोरी, काली फ़ौज भी जैसे उसे कम मालूम देती थी। क्या वह विद्रोहियों को दबा सकेगा ? यही सोच उसके हृदय को खाए जा रही थी ?

विलासनाथ हज़रत महल के समीप रहते। वह उसकी ख़ास योजनाओं से परिचित हो चुके थे। पर उन्हें भी कोई राह नहीं दीख रही थी।

उस समय विलासनाथ का युवक पुत्र अमरनाथ कैम्पवेल के सामने जा खड़ा हुआ। सिपाहियों ने उसे घेर लिया। कैम्पवेल ने पूछा, "तुम कौन हो ?"

अमरनाथ ने झुककर कहा, "हुजूर ! अगर मुझको इनाम मिले तो आपको फ़तह हासिल होने की तरकीब मैं बता सकता हूँ। इसी से हाज़िर हूँ।"

आलमबाग़ में अंग्रेज़ी सेना अब अपने को असुरक्षित समझने लगी थी।

अमरनाथ ने कहा, "हुजूर ! आपने बहुत कोशिश की लेकिन वायदा किया जाए तो मैं..."

"डरो नहीं," उस समय ऊटरम ने कहा, "तुमको सात पीढ़ी तक खाने को मिलेगा।"

"तो हुजूर उत्तर की तरफ़ से हमला कीजिए। मेरा बाप हजरत महल का ख़ास आदमी है। उसने बताया है कि उधर का मोहासरा कच्चा है...

ऊटरम उछल पड़ा। पूरब और उत्तर से हमला शुरू हुआ। नौ दिन तक गली-गली, सड़क-सड़क, नदी, बाग, जंगल में घमासान युद्ध होता रहा। औरतें सिपाहीवेश में मर्दों के साथ लड़ती रहीं। बच्चा-बच्चा लड़ रहा था। चारों ओर 'फिरंगी को नेस्तनाबूद कर दो' यही आवाज़ उठ रही थी। लेकिन अमरनाथ अडिग होकर भेदिए का काम कर रहा था। अन्त में विद्रोही पीछे हटने लगे। उनकी तोपें ठंडी पड़ने लगीं। ख़ून से भीगी हुई ज़मीन पर अंग्रेज़ बढ़ने लगे। उधर गोमती लाल-लाल दिखाई देने लगी और देखते ही देखते लखनऊ का पतन हो गया।

जिस समय दिलखुशबाग, क़दमरसूल, शाहनज़फ़, बेगमकोठी इत्यादि मोरचों पर अंग्रेज़ों ने क़ब्ज़ा किया, उस समय अमरनाथ कैम्पवेल के पास भागा-भागा जा पहुँचा और उसने कहा, "सरकार बेगम हज़रतमहल, नवाब बिरजीसकदर और मौलवी अहमदशाह, तीनों भाग रहे हैं।"

कैम्पवेल ने प्रसन्न होकर अमरनाथ की पीठ ठोंकी। पर वे लोग भाग चुके थे। अमरनाथ का भविष्य निश्चित हो चुका था।

शहादतगंज की लड़ाई में भी अंग्रेज़ जीत गए। मौलवी भाग गया था। शहर लुट रहा था। चारों ओर हाहाकार मचा हुआ था। घरों में आग लगा दी गई। कितने ही घर गिरा दिए गए। आम आदमियों को भेड़-बकरियों की तरह निर्दयता से क़त्ल किया जा रहा था, उन्हें विद्रोह का फल दिया जा रहा था।

इन हत्याओं में इतनी क्रूर और अमानुषिक यातनाएँ दी गईं कि उनकी याद करके बहुत साल तक लखनऊवाले थर्रा उठते थे।

शहर के निवासी बेगमों के दुर्भाग्य पर आठ-आठ आँसू रोते थे। जिस बेगम हज़रत महल ने स्त्रियों का पक्षपात लिया, और इस तरह अंग्रेज़ों और हिन्दुस्तानियों का भेदभाव नहीं रखा अब उसके महल में भी लूट और क़त्लेआम होने लगा। गोरों ने भीतर घुस-घुसकर स्त्रियों की हत्या की। सैकड़ों को कैद कर लिया। उनके गहने लूट लिये गए। उनको नंगा करके बेइज्जत किया गया और अंग-भंग करके मार डाला गया।

जब हवा पुकारती थी कि फ़िरंगी तू बेईमान और दग़ाबाज़ है, जब लहू कह रहा था कि मैं नहीं सूख सकूँगा, जब ज़मीन गरज रही थी कि मुझे इन नापाक कदमों से बचाओ, जब औरतों की अस्मत, बच्चों की दुधमुँही जिन्दगी देश का अपनापन कट-कटकर गिर रहे थे, जब फिरंगी का झंडा आसमान में चढ़ रहा था और उसके वैभव को देखकर सूर्य भी आँखें छिपाने लगा था, ठीक उसी समय अमरनाथ को खिलअत प्रदान की गई और बानापुर का ताल्लुक़ा उन्हें दिया गया और उन्होंने घुटने टेककर क़सम खाई कि जब तक अंग्रेज़ी सरकार उन पर अपने रहम का हाथ रखे रहेगी, वे स्वप्न में भी उसके लिए अशुभ चिन्तन नहीं करेंगे। वे उन सबको दबाएँगे, उनका पता सरकार को देंगे जो उसके विरुद्ध सर उठाएँगे, चाहे वे कोई भी हों...पराए हों, या अपने निजी ही हों...और इस प्रकार पुरुषार्थ के कारण अमरनाथ के समय में वह परम्परा से चला आया गौरव अखंड हो गया...

सैकड़ों-हजारों मनुष्य उनकी प्रजा बन गए। उनकी इच्छा ही उन भीड़ों की इच्छा बन गई। उनका धन उन सबका धन हो गया, और अनेक झरनों ने आकर जिस स्थान को भरना प्रारम्भ किया, वह एक नदी बन गई। वह नदी जाकर ब्रिटिश साम्राज्य के महासागर में जल गिराने लगी और इस प्रकार चारों ओर जल ही जल दिखाई देने लगा। बहुत शीघ्र सब शत्रु नष्ट हो गए। चारों ओर शान्ति और सुव्यवस्था छा गई।

और रामनाथ को लगा, वे भटक गए हैं। वे उस सुख-स्वप्न से दूर क्यों हट गए हैं; ग़दर में उनके पिता ने अंग्रेज़ों की मदद किसलिए की थी ? इसी जायदाद के लिए पीढ़ी दर पीढ़ी उनके वंशजों का सम्मान होगा। अन्यथा उनमें और क्या गुण हो सकता है ?

सम्पत्ति और शासन के लिए शक्ति की आवश्यकता है। शक्ति सदैव सबल से सन्धि करके मिलती है। निर्बल की ओर वही खड़ा होता है, जिसकी आत्मा में संशय होता है। और, तभी भगवान् ने कहा है कि संशयात्मा का सर्वविनाश अवश्यम्भावी है।

प्रभानाथ ने भूल की। वह मर गया। क्यों ? क्योंकि रामनाथ स्वयं भूल गए थे। वे अपने किसी उपचेतन में मुख़बिर को बुरा कहते थे। पर क्या मुख़बिर सचमुच बुरा है ? क्या सच कहना बुरा है ? सबल के सामने झूठ कहना मूर्खता नहीं तो और है ही क्या ? माना वह शहीद हो गया। पर उससे लाभ ? उसकी इस मृत्यु में कौन सा था कुल का गौरव ? उसकी मृत्यु से उस चरित्र को एक धब्बा लगा है। जिसे अभी तक पूर्वजों ने, निस्संकोच साफ़ रखा है। आज उसी अमरनाथ के नाती ने उसी के खिलाफ़ लड़कर जान दी है, जिसकी एक रोज़ अमरनाथ ने अपनी मेहनत से जड़ें जमाई थीं।

वे किससे डर रहे थे ? लोग क्या कहेंगे यह उनके दिमाग़ में सवाल उठा ही क्यों ? लोग तो कहते ही रहते हैं। उनके पास कहने के सिवाय कुछ नहीं, और उनके कहने-सुनने से कुछ बिगड़ता नहीं। फिर, रामनाथ ने अपने पुत्र को आत्महत्या करने से क्यों नहीं रोका ? देश के लिए ? ऊँह ! वे डर गए थे। सचमुच डर गए थे। और वह भी जनमत से ?

जनमत से वीर अमरनाथ को भय नहीं हुआ। जब लखनऊ की औरतें सिपाहीवेश में सड़कों पर लड़ रही थीं, बच्चे-बच्चे में खून उबल रहा था, उस समय अमरनाथ ने अपनी बुद्धि को आवेश में नहीं खोया और पक्ष देखकर अपना हानि-लाभ सोच निकाला।

रामनाथ का सिर फटने लगा।

जनमत से डरना कायरता है। अमरनाथ मुख़बिर नहीं थे, फिर उसी काम को करते हुए प्रभानाथ मुख़बिर हो जाता ? अपने लाभ के लिए, अपने स्वार्थ के लिए जो बुद्धि का प्रयोग नहीं करता, वह कभी नहीं बच सकता।

रामनाथ को सहारा मिला।

प्रभानाथ अपराधी था।

यदि प्रभानाथ ठीक नहीं था तो दयानाथ का अपमान उन्होंने क्यों किया ? यह

भी उन विद्रोहियों में जा मिला था। उसने स्वयं अपनों की ही जड़ खोदने का प्रयत्न किया था। पर उससे क्या हुआ ? स्वयं उनके पिता ने भी तो यही किया था। पहले वे विद्रोहियों की ओर थे, जो उनके अपने थे। बाद में वे अंग्रेज़ों की ओर आ गए थे। ज़मीन के लिए, वैभव और सुख के लिए, अधिकार के लिए। यही दयानाथ आज करना चाहता था। अन्त में वह तो कुल के गौरव को अक्षुण्ण रखने के लिए लौट आया था ?

फिर रामनाथ ने उसे स्वीकार क्यों नहीं किया ?

रामनाथ को अनुभव हुआ यह उनकी दूसरी ग़लती थी। उन्हें दयानाथ को बुला लेना चाहिए था। पर, उसका अपराध तो दूसरा ही था। उसने उनका विरोध किया था। वह कभी ऐसा साहस सहन नहीं कर सकते जो, उनके सामने सिर उठाने की स्पर्धा करता। और, फिर उसकी पत्नी भी उसी अहंकार में रहती है। रोटी मैं देता हूँ, अधिकार मैं देता हूँ। मेरी आज्ञा में रहना होगा, अन्यथा नहीं, नहीं, नहीं...

उमानाथ चला गया। उसका तर्क था, उसके पास इन सबसे अधिक बुद्धि थी। न वह अकेलेपन में विश्वास रखता था, न उसके पास कोई अन्य व्यक्ति अपना यश लिये खड़ा था जिसके सहारे वह नाम कमाने की चेष्टा करता। वह उनको अन्दर से पराजित करने आया था। पर, वह नहीं झुके।

वह सबको मिटाना चाहता था। उनकी बात का उसने कोई उत्तर नहीं दिया, जैसे इस सबमें उसकी रुचि नहीं थी। वह बहस में वक्त बरबाद करना नहीं चाहता था।

क्या ठीक था उसमें ? क्या ग़लत था ? सरकार से माफ़ी माँगने नहीं, वह हिन्दुस्तान से बाहर जाना चाहता था। उन्होंने ग़लती की। 'नहीं, नहीं,' पुत्र की ममता पुकार उठी, 'वह ग़लती नहीं थी।' तब उनके तर्क ने कहा, "तुम जानते थे कि वह अंग्रेज़ी सरकार का शत्रु था। यदि तुम ऐसे ही सिद्धान्तवादी थे तो उसे पुलिस के हाथ में क्यों नहीं दे दिया ? तुम एक पुत्र को अपनी मर्यादा के लिए घर से निकाल सकते थे, क्योंकि वहाँ जनमत बीच में आ गया था। पर, उस दूसरे से कुछ नहीं कह सके, जो चोरी करने जा रहा था, क्योंकि वह एक गुप्त बात थी। वह समाज का सबसे भयानक शत्रु था। पर, वह सबल नहीं था। फिर वह भयानक शत्रु था ही कहाँ ?

कुल की परम्परा उसमें भी थी। वह अपने को कम्युनिस्ट कहता था। चाहे कुछ भी कर रहा था, पर कर रहा था अपनी ही। वह संसार में अपने को आगे समझता था, जैसे हम सब मूर्ख थे। हम पर उसे ध्यान देने की जैसे आवश्यकता ही नहीं थी, अपना काम निकालने से मतलब। बुद्धिमान वह जो किसी भी तरह से अपना कार्य साध ले।

लेकिन, जिसका धन खाए उसी का नुक़सान करना चाहे ?

पर, क्या हुआ ? रामनाथ का हृदय धड़क उठा। बेगम हज़रतमहल का दिया हुआ गाँव आज पूरा ताल्लुक़ा बनकर खड़ा था। थी किसी में हिम्मत कि ईंट भी छू दे ! यदि अमरनाथ ने ठीक किया, तो उसकी सन्तान उमानाथ में यह भाव होना कोई कठिन

काम नहीं। तब क्या अमरनाथ ने पाप किया ? उमानाथ तो अपराध करना चाहता है ! पर वह कहता है, ददुआ यह आपके दृष्टिकोण से ऐसा लगता है। हज़रतमहल के दृष्टिकोण से अमरनाथ ने क्या किया था ?

आज रामनाथ को लगा, जैसे संसार घूम रहा था। यह वे क्या सोच रहे थे ? क्या यह सम्पत्ति पाप है ? क्या देश इसी से उनके विरुद्ध खड़ा हो गया है ?

रामनाथ ने दोनों हाथों से सिर थाम लिया। उन्होंने देखा द्वार पर श्यामनाथ खड़े हँस रहे थे। वह सचमुच पागल हो गए थे। घर की उदासी में वह लुटा हुआ स्वरूप देखकर रामनाथ को लगा सब कुछ समाप्त हो गया है। उन्होंने देखा श्यामनाथ हवा से कुछ कह रहे थे। एक बार उन्होंने उन तैलचित्रों को देखा, फिर देखा श्यामनाथ की ओर, और वे काँप उठे...।

दूसरा परिच्छेद

1

एक मास बीत गया। वे एक प्रकार से अकेले ही रहते थे। श्यामनाथ की निगरानी का काम अवश्य था। घूमते-घूमते एकान्त में उनका मन घबरा गया। वे ऊब गए। फिर आकर ड्राइंगरूम में हताश से बैठ गए। अवध में इतने ताल्लुक़ेदार हैं। उनके यहाँ सब कुछ आराम से चलता है। भीतर कभी घुन नहीं लगती। उनके लड़के हैं। उन्नाव से जाकर प्रायः सब ही लखनऊ में ऐश करते हैं, पढ़ते हैं। अंग्रेज़ी तहज़ीब सीखते हैं, पर कितनी ? जितनी अपनी हिन्दुस्तानियत को क़ायम रख सकें। यह नहीं कि अपने काश्तकारों को ही सिर चढ़ाने लगे। यह सच है कि उनमें कुछ मूर्ख हैं। पर, मूर्ख हैं, क्योंकि धन इतना है कि कभी किसी की चिन्ता करने की आवश्यकता नहीं पड़ती।

और उनके घर के आँगन में जो तीन फूल खिले, तीनों में रूप था, खुशबू किसी में भी नहीं थी। वे समझते थे कि रामनाथ बूढ़ा है। वह अपनी मर्यादा में भूला हुआ है। क्यों छोड़ दें ? जिसे वे शाश्वत सत्य समझते रहे हैं उसे क्यों छोड़ दें। गांधी की बात और है। फिर रामनाथ सोचने लगे। यह बूढ़ा कौन है ? वे भी प्रायः उसी आयु के हैं। उस बूढ़े में ऐसा कौन सा जादू है ? है वह महान! मन इसे अस्वीकार करना चाहता है, पर कर नहीं पाता।

किसके लिए छोड़ दें ? पुत्र नहीं रहे। नाती को वे अपनी मर्ज़ी की शिक्षा देंगे। एक बार जो धोखा खाया है, उसे बार-बार दुहराने की आवश्यकता नहीं। पंडित-मौलवी लगा देंगे। अंग्रेज़ी पढ़ाने को भी घर पर ही एक अंग्रेज़ रख देंगे, जिससे अवधेश के बिगड़ने का खतरा तो नहीं रहेगा।

धर्म तो यह नहीं कहता कि रामनाथ एक ताल्लुका रखकर पाप कर रहे हैं। मनुष्य

बहुधा अपने वर्तमान को ही सोचता है। क्यों न वह पीछे की ओर भी दृष्टि दौड़ा ले और देख ले कि किस दीर्घ परम्परा की कड़ी है ?

उन्नाव में रहने पर उनमें एक बेचैनी रहती। कभी किसी को उनकी मानसिक अव्यवस्था का पता नहीं चलता, क्योंकि उनके सामने आकर बात करनेवाला अब कोई नहीं रहा था। परिवार का संकोच हटते ही उनका ध्यान पुरानी बातों की ओर खिंच गया।

उसी समय उनका ध्यान टूटा। बाहर एक मोटर आकर रुकी। दरवाज़ा खोलकर बन्द करने की आवाज़ आई और फिर हल्की सी पगध्वनि सुनाई दी। रामनाथ ने कोई चिन्ता नहीं की। कमरे के द्वार पर लटका रेशमी पर्दा हिल उठा और किसी ने भीतर प्रवेश किया। रामनाथ पीठ उधर होने के कारण नहीं देख सके। उनकी गम्भीरता को देखकर आगन्तुक कुछ देर खड़ा रहा, फिर धीरे-धीरे सामने आ गया। रामदीन को देखकर रामनाथ चौंक उठे। उन्होंने उसकी ओर भौं उठाकर देखा।

रामदीन ने कहा, ''सरकार! नवाब साहब आए हैं।''

''कौन ?'' रामनाथ ने अविचलित स्वर से पूछा। जैसे इस समय किसी का भी आना उन्हें पसन्द नहीं था।

रामदीन पुराना सेवक था। एक शब्द से ही सब कुछ समझ गया। उसने कहा, ''नवाब साहब ख़ैरा।''

''ले आओ,'' रामनाथ ने धीरे से उत्तर दिया। रामदीन चला गया। उसके जाने के बाद वे नवाब साहब कैरा के विषय में सोचने लगे और अचानक ही उनके होंठों पर एक मुस्कुराहट छा गई। संसार में कितने-कितने अद्‌भुत आदमी रहते हैं! कुछ ही देर में भीतर दो व्यक्तियों ने प्रवेश किया। दोनों के कदम अन्दाज़ से उठते थे, अन्दाज़ से गिरते थे।

''सलामालेकुम, सलाम आलेकुम'' दोनों ने झुककर कहा, जैसे दो लचीले पेड़ हवा के झोंके में झुक गए और उनके हाथ बार-बार ऐसे हिलने लगे, जैसे झुके हुए पेड़ की टहनी कभी आगे जाती थी, कभी पीछे हटती थी, आगे जाती र्थ।, पीछे हटती थी।

एक पतला-दुबला व्यक्ति था। महीन मलमल का कुर्ता, ऊपर सफ़ेद सुन्दर चपकन। सामने और पतली दुपल्ली लखनवी टोपी पर कशीदा कढ़ा हुआ था। गोरे रंग पर नीली-नीली नसें मोटी-मोटी सी उफ़न आई थीं। पाँव की जूतियों पर जो काम था, वह हल्के, सुनहले तारों से इस कद़र नायाब मालूम देता कि देखते ही बनता था। मिस्सी से काले पड़ गए मसूड़ों में बेतहाशा पान चबाने से जो लाल पर्त चढ़ गई थी, वह उनकी एक अपनी विशेषता थी। मूँछें चढ़ी रहतीं। गालों पर गड्ढे से दिखाई देते, जो वास्तव में आँखों के नीचे छाए कुंडल की छाया थी और माथे पर आड़ी-तिरछी सलवटें देखकर लगता था कि इन्हें कभी ज़िन्दगी में शान्ति और संयम नहीं मिले। बाल पट्टे थे और काली चमक में कहीं-कहीं सफ़ेद रेशम से वे बाल एक-एक इंच गवाही देते थे कि इत्र की खुशबू से वे विभोर हो उठे हैं। यह थे नवाब साहब अज़ीज़ बहादुर। लखनऊ के

छतरमंज़िल क्लब में जब आपके क़हक़हे गूँजते थे, तब चौक में ख़बर हो जाती थी कि शेर आया हुआ है। उस दिन चुनी हुई तवायफ़ें पलकों की सान पर कटीला सुरमा चढ़ातीं और आँखों में इन्तज़ारी का हीरा चमकने लगता। उनकी तीन उँगलियों में क़ीमती पत्थर दूर से चमकते हुए दिखाई देते थे।

दूसरा गोलमटोल-सा गोल-सी आँखों का आदमी था। इसका नाम था मिर्जाबिग। आवाज़ निहायत पतली थी। ऐसा लगता था जैसे बच्चे के बड़े सिर पर किसी ने डिठौना लगा दिया हो। मूँछें हमेशा पाँच बजकर पैंतीस मिनट बजाती थीं। रेशमी चपकन पहनते थे। मोटी-मोटी उँगलियों पर अँगूठियाँ चढ़ाए थे और गाल, गले, सीना, पेट, पेडू, जाँघ, सब ही अपने-अपने को अपनी गोलाइयों, मोटाइयों द्वारा व्यक्त कर रहे थे। रंग मुआ जरी साँवला था पर नज़ाक़त के यह हाल थे कि छरहरी कंकड़ियों को भी चाकू से छील-छीलकर खाते थे। रोटियाँ बनवाते थे तो जैसे सफ़ेद काग़ज़, और हँसते थे तो अपनी कुर्सी समेत। आपका ताल्लुक़ेदारों में बहुत मान था, क्योंकि आपकी हर बात में अत्यन्त नम्रता थी।

इसी दूसरे व्यक्ति के विषय में प्रसिद्ध था कि एक बार वह कलक्टर से मिलने गया। चलते वक्त हाथ की घड़ी बन्द निकली। अंग्रेज़ वक्त का पाबन्द होता है। इसलिए इजारबन्द में टाइमपीस बाँध ली। इसके अलावा और कोई चारा ही नहीं था। अपनी अचकन के भीतर से 'टिकटिक', 'टिकटिक' सुनकर उन्हें बड़ा आनन्द आया। जब कलक्टर से मिले और कुर्सी पर बैठे तभी अचानक घड़ी का अलार्म ज़ोर से बज उठा। कलक्टर परेशान हो गया। सब तरफ़ देखा, घड़ी दिखाई नहीं दी। ग़ौर से सुना तो लगा कि आपके बदन में से आवाज़ आ रही है। आप भौंचक खड़े थे। चाभी भरना, अलार्म बन्द करना नौकर का काम था। आपको कभी यही याद नहीं रहा कि कौन सी चाभी घंटों की होती है, कौन सी मिनटों की। अब बन्द कैसे करते ? यह भी नौकर का काम था। आख़िर कलक्टर के चपरासी ने आकर घड़ी बन्द की। इस सिलसिले में कलक्टर की नाराज़गी मिटाने के लिए सुबह-शाम चक्कर लगाने शुरू किए जो उस दिन बन्द हुए जब साहब ने लात मार दी।

रामनाथ उन लोगों को देखकर उठ खड़े हुए। उन्होंने गर्व से मुस्कुराते हुए कहा, "आइए, आइए, घर में उजाला हुआ।"

रामनाथ कभी अधिक तकल्लुफ़ नहीं करते थे। वे मुस्कुराकर हाथ आगे बढ़ाकर खड़े अतिथियों के बैठते ही बैठे, और उन्होंने अत्यन्त नम्रता से कहा, "इस क़दर तकलीफ़ की। कहलवा दिया होता।"

"तो सरकार आपसे कुछ तकल्लुफ़ है," पतले-दुबले आदमी ने अपनी भरभराई आवाज़ में कहा, "आप हमारे बुजुर्ग हैं। अपना घर समझा, चले आए।"

रामनाथ फिर मुस्कुराए।

मोटे आदमी ने कहा, "खता मुआफ़ हो, सरकार। बच्चों की शादी है। इसी वक्त तक़लीफ़ देने आए हैं।"

"इसी वक्त ?" रामनाथ ने अचरज से पूछा।

"परसों ही तो सब तय हुआ है। सरकार ! गुलशन मियाँ की शादी अचानक ही शबनम बीबी से तय हो गई। आपको तो चलना ही होगा, वरना बस ताल्लुक़ेदार और रईस हमारी इज़्ज़त अफ़ज़ाई करें, और हुजूर का इक़बाल कि आप न हों, माशाल्लाह ! सर पर पगड़ी हो और सरपेच न हो," उसने ऐसे कहा जैसे यह असम्भव था।

रामनाथ इस समय मज़ाक नहीं चाहते थे। पर, जिस व्यक्ति ने आकर धरना दिया था वह भी एक बहुत बड़ा ताल्लुक़ेदार था। पुराने ख़ानदानी रिश्ते थे। नवाबी ज़माने में बैठे महल में दोनों के पिता डटकर बटेर लड़ा रहे थे ! मुसाहबों की भीड़ थी। 'शाबाश', 'शाबाश', 'बेटा', 'शहज़ादे', की आवाज़ों से बटेरों को बढ़ावा दिया जा रहा था, और सबके सब ऐसी तरंग में मस्त हो रहे थे कि महल गूँज रहा था। 'अबकी बार ज़रा खरोंच खा गया !' 'पर मर्द है, देखिए सीना फुला रहा है।' 'होशियार, दुश्मन का वक्त आ गया।' और उस सरगर्मी से दोनों बटेर भी पागल हो रहे थे।

बाँदी बरामदे में बैठी पतंग की डोर पर माँजा चढ़ा रही थी। पास बैठा मुँह लगा नवाब साहब का नौकर उससे हँसी-दिल्लगी कर रहा था और वह तिनकती, मुस्कुराती, कभी डोर पर माँजा चढ़ाती कभी नौकर की हृदय-रूपी पतंग काटने के लिए आँखों पर माँजा चढ़ाती। भीतर ज़नानख़ाने में शायद इस वक्त नाच हो रहा था क्योंकि छूम-छुनन की आवाज़ पर बरबत की गूँज सुनाई दे रही थी।

नवाब वाज़िदअली शाह ने आज्ञा दी थी कि सारे नवाब तैयार रहें। वक्त बुरा है। इसलिए तैयार रहना जरूरी है। वे स्वयं फ़ौजी कवायद क़रवाते थे। उन्होंने ख़बर भेजी थी कि हर जगह यही किया जाए। ख़ैरा के नवाब सुनकर घबरा गए। कुछ कहने ही वाले थे कि मुसाहबों ने राय दी, "हुजूर ! आज रहने दीजिए। आज दिन ठीक नहीं है।" फिर नाच होने लगे। दिन ठीक आए ही नहीं, बटेरों की लड़ाई ख़त्म ही नहीं हुई, पर अंग्रेज़ आ गए। नवाब ने उनकी क़दमबोसी की और बटेर की क़सम खाकर वफ़ादारी दिखाई कि उन्होंने वाज़िदअली शाह का कहना पहले भी न माना था। अंग्रेज़ों ने देखा और सोचा—ठीक है। नवाब ख़ैरा ने बन्दी नवाब के चरित्र पर दोषारोपण किया। बच गए। दो-चार तवायफ़ें पेश करके कहा कि वह नवाब वाज़िदअली के यहाँ से छुड़ाई हुई कुलीन कन्या हैं। वफ़ादारी की सनद मिल गई। महल में फिर गाना-बजाना होने लगा। ठाठ जम गए। उन्हीं के पुत्र को सामने देखकर रामनाथ ने पुरानी दोस्ती का लिहाज़ किया। उनके बाग़ों के आम बिला नाग़ा उनके यहाँ हर बरसात में आते थे। रामनाथ के यहाँ से भी समय-समय पर जो भी कोठी में बनता, उनके यहाँ पहुँचाया जाता जिसे लेकर बेगम साहिबा प्रसन्न हो जातीं और ख़ैरियत पूछकर नौकरानी को हमेशा कुछ इनाम देकर खाया करतीं।

पतले-दुबले नवाब साहब ने लचककर कहा, "सरकार ! आप न सोचेंगे कि पहले नहीं कहा। वक्त पर चले आए ? वल्लाह, बिल्लाह, अर्ज करता हूँ कि पलक झपकाने की फ़ुर्सत नहीं मिली।"

"आखिर," रामनाथ ने कहा, "लड़का कैसा है ? कहाँ का है ? क्या करता है ? कुछ हमें भी तो बताइए ?"

मोटे मिर्ज़ा ने अज़ीज़ को बोलते से रुकने का इशारा किया। और फिर अपनी महीन पतली आवाज़ में कहा, "आपके क़दमों का साया रहे। लड़का क्या है ? नवाब की मुहर की रौनक़ है। वहीं सरोवर के पास रहता है। पूरा ओहदा है। ठाठ है। सरकार ! पानी तक का राजा है। लहरों पर चलता है। आह! जवानी हो तो ऐसी हो। क्या करता है ? हम भी क्या करते हैं ? आपसे क्या कुछ छिपा रह सकता है ?" और मिर्ज़ा ने झुककर रामनाथ के दोनों घुटनों को पकड़कर अपनी कुर्सी पर झुककर कहा, "आप न चलेंगे तो पान की गिलौरियों में रंग नहीं आएगा, आज परवानों की क़सम सितारे को ज़मीन पर उतरकर शमआ बनना पड़ेगा।"

नवाब अज़ीज़ मुग्ध से भर्राई आवाज़ में कह उठे, "वाह ! ख़ूब कहा। फिर कहिए।"

रामनाथ लाचार हो गए। उन्होंने कहा, "तो फिर चलिए। ख़िदमत में हाज़िर हूँ।"

मिर्ज़ा ने हाथ ऊपर उठाकर दुआ माँगते हुए कहा, "तेरी रहमत है परवरदिगार। ऐसे ही सहारा देता चला चल। वरना हम किस लायक़ हैं। तेरी महर से हम ख़ार भी गुलों के साथ बैठे हैं," लगा जैसे वह मुग्ध हो गया, पर शीघ्र ही चौंक उठा और एकदम मुड़कर उसने रामनाथ से काँपती आवाज़ में कहा, "वह ही, ज़रा ठाट-बाट से सरकार !" फिर आवाज़ दी, "कोई है ?"

एक नौकर ने प्रवेश किया। रामनाथ ने कहा, "रामदीन से कह दे, हम बाहर जा रहे हैं।"

रामदीन उसी समय भीतर आ गया। उसके हाथ में पान की चाँदी की स्वच्छ तश्तरी थी, जिसमें बीड़े सजे हुए रखे थे। तिवारीजी ने पान पेश किए। निहायत अदब से दो बार सलाम करके नवाबों ने पान स्वीकार किए और शीघ्र ही जूते, मोज़े लेकर रामदीन हाज़िर हुआ।

कपड़े पहनकर रामनाथ तिवारी ने अपना चाँदी की मूँठ का डंडा अपने हाथ में लिया और कहा, "रामदीन ! कह देना शायद मुझे देर हो जाए। महाराज खाना रखे। और सब सो जाएँ। बेकार जागने की ज़रूरत नहीं है।"

रामदीन आज्ञा भीतर पहुँचाने चला गया। तिवारीजी कहीं खाते-पीते न थे। पक्का खाना उन्हें अरुचिकर था। फल चखते थे। मोटर चल पड़ी।

जब मोटर चली गई तो महालक्ष्मी के पास अवधेश दौड़कर गया और कह उठा, "ददुआ तो मोतर में गए हैं। रेल में आएँगे...छब छो जाना..."

2

ड्राइवर ने गाड़ी तेज़ कर दी। हवा दोनों तरफ़ से आकर टकराने लगी। नवाबसाहब,

अज़ीज़ बहादुर कैरा और रामनाथ तिवारी पीछे बैठे थे और आगे ड्राइवर की बग़ल में काफ़ी 'पहले आप', 'पहले आप' कर लेने के बाद मोटे मिर्ज़ा बेग बैठे थे। जब गाड़ी रफ़्तार में आ गई तब वे बातों के जोश में एक बार जो अपनी सीट पर घूमे तो घूमे के घूमे ही रह गए। अब उनका रुख पीछे की ओर था। काफ़ी मोटे आदमी थे। गाड़ी शीघ्र ही शहर छोड़कर कैरा की ओर चल पड़ी। रामनाथ कैरा रियासत से परिचित थे। उन्हें अनेक बार वहाँ जाना पड़ा था। एक बार जब ख़ैरा के इन्हीं नवाब साहब से गवर्नर नाराज़ हो गया था, तब वे बहुत ख़ुशामद करके रामनाथ को अंग्रेज़ी बोलने के लिए अपने साथ ले गए थे। उस बार रामनाथ ने गवर्नर को प्रसन्न कर लिया। उसकी बीवी को वह जड़ाऊ कंठा दिया था कि कैरा के होंठ ख़ुशी से काँप उठे थे। उसने तरफ़दारी की। गवर्नर को प्रसन्न होने के लिए विवश होना पड़ा। उस साल गर्मियों में नवाब साहब मंसूरी न जाकर नैनीताल गए और गर्मियों-भर उसकी बीवी के पास यह भेज, कभी वह भेज, और अन्त में बाल-डांस में एक ऐंग्लो-इंडियन नाचनेवाली लड़की से एक रईसों की बीमारी लेकर लौटे और जब लखनऊ के डॉक्टरों ने निहायत रुखाई से उसे गर्मी कहा तब इलाज करवा के जाड़ों में अपनी रियासत पहुँचे, जहाँ जाते ही उन्होंने पेरिस से मँगाए स्त्रियों के नग्न चित्रों को जला देना चाहा, पर उसी वक्त मिर्ज़ाबेग को परमात्मा ने भेज दिया। चित्र बच गए। महीने भर बाद फिर शराब और रंडी चलने लगी और कभी बन्द नहीं हुई। उन पर इस वक्त कई लाख रुपया कर्ज़ था, चार गाँव बेच चुके थे, उनका महीने का खर्च कुछ इस प्रकार का था :

शराब	1500 रु. से 2000 रु.
अफ़सरों की नज़र	1000 रु.
नौकर, बाग़ इत्यादि	800 रु.
मोटर	500 रु.
कुत्ते, बटेर इत्यादि	700 रु.
खानपान इत्यादि	3000 रु.
कुल	**8000 रु.**

पर, वे अपनी ग़रीबी का रोना रोया करते थे। यह कैसे हो सकता था कि बस बँधी लकीर पर सब काम चलता रहे। कम-से-कम 3000 या 4000 रुपया हर महीने से ऊपर तो ख़र्च हो ही जाता था। इसीलिए कर्ज़ा लेना पड़ता था। घर में ज़ेवर जरूर थे, सामान था। पर बेगम के सामने उन पर उनकी कुछ चलती न थी। बेगम की आँखों को उन्होंने कभी बिना तरेर के देखा ही नहीं। तीसरी बीवी में कुछ फ़ैयाज़ी थी जरूर, पर अव्वल बेगम ग़ज़ब की औरत थी। वह इस बात को साबित कर चुकी थी कि पति को वश में रखने के लिए स्त्री में यौवन होना आवश्यक नहीं है। जहाँ तक अपने ऐश का सवाल था, वह कभी कर्जा लेकर मँगाने में नहीं हिचकिचाती थी। उसकी बला से कुछ हो। नवाब साहब अज़ीज बहादुर ख़ुद लाखों इधर से उधर कर देते थे, पर बेगम नरगिस के रहते

बेगम गुलनार का एक पैसा भी कहीं से मँगाना अपना अपमान समझते थे, किन्तु बिल्कुल लाचार थे। उन्हें घुड़दौड़, थियेटर, नाच सबके लिए तंगी महसूस होती। उधर सूद बढ़ जाता था। झट एक गाँव बेच देते थे। कुछ पैसा मिल जाता था। उससे क़र्जा बाद में चुकता था, ज़रूरियात पहले रफ़ा होती थी। अबकी बार डेढ़ लाख हाथ में आए। सुनते ही तीनों बेगम टूट पड़ीं और क़रीब साठ हज़ार रुपया ले गईं। मिर्ज़ाबेग एक नई मोटर ले आए। उन्होंने वादा किया कि अबकी बार मंसूरी में हैकमैन खरीद लेंगे और फिर सब औरतें उनके इशारों पर उठेंगी, बैठेंगी, नाचेंगी, गाएँगी। अपने-अपने रिक्शे में घूमनेवाले राजा-महाराजा देखते रह जाएँगे। नवाब साहब अज़ीज बहादुर जानते थे कि यह होना कठिन है, पर अब इतनी छोटी सी रक़म के पीछे ऐसे जिगरी यार से झगड़ा भी नहीं कर सकते थे। यारी है तभी निबाह है, वरना कौन किसकी चीज़ लेता है। उन्हीं दिनों एक जगह से बासठ बरस पुरानी स्कॉच व्हिस्की मिली। फ़ी बोतल सत्तर रुपए माँगता था। सोचा, टाल जाएँ। पर, उन दिनों रानी मनोरमा लखनऊ आई हुई थीं। उनके फ़ैशन यूरोप को मात करते थे। एक रात के लिए सात बोतलों का ऑर्डर दिया। नवाब साहब रानी मनोरमा को शराब पिलाकर मस्त कर रहे थे, उधर यार लोग 7 की जगह आलमारी में 143 शराब की बोतलें जमा करके दाम चुका रहे थे। इनमें से 22 बोतलें पुरानी थीं। बाक़ी शायद नई थीं। पर, उन्हें क्या खबर थी ? रानी मनोरमा जैसी सती पहले थीं, वैसी ही रातोरात चली गईं। लोग उनकी धार्मिकता की चर्चा करते रह गए। पर, नवाब साहब इसके बाद काफ़ी बेचैन रहने लगे। पड़ोस के राजा शौगढ़ की अमीरी अब अवध भर में फैलती जा रही थी। उन पर क़रीब 17 लाख रुपया क़र्ज था। दुनिया में उनके ऐश की कहानी मशहूर थी। कहा जाता था कि स्त्रीधन लेने के लिए उन्होंने अपनी माँ को ज़हर देकर बहा दिया था जो असल में मरी नहीं। उन पर मुक़दमा चला। आख़िर माँ थी। चुप हो रही। तीन साल में दोनों तरफ़ से ख़ूब रुपया फुँका। इस बीच उनकी बहन का आना-जाना बढ़ा। वह रसोइए से दोस्ती करके यहाँ से बटोर-बटोरकर अपनी ससुराल ले जाने लगी। आख़िर राज़ पकड़ा गया और बहन का क़त्ल हो गया। इस मामले को दबाने में भी काफ़ी रुपया ख़र्च हुआ। फिर चचेरे भाई ने नालिश की, जिसका नतीजा हुआ कि सात गाँव रेहन हो गए और जब सब बाधाएँ मिट गईं। तब विलासिता का नग्न नृत्य होने लगा और वे कर्जों से लदते गए। उनके बोझ से उनकी रियाया ऐसे चरमराने लगी जैसे भैंसागाड़ी, पत्थरों के दाब में कराह उठती है। पर, उन्होंने कभी चिन्ता नहीं की। जितने भी सार्वजनिक काम थे, विधवाश्रम, अनाथालय, यतीमख़ाना, सबको मुक्तहस्त दान देते रहे और इधर नवाब साहब से उनकी तनातनी बढ़ती जा रही थी। पर उनका यश नवाब साहब के हृदय में काँटे की तरह चुभता था। राजा साहब कमाल के आदमी थे। एक बार का लगाया बाग़ जब दस साल में फूलकर महक उठा, आपने एक अंग्रेज़ इंजीनियर बुलवाया और उसे उसको सुधारने की आज्ञा दी। अंग्रेज इंजीनियर समझदार आदमी था। अपनी छः महीने की तनख़्वाह उसने पहले रखवाली और इम्पीरियल बैंक में जमा करवा दी। इसके बाद बँगला, खाना, नौकर, मोटर सब मुफ़्त

लेकर वहाँ काम शुरू करने लगा। जब छः महीने बीत गए तब तक आधा काम हो चुका था अर्थात् लगा लगाया बाग़ उजाड़ दिया गया था। अब फिर से एक नया बाग़ लगाने की सिफ़ारिश की गई। राजा साहब को यह विचार अब पुराना लगने लगा था। उन्होंने पहले के नीबू, पपीते इत्यादि के स्थान पर अंग्रेज़ी फूल लगवा दिए क्योंकि अंग्रेज़ों के यहाँ डाली भिजवाते समय काफी तकलीफ़ होती थी। इस प्रकार उनकी आमदनी का एक यह ज़रिया भी बन्द हो गया था।

नवाब साहब ने अभी तक ऐसा क्या किया ? पलासगाँव के राजा साहब के यहाँ जानवर पालने का शौक़ था। घोड़ा, हाथी, बकरी, कुत्ता, तीतर, बटेर, कबूतर, गाय, भैंस, पड़ा, बकरे, मोर, तोता, मुर्गी सब पालते थे। उन्हें एक और शौक़ था। एक कमरे में बहुत से डिब्बे थे। किसी में धामन रखते, किसी में बिच्छू। पहाड़ी, जलचर सब तरह के ज़हरीले जानवर भी रहते थे। अभी हाल ही में वे भी एक ज़ेबरा ख़रीद लाए थे। सादा गोरखर था, पर जिसे देखो वही उसकी बात करता था।

आज नवाब साहब प्रसन्न थे। उनके मुख पर विजय का गर्व था। आज वे साबित कर देंगे कि रईसी में उनकी बराबरी करना खेल नहीं है।

मिर्ज़ा बेग की महीन कतरनी चलती चली जा रही थी। शायद एक पतली पिघली आवाज़ के अतिरिक्त रामनाथ के सामने उसका और कोई मूल्य नहीं था। वे सुनते जाते थे और कभी-कभी उनके होंठों पर मुस्कुराहट आ जाती थी। अज़ीज़ बहादुर ने सुना, इस समय वह कह रहा था, "तो सरकार ! जब वह मरदूद नहीं माना, तो हमने कहा, अच्छा भाई अच्छा। हम बीमा करा लेंगे। अपना बीमा करा लें ?" बोला, "सरकार ! आप तो आप हैं ही, बेगम साहिबा का भी बीमा करवा लीजिएगा।" मैंने कहा, वजह ? क्या तुम्हें हमारी नीयत में कुछ फ़र्क़ मालूम देता है। अजी सरकार। यह सुनकर क्या कहता है कि कल ख़ुदा न चाहे दुश्मनों पर कोई मुसीबत आए ? लाहौलबिलाक़ूवत। लाहौलबिलाक़ूवत ! सुनते ही मैंने तो कानों में उँगली डाल ली और कहा, "म्याँ ! तुम कौन जंगली हो। ऐसे आए हो जैसे फरिश्ते हो। अमाँ तुम सरकार का बुरा चाहनेवाले कोई कांग्रेसी हो, जो चलो, मालिक लोग हैं, तो चन्दा भी इसी तरह झूठ-मूठ कहकर लेते चलो। तुम्हारा ज़रियायेमाश क्या है ?" तो सरकार कहता क्या है कि यही। सब आपकी दुआओं पर पलते हैं। अलहम्द उल्लिल्लाह ! अल्म उल्लिल्लाह !! मैंने कहा दुआओं पर या तो तुम पल लो, या हम पल लें। चलो, पहले कलक्टर साहब से इसी का फ़ैसला करवा लें। पर, सरकार ! बड़ा अड़ियल था। आप तो जानते हैं, बिल्कुल खच्चर था, खच्चर। ख़ैर ग़रीब था। हमने अपना तो नहीं, अपने एक नौकर का बीमा करवा दिया।

रामनाथ तिवारी ठठाकर हँसे। उसी समय गाड़ी में झटका-सा लगा और गाड़ी रुक गई। तीनों उतर पड़े।

3

तेज़ रोशनी में अनेक रेशमी वस्त्रों में सुसज्जित व्यक्ति बैठे थे। ये सभी ज़मींदार, ताल्लुक़ेदार और रईस नहीं थे। इनमें से कुछ बहुत अमीर बनिए थे, और कुछ सरकारी अफ़सर थे। इन तीनों के पहुँचते ही समाज में एक हलचल-सी हो गई। बूढ़े नवाब परवेज़ उठे और उन्होंने हाथ बढ़ाकर कहा, आक्खा ! क्या देख रहा हूँ। क्या यह सच है ?

रामनाथ ने उनके हाथ पकड़ लिये और कहा, "आप तो एकदम भूल गए।"

"सुना आपने ? राजा साहब ?" बूढ़े नवाब ने अपनी भारी आवाज़ में कहा, "यह हुज़ूर ने क्या फ़रमाया ?"

"मैं तो जरा ऊँचा सुनता हूँ," राजा साहब ने मूँछों पर हाथ फेरते हुए कहा, इसके बाद वे सब बैठ गए।

नवाब परवेज़ को देखकर उनको हर कोई सक्का समझ सकता था। परमात्मा ने रूप ही ऐसा दिया था। पर आप काफ़ी पढ़ने के शौकीन कहे जाते थे। आपके पास एक विराट पुस्तकालय था जिसमें अंग्रेज़ी की अनेक पुस्तकें थीं। एक आलमारी में तो एन्साइक्लोपीडिया ऑफ़ रिलीजन, इन्साइक्लोपीडिया ब्रिटैनिका, एन्साइक्लोपीडिया ऑफ नेम्स इत्यादि ही थीं। भूगोल, इतिहास, राजनीति, फ़ारसी, उर्दू, चित्र तथा धर्म की आपके पास अनेक पुस्तकें थीं। जिनकी लम्बाई दस इंच, मोटाई तीन या चार इंच तक थी। आपके उस पुस्तकालय में अनेक विद्वान् यूनिवर्सिटियों से पढ़ने आते थे जिनके रहने, खाने का खर्चा आप सहर्ष उठाते थे, जैसे इल्म फैलाने में आपको कोई गिला न थी। जितने लोग फायदा उठा सकें उठा लें। खुद इस उम्र पर भी अब करीब अस्सी बरस तक तो पहुँच चुके थे—सेक्स पर किताबें पढ़ने के बहुत शौकीन थे। आपको उम्र का ध्यान नहीं रहता था, क्योंकि आप शायद अभी तक कुश्ते खा-खाकर अपने को जवान समझते थे। सूँघकर बता सकते थे कि यह शहद असली है या नकली। यह कस्तूरी वास्तविक है कि बनाई हुई। शिकार, अंग्रेज़ी, नवाबी यात्रा, इन विषयों पर आप किसी भी उम्र के लड़के से उसी लहजे और दिलचस्पी से बात कर सकते थे जितना स्त्री-भेद या दवाइयों पर। अभी-अभी दो साल पहले आपने सातवीं शादी की थी। आपके लड़कों की लड़कियाँ उस लड़की से शायद तीन साल उम्र में बड़ी थीं। जिसका भाग्य आपने अपने पौरुष के सहारे खोल दिया था। उनको जीवितावस्था में देखकर ही भान होता था कि वे किसी इतिहास के पुराने चित्र हैं। लोगों को उनमें बड़ी दिलचस्पी थी और ख़ासतौर पर उनकी ज़िन्दादिली से सब बहुत आकृष्ट हो चुके थे।

दूसरे सज्जन जो राजासाहब थे, उनकी आयु लगभग साठ के थी, इस समय तन, मन और वचन से सठिया चुके थे। आपके हाथ में शराब का प्याला था और आप चुस्कियाँ ले-लेकर पी रहे थे। आप प्रायः उपस्थित सज्जनों और सभ्यों में सबसे बड़ी रियासत के मालिक थे।

आनरेरी मजिस्ट्रेट रामनाथ तिवारी के विषय में बहुत से किस्से उड़ चुके थे। उनके

सबसे बड़े पुत्र दयानाथ जेल हो आए, कांग्रेस के चुनाव में वे हार भले ही गए, पर नाम तो काफ़ी हो ही गया। दूसरा उमानाथ कम्युनिस्ट था, पर यह बात ज़ाहिर नहीं थी। यह लोगों को मालूम था कि वह कहीं चला गया है। तीसरा बेटा प्रभानाथ अभी कुछ दिन पहले ही क्रान्तिकारी होने के नाते पकड़ा जाकर ज़हर खाकर मर गया था। उसकी किसी बंगालिन लड़की से आशनाई भी थी, जिसने सी.आई.डी. के अफ़सर को गोली मारकर अपने भी गोली मार ली थी। और फिर इनके छोटे भाई श्यामनाथ जो पुलिस में अच्छे अफ़सर थे, कहा जाता है कि वे पागल हो गए हैं। उन्होंने नौकरी छोड़ दी है। दिन-रात उसी की याद में मग्न रहते हैं। उन्हें गम है कि वे विश्वम्भर दयाल नामक उस सी.आई.डी. अफ़सर को खुद नहीं मार सके और उसे वीणा नाम की उसी बंगालिन लड़की ने मार दिया। शायद उनको इतना गम नहीं होता और वे उसकी हत्या करके अपना गुस्सा ठंडा कर सकते। बड़े अच्छे और मिलनसार आदमी थे। अब उनका दिमाग़ ठीक नहीं है। वैसे उन्होंने विश्वम्भर दयाल को काफ़ी रिश्वत देने की कोशिश की थी, पर वह नहीं माना। प्रभानाथ से मुखबिरी का काम लेना चाहता था ताकि सरकार में उसका रुतबा बहुत बढ़ सके। उड़ती हुई अफ़वाह यह भी थी कि रामनाथ तिवारी खुद भी उसके मुख़बिर बनने से नाराज से थे। पर इससे क्या ? वे स्वयं एक प्रभावशाली व्यक्ति हैं और सरकार उन पर विश्वास रखती है। वे अपने बेटों को नहीं बचा सके, खैर, यह तो कोई भी नहीं कर सकता।

रामनाथ ने राजा साहब की ओर देखकर कहा, "मुझे तो बिल्कुल ऐन वक्त पर मालूम हुआ। इतनी खुशी का वक्त है और मुझे पहले से बताया नहीं गया। हमारे नवाब अज़ीज़ अब बूढ़ों को बिल्कुल ही भूल जाते हैं..."

राजा विश्वनाथ साहब हँसे, जैसे किसी ने उन्हें गुदगुदा दिया। बोले, "अब हमारी पूछ कौन करता है तिवारीजी। एक वक्त था जब हम लोग ही दुनिया की उम्र का ठेका लिये बैठे थे।"

बाहर बाजे बज रहे थे। नौकर सिगरेट पेश करते थे। धुएँ के गुब्बार उठते हुए घूम रहे थे। कभी-कभी किसी की देह से टकराकर वे फैल जाते, या सटे हुए लम्बे-लम्बे खिंच जाते। एक साहब बैठे-बैठे मुँह से छल्ले पर छल्ले उगलते जा रहे थे। एक छल्ला निकलकर बड़ा होता था, तभी उसमें दूसरा उगला देते और वह काँपकर जब तक पहले वाले की बराबरी पर पहुँचता, पहलेवाला छल्ला तब तक फैलकर हवा में अदृश्य हो जाता।

डिप्टी कलक्टर महेश्वरदयाल बड़े ज़बर्दस्त रिश्वती थे। गोरा रंग था। सफ़ेद साफा बाँधते, जैसा मदनमोहन मालवीय पहनते। उसी ढंग की अचकन, चूड़ीदार पाजामा और गले में सूती दुपट्टा डाले रहते। उनकी मूँछें काली थीं। पढ़ते वक्त चश्मा लगा लेते थे। वे कहीं मेरठ की तरफ़ के रहनेवाले थे। आजकल उन्नाव में थे। ख़ैरा के नवाब से उनकी अच्छी जान-पहचान थी क्योंकि नवाब साहब न सिर्फ़ रिश्वत देते थे वरन् इधर-उधर से भी दिलवाते थे। इस मामले में नवाब की ईमानदारी और रईसी थी कि बीच में खुद न

खाते थे। अच्छे खानदान के आदमी से इस तरह की उम्मीद कोई कर भी कैसे सकता था। डिप्टी साहब बड़े धार्मिक आदमी थे। वक़्त के पाबन्द थे और वैसे अपने को ईश्वर पर छोड़ चुके थे।

उनके समीप ही खिचड़ी मूँछों और दाढ़ीवाले उन्नाव के सिविल सर्जन थे। उनकी आँखों पर सुनहरा चश्मा लगा था। उनका नाम इब्राहीम खाँ था। फीस के मामले में किसी से रियायत नहीं करते थे। वे यूरोप घूम आए थे। विलायत की सड़कों के विषय में उनका इतना ज्ञान था जितना किसी को अपने शहर की गलियों से होता है। बात मीठी करते थे, सलीके से और कभी किसी ने उनकी बात का सार आज तक नहीं समझा।

नवाब परवेज़, राजा विश्वनाथ, महेश्वरदयाल डिप्टी कलक्टर तथा इब्राहीम खाँ सिविल सर्जन के अतिरिक्त वहाँ दो व्यक्ति और थे जिनका कुछ अपना महत्त्व था। एक इंग्लैंड से लौटे हुए बैरिस्टर थे—हरचन्द मनसुखानी, दूसरे कृपानिधान तवक्कले। हरचन्द मनसुखानी सिन्धी थे। बम्बई के रहनेवाले थे। एक केस में लखनऊ आए थे। वहीं से नवाब अज़ीज़ बहादुर खैरा उन्हें बादमिन्नत ज़बर्दस्ती के आज पाँच रोज हुए हफ़्ते भर के लिए ले आए थे। आपकी उस्तादी की कई कहानियाँ थीं। आप यूरोप से क़ानून और वकालत का वह दर्ज़ा पास कर आए थे कि हर क़ातिल, हर जिनाकार, हर डाकू, साजिश और झूठ बोलकर ज़िन्दा रहनेवाले को आप बेदाग़ बचा सकते थे। सभ्य समाज में आपकी इसीलिए बहुत जल्द पहुँच होती थी। तारीफ़ यह थी कि एक बोतल के नशे के बिना गला तर न होता था। पिला दीजिए, फिर देखिए कौन टक्कर लेता है। आपकी लिखी अंग्रेज़ी को देखकर अंग्रेज़ खिल जाते थे। आप हिन्दुस्तान आते वक्त इटली में पोप से मिलने गए थे। वहाँ किसी सहकारी कार्डिनल से मिलकर ही लौट आए।

दूसरे कृपानिधान तवक्कले, हिन्दू और मुसलमानों के बीच की चीज़ थे। आप सलीस उर्दू बोलते थे और फ़ारसी के शे'र ऐसे बोलते थे जैसे वह उनकी मातृ-भाषा थी। आप दुनिया के हर व्यापार और कारोबार को जानते थे। आपके पास एक अलिफलैला की तरह कहानियों का संग्रह था। बग़दाद की जगह बम्बई था। वहाँ आप समुद्रतीर पर ऊँची-ऊँची अट्टालिकाओं में रहते थे। वहीं मैरीन ड्राइव से आप फोर्ट जाते थे, ताजमहल होटल में भी आपका एक कमरा रिजर्व था। यह सच था कि आप दोनों वक्त अच्छा खाते थे क्योंकि भूखे होते तो लगातार घंटों कभी भी नहीं चहक सकते। कोई बड़ा आदमी न था जिससे आपकी व्यक्तिगत जान-पहचान नहीं हो। सिनेमा अभिनेत्रियों से आपका परिचय था। जवाहरलाल नेहरू के पिता मोतीलाल नेहरू को आप मसूरी से जानते थे। बल्कि उनसे काफ़ी अच्छी मुलाकात थी। तब जवाहरलाल लड़का ही था। विलायत से लौटकर आया ही था। यहाँ तक कि उनसठ साल के तवक्कले साहब गान-विद्या में भी हाथ रखते थे और सिर हिलाकर दाद भी दे लेते थे। रईसों की महफ़िलों के उनमें सभी गुण पर्याप्त मात्रा में उपस्थित थे।

गुलशन मियाँ और शबनम बीबी के विषय में किसी को भी ज्ञात न था। शायद कोई रिश्तेदार हों। पर बारात कहाँ से आएगी, यह किसी को भी ज्ञात न था। इसका कोई विशेष इन्तज़ाम भी नहीं था। भीतर कहीं औरतों की ढोलक बज रही थी। पर आज तक इन दो का नाम किसी ने भी नहीं सुना था।

इसी समय बाहर शहनाई का स्वर तीव्र हो गया। सब एक बार चैतन्य हो गए। अपनी आपसी बातें छोड़कर उन्होंने अपना ध्यान उस ओर एकत्रित किया, जिसके लिए उन्हें निमन्त्रण मिला था।

4

नवाब परवेज़ ने चौंककर कहा, कृपानिधान साहब ! मालूम देता है बारात आ गई ?

कृपानिधान तवक्कले ने सिर उठाकर देखा और मुस्कुराकर कहा, "मगर यह बारात आ कहाँ से रही है ? हमने तो कोई नई गाड़ी भी नहीं देखी। आख़िर बात क्या है ?"

महेश्वरदयाल डिप्टी कलेक्टर ने सोचकर कहा, "मिर्ज़ा साहब आएँ तो कुछ पता चले।"

राजा विश्वनाथ हँसे। उन्होंने कहा, "नवाब अज़ीज़ बहादुर मामूली आदमी नहीं हैं। मुझे तो कोई राज लगता है।"

"क्या मतलब ?" हरचन्द मनसुखानी ने भोलेपन से देखा। जैसे वे कुछ भी नहीं समझ पाए थे।

इस वार्तालाप में दो ही व्यक्ति मौन बने रहे—एक तो आनरेरी मजिस्ट्रेट पंडित रामनाथ तिवारी, दूसरे इब्राहीम खाँ। दोनों ने एक-दूसरे की ओर देखा। दोनों के मुख पर ऐसी कोई बात न थी जिसे भाव कहकर पढ़ लिया जाता। दोनों ही कठोर प्रकृति के आदमी थे। रामनाथ दया करना जानते थे, या परम्परा निभा लेते थे। उन्हें मिलनसारी में हृदय खोलकर रख देने की बिल्कुल आदत नहीं थी।

इब्राहीम खाँ उन आदमियों में थे जिन्हें सरलता से चुप्पा कहा जा सकता है। उनकी आँखें कभी-कभी चमक उठती थीं। उस वक्त प्रकट होता था कि उनकी आँखों में एक भी लाल डोरा नहीं है जिसे मुरव्वत कहा जा सकता, या जिसमें संसार ममता के बन्धनों की खोज करता है। वे इस समय सफ़ेद कड़ी स्टार्चवाली कमीज़ पहने थे, जो उनके गहरे काले डिनरसूट में और भी भव्य दिखाई देती थी। ऊपर एक काला क्रेवैट बाँध रखा था। उन्हें देखकर यह लगता था कि सम्भव हो सकता है वे इस देश के रहने वाले ही नहीं हैं। कोई भी समझ सकता था कि यह व्यक्ति रेल में ख़ामोश सफ़र करता होगा, होटल में कभी किसी से मधुरता से बात नहीं करता होगा। इस समय गम्भीरता से दोनों ने ही एक-दूसरे को पहचानने का प्रयत्न किया किन्तु वे असफल रहे।

रामनाथ सत्ता और स्वार्थ के कगारे पर खड़े थे। इब्राहीम खाँ अपने इल्म के जरिए अपनी सीमाएँ तोड़ देने में लगा था। बाकी लोगों को चौकन्ना रहने की आदत की कोई

ज़रूरत नहीं थी क्योंकि उनके साथ ऐसी कोई परेशानी नहीं थी। उन सबमें उत्सुकता बढ़ती जा रही थी। रामनाथ रईसी के ठाठ में बैठे थे। उन्हें यह सदैव भान होता था कि वे औरों से कुछ ऊँचे हैं। कुछ अंश तक उनकी ब्राह्मण जाति का दम्भ भी उन्हें अपने को ऊँचा समझने को बाध्य करता था। इब्राहीम खाँ यहाँ उपस्थित समूह को मूर्ख समझता था। इन सबसे पैसा गाँठ लेना ही उसे अपना कर्त्तव्य दिखाई देता था।

कृपानिधान ने कहा, "इजाज़त हो तो मैं ज़रा तलाश करूँ। वक़्त कितना हुआ, बैरिस्टर साहब !"

हरचन्द ने घड़ी देखकर कहा, "करीब साढ़े नौ बज चला। हाँ, आज का प्रोग्राम क्या है ?" उसकी इस बात पर कृपानिधान मुस्कुराए। बेवकूफ ! नौकर क़िस्म का आदमी। यह भी कोई बम्बई है। जहाँ वक्त की पाबन्दी है ? यहाँ भी क्या डर है कि निगाह चूके और मोटर के नीचे दब गए ? यहाँ दबानेवाले बैठे हैं और फिर प्रोग्राम ? यह तो गवर्नर के दरबार की चीज़ें हैं। सारा वक़्त अपना है। कौन क्या करता है जो दूसरों की मर्ज़ी से किया जाएगा। सारा जहान खाना खाकर दिन में काम करता है। यहाँ तो रईस जब दोपहर को तानकर शाम को उठते हैं, तो ऐसी गहरी नींद आती है कि उठने पर भी कभी-कभी दिमाग़ साफ़ नहीं होता। राजा विश्वनाथ के बारे में तो यह मशहूर था कि पीकर जो सुबह सोए तो शाम को आँखें खुलीं। आप समझे कि सवेरा हो गया। अब सोचते हैं तो उजाला होने के बजाय अँधेरा बढ़ता गया। बड़े परेशान रहे। समझे शायद बाहर बादल छा रहे हैं। मज़ाक तो तब रहा जब शाम बीत चली और आप बिस्तर से यह सोचते हुए उठे कि चाँद डूब गया है, पूरा अँधेरा छा गया है।

"प्रोग्राम ?" महेश्वरदयाल ने आँखें सिकोड़कर कहा, "कैसा प्रोग्राम ? शादी में क्या प्रोग्राम ?"

नवाब परवेज़ ने टोका, "बैरिस्टर साहब ! आप भी भूल गए कि यह हिन्दुस्तान है। यहाँ शादी तो रीत है, रिवाज़ है।"

मनसुखानी अपनी गलती नहीं समझे। वे यह नहीं जानते कि यहाँ किस तौर से शादी होती है। उन्होंने कुछ संकोच करते हुए कहा, वही, वही मेरा मतलब है, नवाब साहब ! यहाँ शादी में क्या-क्या होता है ?

नवाब परवेज़ हँसे ? उन्होंने अपनी आदत के मुताबिक कहा, होता तो वही है जो मंजूरे-खुदा होता है।

सब ठठाकर हँसे। रामनाथ और इब्राहीम केवल मुस्कुराए।

"कृपानिधान साहेब," नवाब परवेज़ का भारी स्वर उठा, "आप ही बताइए ? बैरिस्टर साहब यह भी नहीं जानते कि शादी में क्या होता है !"

कृपानिधान तवक्कले बातों के बल पर खाते थे। इस मौके पर तो वह कैसे भी पीछे नहीं हट सकते थे। कह उठे, डॉक्टर साहब ! इस बारे में आपसे बढ़कर और कौन बता सकता है ?

डॉक्टर के पैने दाँत उसके ऊपरी होंठों के नीचे चमक उठे। उसने बहुत चतुराई

से दोनों हाथ हिलाकर कहा, "नवाब साहब के रहते, मेरी क्या मज़ाल कि मैं कुछ कह सकूँ ?"

नवाब परवेज़ ने कहा, "सुना आपने तिवारीजी। न हँसने देते हैं, न रोने देते हैं। है गुनाह बेलज्जत ?"

तिवारीजी को अखाड़े में उतरना ही पड़ा। उन्होंने कृत्रिम मुस्कुराहट से कहा, "आइन्दा जानकर तो न बनिएगा ?"

मज़ाक हो न हो, सबको पसन्द ज़रूर आया, क्योंकि जो आदमी कम बोलता है उसे लोग अधिकांश ग़रीब होने पर मूर्ख समझते हैं, पैसा होने पर भारी-भरकम। यही हाल पंडित रामनाथ तिवारी का था।

आपस में इसी प्रकार के मज़ाक होते रहे। जिसमें से कुछ विषय इस प्रकार थे—नवाबी ज़माने के ठाठ अब कहाँ रहे ? पर एक बात है अंग्रेज़ भी हुकूमत करना जानता है। अजी उससे किसकी चलती है ? जिसे चाहे दाब दे। काश्तकार बड़े सरकश हो गए हैं। सब गड़बड़ कांग्रेस ने फैलाई है। इन लोगों को कोई काम ही नहीं। सिर पर लगा ली दो पैसे की टोपी और ये ढाई आने के आदमी बराबर बढ़ते ही जाते हैं। क्या बताएँ। पहले जो रईसी की इज़्ज़त थी। वह अब नहीं रही। उधर सात कोस तक दिखाई देनेवाली आतिशबाजी शुरू हो गई थी जैसे आसमान में आग लग गई थी। रामलीला का रावण जल रहा था।

नवाब साहब परवेज़ ने इसी बीच में कुछ स्त्री, मदिरा इत्यादि का विषय छेड़ दिया, जिसके जवाब में रामनाथ ने धर्म का किस्सा छेड़ा, पर वह सब इस ओर बदल गया कि अफ़सरान से कैसे रिश्ते होने चाहिए, तदुपरान्त आदमी कैसी मोटर खरीदे, और फिर फिज़ूलखर्ची रोकने के उपाय। ऊँचे दर्जे के सभ्य लोग थे। वे रोटी, गरीबी इत्यादि के विषय में क्या बातें करते। वे तो उन विषयों पर बात करते थे। जो शाश्वत थे, जिसमें उनकी राय थी कि जिये तो शान से वरना कभी न जिए।

एक सबसे बड़ी बात जिस पर सब ज़ोर दे-देकर अपना हृदय उँडेल देते थे। वह यह थी कि उनको ख़र्चा सोचकर करना चाहिए। क्योंकि पैसा हराम का तो आता नहीं है। उनके कौन से चन्दे आते हैं जिन्हें जमा करके वे अपना ख़र्चा चलाएँ। ऐसे छिछोरे काम वे कर भी नहीं सकते।

डॉ. इब्राहीम खाँ, अलग ही हरचन्द मनसुखानी से बातें कर रहे थे। दोनों कुछ नए ढंग के लोग थे। वे दबी ज़बान में इस वैभव को देखकर व्यंग्य भी कर लेते, इसलिए नहीं कि यह सब ठीक नहीं हैं, वरन् इसलिए कि यह सब उनके पास नहीं था।

फिर परवेज़ साहब ने राजा विश्वनाथ और कृपानिधान तवक्कले को मसूरी की ऐयाशी की दास्तान सुनाई और फिर अंग्रेज़ों से अपने सम्बन्ध सुनाए और अन्त में बेतकल्लुफी से वह शेर भी सुनाए जिन्हें निहायत फोश कहा जा सकता था। पर वे बूढ़े आदमी थे। शायद उनके लिए बातों का मूल्य रह गया था। बहुत से लोग झूठी-सच्ची कल्पनाएँ सुनाकर अपनी हीनता को छिपाया करते हैं क्योंकि इतने पढ़े-लिखे नहीं होते

कि भारी-भरकम चीज़ों पर बहस कर सकें। उनकी पसन्द-नापसन्द कार्यकारण शक्ति से नहीं, ऐसे होती है जैसे बिल्ली का बच्चा तो बिल्ली के ही पास जाएगा। और कुछ नहीं।

राजा साहब और तवक्कले साहब अब शराब की हल्की चुस्कियाँ ले-लेकर सुन रहे थे कि राजा साहब बोल उठे, जैसे पानी में उबाल आ गया, "आप भी थोड़ी लीजिए नवाब साहब," फिर धीरे से कहा, "आप भी क्या रामनाथ की तरह खालिस हैं ? वह तो कमबख़्त बनिया है पूरा। अरे पंडित है। क्या जाने मज़ा किसे कहते हैं ? पत्थर। सूखे पेड़ का ठूँठ।

नवाब साहब ने प्याला भर भीतर उँडेल लिया और जब वे तीनों ठठाकर हँसे चारों ओर के लोगों ने उनकी ओर देखा।

तभी शोर मच उठा, बारात आ गई, बारात आ गई।

सबने चौंककर देखा। आगे-आगे मिर्ज़ाबिग चले आते हैं। इस समय उनकी धज लाज़वाब है। क्या बेशकीमती कपड़े पहने हैं। ऊपर से नीचे तक निगाहें फिसल रही हैं। पगड़ी, अचकन, पाज़ामा, सब रेशम के हैं। उनके कुछ आगे बेहतरीन विलायती गत पर बैंड बज रहा है, जिसकी स्फूर्ति भरनेवाली मोहक आवाज़ अब वास्तव में विवाह का वातावरण भरे दे रही है। बैंडवाले काली वर्दी पहने हैं। कमर में रंगीन पट्टियाँ बँधी हैं। फूँक मारते-मारते उनमें से कई के गाल फूले हुए दिखाई दे रहे हैं। शायद वे थक गए हैं ! और मिर्ज़ाबिग के सिर पर जो सरपेच दिखाई दे रहा है, वह जड़ाऊ है। उस पर तो निगाह ठहरना ही मुश्किल है। मख़मल का शलीमशाही जूता पहने हैं और मोटे मिर्ज़ा का अन्दाज़ है कि लगता है कि कोई एक बहुत भारी पत्थर गाने की लय पर लुढ़का चला आ रहा है। उनके हाथ में हुक्के की नली है और पीछे-पीछे नौकर हुक्का लिये बढ़ रहा है। उसके साथ एक और नौकर है। जिसके हाथ में पानदान है। उनके बगल में एक नौकर हाथ में गुलदस्ता लिये है और चौथा उगलदान लिये चल रहा है।

और सबने देखा कि मिर्ज़ाबिग मुड़े। नौकर ने पानदान से निकालकर पान का बीड़ा पेश किया। मिर्ज़ाबिग ने पान गाल में दबाया और आगे बढ़ने लगे।

5

क़रीब आने पर सबने देखा कि मिर्ज़ाबिग के पीछे अनेक गाँववाले हैं। जिनके कपड़े साफ़ हैं। भीड़ पीछे बढ़ती ही नज़र आती थी। शायद आसपास के कई गाँव के लोग इकट्ठा हो गए थे। सब ही बराती थी। सब ही लड़केवाले थे। एक घोड़ा भी साथ था जिस पर छत्र लगा था। एक नौकर चँवर डुला रहा था। घोड़े पर रोशनी पड़ती थी तब उस पर चाँदी-सोने के गहने, कामदार झूल चमकती थी। घोड़ा क्या था किसी रियासत का राजा दिखाई देता था। चलता था तो गर्दन फुलाकर। खा-पीकर ऐसा चाक, जैसा ठेका पाकर गर्दन फुलाए रखनेवाला बदज़ात व्यापारी। हर क़दम पर उसके मिर्ज़ाबिग से भी

ज्यादा नख़रे थे। अब नगाड़ों की आवाज़ हवा को फाड़ने लगी।

अगवानी करने नवाब साहब अज़ीज़ बहादुर खैरा आगे बढ़े कौन इस वक्त देखकर कहता कि वे जवान न थे। बालों पर गहरा ख़िजाब था। तौलिए से अभी चेहरा रगड़कर साफ करके आए थे, तभी गालों पर रंग दमक रहा था। उनका गोरा शरीर उनकी काली पोशाक पर खिल उठा था। होंठों पर पान की सुर्खी ऐसी लगती थी जैसे किसी कोमलांगी की थकी हुई एड़ी अब दर्द से फड़क रही थी। उनकी आँखों में विभोर आनन्द था। वे लड़कीवाले थे। उन्होंने कहा, ''हाजरीन लड़का आ गया। उसी पालकी में है।''

सुनते ही लोगों का ध्यान उस पालकी की ओर आकर्षित हुआ जिसे कहार कन्धों पर उठाए हुए थे। वे शायद थक गए थे क्योंकि उनके माथे पर हल्का सा पसीना चमक रहा था। लेकिन फिर भी वे प्रसन्न दिखाई देते थे।

भीतर स्त्रियों ने गीत शुरू कर दिए। ढोलक बजने लगी। समा बँध गया। मंगल वाद्यों का स्वर दिगन्त को धुआँधार करता प्रतिध्वनित होने लगा। उधर मेहमानों के लिए किसी ने ग्रामोफ़ोन बजा दिया जिस पर प्रसिद्ध गीत हो रहा था !

सैया तेरी गोदी में...गेंदा बन जाऊँगी...
ऐ हो गेंदा बन...

मिर्ज़ाबिग बढ़कर नवाब अज़ीज़ बहादुर से गले मिले। तोड़ा लुटाया गया। गाँववालों में हूह मच गई। जिसे देखो वही रुपयों और पैसों की ओर बेतहाशा टूट रहा था, जैसे इस हुल्लड़ में जान भी चली जाए तो क्या हर्ज़ है ? इस समय कुछ तो हाथ लगाना ही चाहिए।

इधर बाहर रस्म हो रही थीं, उधर नवाब अज़ीज़ भीतरी कमरे में लड़की का दहेज़ दिखा रहे थे। उनके पास उनके मुसाहब मख़मूर अहमद खड़े थे, जो इशारों पर बात करते थे और मुस्कुराहट को समझाने की कोशिश में लगे हुए थे। उन्होंने मेहमानों को झुककर सलाम किया। एक-एक को चुन-चुनकर किया ताकि कोई रह न जाए। साढ़े सात रुपया तनख़्वाह पाते थे, पर इस समय उनका जूता भी साढ़े सात से ज़्यादा का था। उनके रिश्तेदारों ने उनके रुपए और अपने नाम से लखनऊ में कोठी बनवा ली थी। रईसों को बिगड़ते देर नहीं लगती। उस दिन जान बचाना भारी हो जाता है।

नवाब अज़ीज़ बहादुर ने नम्रता से कहा, ''यही कुछ थोड़ा बहुत हो सका। ज्यादा अल्लाह ने ही नहीं दिया।''

अब मखमूर गिनाने लगे। पहले कपड़ों पर गए। बेहतरीन गोटा, कसीदा, मखमल, और किमख़ाब, रेशम, पशमीना, ऊनी, मलमल सब तरह के थान थे। कुछ सिले हुए थे। रंग-बिरंगे। फिर बर्तनों पर नज़र गई। सोने, चाँदी के नीचे तो बात ही न थी। एक बहुत सुन्दर पलंग था। पलंग क्या था शीशमहल का टुकड़ा था। उस पर रेशम और मखमल के गद्दे थे। इत्रदान, पानदान, उगालदान—सभी प्रकार के दान थे। गहने कुछ चाँदी के, कुछ सोने के। फिर मखमूर डिब्बे खोल-खोलकर जड़ाऊ सामान दिखाने लगे। इनके अलावा वह था जो दुल्हन पहन रही थी। अपनी बेटी है। उसका क्या ? सब उसी का

है। अब लड़के का सामान था। उसको गिनना भी काफ़ी देर में समाप्त हुआ।

सब प्रभावित हुए। नवाब अज़ीज़ बहादुर बड़े पैसेवाले निकले। हज़ारों, लाखों का माल इकट्ठा कर दिया है। न हो तो नब्बे हज़ार से कम का नहीं। काफ़ी देर बाद सब लोग बाहर निकले। सबके मुख पर प्रशंसा थी। यह तो तब हाल है जब नवाब का इनमें से अपना कोई नहीं। जाने कौन हैं यह दूल्हा-दुल्हन। अगर कहीं अपने होते तो नवाब ने तो पहाड़ों को घिसवा दिया होता। उड़ती ख़बर थी कि नवाब ने अपनी रियाया के लिए ही यह सब किया, पर नवाब को तो अपना रुतबा रखना था। अपनों के लिए तो सब करते हैं क्योंकि वे अपने होते हैं।

रामनाथ के मस्तिष्क में विचार आया। अपने-अपने कहाँ होते हैं। उनका तो कोई भी अपना, उनके साथ अपना बनकर नहीं रहा। उनमें से कोई ऐसा न था जो अपने सिद्धान्तों को भी बलि दे देता ? रामनाथ का मन भारी हो गया। उनकी इच्छा हुई लौट चलें। तभी उनकी दृष्टि दो आदमियों पर गई। एक मनसुखानी पर जो इस वैभव को देखकर घबरा गया था। बौखला गया था। कभी वह बन्दूकधारी रियासत के नौकरों को देखता, कभी चारों तरफ़। बम्बईवाले को विलायत से लौटने पर कुछ अजीब-अजीब सा लग रहा था। दूसरा इब्राहीम ख़ाँ जो अब और भी कठोर दिखाई देता था, जैसे उसके हृदय की भस्म उड़ गई थी। अब उसकी तृष्णा का हाहाकार, लिप्सा के अंगारे दहक उठे थे। रामनाथ मुस्कुराए। उन्होंने मन-ही-मन कहा, अतृप्ति का यह हाहाकार ! मृगतृष्णा।

नवाब परवेज़ और राजा विश्वनाथ का मिर्ज़ाबेग से मज़ाक हो रहा था। डिप्टी कलक्टर महेश्वरदयाल इस समय कुछ दब से गए थे। आख़िर तनख़्वाह मिलती थी। सरकार ने ओहदा ज़रूर दे रखा था, पर वह इस समय अपना प्रभाव कहाँ दिखा पाता। कृपानिधान तवक्कले के लिए जैसे यह कोई नई बात नहीं थी। वह तो हमेशा से ऐसी ही चीज़ें देख-देखकर आदी हो चुका था।

नवाब अजीज़ ने बाकी इन्तज़ाम कर लिये। उधर हलवाई पूड़ियाँ उतारने लगे। घी की सुगन्ध ने हवा को भर दिया। गाँववाले आगे की कार्रवाई छोड़कर पाँत बना-बनाकर बैठने लगे। हिन्दुओं ने ही खाना बनाया था। यहाँ तक कि गोश्त जो कई तरह का बना था वह भी उन्होंने बनाया था। सिर्फ़ मुर्ग़-मुसल्लम एक मुसलमान ने बनाया था क्योंकि आज तक उसकी टक्कर का कोई नहीं बना पाया। उसके हाथ में जादू बताया जाता था। किस्सा मशहूर था कि एक अंग्रेज़ अफ़सर ने रात के एक बजे शराब के नशे में चूर होकर उससे गोश्त के लिए ज़िद की। साहब को रात ही में गोश्त तो मिल गया, पर सुबह ढूँढ़ने पर भी अपना कुत्ता नहीं मिला।

काज़ी भी बुला लिया गया था। निकाह की रस्म की तैयारियाँ थीं। तभी एक ओर से अजीज़ बहादुर नवाब साहब कैरा हाथों पर रेशम और जरी में लपेटे हुए कुछ चीज़ लिये बढ़े। इधर से मिर्ज़ाबेग भी हाथों पर कुछ ऐसी ही चीज़ लेकर बढ़े। बाहर तुरही बजने लगी। वाद्य-ध्वनि से कैरा काँपने लगा। काज़ी अपने काम में लग गया। दोनों

व्यक्ति उसी भाँति फेरे डाल गए।

किसी की भी समझ में कुछ नहीं आया। दूल्हा कहाँ है ? दुल्हन कहाँ है ? सब विस्मित थे। उस समय मियाँ मखमूर ने आकर सिर झुकाकर कहा, "आज हमारी किस्मत फिर गई है। अब सूरज निकल आया है। जो आप सबने इस ग़रीबखाने को आकर रोशन किया है।" वह काफी देर तक आगन्तुकों की प्रशंसा करता रहा। दुल्हन के मुँह पर पर्दा था, और दूल्हे के मुँह पर फूल-मालाएँ लटक रही थीं गुलशन मियाँ का शबनम बीवी से निकाह हो चुका था।

नवाब परवेज़ नासमझ से कह उठे, यह खेल हो रहा है जी। हमारी समझ में तो कुछ भी नहीं आया।

अब बाहर काफ़ी शोर हो रहा था, क्योंकि खाना परोसा जा रहा था। शायद छत्तीसों व्यंजन बने थे, जिसे गाँववाले सस्वर खा रहे थे। पाँत की पाँत लगी हुई थी। नवाब साहब अजीज़ बहादुर ने एक बार जाकर देखा और देखते ही उन्हें गर्व हुआ। उन्होंने मेहमानों को लौटकर बिठाया, और रामनाथ तिवारी के सामने फल रखवाए तथा औरों के खाने का प्रबन्ध किया। सेहरा सुनाया जाने लगा और वाह-वाह, मुकर्रर से हवा भी दाद देने लगी। पानी के राजा की इतनी प्रशंसा की गई कि बड़े-बड़े रईस भी उसके सामने छोटे पड़ गए।

अब आख़िर में राज खुला। कैरा के तालाब की मछली शबनम का, क़रीब के सरोवर के मछले गुलशन से आज ब्याह रचाया गया था। अफ़वाह बनकर सच्चाई देहातियों में फैल गई। उनके अचरज का भी ठिकाना नहीं रहा। राजा विश्वनाथ ने नई बोतल खोल दी। आनन्द का फव्वारा छूट निकला। चारों ओर मांगलिक ध्वनियाँ होने लगीं। कहकहों का बाज़ार गर्म हो गया। आज वह हुआ जो आज तक कभी नहीं हुआ था। आज अवध ने जो किया था, वह आज तक कोई भी नहीं कर पाया था। महीने भर से इसी के लिए बैंड अभ्यास कर रहा था, सारा ख़र्चा नवाब उठाते थे।

अतिथि कभी हँसते थे, कभी मन-ही-मन झेंपते थे। रामनाथ भीतर ही भीतर कुढ़ रहे थे। वे कभी अजीज़ बहादुर को इतना फिजूलखर्च और बेवकूफ नहीं समझते थे। पर उन्होंने समाधान किया। इतना सच करने के लिए भी मनुष्य में सामर्थ्य चाहिए। जिसमें सामर्थ्य है, वह कुछ भी करे, उसे बुरा नहीं कहा जा सकता।

पर मेहमान तो दूल्हा-दुल्हन देखने पर आमादा थे। नवाब साहब अजीज़ बहादुर कैरा दुल्हन की पर्दानशीनी पर ज़ोर दे रहे थे कि वह ख़ानदानी दुल्हन है, पराए मर्दों के सामने कैसे आ सकती है। राजा विश्वनाथ समन्दर की तरह से मोती बीन लाए थे। उनका कहना था कि हमारी तो वह बेटी है, हमारे सामने उसका क्या पर्दा ? सब राजा साहब की इस बात को मान गए।

अन्त में दूल्हा-दुल्हन लाए गए। पानी से दूर दोनों मछलियाँ छटपटा रही थीं। उन्हें सबने देखा। नज़रें भी पेश कीं, इनाम भी, भेंट भी दी। तोहफ़ा भी भिजवाने का वायदा किया गया। नवाब साहब अजीज़ बहादुर कैरा बाग-बाग हो रहे थे। इस समय वे इतने

नम्र थे, गुरुता से इतने ज़्यादा झुक गए थे कि रामनाथ ने मनुष्य का एक नया रूप देखा। इब्राहीम खाँ इस समय प्रसन्न लगता था। यह मज़ाक उसे भी बहुत ज़्यादा पसन्द आया था।

दूल्हा-दुल्हन भीतर भेज दिए गए। शायद अब उनका वक़्त आ गया था। तमाम बदन में गहने, छेद-छेद कर पहनाए गए थे। जिसकी पीड़ा उन मछलियों ने ही जानी होगी। बाहर गाँववालों की नौटंकी समाप्ति पर थी। खास रोशनी का इन्तज़ाम करके एक नट भी कला दिखाने को तैनात किया गया था। बात यह थी कि मालिक वह जो रियाया को कुछ लुत्फ़ दे सके। बेचारे ग़रीब होते हैं। इन्हीं चीज़ों में मज़ा आ जाता है। वे पढ़े-लिखे होते हैं।

इस प्रकार नवाब साहब अजीज़ बहादुर खैरा की दयालुता, उनका प्रजा प्रेम, आज मुखर हो गया। सिगरेटों का धुआँ भी अब उड़ने लगा। लगभग दो घंटों में रईसों और सभ्यों ने भोजन समाप्त किया। इसके बाद वे सब आराम से बड़ी-बड़ी कुर्सियों पर पैर फैलाकर बैठ गए। ग्रामोफ़ोन पर अब शायद शीरी फरहाद का ड्रामा हो रहा था। अब इश्क का मारा फरहाद दम तोड़ने ही वाला था, कि श्रोताओं के हृदय पर एक नई चीज़ ने अधिकार कर लिया। भीतरी द्वार पर हलचल सी दिखाई दी। कुछ लोग इधर-उधर तेज़-तेज़ चलते दिखाई दिए। अचानक मिर्ज़ाबेग भीतर से भागे हुए आए। आँखें फटी की फटी रह गईं। गोल आँखों की परिधि में पुतली बीच में दिखाई देने लगी और उनके चारों ओर की सफ़ेदी बहुत ही भयानक सी लगती थी। वे हाँफ रहे थे, काँप रहे थे। उनके माथे पर पसीना झलक आया था। सब लोगों ने उन्हें इस हालत में देखा और चौंक उठे। उधर रेकॉर्ड में फरहाद मर गया। किसी ने ध्यान नहीं दिया। नवाब परवेज़ ने घबराकर पूछा क्या हुआ ? इतना घबरा क्यों रहे हो ? कुछ कहो भी तो। क्या साँप सूँघ गया ?

मिर्ज़ाबेग ने बोलने का प्रयत्न किया, किन्तु मोटी गर्दन में से इस वक्त आवाज़ ही नहीं निकली।

राजा विश्वनाथ साहब इस परिस्थिति से ऊब गए। उन्होंने तपाक से कहा, "क्यों, बोलते क्यों नहीं ?"

पर मिर्ज़ाबेग इस डाँट को सुनकर और घबरा गए, उनकी घिग्घी बँध गई। आँखों से आँसू निकल आए।

भीतर से बदहवास मखमूर मियाँ दौड़े-दौड़े आए। उन्होंने आते ही नवाब साहब अजीज बहादुर के पाँव पकड़ लिये।

"क्या हुआ ? क्या हुआ ?" नवाब साहब ने परेशान होकर पूछा। उनके माथे पर बल पड़ गए थे।

मखमूर ने हाथ उठाकर कहा, "सरकार ! लुट गए। सब चला गया।" उसकी आवाज़ काँप रही थी।

"कौन चला गया ?" अबकी बार डिप्टी साहब ने डपटकर पूछा। उनकी आँखों में

रुआब था।

"हूजूर मालिक हैं," उसने गिड़गिड़ाकर कहा, सब माल चला गया। सब चोरी चला गया...

और वह एकदम रो पड़ा। ज़मीन पर धप से बैठकर उसने अपने सिर को पीट लिया। किसी को भी विश्वास नहीं हुआ। यह कैसे हो सकता था। असम्भव था।

नवाब परवेज़ ठठाकर हँसे और बोले, "अमें लुत्फ आ गया। चलो ज़रा हम भी तो देखें।"

नवाब साहब अजीज़ बहादुर सकते की सी हालत में थे। वे जो सुन रहे थे। वह उन्हें अत्यन्त अप्रिय लग रहा था, स्वयं रामनाथ भी कुछ नहीं समझ पाए थे। मनसुखानी का चेहरा तो सफ़ेद हो गया था।

सबने भीतर जाकर देखा। मखमूर ने सच कहा था। वाकई वह सारा कमरा इस समय खाली पड़ा था। वहाँ कोई सामान नहीं था। अभी-अभी कुछ देर पहले जैसे नुमाइश की दुकान सजी धरी थी। इस वक़्त कुछ भी नहीं था। सब खाली। देखनेवाले समझे कि यह कोई नया मज़ाक है। आज दिन ही बहुत ख़ूब रहा। जो दीखता है वही सब अजीब है। नवाब साहब अजीज़ बहादुर खैरा की आँखों में एक सूनापन सा था। यह वह क्या देख रहे हैं ? क्या सचमुच इस कमरे में जिन्न आते हैं ? उनके विश्वासपात्र नौकर सब कामों में लगे हैं। सैकड़ों, हज़ारों आदमियों की भीड़ है। किस पर सन्देह किया जाए ? किसको पकड़ा जाए ? उन्होंने आज ही आज एक लाख छप्पन हज़ार खर्च कर दिए हैं। गाँववाले खाकर चले जाएँगे, पर इस रोष का वे क्या करेंगे ? उन्होंने सोचा था कि गहना, माल तो घर में रह जाएगा। यहाँ तो सब कुछ ज़मीन खा गई। पुलिस को बुलवाकर सबको घिरवा लें। किए-कराए पर पानी फिरवा लें ? आख़िर करें भी तो क्या ? यदि चुप रहते हैं तो कितना नुकसान होता है। पहले से लाखों रुपया ख़र्च हो चुका है। उन्हें लगा सारी दुनिया घूम रही थी। अब चेहरे साफ़ नहीं दिखते। सब छायाचित्र मात्र हैं। और तब कृपानिधान तवक्कले आगे झपटे। उन्होंने गिरते हुए नवाब साहब को सँभाल लिया।

उधर पाँत की पाँत देहाती उठते जाते थे, बैठते जाते थे। वहाँ कोई गड़बड़ न थी। पर नवाब साहब अजीज़ बहादुर बेहोश पड़े थे, जैसे सारी धड़कनें बन्द थीं। और मिर्ज़ाबेग पछाड़ खा-खाकर गिरता था, जैसे वह भी कुछ देर में ही सच्ची दोस्ती निभा देगा। पर उसने वक़्त से काफ़ी लड़ाई की।

नवाब के मुख से निकलता था, 'हाय !' फिर नीरवता छा जाती थी, फिर ध्वनि आती थी, 'हाय !'

उस समय तवक्कले और मनसुखानी ने बड़ी मुश्किल से पतली आवाज़ में घिघियाते हुए मिर्ज़ाबेग को थामा। अभी तक चुप रहनेवाला इब्राहीम खाँ आगे बढ़ आया और नवाब साहब अजीज़ बहादुर की जाँच करने लगा। कुछ देर बाद उसने सिर उठाकर कहा, घबराने की कोई बात नहीं है। दावत होने दीजिए, वरना सब बरबाद हो जाएगा। अभी

कुछ लोग बचे हैं...

नवाब परवेज़ ने काटकर रोक दिया, अजी खाना-वाना फिर होता रहेगा। पहले अजीज़ बहादुर होश में तो आ जाए...

सिविल सर्जन मुस्कुरा दिया।

तीसरा परिच्छेद

1

महफ़िल का रंग उजड़ गया। कहाँ आनन्द थे, कहाँ हृदय भारी हो गए। होश में आने पर भी नवाब अजीज़ बहादुर कैरा का ध्यान सुस्थिर नहीं हुआ। नवाब साहब को एक फ़ायदा अवश्य हुआ। बाक़ी बचे हुए लोगों ने उनके समान का इतना ध्यान अवश्य रखा कि कुछ भी बरबाद नहीं होने पाया। वे सब खा-पीकर फिर से सेवा में आ जुटे। जब कोई नतीजा निकलता नज़र नहीं आया सब अत्यन्त शोक मनाते हुए अपने-अपने घर चले गए। यहाँ तक कि नवाब के पास मिर्ज़ाबेग भी उस दिन नहीं रहे। बेग़मों ने भीतर मुँह की उदासी छिपाने की असमर्थता में अल्लाह से दुआ माँगी। चोर का कहीं पता नहीं लगा। यह तक समझ में नहीं आ सका कि माल गया तो कहाँ गया ?

नवाब क्रोध से कभी दालान में इधर, कभी उधर, बिगड़े हुए शेर की तरह चक्कर लगाने लगे। इस वक़्त उनके पास न बड़ी बेग़म गुलनार थी, न छोटी बेग़म नर्गिस। बस मँझली बेग़म कुलसुम डटी हुई थीं। शक्ल से उनको देखकर दिल जमालो कहना चाहता था। जितनी तेज़ उनकी आँखें चलती थीं, उनसे तेज़ उनकी ज़बान चलती थी। नवाब साहब अजीज़ बहादुर कैरा का हृदय अपनी घबराहट को छिपा सकने में असमर्थ था।

उन्होंने अपने आदमियों को गाँवों में भेज दिया। ये लोग संड-मुस्टंडे पहलवान थे, जिनका काम इसी दिन के लिए चरना था। शक्ल से खूँखार लगते थे। सरवराकार ने उनको चारों ओर क्या-क्या करना था यह समझा दिया।

पहले तो गाँववाले समझे यह भी कोई नई रईसी शान है कि नवाब साहब के आदमी डाँट-डपट करते फिरें। पर बहुत शीघ्र ही यह रहस्य खुल गया जब डंडे उठने लगे। गाँववाले चोर कहला रहे थे, जिस पर उन्हें आपत्ति थी। अच्छी मिठाई थी, जिसका नतीजा यह पिटाई है। हमें मालूम होता तो कभी भी खाने नहीं जाते। आख़िर घर में से माल ले कौन गया ?

पर रामगोविन्द चिल्ला रहा था, एक-एक का भेजा फाड़ दूँगा। बदमाश, उचक्के, साले—जिस पत्तल में खाते हो, उसी में छेद करते हो ? एक तो तुम्हें मुहताज समझकर तुम्हारे सामने दो टुकड़े डाले, और उसका नतीजा यह हुआ कि चलते वक़्त चोरी से

हाथ काले किए।

गाँववाले अभी तक साफ़ नहीं समझे थे। अब समझ में आने लगा। अच्छी ज़बर्दस्ती है।

एक बूढ़े आदमी ने बढ़कर कहा, "हो सकता है कुछ लोगों ने यह चोरी की हो। बड़े राजा-महाराजाओं के यहाँ ही चोरी होती है। पर यह किस तरह तय किया गया कि चोरी इन्हीं लोगों ने की। कोई सबूत है ? वैसे आप मालिक हैं। सब कुछ आपका है। पर दंड देते हो तो कोई विचार तो होना चाहिए।"

इस बूढ़े का गाँव में कुछ सम्मान था। गूलर नामक एक युवक लाठी टेकता हुआ बाहर आ गया। वह कई दिनों से मलेरिया में पड़ा हुआ था। उसका समस्त शरीर जर्जर हो चुका था। खाँसी भी आती थी। उसने भी बढ़कर पूछा कि आख़िर मामला क्या है ?

बूढ़े ने समझाया। मालिक ने खाने का न्यौता दिया था, हम चले गए। न जाते तब आफ़त थी। अब गए थे तो भुगतना पड़ रहा है।

गूलर बैठ गया। उसने कहा, मैंने पहले कहा था बड़े आदमी बेबात नहीं बुलाते। कहीं ऐसा न हो कि एक के दो चुकाने पड़ें। समझ लो। बखत रहते सोच लेना अच्छा होता है। आख़िर वजह क्या है कि एकदम बुला बैठे। घर के नौकर-चाकर बरी रहे। चोरी की तो तुमने, जो बाहर ही बाहर लौट आए ? और भी कभी उन्होंने पूछा कि तुम क्या हो, कैसे हो ? भैया, कोई तरकीब चाहिए थी अब मौक़ा निकाल लिया।

गूलर के उस जर्जर शब्द को सुनकर रामगोविन्द का पारा बहुत चढ़ गया। उसने अपने मातहतों को आज्ञा दी, जिसको सुनकर उनके लट्ठ उठे, पर उनसे भी पहले दस गाँव के जवानों के लट्ठ हवा में घूमते हुए दिखाई दिए। रामगोविन्द भाग गया।

इस घटना से चारों ओर चिन्ता छा गई।

रामगोविन्द जब दूसरी बार पहुँचा उसके साथ रियासत के तीन बन्दूकधारी सिपाही थे। गाँववालों ने देखा और ख़ून का घूँट पीकर चुप रह गए। रामगोविन्द जीत गया था। उसने चोर ढूँढ़ना शुरू कर दिया।

उसके अत्याचारों की गाथाएँ शीघ्र फैलने लगीं। कांग्रेस के कुछ कार्यकर्त्ताओं ने भी सुना और वे अपना कार्यक्रम निश्चित करने लगे।

नवाब साहब अजीज़ बहादुर कैरा यह सब सुन चुके थे। मिर्ज़ाबेग जैसे होश खो बैठे थे। बैठे-बैठे कभी सिर पीट लेते या ठंडी-ठंडी आहें भरते। उन्होंने पीर साहब की मनौती मनवा दी थी। यहाँ तक कि मन्दिर में 'परसाद' तक बँटवाया था। इन दिनों पाँचों वक़्त नमाज़ पढ़ते थे। किसी से बात करने की भी इच्छा न होती थी। कभी-कभी कह उठते थे, या अल्लाह ! ऐसा वक़्त भी देखना था ?

इस चोरी के बाद उन्हें पहले बेग़म गुलनार ने बुलवा भेजा, फिर बेग़म कुलसुम ने, फिर बेग़म नर्गिस ने। काफ़ी देर तक आपस में बातें होती रहीं। पर वे बातें क्या थीं। यह कोई नहीं जानता था। मख़मूर अहमद यदि नवाब साहब के गुलाम थे, तो मिर्ज़ाबेग के कुत्ते थे। घर में जब नवाब साहब ने सख़्ती की तो सबने बुरा माना। 'आप तो यहीं

गुस्सा निकालते हैं। हम आपका खाकर आपका नुकसान करेंगे ? हमें किसी चीज़ की कमी है, जो माँगने से हमें नहीं मिल सकती ? बाहरवाले आए, पर आपने उनसे कुछ कहा तक नहीं। सरकार इसी मुरव्वत ने तो इन लोगों को सर पर चढ़ा रखा है।''

इसी परेशानी और खोज़बीन में दो-चार दिन निकल गए। अपने सेवकों से जब काम नहीं चला, नवाब साहब अजीज़ बहादुर कैरा को लाचार होकर पुलिस में रिपोर्ट करवानी पड़ी। पुलिस को मौका मिल गया। जाते ही दो गाँवों का घेरा डाल दिया। दारोगा चालाक आदमी था। उसने नवाब साहब के नौकरों से पूछा कि जिन पर शक हो, वे नाम बता दिए जाएँ। नौकरों ने अपनी पुरानी अदावतें निकालीं। दारोगा की बारहों घी में तैरने लगीं। वहीं पड़ाव डाल दिया। दो दिन में ही उसने पाँच हज़ार रुपए वसूल किए, चोरी के नहीं चोरी के झूठे इल्ज़ाम से बचा देने के।

किसानों में तीव्र विक्षोभ फैल गया था। शाम को ही गूलर की अरथी निकल गई, उसके साथ एक बड़ी भीड़ थी ! बदला लेने की इच्छा तेज़ हो रही थी। पर दारोगा ने परिस्थिति को दाब रखा था। उधर कांग्रेसवालों के चक्कर अधिक लग रहे थे। गाँव भर की दस्तख़त से अफ़सरों के यहाँ अर्जियाँ भेजी गईं। गवर्नर, कलक्टर कोई भी नहीं छोड़ा गया। यहाँ तक कि अख़बारों में भी रिपोर्ट भेज दी गई। अख़बारवालों ने तुरन्त छाप दिया। एक ने तो यह किया कि नवाब साहब अजीज़ बहादुर कैरा की सारी ज़िन्दगी छाप दी। और नीचे लिख दिया—अंग्रेज़ों के फ़रजन्द। इनको याद रखना।

कानपुर, लखनऊ, उन्नाव, रायबरेली, इलाहाबाद तथा बनारस में रईसों तथा पढ़े-लिखों में हलचल-सी हो गई। अब जिसे देखो उसी की ज़बान पर मछली-मछले की शादी का जिक्र था। तारीफ़ की जगह बदनामी होने लगी। दावत और शादी में उपस्थित सज्जनों की एक सूची भी छपी थी। रियासत के सरवराकार बड़े सीधे-सादे लगते थे। नाम था माधोनरायन। मोटे-ताजे खाए-पिए आदमी थे। शक्ल से लगता था कि यह आदमी 'बड़े मठा दुधार' चुका है। इस समय वह घबराया-सा आया। नवाब साहब ने उसको देखा तो ज़ोर से पुकार उठे, ''कहो माधोनरायन ! क्या ख़बर है ?''

माधोनरायन कुछ रुक गए थे ताकि बेग़म पर्दे में हो जाएँ। अब वे क़रीब आ गए। उन्होंने सलाम किया और ख़ामोश खड़े रहे। नवाब साहब की इस मौन से भय हुआ उन्होंने हुक्के की नली मुँह से लगाकर माधोनरायन की ओर गौर से देखा जैसे वे कुछ पढ़ लेना चाहते थे। पर मोटी खाल थी। उसे पार करना कठिन काम था।

माधोनरायन ने झुककर कहा, ''जान बख़्शी जाए।''

नवाब साहब चिहुँक उठे। जान का अख़्तियार तो अंग्रेज़ बहादुर ने वालिद मरहूम के ज़माने में ही अपने क़ानूनों से छीन लिया था। फिर भी यह कहने का एक तरीक़ा था। माधोनरायन ने धीरे-धीरे कहा, ''सरकार ! ग़ज़ब हो गया। गूलर के मरने से गाँव वाले बौखला गए। उन्होंने कांग्रेसवालों से ज़िक्र किया कांग्रेसवालों को डॉबसन साहब के ख़िलाफ़ प्रचार करने का मौक़ा मिल गया। आज मुझे डॉबसन साहब का पेशकर मिला था। कहता था बड़ी नाजुक ख़बर दूँगा, कुछ इनाम मिलना चाहिए। हुजूर चालीस रुपए

ऐंठ गया तब उसने बताया," माधोनरायन रुककर सिर झुकाकर बोले, "हुजूर जान बख़्शी जाए।"

नवाब साहब ने ऊबकर जान बख़्श दी। माधोनरायन ने कहा, "हुज़ूर ! बदइन्तजामी का इल्जाम लगाया गया है। फ़िलहाल तो जाँच-पड़ताल होगी। और सुना है किसी ने यह भी रिपोर्ट दी है कि सरकार पागल हो गए हैं, तभी वे अज़ीब-अज़ीब काम करने लगे हैं। उनका दिमाग़ खराब हो गया है। वे फ़िज़ूल-ख़र्च हैं और इस पर वे रियासत को भी नहीं सँभाल सकते...

नवाब साहब ने गरजकर कहा, "माधोनरायन !"

भीतर से एक पतली आवाज़ आई, "मुए की जबान खिंचवा दी जाए। हाय अल्लाह ! अब क्या होगा ?"

नवाब साहब चुप थे। माधोनरायन काँपकर झुक गया था। हाथ जोड़कर कह रहा था, सरकार अन्नदाता, माई-बाप हैं—जान बख़्शी जाए...

नवाब साहब ने कहा, और कुछ भी सुना है ?

"नहीं हुजूर," बाकी सुनाने की माधोनरायन में अब हिम्मत ही नहीं रही थी। इशारा मिलते ही वह बाहर भाग चला।

इस नई ख़बर को सुनकर नवाब का दिल दहल उठा। यह वे क्या सुन रहे थे ? रियासत में जाँच होगी। डिप्टी कलक्टर माल की फेहरिस्त बनाने आएगा। उनके सामने उनके नौकर-चाकरों से उन्हीं के बारे में जाँच-पड़ताल की जाएगी। सवाल-ज़वाब होंगे ? लाहौलबिलाकूवत। आज ये दिन देखने को बचा था। नवाब हैदर बहादुर कैरा, वालिद साहब मरहूम, ख़ुदा उन्हें उन्नत बख़्शे, आज होते तो यह हालत होती। पर वे तो गुज़र चुके थे। इस नालायक को छोड़कर वे तो बहुत पहले चले गए। आख़िर अब क्या किया जाए ? कौन सा ताल्लुकेदार, कौन सा रईस, अपनी रियाया से जवाबतलब करने का हक़दार नहीं होता। अब यह तो साहब बहादुर की ज़्यादती है। क्या हो गया ऐसा ? चन्द गाँववालों को मारा-पीटा गया बस ? इसी के लिए इतनी बड़ी सजा ?

हाय हम तो वफ़ादार हैं। अब इस सनद को ओढ़ें कि बिछाएँ ? कमबख़्त इस वक़्त कोई सूझता ही नहीं।

और नवाब साहब अजीज़ बहादुर कैरा को अचानक प्रकाश दिखाई दिया। कपड़े पहनकर सीधे रामनाथ के सामने पहुँचे। उनकी उदासी देखकर रामनाथ चिन्ता में पड़ गए। किस्सा सुना। कुछ देर सोचते रहे। फिर कहा, शायद कोर्ट आप वार्ड्स में लेना चाहते हैं।

नवाब साहब के हृदय पर बिजली गिरी। चमककर बोले, "पंडितजी ! ग़ज़ब हो जाएगा। हम तो फरजन्दे इंगलीशिया बनते थे। अब हम पर ही यह मार ?"

पंडित रामनाथ ने धीरे स्वर से फिर कहा, "आपने गाँववालों को बहुत पिटवाया था ?"

"नहीं सरकार," नवाब साहब ने कहा, "बस एक आदमी को गुड़ का लेप करवा

के पेड़ पर औंधा लटका दिया था। सोचा था चींटें काटेंगे तो बता देगा। पर मरदूद मर गया। भला कोई बात थी। उँगली तक बदन से नहीं लगाई किसी ने। पर वह बीमार था...बस और कोई बात नहीं, फ़कत जरा-सी बात थी। उसे तो सरकार मरना ही था...''

वे खिसियाकर हँस दिए। पंडित रामनाथ ने अपना पथ निश्चित किया। उन्होंने धीरे से कहा, ''आपने कोई कांग्रेसवाला ही पिटवा दिया होता। वक़्त ज़रा नाज़ुक है। सरकार हमारे मुक़ाबले में अपने को भला साबित करने की कोशिश कर रही है...,'' फिर रुककर कहा, ''हमारे बिना सरकार का काम नहीं चलेगा। कल चलिए। डिप्टी कमिश्नर के यहाँ चलेंगे।''

अजीज़ बहादुर ने ऐसा देखा जैसे जलवये तूर सामने आ गया था।

अजीज़ बहादुर के चले जाने पर पंडित रामनाथ तिवारी अनेक रूप से चिन्तित हो उठे। उस दिन जिलेदार आया। उसकी बात भी उन्होंने ख़ास ध्यान से नहीं सुनी। इसी प्रकार सारी रात बीत गई।

सुबह सात बजे आनरेरी मजिस्ट्रेट पंडित रामनाथ तिवारी कपड़े पहनकर ज्यों ही तैयार हुए उन्होंने रामदीन से कहा, ''क्यों रामदीन ! अभी कोई आया था ?''

''सरकार अभी तो नहीं,'' उसने हाथ बाँधकर कहा।

जिस समय पंडित रामनाथ बँगले के बाहर निकले सत्यनारायण ड्राइवर ने सलाम किया और मोटर का दरवाज़ा खोल दिया। रामनाथ क्षणभर को कुछ सोचते रहे तभी सामने से एक गाड़ी आकर रुकी। उसमें से नवाब साहब अजीज़ बहादुर कैरा उतरे। लपककर पास आए। वे अकेले थे। मिर्ज़ाबेग अब उनके साथ नहीं था।

रामनाथ ने पूछा, ''कहिए नवाब साहब ! मेरी गाड़ी में आ जाइए ?''

''नहीं सरकार ! अंग्रेज़ का मुआमिला है। एक साथ चलने पर समझेगा कोई साज़िश है। अलग-अलग चलना ही ठीक होगा।''

सत्यनारायण की उपस्थिति में रामनाथ को यह बात कुछ अच्छी नहीं लगी। वे नवाब को लेकर भीतर ड्राइंग रूम में आ गए। बैठकर कहा, ''तो क्या मैं आप ही के लिए नहीं चल रहा ?''

''हिम्मत तो सरकार इसी से बँधी हुई है। वैसे ये लोग ख़ास अच्छे नहीं होते। अवध के कर्ज़दार हुकूमत कर रहे हैं। लाहौलबिलाकूवत। महाजन हम हैं और हम ही दबे हुए हैं ज़रा मौका देखकर काम करना चाहिए।''

नवाब अडिग थे। रामनाथ ने दूसरी बात छेड़ी।

''तो मिर्ज़ा साहब साथ नहीं आए ?''

''वह तो सरकार,'' नवाब अजीज़ बहादुर कैरा ने हँसकर कहा, ''जब से लखनऊ में कलक्टर की लात खा चुके हैं। अंग्रेज़ का मुँह तक नहीं देखते। बताइए भला। शरीफ़ आदमियों के साथ इस तरह का वहशी बर्ताव ? पर सरकार अब कहे तो कौन ? हम कहें भी नहीं तब तो यह हाल है। और कहीं कह दिया, ख़ुदा न करे, कांग्रेसवालों की

सी मार खाने लगें। लाहौलबिलाकूवत। हम भी रईस हैं, अमीरों में हैं। पर हम तो कभी-कभी पसीज़ जाते हैं। यह कमबख़्त फिरंगी तो ऐसी सफ़ेद आँखें दिखा देते हैं कि तोबा, बिल्कुल तोताचश्म होते हैं, सरकार...साफ़ कह देंगे कि यह तो हुक़ूमत का मुआमिला है... ।''

तिवारीजी को यह बात भी कुछ अच्छी नहीं लगी। उन्होंने अलबत्ता एक बार दरवाज़े की तरफ़ जरूर देखा। पर वहाँ कोई नहीं था। होता भी कैसे ? नवाब कभी मुस्कुराते थे, कभी गम्भीर हो जाते थे और कभी भौं सिकोड़कर कुछ सोचने लगते थे। जैसे वे एक भँवर में फँस गए थे। कभी नाव एक तरफ़ से उठ जाती थी कभी दूसरी तरफ़। कुछ देर इसी मौन में बीत गया। अन्त में रामनाथ ने कहा, ''आप आज बाग़ी तो नहीं हैं ?''

''ख़ुदा रहम करे ! यह मैं क्या सुन रहा हूँ। आपने यह सवाल किस बिना पर किया ?''

नवाब के कान खड़े हो गए।

''आप जानते हैं,'' रामनाथ ने कहा, ''मैंने इसी डिप्टी कमिश्नर को एक बार दया के कांग्रेस में शामिल होने की सरकारी चिट्ठी पाने पर, खरी-खरी सुनाई थी। उस दिन मैंने कह दिया था कि ब्रिटिश सल्तनत की जड़ें इन्हीं ताल्लुकेदारों और ज़मींदारों ने मज़बूत की है। आपको यह हमेशा ख़याल रखना चाहिए।''

स्वर एक भाप के समान था। नवाब साहब एक ढकने की तरह उछलने लगे। ज़मींदारी के भगौने पर ढकने की तरह वह इंसान इस समय उस भाप को दाबने में असमर्थ-सा दिखाई दिया। भाप में शक्ति है। वह ढकने को उलट सकती है। इसलिए ढकना अपने को बनाए रखने को कभी इधर से उचककर कभी उधर से उचककर भाप को निकलने को रास्ता दे देता है। यह भाप अंग्रेज़ी ज़ोश है। इसमें पड़ी दाल हिन्दुस्तान के लाखों ग़रीब किसान हैं। जो दूसरों के खाने योग्य बनाए जा रहे हैं।

नवाब ने हाथ ऊपर उठाकर कहा, ''अल्लाह पाक ! रसूले मदनी ! बारी ताला !'' फिर मुड़कर कहा, ''राजा साहब। हमारी क्या हैसियत है ? जरी रगों में वही रुतबे का ख़ून है, वरना किसी तहसीलदार से क्या अच्छे हैं। जब चाहे रखा, निकाल दिया। बड़े-बड़े राजा और नवाबों की हस्ती नहीं। दिल्ली दरबार का हुज़ूर को ख़याल होगा। उस दिन काश्मीर से लेकर धुर दक्खिन तक के राजा-महाराजाओं ने सलाम करके चार क़दम तक पीठ नहीं मोड़ी थी। और तो और हैदराबाद के आला हज़रत निज़ाम तक हाथ बाँधे खड़े थे। सरकार, क्या चलती है। अंग्रेज़ की तरफ़ तो ख़ुदा है। ईसा मसीह न जाने क्या कान फूँके हैं कि हमारे आपके पैगम्बरों की उसने सुनना ही छोड़ दिया है। वरना, थी किसी की मज़ाल। आज इससे इतने लाचार हो गए हैं। जादू है जादू। और जादू तो राजा साहब वह है जो सिर पर चढ़कर बोले। नवाब साहब ने आँखें फाड़कर अपनी बात पर ज़ोर देने के लिए सिर हिलाया।''

रामनाथ ने तीख़ी आवाज़ में कहा, ''इसके ये माने नहीं कि वे हमें चाहे जैसे खिला

सकते हैं। डाबसन किस सरकार का नौकर है ? वह जो हमारे बल पर खड़ी है। हम डरते हैं, अपनी इज़्ज़त हमने खुद गँवाई है। वरना उसकी मज़ाल क्या थी। ये सौदागर एक दिन घुटने टेककर ज़मीन चूमते थे। अगर वे हमसे दुश्मनी करेंगे तो अपनी क़ब्र खुद खोद लेंगे।''

वे आत्म-सम्मान को कड़ी चोट लगती देखकर तिलमिला उठे थे। इस समय उन्हें अपने स्वर्गीय पिता अमरनाथ की याद आ गई थी, जिन्होंने लखनऊ में कैम्पवैल और ऊटरम को विजय का पथ दिखाया था। यदि वे बागियों से मिल जाते तो क्या अंग्रेज़ों की फतह हो सकती थी ? लेकिन नवाब को यह गर्व नहीं था। उसके पिता को विवशता में झुकना पड़ा था। उसने चमककर कहा, ''राजा साहब ! आप नाराज़ हो गए हैं। ठंडे दिमाग़ से ज़रा सोचिए तो हम किसके बल पर खड़े हैं ? इसी सरकार के। मुआफ़ कीजिए। हमें तो सरकार ने वफ़ादार समझकर यह ज़मीन दी है। हम तो सिर्फ़ उसके तनख़्वाह पानेवाले लोग हैं। हम डरते नहीं हैं, मज़बूर हैं। हमारे साथ रियाया है कहाँ ? जिनके साथ थी वे तो लड़कर मर गए। इज़्ज़त गँवाई है इज़्ज़त पाने के लिए। उनकी मज़ाल की न कहिए सरकार ? बड़ी अक्ल है उनमें ? पूरे ऊजबिनौनक हैं। सारा समन्दर उनके टखनों तक पहुँचता है। एक से दूसरे को लड़ा देना तो उनके बाएँ हाथ का खेल है। मेरी जगह मिर्ज़ाबेग को बिठा देंगे। वह नहीं झुकेगा तो मखमूर तक को बिठा सकते हैं। हमारा क्या है ? कुछ खाने को चाहिए। परसों फर्ज़न्दे मुग़लिया थे, कल फर्ज़न्दे नवाबी हुए, आज इनके सही। खुदा न करे, कल फिर किसी का बनना पड़े। उनकी क़ब्र खोदनेवाले तो गदर में गुज़र गए राजा साहब ! इन कांग्रेसवालों से उनका क्या बिगड़ेगा ? और हमारे पास है क्या ?

रामनाथ का हृदय सुन-सुनकर सँभलने लगा। नवाब ने आख़िरी बात कहकर सारी मज़बूरी उँडेल दी। हमसे औरों का फायदा ही क्या ? वे अपने फायदे के लिए सब कुछ कर सकते हैं। हम करें तो ठीक है गर उनके फायदे के लिए। वे आज मालिक हैं। मुझे तो कुछ भी नहीं सूझता। जब ताकत उनके पास है तो वे ही हमें नालायक या लायक साबित करनेवाले हैं।

रामनाथ ने फिर एक बार द्वार की ओर देखा। कोई न था। तब गम्भीर स्वर में कहा, रियाया न हमारे साथ है, न उसके साथ। फिर हम नहीं रहेंगे और वे रह लेंगे ?

नवाब साहब अजीज़ बहादुर कैरा ने श्रद्धा से देखा। पर यह कुछ क्षण की ही बात थी। बोल उठे, ''समन्दर बाँध रखा है उन्होंने। उनके पास फ़ौज़ हैं, पुलिस हैं। अपढ़ रियाया हमें जितना चाहती है, उतना ही उन्हें भी। गाँधी की बात समझ में आती है। ज़मींदार अगर मिल जाएँ तो सफ़ेद काले के फ़र्क पर उन्हें निकाला जा सकता है...।''

रामनाथ ने तेज़ स्वर से कहा, ''नवाब साहब ! आप तैश में हैं।''

''नहीं सरकार,'' नवाब ने कहा, ''मैं तो उनका गुलाम हूँ। यह तो एक बात थी। अब सवाल है कि यह कैसे हो सकता है ? गाँधी बाग़ी है। वह भूखों को उभाड़ रहा है। हम तो भूखे नहीं हैं ? फ़र्क़ एक है। अंग्रेज़ तिज़ारत में बड़े माहिर हैं। वह तो हमें

निकाल देता। सरकार ! उसकी हस्ती का अन्दाज़ कीजिए। वह हमारे बिना भी पनप सकता है। पर उसे हमसे फ़ायदा है। चन्द लोग मर्ज़ी से उसकी ख़िदमत करने को तैयार हो गए हैं। आओ भाई, इसमें उसका तो फ़ायदा ही है। वह हमें हटाकर दूसरों को रख सकता है। उसे लगान से मतलब। बाकी चाहे कुछ करो। सरकार ! खता मुआफ़ हो। वह इसमें भी चाल खेल गया। हमें बीच में फँसाकर उसने रियाया और अपने बीच में एक दीवार खड़ी कर ली। वह तो हमारे हक़ों को हक़ नहीं समझता। उसकी राय में तो यह वफ़ादारी की तनख़्वाह है, रिश्वत है...हम तो उसके मज़बूत किले के चारों तरफ़ की खाई हैं। दुश्मन इसमें कूद भी पड़े तब भी उसका एकदम कुछ नहीं बिगड़ता और सरकार इसमें तो कोई कूद पड़े अगर ऊपर की दीवाल से वह हमलावरों पर गोली न चलाता रहे, हमें बचाता न रहे।"

नवाब थक गए थे। रामनाथ का अभिमान टुकड़े-टुकड़े हो रहा था। वह क्षण-भर को चुप हो गए। उनकी समझ में नहीं आया कि यह आदमी जो इतना समझदार है, सब कुछ जानता है, इतने ऊटपटाँग काम भी कर सकता था कि अभी कुछ दिन पहले भूला हुआ गुड्डे-गुड़ियों के ब्याह की तरह मछले-मछलियों का ब्याह करा रहा था। आज इसके साथ इसका एक भी मुसाहिब नहीं है। जैसे मिठाई पर मक्खियाँ बैठी थीं। उनके पैरों में बीमारियों के, हैजे के कीड़े थे। जब वह उड़ाई गईं, तो उड़ गईं, पर ज़हर छोड़ गईं। खोमचेवाला खरीदनेवाले के डर से उसे फेंककर दूसरी मिठाई सजा लेना चाहता है। ज़हर की मिठाई से आदमी मरता है। वह मिठाई तो बेचना चाहता है, पर ऐसी नहीं कि एकदम मार दे। एक बार ही मार देने से बार-बार पैसे कैसे मिल सकेंगे।

रामनाथ चिन्ता में पड़ गए। अंग्रेज़ी हुकूमत के बारे में वे सोचने लगे। एक बार कांग्रेसी पुत्र दयानाथ ने कहा था, "ये हमारे दुर्भाग्य का विषय है कि हम कुछ सुखों के लिए कठपुतले बने हुए हैं। उन्होंने इसे स्वीकार नहीं किया था। क्या यह असत्य है ? लेकिन विधाता ने कुछ ऐसा कर दिया है कि अंग्रेज़ों और ज़मींदारों का स्वार्थ कुछ ऐसा उलझ गया है कि एक का नुक़सान दूसरे का नुक़सान है। यह भी सत्य है। पर इस परस्परावलम्बन में भी अंग्रेज़ का हाथ ऊपर है। नीति अंग्रेज़ ही निर्धारित करता है। वे सिहर उठे। इतना भयानक धक्का उन्हें कभी नहीं लगा था। यदि वे रियाया को भड़कावें तो क्या वह भड़क सकेगी ? क्या लोग यही नहीं पूछेंगे कि उनकी जगह तुम गद्दी लेना चाहते हो ? इससे फ़ायदा? देश का माल देश में ही तो रहेगा। हम जनता से यह कह सकते हैं। पर उस देश में रहनेवाले माल से लोगों को क्या फ़ायदा जो उनके किसी काम नहीं आ सके !!"

रामनाथ को याद आया। वे उन्नाव क्यों रहते थे ? क्योंकि उनसे गाँववालों, काश्तकारों, किसानों की ग़रीबी देखी नहीं जाती थी। पर दूर हट जाने से क्या सत्य बदल गया। क्या उन लोगों के पेट भरने लगे ? अपनी दयालुता के कारण उन्होंने अपने ख़र्चे बढ़ाकर उन्हीं ग़रीबों पर और भी बोझा बढ़ा दिया। पर वे अकेले क्या कर सकते थे ? वे कितने निरीह थे। इस विचार के आते ही उनका सिर झुक गया। उन्हें लगा कि जिन

बुनियादों पर वे खड़े थे, वे खुदगर्ज़ी और फ़रेब के सिवाय कुछ नहीं थी। पर वे थे, क्योंकि वे समर्थ थे।

सामर्थ्य पर उनका दिमाग़ ज्योंही गया उनकी दृष्टि सामने बैठे नवाब साहब अजीज़ बहादुर कैरा पर पड़ी जो उन्हें इस समय ऐसे घूर रहा था जैसे अब वह जो कुछ सुनेगा उसी में उसकी मुक्ति निहित होगी। वह उसी सामर्थ्य का नमूना था, जिसकी उनको आशा थी, अभिमान था, विश्वास था। क्या वह सचमुच कुछ नहीं है ?

रामनाथ का स्वाभिमान, शराफ़त सब खुलने लगे। उन्हें लगा वह सब ग़लत था। उनका स्वाभिमान अपनों को चूसकर अंग्रेज़ों को सिर झुका देना था। शराफ़त अपनों से लूटी हुई इज़्ज़त का बहलाव था, उनकी उस रक़म का नाज़ायज फ़ायदा था, जो अंग्रेज़ की संगीन के बल पर वसूल की गई थी। उनका सिर भन्ना उठा।

इतने थोड़े से आदमी निरंकुश शासन क्यों कर रहे हैं ? क्योंकि उन्हें ऐसे मूर्ख मिल गए हैं। जो देश के बजाय अपना स्वार्थ देखते हैं। एक दिन उन्होंने डाबसन से कहा था कि अंग्रेज़ यहाँ हिन्दू-मुसलमान, अछूत-वर्णाश्रम, किसान-ज़मींदार झगड़े मचाकर गृह-कलह करवा के ज़िन्दे हैं। हिन्दुस्तानी व्यवसाय को न अंग्रेज़ पनपने देते हैं, न बढ़ने देते हैं। लूट मचवा दी है उन्होंने। गुलाम हिन्दुस्तान अपनी ग़रीबी से लड़ने में भूला हुआ है। फिर भी अंग्रेज़ इस सबको 'गोरों का बोझ' कहते हैं। वे हमें सभ्य बना रहे हैं ? आर्थिक गुलामी राजनीतिक गुलामी से कहीं बेहतर है। डाबसन ने कहा था कि हिन्दुस्तान को ग़रीब बनाने में ज़मींदारों का बहुत बड़ा हाथ है।

उस दिन यह सब सिर्फ़ बात थी। तब डाबसन ऑक्सफ़ोर्ड से कुछ साल पहले नया-नया आया था। वह स्वेज के पूर्व के लोगों से ठीक व्यवहार करना नहीं सीख पाया था। आज रामनाथ ने सोचा यह सब ठीक था। ज़मींदार न रहे तो किसान सरकार को सिर्फ लगान देगा। बीच की 'लूट' उसी के पास रहेगी। वह पैसा रखेगा तो मनमानी क़ीमत पर बेचे हुए सामान नहीं खरीदेगा। वह कंगाल नहीं होगा। इसी से अंग्रेज़ यहाँ के ज़मींदारों को रखते हैं ताकि यहाँ का कच्चा माल ले जा सकें। वरना यहाँ के उद्योग-धन्धे बढ़ जाएँगे। इसीलिए तो ये व्यापारी आज कांग्रेस के साथ हैं। और गृह-कलह क्या निराधार है ? क्या अंग्रेज़ सब कुछ ज्यों का त्यों नहीं बनाए हैं ? अंग्रेज़ सातों जात का मेल है। वह सभ्य है, सबके ऊपर ब्राह्मण भी है, क्षत्रिय भी। उससे सब नीचे हैं, दबते हैं। बनियों और कायस्थों को उसने व्यापार और क़लम से दबा रखा है। वह सत्य बताता है, पर उसे करने नहीं देता। यदि ज़मींदार हट जाएँ तो बनिए-व्यापारी की बन आएगी। पर ज़मींदार हट जाए ?

और रामनाथ के सामने से ज़ायदाद, वैभव, कुल—सबके सब गुज़रने लगे। उन्होंने उठते हुए कहा, "नवाब साहब मैं डाबसन साहब से मिलने जाता हूँ। उन्हें समझाऊँगा कि वे आपको अकेला न छोड़ दें।"

अजीज़ बहादुर ने कृतज्ञता से देखा। उसे विश्वास नहीं हुआ। उसने डरते हुए कहा, "राजा साहब ! मौत तक हर दाना खाते वक़्त उसे आपका समझूँगा। लेकिन आपका

दामन कहीं किसी काँटे में फँस न जाए ?''

''मेरा ?'' रामनाथ ने गर्व से मुड़कर कहा, ''मैंने इसी सरकार के लिए अपने तीनों बेटों को छोड़ दिया है।''

''पर सरकार मैंने तो मुल्क़, इज़्ज़त, अपनापन, सच इन्हीं के लिए दे दिया है, फिर भी कुछ नहीं सुनते,'' नवाब ने उठते हुए कहा।

रामनाथ चुप हो गए। उन्होंने मात्र एक बार उसे देखा और फिर द्वार की ओर देखते हुए कहा, ''आज वह रियाया का भला चाहनेवाला हो गया और हम उसके दुश्मन करार दिए गए हैं।''

''सरकार लाठी उसकी है।''

''लेकिन इस भैंस को उसी ने दूध पीने के लिए दूसरों के खेत को चर जाने के लिए छोड़ा है। दूध वह तभी दे सकेगी जब उसे आज़ादी से चरने दिया जाए,'' नवाब ने सिर झुका लिया। वह अब निरुत्तर हो गया था।

2

मोटर चल पड़ी। पंडित रामनाथ तिवारी का हृदय विक्षुब्ध था।

डाबसन ने उनसे ड्राइंगरूम में मुलाकात की। तिवारीजी को बहुत दिन बाद देखा था। उनके बारे में इधर काफ़ी कुछ सुना था। उसे उनकी अटूट स्वामिभक्ति का परिचय मिल चुका था। इस समय उसने उनकी ओर भरी नज़र से देखा जिससे उसके होंठ मुड़ गए कुछ नीचे की ओर।

तिवारीजी बात शुरू करना चाहते थे। आख़िर उन्होंने कहा, ''मैं आज इसलिए हाज़िर हुआ था कि आपकी कुछ ख़ास बातों पर राय लूँ।''

डाबसन ने सिगरेट उनको पेश की ! उनके क्षमा माँगने पर उसने एक सिगरेट सुलगा ली और धुआँ छोड़कर कहा, ''फ़रमाइए।''

यह उत्तर भी कुछ नहीं था। तब डाबसन ने ही कहा, ''मैंने आपकी सेवाओं के बारे में गवर्नमेंट ऑफ़ इंडिया को लिख दिया है। आजकल जो आप सरकार को मदद दे रहे हैं। वह काफ़ी अच्छी रही है और आशा की जाती है कि आइन्दा भी आप सरकार की इसी तरह मदद करते रहेंगे।''

तिवारीजी कुछ देर तक चुप रहे। फिर उन्होंने कहा, ''सरकार जो ज़मींदार की मदद कर रही है। उसके लिए मैं आपका आभारी हूँ,'' वरना काफ़ी गड़बड़ हो जाती।

डाबसन ने उन्हें आँखों में तोल लिया। तो गोया बाप बराबरी की हैसियत से बातें करते हैं। पर वह चतुर आदमी था। उसने कुछ कहा नहीं। तिवारीजी कहते रहे। मैंने आपका वह पत्र देखा था जिसमें आपने अमन सभाओं को बनाने की योजना बनाई है। निहायत ज़रूरी और उम्दा चीज़ है, तुरन्त काम में लाई जानी चाहिए।

''आप सरकार को अपनी राय लिख दीजिए। इससे भी आपकी सेवाओं को अच्छा

माना जाएगा। सरकार अगर आपकी राय को ठीक समझेगी तो उस पर अपना निर्णय देगी," डाबसन ने दूसरा कश खींचा और धुआँ मुँह फेरकर छोड़ दिया।

तिवारीजी ने बात बदलकर कहा, "मेरा मतलब था कि हम ज़मींदारों का एक बोर्ड सरकार बना दे और वे गाँवों में कांग्रेस के आन्दोलन को कुचलने में सहायता दे।"

डाबसन चौंक उठा। उसने गम्भीरता से झुककर पूछा, "कितने ज़मींदार वाकई चीज़ों को समझते हैं ? कितने होंगे, मेरा मतलब है, जो इस लायक होंगे कि सरकार उन पर ज़िम्मेदारी छोड़ दे ?"

"जी नहीं," रामनाथ ने कहा, "सरकार को उन पर नज़र रखनी चाहिए।"

"वह ठीक है," डाबसन ने स्वीकार किया, "वे अपने हलके के थाने से इस मामले में मदद ले सकते हैं।"

तिवारीजी इस मामले को ऊँचे दर्जे से शुरू कर रहे थे। डाबसन इसको नीचे से ही शुरू कर रहा था। तिवारीजी ने कहा, "मैंने सुना है सरकार ज़मींदारों के खिलाफ़ कड़ी पड़ रही है।"

"आपसे किसने कहा ?"

"उड़ती हुई ख़बर है कि नवाब साहब अजीज़ बहादुर कैरा पर सख़्ती की जा रही है ?" तिवारीजी दृढ़ता से कहा।

"बिल्कुल ग़लत," डाबसन ने उसी अविचलित स्वर से कहा, "आप भी शायद उस शादी में शामिल हुए थे ?"

तिवारीजी ने सिर हिलाकर कहा, "जी हाँ। लेकिन मुझे यह राज बिल्कुल आख़िर में मालूम हुआ।"

"और अगर," डाबसन ने आँखें गड़ाकर कहा, "पहले से मालूम होता तब क्या आप नहीं जाते !"

तिवारीजी ने कहा, "नहीं..."

डाबसन मुस्कुराया। पर वह मुस्कुराहट जाती रही। तिवारीजी रुके नहीं थे। वे कहते रहे, "मुझे अगर मालूम होता तब भी मैं जरूर जाता।"

डाबसन सम्भवतः इस साहस के लिए उद्यत न था। उसने आँखें संकुचित करके पूछा, "तो आपका ख़याल है वह सब ठीक हुआ ? उसमें कोई बुराई नहीं थी।"

"यह तो मैंने नहीं कहा। पर जिस नज़र से इसे देखा गया है वह ज़रूर किसी दूसरी नज़र का देखना है। पहले हम लोगों को दूसरी ही नज़र से देखा जाता था।"

"आप जानते हैं उन्होंने एक आदमी को जान से मरवा दिया है ? ब्रिटिश न्याय में यह नहीं हो सकता," डाबसन समझे उन्होंने तिवारीजी को पराजित कर दिया।

"अपने-अपने अधिकार और न्याय की रक्षा के लिए सब कुछ किया जाता है," तिवारीजी ने धीरे शब्दों में उत्तर दिया। डाबसन इस उत्तर से कुछ सकपका गया। उसके मन में भी चोर था। पर उसने उसे छिपाकर कहा, "देखिए न, वह तो उनसे कुछ माँगने भी नहीं गया था।"

''तिवारीजी कुछ ठिठके। फिर उन्होंने हिम्मत करके एकबारगी कह ही दिया, जी हाँ, वह उनसे वह माँगने गया था जो आपसे वह दो आने की टोपी लगानेवाले कांग्रेसी माँगते हैं।''

डाबसन की मुखाकृति कठोर हो गई। उसने तीव्र स्वर में कहा, ''वह क़ानून की मुखालफ़त है। न्याय में अविश्वास है। एक व्यक्ति का विषय है, दूसरा साम्राज्य, स्वामिभक्ति, शान्ति और न्याय का।''

रामनाथ तड़प उठे। उन्होंने कहना चाहा पर न जाने क्यों यह नहीं कह सके कि क़ानून सबल का है, न्याय समर्थ का है, उसे चाहे जैसे बदला जा सकता था। सचमुच क़ानूनवाले अंग्रेज़ थे। बाक़ी सब उनको अमल में लाने के लिए थे। ज़मींदार कुछ ज़्यादा तनख़्वाह देकर रख लिये गए थे। यहाँ तो सही साबित हो रहा था।

उन्होंने बात पलटकर कहा, ''यह जो कुछ है। आपका ही दिया हुआ है। आपको अख़्तियार है। आप चाहे सब कुछ वापस ले लें। पर किसलिए ? आज नवाब साहब के एक अचानक अपराध पर आप इतना बड़ा क़दम उठाना चाहते हैं। ज़रा उनका रुतबा और शान देखिए...

डाबसन ने फिर काटा, ''सरकार इन चीज़ों की इज़्ज़त करती है, पर उसकी एक सीमा है। यह उनकी आपसी चीज़ें हैं। सरकार उनको मदद दे सकती है, पर रियाया पर इस क़दर ज़्यादतियाँ नहीं देख सकती। अंग्रेज़ ने इसीलिए हिन्दुस्तान को जीता, इसीलिए इसका बोझा उठाया कि इस जनता पर इतने निरंकुश अत्याचार नहीं होने देंगे। यह पुराना ज़माना नहीं है।''

तिवारीजी ने टोककर कहा, ''आपकी ये बातें सुनकर मुझे आश्चर्य हो रहा है। एक ज़माना था कि सरकार ज़मींदारों को अपना कहती थी। उनके तो दो ख़ून माफ़ थे।''

''यह ख़ून माफ़ की परम्परा हिन्दुस्तानी ही थी। हो सकता है अंग्रेज़ों ने शुरू में यहाँ की पिछड़ी हालत देखकर उस वक़्त कुछ दिन के लिए ठहर जाना मंज़ूर कर लिया हो। लेकिन आज का आन्दोलन यदि देहात में फैल गया है तो इन्हीं बुनियादी कमज़ोरियों के कारण। इस आन्दोलन की जड़ में क्या है ? वह असन्तोष जो आप लोगों की फिज़ूलख़र्ची के कारण लोगों में पैदा हुआ है। वरना ये कुछ पढ़े-लिखे लोग क्या कर सकते थे ?''

''इसका अर्थ हुआ सरकार ज़मींदारी ख़त्म करना चाहती है क्योंकि ज़मींदारी के अलावा बाकी सब ठीक है ? लेकिन यह आन्दोलन तो हम लोगों के खिलाफ़ नहीं है ? पड़ता हो यह बात दूसरी है।''

''नहीं है, इसी से मैंने कहा, यह ग़लत है।''

तिवारीजी चौंके। ''मैं समझा नहीं,'' उन्होंने कहा, ''क्या आपका मतलब है कि यह हमारे खिलाफ़ होना चाहिए ?''

''नहीं, नहीं,'' डाबसन ने हँसकर कहा, ''आप ठीक नहीं समझ रहे हैं। मेरे कहने

का मतलब है कि जो आदमी लायक़ नहीं है उसे बनाए रखना ठीक नहीं होता। एक आदमी का ख़ून बहुत बड़ी चीज़ होती है।''

तिवारीजी समझ गए। इस तरह कोई काम नहीं निकलेगा। लिहाज़ा फिर कहा, ''नवाब साहब का खानदान पुराना खानदान है। अगर आपकी इज़्ज़त में उनकी इज़्ज़त है तो उनकी इज़्ज़त भी आपकी ही इज़्ज़त है।''

''मैं जानता हूँ तिवारीजी। यह बात मैं जानता हूँ। लेकिन आप सोचकर देखिए कि आपका आदमी अगर गाँववालों पर बेजा ज़्यादती करे, तो क्या आप उसे रखना पसन्द करेंगे।''

तिवारीजी को सहारा मिल गया। उन्होंने कहा, ''मेरे मैनेजर रामसिंह ने एक बार मेरी इज़्ज़त के लिए गाँव में झगड़ा खड़ा कर लिया था। उसमें एक परमेश्वर नाम का आदमी मारा गया था। उस दिन मैंने गाँववालों से कह दिया था मैं दया कर सकता हूँ अपने अधिकार नहीं खो सकता। क़ानून हम समर्थ और सबल अपने फ़ायदे के लिए बनाते हैं। जाओ, डिप्टी कलक्टर, अफ़सर सबके पास जाओ। जिसके पास वक़्त हो आकर मुझसे लड़ ले। कोई भी नहीं आया।''

डाबसन ने पूछा, ''फिर क्या हुआ ? मैनेजर का क्या हुआ ?''

''मारा गया,'' उनके मुख से हठात् निकल गया। डाबसन ने हँसकर कहा, ''यह बार-बार नहीं होना चाहिए।''

''लेकिन अगर मैं मुज़रिम था, तो सरकार को मुझे सज़ा देनी चाहिए थी। यदि मुझे सरकार ने इस योग्य समझा कि मुझे अछूता रखा जाए तो कोई कारण नहीं दिखाई देता कि नवाब साहब पर जाँच बिठाई जाए।''

डाबसन क्षण-भर सोचता रहा। फिर हठात् ही उसने कहा, ''वह कोई बात नहीं। आपने कभी मछली और मछले का एक लाख छप्पन हज़ार रुपया ख़र्च करके विवाह कराया है ?''

''जी नहीं,'' तिवारीजी ने कहा, ''हम ब्राह्मण हैं, और सादा ज़िन्दगी बितानेवालों में हैं। पर उनके यहाँ यह ज़रूरी नहीं है। वे नवाब हैं और आपको शायद यह याद नहीं रहा कि हिन्दुस्तान के नवाबों की एक ज़माने में कैसी ज़बर्दस्त शान थी। वे जो चाहें करते थे। यह तो उनका एक खेल था। यह भी उनकी सामर्थ्य में था तभी तो वे इसे पूरा कर सके।''

डाबसन मुस्कुराया। उसने सिर हिलाकर कहा, ''आप शायद जानते नहीं वे भारी कर्ज़ों में लदे हैं।''

''लेकिन हुज़ूर,'' रामनाथ ने कहा, ''यह तो रईसी की एक निशानी है। इतिहास कहता है कि कर्ज़ा लेकर समर्थ नहीं चुकाते।''

डाबसन इस व्यंग्य को समझा। पर यह व्यंग्य बनकर आई बात इसी बात को प्रमाणित करती थी कि कहनेवाला साफ़-साफ़ कहने की हिम्मत नहीं करता। शायद वह समर्थ होता तो आज कर्ज़ा वसूल कर चुका होता।

"नहीं," डाबसन ने अपनी हथेली खोलकर कहा, "लेकिन अगर सामर्थ्य न होने पर ऐसी फिजूलख़र्ची की जाए तो वह बुद्धिमानी नहीं कही जा सकती।"

रामनाथ इस तर्क का उत्तर देना चाहते थे। वे यह नहीं समझ सके कि आख़िर डाबसन का इशारा किस सामर्थ्य की ओर था।

"जब तक जायदाद है तब तक तो उन्हें कोई चिन्ता नहीं। वे ख़रीद-फरोख़्त कर सकते हैं। ज़ायदाद के मालिक हैं। क्या इसमें भी कोई सरकारी अड़चन है ?" रामनाथ आवेश में कहने लगे, "अगर उन्हें कर्ज़ मिलता है तो यही सबसे बड़ा सबूत है। उन्हें कोई कर्ज़ा क्यों देता है ? क्योंकि उनके पास कुछ ऐसा है जिसके रहते महाजन को कोई डर नहीं। जब यह शक्ति मनुष्य के पास है तब कोई कारण नहीं कि वह सामर्थ्य भर अपनी इच्छा पूरी नहीं करे। नवाब साहब अजीज़ बहादुर कैरा को मैं इनके वालिद मरहूम नवाब साहब हैदर बहादुर कैरा के जमाने से जानता हूँ, और उनकी वफ़ादारी में किसी ने भी शक नहीं किया।" रामनाथ ने इन शब्दों पर विशेष ज़ोर दिया। इस समय उन्होंने डाबसन की आँखों में निर्भय होकर आँखें गड़ा दी थीं। वे बोलते जा रहे थे, "हुजूर को याद होगा कि उनके पास गदर की सनद है। उसके बाद उन्होंने बलवाइयों को ढुँढ़वा-ढुँढ़वाकर पकड़वाया था। क़रीब तैंतालीस साल पहले जब इटावा के कलक्टर ह्यूम साहब ने रियाया की खुशी-नाराज़ी की जाँच-पड़ताल करवाई थी, जब हज़ारों जासूसों ने मुल्क को छान दिया था। उस वक़्त भी उन्होंने काबिले-तारीफ़ काम किया था। उससे कुछ साल पहले जब मलका विक्टोरिया भारत की साम्राज्ञी बनी थीं, उस समय जो गवर्नर का दरबार हुआ था उसमें भी जब स्वर्गीय राजा साहब अमरनाथ, रईस बानापुर शामिल होने गए थे, तब उनके पास ही मरहूम नवाब साहब हैदर बहादुर कैरा की कुर्सी लगी थी और गवर्नर साहब ने खुद उनकी तारीफ़ की थी। इसी सरकार के लिए, इसी हुकूमत के लिए हमारे पुरखों ने कुर्बानियाँ की हैं, उसी तख़्त और ताज़ के लिए, जिस पर हमने अपना कोहेनूर न्योछावर किया है, हमने क़सम खाई है कि पीढ़ी दर पीढ़ी फ़रजन्द बने रहेंगे। मेरे लड़का एक भी नहीं रहा। आपकी ज़बान पढ़ाकर मैंने उन्हें तबाह कर दिया। आज वे सब मुझे छोड़ गए हैं। पर मैं नहीं झुका हूँ। हम अच्छे हैं जो हिन्दुस्तानी हैं। हम अपने रिवाज़ नहीं छोड़ सकते। दुनिया जैसे चलती आई है, चलती जाएगी। मैं एक दिन मिट जाऊँगा, पर मैं यह नहीं मान सकता कि वक़्त के साथ धर्म बदलता है," वे आवेश में थे। कुछ देर उनके होंठ फड़कते रहे। फिर एक मौन छा गया।

डाबसन ने अपनी मेज़ की दराज़ खोली। कुछ देर तक वह उसमें कुछ ढूँढ़ता रहा। फिर उसने एक फाइल निकाली। उसमें से उसने एक पत्र निकाला। उस पत्र को बढ़ाते हुए उसने कहा, "ज़रा इस पत्र को पढ़िए। मैं आपको अपना अकर समझकर पढ़ने को देता हूँ। मैं जानता हूँ आपको नवाब साहब से हमदर्दी है, आप सरकार के फ़ायदे के लिए ज़मींदारों की रक्षा करना चाहते हैं, आपके उनके पुराने खानदानी ताल्लुक हैं। लेकिन इस ख़त को पढ़कर आप मुझे बताएँ। क्या यह जो कुछ मैं कर रहा हूँ वह ठीक

नहीं है ? आदमी मर जाता है, तब उसकी कीमत चुकाई जा सकती है। पर किस हालत में। जिस वक़्त पुलिस पहुँच चुकी थी, उसके बाद नवाब साहब ने अपने आदमियों से क्यों एक ख़ून करवाया ? शायद उनका खयाल था कि पुलिस को रिश्वत देकर यह मामला दबाया जा सकता था। हो सकता है। लेकिन कांग्रेसवाले इस बात का बहुत प्रचार कर रहे हैं। अख़बारों में रिपोर्ट निकल चुकी है। सरकार इस मामले पर ग़ौर करती है, इसलिए नहीं कि कांग्रेस का ख़तरा है, बल्कि इसलिए कि सरकार अपने उन वायदों को पूरा करना चाहती है, जिनको उसने बार-बार दुहराया है। किसलिए हैं यह कोर्ट, कचहरी, हाईकोर्ट, प्रिवी काउंसिल ! इसलिए नहीं कि ज़ायदादवाले आपस में झगड़ा करें। नहीं, हमने यह ज़िम्मेदारी ली है कि हम यहाँ हर आदमी के जान-माल की हिफ़ाज़त करें। लेकिन मैं इस सब पर ध्यान नहीं देता। मेहरबानी करके यह खत पढ़ जाइए।'' उसने ज़ोर देकर अन्तिम वाक्य कहा, और कुर्सी से पीठ टेक ली।

रामनाथ अब तक पत्र हाथ में लिये बैठे थे। अब उन्होंने उसे खोलकर पढ़ा। जो कुछ उन्होंने देखा, उस पर उन्हें सहसा विश्वास नहीं हुआ। यह वह क्या देख रहे थे। उन्होंने एक बार डाबसन की ओर देखा। वह कठोर दिखाई देता था। जैसे वह स्वयं इस पत्र का प्रभाव उन पर देखना चाहता था। रामनाथ ने फिर उस पत्र को पढ़ा।

बेग़म गुलनार, बेग़म कुलसुम, बेग़म नर्गिस की दरख्वास्त थी। साथ में मिर्ज़ाबेग और मखमूर अहमद के भी दस्तख़त थे। सरकार से कहा गया था कि नवाब का दिमाग़ ख़राब हो गया है। इसी से उन्होंने उलटे और अज़ीब-अज़ीब काम शुरू कर दिए हैं। बदइन्तजामी यहाँ तक बढ़ गई है कि उनके घर से ही सारा माल चोरी हो गया। हम कुछ न कर सके क्योंकि हमें गुलामों से भी बदतर सलूक नसीब होता है। नवाब साहब लाखों कर्ज़ ले चुके हैं और लेने की हविस रखते हैं। बेतरतीबी से गाँव पर गाँव बेचते चले जा रहे हैं। लोग-बाग़ एक के दस वसूल कर लेते हैं, उन्हें कुछ भी पता नहीं चलता। अभी उन्होंने एक मछली-मछले की शादी कराई है। सुना गया है कि अब वे इस फिक्र में हैं कि बरगद की बेलें लें। इसी बीच उन्होंने फ़िजूल ही एक कत्ल करवा दिया है, जिसमें उनका कोई कुसूर नहीं है, सिर्फ़ यह कि उन्होंने नौकरों पर से निगाह हटा ली और इस तरह अपनी बदइन्तज़ामी की दूसरी मिसाल पेश की। इन बातों को देखते हुए यह ज़रूरी है कि नवाब साहब के दिमाग़ की जाँच कराई जाए। रियासत की देख-रेख का सरकार इन्तजाम करे। और साथ ही हमारी हिफ़ाजत का ख़याल रखकर इस दरख़्वास्त का ज़िक्र बिल्कुल न किया जाए। जाँच करवाने पर सचाई कभी छुप नहीं सकेगी।

और नीचे पाँचों के हस्ताक्षर थे।

रामनाथ पूरा पत्र पढ़ गए। दो बार पढ़ा और फिर डाबसन की ओर देखा जिसने पत्र उनसे लेने को हाथ बढ़ाया। पत्र उन्होंने दे दिया। कुछ देर तक दोनों मौन रहे। डाबसन ने पत्र रखकर दराज़ बन्द करके कहा, ''आपकी अब क्या राय है, राजा साहब ?''

रामनाथ ने बुझे स्वर में उत्तर दिया, "क्या यह सब ठीक हो सकता है ? इसमें कोई षड्यन्त्र नहीं है ?"

"तीनों बेग़म और खास दोस्तों की राय है। फिर इसकी जाँच करवानी ही होगी। इस झूठ बोलने की ज़रूरत ?"

"जायदाद का लालच," रामनाथ ने कहा और जबान पीछे खिंच गई।

वे लाचार होकर उठ खड़े हुए। उन्होंने कहा, "मुआफ़ कीजिए मैंने आपका काफ़ी वक्त जाया किया।"

डाबसन ने खड़े होकर कहा, "मैं समझता हूँ आइन्दा आप दूसरों के मामले में दखल नहीं देंगे। और चूँकि आप मेरे दोस्त भी हैं, मैं यह ठीक समझता हूँ, कि आप इस खत का नवाब साहब अज़ीज बहादुर कैरा से भी जिक्र नहीं करेंगे, क्योंकि इससे बेग़मों को डराया-धमकाया जाएगा। अगर यह खत ज़ाहिर होता है तो वह या तो मुझसे होगा, या फिर आपसे। नवाब को इसकी जानकारी नहीं है। मैं समझता हूँ आप मेरी बात से सहमत हैं।"

राजा साहब चुप हो रहे। डाबसन के होंठों पर एक कुटिल मुस्कुराहट थिरक रही थी।

रामनाथ जब बँगले से निकले वे थके हुए थे। एक बार वे इसी व्यक्ति से मिल कर लौटे थे तब पता लगा था कि उससे अकड़ आए हैं। इस बार वह गर्व भी चूर-चूर हो गया। उस वक्त यह चाहता था कि रामनाथ दयानाथ को बढ़ने न दें। अलग कर दें। तभी वह तरह दे गया था। इस वक्त उसका हाथ ऊँचा था, इसलिए उसे तनिक भी चिन्ता न थी। उसने खानदान, इज्जत, रुतबा सबको ताक पर धर दिया। कल जब उसका काम पड़ेगा तब वह फिर इन्हीं चीजों की ढोल बजा-बजाकर कान बहरे कर देगा।

सचमुच वह समर्थ था। वे तो उसके सामने कुछ भी नहीं थे। उसके फायदे के लिए इस वक्त कानून लचक गया था, ताकि उसका कोई अनिष्ट न हो।

वे थके हुए से ही जाकर मोटर में बैठ बए। सत्यनारायण ने अपनी मोटी आवाज में पूछा, "सरकार !"

"हाँ, हाँ, बँगले चलो।"

"जो हुक्म सरकार," कहकर सत्यनारायण ने गाड़ी बढ़ा दी। पर रामनाथ को चैन नहीं आया। नवाब साहब अज़ीज बहादुर कैरा की बातें याद आ रही थीं। वह आदमी ठीक कहता था। अंग्रेजों को हमने उन पर मेहरबानी करके, स्वीकार नहीं किया है। किया है क्योंकि और कोई चारा नहीं था।

रामनाथ इस कठोर सत्य को स्वीकार नहीं करना चाहते थे। अगर यह ठीक है तो दयानाथ ठीक था। उमानाथ ठीक था। प्रभानाथ ठीक था। वे उन तीनों की बात जानते थे, पर मानते न थे। वे अपने को अंग्रेजों की बराबरी पर मानते थे। वे समझते थे कि बस जनता–निर्बल को लूटने के लिए–सबल पक्ष ने–मिलकर एक गुट बना लिया है। यह सत्य था। वे उसी के सहारे जिए थे। पर यह भी इसमें एक सत्य था कि इस गुट

में भी एक अधिक सबल था। वह सबल था, क्योंकि उसकी मर्जी ही कानून थी।

अपने से अधिक सशक्त के प्रति उनमें आज पहली बार कचोट हुई। हीनता का अनुभव हुआ। जैसे-जैसे मोटर बँगले के समीप आती जा रही थी, उनका आत्म-सम्मान छोटा, और बँगला बड़ा होता जाता था।

जब वे गाड़ी से उतरे उनकी चाल में वही गम्भीरता थी। अब जिस जगह वे खड़े थे, वहाँ वे राजा थे। यहाँ इस समय कोई ऐसा न था जो उनके सामने हाथ बाँधे नहीं खड़ा रहता।

3

नवाब अजीज़ बहादुर की हालत खराब हो रही थी। उन्होंने निश्चय किया कि वे कुछ करके रहेंगे। उन्होंने एकदम पंडित रामनाथ तिवारी के बँगले का रुख लिया। लेकिन अबकी बार रामनाथ मिले तो उन पर एक अज़ीब-सी बेरुखी थी। आँखों में हमदर्दी का निशान न था।

"क्या हुआ साहब ?" अज़ीज बहादुर ने पूछा, "आपकी भी कुछ नहीं चली ?"

रामनाथ के मन में आया उस पत्र के विषय में बातें करें, पर रुक गए। एक ओर डिप्टी कमिश्नर के विश्वासपात्र होने का गौरव था, दूसरी ओर मित्र का भविष्य था। उनकी समझ में नहीं आ रहा था कि किसका पक्ष लें। अज़ीज बहादुर का पक्ष लेना ठीक था। वह तबाह हुआ जा रहा है। तभी दूसरा विचार आया और अन्तर्द्वन्द्व के परिणामस्वरूप वही हुआ जो होना आवश्यक था। डिप्टी कमिश्नर की आज्ञा पुराने मित्र की मित्रता और खानदानों की इज्जत से ज्यादा भारी बैठी। अज़ीज बहादुर के इस प्रश्न ने उन्हें यद्यपि भीतर ही भीतर चिढ़ा दिया। अपनी असमर्थता दूसरों के प्रति कभी-कभी विद्वेष बन जाती है, और तब और भी अधिक जब दूसरा अपने साथ औरों को भी डुबा देने का प्रयत्न करता दिखाई दे। अब तर्क दूसरी ओर चला। जो इतना मूर्ख है, कायर है, वह यदि नष्ट नहीं होगा तो होगा ही क्या ?

रामनाथ के मौन से अज़ीज बहादुर ऊब गए। वे उठ खड़े हुए।

जब वे घर पहुँचे माधोनरायन हाजिर हुआ।

"क्या है ?" नवाब साहब ने बेरुखी से पूछा। उन्हें जैसे आसपास के लोगों से घृणा हो गई थी।

माधोनरायन ने अदब से कहा, "सरकार ख़बर मिली है कि डाक्टर इब्राहीम ख़ाँ साहब आपकी जाँच करेंगे।"

"मेरी जाँच करेंगे ?" नवाब ने चौंककर पूछा। वह जैसे आसमान से गिर पड़े। उन्हें अपने ही कानों पर विश्वास नहीं हुआ।

माधोनरायन चुप खड़ा रहा। उसका मौन मानो उसकी बात को फिर दुहरा गया।

"वजह ?" नवाब साहब ने सिर उठाकर कहा।

"हुज़ूर जान बख़्शी जाए," माधोनरायन ने अपने मोटे तने से बदन को झुकाकर कहा।

"जल्दी कहो," नवाब साहब गरज उठे। उन्हें इस व्यर्थ की बात से नफ़रत हो रही थी।

माधोनरायन ने धीमे स्वर से कहा, "इल्जाम लगाया गया है कि सरकार का दिमाग़ खराब हो गया है..."

"मेरा दिमाग़ ?" नवाब साहब ने सन्देह से पूछा। सम्भव है वह डरकर कुछ गलत कह गया है। पर वह दृढ़ था। ख़बर भीतर पहुँची। बेग़मों ने रोना शुरू कर दिया। मिर्जाबेग़ फिर पछाड़ खाने लगे। मखमूर अहमद कोने में उदास मुँह खड़ा था। उधर कांग्रेस के स्वयंसेवक गाँव-गाँव में प्रचार कर रहे थे कि नवाब सरकारी पिट्ठू हैं। उनकी ग़ैरहाजिरी में उनके नाम की 'टोड़ी बच्चा' हो रही थी। इस चक्कर में तिरंगा झंडा गाँव में पहुँच गया। अफ़सरान के कानों में खबर पहुँची कि अगर नवाब साहब के अत्याचारों पर सरकार ध्यान नहीं देती तो गाँववाले लगानबन्दी का आन्दोलन करेंगे।

नवाब सिर पकड़कर बैठ गए। उनको चारों ओर अँधेरा-ही-अँधेरा नजर आ रहा था। जो अत्याचार वे करते आए थे उस पर उनका आज भी ध्यान नहीं गया। हाँ, अलबत्ता नवाब वाजिदअलीशाह की आत्मा उन्हें हँसती हुई दिखाई दी। फिरंगी का भरोसा करोगे ? बेवकूफ़ ! तुम समझे थे तुम अपनों की जड़ काटकर ऐश कर सकोगे ?

नवाब ने दीवार पकड़कर सहारा लिया। वहीं खानदान की पुरानी तलवार लटक रही थी। उन्होंने उसको हाथ में लिया। समझ में नहीं आया कि उसका क्या मूल्य था। क्या वे आत्महत्या कर लें ? पर किसलिए ? जिन्दगी सबसे बड़ी चीज है। उससे बढ़कर किसी में भी शक्ति नहीं। कुल गौरव की रक्षक, मर्यादा की पालक, वह पुरानी शोषक सर्पिणी फिर दीवार पर टँगकर उन्हें घूरने लगी।

अन्त में उन्होंने इब्राहीम खाँ से मिलना तय किया। वे उसके बँगले की ओर चले।

डॉक्टर इब्राहीम खाँ तपाक से न मिला। ऐसे मिला जैसे शायद आपको कहीं देखा ज़रूर है। नवाब साहब की इच्छा हुई कि कहें। पर यह कहना क्या सरल था कि वे पागल हो गए हैं। इब्राहीम खाँ ने सिगरेट पेश की। नवाब साहब को उसकी दृष्टि में एक पैशाचिक आनन्द दिखाई दिया। वे सिहर उठे। उन्होंने आख़िर हिम्मत करके कहा, "मैंने सुना है आप मेरी जाँच कीजिएगा ?"

"जी हाँ," डॉक्टर ने उपेक्षा से कहा, "मुझे गवर्नमेंट ने लिखा है। रिपोर्ट तो भेजनी ही होगी।"

"तो क्या आपका ख़याल है कि मैं पागल हूँ ?" नवाब साहब ने चौंककर कहा।

डॉक्टर ने उन्हें बहुत हमदर्दी से देखा और धीमे से कहा, "आप घबराते क्यों हैं ? मैं कभी ग़लत रिपोर्ट नहीं दूँगा। मुझे क्या आपसे दुश्मनी है ? मुआयने में सब ख़ुद ज़ाहिर हो जाएगा।"

नवाब साहब को अब अफ़सोस हुआ कि तलवार घर ही छोड़ आए। इन्हीं लोगों

के लिए तो वह बनाई गई थी। जब से उसका इस्तेमाल बन्द कर दिया, तभी से यह गड़बड़ शुरू हो गई। उन्होंने चकित होकर पूछा, "तो क्या आप मुआयना करेंगे ? आपको कुछ शक है ? क्या आप वैसे ही नहीं लिख सकते कि मैं आपसे बहुत दिन से मिलता-जुलता हूँ, आप मुझसे अच्छी वकैफियत रखते हैं। जो मुझे पागल कहते हैं, वे खुद पागल ही नहीं, बदमाश और ज़लील भी हैं ?"

"आप तो ख़ामख़्वाह डरते हैं। भला मुआयने में क्या हर्ज है ? कहीं मैं तो लिख दूँ और सरकार ने दूसरा डॉक्टर भेजा और उसने कोई दूसरी रिपोर्ट पेश की तो, आफ़त न हो जाएगी..."

इससे पहले कि डॉक्टर इब्राहीम खाँ बात ख़त्म करते, नवाब साहब अजीज़ बहादुर कैरा ने मेज़ पर रखा भारी पेंदेवाला पीतल का फूलदान खींचकर उनके मुँह पर मारा। डॉक्टर का सिर फट गया। ख़ून गिरने लगा। वह चिल्ला रहा था, बचाओ...इस पागल ने मुझे मार डाला, बचाओ...

बाहर से चपरासी और नौकर भागकर आए। नवाब साहब को पकड़ने की तो हिम्मत नहीं हुई, पर उन्होंने डॉक्टर को सँभाल लिया। नवाब क्रोध से चिल्ला उठे, खून कर दूँगा ज़लील ! मुझको पागल कहता है। नमकहराम ! उस दिन तू वहाँ नहीं था ? तू नहीं खा आया था ? तू नहीं हँसा था ? मौज करने को तुम, और सिर कटाने को मैं ? एक-एक बात समझ रहा हूँ ? एक पैसा रिश्वत नहीं दूँगा। समझा...

डॉक्टर दूसरे कमरे में भागकर भीतर से दरवाज़ा बन्द करके बैठा रहा। नवाब चले आए। शाम तक उन्नाव में अफ़सरान तथा मध्यम वर्ग में ख़बर फैल गई कि नवाब साहब अजीज़ बहादुर कैरा जिन्होंने मछली का मछले से एक लाख छप्पन हज़ार रुपया ख़र्च करके ब्याह किया, पागल हो गए हैं, और मारपीट करते हैं। नवाब साहब सुनते और उनका क्रोध बढ़ता ही जाता। वे राजा साहब विश्वनाथ के पास गए। उन्होंने कहलवा दिया लखनऊ गए हैं। नवाब परवेज ने हमदर्दी दिखाई पर अंग्रेज़ के सामने मज़बूरी दिखाई। इस समय उन्हें अचानक ख़याल आया। तवक्कले के पास पहुँचे। तवक्कले बैठे हुए शराब की चुस्कियाँ ले रहे थे। आधे नशे में थे। नवाब साहब को देखा, तपाक से मिले। नवाब साहब का दिल बाग-बाग हो गया। यह आदमी है जो उसी तौर-तरीके से मिला है जैसे पहले मिलता था।

नवाब साहब ने चाहा कि किस्सा शुरू करें, पर कृपानिधान तवक्कले बोल उठा, "वाह नवाब साहब ! मैं तो कहता हूँ जब तक गला न तर हो ले तब तक बोलिएगा नहीं। आवाज़ में लोच पैदा नहीं होगी। बड़ी तेज़ है वाह !!"

नवाब साहब लाचार हो गए। एक पेग़ पिया। फिर 'ज़रा और' में दूसरा पिया। फिर 'अभी क्या हुआ है' में तीसरा लिया। अब क़सम खा ली कि चौथा न पिएँगे, पर कृपानिधान ने कहा, "आपको मेरे सिर की क़सम 'बस इसके बाद एक और'।"

नवाब जब उस हल्के नाश्ते से उठे तो उनके पाँव कुछ लड़खड़ा रहे थे। इस नशे में और कुछ नहीं सूझा। एक कोने में बैठकर रोने लगे। जब कृपानिधान ने डेढ़ घंटे

समझाया और वे चुप न हुए तो उसने परेशान होकर डॉक्टर इब्राहीम खाँ को बुलाया। पर कब वह आनेवाला था। उसने कहलवाया कि उस पागल को घर से निकाल दीजिए, वरना सरकारी गुस्सा आप पर भी उतरेगा।

विश्वास का नौकर था। उसने ज्यों का त्यों आ सुनाया। तवक्कले को चिन्ता हो गई। खुद भी नशे में था। क़रीब जा बैठा और ज़ोर से बोला, ''नवाब साहब !''

अजीज़ बहादुर को रोने में मज़ा आ रहा था। रोते रहे। पर तवक्कले ने पुकारा, ''नवाब साहब ! डॉक्टर नहीं आया।''

''डॉक्टर नहीं आया ?'' नवाब साहब ने चौंककर पूछा, ''अमें कैसा डॉक्टर ?''

''बुलवाया जो था,'' तवक्कले ने फिर कहा।

''किसलिए ?'' नवाब साहब ने अबोध बनकर पूछा।

''आपके लिए,'' सुनना था कि 'लाहौल विलाक़ूवत' कहते हुए नवाब साहब उछलकर खड़े हो गए और चिल्ला उठे, ''साज़िश ! तुम लोगों ने मिलकर फरेब रचा है। तुम सबकी आँखें मेरी रियासत पर लगी हुई हैं। लेकिन जब तक मैं हूँ तब तक कुछ भी नहीं करने दूँगा। समझे रखना। जिस पत्तल में खाते हो उसी में छेद करते हो ? बदजात।''

वे क्रोध से हाँफ़ रहे थे। कृपानिधान तवक्कले एक कोने में डरा हुआ सा बैठ गया था सिमटकर, जैसे मोटा बन्दर भींगने पर बुद्धू-सा बैठ जाता है। नवाब साहब उसी तैश में लड़खड़ाते हुए अपनी कोठी चल दिए। बाहर ड्राइवर ने उन्हें मोटर में बिठाया और भीतरी फाटक पर इत्तला करके उतार दिया।

उस रात दो-एक ख़िदमतगार हंटरों से पिटे। बेग़मों के साथ बाँदियों ने चिल्ला-चिल्लाकर आसमान सिर पर उठा लिया। कैरा से चलकर यह ख़बर भी दूर-दूर फैलने लगी।

होश में आने पर कल की सब बातें नवाब साहब को एक दुखदाई सपने-सी मालूम देने लगीं। इतना याद था कि कृपानिधान से कुछ झगड़ा ज़रूर हुआ था। उन्होंने कहा, ''अल्लाह पाक ! दिल्लगी ऐसी बेड़ी बन जाएगी यह किसे मालूम था। आज मैं पागल हूँ और वह सब जो मेरे साथी बने हुए थे इनमें से सब ठीक हैं ?''

डिप्टी कलक्टर महेश्वरदयाल का ध्यान आया और उतर गया। वह क्या कर सकता है ? डिप्टी कमिश्नर के सामने उसकी क्या चलेगी। डिप्टी कमिश्नर और फिर वह भी अंग्रेज़। तलाश करवाया कि बैरिस्टर हरचन्द मनसुखानी हैं या नहीं ? हों तो ज़रा तकलीफ़ करें। घंटे-भर में उतर आया, तार आया है। सख़्त ज़रूरी काम से मुम्बई जा रहे हैं। लखनऊ से गाड़ी पकड़ेंगे। लिहाजा घंटा-भर रह गया है। इस वक़्त अगर इन्तज़ाम नहीं करेंगे तो हज़ारों का केस हाथ से निकल जाएगा। इस वक़्त माफ़ी चाहते हैं। खुदा ने चाहा तो फिर कभी मुलाक़ात होगी।

नवाब साहब ने सोचा। कोई हर्ज़ नहीं। मख़मूर अहमद को मोटर में भेजा कि जाकर तुरन्त बुला लाओ। कहना ख़र्चा हम देंगे। अगर पूछें तो मामला भी बता देना।

पौन घंटे के बाद मखमूर ने उत्तर लाकर दिया। कहा, ''डर की कोई बात नहीं है।

बैरिस्टर को वादा करके ज़रूर पूरा करना चाहिए। इसलिए इस वक़्त मज़बूरी है। वैसे यह केस चल सकता है। कुछ पैसा गाँववालों को अपनी तरफ़ तोड़ने में, कुछ पुलिस को अपनी ओर करने में, कुछ हज़ार डॉक्टरी रिपोर्ट लेने में ख़र्च करने से केस अपनी ओर तय हो सकता है। शायद वक़्त ज़्यादा लग जाए। अगर मेरी ज़रूरत हो तो मुझे अपना ही समझें। इत्तला देकर बुलवा लें। और नवाब साहब ने जो मेहरबानियाँ की हैं, उन्हें कैसे भुलाया जा सकता है।''

सारा परिवार उदास पड़ा है। बेग़म गुलनार की आँखों से झड़ी लगी है। कुलसुम और नर्गिस तो गले मिल-मिलकर रो रही हैं और मिर्ज़ाबेग हैं कि फूट-फूटकर तड़पते हुए रो रहे हैं। और बेग़में एक-दूसरे को समझा रही हैं कि ''बहन ! कोई बात नहीं ! पागल हो गए हैं तो क्या ? आगरे में इलाज़ हो जाएगा। अपनी तरफ़ से जो करना हैं करेंगे, आगे, ख़ुदा की मर्ज़ी।''

नवाब साहब ने एकान्त में जाकर तकिए में मुँह छिपा लिया। इस वक़्त रुपया उधार भी नहीं मिल सकता था। न वे गाँव बेच सकते थे। कोर्ट ऑफ़ वाड्र्स की ख़बर ही ऐसी थी। लाचार होकर वे अपने घुटनों पर बैठ गए और उन्होंने अत्यन्त एकाग्र होकर, वेदना से व्याकुल होकर नमाज़ पढ़ी। जिस वक़्त वे नीचे झुके, कमरे में बेग़में, मिर्ज़ाबेग, मख़मूर अहमद और सब बाँदियाँ, नौकर चीखते-चिल्लाते घुस आए और उन्हें उठाने लगे। बेग़में चिल्ला-चिल्लाकर रो रही थीं, ''आय अल्ला ! बेहोश हो गए हैं। मुई जरी पानी तो लाना...''

नवाब उछलकर दूर खड़े हो गए। पास में ही हुक्के की नली रखी थी। जिस पर चाँदी के तार चढ़े हुए थे। एक झटके से उखाड़कर सबको मारना शुरू किया। बेग़में चिल्लाने लगीं। जो चिल्लाया वही पिटा। सदाब्रत हो गया। मार खा-खाकर भाग चले।

क्रोध से नवाब साहब बुरी तरह काँप रहे थे। उनकी आँखें लाल हो गईं। नथुने फड़कने लगे। साँस तेज़ चलने लगीं। ऐसा लगता था अब ख़ून के आँसू निकल पड़ेंगे। उन्होंने हुक्के की नली को फेंक दिया और वे बाहर की ओर चले। पर किसी ने जाते वक़्त चुपचाप दरवाज़ा बन्द कर दिया था। उन्होंने देखा ऊपर एक बड़ा सा, रोशनदान था, और कोई राह नहीं थी। अत्यन्त क्रुद्ध होकर वह दरवाज़ा पीटने लगे...'खोल दो', 'खोल दो', 'एक-एक का कत्ल कर दूँगा', 'ख़ून पी लूँगा' इत्यादि आवाज़ें गूँजने लगीं।

जब कोई लाभ नहीं हुआ तब उन्होंने पलंग खड़ा किया और रोशनदान में लटक कर कुछ देर उचके, और इसके बाद बाहर कूद गए। बरामदे की छत पर आ गए थे। यहाँ से वे भीतर न जाकर घर के बाहर निकल गए। इस समय वे बेहद थके हुए थे।

4

जो कुछ भी हो पंडित रामनाथ का हृदय कचोट उठा। अजीज़ बहादुर उनके सामने बैठे थे। जो कुछ उन्होंने कहा वे चुपचाप सुनते रहे। अजीज़ बहादुर ने अन्त में कहा, ''जब

कोई तरक़ीब नज़र नहीं आई तब मैं पलंग खड़ा करके उसके सहारे चढ़कर रोशनदान से भाग आया हूँ।''

''तो वह पलंग आप वैसा ही छोड़ आए होंगे ?'' रामनाथ ने पूछा।

''जी हाँ, मैं लौटकर उसे बिछा कैसे सकता था !'' आश्चर्य से नवाब साहब ने कहा जैसे उन्हें डर था कि कहीं राजा साहब भी उन्हें पागल समझ रहे हों। उन्होंने गौर से राजा साहब को देखा। नहीं, वहाँ ऐसा कोई चिह्न नहीं था। उस क्षण उन्हें लगा जैसे तिवारीजी की भव्य आकृति पर कोई काली छाया डोल गई। एक क्षण, बस एक क्षण के लिए। तिवारीजी उस गृह-षड्यन्त्र को समझ गए थे। उन्होंने कहा, ''यह तो ठीक है कि आप पलंग बिछा नहीं सकते थे, पर आपने यह भी सोचा कि वे लोग इस बात से क्या उड़ाएँगे ?''

''जी नहीं ! यही कहेंगे कि चोरों की तरह भाग गया,'' नवाब ने सीधे तरीके से उत्तर दिया।

''नहीं, नवाब साहब,'' रामनाथ ने कहा, ''ख़ता मुआफ़ हो, वे आपको वही कहेंगे जो आपको वे कह चुके हैं। आपने कभी सोचा ?''

नवाब भौंचक देखते रहे।

रामनाथ ने हठात् उनके मुख की ओर देखकर कहा, ''आपने शायद आज नाश्ता भी नहीं किया ? शाम होने आई।'' नवाब चुप रहे। उन्होंने झुककर कहा, ''मुझे तो फुर्सत ही नहीं मिली।''

राजा साहब ने आवाज़ दी। रामदीन हाज़िर हुआ। आज्ञा पाकर वह चला गया। उसके जाने पर उन्होंने स्नेह से कहा, ''आप धीरज धरिए।''

नवाब साहब ने सिर हिलाकर स्वीकार किया, ''जी हाँ, जल्दी से तो काम बिगड़ जाएगा।''

रामदीन एक चाँदी की तश्तरी में मिठाइयाँ, एक में कुछ नमकीन और फल ले आया, मेज़ पास खींचकर, पानी का गिलास भरकर पास रख गया और चाय लाने चला गया।

''हाँ, आपने सोचा कि आपके इस काम का लोग क्या-क्या मतलब लगाएँगे ?'' रामनाथ ने अपनी पहली बात को फिर से जारी किया। और कुछ नहीं नवाब साहब ! बात दरअसल यह है कि आपका नाम सिर्फ़ अजीज़ नहीं है। आप नवाब साहब अजीज़ बहादुर कैरा हैं। कैरा ही नहीं, बनारस, इलाहाबाद, रायबरेली, लखनऊ, उन्नाव, कानपुर, दिल्ली, अलीगढ़, भोपाल, मंसूरी, देहरादून और नैनीताल तक गवर्नर, कमिश्नर, डिप्टीकलक्टर, मुंसिफ़, जज़, तहसीलदार, बड़े-बड़े सिविल सर्जन, डॉक्टर, आई.पी., डी.एस.पी., वकील, बैरिस्टर, अख़बारवाले, यूनिवर्सिटी प्रोफेसर वगैरह जितने भी ऊँचे दर्जे के लोग हैं, ताल्लुकेदार, ज़मींदार, राजा, नवाब, क़रीब-क़रीब इनमें से अधिकांश आपको जानते हैं। अब आप सोचिए। जब महफ़िलों में इसकी चर्चा होगी तो लोग क्या समझेंगे ?''

नवाब का सर झुक गया। उसने आज़िजी से कहा, ''तो मैं क्या करता ? बदमाशों

ने मुझे बन्द कर दिया था !''

''आप घर के मालिक थे। आपकी एक डाँट से सब काम हो सकता था,'' रामनाथ ने ज़ोर देकर कहा।

''तो मुझे रुआब से काम लेना चाहिए था? यह तो गलती हो गई,'' अचानक जैसे कुछ नई बात सूझ गई। नवाब साहब उठ खड़े हुए और ज़ोर से बोल उठे, ''हो गया, हो गया।''

''क्या हो गया ?'' रामनाथ ने चौंककर पूछा।

''सब मामला तय हो गया,'' नवाब साहब ने हथेली पर मुट्ठी मारकर कहा।

''कैसे हो गया ?'' रामनाथ ने उसी उदासीनता से पूछा। उनकी भ्रू कुंचित हो गई।

''बस अब मुझे इजाज़त दीजिए। आपने मुझे जिला दिया,'' नवाब ने ऊपर देखकर कहा। वह कुछ खोया हुआ सा लगता था।

''पहले बता तो दीजिए,'' रामनाथ ने हाथ पकड़कर कहा, ''आप पहले तशरीफ़ तो रखिए।''

नवाब साहब बैठ गए। फिर अत्यन्त उल्लसित स्वर में कह उठे, ''ठीक है, ठीक है। मैंने मुरव्वत और रियायत से काम लिया। रियासत के लिए आदमी को चालबाज होना चाहिए। मैं बहुत सीधा बनकर रहा। बस अब जाकर तीनों बेग़मों की खाल हंटरों से मार-मारकर उड़ा दूँगा और उस मिर्ज़ाबेग और मखमूर का ख़ून कर दूँगा...'' नवाब ने हिचकिचाकर दाँत पीस लिये।

रामनाथ ने नवाब साहब के मानसिक विकार को पहचाना। उनकी आँखों की उदासी और भी गहरी हो गई। उन्होंने अत्यन्त सहानुभूति से कहा, ''मेरी अर्ज़ है, आप पहले कुछ खा लीजिए। फिर आराम कीजिएगा।''

''आपका क्या खयाल है,'' नवाब साहब ने फिर पूछा, ''अगर मख़मूर और मिर्ज़ा को बेत मारूँ और बेग़मों को सात दिन के लिए भूखा रखूँ। बन्द करके ताला डाल दूँगा। बात यह है कि आजकल कोई ऐसा काम नहीं करना चाहिए जो आगे चलकर अपने ही खिलाफ़ पड़ जाए।''

बाद काफ़ी मिन्नत के नवाब साहब ने कुछ नाश्ता किया। चाय लौटा दी। पानी पी लिया। रामनाथ समझते थे कि इस वक़्त इनसे ऐसी कोई बात नहीं करनी चाहिए। जिससे इन्हें महसूस हो कि इन्हें पागल समझा जा रहा है। इस वक़्त इनका मिजाज़ शक्की हो गया है। कुछ भी कहा जाए उसे अपने ही दृष्टिकोण से देखेंगे और उसका नतीज़ा अच्छा नहीं निकलेगा।

नाश्ते के अनन्तर उन्होंने नवाब साहब के लिए सोने का प्रबन्ध कर दिया और बाहर चले गए। अभी उन्हें बाहर गए दस मिनट भी न हुए होंगे कि नवाब साहब उठ बैठे। उन्होंने सिगरेट जलाई। एक व्यक्ति भीतर घुस आया। वह श्यामनाथ थे। उन्होंने हाथ बढ़ाकर कहा, ''अक्खा ! पहचाना मुझे ? नवाब साहब ?''

नवाब साहब सुन चुके थे कि श्यामनाथ का दिमाग़ बिगड़ गया है। उन्होंने निहायत

हमदर्दी से कहा, "आइए, आइए। आप हमारे छुटके राजा हैं। तशरीफ़ रखिए। आप मुझे पहचान लेंगे और मैं ही आपको नहीं पहचानूँगा ?"

श्यामनाथ बैठ गए और बोल उठे, "वह बात दूसरी है, नवाब साहब। आपकी बात ही और है।"

नवाब साहब का सन्देह फिर जागृत हुआ। क्या यह कहीं मुझे पागल समझते हैं ? तब क्या मैं सचमुच पागल हूँ ? उन्होंने कहा, "ऐसा आपने क्यों कहा ?"

"मैं कहता हूँ ?" श्यामनाथ ने आश्चर्य से आँखें फाड़कर कहा, "दुनिया कहती है।"

"दुनिया कहती है ? लाहौलबिलाकूबत !" नवाब साहब ने कहा, "सब यही कहते हैं ?"

"जी सरकार, बच्चे-बच्चे की ज़बान पर यही बात है," श्यामनाथ ने हाथ फैलाकर कहा।

नवाब साहब सुन रहे थे, "अंग्रेज़ी हुकूमत में इंसान इंसान नहीं रहता।"

"वाह-वाह," नवाब साहब ने तपाक से कहा, "मुकर्रर इरशाद। क्या कहा है आपने।" कम कहा है सरकार, पर लाजवाब कहा है। इसी मुसीबत में तो मैं पड़ा हूँ। घर तक छोड़ देना पड़ा। आज लाचार हो गया हूँ। क्या करूँ ? कहाँ जाऊँ ? कुछ समझ में नहीं आता। राजा साहब कहते हैं—आराम कर लीजिए। कौन करे आराम ? किसे आएगी नींद। यहाँ फरिश्ते दिखाई दे रहे हैं। कयामत के सवाल-जवाब यहीं खत्म हुए जा रहे हैं। तुमने यह क्यों किया। अच्छा किया भी तो यों क्यों किया। अरे मेरे अजीज़ ! तूने किया तो क्या किया !"

श्यामनाथ ने सिर हिलाकर कहा, "कुछ नहीं किया। नहीं किया तभी तो यह हाल है। मैं कहता हूँ नवाब साहब। जिसने किया वह तो कर चुका। अब वह वापस नहीं लौट सकता। आपका क्या ख़याल है ?"

"दुरुस्त है छुटके राजा। बिल्कुल बजा है," नवाब साहब ने कहा, "पर सवाल है किया क्या जाए ? अब तो न अंग्रेज़ सुनता है, न हिन्दुस्तानी। चारों तरफ़ तबाही छा रही है। हम तो कहीं के न रहे।"

"क्यों नहीं रहे नवाब साहब ?" श्यामनाथ की आँखों में एक अजीब-सी चमक दिखाई दी। उन्होंने कहा, "आपका मामला पेचीदा है ?"

"बहौऽऽऽऽत !" नवाब ने ऐसे कहा जैसे एक शब्द में ही अपनी मुसीबत इकट्ठा कर देंगे।

"बहुत ठीक," श्यामनाथ ने सिर हिलाकर कहा, "आप मेरे साथ चलिए। आप अंग्रेज़ के दुश्मन हैं !"

"दिल में तो हो गया हूँ। ज़ाहिरा नहीं। डर लगता है।"

"तब काम चल जाएगा। भैया इस मामले में कुछ भी नहीं कर सकेंगे। चलिए मेरे साथ। अभी चलिए," वे उठकर खड़े हो गए।

"कहाँ चलिएगा ?" नवाब साहब ने अचकचाकर पूछा।

"दया के पास चलिए। कानपुर में वकालत करता है। वह कांग्रेस में है। उससे कहेंगे। प्रभा न सही दया और उमा तो अभी हैं," वे बाहर चले गए। कुछ देर में लौटकर आकर कहा, "गाड़ी है नहीं। भैया गए हैं एक काम हो सकता है। आप पैदल चल सकते हैं ?"

नवाब साहब ने चौंककर कहा, "पैदल ? इतनी दूर ?"

"अजी सरकार," श्यामनाथ हँसे, "एक डग में एक मील पार होता है। बस ग्यारह क़दम समझिए।"

"पर कांग्रेसी के यहाँ जाने से तो काम बिगड़ जाएगा ?" नवाब साहब ने ऐतराज किया।

"ठीक है," श्यामनाथ ने कहा, "यहाँ रहकर सब काम बन रहा है। लोग ठीक कहते हैं नवाब साहब ! मैंने भी देख लिया। लोग ठीक कहते हैं।"

"क्या कहते हैं ? लोग क्या कहते हैं ?" नवाब ने उठते हुए पूछा।

"वही कहते हैं जो कहना ठीक है। अब मैं आप से क्या कहूँ ? आप खुद समझदार हैं।"

श्यामनाथ ने चाहे किसी लिए कहा हो, पर उस अधेड़ लम्बे-चौड़े आदमी से यह बात सुनकर नवाब साहब को फिर खुटका हुआ, हो न हो वही बात कह रहे हैं।

बोले, "चलिए। आज मैं भी दिखा दूँगा। मैं डरता नहीं हूँ। चलिए।" दोनों धीरे-धीरे बाहर निकल गए।

रात को जब रामनाथ लौटकर आए उन्होंने पूछा, "श्यामू कहाँ है ? नवाब साहब को खाना खिलाया ?"

रामदीन ने कहा, "सरकार ! मुझे तो ऐसा कोई काम नहीं मिला। दोनों ही कहीं टहलने गए हैं।"

रामनाथ ने सुनकर खाना नहीं खाया। प्रतीक्षा करने लगे। ग्यारह बज गए। महालक्ष्मी ने दरवाज़े की आड़ में आकर कहा, "चाचाजी अभी तक नहीं लौटे।"

रामनाथ चौंक उठे पूछा, "अभी तक नहीं आया ?"

"जी नहीं।"

"कहाँ गए हैं ?"

"मालूम नहीं।"

"कुछ कह गया है ?"

"जी नहीं।"

"अकेले गए हैं ?" अबकी बार उनके वाक्य में परिवर्तन हो गया।

"जी नहीं, नवाब साहब के साथ गए हैं !"

"उफ़," रामनाथ ने घबराकर कहा, "दो-दो पागल !" और उनके मुँह से कुछ भी नहीं निकला। कहाँ जाएँ ? किससे कहें ? जब कुछ नहीं सूझा तो मोटर लेकर सुपरिंटेंडेंट

ऑफ़ पुलिस के पास गए।

थोड़ी ही देर बाद चारों ओर खोज होने लगी। स्टेशनों को हुलिया बयान करके तार दे दिए गए। उन्नाव में उसी वक्त डोंड़ी पीट दी गई। जब वे घर लौटे, थके से पलंग पर गिर गए। महालक्ष्मी आशंकित बैठी थी। आकर पूछा, "कोई ख़बर लगी ?"

"कोई नहीं।"

वह उस संक्षिप्त उत्तर को सुनकर काँप उठी। उसने दबे स्वर से कहा, "फिर ?"

"कल तक कुछ नतीज़ा निकल आएगा। अवधेश सो गया ?"

"जी हाँ।"

"जाओ, तुम भी सो जाओ।"

महालक्ष्मी चली गई पर रात-भर जागती रही। रामनाथ भी सो नहीं सके।

5

अब आकाश से अन्धकार उतरकर तह पर जमता जा रहा था, सड़क पर नवाब साहब अजीज़ बहादुर कैरा और पंडित श्यामनाथ चले जा रहे थे। नवाब साहब अपनी हल्की जूतियाँ पहने थे। श्यामनाथ के पाँव में घर पर पहनने के स्लीपर। वे निकर और कमीज़ पहने थे। नवाब डोरिए का कुर्त्ता, ज़ालीदार बनियान और ढीला पाज़ामा। दोनों ही गोरे रंग के आदमी थे। ऊँचे और लम्बे थे। वे अच्छे खाए-पिए घरों के लोग थे, यह उनको देखकर ही ज्ञात होता था।

श्यामनाथ अपने उद्वेग में कहने लगे, "नवाब साहब ! लोग कहते हैं मेरा सिर फिर गया है। आपने भी सुना होगा ?"

नवाब साहब चक्कर में पड़ गए। अपने बारे में उन्हें यही कुछ सुनना पड़ रहा था। फ़ौरन कह उठे, "कहनेवालों की न पूछिए छुटके राजा ! उनके पास और कोई काम ही नहीं होता।"

श्यामनाथ प्रसन्न हो गए। बोले, "बात अगर ठीक सुनी है तो आज आप जैसा दाना आदमी नहीं मिला मुझे। देखिए ! अगर आदमी ठीक कहने लगता है तो लोग उसे गलत समझते हैं। आप मेरा मतलब समझ रहे हैं न ?"

नवाब साहब को अपनी समझ के प्रति यह दया का, सहानुभूति का भाव अच्छा नहीं। उन्होंने उपेक्षा से कहा, "क्यों नहीं ? लेकिन आप कह क्या रहे हैं ?"

"यही तो," श्यामनाथ कह उठे, "यही तो मैं सोच रहा था। पर आपने ढूँढ़ ही निकाला। क्या आला ख़याल है।" फिर स्वर बदलकर ठंडी साँस लेकर कहा, "आप सुनेंगे ? मेरी दुखभरी कहानी सुनेंगे ? आपके पास है इतना वक्त ! नहीं नवाब साहब ! मेरे ग़म मेरे ही बने रहें। आप क्यों उनको मुझसे बाँटें ? आपका जी दुखेगा।"

बात श्यामनाथ ने वह कही कि नवाब साहब के पास इस वक़्त अगर एक लाख रुपया होता तो बख़्श देते। कह उठे, "तो फिर आप किसलिए हमारे साथ इस दर की

ख़ाक छानते हैं ? नहीं छुटके राजा ! सुनाना ही होगा।''

श्यामनाथ कहने लगे, ''जानते हैं प्रभानाथ को मैंने अपना ही लड़का माना था। क़सम खाकर कह सकता हूँ। वह उसका ज़हर से नीला पड़ा हुआ चेहरा मुझे अभी तक नहीं भूलता। मैं क्या करूँ ? ऊपर देख रहा हूँ। लगता है इस वक़्त नीला आसमान ...ठीक उसी का सा जैसे ज़हर खाकर सो गया है, अब यह कभी भी उठेगा नहीं। इसमें अब कभी चाँद नहीं आएगा। नवाब साहब ! बच्चा था वह। उसके हाथ-पाँव छोटे-छोटे बड़े मुलायम थे। लोग कहते हैं। नहीं वह बड़ा हो गया था। जवान था। सब झूठ कहते हैं। मैं सोच भी नहीं पाता कि वह बड़ा हो गया था। लेकिन ज़हर उसने खाया क्यों ? क्योंकि अंग्रेज़ी हुकूमत उसके खिलाफ़ पड़ गई थी। नवाब साहब ! उसे किस चीज़ की कमी थी ? खाना, कपड़ा, बँगला, मोटर सब था, उसके पास सब कुछ था। पर उसका दिल नहीं माना। मुझे ताज़्जुब होता है कि जिस सबको हम चुपचाप मान लेते हैं कि यह तो ऐसा ही था, है और रहेगा, उसको वह नहीं मान सका। उसने छोटी सी जान लेकर बग़ावत की। वह तो मारा ही जाता, क्योंकि उसका दुश्मन बहुत बड़ा था और बड़ा वह क्यों है ? क्योंकि हम रुपया और तनख़्वाह पाकर अपना ईमान बेचकर कुत्तों की तरह उसकी हिफाज़त किए जाते हैं। उसने इस जीवन को स्वीकार नहीं किया। वीणा गई। उसने उसे ज़हर दिया। अपने हाथ से अपने पतिरूप पुरुष को उसने विष दे दिया ! धन्य हो बेटी ! तुम्हारा हाथ नहीं काँपा ? और उसने अपने प्राणों का मोह छोड़कर उसे सबसे बड़ा सत्य मानकर अपने गले के नीचे उतार लिया। जब तक आदमी ज़िन्दा रहता है तभी तक सब कुछ है नवाब साहब। पर वे लोग क्यों ज़िन्दगी से नफ़रत करने लगे थे ? देश के लिए ! हम भी तो ज़वान थे। हमारे अन्दर क्यों वह भावना नहीं थी। अब भी इस सबको हम अजीब-अजीब सा क्यों समझते हैं ? क्या है यह देश ? जिसके लिए हज़ारों नौज़वान, वे जिनकी रगों में गर्म लहू दौड़ता है, वे जिनके सीनों में दिल तड़पता है, जिनके अरमानों में नई दुनिया खेलती है, अपने सिर हाथों पर लिये डोलते हैं। नवाब साहब ? कितने माँ-बाप आज न रो रहे होंगे ? याद है आपको। भीड़ों से सड़कें भर जाती थीं और लगता था कि गंगा टूट पड़ी हैं। नंगे हाथ, नंगे पाँव और पुलिस निर्दयता से लाठी चलाती थी, बच्चों का कत्ल करती थी, औरतों की छातियों पर घोड़े टाप रखकर कुचल देते थे, उनकी आँखों के सामने उनके बच्चे, उनके भाई, उनके पति, उनके पिता गोलियाँ खाकर जान देते थे। पर कांग्रेस को नहीं छोड़ते थे। किसलिए ? एक नई दुनिया बनाने के लिए, जहाँ वे वह सब कर सकेंगे जो आज नहीं कर सकते। वह नई दुनिया क्या है, यह मैं नहीं जानता। पर इतना जानता हूँ कि जब औरतों की सुहाग की चूड़ियाँ टूट जाती थीं, तब वह अपने दुधमुँहे लाडलों को हँसते हुए भेज देती थीं ! और यह क्रान्तिकारी ! आप समझते हैं प्रभा मर गया ?'' नहीं, नहीं नवाब साहब, श्यामनाथ ने हँसकर कहा, ''वह कभी नहीं मर सकता। माना उसका नाम आज सब लोग नहीं जानते। इससे क्या ? शहीद का नाम नहीं, काम होता है। समुद्र बनाने को न जाने कितनी लहरों, कितनी नदियों को उसमें खो जाना पड़ता है। मैं कहना चाहता हूँ, पर कह नहीं सकता।

वह उसमें क्या था कि लहू बिजली बन गया था। वह उनमें क्या था जो कफ़न को हँसकर जवानों की टोली ओढ़ लेती थी! कल इन्हीं खेतों में से हुँकार उठ रही थी। कल यह जीवन जाग रहा था। कल एक हलचल थी। लोग मर रहे थे, पर उन्होंने ज़िन्दगी की क़ीमत जान ली थी।''

वे चुप हो गए। हवा अब कुछ तेज़ हो चली थी। गहरे आसमान में एकाध तारा दिखाई देने लगा था। सुई की नोंक सा, टिमटिमाता। उन्नाव से कानपुर की सड़क के दोनों ओर उतने खेत नहीं जितने पूर्व की ओर बढ़ जाने पर मिलते हैं। कहीं-कहीं धान के खेत मिलते हैं। जिन्हें असाढ़ में बोकर कातिक में काट दिया जाता है। आबादी भी रास्ते में बहुत ही कम है। अधिक गाँव भी नहीं।

श्यामनाथ फिर कहने लगे, ''वह देश क्या है, जिसके लिए ये लोग पागल हो उठे हैं। मर-मिटने को तैयार हैं। दया कांग्रेस में है। उमा अपने को कम्युनिस्ट कहता है। प्रभा आतंकवादी था। नवाब साहब ! मैं कुछ ख़ास नहीं पढ़ा। वे लोग बहुत सी नई-नई बातें कह जाते हैं। पर मैं इतना समझ गया हूँ कि हम जिसे इज़्ज़त, खानदान, रुतबा, घर कहते हैं, यह सब एक मनबहलाव है। किसी बड़ी सचाई को न मानने के लिए बहाना है। फ़रेब है ताकि कुछ भी बदल न पाए।

नवाब साहब चुपचाप सुन रहे थे। इस दृष्टिकोण से जीवन न उन्होंने कभी देखा था, न सोचा था। आज उनके सामने से एक पर्दा हटा। उन्होंने बरबस ही कहा, ''छुटके राजा ! मुझे ताज़्जुब होता है कि आप इतने समझदार हैं, फिर भी लोग आपको पागल कहते हैं।''

''मैं बुरा नहीं मानता,'' श्यामनाथ ने कहा, ''मैं उन्हें नासमझ सोचता हूँ। वे सचाई नहीं चाहते। उनकी बातों पर ध्यान न दीजिए। आपको भी अब वे पागल कहने लगे हैं। आप बुरा मानते हैं ? माना भाई आप पागल हैं, पर दुनिया को क्या ?''

''हाँ, दुनिया को क्या ?'' नवाब साहब ने कहा, ''पर छुटके राजा ! मैं दरअसल पागल नहीं हूँ। वे लोग कहते हैं।''

''कहने दीजिए। जो आप हैं वह तो बने ही रहेंगे।''

यह तो सन्देहात्मक बात रही। नवाब साहब ने साफ़ किया, ''क्यों छुटके राजा ? आप भी मुझे पागल समझते हैं ?''

''मैं ?'' श्यामनाथ हँसे। बोले, ''आप तो बस। इससे पूछिए, उससे पूछिए। क्यों इतनी कड़ी मेहनत करते हैं। दिल से, अपने दिल से पूछिए कि आप पागल हैं या नहीं ?''

''लेकिन...''

''फिर वही लेकिन,'' श्यामनाथ ने कहा, ''आपने कभी पूछा ? आज ज़रा मेरे सामने पूछकर तो देखिए।''

''पूछता हूँ,'' नवाब साहब ने कहा, ''पूछता तो हूँ।''

''अब कहिए,'' श्यामनाथ ने पूछा, क्या कहता है। आप पागल हैं ?''

''जी नहीं,'' नवाब साहब ने धीमे से कहा, ''कुछ धड़कन सी होती है। मेरा तो

अभी तक यही ख़याल है कि मैं पागल नहीं हूँ। आप जैसे अक्लमन्द आदमी भी यही कहते हैं। पर हठात् नवाब साहब के मुँह से निकल गया, "दुनिया तो आप ही को पागल बताती है !"

श्यामनाथ ठठाकर हँसे। कहा, "बस हो गया। मुआफ़ कीजिए नवाब साहब ! इजाज़त हो तो कहूँ। आपको थोड़ी सी पहुँच चुकी है। कुछ असर तो लगता है।"

"नहीं," नवाब साहब ने कहा, "आपका ख़याल है। वैसे मैं बिल्कुल ठीक हूँ। आपको क़सम है आप अपने दिल से मेरे बारे में जो आपको गलत ख़याल समा गया है, उसे एकदम बाहर कर दीजिए।

श्यामनाथ चुप हो गए। वे फिर कुछ सोचने लगे। नवाब साहब ने भी कुछ नहीं कहा। कुछ दूर चलने पर श्यामनाथ ने फिर कहना शुरू किया, "मुझे लगता है मैं बहुत दिन से एक सपना देख रहा था। पैदा हुआ था, तब से ऐश और हुकूमत में पला। नौकरी की तो ऊँची ही की। जहाँ जाता था लोग सलाम करते थे। मैंने कभी अपने जीवन में किसी कमी को महसूस नहीं किया। दुनिया मेरे लिए बहुत अच्छी थी। एक दिन प्रभा आया। उसने ख़बर दी, भैया ने दया को रियासत ने निकाल दिया है; क्योंकि वह कांग्रेसी हो गया था। उसके बाद वह नहीं आया। उसकी वह रामेश्वरी भी नहीं आई। भैया भी कुछ न कर सके। दौलत उन्हें नहीं रिझा सकी। क्यों ? मैं नहीं जानता। वह जेल गया। मैं वहाँ भी मनाने गया। पर व्यर्थ। वह नहीं माना। उसके बाद उमा मिला। वह बहुत सी नई-नई बातें कहता था। मैं उन्हें समझ नहीं पाया था। पर उसमें कुछ नयापन ज़रूर था। लोग जेल जाते थे, मरते थे, कटते थे, हम उनके दुश्मनों की मदद करते थे। पर झगडू मिश्र कभी अपने बेटे मार्कंडेय से इस बात पर नाराज़ नहीं हुए कि वह जेल जाता था। क्यों ? क्योंकि शायद वे राजा न थे। ग़रीब आदमी थे। और वे भैया की जान बचाने में गुज़र गए। अपने ही लोगों की लाठियाँ खाकर चले गए। उन्हें क्या स्वार्थ था ? क्योंकि वे भैया को चाहते थे। क्योंकि वे अहिंसा मानते थे। नवाब साहब ! यह अहिंसा है क्या चीज ?"

नवाब साहब ने गम्भीरता से कहा, "कुछ भी न हो। पर यह है कुछ ज़रूर। हम हथियारों की बात करते थे। लोग साथ नहीं आए। पर यह अहिंसा ! हिम्मत देखिए। लोग जानते हैं कि पिटेंगे। पर फिर भी आगे बढ़ते थे। यह क्या है ! मैं खुद नहीं समझता।"

"क्या गाँधी जादूगर है !" श्यामनाथ ने कहा, "अंग्रेज़ भी उससे डरते हैं। क्या वजह है कि वह विलायत बुलाया गया है। बादशाह भी उससे हाथ मिलाता है। और वह है कि उसी खोर को पहने रहेगा। सल्तनत की सारी शान और हुकूमत, ताकत, सब छोटी चीज़ें हो गईं। अपने मन की खाएगा। अंग्रेज़ों की भीड़ें उसे देखकर टूटती हैं। बड़े-बड़े राजा-महाराजा जिन अंग्रेज़ों के सामने थर-थर काँपते थे वे ही अंग्रेज़ उसके निहत्थे टूटे-फूटे शरीर को देखकर भी महसूस करते हैं कि वह एक बहुत बड़ा सत्य है, जिसे झूठ और फौज से कुचला नहीं जा सकता। उसमें ऐसा है क्या ! गाँववाले गँवार

हैं, पर गाँधी बाबा के लिए मर जाएँगे। वैसे लाठी चलाकर ख़ून करेंगे, लड़ेंगे, पर अगर गांधी अहिंसा कहता है तो वे भी हाथ नहीं उठाएँगे। किसने उनको यह समझा दिया है कि हाथ उठानेवाला बात का कमज़ोर है। अगर तुम्हारी बात सच है तो डरो नहीं। यह डरो नहीं किसने कहा ! बिना रेलों, तारों के ख़बर उड़ती है, किताबों से लोग नहीं समझते। पर गांधी कहता है लोग समझ लेते हैं। नवाब साहब ! क्या दुनिया में ऐसा आदमी हो सकता है ! हार होती है, जीत होती है। पर हार-जीत में मानापमान न हो, ऐसी लड़ाई आज तक नहीं देखी। वह कहता है दुश्मन से नफ़रत न करो, उसके पाप से करो। अपने पाप से करो जो डर के मारे उसे बढ़ावा देता है। सच ! मैं नहीं समझता यह सब क्या है ?''

दोनों चुप हो गए। नवाब साहब ने कहा, ''कितना चले आए होंगे।''

''एक-चौथाई,'' श्यामनाथ ने कहा, ''आप धीरे चलते हैं। मैं जब डाकुओं को पकड़ने जाता था, काफ़ी भाग लेता था। अब वह उम्र नहीं रही।''

नवाब साहब ने कहा, ''लेकिन चलते-चलते काफ़ी देर हो गई। मैं तो समझा था कि बहुत दूर निकल आए होंगे, जहाँ से लौटना कठिन है।''

''लौटना तो यहाँ से भी कठिन है,'' श्यामनाथ ने कहा, ''इतना ही लौटते वक्त चलना पड़ेगा।''

नवाब साहब के मुँह से निकला, ''लाहौलबिलाकूबत ! बदतमीज़ !''

''क्या हुआ !'' श्यामनाथ चौंके, ''मैं ! मुझसे फ़रमाया आपने !''

''अजी सरकार,'' नवाब साहब झुककर कुछ करने लगे, ''आपसे ऐसी बेअदबी ! जरी काँटा लग गया था।''

कुछ देर कोशिश की, पर वह नहीं निकला। तब श्यामनाथ ने कहा, ''आइए राह किनारे बैठ लें। वहीं निकालिएगा।''

नवाब साहब ने चौंककर कहा, ''वहाँ ज़मीन पर ? नीचे बैठिएगा ?''

''नहीं तो क्या अब वह कालीन बिछाया जाएगा ?'' श्यामनाथ हँसे।

नवाब साहब लाचार हो गए। काँटा बहुत चुभ रहा था। उन्होंने कहा, ''और ये गाँववाले नंगे पाँव चलने के इतने शौकीन होते हैं कि जूता होगा भी तो उसे अपने डंडे पर टाँग लेंगे। अपने पाँव नहीं, उन्हें यह डर होता है कि कहीं जूती न ख़राब हो जाए।''

''काम करते-करते आदत पड़ जाती है। छोटा-मोटा काँटा तो उनके पैरों से दबकर टूट जाता है,'' श्यामनाथ ने बैठते हुए कहा। नवाब साहब रुमाल बिछाकर बैठ गए।

''लेकिन,'' काँटे के स्थान पर हाथ फेरते हुए कहा, ''अँधेरे में निकलेगा कैसे ?''

''लाइए मैं निकाल दूँ,'' श्यामनाथ ने आगे बढ़कर कहा।

''कमाल कर दिया। छुटके राजा !'' नवाब साहब ने कहा, ''आप इस नाचीज़ के पाँव छुएँगे ? अल्लाह मुझे गुनहगार न बना।''

''लाइए भी नवाब साहब,'' श्यामनाथ ने झपटकर पाँव पकड़ लिया।

"लाहौलबिलाकूबत," नवाब ने घबराकर कहा, "अरे मेरे अजीज़ ! तुझे क्या-क्या देखना है अभी ? हाय ! नवाब साहब हैदर बहादुर कैरा, वालिद साहब मरहूम, ख़ुदा उनको उन्नत बख़्शे, आपने क्यों ये सदमे उठाए होंगे। आप तो महलात से नीचे न उतरे। मखमल पर चले। बाँदियों के हाथों ने आपके तलवों को सहलाया। कभी बटेरों की जंग देखी, कभी हरमसरा से कनकौए उड़ाए। और एक हम हैं। नाखलक ! बदकिस्मत। दर-दर की ठोकरें खा रहे हैं। ओ परवरदिगार ! क्यों नहीं यह ज़मीन फट जाती..."

श्यामनाथ ने पाँव पर हाथ फेरकर दबाकर कहा, "यहीं है ?"

"उफ़ !" नवाब चिल्ला उठे, "धीरे छुटके राजा, धीरे कमबख़्त तीर बन गया है। तीर ! ज़रा धीरे दबाइए।"

श्यामनाथ ने कहा, "लेकिन नवाब साहब ! याद कीजिए। आपके खानदान में कैसे-कैसे बहादुर गुज़रे हैं। नवाब साहब सफ़दर बहादुर ने नवाब नज़फशाह के ज़माने में जाटों को दबाया था। याद है ? उनके बेटे नवाब क़ादिर बहादुर ने गंगा किनारे दुश्मनों के छक्के छुड़ा दिए थे। आप उन्हीं के खानदान में हैं। आप उसी रियासत के लिए चल रहे हैं।"

अब उँगलियाँ उस काँटे की ठौर को दबा रही थीं। नवाब साहब ने चिढ़कर कहा, "तोप के दहाने पर बँधवाकर उड़वा दीजिए ऐसी रियासत को। ऐसी भी क्या हुकूमत जिसमें जान चली जाए, लेने के देने पड़ जाएँ !"

श्यामनाथ ने और ज़ोर से दबाकर कहा, "राम तो पिता के कहने से जंगल-जंगल मारे-मारे फिरे।"

"हाय अल्ला," नवाब ने चिल्लाकर कहा, "आप तो पुलिसवाले हैं। फोड़ों में नश्तर लगवाने से न डरें। मुआ मैं तो दूसरों को फोड़ा दबाते देखता हूँ तो मिचली होने लगती है। छोड़ दीजिए। यह काँटा भी घुसा रहे। इस इलाज से तो बीमार ही ठीक हूँ।"

"अच्छा ठहरिए," श्यामनाथ उठे। ढूँढ़कर एक बड़ा काँटा निकाल लाए, और बोले, "इस काँटे से उसे निकाल दूँगा।"

"और जो कहीं यह भी चुभा रह गया ?"

"अजी काँटे से काँटा निकालने की पुरानी रीत है।"

"पर यह भी भीतर टूट गया तो ?"

"तो !" श्यामनाथ ने कहा, "उजाले में तो मैं निकाल दूँगा।"

"पर उजाला यहाँ है कहाँ ?"

"कुछ दूर पर मगरवारा गाँव है। वहाँ तक तो चलना ही पड़ेगा।"

"मैं तो एक क़दम भी नहीं चल सकता।"

"तो फिर भगवान् मालिक है।"

"लाहौलबिलाकूबत !" नवाब ने चौंककर कहा, "अजीब परेशानी है। यहाँ रात-भर क्या कीजिएगा ?"

"सो रहेंगे।"

"कहाँ ?"

"यहीं खेत में।"

"खेत में !" नवाब साहब चौंके, "खेत में भी आदमी सो सकता है, नामुमकिन।"

"तब तो मुझे आपसे ज़्यादा तजुर्बा है नवाब साहब," श्यामनाथ ने आँखें चुन्दी करके कहा, "आप मेरे साथ चलिए। सुनिए, सुनिए।"

"कोई गा रहा है," नवाब साहब ने कहा। कोई दूर खेत में गा रहा था। शायद उसे नींद नहीं आई थी। नवाब साहब हँसे। कहा, "अजीब गाना है। लखनऊ की गानेवालियाँ सुनें तो शरमा जाएँ। एक बार मैं ग्वालियर गया था। वाह ! वैसे गवैये कहाँ मिलेंगे ? आज भी जो गीत रजवाड़े जानते हैं। वह अंग्रेज़ी राज क्या जाने ?"

परन्तु श्यामनाथ कुछ अलग निकले। उन्होंने कहा, "उस गाने में तो लुत्फ ही नहीं आता। हम तो समझते ही नहीं। गीत वह जो दिल से निकले। यह क्या गाने की बजाय हिज्जे़ रटने लगे। गीत न हुआ लुगद की रटाई हो गई। 'ख़ालिकबारी-सिरज़नहार', 'ख़ालिकबारी-सिरज़नहार' यह भी कोई गाना है। "नवाब साहब ज़रा गौर से सुनिए।"

कह-कहकर श्यामनाथ वहीं लेट गए।

"अरे आप तो लेट गए !" नवाब ने घबराकर कहा।

"आप भी लेट जाइए," श्यामनाथ ने धीरे से कहा।

"क्या फ़रमाया आपने ? मैं भी लेट जाऊँ ? यहाँ आदमी लेटते हैं ?"

"क्यों अब वह गा रहा है, वहीं लेटा होगा ? वह भी तो आदमी है ?"

"वह आदमी है ?" नवाब साहब ने खीज़कर कहा, हम और वह एक हैं ?"

श्यामनाथ ने कुछ नहीं कहा। इसी समय सड़क पर गर्द उड़ाती हुई एक बड़ी पुलिस की गाड़ी बहुत तेज़ी से निकल गई। नवाब ने कहा, "इसे रोकिए इसे रोकिए..."

पर इससे पहले कि उसे रोकते वह काफ़ी आगे निकल गई। अब नवाब साहब निराश हो गए।

श्यामनाथ ने कहा, "आप न चलते हैं, न ठहरते हैं। कुछ भी हो। आप मेरे कन्धों पर बैठ जाइए। आपको मगरवारा तक तो चलना ही पड़ेगा।"

नवाब मज़बूर थे। कहा, "तो आपके कन्धे का सहारा लेकर चला चलूँगा," लगा अब वे रो देंगे। "यह गुनाह तो मैं नहीं कर सकता। छुटके राजा कि आपके कन्धे पर चढ़कर चलूँ। और कोई होता तो बात और थी।"

"तो फिर ऐसे ही सही," श्यामनाथ उठ खड़े हुए। नवाब साहब उनका हाथ पकड़कर उठे, तभी काँटा चुभा और अपना वह पैर उठाकर कराह उठे, "इस रियासत से तो झोंपड़ी ही देता, मेरे परवरदिगार।"

श्यामनाथ ने कहा, "मेरा कन्धा पकड़ लीजिए।"

दोनों फिर चले।

6

कुत्ते भौंकने लगे। आज उनके गाँव में आधीरात के लगभग दो नए आदमी पहुँचे थे।

नवाब साहब ने कहा, "छुटके राजा साहब ! ये कमबख़्त सोते नहीं ? हमारे कुत्ते तो रात को ठाठ से गद्दों पर सोते हैं।"

श्यामनाथ ने कहा, "बस अब आ पहुँचे।"

अँधेरे में एक रोशनी सी होती थी, फिर बुझ जाती थी। पास जाने पर देखा एक चारपाई पर एक बूढ़ा बैठा था और उसके पैताने एक और व्यक्ति था। एक तरफ़ काँटों की आड़ लगा दी गई थी। सब लिपी हुई ठौर थी। सिर पर एक पीपल का पेड़ था और झोंपड़े के भीतर कोई रो रहा था। जब बूढ़ा चिलम में कसकर दम खींचता था एक झल्ल-सी उठती थी जो चिलम मुँह से हटाते ही बुझ जाती थी।

इनकी पगचाप सुनकर बूढ़े ने खाँसकर कहा, "कौन है वहाँ ?"

श्यामनाथ ने कहा, "दो मुसाफ़िर हैं।"

यह कहते हुए दोनों सामने जा खड़े हुए।

बूढ़े ने कहा, "कौन लोग हो ?"

"ब्राह्मण !"

बूढ़ा तुरन्त उठ गया। उसके साथ ही वह व्यक्ति भी उठकर नीचे बैठ गया। दोनों को देखकर वे समझ गए कि कोई बड़े आदमी हैं। नवाब साहब धड़ाम से खाट पर बैठ गए और बोले, "अब ज़रा रोशनी तो मँगवाइए।"

बूढ़ा अब बोला, "बाबूजी ! कहाँ से आ रहे हैं ?"

श्यामनाथ ने उत्तर दिया, "भाई उन्नाव से चले थे। कानपुर जाना है। इनके पाँव में काँटा लग गया है। चला नहीं जाता।"

बूढ़ा हँसा। कहा, "काहे को आदत होगी। सरकार कोई राजा हैं कि अफ़सर ?"

नवाब साहब ने शीघ्रता से कहा, "अरे भाई डॉक्टर हैं डॉक्टर।"

उन्हें अपना असली परिचय इस अवस्था में देना ठीक नहीं लगा। यह उनके अभिमान के विरुद्ध था। कल यही गाँववाला सब जगह ख़बर फैला देगा।

गाँववाला बैठ गया। उसने कहा, "अरी तो बिटिया क्या रोती ही रहेगी। ज़रा दीया तो जला दे।"

रोना कम हो गया। कुछ ही देर में एक लड़की—सत्रह-अठारह बरस की—हाथ में एक टिमटिमाता दीया लेकर आ गई। दीये की लौ काँप रही थी। उसकी हिलती रोशनी में श्यामनाथ ने देखा वह रोकर आई थी।

दूसरे व्यक्ति ने दीया ले लिया। लड़की खड़ी रही। श्यामनाथ काँटा निकालने लगे। नवाब साहब की ऊह, आह बढ़ गई पर काँटा नहीं निकला। तब बूढ़ा भीतर गया और एक सूआ निकाल लाया। श्यामनाथ ने नवाब साहब को पकड़ लिया। बूढ़े ने काँटा खींच निकाला। नाख़ून के बराबर भीतर टूट गया था। पर सूए से जो हाथ चारों तरफ़ मारे

गए थे उसकी पीड़ा से नवाब साहब काँप रहे थे। कह उठे, "पानी ! पानी !"

लड़की एक गिलास में पानी ले आई। नवाब साहब ने श्यामनाथ की ओर देखा। श्यामनाथ ने कहा, "हम भी पिएँगे। ताजा खिंचा हुआ है ?"

"संझा का ही है बाबूजी," बूढ़े ने कहा, "क्यों रहीमा ?"

"हाँ दादा," रहीमा ने भी कहा।

"लाओ ! ओक से पिला दो।"

श्यामनाथ तो पी गए पर नवाब साहब ने दोनों हाथ लगाकर ओक बनाई और पीकर लेट गए।

बूढ़े ने कहा, "बाबूजी ! अब कम्पू जाएँगे ?"

"हाँ भाई," श्यामनाथ ने कहा, "जाना तो ज़रूरी है।"

कुछ देर सन्नाटा छाया रहा। बूढ़े ने चिलम चढ़ाई, "बाबूजी ! पियोगे ?"

"नहीं भाई," श्यामनाथ ने कहा, "आदत नहीं है।"

"बूढ़े ने नवाब साहब की ओर बढ़ाकर कहा, "बाबूजी आप तो पियो।"

"नहीं भाई, मैं भी नहीं पीता।"

लड़की दीया लेकर भीतर चली गई। भीतर जाकर उसने दीया बुझा दिया।

कुछ देर बाद फिर रोने की हल्की आवाज़ आने लगी।

नवाब साहब चौंके। बोले कोई औरत रो रही है ?

"जी हाँ," दूसरे व्यक्ति ने कहा, "दा़दा की नतिनी है। रोज़ आधी रात के वक्त रो उठती है।"

"क्यों ?"

"यों हुज़ूर कि," उसने कहा, "ब्याह के बाद गई ही थी कि गांधी महात्मा के आदमी उसके पास गाँव पहुँचे। इसका आदमी जवान था ही, सो वह गया। पुलिस की लाठियाँ खाकर मर गया। वहाँ कोई न था। यहाँ ले आए बाबा। पर आधी रात को रो उठती है। उसका जी क्या अब मान सकता है ?" उसके स्वर की निराशा छलक आई।

श्यामनाथ ने कहा, "लड़के के कोई न था ?"

"था क्यों नहीं हुज़ूर," रहीमा ने कहा, "एक था चाचा। बड़े प्यार से पाला था उसने। वह तो बाबू, सुनते ही पछाड़ खाकर मर गया। एक दिन भी नहीं जिया। उसकी मुहब्बत सच्ची थी।"

उसने गद्‌गद होकर भावना से व्याकुल अवस्था में सिर हिलाया। श्यामनाथ सुनकर काँप उठे। उन्हें लगा वे हँस पड़ेंगे और सचमुच वे हँस पड़े। गाँववाले चौंक उठे। उस समय उन्हें वह हँसी अत्यन्त भयानक लगी जो उस सूने ग़रीब झोंपड़े से टकराई और लिपी ज़मीन पर झूमकर काँटों में उलझती, पीपल के पत्तों को तारों की हल्की रोशनी के कुछ-कुछ खड़खड़ाती, उनके हृदयों में उतर गई और तभी भीतर से हृदय हिला देनेवाला करुण चीत्कार सुनाई दिया।

नवाब साहब ने झुककर रहीमा के कान में धीरे से कहा, "बुरा न मानना। इनका

भतीजा भी इसी कांग्रेस के आन्दोलन में मारा गया है, तब से पागल हो गए हैं।''

रहीमा ने बूढ़े से कहा। दोनों ने एक अपनापन अनुभव किया। लड़की की दर्दनाक आवाज़ कानों में गूँज रही थी। श्यामनाथ पागल से उठे और झोंपड़ी में घुस गए। उन्होंने लड़की से कहा, ''बेटी।''

लड़की जैसे चौंक उठी। उसने कहा, ''कौन ? बाबा ?''

''हाँ, बाहर आओ।''

लड़की को साथ लेकर श्यामनाथ बाहर आ गए। बूढ़ा कहने लगा, ''बाबूजी। इसकी बात जाने दें। आप लोग बड़े आदमी हैं। हम तो सदमे उठाने के लिए ही हैं, इसे भी उठा लेंगे। हमारा तो भगवान् है क्यों रहीमा !''

''हाँ दादा ! एक वही है ! और कौन है ?'' रहीमा ने कहा।

लड़की पथराई सी खड़ी रही। श्यामनाथ अपने विचारों में खो गए।

''चलिएगा नहीं ?'' नवाब साहब ने कहा, ''आप तो जम गए।''

''हैं ?'' श्यामनाथ जागे। उन्होंने सूखे मुँह से कहा, ''जिन्होंने इतने घरों को उजाड़ा है, वे भी उजड़कर रहेंगे।''

''मालिक बात कही है !'' बूढ़े ने कहा, ''छाती ठंडी हो गई। हमारी बिटिया रात आधी नित ही रो उठती है। डॉक्टर साहब ! इसका कोई इलाज़ नहीं ?''

''हैं,'' श्यामनाथ ने हँसकर कहा, ''इसके सामने अगर वह रोए जिसने इसे रुलाया है, तब इसका भार हट जाएगा ?''

''सो कैसे होगा बाबू ?'' रहीमा ने पूछा। वह निस्सन्देह कुछ डर गया था। लड़की भीतर चली गई।

''गांधी बाबा को मालूम है कि इतने आदमी मर गए हैं ?''

''उन्हें क्या ख़बर बाबू ? वे क्या कहने आए थे ? वे तो खुद मरने चले, तो जिसकी रगों में ईमान का ख़ून था, वह भी चला। बाबू बड़ा रसीला जवान था,'' बूढ़े ने कहा, ''बिटिया का क्या होगा ? मैं तो बस दो-चार दिन का और हूँ ? फिर ?'' उसने आकाश की ओर देखा, वहाँ जहाँ निराशा की परतों की घनी चादर में से मृगतृष्णा जैसी आशा हँसा करती है। बूढ़ा कहता रहा, ''राजा साहब शौगढ़ ने बेदखली करा दी। खाना भी छीन लिया।'' फिर वह एकदम बोला, ''क्यों मालिक ? गांधी महात्मा विलायत बुलाए गए हैं ?''

''हाँ,'' श्यामनाथ ने कहा।

''और वे खोर ओढ़कर भी बादशाह से मिलेंगे ?'' उसके स्वर में गर्व था। फिर वह कहने लगा, ''मालिक ! राजा साहब के लोग कहते हैं कि वे तो महात्मा हैं। हम कहते हैं। महात्मा थे तो अंग्रेज़ों ने पहले क्यों नहीं मानी ? अब ये करोड़ों नौज़वान मर गए तब वे बुलाए गए ? क्यों बाबू ? ग़रीब आदमी के ख़ून में भी ज़ोर होता है ?'' फिर उसने एक गम्भीर और अटूट विश्वास से पुकारकर कहा, ''बिटिया ! अब के जब गाँधी महात्मा का काम फिर से चलेगा, तब मैं तुझे ले चलूँगा। तेरे सुहाग को भूला नहीं हूँ।

बूढ़ा हूँ तो क्या ? फिर लगानबन्दी ही होगी। एक-एक मर मिटेगा। एक-एक की जान चली जाएगी। घर जल जाएँगे। गोलियों की बौछार होगी। पर पीछे नहीं हटेंगी भीड़ें ? हम-तुझसे लाखों ग़रीब होंगे, जिन्हें खाना नहीं मिलता। हमारा देश है, अपना राज होगा।'' उसने रुककर पूछा, ''क्यों बाबू ? अब गांधी महात्मा की लड़ाई कब होगी ? ये गोरे कब तक चले जाएँगे ? हमें खाना कब मिलेगा ? बिटिया रोना किस दिन बन्द करेगी ?''

श्यामनाथ कठोर स्वर में कहा, ''जेल में कैदियों को कब तक भयानक तकलीफ़ें दी जाएँगी ? प्रभा कब तक जेल में मरेगा ? वीणा कब तक विश्वम्भरदयाल के गोली मारेगी ?'' और हठात् मुड़कर कहा, ''जब तक नौज़वान लड़कियाँ अपने प्राणों से प्यारे नौजवान पतियों को देश के लिए इज़्ज़त से मरना सिखाएँगी, हँस-हँसकर नौज़वान अपने को कुर्बान करते रहेंगे...'' उनकी आवाज़ रुँध गई। आँखों में पानी भर आया। उन्होंने रुककर कहा, ''जब तक अन्यायी और अत्याचारी का नाश नहीं होगा।''

बूढ़ा सरक आया। उसने कहा, ''बाबू ? यह पुलिस, फ़ौज, ज़मींदार, यह सब भी तो देश के हैं। फिर क्यों देश के दुश्मन बन गए हैं ?''

रहीमा ने कहा, ''अरे वे पिट्ठू हैं। ग़रीबों से छीनकर खाते हैं। जो दूसरों का पेट काटकर मौज़ उड़ाएगा, वह और क्या करेगा ? वे अपने नहीं हैं। अपना तो वह है जो संग जिये, संग मरे।''

नवाब साहब उठ खड़े हुए। दो क़दम चले और 'हाय' कहकर बैठ गए। भीतर लड़की का रोना बन्द हो चुका था।

बूढ़े ने कहा, ''डॉक्टर साहब ! कुछ इलाज़ नहीं बताया ?''

श्यामनाथ ने एक दस रुपए का नोट बढ़ाकर कहा, ''कल कानपुर ले जाना।''

बूढ़ा फटी आँखों से देखने लगा।

''हाँ, हाँ, ठीक है,'' श्यामनाथ ने कहा, ''वह मेरी बेटी है। तुम रोककर ठीक नहीं कर रहे हो।''

''रखिए मालिक,'' बूढ़े ने गद्गद स्वर से कहा, ''हम तो रोज़ भूखे मरते हैं। आपका हिया बड़ा कोमल है।''

पर श्यामनाथ नहीं माने। नोट दे दिया। उठकर कहा, ''आइए !'' फिर वही तरीका पकड़ें।

वे हँसे। रहीमा ने काटकर कहा, ''सरकार इक्का दिला दूँ ?''

''कहाँ होगा इस वक्त ?'' नवाब साहब ने चमककर पूछा।

''अभी लाया,'' कहकर वह भाग चला। धुन्ना था। फ़ौरन उसने शरीफ़ा को जा जगाया। शरीफ़ा पहले तो बड़बड़ाया पर फिर ज़्यादा किराया मिलने की सुनकर अपने मरियल घोड़े को जोतने लगा, कुछ ही देर में इक्का आ गया। घोड़े के गले में बँधे घुँघरूँ घुँघुरघुँआ घुँघरघूँआ ध्वनि करते बज रहे थे।

दोनों बैठ गए।

बूढ़े और रहीमा ने कहा, "राम-राम बाबूजी।"

इक्का चल पड़ा।

नवाब साहब के होश तो दो-चार दचके खाकर ही ठिकाने लग चले। इस पर शरीफ़ा ने गाना शुरू किया, समधिन तेरी घोड़ी चने के खेत में।

"ओ हो होऽऽऽऽ", की ध्वनि कहीं-कहीं से गूँजती हुई आ रही थी। वह खेतों की रखवाली करने की आवाज़ थी। श्यामनाथ किसी गम्भीर चिन्ता में थे। नवाब साहब ने पूछा, "म्याँ ! तुम्हारा नाम क्या है ?"

"हुज़ूर, गुलाम को शरीफ़ अहमद कहते हैं," इक्केवाले ने कहा।

श्यामनाथ ने हठात् कहा, "आपने सुना ? उसने कहा था कि ये अपने लोग अपने क्यों नहीं बनते ? सुना था आपने ? ये राजा लोग अंग्रेज़ों की मदद क्यों करते हैं ?"

पर नवाब साहब के कुछ कहने के पहले इक्केवाला कह उठा, "सरकार ! ख़ता मुआफ़ है। अगर वे अपने हो जाएँ फिर वे भी राजा और नवाब न रहकर शरीफ़ अहमद हो जाएँ।"

श्यामनाथ चौंके। बोले, "क्या मतलब ?"

"यही सरकार मेरा मतलब था," शरीफा ने इक्के के घोड़े से कुछ किटकिट करके कहा–और कहने लगा, "मेरी उम्र सरकार अब सत्तावन-अट्ठावन की होगी। बचपन से सुनता आ रहा हूँ। अब तो नहीं कहती। लाचार अन्धी, बहरी और अपाहिज हो गई है, पर मेरी वह दादी आज से पन्द्रह-बीस साल तक पहले तो सब याद रखती थी। गदर में थी क़रीब सत्रह-अठारह बरस की ! उसे सब याद था। बेचारी नवाबी में पली थी। जब फिरंगियों ने गद्दारों की मदद से लखनऊ जीत लिया और झूँठन–आजकल के राजा और नवाबों इन कुत्तों के बुजुर्गों को बाँट दी, तब वह बेचारी दर-दर की ठोकर खाने लगी। आख़िर एक ग़रीब ने सहारा दिया। सरकार दिल तो ग़रीब के होता है। वैसे हमें अब भी सालाना चवन्नी मिलती है। मेरे पास अचकन है सरकार ! उसी दिन दरबार के लिए पहनता हूँ। फिरंगी से सूद तो लेता रहूँगा। कैसे भूल जाऊँ कि एक दिन वह मसाले का खरीदार था और हम मालिक थे। अपना मुल्क है अपना देश है।"

इतना कठोर सत्य, इतने क़रीब से गाली !!! पर अब कुछ कहते हैं तो राज़ खुल जाता है।

इक्केवाला कहता रहा, "पर सरकार ! आप यकीन नहीं करेंगे। मेरी दादी को जाने कैसे यह समझ में आ गया कि यह लड़ाई फिरंगी के ख़िलाफ़ थी। उस दिन वह बहुत खुश थी। बहुत ख़ुश थी। उसने मुझसे कहा, "वह अचकन पहन ले और इनके साथ था जो फिरंगी से लड़ने जाते हैं। तू नवाब पीछे है, पहले इनका है। अगर तू लालच और फरेब में पड़ा हुआ है तो जैसा फिरंगी वैसा तू। जा और नवाब की रूह को कैदखाने से छुड़ा। पर सरकार ! मेरी तो हिम्मत नहीं पड़ी। लड़ना तो बड़ा कठिन होता है। उसके लिए बड़ी हिम्मत चाहिए। पर कुछ ऐसे भी कमीने होते हैं। जो अपने आप तो होते हैं कायर और जान देने के डर से, लड़नेवालों की खिल्ली उड़ाकर उनकी हिम्मत तोड़ना

चाहते हैं। क्यों सरकार ! मैंने ठीक अर्ज किया ?''

किसी ने उत्तर नहीं दिया। इक्केवाले ने फिर कहा, ''क्यों हुज़ूर। इस तरह आज़ादी मिल जाएगी ? मुझे यह यकीन नहीं होता। दादी कहती थीं कि बादशाह बहादुरशाह का आख़िरी ऐलान था कि सौदागर फिरंगी का कभी भी भरोसा न करो। फिर ये पढ़े-लिखे लोग इस गलती को क्यों दुहरा रहे हैं ?''

''अमाँ, छोड़ो भी,'' नवाब साहब ने कहा, ''इक्का भी अज़ीब सवारी है। दो-चार घंटे बैठ लें तो जोड़ ही ढीलें हो जाएँ !''

इक्केवाला हँसा। उसने व्यंग्य से कहा, ''हाँ मालिक ! ग़रीब की भी ज़रूरत पड़ ही जाती है। हमने तो सरकार नवाबी की अकड़ ही छोड़ दी। लखनऊ में हैं। पुराने लोग। रस्सी जल गई है, पर ऐंठ नहीं जाती,'' वह हँसा, ''अब तो हमने देखा ग़रीबी ही ग़रीबी है। छोड़िए सरकार। आपको तकलीफ़ हुई। पर हमारे तो सामने रोटी का सवाल था। हम तो समझे थे कि मुल्क जीत जाएगा तो फिर हम लोगों को पेट-भर खाने को मिला करेगा। पीढ़ियाँ हो गईं यों ही। सारा गाँव एक वक़्त ही खाता है सरकार ! आपको शायद यकीन नहीं होगा। आप लोग तो शहरों के रहनेवाले हैं।''

नवाब साहब ने कहा, ''तुम्हारा घोड़ा कमजोर है। जरा हाँके चलो।''

''सरकार,'' इक्केवाले ने फिर कहा, ''घास नहीं मिलती। वैसे औरों को आपने नहीं देखा ! यह तो फिर देहात ही ठहरा। सिपाही भी पकड़ लेता है। एक आफ़त है ? अभी कम्पू से आया था। दीवानजी को बिठाकर। सात आने दिए बस। ज़रा नींद लगी ही थी कि रहीमा ने जगाकर फिर जुतवा दिया। अब ज़रा थक गया है,'' और फिर उसने घोड़े से किट-किट ध्वनि की और घोड़ा ज़ोर लगाने लगा।

फिर पूछा, ''कहाँ उतरेंगे सरकार ?''

''सिविल लाइंस चलना।''

''कहाँ सरकार ? वह शराब की अंग्रेज़ी दुकान है उधर ?''

''हाँ-हाँ, उधर ही से वह तिराहे की बड़ी दुकान है न ?''

''समझ गया सरकार, अब आप आराम से सो जाइए। मैं पहुँचा दूँगा किनके यहाँ जाएँगे ?''

''वहाँ दयानाथजी रहते हैं।''

''अरे सरकार ! उन्हें कौन नहीं जानता ? बानापुर के राजा के बेटे हैं। सारी रियासत छोड़कर कांग्रेस में भरती हो गए। सारा खानदान परवाना है उनका। एक भाई ने तो पुलिस की दी तकलीफ़ें न सहकर जान दे दी जेल ही में। अब तो उनके चचा साहब ने भी नौकरी छोड़ दी सुनते हैं ?''

''नहीं, अभी नहीं, छोड़ी,'' श्यामनाथ ने कहा।

''तो छोड़ देनी चाहिए सरकार। आख़िर तो भतीजा था,'' उसने कहा, ''पर सुनते हैं राजा साहब सरकार के बहुत हिमायती हैं। उन्होंने लड़के को निकाल दिया।'' फिर कुछ चुप रहकर उसने कहा, ''पर सरकार, दयानाथजी इधर कुछ दिन से किसी सभा

में नहीं जाते। मुझे हुजूर दो ही शौक हैं—एक सभा में जाने का, दूसरा बटेर मारने का।

"बटेर मारने का ?" नवाब साहब ने चौंककर पूछा।

"जी हाँ सरकार !" उसने कहा, "न बटेर होतीं, न नवाब बटेर लड़ाते, न जान जाती। इसी से मैं बटेरों का दुश्मन हो गया हूँ।"

श्यामनाथ हँस पड़े। कहा, "पुरानी मसल है—कुम्हार जब ठाकुर से पिटता है तो गधे के कान मोड़ता है।"

गंगा का पुल पार हो रहा था।

जब बँगले पर पहुँचे, श्यामनाथ ने कहा, "क्या दे दें।"

"जो मर्जी हो मालिक।"

इक्केवाले के जाने पर क़रीब साढ़े तीन बजे दयानाथ का द्वार खटखटाया गया। सब सो रहे थे। पन्द्रह मिनट में द्वार खुला।

दयानाथ ने देखा कि चाचाजी और नवाब साहब कैरा खड़े हैं। आश्चर्य के मारे उसका मुख खुला का खुला रह गया।

चौथा परिच्छेद

1

दयानाथ जवानी के ढलाव की ओर पहुँचा हुआ आदमी था। पंडित रामनाथ का सबसे बड़ा पुत्र, फिर मशहूर, वकील, तिस पर कांग्रेस में काम करने का यश, सबके कारण वह कानपुर में काफ़ी विख्यात था। इधर कुछ दिन से उसने सबसे मिलना-जुलना छोड़ दिया था। प्रातः उठता तो मुवक्किल घेर लेते, उनसे तरह-तरह से मगजपच्ची करता। उसके बाद खाना खाकर जो कचहरी जाता तो लौटते तक शाम हो जाती। आता और चाय पीकर कुछ देर पत्नी राजेश्वरी से इधर-उधर की बातों में वक्त काट देता। तब तक बच्चे खेलकर लौट आते। फिर आठ-साढ़े आठ बज जाते। खाना खाकर घूमने जाता तो लौटते वक़्त तक बच्चे सो जाते। वह पढ़ता या फिर राजेश्वरी से बातचीत किया करता। इसके अतिरिक्त कोई विशेष जीवन नहीं था। सारा देश थका हुआ था। दयानाथ पर भी उसी का स्पष्ट प्रभाव लक्षित होता था। दिमाग़ को इस सबके बावजूद कोई चैन नहीं था।

बातें चल पड़तीं। पलंग पर लेटा हुआ दयानाथ हठात् 'चाँद' नामक पत्रिका को सीने पर रख लेता और कह उठता, "राजे !"

पत्नी अपने नयन उठाकर देखती।

"यह कहानी पढ़ी," वह कहता जाता, "कितनी करुणा है। पति-पत्नी को लेकर अलग हो गया। वह अपनी जान सब प्रकार से उसे प्रसन्न रखने का प्रयत्न करता था।

वह स्त्री बहुत नेक थी उसे बहुत चाहती थी। घर शान्तिपूर्ण था, किन्तु कहीं कुछ था जो दोनों को कचोटता था।

राजेश्वरी विषण्णवन्दना देखती और उसके बड़े-बड़े नयन पति के मुख को एकटक देखने लगते। वह कुछ नहीं कहती। दोनों चुपचाप एक-दूसरे को देखा करते। रात के नीरव अन्धकार में जब दूर आकाश में तारे ही तारे दिखाई देते, और कुछ नहीं कमरे की रोशनी में उन्हें इसी प्रकार एक-दूसरे की ओर देखते हुए कितने ही क्षण बीत जाते। राजेश और ब्रजेश उस समय गहरी नींद में होते।

अन्त में राजेश्वरी की पलकें झुक जातीं। दया की दृष्टि भी इस समय तक शून्य-सी देखतीं और ऐसी हो जातीं जैसे वे आँखें कुछ उस चीज़ को पकड़ लेना चाहती हैं जो सामने है ही नहीं।

दयानाथ का धीमा स्वर कहता, "मैं जानता हूँ मैंने तुम्हें उतना सुख नहीं दिया जितना देना चाहिए था। तुम एक उच्चकुल की लड़की हो। तुम्हारे पिता ने जब तुम्हारा हाथ मुझे दिया था तब क्या उन्होंने यही सोचा था कि जा, ले जाकर मेरी लड़की को सब तरह की तकलीफ़ें देना ?"

राजेश्वरी धीरे से सिर हिलाती और कह उठती, "उच्चकुल, उच्चकुल के पास ही गया था सही, पर क्या हम-तुम कुछ नहीं हैं ? मैं तुम्हें जानती हूँ। तुम वहाँ थे, मैं वहाँ थी। यहाँ हो, यही हूँ। कहीं और जाना पड़ेगा, तो वहाँ भी साथ चलेंगे। कुछ से नहीं वकील साहब, मेरा विवाह आपसे हुआ था। समझे आप ?"

वह हँस देती। उस समय वह उसे ऐसे बहलाने का प्रयत्न करती जैसे कभी-कभी राजेश और ब्रजेश को बहलाना पड़ता था। वह सोचती। क्या अज़ीब आदमी हैं। बेबात ही मन में घुना करते हैं। वह खीजकर कहती, "क्या तकलीफ़ दी जा रही है मुझे। खाना बना लेती हूँ। बच्चों का और आपका काम देख लेती हूँ। बस और क्या है ? स्त्री क्या इतने छोटे घर का भी काम नहीं कर सकती ? आप कहेंगे दस नौकर नहीं हैं। दस न सही दो हैं। दस होते तो रोज कुछ चोरी करते। करते नहीं ? क्यों ? रहा यह कि गहनों का ढेर नहीं है। तो महाशय, मैं दकियानूस तो हूँ नहीं।"

"हाँ भई, चाँद पढ़ती हो," दयानाथ मुस्कुराकर व्यंग्य करता। उसकी आत्मा को यह सुनकर एक प्रगल्भ आनन्द होता कि उसके कारण राजेश्वरी किसी दुख का अनुभव नहीं करती। वह सुखी है। दयानाथ ने उसके लिए काँटे नहीं बोए। वह अब भी उसे जीवन की समस्त सुविधाएँ देने में प्राणपण से लगा हुआ है।

पत्नी चाँद का नाम सुनकर आँखें चढ़ाकर कहती, "जैसे इसके अलावा और कुछ मैं नहीं पढ़ती ?"

जीवन के इस क्षेत्र का आनन्द अधिक व्यापक नहीं था। वह जो एक बेतहाशा दौड़ थी। उसकी समस्त रेखाएँ धीरे-धीरे लौट आई थीं। संकुचित हो गई थीं। जो तमाम सार का क्षेत्र था, वह अब भी था, पर अब दयानाथ को उसमें सिर खपाने की ज़रूरत नहीं रही है। वह है, पत्नी है, बच्चे हैं। बस यही एक छोटा सा परिवार है। न यहाँ

पिता आते हैं, न चाचा, न भाई, न देवरानी, कोई नहीं। उन सबने उसे छोड़ दिया है। बस घर में जो एक-दो नौकर हैं, परिवार के बाहर इन्हीं से सम्बन्ध है। बाकी मुवक्किल हैं। उनसे कोई अपनाव विशेष नहीं है। पैसा पैसे को खींचता है। इससे अधिक कुछ नहीं।

सब झंझट ही थे जो उसे इतनी हलचल में डाले हुए थे। आवश्यकता से अधिक होनेवाले उन सम्बन्धों ने उसके हृदय में एक उद्वेग पैदा कर दिया था। अब वह सब नहीं रहे। वह ऐसे रहता है जैसे देश में बहुत ज़्यादा लोग रहते हैं। राजनीति है, तो उस पर बहस कर ली। उसका जो प्रभाव सब पर पड़ा वह हम पर भी पड़ गया। इसके अतिरिक्त स्वयं और कुटुम्ब ! बाक़ी सब मृगतृष्णा है।

दयानाथ एक दिन देश के लिए जान देनेवाला प्राणी, आज देश के स्वतन्त्रता संग्राम को अपने दायरे से बाहर कर चुका था। राजेश्वरी तब प्रसन्न थी कि पति संग्राम में भाग लेते थे, आज सुखी थी कि वे नहीं लेते। पति करे वही ठीक है। सब देश का भला करते थे, वह भी अच्छा ही था। राजेश्वरी ने कभी कुछ कहा ? और आज दयानाथ के हृदय ने उचाट खाई थी। राजेश्वरी को अब पहले से भी अधिक समय मिल जाता था। वह अपने पति के अधिक निकट रहती थी, ज़्यादा समय उसके संग बिता पाती थी। उसके नारीत्व की तुष्टि दोनों ओर थी। हृदय प्रसार में भी सुखी था, संकोच में भी क्योंकि उसका दायरा घर था, और जो कुछ था पति था। इसी पति को उसने अपने ससुर के घर चलकर लौटकर क्षमा माँग लेने को कहा था। परन्तु दयानाथ नहीं माना। जब उसने घर छोड़ा तो यह भी छोड़ आई। फिर न उसने ससुर की कोई बात मानी, न चचिया ससुर की। और कौन था जो पाँव में बेड़ी बनता ? कोई नहीं। अब वह जहाँ थी, वहाँ वह पूर्ण स्वामिनी थी। घर की मालकिन थी। यहाँ उसके अधिकारों में दखल देनेवाला कोई न था। यहाँ मर्यादा की वह जटिल रूढ़ि भी नहीं थी। सब कुछ पहले से कितना अधिक सरल हो गया था।

किन्तु दयानाथ को कुछ सूना-सूना सा लगता था। कभी-कभी उसे लगता जैसे वृद्ध पिता अकेले घूम रहे हैं। उनकी मुट्ठियाँ बँधी हुई हैं, किन्तु मुख पर कठोरता अभी तक जागृत है। वे कभी झुकने को तैयार नहीं होंगे। किन्तु क्या उसके हृदय में सचमुच कोई स्नेह शेष नहीं है ? क्या वे अपनी मर्यादा के दम्भ में इतने रूढ़ हो चुके हैं ? क्यों नहीं वे सत्य को देख पाते ? क्या वे इस गलित समाज, इस पाशविकता को देखकर भी समझ नहीं पाते ? और फिर वह वृद्धकाया आँखों में घूमती।

दया के हृदय में पिता की याद घुमड़ती। सब कुछ था, पर वे फिर भी पिता थे। पुराने विचारों के आदमी हैं। अब क्या वे बदलेंगे ? उन्हें वैसे ही चलने दिया जाए तो कोई हर्ज़ है ? लेकिन वे कहीं भी समझौता नहीं करना चाहते। वे चाहते हैं कि सबके ऊपर रहें, सबको दबाकर रखें।

दयानाथ को यह विचार बिल्कुल पसन्द नहीं आता। वह इसे असह्य समझता। किन्तु फिर सोचता। वे वैसा करने के अधिकारी हैं। वे तो सचमुच नहीं झुके। दयानाथ

ही कांग्रेस का चुनाव हारकर उनके समीप गया। किसलिए ? उसी ज़ायदाद के लिए जिसे वह पाशविकता की जड़ कहकर एक दिन ठुकराकर चला आया था। क्यों उसमें हराम का खाने की ममता बची रह गई। एक चुनाव की हार और सिद्धान्त बह गए ? इसका अर्थ हुआ कि वे सब सिद्धान्त झूठी, हृदय को बहलानेवाली बातें थीं, जैसे बालू की भीत। एक हल्की सी ठोकर ने सबको नीचे गिरा दिया।

क्या दयानाथ सेवा के लिए आया था ? नहीं, वह यश की भूख थी। वह नहीं मिला, तो दयानाथ उसी कीचड़ में गिरने को लौट गया। पिता ने घुसने नहीं दिया। क्यों ? इसलिए नहीं कि उन्हें दयानाथ के सिद्धान्त से प्रेम था; बल्कि इसलिए कि जो एक दिन उनसे अकड़ गया था, चला आया था, जब लौटकर गया तब उसने सिद्ध कर दिया कि वह एक कच्चा आदमी था। वह उस ज़ायदाद को सँभालने की योग्यता नहीं रखता था।

क्यों ? प्रश्न होता क्यों ?

क्योंकि उसे सँभालने के लिए एक कठोर हृदय की आवश्यकता थी। वहाँ एक जड़ हृदय की आवश्यकता थी। वही आदमी वहाँ रह सकता था। जो अपने अधिकार सचमुच न्याय समझे, अन्यथा वह गाड़ी ज़्यादा दूर चलनेवाली नहीं होती।

उस समय उसे ब्रह्मदत्त की याद आती। घृणा से मुँह के कोने मुड़ जाते। क्या था वह ? कम्युनिस्ट !! ढोंगी ! भूखा। चोर ! बदमाश ! हरदत्त तगादगीर का पुत्र ! कितनी ईर्ष्या थी उसमें ! कितना विद्वेष था। ऐसा कि दूसरों को खाते देखे तो उसके मुँह से कौर निकाल ले जाए।

ब्रह्मदत्त को यह गालियाँ दे चुकने पर भी उसकी आत्मा को पूर्ण परितृप्ति नहीं होती। ब्रह्मदत्त जीत गया था। वह विजयी था। उसने जिधर चाहा, उधर ही चुनाव मुड़वा दिया। दयानाथ जानता था कि उसकी घृणा को कोई निष्पक्ष नहीं कह सकता क्योंकि मन में बहुत कडुआपन था।

मन अकेले बैठने पर घुमड़ता। पहले भाई, परिवार सब पास थे, अब वे सब अलग हो गए थे। पहले उनका ध्यान भी नहीं आता था, अब उनकी याद आती थी। पहले वे सब पास रहकर भी दूर-दूर से थे, अब वे दूर रहकर भी पास आ गए थे। यह एक अद्‌भुत सी अनुभूति थी।

जीवन एक परम्परा थी, जिसके पर कतर दिए गए थे। अब मन उड़ता था, पर दूर नहीं। उड़ता था, गिर जाता था। बच्चे ही परिवार का आनन्द थे। राजेश्वरी दयानाथ के लिए एक शक्ति भरे थी। दयानाथ उस आत्मसमर्पण से अपना एक बहुत बड़ा रिक्त रहते थे। राजेश्वरी के मुख पर अब ढलती आयु रेखाएँ छोड़ने लगी थीं; पर जो देह बहुत आराम से पल चुकी थी, वह क्या सहज अपनी रूपराशि को छोड़ देती। इतना काम और खाना, दोनों ही पहले भी थे, अब भी हैं। क्या फर्क पड़ गया।

कभी जब दयानाथ सो जाता तब राजेश्वरी उसके पाँव दाबते-दाबते खाट के पैताने ही सिर रखे सो जाती। इसमें उसे एक सुख मिलता। दयानाथ इस भारतीय आदर्श को

यद्यपि अच्छा नहीं मानता था, फिर भी वह समझता था कि इसका विरोध करने से राजेश्वरी बुरा मानेगी, क्योंकि इसे भी वह अपने लिए सर्वश्रेष्ठ समझती है। इसे ही वह अपना अधिकार और आनन्द समझती है।

और गाड़ी इसी प्रकार चलती रहती।

2

इस समय चाचा श्यामनाथ को देखकर वह चौंक उठा। धूल से लिसरे हुए। एक हाफपैंट और कमीज़ पहने श्यामनाथ मुस्कुरा रहे थे। उनके सिर के सफ़ेद काले बाल उनकी वृद्धावस्था के परिचायक होकर आज पहली बार दयानाथ की आँखों में चुभे। यह व्यक्ति जो इतना स्फूर्ति भरा था, आज कितना कमज़ोर दिखाई देता था।

श्यामनाथ ने कहा, "दया ! तुमने पहचाना नहीं ?"

दयानाथ को होश सा हो आया। उसने लपककर उनके पाँव छुए। श्यामनाथ ने मुस्कुराकर हाथ उठाकर कहा, "आपको पहचाना ?"

अब दयानाथ ने देखा और उसके मुँह से निकला, "अक्खा आप हैं ?"

तब तक नवाब साहब अजीज़ बहादुर कैरा ने उसे खींचकर सीने से लगा लिया और कहा, "अच्छे तो हो बर्खुरदार ?"

दयानाथ ने कहा, "आपकी दुआ है। तशरीफ़ रखिए नवाब साहब। जैसे चाचाजी, वैसे आप।"

"हाँ, भाई हमें भी यही यकीन था," कहकर नवाब साहब सोफा पर बैठ गए। श्यामनाथ खड़े ही थे। नवाब ने कहा, "बैठिए भी छुटके राजा।" अब तो आ ही पहुँचे।

"जी हाँ," श्यामनाथ ने सिर हिलाकर कहा, "अब तो आ ही पहुँचे।" और वे बैठ गए।

राजेश्वरी आकर द्वार के पीछे ही खड़ी हो गई थी। नवाब साहब को देखकर रुक गई थी। उसे भी अत्यन्त कौतूहल हुआ था कि इस असमय कौन आ गया। कोई होगा ख़ास आदमी ही और किसी ख़ास काम से ही आया होगा, वरना क्या कोई रात को इस तरह आकर बेतकल्लुफ़ी से द्वार खटखटा देता ? पर दया और राजेश्वरी के हृदय में इस समय एक भय समा गया था। उनके हृदय में भयानक आशंका भर गई थी। क्या पिताजी ? क्या वे बहुत बीमार हैं ? आख़िर इस तरह इस वक़्त आने का कारण ? दयानाथ को लगा उसका दिल बहुत ज़ोर-ज़ोर से धड़क रहा था।

"बैठ जाओ दया बैठ जाओ," श्यामनाथ ने कहा।

"हाँ, हाँ, भाई," नवाब साहब ने कहा, "हमसे क्या तकल्लुफ़ ?"

दयानाथ पूछना चाहता था कि वह ख़ास बात क्या थी जो उन्हें इस समय यहाँ खींचकर लाई थी। पर पूछे तो कैसे ? अगर वे खुद कह दें तो बात दूसरी थी। इस तरह उनके बुरा मानने का ख़तरा था।

लेकिन नवाब साहब बहुत थक गए थे। उन्होंने एक जम्हाई लेकर कहा, "छुटके राजा ! अब काम की बातें तो सुबह होंगी। आपका क्या खयाल है ?"

"मैंने कहा था न ?" श्यामनाथ ने कहा, "आप थक जाएँगे।" देखिए अब आप सचमुच थक गए। वे हँसकर खड़े हो गए।

दयानाथ भी उठ खड़ा हुआ। उसका आश्चर्य अभी तक कम नहीं हुआ था। उसने कहा, "तो आप लोग आराम ही कीजिए।"

"हाँ, हाँ, और क्या ?" कहकर नवाब साहब ने सोफ़ा पर ही पाँव फैला दिए और आँखें मींच लीं।

दयानाथ ने उन्हें जगाना चाहा पर श्यामनाथ ने रोककर कहा, "सोने दो इन्हें यहीं। ज़रा स्प्रिंग पर चैन मिलेगा और मैं, मैं...ठीक है," कहकर तख़्त पर जा लेटे और बिना दया की ओर देखे बोले, "दया ज़रा बत्ती तो बुझा देना।"

दया कुछ देर देखता रहा। फिर उसने चुपचाप बत्ती बुझा दी। और भीतर चला गया। द्वार के पीछे खड़ी राजेश्वरी सामने आ गई। उसने धीरे से पूछा, "चाचाजी हैं ?"

"हाँ ?"

"इस वक़्त कैसे ?" उसके स्वर की आशंका दयानाथ से छिप नहीं सकी।

"नहीं, वह बात नहीं है," दयानाथ ने स्वयं ही कहा। राजेश्वरी समझ गई। दोनों ने प्रकट नहीं किया कि वह बात थी क्या ? पिता की मृत्यु ही एक भय था।

"तो फिर ?" राजेश्वरी ने पूछा।

"कुछ नहीं बताया," दयानाथ ने अपने पलंग पर बैठकर उत्तर दिया। राजेश्वरी अपने पलंग पर बैठ गई। उसने पूछा, "दूसरे कौन हैं ?"

"अजीज़ बहादुर नवाब साहब कैरा।"

"इस हालत में ?"

"कुछ समझ में नहीं आता।"

"अब क्या सो गए हैं ?"

"हाँ।"

"इस वक़्त ? अब तो भोर हो चली।"

"रात-भर के जगे थे। बहुत थके हुए।"

राजेश्वरी चुपचाप पति के मुख की ओर देखने लगी। दयानाथ अपने विचारों में डूब गया था। जब कभी परिवार में गम्भीर समस्या आ खड़ी होती है, तब स्त्री अधिकांश में अपने पति के मुख की ओर देखने लगती है।

कुछ देर बाद एकाएक दयानाथ ने सिर उठाकर कहा, "ओ हो ! एक बात तो हम भूल ही गए थे।"

"वह क्या !"

"चाचाजी को तो सुनते हैं, कुछ हो गया है। दिमाग़ पर कुछ असर...जब से प्रभा..." वह बात नहीं कर सका।

राजेश्वरी की आँखों में पानी छलक आया। उसने साड़ी के किनारे से आँखों को पोंछ लिया। वह कितना सरल बालक सा देवर था।

कमरे में बच्चे सो रहे थे। घड़ी की टिक-टिक सुनाई दे रही थी। जाते हुए समय की हृदय पर आघात करनेवाली चुभीली पगध्वनि, जो इस नीरवता में ऐसे चली जा रही थी। जैसे कोई दुमई बढ़ती चली जाती है, कभी दाएँ लपेटा खाती, कभी बाएँ लपेटा खाती।

दोनों लेटकर आँख बन्द किए चुपचाप अपने-अपने पलंग पर पड़े रहे। अभी उजाला फैलने में कुछ देर थी। लेकिन सो कोई भी नहीं पाया। नींद अब लौटकर नहीं आ सकी। दुश्चिन्ताओं ने घेर लिया था। बगल के कमरे से नवाब साहब अजीज़ बहादुर कैरा की नाक बजती हुई सुनाई दे रही थी। गहरे खर्राटे, यानी गहरी नींद, अर्थात् गहरी थकान...

दयानाथ अपनी दुश्चिन्ताओं में पड़ा था। क्या फिर से जीवन का एक नया अध्याय खुलना चाहता है। क्या ददुआ ने इन्हें मुझे वापस लेने भेजा है ! खत्म हो गई सारी अकड़ ! दयानाथ जाएगा ! कभी नहीं। जब आफ़त पड़ी है तब मुझे बुलवाया है।

और दयानाथ को अपने पिता की वह कठोर सूरत याद आने लगी जो घर से दूसरी बार निकाले जाते वक़्त उसने देखी थी। वह उसे देख सकपका गया था। आज उसको बदला लेने का सुयोग मिला है। दयानाथ नितान्त मूर्ख समझ लिया गया है। जब चाहे निकाल दिया, जब चाहे बुला लिया। लेकिन यदि पिता सचमुच बहुत बीमार हैं तो भी वह नहीं जाएगा ! क्या ऐसा करना ठीक है ! फिर घर की देखभाल कौन कर सकेगा !

राजेश्वरी कहेगी। चलो। घर लौट चलें जिनसे तुम्हारा द्वेष था, वे तो चले गए। अब क्या किसी का भी मुँह नहीं देखना चाहते। यह तो बड़ी ज़्यादती है। आख़िर औरतें हैं, छोटे बच्चे हैं। इस समय उमानाथ होता तो सब काम चल जाता। मगर वह बेवकूफ़ जाने कहाँ जा छिपा है। उस पर तो कम्युनिस्ट होने का भूत सवार था। वह भला कहाँ मिलेगा ?

दयानाथ ने करवट बदली। बाहर भोर का कोई प्रेमी पंछी चहक उठा। दयानाथ फिर सोचने लगा, 'चाचा श्यामनाथ की हालत कितनी खराब हो गई है। क्या यही वह व्यक्ति है जिसके दृढ़ शरीर को देखकर लोग डर जाते थे।'

आज वे भी पागल हैं। पिता वृद्ध हैं। उनका अभिमान टूट गया है। प्रभा मर चुका है, उमा गायब है, दयानाथ अलग हो गया है। यही होता है घर ? घर का सबसे बड़ा लड़का होने के नाते उसकी यही ज़िम्मेदारी थी।

दयानाथ का मन उदास हो गया। उसे चारों ओर दुःख ही दुःख प्रतीत होने लगा। इतनी करुणा, इतनी विवशता, कहीं भी अन्त नहीं लगता। कौन झुके ? कौन अपना अभिमान छोड़े।

पर अब तो चाचा आए हैं। फिर क्या बात है। अगर वे कहेंगे तो वह घर लौट जाएगा, ज़रूर लौट जाएगा...

दयानाथ उठ बैठा।

3

दस बज चले। दयानाथ ने कहा, "तो आख़िर रात में ही चल पड़ने की ऐसी क्या परेशानी थी ?"

चाचा श्यामनाथ सारा क़िस्सा सुना चुके थे। बीच-बीच में जो चीज़ साफ़ नहीं थी उसे नवाब साहब अजीज़ बहादुर कैरा समझा देते थे। नौ बजे से पहले ही ये सब लोग ड्राइंग रूप में इकट्ठे हो गए थे। रविवार का दिन था। दोनों बच्चे बाहर बरामदे में खेल रहे थे। राजेश्वरी ने चाय भेज दी थी। अभी-अभी चाय समाप्त हो गई थी। नवाब साहब अजीज़ बहादुर कैरा इस समय तक एक पैकेट सिगरेट का पूरा ख़त्म करके दूसरा पैकेट खोलकर पहली सिगरेट से नई सिगरेट जला रहे थे। उनका दिल जल रहा था। धुआँ छोड़ते थे तो लगता था यह इनके भीतर से ही निकल रहा है। तमाम कमरे में धुआँ झूल रहा था। अज़ीब कहानी थी। अख़बार में अजीज़ बहादुर के बारे में पढ़ा दयानाथ ने भी था, किन्तु सिवाय इसके कि हँसके उसने राजेश्वरी को सारा किस्सा सुना दिया था और साथ ही यह भी कहा था कि ददुआ का भी नाभ जलसा हाजरीन में निकला है, उसने उस पर कोई विशेष ध्यान नहीं दिया था। लेकिन अब वही मज़ाक इतना भयानक हो उठेगा। यह उसने जो कभी सोचा भी नहीं था, उस कारण वह एक पशोपेश में पड़ गया। उसकी समझ में नहीं आया कि वह क्या करे। अतः उसने हठात् पूछा कि फिर इतनी शीघ्रता क्या थी ?

नवाब साहब अजीज़ बहादुर कैरा उसके इस प्रश्न से अत्यन्त क्लेश की अवस्था को प्राप्त हुए किन्तु उससे भी अधिक क्लेशमय तुरन्त भविष्य को देखते हुए कहा, "बेटा ! और कुछ समझ में ही नहीं आया। अब तुम ही बताओ क्या करना चाहिए ?"

श्यामनाथ गम्भीर बैठे थे। उन्होंने ऊपर की ओर देखते हुए कहा, "इस सवाल के कई हल हैं।" पहला तो यह कि अंग्रेज़ के पैर पर अपनी टोपी रख दी जाए।

नवाब साहब क्रुद्ध नहीं हुए। उन्होंने कहा, "वह तो खुद राजा साहब बात कर आए हैं। वह बेकार है।"

"तो बेकार है तो दूसरी तरकीब भी है। उस अंग्रेज़ का कत्ल कर दीजिए।"

नवाब साहब ने तैश में आकर कहा, "छुटके राजा आप पागल हो गए हैं।"

"अजी पागल तो आप हैं। यों कहिए आपमें हिम्मत नहीं है," श्यामनाथ ने सीधे बैठकर कहा।

"देखा आपने ?" नवाब साहब ने आजिज़ी से दयानाथ की ओर देखकर कहा, "देखा ? क्या हालत हो गई है ? कल रात मैं साथ न होता तो ये यहाँ तक पहुँचते ?"

श्यामनाथ हँसे। बोले, "दया ! नवाब साहब की बातों का बुरा न मानना, इनका दिमाग़ आजकल परेशानियों की वजह से कुछ..."

नवाब साहब ने चौंककर कहा, "बस, बस छुटके राजा।" आप मुझे पागल न कहिएगा...

श्यामनाथ ठठाकर हँसे। दयानाथ विस्मय से दोनों को देखता रहा। एक उजड़ी हुई दुनिया। एक बियावान का सा ख़ामोश वीराना। क्या यही लोग इस समाज के कर्त्ताधर्ता हैं। क्या ये लोग अपने को स्वतन्त्र कहते हैं। क्या इन लोगों को गुलाम नहीं कहा जाएगा ? यह तो अपनी मज़बूरियों की ख़ातिर बुरे से बुरा काम भी कर सकते हैं। एक भयानक हत्या करके भी यह इंसान अपने को बेकसूर और अच्छा साबित करने की कोशिश कर रहा है। क्या इसे फाँसी नहीं मिलनी चाहिए ? किसलिए चाहिए इसे जायदाद। इसलिए कि हराम की रोटी इसके मुँह लग गई है।

दयानाथ आवेश में सिहर उठा। उसने कहा, ''ठीक है मैं समझ गया।''

''क्या समझ गए।''

''प्रश्न, नवाब साहब और श्यामनाथ दोनों ने ही एक स्वर से किया।''

''निकल आई,'' नवाब साहब ने उछलकर पूछा।

''कौन निकल आई।''

''कौन नहीं, क्या पूछिए, क्या निकल आई। मैंने कहा कोई तरकीब निकल आई।''

दयानाथ ने सिर हिलाकर कहा, ''कोई नहीं।''

''कोई नहीं ?'' नवाब साहब ने हताश होकर कहा।

''अभी तुमने कोशिश भी नहीं की,'' श्यामनाथ ने कहा, ''और ऐलान कर दिया। यार यह भी कोई बात हुई। नवाब साहब। यह हैं कांग्रेस के नेता। अंग्रेज़ों की जगह अगर इनके हाथ में ताकत आ गई तो यह क्या कुछ कम जुल्म ढाएँगे ?''

दयानाथ सोच में पड़ गया था। नवाब साहब उसकी ओर गौर से देख रहे थे। उन्होंने उससे आँखें मिलते ही सिर हिलाकर इशारा किया जैसे हाँ, हाँ, बोलो, बोलो ...किन्तु दयानाथ की आकृति पर कोई भाव नहीं बदला, उसकी दृष्टि शून्य में जाकर अटक गई। लेकिन वह जानता था दोनों पागल हैं, अतः इनको कुछ काम करके तो दिखाना पड़ेगा ही, अतः उसने कहा, ''तो फिर कोशिश करके देख ली जाए।''

''वाह वाह,'' श्यामनाथ ने कहा, ''कांग्रेस में ले जाओ यह केस। वही लड़े इसे तो ठीक रहेगा।''

''कांग्रेस !'' दयानाथ ने कहा, ''मैंने तो छोड़ दी।''

''छोड़ दी !'' नवाब साहब ने कहा, ''लाहौलबिलाकूबत। इस मौके पर वह भी नहीं। हई अल्लाह। भई यह तो तुम्हें फिर से ज्वॉइन करनी पड़ेगी।''

''लेकिन...'' पर दयानाथ को उन्होंने बोलने नहीं दिया। कहते गए, ''छुटके राजा ! कांग्रेस कोई सरकारी नौकरी है। म्याँ जब जी चाहा शामिल हो गए। जब जी चाहा तब छोड़ दी। कांग्रेस तो हम भी चाहते हैं, पर भाई, वह हमसे, जेल नहीं जाया जा सकता। छुटके राजा इसमें हमारी बेज़्जती है।''

दयानाथ किसी तरह पीछा छुड़ाना चाहता था। उठ खड़ा हुआ, उसने कहा, ''तो फिर आप लोग अब नहा-धोकर खाना-वाना खाइए फिर चलेंगे...''

नवाब साहब ने अचकचाकर कहा, ''उसके बाद ज़रा एक झपकी...''

''ले लीजिए, ले लीजिए,'' दयानाथ ने हँसकर कहा, ''फिर तो...''

''यही न बुलवाओ दया ?'' श्यामनाथ ने कहा, ''एक पार्टी दे दो। क्यों नवाब साहब ?''

''जी हाँ दुरुस्त है,'' नवाब साहब ने हाँ में हाँ मिलाई।

''मेरी राय में,'' दयानाथ ने कहा, ''वहीं चलना ठीक है। क्यों नवाब साहब ?''

''जी हाँ, यह भी दुरुस्त है,'' उन्होंने सिर हिलाकर कहा।

श्यामनाथ चौंके। बोले, ''यह कैसे हो सकता है !'' या तो वह गलत है, या मैं गलत हूँ दोनों सही कैसे हो सकते हैं ?''

दयानाथ ने चलते हुए कहा, ''चाचाजी का कहा ही होगा।''

उसके कमरे से निकलने पर चाचाजी ने नवाब से कहा, ''मैंने कहा था न कि हीरा आदमी है।''

नवाब साहब गद्‌गद से देख रहे थे। उन्होंने कुछ रुककर पूछा, ''तो अब क्या होगा।''

''आप चुपचाप बैठे रहिए। मैं सब काम सँभाल लूँगा।''

नवाब साहब नई सिगरेट सुलगाने लगे।

भीतर जाते ही राजेश्वरी ने कहा, ''अब क्या करोगे ?''

''क्या करूँ ? मैं इसमें क्या कर सकता हूँ।''

''हाँ, जब ददुआ के किए ही कुछ नहीं हुआ तो तुम कर भी क्या सकते हो ?''

दयानाथ को यह बात अच्छी नहीं लगी। इस बात से स्पष्ट प्रकट था कि राजेश्वरी के भीतर उन्हीं अधिकारों के प्रति एक भीतर तक बसा हुआ मोह था, जो छिपा हुआ ही था, मिटा नहीं था। उसकी तुलना में दयानाथ हल्का था, फ़ीका था, बल्कि छोटा था। उसने राजेश्वरी की ओर देखा। वह उसी की ओर घूर रही थी उसने फिर कहा, ''रात को मैं क्या सोच रही थी ?''

''रात को ?'' दयानाथ ने कहा और वह स्वयं लज्जित हो गया। दोनों ने एक-दूसरे की कमज़ोरी पहचान ली। दयानाथ के सारे सपने चूर्ण हो गए। क्या सोच रहा था वह और यह एक कैसी ऊटपटाँग बात थी। जिसको उसने नवाब साहब अजीज़ बहादुर कैरा ने सुना था। उसकी सारी दुनिया जो रात के अन्तिम पहर में एकदम उठ खड़ी हुई थी, वह फिर लड़खड़ाकर बैठ गई, क्योंकि पाँव रखने तक की नीचे कहीं धरती नहीं थी।

उसने कहा, ''ददुआ का दाब अंग्रेज़ नहीं मान सकते।''

''तुम्हारा मान लेंगे ?''

''मानेंगे तो नहीं। पर ध्यान ज्यादा देंगे।''

यह एक मनबहलाव की सी बात लगी। राजेश्वरी ने स्नेह से पति की ओर देखा और सिर झुका लिया। कहा, ''तो आज कांग्रेसवालों को इसलिए इकट्ठा करोगे ?''

यही तो मैं भी सोच रहा हूँ। कैसे जाऊँ। एकदम इतने दिन बाद, और वह भी इस काम के लिए ? कौन लेगा इसमें दिलचस्पी ! सारे अख़बार और खुद कांग्रेस के अख़बार भी इसकी ख़ूब बुराई कर चुके हैं। सोचता हूँ न जाऊँ। पर जाना तो पड़ेगा ही। एक बार सबको यहाँ लाना होगा और जब तक वे बहस करके न नहीं कर देंगे, ये दोनों पागल मेरी गर्दन नहीं छोड़ने के।

राजेश्वरी ने टेककर कहा, "आपके चाचाजी हैं।"

"हाँ-हाँ," दयानाथ ने कहा, "पर इसमें मैं क्या कर सकता हूँ ? जो हो, तुम राजेश, ब्रजेश को बुलाकर सब इन्तज़ाम कर लेना और नौकरों से कहकर उनको स्नान, भोजन करवा देना। ज़रा सहूलियत से।"

"जानती हूँ," राजेश्वरी ने हँसकर कहा, "यह आप मुझे क्या बता रहे हैं ? असर आ गया क्या ?"

दयानाथ भी हँस पड़ा। मन हल्का हो गया, किन्तु आशंका नहीं गई। जिन लोगों से वह मिलने जा रहा था, वे क्या सोचेंगे ? एक-एक करके उनकी शक्लें उसे याद आईं। याद आया वह दिन जब वह नमक सत्याग्रह में डिक्टेटर था। उसके पीछे कानपुर की असंख्य जनता टूट पड़ती थी। उस दिन और इस दिन में कितना अन्तर आ गया था। ऐसा क्यों हुआ ?

यह विचार आते ही वह मन फूत्कार उठा।

उसने गम्भीरता से कहा, "अच्छा मैं चलता हूँ। मुझे लौटने में देर भी हो सकती है।"

राजेश्वरी उसके इस आकस्मिक भाव परिवर्तन को नहीं समझ सकी। पर उसने कुछ कहा नहीं। दयानाथ कमरे में निकलकर जब नवाब साहब के कमरे के द्वार के पास पहुँचा उसने सुना, "क्यों छुटके राजा।" बड़े कुँवर की अफ़सरी में राव-रस्म हैं ?

"ज़रूर होगी," श्यामनाथ ने कहा, "भाई कांग्रेस के लोग न मिलें सही पर वह तो राजा साहब का बेटा है।"

दयानाथ को यह असह्य हो गया। इच्छा हुई भीतर जाकर कहे। मुझे कोई मतलब नहीं। मैं किसी का बेटा-वेटा नहीं हूँ। जो कुछ हूँ अपने आपसे हूँ। सरकारी अफ़सर सरकार के गुलाम हैं। मेरा उनसे कोई रसूक नहीं। आप चाहे कुछ भी करें। तभी नवाब साहब ने कहा, "काश, मुझे फिर मौका मिल जाए। वरना मैं, छुटके राजा मैं उस हरामजादे मिर्ज़ाबिग का, मैं कत्ल कर दूँगा। मज़ाक नहीं करता सरकार। कुछ भी हो जब मैं मिर्ज़ाबिग को देखता हूँ। तब मुझे ख़याल आ जाता है कि मैं नवाब साहब सफ़दर बहादुर कैरा के खानदान में पैदा हुआ हूँ..."

"रहम नवाब साहब, रहम," श्यामनाथ ने कहा, "उस नाचीज़ की हैसियत ही क्या है ? वह तो बेग़म साहिबा..."

"लाहौलबिलाकूबत..." नवाब साहब ने कहा, "उनको तो मैं ज़िन्दा जलवा दूँगा..."

दयानाथ हट गया।

4

सबसे पहले दयानाथ को मार्कंडेय का ध्यान आया। वह सबसे अधिक सहिष्णु था। नितान्त गांधीवादी जो बात-बात पर अहिंसा की दुहाई देता था। मार्कंडेय का नाम जब याद आया तब दयानाथ को अनेक बातें याद आईं। आज वह अपने चाचा के काम से मार्कंडेय के पास जा रहा था। एक दिन इसी मार्कंडेय के पिता झगड़ू मिश्र ने दयानाथ के पिता रामनाथ की जान बचाने के लिए अपने आपको बलि दे दिया था, उस दिन गाँववालों के लट्ठ खाकर इस संसार से चल बसे थे। मार्कंडेय ने फिर भी दयानाथ से घृणा नहीं की थी। उस समय ब्रह्मदत्त होता तो वह पच्चीस गालियाँ देता। कहता, ''जाओ जाओ, यहाँ बड़ी सहानुभूति दिखाने आए हो, तुम्हारे कातिल बाप ने अगर गाँववालों पर इतने अत्याचार नहीं किए होते तो काहे को यह हालत होती। तुम लोग दूसरों का ख़ून चूस-चूसकर मोटे हो गए हो। यह क़ानून यह न्याय सब तुमने अपने को समर्थ बनाए रखने के लिए, ग़रीबों का गला घोंटने के लिए बनाए हैं। आज उसी की स्थापना में झगड़ू मिश्र अपने को मरकर मिटा गए हैं।'' लेकिन मार्कंडेय ने क्या कहा ? उसने यह कभी नहीं कहा ? उसने यह कभी नहीं कहा कि ज़मींदार का अत्याचार उसका अधिकार नहीं है। उसकी सहायता के लिए जो पुलिस और फ़ौज हैं। वह असल में हिंसा को स्थापित रखनेवाला तरीका है। उसके विरुद्ध गाँववाले भड़कते हैं, अपनी रक्षा करने का प्रयत्न करते हैं, बन्दूक के खिलाफ़ लाठी उठाते हैं। तो वह हिंसा कहलाती है। क्यों कहता है। मार्कंडेय ऐसा ? इसलिए कि वह एक हिंसा न्याय बन चुकी है, या फिर इसलिए कि वह एक समर्थ की हिंसा है। जो समर्थ है, उसे उसी के तरीके से नहीं मारा जा सकता। तो इसका तो अर्थ हुआ कि समर्थ मारता चला जाए, तुम पिटते चले जाओ, इसी में कभी न कभी समर्थ का हृदय परिवर्तन होकर रहेगा और तुम्हारी हालत सुधर जाएगी। पर क्या इसमें अपनी हीनता को ही स्वीकार नहीं कर लिया जाता ? तभी तो ददुआ भी कहते हैं कि अहिंसा का सिद्धान्त बहुत ऊँचा है। अगर आदमी उस तक पहुँच जाए तो कितना अच्छा हो। पर वह क्या अपने आप हो जाएगा ? एक बार भी तो वे उस पक्ष से नहीं सोचते जिसे गांधी चाहते हैं कि अपनी सम्पत्ति दूसरों को दे दें अपने को मात्र उसका समझें। समझ में नहीं आता। जब तक उनसे यह सब छीन नहीं लिया जाएगा तब तक वे इसे आख़िर छोड़ेंगे भी क्यों ?

दयानाथ का मन सन्तुष्ट नहीं हुआ। लेकिन मार्कंडेय क्यों अहिंसा कहता है ? क्या वह भी ऐसा ही है। नहीं वह भला है, सच्चा है। जो कहता है उसमें विश्वास करता है। बानापुर गाँव की चारपाई की साझेदारी भी उसने छोड़ दी है। जिस पर माँझ गाँव के झगड़ू मिश्र इतना गर्व करते थे। वह कुछ न सही, पर कुछ तो था ही। दयानाथ की यह परेशानी उसे और आगे खींच ले चली। आख़िर मार्कंडेय की ददुआ क्यों मानते हैं ? ददुआ कोई त्याग नहीं करते। उनकी सारी अकड़ और रुआब ही उनकी शराफ़त के मापदंड हैं। वे अंग्रेज़ों की गुलामी से कुछ भी कचोट नहीं खाते उलटे कुल मर्यादा,

खानदान की शान और ज़मींदारी गाँव में ही अपने को भुलाए रखते हैं, मस्त रहते हैं। अपने अधिकार त्यागना तो दूर, उनकी रक्षा के लिए वे कैसी भी हिंसा को अनुचित नहीं समझते। अपने स्वामित्व के लिए वे किसी के भी समानाधिकार स्वीकार नहीं कर सकते। अगर कहीं उनके स्वार्थ अटकते हैं तो वे काम निकालने के सभी तरीके अपनाते हैं। अफ़सरों के यहाँ जाकर हाज़िरी देने को वे नियम कहते हैं। अज़ीब चीज़ है। पर उनमें ब्राह्मणों का सा त्यागी दम्भ है।

दयानाथ इस सूझ पर चौंक उठा। यह क्या विरोधी चीज़ें हैं। त्याग और दम्भ एक साथ कैसे ? सच है, उन्होंने, अपने दो बेटों को तो घर से निकाल दिया। एक को मौत के मुँह में जाते देखकर भी कहा कि सिर न झुकाना, इसलिए कि तीनों ने उनके सामने सिर नहीं झुकाया। तीनों ही उनके काम निकालना चाहते थे, उन्हें माध्यम समझते थे। उनके स्वामित्व को अपने पूर्ण समर्पण के साथ स्वीकार नहीं करते थे। प्रभा के समय वे जनमत से डर गए थे। और अपने अधिकारों को अक्षुण्ण, रखने के लिए उस सत्ताधारी के लिए आवश्यक था कि वह आडम्बर जीवित रखे, जैसे सबके सिर झुकवाकर प्रसन्न होनेवाला ब्राह्मण दोनों हाथों से अपने वस्त्र तक उतारकर नंगा हो जाता था। यानी मेरे अधिकारों को मत छुओ, भले ही मैं सब कुछ त्याग दूँगा। मैं दाता हूँ, क्योंकि मैं दयालु हूँ। पर इसका यह अर्थ नहीं कि तुम इसके अधिकारी हो जाते हो। मेरी दया और करुणा पर पलते रहो।

दयानाथ ने पूछा, "हे ब्राह्मण ! जब तू सबको व्यर्थ कहता है, सबका त्याग करता है तो फिर जब तुझसे वह सब छीना जाता है तो लड़ता क्यों है ? जब तू एक वस्तु को हीन समझता है तो फिर उसका तेरे लिए इतना अधिक महत्त्व क्यों है ?"

मार्कंडेय का यह सारा त्याग वास्तव में सबको प्रसन्न रखने की तरकीब है। ग़रीब से कहो कि तुम दुखी हो, पर सहनशक्ति बहुत बड़ी चीज़ है। अमीर से कहो, "भाई तुम आदमी भले हो, पर अपनी व्यवस्था से मज़बूर हो, क्योंकि जनता बहुत अधिक अशिक्षित है।"

बकरी और शेर जब एक घाट पर पानी पीते हैं तो शेर बकरी नहीं बनता, बकरी शेर नहीं हो जाती। ददुआ समझते हैं कि शेर हैं, गोश्त खाना तो उनकी प्रकृति है, उसके बिना वे मर जाएँगे। लिहाजा बकरी क्योंकि घास खाती है वही उसका भोजन है। मार्कंडेय समझता है कि जैसे बकरी गोश्त नहीं खाती, सम्भवतः एक दिन शेर भी गोश्त खाना छोड़ देगा।

दया हँसा। शायद वह समझता है कि एक दिन शेर भी घास खाना शुरू कर देगा। असम्भव, असम्भव। जिस जगह दूध देनेवाली बकरी रहती है, मनुष्य ने उस जगह की सुरक्षा के लिए पहला नियम बनाया है कि यहाँ कोई शेर नहीं रह सकता। उससे शेर को सदा के लिए बीहड़ वन में भगा दिया जाएगा, जहाँ से वह लौटकर फिर आबादी में नहीं आ सके।

दयानाथ को ददुआ के विरुद्ध इस प्रकार सोचने में एक प्रकार की सान्त्वना मिल

रही थी। वह उस व्यक्ति की पोल जानना चाहता था जो सदैव संसार के सामने ढोल की तरह बजता था। इस प्रकार के एकान्त चिन्तन में वह बहुत निर्मम और निष्पक्ष हो जाने से बहुत सन्तुष्ट होता। जो जायदाद उसने त्याग की छोटी समझकर, जिसके सामने फिर लौटकर गया उसे बड़ी समझकर, वहाँ फिर निकाला गया, वह व्यापार भूल जाना क्या इतना सहज़ था ? गांधी का आन्दोलन हुआ, समाप्त हो गया। फिर कभी चलेगा, फिर दबेगा या जीतेगा। लेकिन उसके व्यक्ति को क्या मिलेगा ? कुछ नहीं। सब ज़ागीरदार, जमींदार ऐश करते हैं। दयानाथ पर से आज वह कुलीनता की मुहर धीरे-धीरे हट चली है। जीवन के अनेक क्षणों में जब राजेश्वरी की बातों में यह विचार झलका है कि पिता के अधिकार छोड़कर दयानाथ ने अच्छा नहीं किया अच्छा नहीं तो अपने बच्चों के भविष्य में उसे अवश्य सोचना चाहिए था, दयानाथ आसानी से इस बात को पचा नहीं पाया है। आज वह मार्कंडेय के घर जा रहा है। जो पिता की मृत्यु के बाद से कानपुर में ही जमकर वकालत कर रहा है। कभी-कभी नातेदारी में गाँव भले ही चला जाए। स्वयं दयानाथ को वहाँ गए कितने दिन हो गए। बस आख़िरी बार गया था जब प्रभा की मृत्यु हुई थी।

दयानाथ जब मार्कंडेय के घर पहुँचा उसने देखा वहाँ मार्कंडेय के अतिरिक्त कुछ लोग और भी थे। श्यामनारायण, लाला रामकिशोर, वासुदेव, मौलाना हामिदअली, डॉक्टर हीरालाल, रामकृष्ण, मुंशी इक़बाल शंकर—सभी थे। दयानाथ इनमें से किसे नहीं जानता ? सब उसके साथ कांग्रेस कमेटी के अन्दर थे।

श्यामनारायण जो पहले दयानाथ का आश्रित था इस समय कुछ कह रहा था। चार मिलों के मालिक लाला रामकिशोर, रहस्य बनकर प्रसिद्ध होनेवाले वासुदेव, अत्यन्त दया-दानशील तथा राष्ट्रीय आन्दोलन में कांग्रेस कमेटी कानपुर के एकमात्र मुसलमान सदस्य मौलाना हामिदअली, बड़ी ज़ायदाद इकट्ठा कर लेनेवाले डॉक्टर हीरालाल, सर्वप्रिय तथा कानपुर के प्रमुख साप्ताहिक पत्र—आलाप के सम्पादक रामकृष्ण, मौका-परस्त मुंशी इक़बाल शंकर, सभी दयानाथ को देखकर चौंक उठे।

"अक्खा ! ईद ! ईद," मौलाना हामिदअली ने फिकरा कसा। लाला रामकिशोर व्यापारी थे। हामिदअलीवाला बात करने का लहज़ा वैश्यकुलभूषण होने के कारण उनकी कुल परम्परा और संस्कृति में ही नहीं लिखा था। इस समय उन्होंने अपना चौड़ा मुँह बिल्कुल पूरी तरह फाड़ दिया, जिसमें उनके अनगढ़ दाँत ऐसे दिखाई दिए जैसे खुले मिल के फाटक के पीछे सिपाही बन्दूकों की चमकती नलियाँ उठाए खड़े हों।

डॉक्टर हीरालाल ने उठकर आश्चर्य प्रकट किया तथा वासुदेव ने अपने को अधिक रहस्यमय दिखाकर मुंशी इक़बाल शंकर से कहा, "आख़िर इन ग़रीबों को भी कृष्णजी की याद हो तो आई। भाई, हमें भी सुदामा समझा करो।" रामकृष्णजी का कवित्व उनकी आकृति पर उमड़ पड़ा। उन्होंने दयानाथ का स्वागत उस गर्व से किया जो जीते हुए पुराने जुआरियों के चेहरे पर पहली बार जुआ हारकर सकुचाते नए पंछी को फिर से आते देखकर खेल उठता है। केवल मार्कंडेय शान्त बैठा था। उसने सरलता से हाथ जोड़ने

का उत्तर देकर कहा, "आओ, आओ। तुम तो भाई हम लोगों को भूल ही गए थे। आख़िर वज़ह ?"

"वकालत से ही फुर्सत नहीं मिलती," मौलाना हामिदअली ने लच्छा कसा।

दयानाथ बैठ गया। डॉक्टर हीरालाल, ख़ूबसूरत से आदमी, देशभक्त, पर अंग्रेज़ी तौर-तरीके में घर के भीतर रँगे हुए, मुस्कुराए। उस मुस्कुराहट का कुछ भी अर्थ हो सकता था।

बाद तकल्लुफ़ात के दयानाथ ने मार्कंडेय से कहा, "मुझे तुमसे कुछ खास बातें करनी थी," फिर सोचकर कहा, "तुमसे ही क्यों ? सभी से करनी थीं। यहाँ तो सभी हैं, फिर उसकी दृष्टि एक-एक कर सब पर घूम गई। मार्कंडेय तो विस्मय की दृष्टि से देखकर चुप ही रहा पर मौलाना हामिदअली समझ गए और; कह उठे, "बरहमदत्तजी नहीं है बस; वरना सब हो जाते।"

उस वाक्य के छोटेपन ने भी बड़ा असर किया। पूरा व्यंग्य ठहरा। न केवल दयानाथ चौंका; वरन् श्यामनारायण भी चौंक उठा जैसे मौलाना हामिदअली की बात एक ठंडे पानी को काटती धारा थी, जिसे उपस्थित सज्जनों की कमीज़ें और कुर्ते पीछे से हटाकर गर्दन के पास से उस पानी को डाल दिया गया था और अब उसी के कारण सबकी रीढ़ काँप उठी थी।

डॉक्टर हीरालाल ने उन्हें घूमकर देखा और फिर उत्सुकता से पूछा, "हाँ दयानाथ जी ! तो फिर कहिए न ?"

श्यामनारायण की बात अधूरी ही रह गई थी। असल में सब लोगों को उसी में दिलचस्पी आ रही थी। अब वे यह नई बात भी सुनाना चाहते थे, पर पुरानी बात को छोड़कर नहीं।

मार्कंडेय परिस्थिति को समझ गया। उसने कहा, "इतने दिन बाद दयानाथजी आए हैं। हम उनकी बात जल्दी सुन लेंगे तो जल्दी ही वे चले जाएँगे। और जो बात यहाँ हो रही है, उनमें जितनी ज़्यादा राय और अच्छी राय दयानाथजी दे सकेंगे, उतनी मुझमें योग्यता कहाँ । लिहाजा मैं दयानाथजी से प्रार्थना करता हूँ कि वे पहले हमारी बातें सुन लें फिर अपनी कहें।"

"इसमें जो बेअदबी होती है। उसके लिए हम लोग माफ़ी चाहते हैं," मुंशी इक़बाल शंकर ने कहा।

लाला रामकिशोर का फिर मुँह खुल गया, जैसे कीड़ा देखकर छिपकली के होंठ दूर ही से काँपने लगते हैं। उनके मुँह पर एक मूर्खता की छाया थी; परन्तु वह व्यक्ति बहुत ही चतुर और संयत था और जानता था कि कहाँ पाँव रखें, कहाँ नहीं। उसका जीवन एक हाथी का जीवन था, जो बहुत खाते हैं, और चलते हैं तो हर जगह कदम-कदम की टोह लेते हुए।

दयानाथ को लाचार होकर स्वीकार करना पड़ा।

"तो दयानाथजी," आलाप सम्पादक रामकृष्णजी ने कहा, "जो बातें हो चुकी हैं,

उन्हें मैं आपके सम्मुख दुहरा जाऊँ ताकि फिर आपको सब बात साफ़ हो जाए। बात यह है कि विदेशियों से हम अपनी आर्थिक कठिनाइयों के कारण बाँधे गए हैं। आज श्री श्यामनारायण, लाला रामकिशोरजी से परामर्श करके इस निर्णय पर पहुँचे हैं कि भारत के उद्योग-धन्धों को शीघ्रता से भारतीय हाथों में लाने के लिए, तथा भारतीय पूँजी को विदेशों में जाने से रोकने के लिए एक योजना बनाई जाए। हम लोग उसी पर बातें कर रहे थे। लाला रामकिशोर ने कम्पनी खोलने का इरादा किया है। तो उसके लिए डाइरेक्टर्स की आवश्यकता है। देश के लोग देश के सामान का सम्मान करना शुरू करें। यही उनकी इच्छा है। आप तो जानते ही हैं कि हमारे आन्दोलन से लंकाशायर की मिलों को कैसा ज़बर्दस्त घाटा हुआ है।

दयानाथ ने सुना और उसने फिर उपस्थित सज्जनों में हर एक के ऊपर अपनी दृष्टि फिराई।

5

श्यामनारायण ने अपने गले को साफ किया। सिर की सफ़ेद गांधी टोपी को पीछे की ओर खिसकाते हुए वह कुर्सी पर झुक गया और बोला, "हमें एक लिमिटेड कम्पनी खोलनी होगी। यह कम्पनी भारत प्रेम कम्पनी के नाम से प्रसिद्ध होगी। इसका सब कुछ स्वदेशी माल होगा।"

स्वदेशी कहने में उसने काफ़ी ज़ोर दिया जैसे वह एक देशभक्ति की मिसाल थी, जिसका उसे काफ़ी गर्व था।

"मतलब आपका कॉटेज इंडस्ट्रीज से है ?" दयानाथ ने अविचलित स्वर से पूछा, जैसे उसे इन बातों से कोई अधिक आशा नहीं थी।

"जी नहीं," डॉक्टर हीरालाल ने संक्षिप्त शब्दों में विरोध किया। उनकी दाईं भौं ज़रा ऊपर की ओर खिंच गई।

"तब फिर मैशीनरी तो आपको विदेशों से ही मँगानी पड़ेगी !" दयानाथ ने कुहनी घुटनों पर टेक ली और मुँह को हाथों पर रखकर डॉक्टर की ओर घूमकर पूछा।

"जी हाँ, मँगा लेंगे। जो अपने देश में नहीं है। उसे तो मँगाना ही चाहिए," लाला रामकिशोर ने मेज़ पर हाथ पटककर कहा, "इसमें क्या दोष है ?"

"दुरुस्त है, गांधीजी भी मोटरों में चढ़ते हैं। वैसे वे तो सभी मशीनों के खिलाफ़ हैं," मुंशी इक़बाल शंकर मोती ढूँढ़ लाए।

बात जमती हुई थी। उनकी सचाई इसी में प्रकट थी कि गांधीजी के विरोधाभास को उन्होंने ज्यों का त्यों स्वीकार कर लिया था। तनिक भी ननु-नच नहीं की थी।

"तब ख़याल है कि वैसे तो व्यापार करना कठिन नहीं पर देश की ख़ातिर जो चीज़ होती है। उसमें और ही बात है ?" श्यामनारायण ने फिर कहना शुरू किया।

"जी हाँ," डॉक्टर हीरालाल ने सिर हिलाया।

''मैं कहूँ,'' श्यामनारायण ने कहा, ''भारत प्रेम कम्पनी देश में अलग-अलग स्थानों पर स्टोर्स खोलेगी, जिसमें सब स्वदेशी माल मिलेगा। आप जानते हैं हमने, हमारी जनता ने विदेशी माल को किस तरह निर्विरोध होकर धू-धू करती आग को समर्पित कर दिया। सड़कों पर, घरों में सरेआम हमने ब्रिटिश साम्राज्य को, उसके कपड़ों से तन ढकना इनकार करके, दिखा दिया कि हम उसके वैभव को जलाकर ख़ाक कर देना चाहते हैं। इंग्लैंड उस आग को नहीं सह सका। देश के लोग देश के लिए पागल हो रहे हैं। जिनके पास बुद्धि और धन है। यदि वे इस समय देश की सेवा में नहीं लग जाते तो यह उनकी तटस्थता नहीं, उनकी एक निहित निर्बलता है, जिसके कारण कहा जाता है कि भारतीय पूँजी बहुत लजीली है, वह आगे नहीं बढ़ती।''

''बहुत ठीक,'' अलाप सम्पादक रामकृष्णजी तड़प उठे। वे श्यामनारायण की भावुकता में बह गए थे।

हमें सबसे पहले अपने नफे-नुकसान को छोड़ देना चाहिए। हम कौन हैं ? हम उस भारत की सन्तान हैं जिसका कहीं सानी मिलना कठिन था। जो कुछ हो देश के लिए हो। क्यों मौलाना ?

मौलाना अभी तक चुप थे, पर अब उन्होंने काँपती आवाज़ में कहा, ''कसम खाकर कहता हूँ। देश को रोज़ी की ज़रूरत है। ज़मींदारी पर पड़े-पड़े सैकड़ों-हज़ारों किसान घर-घर में तड़प रहे हैं। उन्हें दोनों वक़्त खाने को मयस्सर नहीं होता। अरे साहब मैं खुद ज़मींदार हूँ। मैं जानता हूँ बेचारों की कितनी ख़राब हालत है। आप कम-से-कम उन लोगों को दो वक़्त खाना तो दे सकेंगे। कुछ तो भला करेंगे ही।''

कुछ देर बात का असर रहा। फिर श्यामनारायण जैसे अपने कर्त्तव्य के प्रति चैतन्य हो गए, उन्होंने सबकी ओर देखा और कहा, ''कम्पनी के लिए पैसे की ज़रूरत है। यह पैसा हमें देश के लोगों से लेना होगा। शेयर्स बेचने का सवाल है। इसके लिए हमें देश के किसी बड़े नेता का आशीर्वाद लेना होगा, या फिर उनमें से ही कोई हमारी कम्पनी का डायरेक्टर बनाया जाए ? आपकी क्या राय है ?''

यह बात गम्भीर थी; पर डॉक्टर हीरालाल ने कहा, ''मुश्किल है। उन लोगों को इतनी फ़ुर्सत ही कहाँ मिलती है। वैसे डाइरेक्टर को काम तो कुछ नहीं है।''

''बहुत ठीक। हमें जनता के विश्वास की सबसे पहले ज़रूरत है। शेयर लेनेवालों को हम कुछ ज़्यादा तो नहीं दे सकेंगे, क्योंकि अभी शुरू में तो हमें रिज़र्व बनाने की ज़रूरत पड़ेगी,'' श्यामनारायण ने फिर कहा। उसने यह बात कहकर अपना लहजा तनिक भावुकता से रंग दिया। दोनों हाथ उठाकर कहा, ''लोग जो चाहें कहें। मैं उसकी परवाह नहीं करता। पर क्या आप मेरी बात नहीं मानते ? बड़े-बड़े पूँजीपति, सेठ, रईस, दुकानदार, मिल-मालिक, आप कहें इसमें से कितने हैं जो नहीं चाहते कि मुल्क़ आज़ाद हो। मैं तो कहूँगा बहुत से सरकारी अफ़सर हमसे हमदर्दी रखते हैं ?''

दयानाथ ने बीच में टोका, ''श्यामनारायणजी !'' आपने जो कहा है वह तो ठीक है, पर हमें एक काम करना पड़ेगा। मज़दूरों को ज़्यादा तनख़्वाह देनी पड़ेगी, वरना हममें

और अन्य पूँजीपतियों में भेद क्या रहेगा।

उसके प्रश्न को सुनकर सब चौंक उठे। उन्होंने चारों ओर एक-दूसरे की ओर दृष्टिपात किया।

''यह नहीं हो सकता,'' लाला रामकिशोर कह उठे, ''इसका मतलब है लाभ में कमी पड़ेगी। लाभ में कमी पड़ेगी तो आप शेयर-होल्डर्स को देंगे क्या ? यदि उन्हें कम मिलेगा तो वे लाजमी दूसरी जगह रुपया लगाएँगे। भाई कुछ भी हो, मजदूर क्या देश के लिए कुछ दिन त्याग नहीं कर सकते ?'' लाला रामकिशोर का गम्भीर मुख कुछ खुल गया, ''अधिक दिन नहीं। जिस दिन देश आज़ाद होगा उस दिन सबको सब कुछ मिल जाएगा। विदेशी लुटेरा नहीं रहेगा फिर। फिर यह बीच के टोड़ी भी मिटा दिए जाएँगे। भाई मज़दूर मेरे। अरे भूखे मरते हो। यहाँ तुम्हारी चोंच मारने का प्रबन्ध किया जाता है, यहाँ तुम्हारी ज़िन्दगी के लिए एक रास्ता निकाला जा रहा है।''

श्यामनारायण ने स्वर पकड़कर कहा, ''यह सिर्फ़ विदेशी से सामना करने के लिए। देश की उन्नति के लिए।''

''देखिए हम हाथ की खादी के खिलाफ़ नहीं जाना चाहते,'' वासुदेव ने कहा। वह इस समय और भी अधिक रहस्यमय लग रहा था; क्योंकि यद्यपि वह गम्भीर था, फिर भी लगता था कि उसके होंठ के कोनों पर मुस्कुराहट काँप रही है।

''वह तो ज़रूरत ही नहीं पड़ती। आपके पास एक ठोस रकम रहती है, जिसके कारण आज जगह-जगह हाथ फैलाने के बजाय एक जगह से ही अपनी आज़ादी की लड़ाई चला सकते हैं,'' मुंशी इक़बाल शंकर ने राय दी।

''इसका यह मतलब नहीं, लाला रामकिशोर ने कहा, ''कि अब जनता से चन्दा नहीं लिया जाएगा। कांग्रेस तो देश की संस्था है, उसमें बड़ा भी है, छोटा भी है।''

''तो फिर एक काम किया जाए। जिस दिन आप आरम्भ करें। उससे पहले ही गांधी, जवाहर और तिरंगे झंडे के कार्ड तस्वीर छपवाकर शहर में बिकवाना शुरू कीजिए,'' मुंशी इक़बाल शंकर ने चुटकी बजाकर कहा, ''यों काम शुरू होता है ! यों !''

इस नई बात को देखने पर, जो ऊपर से हल्की लगती थी, पर भीतर से ठोस थी, सबने ठीक समझा और श्यामनारायण ने इस बात को लिख लिया।

अब आगे बात काफ़ी देर तक चलती रही। कौन क्या बनेगा वह निश्चय हुआ। किससे प्रारम्भ में कितना रुपया लिया जाएगा। व्यापार की भीतरी ऊँच-नीच, शेयर लेने वालों को कितना प्रतिशत दिया जाएगा, इत्यादि पर विवाद हो चला। परिणामस्वरूप दयानाथ भी डायरेक्टर्स में आ गया; यद्यपि उसने प्रारम्भ में काफ़ी विरोध किया। यह विरोध लाला रामकिशोर की देशभक्ति के सामने अधिक नहीं टिका। उनके तर्क उसे अकाट्य लगते थे और सब लोग उनका बार-बार समर्थन करते थे। दयानाथ मान गया।

किन्तु मार्कंडेय ने मना कर दिया, कहा, ''मेरी आपसे पूर्ण सहानुभूति है और दिन-रात ईश्वर से मंगल कामना किया करूँगा।''

''कारण ?'' रामकृष्णजी ने कहा, ''मेरी बात होती तो मैं मना कर सकता था। भाई

एक हिन्दी के साप्ताहिक का सम्पादक हूँ। मेरे पास रुपया नहीं, पर आप तो वकील हैं।''

''न, वह तो ठीक है,'' मार्कंडेय ने कहा, ''पर मुझमें असल में व्यापार की इस दिशा में कोई योग्यता नहीं है। क्यों दयानाथजी ?''

''बात तो ठीक है,'' दयानाथ ने कहा।

मुंशी इक़बाल शंकर चौकन्ने थे। अब वे बोले, ''तो हो गया महाशयजी सब ? अब ज़रा दयानाथजी को तकलीफ़ दिया चाहता हूँ।'' मुड़कर कहा, ''अच्छा, तो फिर अब आप फरमाइए, किस बात को लेकर परेशान हैं ?''

दयानाथ सँभलकर बैठ गया। रात को चाचा तथा नवाब साहब का आना, सुबह उनका सारा किस्सा सुनाना, पिताजी का डाबसन से मिलना, कुछ न होना, वह एक-एक कर सब कहने लगा। सब बहुत ध्यान से सुन रहे थे।

जब दयानाथ ने सब कह सुनाया तो मार्कंडेय ने पूछा, ''और चोरी का माल कहाँ गया ?''

''बेग़में खा गईं, मिर्ज़ाबिग खा गया,'' दयानाथ ने कहा, ''इतनी-सी बात है।''

सब ठठाकर हँसे।

कुछ देर में जब सब शान्त हुए तो मुंशी इक़बाल शंकर ने कहा, ''भाई, रईसों के तो यही चोचले हैं। आख़िर उन्हें कोई काम भी तो चाहिए। अब सब ही तो मौलाना नहीं होते।''

मौलाना ने नम्रता से सिर झुका लिया।

''तो एक काम किया जाए,'' मुंशीजी ने फिर कहा, ''मुकदमा दायर करवा दीजिए। कुछ रुपया खर्च होगा, हो सकता है जज़ अपनी तरफ़ तोड़ लिया जाए।''

''लेकिन मामला अंग्रेज़ का है,'' वासुदेव ने याद दिलाई, ''जज़ मान जाएगा ?''

''हाँ, यह तो मुश्किल है,'' मुंशी इक़बाल शंकर ने कुछ चिन्ता में पड़ते हुए कहा, ''लेकिन ज़नाब रुपए का ज़ोर आप शायद अभी समझे नहीं हैं ?''

''नहीं, कांग्रेस इन मामलों में पड़कर बदनाम हो जाएगी,'' मार्कंडेय ने टोककर कहा, ''यह एक व्यक्तिगत मामला है। इससे देश को क्या लेना-देना ? नवाब साहब कोई हमारी कांग्रेस में तो थे नहीं ?''

मुंशी इक़बाल शंकर इस प्रकार अदूरदर्शी और फिसलनेवाले साबित नहीं होना चाहते थे। उन्होंने फिर अपनी बात को दूसरी तरह से पेश किया, ''लेकिन अंग्रेज़ का सामना तो है ?''

मार्कंडेय और दयानाथ क्या उपस्थित सज्जनों में सिवाय मौलाना हामिदअली और रामकिशोरजी के सब ही चौंक उठे। मार्कंडेय ने पूछा, ''उससे क्या हुआ ? उससे क्या नवाब साहब देशभक्त साबित हो जाते हैं ? उन्होंने एक आदमी का ख़ून कराया है। आप कहेंगे कि 1857 से पहले देशी राजे भी जनता पर अत्याचार करते थे। फिर हम उनकी तारीफ़ क्यों करते हैं ? पर हम उसकी तारीफ़ करते हैं जो सब कुछ होते हुए

भी अंग्रेज़ों के सामने लड़कर मर गए। उन्होंने आख़िर तक सिर नहीं झुकाया। लेकिन अजीज़ बहादुर का साथ देने से गाँववाले विरुद्ध हो जाएँगे। आज भी उनका लक्ष्य क्या है ? ज़मींदारी वापस मिल जाना। फिर भी वे क्या देश के लिए कुछ करेंगे ? यह तो ठीक नहीं होगा कि हम उनसे पहले से तय करेंगे कि आप देश को क्या देंगे ?"

"क्या देंगे ?" रामकृष्ण ने कहा, "दो बोतल शराब, तीन सेर कबाब और क्या ? लाला रामकिशोरजी ! आपका क्या विचार है ?"

लाला रामकिशोर ने हँसकर कहा, "अजी छोड़िए भी। आप कांग्रेस को आख़िर समझ क्या रहे हैं ?"

मुंशी इक़बाल शंकर हँसे। बोले, "भाई, अब तो तुम मज़ाक पर भी रोक लगाने लगे हो।"

दयानाथ ने मुस्कुराकर कहा, "वह तो सब ठीक है। मैं सब जानता हूँ। लेकिन मैं क्या करूँ ?" दयानाथ ठठाकर हँसा, "उनको समझाएगा कौन ? चाचाजी के ऊपर तो प्रभा की मौत से ऐसा सदमा पहुँचा है कि मेरी तो न करने की हिम्मत नहीं होती।" प्रभा का विषय दुखद है। उसका उल्लेख होते ही सब गम्भीर हो गए। दयानाथ ने फिर कहा, "सच अब आपको आना ही पड़ेगा। यह मेरी आप लोगों से प्रार्थना है। मानना न मानना आपके हाथ में है।"

"आ तो जाएँगे। उसमें हमारा क्या हर्ज़ है ?" वासुदेव ने कहा, "आ जाएँगे। अच्छा फिर वहाँ आकर करेंगे क्या ?"

दयानाथ मुस्कुराया। उसने कहा, "कुछ नहीं। चाय पीनी पड़ेगी। नमकीन और मिठाई का भोग लगाना पड़ेगा। अपना वक़्त जाया करना पड़ेगा और चाचाजी तथा नवाब साहब अजीज़ बहादुर कैरा से खूब दिमाग़ लड़ाना पड़ेगा, दाँव-पेच करने होंगे। क़ानून की किताबों की दुहाई देनी पड़ेगी। फलाने जज़ से पहले कैसे अच्छे ताल्लुक थे, अब कैसे टूट गए। यह बताना पड़ेगा, मतलब यह कि जिस काम में कुछ नहीं किया जा सकता, उसके बारे में वह दिलचस्पी दिखानी होगी कि सब कुछ हो सकता है।

"और नतीज़ा कुछ नहीं होगा," रामकृष्ण ने कहा, "कहिए तो अख़बार में रिपोर्ट छाप दूँ ?"

"नहीं जी," मार्कंडेय ने टोका, "दयानाथ फँस गए ?"

तो क्या किया जाए ? आख़िर पागलों से पाला पड़ा है भला बताइए। कांग्रेस मदद करेगी तो पैदल चल दिए। कांग्रेस क्या है, किसमें उसे दिलचस्पी है, क्यों है, यह सब सोच-विचार तो ताक पर धर दिया। और अब पीछा नहीं छोड़ते। चाचाजी हैं, वरना मैं क्यों परेशान होता ? नवाब साहब मेरे पास अकेले थोड़े ही आते !

सब हँस दिए।

"अच्छा साहब शाम को चार बजे से पाँच के बीच में आइएगा। भारतीय समय दिए जा रहा हूँ। आपका क्या ख़याल है। ब्रह्मदत्तजी को भी बुलवा लिया जाए। वे इतनी बार शोषक कहेंगे कि अजीज़ बहादुर अपना केस ही छोड़ देंगे," सब फिर ठठाकर हँसे।

जब दयानाथ घर पहुँचा। राजेश्वरी बैठी कपड़े पर कुछ रेशमी तागे से काढ़ रही थी। पति की पगचाप पहचानकर उसने सिर उठाया और कहा, "बड़ी देर लगी।"

"अरे वहाँ जाकर दूसरी ही उलझन में फँस गया," दयानाथ ने हँसकर कहा।

"क्या हुआ ?" राजेश्वरी को कौतूहल हुआ। फिर पति को बातों में जुटने के इरादे को भाँपकर कहा, "पहले नहाकर खाना खाने लगें, तब पास बैठकर सुनूँगी।"

दयानाथ ने कहा, "अच्छी बात है। तुम्हारी ही सही।"

6

नवाब साहब अजीज़ बहादुर कैरा ने खाना खाकर एक बार हाथों को उठाकर एक अँगड़ाई ली और फिर चारपाई पर लेट गए। चाचा श्यामनाथ आराम से सोफ़ा पर पाँव फैलाए पड़े थे। अब वे उठ खड़े हुए। बोले, "तो फिर ज़रा मैं..."

"हाँ, हाँ," नवाब साहब ने कहा, "ज़रूर, ज़रूर।"

श्यामनाथ भीतर पहुँचे। इस समय वे पहली बार रसोई की ओर गए। राजेश्वरी ने माथा ढककर पाँव छुए। श्यामनाथ की आँखें चमक उठीं। उन्होंने आशीर्वाद दिया, "सदा सुहागिन रहो बहू। सौभाग्यवती रहो।" इससे अधिक स्त्री के सुख की उन्होंने कोई विशेष कल्पना नहीं की थी, वरना इस समय वे वह सब कह देने में तनिक नहीं हिचकिचाते।"

"आपकी तन्दुरुस्ती ख़राब हो गई थी," राजेश्वरी ने धीरे से कहा।

"हाँ बेटी, हो गई थी। अब ठीक हूँ। पर वह बात अब कहाँ रही ? घर उजड़ गया। तबाह हो गया। अब क्या है ? अब जीना ही कितने दिन है ? थोड़े दिनों की रौनक है। फिर हम भी खेल-खालकर चले जाएँगे।"

राजेश्वरी को विस्मय हुआ और दुःख भी, कहा, "हम क्या कोई पराए थोड़े हैं ?" घर तो अब भी घर ही है। कुछ लोग वहाँ न रहे यहाँ रहे, तो क्या मन में भी बाधा खड़ी हो जाती है ?"

श्यामनाथ को कुछ आश्चर्य हुआ। एक दिन यही स्त्री इतना गर्व करती थी कि इसने रामनाथ और श्यामनाथ दोनों से घर चलने की बात पर साफ़ इनकार कर दिया था, क्योंकि दयानाथ घर से अलग हो चुका था। आज वही स्त्री, इतनी आत्मीयता दिखा रही थी।

उन्होंने कहा, "हम सब भाग्य के हाथ में खिलौने हैं बहू," दया के बारे में किसी को क्या मालूम था कि एक दिन वह भी सबको छोड़ देगा।

"उन्होंने किसे छोड़ दिया चाचाजी। ददुआ ने उन्हें निकाल दिया।"

"ददुआ ने निकाल दिया, पर उनको तुम लोग नहीं जानते कि मैं नहीं जानता। उनकी सदा से यही आदत रही है। जो बात सोच लेते हैं फिर उसी पर अड़े रहते हैं।"

राजेश्वरी चुप रही। श्यामनाथ कहते गए, "समय बदल गया है। दया छोड़ गया,

पर मैं नहीं छोड़ सका। ददुआ का स्नेह मुझ पर सदा से रहा है। इस समय वह भी नहीं रोक सका। बूढ़ा हो गया हूँ। मैं अब शान्ति चाहता हूँ, मुझे मान-अपमान नहीं चाहिए। दया नहीं आया, पर मैं आया हूँ।"

राजेश्वरी की आँखों में आँसू आ गए। श्यामनाथ कहते रहे, "प्रभा चला गया। चला जाने दो। अब वह लौटकर नहीं आ सकता। उमा चला गया। उसे भी दर्द नहीं आया। मैं कहता हूँ बहू, क्या यह सारी नई पीढ़ी हृदयहीन पैदा हुई है ? हम लोग घर के रिश्तों के लिए जीना ही अपना सब कुछ समझते थे। ये लोग अकल, अकल की रट लगाए फिरते हैं। मैं नहीं जानता, दया, उमा, प्रभा सब अलग-अलग रास्तों पर चलते हैं, पर हमसे सब अलग क्यों हैं ?"

इसी समय राजेश, ब्रजेश ने उन्हें घेर लिया और खेलते हुए उनसे चिपक गए। श्यामनाथ अपनी बात कहना भूल गए। वे उन्हीं से बातें करने लगे। राजेश्वरी ने याद दिलाया, "आप नहा लेते तो मैं भोजन..."

"ओह हाँ, ठीक," श्यामनाथ ने कहा और वे गुसलखाने की ओर चल पड़े। राजेश्वरी ने जल्दी से ब्रजेश के हाथ एक तौलिया भिजवाया, नया, धुला हुआ। तब वहीं बैठ गई और उसकी आँखों में अनेक चित्र काँपने लगे, जो पहले तो भीतर ही भीतर रहे, पर बाद में पानी बनकर आँखों में उतर आए।

श्यामनाथ नहा-धोकर, पूजा करके, खाना खा-पीकर जाकर लेट गए तब दयानाथ ने प्रवेश किया। राजेश्वरी उसके मुख पर प्रसन्नता का चिह्न देखकर समझ नहीं सकी। जब वह नहाकर खाने बैठा तो उसने थाली परोसकर कहा, "किससे मिले थे ?"

दयानाथ ने सब कह सुनाया। राजेश्वरी चुपचाप सुनती रही। जिसे पति ठीक समझता है, उसे ही वह भी ठीक समझती है।

"बात यह है," दयानाथ ने कहा, "हम सरकारी अफ़सरों के पास तो जा नहीं सकते। फिर क्या कर सकते हैं ?"

राजेश्वरी स्वयं एक बड़े ज़मींदार की बेटी थी और बिहार के ज़मींदार की बेटी थी। बिहार में ज़मींदार संयुक्त प्रान्त से भी अधिक निरंकुश थे। उसके पिता भी अक्सर काश्तकारों को पिटवा दिया करते थे। इसलिए उसकी समझ में बात में वहाँ कोई करुणा की आवश्यकता नहीं उपजी जहाँ अजीज़ बहादुर ने ख़ून करवा दिया था। उसकी समझ में यह आसानी से आता था कि अजीज़ बहादुर का वंश-सम्मान खतरे में है और बहुत जल्दी वह पैरों पर लोट जाना चाहता है।

दया पढ़े-लिखे आदमी होने के नाते संसार की और भी गतिविधि से परिचित थे। उनके सामने जनता का बुरा-भला भी किसी सीमा तक आ जाता था। पत्नी का नहीं समझना कुछ हानिकारक नहीं था क्योंकि पति का सोचना ही उसके लिए सब कुछ था।

उसने कुछ नहीं कहा। फिर अपने आप जैसे बड़बड़ा उठी, "चाचाजी की हालत देखी ?" एकदम बूढ़े हो गए हैं।

दया ने कहा, 'हूँ' और खाता रहा।

''महालक्ष्मी अकेले सारा घर सँभाल रही है।''

''घर में अब है ही कौन ? ददुआ, चाचाजी और उमा का अवधेश।''

''लालाजी का ही क्यों ? अपना नहीं कह सकते ?''

''अरे बाबा ! मुझे सिखा रही हो ? मेरा तो ख़ास भतीजा है।''

दोनों ने आत्मीयता से एक-दूसरे को देखा। पत्नी ने प्रेम जताया, ''थोड़ी दाल दूँ।''

''नहीं, बस,'' दया ने कहा, ''ज़रा पानी दे दो।''

7

साँझ झुकने लगी। बाहर लॉन पर ही पार्टी का प्रबन्ध किया था। एक बड़े सोफ़े पर श्यामनाथ और नवाब साहब अजीज़ बहादुर कैरा तशरीफ़ रखे हुए थे। सामने जो बेंत की कुर्सियाँ थीं उन पर दयानाथ, लाला रामकिशोर, वासुदेव, सम्पादक रामकृष्णजी, मार्कंडेय, मुंशी इकबाल नारायण, डॉ. हीरालाल, श्यामनारायण तथा मौलाना हामिद अली बैठे थे। दो-दो के सामने एक-एक छोटी मेज़ थी। सोफ़ा पड़ा हुआ था। उस पर प्रायः एक-दूसरे से बैठने की ज़िद की गई। जब कोई नहीं बैठा तब उम्र के हिसाब से बिठाया गया।

डॉ. हीरालाल ने कहा, ''मामला सब सुना जा चुका है। बहुत पेचीदी बात है। क्यों श्यामनारायणजी।''

''उफ !'' श्यामनारायण ने कहा, ''मैं सच कहता हूँ। मेरा तो दुनियादारी को जानने का सारा घमंड ही चूर-चूर हो गया।''

नवाब साहब उछल पड़े। उन्होंने कहा, ''अंग्रेज ? वह मुझे लूटना चाहता है ? लूट ले कमबख़्त। मगर एक वक़्त आएगा कि हमें लूटनेवाले ज़ालिम तुझे भी कभी-न-कभी कोई-न-कोई ज़रूर लूट लेगा, क्योंकि ख़ुदा सबको देखता है। वह सब पर एक सी नज़र रखता है। आदमी कितना भी यहाँ चहक ले, मगर वहाँ उसकी बोलती ज़रूर बन्द हो जाती है, ज़रूर बन्द हो जाती है।

बात में एक निराशा थी, खिसियाए हुए आदमी का क्रोध था। एक मृत संस्कृति की अन्तिम गूँज थी। उसका किसी पर भी प्रभाव नहीं पड़ा। नवाब साहब अजीज़ बहादुर कैरा उठकर आवेश में टहलने लगे। हठात् उन्होंने मुड़कर कहा, ''आप मेरी कुछ मदद कर सकते हैं ?''

सब इस सीधे प्रश्न से चौंक उठे। दयानाथ की योजना असफल हो गई थी। उसका इरादा था ख़ूब बहसें की जाएँगी और फिर असमर्थता प्रकट की जाएगी, मगर वह तब जब पार्टी समाप्त होगी। यहाँ रंग में भंग हो गया। शुरू ही उलटा हुआ।

नवाब साहब की नज़र जिस पर पड़ती थी। वही सिर झुका लेता था, लेकिन उन्होंने जब मार्कंडेय से आँखें मिलाई तो वह बोलने को विवश हो गया, ''हमने बहुत कुछ सोचा, लेकिन हल समझ में नहीं आता।''

"समझ में नहीं आता ?" नवाब साहब ने तीखे स्वर से पूछा। उनकी तीख़ी आवाज़ में एक अधिकार की भावना थी जिसने सबको चौंका दिया। किसी ने भी उत्तर नहीं दिया। मार्कंडेय मुस्कुरा उठा। नवाब साहब उसे मुस्कुराते देखकर सहसा मुड़कर कह उठे, "छुटके राजा, आप सचमुच पागल हो गए हैं। यहाँ आपने मुझे कहाँ इन दुकानदारों और वकीलों में लाकर बिठा दिया है।"

उपस्थित जन समुदाय की आँखें फट गईं, उन्होंने दयानाथ की ओर देखा कि तुम जानबूझकर हमारा अपमान करवाने के लिए हमें यहाँ बुलाकर लाए हो ? दयानाथ को काटो तो लहू नहीं। आज तक वह ऐसी परिस्थिति में नहीं पड़ा था। नवाब साहब अजीज़ बहादुर कैरा के सामने किसी का भी कुल ऊँचा नहीं था। दयानाथ ने सबकी ओर ऐसे देखा जैसे मुझे माफ़ करो। यह तो पागल हैं। इनका सिर फिर गया है। उसका बुरा न मानना।

आज तक दयानाथ ब्रह्मदत्त की बातें सुनता रहा था जो कम्युनिस्ट आदर्शों को लिए इन्हीं लोगों को शोषक, पूँजीपति कहकर गाली देता था। उससे यही लोग प्रसन्न होते थे, क्योंकि उसमें इनकी सामर्थ्य प्रकट होती थी, इनके मन को एक सन्तोष होता था। आज वह बात नहीं थी, मामला बिल्कुल उलटा हो गया था। एक आदमी उन्हें आज ओछा और नीच करार दे रहा था।

नवाब साहब की बात सुनकर श्यामनाथ सतर्क हो गए। उन्होंने कहा, "नवाब साहब !" मेरे आपके पुराने ताल्लुक हैं। पर सोचिए आप बहुत से शरीफ और इज्ज़तदार आदमियों की बेइज़्ज़ती कर रहे हैं।

नवाब साहब ने चौंककर कहा, "बेइज्ज़ती कर रहा हूँ ? लाहौलबिलाकूवत !" मैं बेअदबी कर रहा हूँ, मुझे यकीन नहीं होता छुटके राजा। आपका दिमाग़ ठीक नहीं है। ग़म ने आपको पागल कर दिया है।

"तो," श्यामनाथ ने कहा, "इन्हीं से न पूछ देखिए जिनका ख़ास सवाल है।"

"दुरुस्त है," नवाब साहब अजीज़ बहादुर कैरा ने मुड़कर कहा, "क्यों साहिबान ! मुझसे कुछ बेअदबी हुई ? कुछ मैंने आपकी शान के खिलाफ़ कह दिया ?"

एक परेशानी थी, अब दूसरी आ खड़ी हुई। अगर कहते हैं तो आफ़त नहीं कहते तो आफ़त। मुंशी इक़बाल शंकर समझ गए। उन्होंने कहा, "अजी तोबा कीजिए नवाब साहब। आप दया साहब के चाचाजी के दोस्त, हमारे बुजुर्ग ही हैं। आपने क्या तो कहा, हमने क्यों तो सुना। लिल्लाह, हमारा ध्यान नहीं गया। आप फ़र्माएँ हम सुनें, तोबा-तोबा ! मुंशीजी के स्वर में अद्‌भुत स्फूर्ति थी। सब उनके इस आकस्मिक परिवर्तन को देख रहे थे। वे कहे जा रहे थे, "दिल दुखता है न नवाब साहब, ऐसे, ऐसे, उन्होंने हाथ से दिल धुक-धुक करने का इशारा किया. "बस, वहीं जड़ है इंसान की रूहानी तकलीफ़ों की। और फिर आप ? फ़र्जन्दे इंगलीशिया, पुराने नवाबों के मुसाहबे आला, नवाब साहब अजीज़ बहादुर कैरा ! आप ! वाह ! वाह ! तशरीफ़ रखिए नवाब साहब। आप कमज़ोर हो गए हैं। उफ ! इस अंग्रेज़ी राज़ में आम के पेड़ों में भी कमबख़्त निबौलियाँ लगने

लगी हैं..."

नवाब साहब आकर्षित से आकर बैठ गए। वे एकटक मुंशी इक़बाल शंकर को देख रहे थे। मुंशीजी कहते चले जा रहे थे, "आपके साथ सख़्त ज़्यादती हुई है। हुई है ?"

नवाब साहब चुप रहे।

"बताइए ! दिल की बात कहिए। नवाब साहब दिल में काँटा बनकर क्या चुभता है ? बेमुरव्वती या फिर राज़। राज़ न रखिए। हाँ, उगल दीजिए उसे। परेशानियाँ बाँट लीजिए। आपको सख़्त सदमा पहुँचा है। पहुँचा है न ?"

"जी हाँ," नवाब साहब ने अचकचाकर कहा।

"बस, अब न बोलिए नवाब साहब अजीज़ बहादुर कैरा, अब न बोलिए। इससे आपकी तकलीफ बढ़ जाएगी। आपको आराम की सख़्त ज़रूरत है।"

"मुझको !"

"जी हाँ।"

"आराम की..."

"जी हाँ..."

"ज़रूरत है ?"

"है, बहुत है।"

"उफ। मुझे..."

"आराम की सख़्त ज़रूरत है," मुंशीजी ने वाक्य पूरा किया।

"क्यों ? क्या मैं..." स्वर रुक गया। फिर उन्होंने हठात् ही कहा, "जी नहीं, आपका ख़याल गलत है। ऐसा नहीं हो सकता।"

"मगर आप मेरी भी तो सुनिए ?" मुंशीजी ने आजिज़ी से कहा। ज़रा मेरी अर्ज़ भी तो..."

"जी नहीं, जी नहीं, मैं कुछ भी नहीं सुनना चाहता। आप मुझे, आप मुझे...नहीं, नहीं। क्यों साहिबान," नवाब साहब ने उपस्थित लोगों की ओर मुँह करके कहा, "आपकी यही राय है। जो आप फ़र्मा रहे हैं !"

सबने सिर हिलाया। मानो उन्होंने हाँ में हाँ मिलाई।

नवाब साहब ऐसे उठ खड़े हुए जैसे किसी ने उनको जलती दियासलाई छुआ दी। उसके लिए बैठा रहना असह्य हो गया था। वे ज़ोर-ज़ोर से कहने लगे, "यह झूठ है। कांग्रेस भी अंग्रेज़ों में मिल गई है। यह मेरे खिलाफ़ साज़िश है। छुटके राजा यह सब लोग सरकार के आदमी हैं। यह सब उस फ़िरंगी डाबसन के दोस्त हैं। यह मुझे पागल कहते हैं। या तो ये सब भी आपकी ही तरह पागल हैं, या फिर, या फिर...मैं...मैं...मैं...पागल...नामुमकिन ...कहाँ से पागल हूँ। आपको पहचानता हूँ, राजा रामनाथ को पहचानता हूँ, यह दयानाथ हैं, यह लाला रामकिशोर हैं, अभी मुझसे मुंशी इक़बाल शंकर बातें कर रहे थे। मैं ख़ूब समझ रहा हूँ। आप मुझे पागल कह रहे हैं। इतना सब समझ रहा हूँ और फिर मैं पागल

हूँ। ईंट मैं नहीं मारता काटता मैं नहीं साहब," नवाब साहब अजीज़ बहादुर कैरा ने मुड़कर कहा, "सच कहिए मैं पागल हूँ या छुटके राजा पागल हैं !"

"पागल तो नवाब साहब आप ही हैं," श्यामनाथ ने कहा, "पर उससे क्या हुआ !"

"उससे कुछ हुआ ही नहीं !" नवाब साहब ने चौंककर कहा, "क्यों साहब बताइए," उन्होंने फिर उपस्थित लोगों से कहा, "मैं इल्तिजा करता हूँ बताइए..."

कोई कुछ नहीं बोला। उनकी आँखें एक-एक कर सब पर डोल गईं। जिसे देखते थे। वही सिर झुका लेता था, जैसे परेशान था, मजबूर था, लाचार था...जैसे वह समझ नहीं पा रहा था कि क्या करे, क्या न करे !

पार्टी बेकार हो चुकी थी। राजेश्वरी झाड़ी के पीछे खड़ी सब देख-सुन रही थी। उसका हृदय भीतर ही भीतर आशंका से काँप रहा था। दयानाथ का चेहरा सफ़ेद हो गया था। उस भावहीन मुख पर उदासी और लाज मिल गए थे। बाकी लोग घबराए हुए थे। मुंशी इक़बाल शंकर भी अब साहस खो चले थे। चाय ठंडी हो चुकी थी। खाने के नमकीन-मिठाई भी अछूते से ही रखे थे और नवाब साहब अजीज़ बहादुर कैरा की आँखें कुछ फट गई थीं। उनकी पुतली के चारों ओर भयानक सी सफ़ेदी दिखाई दे रही थी। जैसे मरता हुआ, डूबता हुआ आदमी आख़िरी तिनके का सहारा लेना चाहता था। उसके लिए एक-एक क्षण अब मूल्यवान था। सन्ध्या के उतरते झुटपुटे पर वह आँखें आदमियों को देखकर और ज़्यादा फटी हुई निरवधि शून्य आकाश में अटक गईं जैसे वहाँ आवेश में कुछ खोज़ रही थीं।

सबने विस्मय से देखा। नवाब साहब ठठाकर हँसे और हँसते हुए बीच-बीच में चिल्ला उठते थे, "नहीं...दुनिया पागल...है...मैं...मैं पागल नहीं हूँ, नहीं हूँ..."

उस भयानक अट्टहास में वह आर्त्तनाद था जो पुरानी इमारत के गिरने पर निस्तब्धता में गूँज उठता है, अब एक-एक ईंट गिरती है, जिन पर स्नेह होता है, प्रेम होता है,..., एक वह दुनिया गिर रही थी, जिसके भीतर भूत पैदा हो गए थे, पर इंसान अपनी कायरता के कारण उसे छोड़ना नहीं चाहता था, उसमें चिपके रहना चाहता था...यद्यपि वह जर्जर हो चुका था, उसका गिरना अवश्यम्भावी था...आवश्यक था...

नवाब साहब का अट्टहास और भीषण हो उठा।

सब एकदम अपनी-अपनी कुर्सी छोड़कर उठ खड़े हुए, केवल श्यामनाथ इस समय सिर झुकाए कुछ सोच रहे थे। उन्हें जैसे मालूम ही नहीं था कि नवाब साहब हँस रहे थे...

8

नवाब साहब बेहोश होकर गिर पड़े। मौलाना हामिदअली ने उन्हें सँभाल लिया।

"लिटा दीजिए, लिटा दीजिए," कवि सम्पादक रामकृष्ण ने कहा।

"सोफ़ा पर, सोफ़ा पर," वासुदेव ने सुझाया।

"चाचाजी," दयानाथ ने पुकारा, "चाचाजी।"

श्यामनाथ चौंक उठे। कहा, "क्या है !"

"नवाब साहब बेहोश हो गए हैं," वासुदेव ने शीघ्रता से कहा। दयानाथ देखता रहा।

"बेहोश हो गए हैं !" श्यामनाथ ने अत्यन्त विस्मय से पूछा, "कब ! क्यों ! अरे यह तो सचमुच बेहोश हैं !"

"जी हाँ, ज़रा आप इधर बैठ जाएँ तो यहाँ लिटा दें इन्हें," दयानाथ ने नम्र याचना की।

"ज़रूर, ज़रूर," कहकर श्यामनाथ उठ खड़े हुए।

"ले आइए, ले आइए," लाला रामकिशोर ने कहा। मौलाना तथा मुंशीजी और दयानाथ उन्हें उधर ही ले आए।

नवाब साहब को लिटाकर वे लोग हवा करने लगे। डॉक्टर हीरालाल अब काम में लगे। राजेश्वरी भीतर ही भीतर छटपटा रही थी। वह पर्दा नहीं करती थी। कांग्रेस के आन्दोलन में भाग भी ले चुकी थी। एक बार पुलिस जिन औरतों को लारियों में भरकर ले गई थी उनमें राजेश्वरी भी थी। बहुत दूर ले जाकर पुलिस ने छोड़ दिया था। वहाँ से वह काफ़ी रास्ते पैदल ही आई थी। पति को जेल, जुलूस, समिति, सभा में देखने जाती थी; तब भी मुँह खोले ही घूमती थी। वैसे चाचाजी का उसने लिहाज़ किया था पर दो बच्चों की माँ थी। जीवन का काफ़ी संकोच जा चुका था। इस समय वह भीतर से गुलाबजल ले आई। प्रायः सब ही कांग्रेसी होने के नाते राजेश्वरी को जानते थे। उन्होंने नमस्ते किया।

डॉ. हीरालाल ने सिर उठाकर कहा, "कोई बात नहीं।" दिमाग़ को सदमा पहुँचा है। अभी होश में आ जाएँगे। पर आगे क्या होगा मैं उसके बारे में कुछ नहीं कह सकता।

श्यामनाथ ने कहा, "पागल होने का ख़तरा है ?"

डॉ. हीरालाल ने केवल उनकी ओर देखा। कहा कुछ नहीं। कुछ देर तक गुलाबजल छिड़का गया।

डॉ. हीरालाल ने उठकर कहा, "अच्छा इन्हें आराम करने दीजिए," यहाँ कौन रहेगा !"

श्यामनाथ कुर्सी पर बैठ गए। बोले, "जी, मैं हूँ तो।"

"और कोई भी रहना चाहिए।"

"क्यों आप क्या मुझे पागल समझते हैं।"

"जी नहीं, कहीं आप सो गए।"

"मैं ? कुर्सी पर सो जाऊँगा ? अब तो सिर्फ़ मैं रहूँगा। और किसी के रहने की ज़रूरत नहीं। जाओ बहू। भीतर जाओ। दया तुम अपने दोस्तों को पहुँचा आओ।"

दयानाथ जब बँगले के फाटक पर पहुँचा तो शर्म से उसका सिर झुका हुआ था। उसने दबी ज़बान से कहा, "मैं आप लोगों से माफ़ी चाहता हूँ। यह सब गड़बड़ मेरी ही वज़ह से आपको झेलनी पड़ी। मैं आशा करता हूँ। आप कतई बुरा न मानेंगे।"

"आप भी कैसी बातें करते हैं दयानाथजी ?" रामकृष्ण ने कहा, "उन्होंने दयानाथ की कठिनाई को समझ लिया था। सबने दयानाथ को सान्त्वना दी। जो हँसते हुए आए थे, आए थे कि और हँसेंगे, इस समय कुछ परेशान और झेंपे हुए थे।"

जब वे सब चले गए दयानाथ भीतर चला गया। राजेश्वरी सहमी सी खड़ी थी।

उसने कहा, "यह क्या हुआ ?"

दयानाथ ने चकित होकर कहा, "देख तो चुकी है।" बेहोश हो गए।

"इतना छेड़ा ही क्यों ?"

"हमने छेड़ा था ?"

"नहीं तो। जब जानते थे कि पागल हैं तो तरह देनी चाहिए थी। मुंशीजी तो सितार लेकर बैठ गए कि हर तार से गीत निकाल दूँगा।"

दयानाथ मुस्कुराया।

"अब क्या होगा ?" राजेश्वरी ने फिर पूछा।

"ठीक हो जाएँगे।"

"फिर ?"

"मेरे ख़याल से अभी कुछ दिन रहेंगे।"

"ऐसे क्यों सोचते हैं ?"

"जाएँगे भी कहाँ ? जगह ही कहाँ है !"

दयानाथ की इस बात से राजेश्वरी को कुछ तसल्ली हुई। दयानाथ ने कहा, "मुझे ज़रा दवा लाना है जाकर। नौकर कहाँ गए हैं ?"

"बुलाऊँ ?"

"नहीं, उनको घर पर रहने को कहो। दवा लेकर लौटते हुए कुछ और भी काम है, वह भी करता आऊँगा। घबराओगी तो नहीं ?"

"जल्दी आ जाना।"

"अभी गया, अभी आया," कहकर दयानाथ चले गए।

राजेश्वरी अकेली रह गई। नौकर चिलम-तमाखू में लगे अपने क्वार्टर्स में बैठे थे। बच्चे खेलकर नहीं लौटे थे। वह जाकर बरामदे में खड़ी हो गई। उसने देखा नवाब साहब होश में आ गए हैं। सोफ़ा पर अधलेटे से बैठे हैं और चाचाजी सामने बैठे कुछ बातें कर रहे हैं। उसे चैन आया। कुछ देर तक वह देखती रही। नवाब साहब इस बीच में ठठाकर हँसे। उनकी उस हँसी को सुनकर वह थर्रा गई क्योंकि अभी कुछ देर पहले वह ऐसे ही हँसे थे। जब उसे कुछ खास बात दिखाई नहीं दी तो वह अन्दर आकर खाना बनाने में लग गई।

अँधेरा होने पर सब जगह बत्तियाँ जलने लगीं। जब दयानाथ भीतर घुसा वह

घबराया हुआ था। उसने कहा, "वे लोग कहाँ गए ?"

"कौन लोग ?" राजेश्वरी ने चौंककर पूछा।

"चाचाजी और नवाब साहब ?"

"बाहर बैठे हैं।"

"नहीं हैं ?"

"ड्राइंगरूम में होंगे।"

"नहीं, घर में भी नहीं हैं।"

"तो शायद कहीं घूमने न निकल गए हों ?" राजेश्वरी ने आशंका से कहा।

"मुझे भी ऐसा ही लगता है," कहकर दयानाथ ने हृदय का बोझ हटाने का प्रयत्न किया।

आधी रात बीत चली; किन्तु दोनों ही नहीं लौटे। दयानाथ और राजेश्वरी की चिन्ता बहुत बढ़ गई। पुलिस को रिपोर्ट दी गई। हुलिया बताने पर कोतवाली के दरोगा ने कहा, "ऐसे ही दो आदमी उन्नाव से भागे थे। राजा रामनाथ के भाई सुपरिंटेंडेंट साहब श्यामनाथजी और नवाब साहब अजीज़ बहादुर कैरा। आपकी तारीफ़।

"मैं दयानाथ हूँ। वकालत करता हूँ। श्यामनाथजी मेरे चाचा हैं।"

"अक्खा," दरोगा ने हँसकर कहा, "तब तो आप हमारे गुरु भाई हुए। हम इन्हीं एस.पी. साहब के मातहत थे। बड़े नेक और अच्छे आदमी थे। ख्वामख्वाह तो किसी को पकड़ने ही नहीं देते थे। रिश्वत के सख़्त खिलाफ़ थे। मगर उनके तो भाई राजा हैं, खुद बड़ी तनख़्वाह पाते हैं, हम यह सब कैसे कर सकते हैं ? न करें तो भूखे मरें। मैं तो साहब एक पाई रिश्वत लेना कैसा होता है, हरामख़ोरी से नफ़रत करनेवाला इसे इंसानियत के खिलाफ़ समझता था। मगर अब क्या किया जाए ? हुक्म आ गया है, घोड़ा खरीदो। कहाँ से खरीदें...

दरोगा का भी लम्बा किस्सा था।

दयानाथ जब घर पहुँचे तब सन्नाटा था। बच्चे सो गए थे। राजेश्वरी बाट जोह रही थी।

"कुछ हुआ ?"

"रिपोर्ट लिखा दी।"

"फिर ? गिरफ़्तार हो जाएँगे ?"

"मैं कैसे कहूँ ?"

"ददुआ सुनेंगे तो क्या कहेंगे।"

"कहा करें ?" दयानाथ ने काटकर कहा, "यह एक मज़बूरी है और कुछ नहीं। यही नहीं, बल्कि..."

रात अब गहरी हो चली थी, ठंडक सी कोने-कोने में व्याप्त होने लगी थी। दयानाथ कमरे में टहल रहा था। राजेश्वरी बैठी शायद फूल काढ़ रही थी। किन्तु अतिथियों का पता नहीं लगा था। दयानाथ सोने चले गए।

पाँचवाँ परिच्छेद

1

मल्लाहों की पुकार से जहाँ की लहरें विक्षुब्ध हो जाती हैं जहाँ का पानी मटमैला सा दिखाई देता है। जहाँ कहीं अंग्रेज़ों के स्त्री-पुरुषों के जोड़ों-भरे स्टीमर, कहीं पतले-दुबले बंगालियों से भरी नावें, एक नहीं अनेक प्रकार की चुहल और उदासी लिये बहती रहती हैं, जहाँ धुएँ की रेखाएँ उठ-उठकर शून्य में लय हो जाती हैं, जहाँ दूर-दूर तक जल-प्रसार दिखाई देता है, वही हुगली नदी है। उसके किनारे एक विराट नगर है। दूर-दूर तक महानगर का गौरव अक्षुण्ण फैला हुआ है। जैसे रोम साम्राज्य में गुलामों से भरा रोम, जैसे दासों से भरा पाटलिपुत्र, जैसे गलीज और भूखे-नंगों से भरा लन्दन संसार के इतिहास में विख्यात हैं, वैसे ही कभी कलकत्ता भी था; किन्तु अब वह गोरे, चीनी, देशी, तथा अन्य देशीय व्यापारियों का अड्डा बन गया है। इसी जगह सबसे पहले सत्ता और स्वार्थ के मतवालों ने अंग्रेज़ों से मिलकर अपने देश से गद्दारी की थी।

पाल खोलकर गलमुच्छोंवाले अंग्रेज जहाँ छोटे जहाज़ लाते थे, अब भाप के जहाज़ वहाँ चिकने गालोंवाले गोरों को भर लाते हैं मगर इन चार पीढ़ियों में भी इन गोरों का लुटेरापन मिटा नहीं है और वे भारतवासियों को ठोकर ही मारते रहे हैं।

यहाँ सब प्रकार के सुखों को प्राप्त करने का एकमात्र साधन है—धन। धन जिसके होने से मनुष्य रक्त शोषक है, जिसके सामने लाखों आदमी हड्डी के ढाँचे बने घूमते हैं, स्त्रियाँ नंगी होकर नाचती हैं, शराब के टूटे प्यालों का ढेर लगा रहता है, मनुष्य मनुष्य को कौड़ी के भी मोल नहीं खरीदता। धन जिसके न होने से मनुष्य निर्बल है। वह वैभव एक पिशाच है। जिसमें गुलाम बनने की अभिलाषा नहीं, यह सबको गुलाम बना लेना चाहता है, जैसे मनुष्य नहीं, यह एक भेड़ों की हेड़ है और कुछ नहीं। इस वैभव में लोग इतने पिस गए हैं कि न उन्हें बात करने का समय है, न एक दूसरे से सहानुभूति जताने का। वे मशीन की तरह चलते हैं।

और यह धनोपार्जन की अभिलाषा उस मुट्ठी-भर उच्च वर्ग में निरन्तर बढ़ती ही जाती है जैसे सुरसा का मुख बढ़ता ही चला गया था। आज इसके मुख में एक छोटा सा हनुमान घुस गया है। चोरी, डकैती, झूठ, दगाबाज़ी, हत्या, यही इस वैभव के अनेक रूप हैं जो यदि सबल के द्वारा होते हैं तो व्यापार, राजनीति, बुद्धि-चातुर्य और न्याय कहलाते हैं, यदि ग़रीब द्वारा होते हैं तो पहले दिए नामों से ही लोगों को डराया जाता है। यहाँ मज़बूर होकर मनुष्य शरीर बेचता है, आत्मा और चेतना बेचता है, क्योंकि जिसके पास धन है। वह मनुष्य नहीं रहा है। उसका शरीर तक बेडौल हो चुका है। धन ही यहाँ सब कुछ होना चाहता है।

रात को लोग फुटपाथों पर मरते हैं, गन्दी गलियों में औरतें बच्चे जनती हैं, बीमारियाँ हवा पर उड़ती हैं, एक-एक पल में भीषण ईर्ष्या के धुएँ से आकाश घुटता

है, और लुटेरे हर टूटते दम पर नृत्य करते हैं, जन-समाज को भुलाए रखने के लिए धर्म का आडम्बर खड़ा करते हैं। मनुष्य पशु की भाँति रहने के लिए विवश कर दिया गया है।

इस विराट नगर में वह हनुमान अब धीरे-धीरे बड़ा होने लगा है। मशीनों के नीचे काम करनेवाले प्रतिपल अपनी शक्ति की प्रचंड हुँकार सुन रहे हैं। गिलबिला कीड़ा इंसान बनना चाहता है। उसकी भुजाओं से चलनेवाली मशीनें जब सामान उगलती हैं। तब सुरसा उसे निगल जाना चाहती है और मज़दूर हनुमान-सा उसके बीच में अड़ना चाहता है। अभी वह उतना बड़ा नहीं कि उसका मुँह फाड़ दे, पर वह मुड़ता नहीं, टूटता नहीं, सुरसा उसे चबा जाने में असमर्थ है, वह एक-एक ख़ून का, इन धनिकों द्वारा किए गए ठंडे ख़ून का, माँ-बहनों की अस्मत का, अपने निरक्षर अन्धकार में पड़े बच्चों के सूने भविष्य का एक दिन जो भयानक बदला लेनेवाला है, इसलिए यह धनिक उसे और भी भीषण वेग से कुचल देना चाहते हैं, लेकिन असमर्थ हैं, क्योंकि इनके बिना दुनिया चल सकती है, उसके बिना एक दिन भी नहीं चल सकती।

यह हृदयहीन वैभव एक नरक से भी भीषण यातना है। यहाँ क्लर्क और बाबू अपनी मध्यवर्गीय संकुचित भीरुता लेकर आज भी धनिकों के हाथ में खिलौना बने मज़दूर, कुली और मेहनत करनेवाले के सामने ढाल बनकर खड़े हैं। रंगीन सपनों में रहनेवाले ये प्राणी उस विशाल दानव की पूँछ के काँटे बने इसी धरती पर फिसला करते हैं, अपने जैसे ही ग़रीबों के छिदा करते हैं, पर एक क्षण भी उस रक्त पीनेवाले दानव से अलग नहीं होते।

धनी मनुष्य एक निरवधि हाहाकार के दाह से सदैव अमृत रहता है। कभी वह रेसकोर्स में शराब पीकर जुआ खेलता है, कभी वह बाज़ारों में वेश्याओं को नचाता है, कभी थिएटर पर धर्म के नाटक, सिनेमा में नैतिकता और समन्वयवाद का प्रचार करके, उन अभिनेत्रियों से विलास करता है, और उसका जीवन एक भयानक कलुष है, जिसको वह बहुत से आदमियों के गेरुआ वस्त्रों में छिपा लेना चाहता है। इसने अनाथालय खोलकर यह दिखाया है कि इसके बनाए समाज में बच्चे अनाथ होते रहेंगे। इसने भीख और दान दे-देकर जताया है कि इसकी शान को कायम रखने के लिए समाज में कँगले और भिखमंगे आवश्यक हैं। इसने स्त्री के बन्धन खड़े करके यह आवश्यक कर दिया है। स्त्री सदैव लुटती रहे। इसने मनुष्य को मनुष्य नहीं समझा। विधवाओं के आश्रम बनाकर इसने व्यभिचार के अड्डे बनाए हैं। इसने न्याय के लिए कचहरियाँ खोलकर दिन-दहाड़े लूट, दगा, फरेब और रिश्वत का बाज़ार गर्म किया है, इसने अपनी रक्षा के लिए हिंसा करनेवाली पुलिस और फौज़ बनाई है।

यहाँ पहला शोषक है अंग्रेज़—सर्वेसर्वा। फिर उसके साम्राज्य के स्तम्भ ज़मींदार, पूँजीपति, पुलिस, फौज। लोग मिलकर दोनों हाथों से जन समाज का गला घोंट रहे हैं। इनके बाज़ार जब रात को जगमगाते हैं, तब बस्तियों में अँधेरा स्याही की तरह गीला हो जाता है। जब इनकी स्त्रियाँ होंठों पर ललाई लगाकर अपने रस को वासना से रँगती

हैं, तब ग़रीबों के घरों में बच्चों को अपनी माँ की छाती में दूध तक नहीं मिलता।

लगता है जैसे मनुष्यों की भीड़ को, मुट्ठी-भर, सिर्फ़ मुट्ठी-भर, राक्षस, कोड़े मार-मारकर चिल्ला-चिल्लाकर चला रहे हैं और जैसे-जैसे उन मनुष्यों के रक्त की बूँदें धरती पर गिरती हैं, पृथ्वी काँपती है, इतिहास थर्रा उठता है, क्योंकि जो नया मनुष्य जन्म ले रहा है, वह इस भयानक व्यवस्था का भीषण शत्रु है, क्योंकि वह मनुष्य है जो मनुष्य को मनुष्य समझने में ही अपनी मनुष्यता का चरमोत्कर्ष समझता है। वह पाप को कभी नहीं सह सकेगा। वह इन विराट मशीनों को अपना दास बना लेगा जिनमें जकड़ा हुआ आज उसका शरीर कड़कड़ाकर टूट रहा है।

उस दिन हनुमान सुरसा को सदा के लिए मिटा देगा और सोने की लंका को आग लगाकर भस्म कर देगा, यह लंका जिसमें सीता को बन्दनी बनाकर रखा गया है, अपहरण ही जहाँ वैभव हो गया है।

2

रंगीन तितलियों जैसे स्त्रियों से दमकती गर्वीली चौरंगी में प्रिंसेज होटल के एक कमरे में मिर्ज़ाबेग एक झूलती कुर्सी में आराम से लेटे थे। उसके पास इस समय बेग़म कुलसुम थीं। वे घर पर गुलनार और नरगिस बेग़मों को छोड़ आए थे। मख़मूर वहीं था। अजीज़ बहादुर कैरा के चले जाने के बाद आसानी से सब काम सुलझ गया। तीनों बेग़मों को पहले से बना रखा था। मख़मूर नर्गिस बेग़म का कृपापात्र बन गया था और उतना अधिक बन गया जितने स्वयं मिर्ज़ाबेग बनने के लिए बेग़म कुलसुम के तलवे चाट रहे थे। उन्होंने काफ़ी दिमाग़ लड़ाया। आख़िर कुछ भी समझ में नहीं आया। तब वे भीतर पहुँचे और बेग़मों से परेशानी बयान की अब नवाब तो भाग गए। काम कौन सँभालेगा ? मैं क्या करूँ ?

''क्यों ?'' गुलनार ने कहा, ''तुम ही क्यों नहीं सँभालते ?''

''मैं इस रियासत का कौन होता हूँ ?''

''हईअल्ला !'' बड़ी बेग़म ने कहा, ''मालिक के पुराने हमदर्द हो।''

''वो तो ठीक है, मगर क़ानून तो ऐसी इज़ाजत नहीं देता ?'' मोटे मिर्ज़ाबेग ने अपना एतराज पेश किया।

तब गुलनार ने आँखों में आँसू भरकर कहा, ''किए-किराए पर पानी फिर गया ?'' इसलिए उन्हें पागल बनाया था ? तब तो बड़ी बढ़-बढ़कर बातें बनाते थे, अब तुम्हारी वह अक़्ल कहाँ गई ?

मिर्ज़ाबेग सिर नीचा करके सोचने लगे। फिर उन्होंने सिर उठाकर कहा, ''मुझे कौन बचाएगा ?''

''तुम्हें मारनेवाला है कौन ?'' कुलसुम ने पूछा।

''नवाब साहब।''

"वह अब पागल हो गए। वे कहाँ ? तुम आगे की बात करो मिर्ज़ाबेग," नर्गिस बेग़म ने टोका।

"मालिक तो वे ही हैं बेग़म साहिबा। आपके या मेरे कह देने भर से तो काम चल नहीं जाएगा, आख़िर हर बात को खड़ा करने के लिए कुछ सहारा भी तो चाहिए ? अगर कोई औलाद होती तो उसके सहारे अर्जी दी जाती कि बेगमें उस बच्चे की परवरिश कर रही हैं। सरकार मदद दे। कोर्ट ऑफ़ वार्ड्स की कोई ज़रूरत नहीं। मगर यहाँ औलाद की बजाय माँ-बाप हैं। हम खुद अभी औलाद हैं। लेकिन अब चूँकि औलाद नहीं, लिहाजा सरकार कोर्ट ऑफ वार्ड्स में सारी जायदाद ले लेगी और फिर वह जायदाद तबाह हो जाएगी। हमारी जगह कोई और खाने लगेगा और निहायत बेरहमी से खाएगा, क्योंकि माले मुफ़्त..." मिर्ज़ाबेग ने हाथ उठाकर नचाया, "फिर" ? हम, और आप, सबकी तनख़्वाहें बँध जाएँगी और पहले नवाब साहब थे अब बहुतों की कोर्निश करनी पड़ेगी।

"वाह मिर्ज़ा साहब," गुलनार ने हाथ नचाकर कहा, "इसी पर बड़ी डींगे हाँकते थे कि यह कर दूँगा, वह कर दूँगा।" मियाँ, जरी चेहरा तो देख लेते अपना। न इधर का रखा, न उधर का। तुम्हारा क्या हुआ ? हमारी तो यह और वह दोनों दुनिया बिगड़ गई।

बेग़म रोने लगी। कुलसुम शून्य दृष्टि से देख रही थी। बड़ी बेग़म का रोना देख नर्गिस की आँखों में डर समा गया।

जब मख़मूर साहब भीतर आए तो सबके चेहरों पर स्याही थी। मोटे मिर्ज़ाबेग बीच में बैठे हैं। गुलनार बेग़म रो रही हैं। कुलसुम और नर्गिस दोनों सिर झुकाए उदास बैठी हैं। मख़मूर की कुछ भी समझ में नहीं आया। वह कुछ देर चुपचाप देखता रहा, फिर धीरे-धीरे आकर नीचे बैठ गया। नर्गिस बेग़म ने देखा तो फौरन कह उठी, "आ गए मख़मूर मियाँ ! लो जो होना था सो तो हो चुका।"

"माफ़ी चाहता हूँ हुजूर ताबेदार बिल्कुल नहीं समझा कि क्या होना चाहिए था, जो नहीं हो सका," उसका स्वर नितान्त निश्चित था। उसके हृदय में न शंका दिखती थी, न वेदना। सबने उसे आश्चर्य से देखा।

मख़मूर ने कहा, "इजाज़त हो। जान बख़्शी जाए।"

"बख़्श दी भाई, बख़्श दी," मिर्ज़ाबेग ने चिढ़कर कहा, "अब कुछ कहोगे भी ?"

"तो हुजूर उधर छोटे नगले में एक पीर साहब आए हुए हैं। आपकी इजाज़त हो तो मैं उन्हें बुलवाऊँ। वे शायद कुछ मदद कर सकें। हाँ, बड़े पहुँचे हुए आदमी हैं। खुदा का उन पर साया है, अल्लाहवाले हैं।"

"यह तो ठीक है," गुलनार बेग़म ने कहा, "मगर वे क्या कर सकते हैं ?"

"हुजूर जान बख़्शी जाए।"

"मख़मूर मियाँ !" नर्गिस ने चिढ़कर डाँटा, "होश की दवा करो। तुम्हारी दिल्लगी इस वक़्त बिल्कुल नहीं सुहाती।"

मख़मूर मियाँ लचके और अन्दाज़ से बोले, "तो सरकार !" वह-वह करिश्मे उनके

हाथों में हैं चाहें तो कलक्टर को अन्धा करवा दूँ, चाहें तो सारी हुक़ूमत दिलवा दूँ, और चाहें तो एक पुड़िया में चाँद से बच्चे का दीदार करा दूँ।

बेग़में बच्चे का नाम सुनकर जरा झेंपीं। मिर्ज़ाबेग ने मुड़कर कहा, "क्या कहा ? ऐसा हो सकता है ?"

गुलनार बेग़म ने चिल्लाकर कहा, "सब ऊलजलूल बात है।" यह सब रुपया खाने की बात है। तुम्हें किसी चीज़ की ज़रूरत हो हमसे सीधे ही जो माँग लो।

"लाहौलबिलाकूवत," मख़मूर ने कहा, "आप भी मुझ पर कैसे शक करती हैं। चमड़ी उधड़ जाएगी मगर जब तक आपका इशारा नहीं होगा, लहू तक नहीं निकलेगा। हाँ ! बेग़म साहिबा !"

"मरे तुम्हारा पीर," नर्गिस ने कहा, "हमें नहीं चाहिए कोई मुआ। अब यहाँ बच्चा कहाँ से आएगा ?"

"आएगा," मिर्ज़ा साहब ने भारी और संजीदा आवाज़ में कहा, "आना ही होगा। वरना सारी ज़ायदाद कोर्ट हो जाएगी और सब तबाह हो जाएगा।

उसके दृढ़ निश्चय को सुनकर सब स्त्रियाँ चौंक उठीं। मख़मूर मियाँ को दोनों लचके लगे और वे मुँह फाड़े अवाक् देखते रहे। मिर्ज़ाबेग ने कहा, "कह दूँ ?"

"इसमें भी कोई पूछने की बात है ?" गुलनार बेग़म ने कहा।

मिर्ज़ाबेग अब स्वामी के दर्प से बात करने लगे। उन्होंने कहा, "मख़मूर मियाँ ! और वह जहेज़ क्या हुआ ?"

"वह सब माल भीतर रखा है," कुलसुम ने उत्तर दिया।

"ठीक है," मिर्जाबेग कहने लगे, "नवाब पागल हो गए। मगर यह न समझिए वे चुप होंगे। अगर उन्होंने घर की तलाशी करवा दी और माल बरामद हो गया तो ?"

"हुई अल्ला !" तीनों बेग़में एक साथ कह उठीं। उनके चेहरे फ़क पड़ गए। मख़मूर तो रोने लगे, सस्वर। उस समय वह रोने की भद्दी आवाज़ उन सबके हृदय को दहला गई। उन्हें लगा वे सब गिरफ़्तार हो रहे थे।

"जी हाँ, घबराने की कोई बात नहीं है," मिर्ज़ाबेग ने फिर कहा, "लेकिन उन्हें मालूम ही क्यों होगा ?" और वह ठठाकर खिल-खिल करके हँसे। उनकी मोटी स्थूल काया एक बार मख़मूर की ओर झुकी और जब वे सीधे हुए तो उनसे सन्तुलन नहीं हुआ। वे बेग़म कुलसुम पर झोंका खा गए। सबके चेहरे पर मुस्कुराहट दिखाई देने लगी।

मिर्ज़ाबेग ने फिर कहा, "वाह मियाँ मख़मूर।" तुम्हारा ज़िगर तो ज़रा कमज़ोर है। म्याँ इतनी-इतनी सी बातों से अगर घबराओगे तो आख़िर नाव पार कैसे लगेगी ?

"मैं शर्मिन्दा हूँ, मैं शर्मिन्दा हूँ," मख़मूर ने उनके घुटने पकड़कर कहा, "अब ज़रा तरक़ीब बताइए।"

"पहले क़सम खाइए, कुरआनशरीफ़ की, जो मैं कहूँ वह बस हम पाँचों के भीतर ही रह जाएगा।"

''मंजूर-मंजूर,'' सबने क़सम खाई।

''अब दूसरी कसम खाइए कि जो मैं कहूँ वही किया जाएगा,'' सबने एक-दूसरे की ओर देखा।

''हाँ-हाँ, घबराने की बात नहीं। मैं कोई परेशानी की बात नहीं कहूँगा। निहायत आसान सी बात है।''

''कहिए भी,'' नर्गिस ने कहा।

''पहले क़सम खा लीजिए,'' मिर्ज़ाबेग अडिग रहे।

''अच्छी बात है,'' सबने कहकर दबी ज़बान में क़सम खाई।

''जब कहिए,'' नर्गिस ने कहा, ''आप भी बड़े हठीले हैं।''

मिर्ज़ाबेग इस बात को सुनकर ऐसे बाग-बाग हो गए, जैसे कोई कोयल थे, जिससे किसी सुन्दरी ने हठीले कह दिया हो। सबकी उत्सुक आँखें उन्हें चुराने लगीं। उन्होंने कहा, ''मैं कलकत्ते जाता हूँ।'' वह सामान वहीं ले जाऊँगा। वहीं बेचूँगा।

''अकेले ही ?'' कुलसुम ने पूछा।

''अकेले नहीं बेग़म। आप मेरे साथ चलेंगी। गुलनार बेग़म यहाँ घर सँभालेंगी,'' और टेढ़ी नज़र से मख़मूर को देखकर कहा, ''नर्गिस बेग़म और मख़मूर मियाँ बाहर नज़र रखेंगे। और मैं और कुलसुम बेग़म कलकत्ते में सामान बेचकर आएँगे। और अभी एक बात और है।

''वह क्या ?'' सबने उत्सुकता से फिर पूछा।

''वह यह कि आप मशहूर कर दें कि कुलसुम बेग़म के जरिए ही नवाब साहब का खानदान चलनेवाला है।''

''मिर्ज़ा साहब !'' कुलसुम ने चीख़कर कहा, ''आप पागल हो गए हैं।''

''मैं पागल नहीं हूँ बेग़म। आप और औरत हैं, खता मुआफ़ हैं। जो काम आप कर सकती हैं, वही मैं अर्ज़ करता हूँ। यह मेरे बाएँ हाथ का खेल है। चार बल्कि छह महीने का हमल है, यह बड़े से बड़े डॉक्टर से साबित करवा सकता हूँ। फिर बच्चा अपने पास आ गया और काम बन गया।''

''बच्चा ! कैसा बच्चा !!'' नर्गिस ने पूछा।

''कलकत्ता ! कलकत्ता ! बेग़म ! कलकत्ता ! वहाँ से लाना होगा एक अच्छा सा ख़ूबसूरत-सा बच्चा। यहाँ ख़बर उड़ा दी जाएगी कि मिर्ज़ाबेग बेग़म का इलाज करवाने कलकत्ता गए।''

मिर्जाबेग की बात ने असर किया। पहले तो सब चौंके। ख़ामोश बैठे रहे। कुलसुम बेग़म का चेहरा लाल हो गया; लेकिन बात ठोस थी। निहायत आसान थी। जम गई।

आज मिर्ज़ाबेग ने कुलसुम की ओर देखा और हँसकर कहा, ''बेग़म !'' सारा सामान बेच दिया। लो, यह रक़म तुम्हारे हवाले कर दूँ। लेकिन एक बात है और भी तो लोग हैं। सभी में रकम बँटे तो ठीक होगा।

उसके होंठों पर एक कुटिल मुस्कुराहट थी।

बेग़म ने पूछा, ''कितने में बिका।''

''अस्सी हज़ार नकद हैं,'' मिर्ज़ाबिग ने पाँव फैला दिए। बेग़म के कानों में आवाज़ गूँज उठी।

3

उसी समय द्वार पर एक स्त्री दिखाई दी। उसके साथ एक नवयुवक था। अजीज़ बहादुर के यहाँ देखा हुआ व्यक्ति एकदम मिर्ज़ाबिग को कुछ परिचित सा दिखाई दिया। उन्होंने कहा, ''आइए, आइए, तशरीफ़ लाइए।''

दोनों भीतर आ गए। बेग़म साहिबा वैसे तो पर्दा करती पर यहाँ उस ढंग का पर्दा करके वे अपनी असलियत को खोलना नहीं चाहती थीं। लिहाजा वैसे ही बैठी रहीं। उनके बैठने पर मिर्ज़ाबिग ने कहा, ''आपको शायद मैंने कहीं देखा है।''

उस युवक ने कहा, ''ऐसा ही मुझे भी लगता है।''

''वही तो। लेकिन कुछ बता सकते हैं कहाँ ? आप राजा साहब रामनाथजी को जानते हैं। वही जो बानापुर के ताल्लुकेदार हैं ?'' मिर्ज़ाबिग ने कुछ याद करते हुए कहा।

''जी हाँ। मैं उन्हें जानता हूँ,'' युवक ने जैसे टालते हुए उत्तर दिया, ''आपको शायद मैंने नवाब साहेब अजीज़ बहादुर कैरा के यहाँ...''

''ताबेदार को मिर्ज़ाबिग कहते हैं।''

युवक ने उछलकर कहा, ''और आपने मुझे नहीं पहचाना ?'' मैं हूँ उमानाथ !

''उमानाथ !'' मिर्ज़ाबिग ने चौंककर पूछा, ''अमा तुम तो खो गए थे ?''

''तो अभी मैं मिला ही कहाँ हूँ ?''

''फिर भी आख़िर ? यहाँ कहाँ ?''

''लम्बा किस्सा है, वक़्त आने दीजिए, सुना दूँगा। आप ? आप भारतीय फ़िल्म कम्पनी में हीरोइन हैं मिस नीरा। मगर हज़रत यहाँ क्यों हैं ? और आपके साथ, बे अदबी माफ़ हो...''

उमानाथ ने बेग़म साहिबा कुलसुम की ओर देखा जो एक सुन्दर स्त्री थी। बेग़म ने सिर झुका लिया। मिर्ज़ाबिग ने कहा, ''वक़्त आने दीजिए। मैं भी बता दूँगा, और वे ज़ोर से हँस दिए। उमानाथ इस समय बेहतरीन सूट पहने था। उसके गोरे रंग को जैसे मेहनत ने अब कई रोज़ से छोड़ ही दिया है। सिर्फ़ आँखों के नीचे कुछ काले निशान हो गए हैं। उसने टेढ़ी निगाह से बेग़म को देखते हुए कहा, ''इधर से गुज़रते हुए निगाह पड़ी तो लगा था जैसे मैंने आपको कहीं देखा है।'' पर अरसा गुज़र चुका था। बताइए न ? पहले कॉलेज के होस्टलों में रहना, फिर चला गया विलायत, लौटा तो दम मारने की फुर्सत नहीं मिली। अब ज़रा आज़ाद हुआ हूँ। लम्बा क़िस्सा है। छोड़िए। तो मिस नीरा ने कहा, ''चलकर पूछ ही लिया जाए। चले आए। आप लोगों ने बुरा तो नहीं माना होगा ?''

"बुरा ?" मिर्ज़ाबेग ने कहा, "परदेश में ? और बुरा ? वह फिर ठठाकर हँसे। वाह ! भाई उमानाथ। वाह ! जी न चाहा, सैर सपाटे के लिए कलकत्ता आ गए।"

"जी हाँ," उमानाथ ने बेगम की ओर उड़ती नज़र से देखकर कहा, "वह तो मैं देख ही रहा हूँ।"

मिर्ज़ाबेग हँसे। बेगम मन-ही-मन क्रुद्ध थीं। मिर्ज़ाबेग ने भी बात काटा। उसी नज़र से मिस नीरा को देखकर पूछा, "और आप क्या रोज़गार या तिज़ारत या..."

एकाएक मिस नीरा उठ खड़ी हुई। उमानाथ भी उठ पड़ा।

उसने कहा, "माफ़ कीजिएगा।" बग़ल के कमरे में ही हम लोग हैं। ज़रूरत पड़े तो भूल न जाइएगा। गुलाम हाज़िर है। उसने फिर बेगम को देखा और फिर उस कूल्हे मटकाकर चलनेवाली औरत के पीछे निकल गया। जिसके पिछवाड़े पर मिर्ज़ाबेग अपनी आँखों को फिसला रहे थे। जब वे चले गए बेगम ने कमरे का दरवाज़ा बन्द कर लिया और तेज़ आवाज़ में पूछा, "क्या देख रहे हैं मिर्ज़ा साहब ?"

मिर्ज़ा अडिग रहे। कहा, "देख नहीं रहा था। बदला ले रहा था। वह बदतमीज़ आपको घूर रहा था, मैंने इसी से उसकी उस तवायफ़ को घूरा।

बेगम भन्ना उठी। कहा, "और यही वह मेरे बारे में सोच रहे होंगे।"

"लाहौलबिलाकूवत बेगम। यह आप क्या बक रही हैं ?"

"बक रही हूँ ? क्या यही मेरी तारीफ़ का तरीका था ? आपके कहने से क्या ज़ाहिर हुआ होगा ?"

"ओह हो ! तो गोया यह ज़ाहिर हो जाना चाहिए था कि आप दरअसल हैं कौन ?"

बेगम निरुत्तर हो गई। यह वह नहीं चाहती थी। उसने धीरे से कहा, "मगर यह भी तो ठीक न था।"

"तो बेगम आपने पर्दा क्यों नहीं किया ? मैं उस हालत में आपको अपनी बीवी ही कह सकता था। पर मेरी बीवी बेपर्दा तो हो नहीं सकती थी ! बताइए ?"

बेगम बहुत कच्ची पड़ी। उसने पलंग पर लेटकर कहा, "अब यह परदेश है। जो हो वही थोड़ा।"

"परदेश है तो क्या ?" मिर्ज़ाबेग कह उठे, "आपने तो अभी कलकत्ता भी नहीं देखा। बेगम एक बात कहूँ ?"

"कहिए।"

"आपने ज़िन्दगी नहीं देखी।"

"कभी आपने अंग्रेज़ी नाच-गाने देखे हैं ? आज़ादी से मोटर में घूमी हैं, सिनेमा देखा है ?"

"नहीं !" उस स्वर में एक कमजोरी थी। एक लालच था जैसे वह सब नहीं किया, हाय, वह सब नहीं किया। छब्बीस वर्षीया सुन्दरी एक अधेड़ की पत्नी थी और वह भी उस अधेड़ की जिसका शरीर और यौवन बहुत पहले ही शराब और ऐयाशी ने चर लिए

थे। अब वह एक जलन भर थी जिसने यौवन के इस छलछलाते प्याले को खाली करने की ऐंठन महसूस की।

"बेग़म," मोटे मिर्ज़ा उठे और पलंग के पैताने बैठ गए। बोले, "यह मौके बार-बार नहीं आते। जब गुलनार बेग़म आई थी तब नवाब नौजवान थे और वह तब अकेली थी। नर्गिस बेग़म दूसरी ही थीं, नहीं, मैं नहीं कहूँगा।"

"क्यों नहीं कहोगे ?"

"बात यह है बेग़म ! मुझे बहुत सूना-सूना सा लग रहा है। कलकत्ते में मैं एक बार गला तक तर नहीं कर सका।"

क्यों ? "तुम्हारे डर से।"

बेग़म मुस्कुराई।

"तो पी लूँ सरकार ?" मिर्ज़ा ने उठकर कहा।

"मेरी बला से।"

"उम्रदराज़ रखे ख़ुदा आपको। उम्र हो आपकी हज़ार बरस, और हर बरस में दिन हों पचास हज़ार..."

"बस-बस," बेग़म ने कहा। वह चाहती थी, मिर्ज़ा पिए और नशे में उगल दे, आज नर्गिस का भेद। और बेग़म चाहती थी कि वे रुपए जो इसकी जेब में हैं...काश वह नशे में हो और उनमें से काफ़ी रुपए वह अलग उड़ा ले...

मिर्ज़ा पीने लगा। बेग़म ने कहा, "कलकत्ते में बहुत ऐश हैं मिर्ज़ा साहेब ?"

बेइन्तहा। उफ़ ! इतने, इतने ! बेग़म, दिल में आग धधक उठती है। आग ! हूक सी लगी रहती है। एक बात कहूँ ?

"कहिए।"

"बुरा मान जाएँगी।"

"कहिए भी।"

"जान बख़्शी जाए।"

बेग़म ऊबने लगी। उसने कहा, "तो क़सम ही लीजिएगा ?"

"बेग़म," मिर्ज़ाबेग ने कहा, "आपने पी है, पर लुत्फ़ नहीं लिया। आज ज़रा पीकर देखिए !"

बेग़म सुन रही थी। मिर्ज़ाबेग कह रहा था, "अस्सी हज़ार हैं बेग़म। चार दिन में तीस हज़ार ख़र्च करेंगे। वह ऐश कि याद रह जाए। मगर ज़रा चखकर तो देखिए। उसने प्याला भरा और घुटनों के बल सामने बैठ गया। बेग़म ने देखा मुस्कुराई और फिर प्याला ले लिया।

बेग़म आप आज़ाद हैं। गुलनार नहीं। नर्गिस नहीं। मिर्ज़ा ने झूमकर उठते हुए कहा, "उन्हें तो फुर्सत मिली।"

बेग़म ने प्याले में धीरे से चुस्की ली और कहा, "तो हुआ क्या ? क्या किया उन्होंने ?"

"कुछ नहीं किया बेग़म। वह तो मख़मूर की ही क़िस्मत थी। अल्लाह जानता है मख़मूर चुगद है। पर नर्गिस बेग़म को वही अच्छा लगता है। उसी पर रहम हैं, करम हैं...हमें कोई सहारा नहीं। कोई किनारा नहीं। मैं तो कभी-कभी सोचता हूँ कि मेरा क्या होगा ? मेरे साथ कौन है ?"

पहला प्याला ख़त्म हो चुका था। बेग़म ने प्याला छोटी मेज़ पर रख दिया। उसके शरीर में लहर झनझनाने लगी थी। बड़ा वेग था। इस आज़ादी ने उसके पैरों को ज़मीन से उठा दिया था। वह अब उड़ रही थी। उसने कहा, "मैं हूँ मिर्ज़ा साहब।" मैं हूँ।

मिर्ज़ा ने फिर से प्याला भरकर बढ़ाया, "बेग़म एक और।"

"नहीं, अब नहीं।"

"आपको मेरे सर की कसम।"

बेग़म ने दूसरा प्याला भी पी लिया। और वे खड़ी हुई।

"मिर्ज़ाबेग।"

"बेग़म।"

"एक गाड़ी तो लाओ। चलो ज़रा सैर कर लें ?"

मिर्ज़ाबेग का मन भीतर ही भीतर आनन्द से काँप उठा।

टैक्सी में सारी बड़ी-बड़ी सड़कें घूम लीं—बस कहीं नाम दीखते थे—और कुछ नहीं। विराट अट्टालिकाएँ, विराट जन समाज, महान् श्रम, महान् यातना...कुछ नहीं। बेग़म झूम रही थी। आज सुख था। आज उसका स्त्रीत्व सफल था। वह पागल हो रही थी। उसने क़हा, "मिर्ज़ाबेग कमरे पर।"

टैक्सी प्रिंसेज होटेल पर रुकी। बेग़म लड़खड़ाते पाँवों से पलंग पर गिर गईं।

मिर्ज़ाबेग उठ खड़ा हुआ। उसकी आँखें जल रही थीं।

शाम को वह बहुत ख़ुश था। बेग़म एक ओर लजीली सी बैठी थी। मिर्ज़ा कह रहा था, "कल रेसकोर्स पर चलेंगे बेग़म। आज से दस साल पहले इसी कलकत्ते में नवाब अजीज़ बहादुर ने मुझे अपना साला बना दिया था। मैं क्या देख रहा था। और आज वे मेरे साले बन गए हैं ! नहीं। नहीं ! यह कैसे हो सकता है तुम उनकी बीवी हो बहन नहीं।"

बेग़म लेट गई। उसे नींद आ रही थी। उसने मिर्ज़ा से कहा, "मिर्ज़ा प्यास लग रही है।"

"पियो बेग़म। यह आग पियो। इससे धुआँ नहीं निकलता, लपट निकलती है..." वह हँस रहा था।

बेग़म फिर शराब का प्याला पी रही थी। मिर्ज़ा उसके बालों से खेलता हुआ कोई गज़ल गा रहा था।

कलकत्ते का वैभव अब धधक उठा था। रात का अँधेरा चारों ओर छा गया था। दोनों सो गए।

जब रात गहरी हो गई बेग़म दबे पाँव उठी। उसने चुपचाप मिर्ज़ा की जेब से सब

रुपए निकाले। कुछ नोट हज़ार-हज़ार के अलग रख लिये। बाकी गड्डी तह करके रख दी। फिर उसने अपने ढीले रेशमी लहँगे जैसे पाज़ामे के इज़ारबन्द की पोल में उन नोटों को घुसा दिया और आकर अपने पलंग पर लेट रही। मिर्ज़ा गहरी नींद में था। वह फिर उठी। चुपचाप दरवाज़ा खोलकर बाहर गई। देखा बग़ल का कमरा खुला था। मिस नीरा और उमानाथ शराब की चुस्कियाँ ले रहे हैं। उस सिनेमावाली की पोशाक में से उसकी अधनंगी देह दिखाई दे रही थी। उमानाथ की सिगरेट का धुआँ, उस अभिनेत्री की सिगरेट के धुएँ से मिलकर झूलने लगा।

बेग़म चुपचाप देखती रही। उसे लगा वे आदर्श थे। दोनों स्वस्थ, दोनों युवक। इस विचार से वह एकदम बहुत व्याकुल हो गई। कमरे में घुसकर उसने द्वार बन्द कर लिया और पलंग पर लेटकर रोने लगी।

अचानक मिर्ज़ाबिग चौंक उठे। कहा, ''बेग़म ! रोती हो ?'' फिर जैसे वह समझ गया था, उसने समझाया, ''मौज़ करना सीखो बेग़म, मौज़। दुनिया मौज़ चाहती है।'' नर्गिस को देखो। तुम अभी जवान हो। पैसा है, उम्र है, हुस्न है, ओहदा है। तुम्हें क्या चाहिए ? तुम भी किन दकियानूसी पचड़ों में पड़ी हो। बेग़म, जो खा पी लिया, वही अपना है। जब घर चलेंगे तब वही रोना है। यहाँ क्यों बेकार रिसती हो। तुम भोली हो बेग़म। जो रहम तुमने मुझ पर इतने दिन बाद पहली बार आज किया है, न जाने कब बेग़म गुलनार और बेग़म नर्गिस कर चुकी थीं। पर वह सिलसिला टूट गया। तुम तो नहीं तोड़ दोगी तोताचश्म ?''

''नहीं,'' बेग़म कुलसुम ने कहा।

हवा कमरे में घुसी आ रही थी, खिड़की की राह।

''नवाब ने मछली का ब्याह कराया था बेग़म, लेकिन कभी दिल पर हमदर्दी से हाथ नहीं रखा...''

बात अधूरी रह गई। बेग़म ऊँघने लगी थीं। मिर्ज़ा धीरे-धीरे बेग़म के पलंग की ओर बढ़ रहा था; क्योंकि रात अब ठंडी हो चली थी।

छठा परिच्छेद

1

नवाब साहब अजीज़ बहादुर कैरा और श्यामनाथ जब घूमते-घूमते काफ़ी दूर निकल आए तो नवाब साहब सड़क के किनारे बैठ गए। थक श्यामनाथ भी गए थे। पास बैठते हुए उन्होंने कहा, ''चलिए, अब लौटना चाहिए।'' दया इन्तज़ार कर रहा होगा।

''करने दीजिए,'' नवाब ने कहा, ''अब तो मैं लौटकर वहाँ नहीं जाना चाहता।''

श्यामनाथ चौंके। कहा, ''क्यों ?''

"वह दुनिया अब नहीं छुटके राजा," आप मेरे दोस्त हैं ? उन्होंने अचानक पूछा।

"हाँ, हाँ, क्यों।"

"कैसे दोस्त हैं ? असली या नकली।"

"क्या आप मुझे नकली समझते हैं ?"

"मैं तो आपको असली समझता हूँ छुटके राजा, ऐसा, जो ज़िन्दगी में साथ भी न दे, मगर मौत के वक़्त कसकर पल्ला पकड़ ले। अब कौन है मेरे साथ ? अफ़सर, राजा, नवाब, कांग्रेस, बीवी, नौकर, साथ के ऐयाश, कोई नहीं। केवल आप हैं, बस आप छोड़ेंगे तो नहीं ?"

उस स्वर में एक करुण याचना थी। श्यामनाथ का हृदय झनझना उठा। उन्होंने कहा, "वक़्त बताएगा।"

अजीज़ बहादुर ने झुककर उनके पाँव पकड़ लिये और रोने लगे। "नहीं छुटके राजा। आपका दिल समन्दर की तरह है। आप सचमुच बड़े हैं। मुझसे बड़े हैं। ऊँचे, इतने ऊँचे कि मैं आपके टखने भी नहीं छू सकता। और यह दुनियावाले मुझे और आपको पागल कहते हैं ?"

"बकने दीजिए," श्यामनाथ ने बेफ़िक्री से कहा, "जैसे वह सारी दुनिया को चुनौती दे रहे थे।"

"अब मैं," नवाब साहब अजीज़ बहादुर कैरा ने कहा, "अपने को नवाब नहीं कहूँगा। आपको भी छुटके राजा नहीं कहूँगा।"

"आप मुझे श्यामनाथ कहिए।"

"और आप सिर्फ अजीज़।"

अँधेरा हो गया था। नवाब कहने लगे, "श्यामनाथजी, यहाँ कितना करार है। यह उतरता हुआ अँधेरा मेरे दिल में चैन पहुँचा रहा है।" पर्त, उस पर फिर पर्त... सुनसान...बहुत अच्छा है यह सब। श्यामनाथजी अब कहाँ चलिएगा ?

"दया के घर।"

"नहीं, अब वहाँ नहीं।"

"तो फिर।"

"जहाँ क़िस्मत ले जाए। आपका और मेरा यहाँ है ही क्या ?"

"कुछ नहीं।"

"तो फिर चलिए।"

"लेकिन इस सबके लिए पैसे की ज़रूरत है।"

"ठहरिए," नवाब साहब उठ खड़े हुए। उन्होंने मुड़कर कहा, "ज़रा माफ़ फ़र्माइए।"

नवाब साहब ने पाज़ामा नीचे सरकाया। और नाभि पर बँधी हुई कोई चीज़ खोल डाली। फिर पाज़ामा ऊपर सरकाकर वह चीज़ श्यामनाथ की गोद में फेंक दी।

"देखिए। यह भी काफ़ी नहीं है ?"

श्यामनाथ ने देखा। सोने की चार लड़ की करधनी थी।

''इसी दिन की ख़ातिर मैं इस सोने को सबकी निगाह से छिपाए रखता था श्यामनाथ जी,'' नवाब साहब ने बैठते हुए कहा, ''आज इसे बेच दिया जाए और उसके बाद...''

नवाब साहब ने अपनी तीनों उँगलियाँ दिखाईं जिस पर बड़े-बड़े हीरोंवाली अँगूठियाँ थीं। फिर कमर से एक खंजर निकालकर दिखाया। उसकी मूँठ पर पन्ने, नीलम और पुखराज जड़े थे।

''एक-एक हीरा !'' नवाब साहब ने कहा, ''देखिए ये दो हीरे सूरत में खरीदे थे। यह वालिद साहब मरहूम ने देहली में खरीदा था। उनके वालिद साहब ने यह बड़ावाला हीरा उन दिनों आगरे में खरीदा था। शाहनजफ़ की बेग़म ने यह चौथा हीरा उन्हें खुश होकर दिया था, और यह देखिए।''

नवाब ने कुर्ते के भीतर से हाथ डालकर कुछ निकालकर कहा, ''यह कटार और यह मोतियों की माला। कहा जाता है कि सोमनाथ के मन्दिर की लूट के बाद गज़नी पहुँची हुई यही माला और कटार एक ईरानी सौदागर के हाथ हिन्दुस्तान लौटकर मुग़लों के दरबार में नज़र की गई। जहाँग़ीर ने इन्हें नूरज़हाँ के हाथों में पेश किया। बाद इसके जाटों ने देहली लूटी, और तब यह बेशक़ीमती माला और कटार चन्द दिनों के लिए सूरजमल ले गया। उस वक़्त तख़्ते-देहली की इज्ज़त के लिए शाहनजफ़ ने हमला किया। वहीं नवाब साहब सफदर बहादुर के नौजवान साहबजादे, हमारे हुजूर दादाजान नवाब साहब कादिर बहादुर की आँखें इस पर गड़ गईं। जवाहरसिंह उस वक़्त अलग था। जाट दबा दिए गए हुजूर दादाजान नवाब साहब क़ादिर बहादुर ने मोती की माला और कटार लेकर जाटों को माफ़ी दिला दी। जब रानी किशोरी आँचल पसारकर आईं तो नवाज नज़फ़शाह ने तोड़े लुटाए। जब जवाहरसिंह ने आगे चलकर देहली और आगरा फ़तह करके गंगा में तलवार धोई, तब उसने हुज़ूर दादाज़ान से माला और कटार वापस माँगा। मगर एक मेव के हाथों सवा लाख के हुक्के के पीछे वह धोखे से मारा गया, और हिम्मत बहादुर गोसाईं ने जाटों को चौदह महीने के लिए दबा दिया। उसने हुज़ूर दादाज़ान से सुलह की और तब से हुज़ूर दादाज़ान, हुज़ूर वालिद मरहूम, के ज़माने से यह इसी खानदान में चली आ रही है। श्यामनाथजी, अगर वक़्त आया तो मैं इन्हें भी बेच डालूँगा। उनका गला रुँध गया। उन्होंने फिर उस माला और कटार को ऐसे देखा जैसे वह उनकी सबसे प्यारी चीज़ें थीं। उनका दिल इस वक़्त टुकड़े-टुकड़े हो रहा था। वे कहते रहे—यह सूरत के हीरे, कोई पुर्तगाली सौदागर लाया था। शोहरत थी कि कोई यूरोप का सौदागर जब चीन से लौटा था तो अपने साथ लाया था। चलिए श्यामनाथ जी, मेरा गला खुश्क हो रहा है।

दोनों उठकर लौट चले। नवाब साहब बाज़ार में एक बड़े जौहरी के यहाँ घुसे और एक अँगूठी पेश करके कहा, ''क़ीमत अँकवाना चाहता हूँ।''

जौहरी कोई गोरा-सा खत्री था। उन्हें जानता था। बड़े अदब से उठ खड़ा हुआ। कहा, ''अक्खा !'' जहे किस्मत। तशरीफ़ रखिए। आपकी तारीफ़।

बानापुर के ताल्लुकेदार, रईस, राजासाहब, रामनाथ, आनरेरी मजिस्ट्रेट के छोटे भाई पंडित श्यामनाथ तिवारी, कल तक सुपरिंटेंडेंट पुलिस थे, मन उचाट खा गया, छोड़ दी। तफरीह के लिए नौकरी की थी। कहीं चलती है ! वे हँसे।

''अजी सरकार,'' ज़ौहरी ने कहा, ''आप लोग अगर यह काम करेंगे तो दुनिया में क्या तो ख़ानदान की इज्ज़त, क्या शान। तफ़रीह की बात और है...''

सूरतवाली अँगूठियों में से एक बिकी। नवाब साहब ने दस हज़ार से शुरू करके ज़ौहरी के सात हज़ार पर तोड़ दिया। नवाब साहब जैसे-जैसे तारीफ़ करते थे जौहरी दबकर कहता था, ''सरकार रात है।'' वाह, इसके हम क्या दाम लगाएँगे। यह तो रईसों की चीजें हैं...वाह...क्या चमक है। रात को दिन बना रहा है...

सात हज़ार लेकर नवाब साहब दुकान से उतरे। सीधे दोनों स्टेशन जाकर कैल्नर में पहुँचे। नवाब साहब ने कुछ पी। श्यामनाथ ने सिर्फ़ चाय ली।

एकाएक नवाब ने कहा, ''श्यामनाथजी चलिए।''

दौड़कर टिकिट लिया। पैसिंजर ट्रेन थी। एक ही सेकेंड क्लास का डिब्बा था। उसमें चढ़ गए। डिब्बे में कोई नहीं था। मालूम किया, चलने ही वाली है। यह वह गाड़ी थी जो कानपुर से दलमऊ होकर रायबरेली पहुँची थी; जिसकी चाल पर अनेक कविताएँ लिखी जा चुकी हैं। रास्ते में अत्यन्त सुन्दर दृश्य थे। सघन हरियाली दूर से ही पन्नों और नीलम जैसी चमकती थी। रात को ही उन्नाव निकल गया। दिन में उन्होंने देखा, काले-काले किसान और देहाती, उनकी औरतें–धोती पहननेवाली, सादी और मैली, जैसे सारी ज़मीन जल गई थी, जिसके धुएँ से यह अधपेट खाए गाँववाले झुलस गए थे, उनके चेहरों पर बेबसी थी। दुख था। भिखमंगे गाड़ी रुकते ही गाते थे। बच्चे कला दिखाते थे। छोटे-छोटे ज़मींदार, अपना सफ़ेद चुन्नटवाला अँगरखा पहने, पट्टेदार बालों पर ख़िजाब लगाए, पान चबाते, हाथों में हुक्के लिये तीसरे दर्जे में ही शान में घुस आते थे। पके फलों की डालियाँ रेल में लदवाते थे। राह में न चाय मिलती थी, न कुछ खाने को साफ़ चीज़ थी। वह हँड़ियों जैसे कुल्हड़ों में लड्डू थे। नवाब साहब ने भी एक कुल्हड़ ख़रीदा। ''आप भी लीजिएगा एक कुल्हड़ !''

श्यामनाथ ने मना कर दिया।

धान की लहलहाती फसलें अभी शुरू नहीं हुई थीं। पानी ज़रूर भर गया था, जिनमें कहीं-कहीं झुके हुए मर्द और औरत बो रहे थे। दूर बहुत से मज़दूर कोई सड़क कूट रहे थे, कुछ पेड़ों की घनी छाया में बैठे सुस्ता रहे थे। छोटे-छोटे स्टेशनों पर प्लेटफ़ार्म के पास ही कहीं ऊँची मस्जिद या ऊँचा मन्दिर दिखाई देता। एक के बाद एक गंज गुज़रता जा रहा था। लगता था पैदल यात्रा हो रही है।

रायबरेली स्टेशन की छोटी सी इमारत पर साँझ की छाया लोटने लगी थी। जब गाड़ी रुकी दोनों उतरकर सीधे वेटिंगरूम में चले गए। पंडित श्यामनाथ ने आरामकुर्सी पर पाँव फैला दिए। उन्हें इस समय भूख लग रही थी। नवाब साहब के पेट में चूहे दौड़ रहे थे। इस अच्छी रेल में सफ़र करने का अच्छा नतीज़ा मिल चुका था। दोनों ने पहले

तो पानी मँगवाकर हाथ-मुँह धोए और फिर पंडित श्यामनाथ पूरियाँ खरीद लाए। इन दिनों यद्यपि स्टेशन की पूरियों में घर का स्वाद नहीं था, फिर भी घासलेट, घी या वनस्पति घी का प्रचलन नहीं था। भूख इतनी तेज़ थी कि दोनों ने पेट भरकर पूरियाँ खाईं। कपड़े कुछ मैले हो गए थे। वास्तव में थे वे अब भी साफ़, परन्तु अब पहले जैसे भकाभक सफ़ेद नहीं थे। खा-पीकर अपने-अपने हाथों से ही अपनी-अपनी पत्तलें बाहर फेंक दीं और दोनों विचार करने लगे।

"अब कहाँ चलिएगा !" श्यामनाथ ने पूछा, "कहीं टिकना चाहिए..."

"जहाँ अपना कोई न हो, हमें कोई न जानता हो। श्यामनाथजी, मैं दुनिया से अपना मुँह छिपा लेना चाहता हूँ। हम और आप दो आदमी हैं। हमें सादगी से रहने के लिए एक हज़ार रुपया महीना काफ़ी है। क़रीब पाँच हज़ार की करधनी बिक जाएगी। वह सोना मैंने इसीलिए छिपा रखा था। पाँच हज़ार। इस वक़्त जेब में है क़रीब सात हज़ार। बारह हज़ार। साल-भर तो यों गुज़र गया।"

"वाह अजीज़ साहब। हज़ार रुपया महीना क्या कीजिएगा," श्यामनाथ ने टोककर कहा, "मैं तो भइया के पास लौट जाऊँगा।"

"भइया के पास !" अजीज़ बहादुर ने उदास होकर कहा, "तो देख ली आपकी भी दोस्ती।"

श्यामनाथ यह नहीं सुनना चाहते थे। उन्होंने कहा, "अच्छी बात है, मैं नहीं जाऊँगा।"

"नहीं, आप चले जाइए। आपके आराम में कमी पड़ जाएगी।"

"अजीज़ बहादुर !" श्यामनाथ ने तीखी आवाज़ में कहा, "आप एक दोस्त की बेइज़्ज़ती नहीं कर सकते।"

अजीज़ बहादुर मुस्कुराए। कहा, "मैं तो देख रहा था !" खरे उतरे। आदमी यार सोने के हो। हाँ, तो फिर सात सौ रुपया महीना रखूँ ! फिर तीन अँगूठियाँ हैं, मोतियों की माला है, बहुत है !"

श्यामनाथ ने कुछ नहीं कहा। अजीज़ बहादुर कहते रहे, "कलकत्ता बहुत बड़ा शहर है। वहाँ हमें कोई परेशानी नहीं होगी। मेरे दो-एक मुलाकाती हैं। प्रिंसेज होटेल का मैनेजर मेरा ताबेदार ही समझिए। एक बार एक मेम उसने मेरी ख़िदमत में पेश की थी। जिसे मैंने कमरे में भी नहीं घुसने दिया। तब से वह मुझे बड़ा भारी फ़कीर समझता है..."

अजीज़ बहादुर हँसे। "अब वह सब भी छोड़ दूँगा। लेकिन एक चीज़ है। कम-से-कम दो पेग मुझे रोज़ाना चाहिए ! पंडितजी ! उनके बिना मैं ज़िन्दा नहीं रह सकता।"

"बस दो," श्यामनाथ ने कहा, "जिस दिन तीन हुए उसी दिन मैं छोड़कर चला जाऊँगा ।"

"लाहौलबिलाकूबत," अजीज़ बहादुर ने कहा, "तीन !" आप देखिए सवा दो नहीं होंगे। और नवाब ने झुककर कहा, "दुनिया मुझे पागल समझती है ?"

बात का व्यंग्य समझकर श्यामनाथ ने कहा, ''मेरे बारे में भी यह अफ़वाह है। बस बदमाशों की हाँ में हाँ मिलाए जाओ...''

दोनों ठठाकर हँसे। उस हँसी से वेंटिंग रूम में पड़े हुए लाला लोग चौंक उठे।

इसी समय स्टेशन पर ज़ोर का शोर होने लगा। इधर से उधर भागते हुए लोगों ने प्रकट कर दिया कि रेल आ गई है।

2

कमरे के एकान्त में पड़ा-पड़ा उमानाथ अपने अतीत को दुहरा रहा था। हाथ की सिगरेट जल चुकी थी। वह पंडित रामनाथ तिवारी का दूसरा पुत्र, दयानाथ का छोटा और प्रभानाथ का बड़ा भाई था। कितना अद्भुत था वह सारा अतीत जो बीत चुका था।

पढ़-लिखकर उमानाथ अपनी पत्नी महालक्ष्मी की गोद में अपने छोटे बालक अवधेश को छोड़कर विलायत गया था। वहाँ से लौटा तो एक जर्मन स्त्री हिल्डा क्रैमर को लेकर जो हफ़्ते-भर कलकत्ते रही, फिर लौटकर विदेश चली गई। वहीं मॉरीसन नाम का अंग्रेज़ मिला जो अपने को कम्युनिस्ट अन्तर्राष्ट्रीय संघ का भारतीय प्रतिनिधि कहता था। उससे हिल्डा क्रैमर से एक छोटे से सिगरेट केस के पीछे लड़ाई हुई। हिल्डा ने कम्युनिस्ट पार्टी, जर्मनी की सेक्रेट्री होकर भी उसे दे देने के बजाय उसका मुँह अपने बड़े-बड़े नाखूनों से नोंच लिया। उसने उसका हाथ मोड़ दिया। उमानाथ चुप रहा, वह नारी स्वतन्त्रता का हामी था, स्त्री-पुरुष को बराबर समझता था। मॉरीसन भारतीय कम्युनिस्ट पार्टी का उत्तरदायित्व उमानाथ को देकर जब जाने लगा, तो उसने एक मेम से उसकी बिल्लियाँ छिपाकर रक़म वसूल की। उमानाथ ने उसे अपनी पत्नी ब्याहने की राय दी। कानपुर जाने पर उमानाथ ने दयानाथ और कांग्रेस का मज़ाक उड़ाया। ब्रह्मदत्त को, जिस दिन वह डिक्टेटर बन रहा था, उस दिन उमानाथ ने रोक दिया।

एक-एक करके उमानाथ को याद आने लगा। परिणाम यह हुआ कि पुलिस को टोह लग गई कि वह कम्युनिस्ट था। उसने रिश्वत देकर अपने को बचाया और विलायत जाने को पिता से रुपए माँगे। उन्होंने इनकार कर दिया। तब उसकी पत्नी महालक्ष्मी ने उसे अपने गहनों का डिब्बा दे दिया, जिसे लेकर वह कलकत्ते भाग आया।

इस पूरे समय उमानाथ अपने को कम्युनिस्ट समझता रहा। अपने को सर्वोच्च क्रान्तिकारी समझता था। लेकिन कलकत्ता आते ही उसके सपने चूर-चूर हो गए।

उमानाथ को लगा वह बहुत अधिक बेचैन था। उसने मेज़ पर रखी बोतल उठाकर अपने गिलास में शराब डाली और गट-गट करके पी गया।

''यह क्या कर रहे हो ?'' देखा, द्वार पर नीरा खड़ी थी।

''एकदम ऐसी नीट। और इतनी ज्यादा ?'' उसने पास बैठकर कहा।

''मैं नहीं जानता। मेरा भविष्य क्या है नीरा ? लेकिन जो कुछ गुज़र चुका है उसे मैं भूल जाना चाहता हूँ,'' उसके स्वर में एक दुख था, एक कचोट थी। उसके उसने

बालों पर हाथ फेरकर कहा, "मुझे बताओ। किसलिए तुम उमानाथ होकर भी बाहरवालों से हीरालाल कहकर अपना परिचय देते हो ? किसलिए तुम इतने उदास हो तुम, मुझे निश्चय है, किसी अच्छे खानदान में पैदा हुए हो। मेरी तरह एकमात्र अभिनेत्री भी नहीं, जिसकी समाज में कोई जगह नहीं हो सकती, एक बाज़ारू औरत, जो अपने आपको पैसे के लिए बेचती रही है।"

उमानाथ ने उसकी गोद में मुँह छिपा लिया। दोनों चुप रहे। काफ़ी देर बीत गई। तब उमानाथ ने अपना मुँह उठाया और कहा, "तो सुनोगी मेरी कहानी !"

"सुनूँगी," नीरा ने कहा, "मुझे वह कहानियाँ अच्छी लगती हैं। जिसमें अपमान से व्याकुल होकर हृदय कराहता है, मुझे लगता है, मैं अकेली ही नहीं हूँ। इस संसार में बहुत से हैं जो दुखी हैं, जो अपने आपसे ऊब चुके हैं।"

उमानाथ ने उसके स्वर की वेदना में एक सहानुभूति पाई। इधर उसका विश्वास उठ चुका था। उसने कहा, "जब मैं विलायत से लौटा था तब पश्चिमी सभ्यता की बाहरी चकमक ने मुझे डुबा दिया था। मैं समाज में एक क्रान्ति करना चाहता था। मैंने जर्मनी में मार्क्स नाम के आदमी की किताबें पढ़ी थीं। वहीं कुछ जवान लड़कों और लड़कियों से जान-पहचान हुई। वे ऊँचे व्यापारियों के घराने के तरुण थे। 'मज़दूरों का राज' नारा लगानेवाले वे लोग रूस की बातें करते थे। मैं भी उनसे प्रभावित हो गया। जब मैं हिन्दुस्तान लौटा तो हिल्डा क्रैमर नाम की एक जर्मन स्त्री के साथ। मैंने उससे विवाह कर लिया था। आज मैं सोचता हूँ, उन थोड़े से जर्मन युवकों ने मुझे बहका दिया था। वे सब नाम की खातिर कम्युनिस्ट हो गए थे। डिल्डा सेक्रेटरी बन गई थी। पर बाद में मुझे मालूम हुआ कि वे सब फासिस्ट बन गए हैं, सब अब मज़दूरों पर गोलियाँ चलाने की टोह में लगे हैं। वे व्यापारियों के बेटे थे, लड़कियाँ धोखेबाज और नाम चाहने वाली थीं। उनको मैं कम्युनिस्ट समझता था। मैं जानता हूँ। तुम मेरी बात पूरी तरह समझ नहीं सकोगी। पर सुनो नीरा। मुझे सुख मिलता है। मेरी पत्नी महालक्ष्मी एक सती और साध्वी स्त्री थी। पढ़ी-लिखी नहीं थी। जबकि मेरा फ़र्ज़ उसे पढ़ाकर अपने साथ तैयार करना चाहिए था। मैंने एक अंग्रेज़ से उसकी शादी की बात की। अच्छा हुआ मैंने यह महालक्ष्मी से नहीं कहा। पर जब मैंने बताया कि दूसरी शादी कर चुका हूँ। तब भी वह बिगड़ी नहीं। बेचारी मजबूर थी। अब मुझे मालूम हुआ, अंग्रेज़ हिन्दुस्तान में कितने चालों से रहते हैं। वह अंग्रेज़ जिसका नाम मॉरीसन था, बना हुआ कम्युनिस्ट था। उसी ने मुझे गिरफ़्तार करवा देना चाहा। उफ़ ! कितनी भयानक भूल थी। मैं नहीं नीरा मैं उस कठिन पथ पर नहीं चल सकता। मज़दूरों का राज होगा, होता रहेगा, पर तब तक मैं नहीं रहूँगा। मैं अपने सुखों को नहीं छोड़ सकता।

जब मैं कलकत्ते आया और विदेश भागना चाहता था। मुझे एक दिन एक आदमी ने रोका। पूछा, "आपका नाम प्रभानाथ है ?" मैंने कहा, "नहीं।" वह मुस्कुराया। शायद समझा मैं झूठ कह रहा था। मैंने बताया, प्रभानाथ मर चुका था। मैं उसका भाई उमानाथ हूँ। कम्युनिस्ट हूँ। यह मैंने तब कहा जब उसने बताया कि पहले एक क्रान्तिकारी था।

वह मुझे जिस घर में ले गया वह एक गली में था, अँधेरी सी थी वह गली। उस कमरे में तीन व्यक्ति थे। बातचीत में मालूम हुआ उनके नाम थे—अपूर्व गंगोली, अविनास घोष, हरिपद मालिक। वे सब कम्युनिस्ट हो चुके थे क्योंकि व्यक्तिगत क्रान्ति से वे ऊब चुके थे। उन्होंने जान लिया था कि खाली बहादुरी ही काफ़ी नहीं है। उसके साथ-साथ समाज को भी जगाना चाहिए। उस समाज में मज़दूर वर्ग ही सबसे अधिक क्रान्तिकारी हो सकता है। एक नई दुनिया जहाँ कोई किसी को लूट नहीं सकेगा।

उन लोगों की कठिन ज़िन्दगी को देखकर मैं घबरा गया। मैंने देखा, नीरा, उस दिन लगा मैं मर जाऊँगा, मेरी आँखों के सामने से पर्दा फट गया, "मैं कम्युनिस्ट नहीं था, मैं सिर्फ़ नाम का भूखा था। मैंने कभी यह नहीं समझा था कि ग़रीबों की याचना कितनी भयानक है।"

लेकिन अब मैं उस सबको भूल जाना चाहता हूँ। नहीं, मैं कम्युनिस्ट नहीं था, नहीं हूँ, और न हो सकूँगा। मैंने उस पथ को छोड़ दिया। और...और...

"और," नीरा ने पूछा।

"मैंने पुलिस को बता दिया कि मैं कम्युनिस्ट नहीं हूँ। मैं फिर रिश्वत देकर छूट गया।"

"तब फिर तुम अब हीरालाल बनकर क्यों रहते हो ?"

"इसलिए कि अब जिस बाज़ारू ज़िन्दगी की मुझे चोट पड़ गई है, उसको छोड़कर मैं घर नहीं जाना चाहता। महालक्ष्मी सुन्दर है, अच्छी है, पर मुझे वह नहीं चाहिए, ठंडी है। मुझे लपट चाहिए, तुम जैसी..."

नीरा हँस दी।

"घुड़दौड़, जुआ, शराब, औरत, व्यापार, सट्टा, झूठ, फ़रेब, रईसी की शान, जो भी आजकल की सभ्यता है, मैं उसमें डूब गया हूँ। मुझे क्या चाहिए। कुछ नहीं। पैसा बेशुमार। लेकिन मुझे एक चीज़ और चाहिए।"

नीरा ने आँखें उठाकर देखा।

"स्त्री का प्यार," उमानाथ ने झुककर कहा, "ताकि मैं जलूँ तो मुझे लगे मैं सिर्फ़ पिघल रहा हूँ। मिट नहीं रहा हूँ। मरने दो नीरा। क़िस्मत से आदमी को आदमी मिलता है। तुम कहाँ थी ? मैं कौन था ? यहीं मिले, अचानक एक दिन और तुमने मुझे अपनी मेहरबानियों से ढक दिया।"

नीरा ने कहा, "जो मरें उन्हें मरने दो। अब यह बताओ तुमने उस थिएटर कम्पनी के बारे में क्या सोचा। खोलोगे कि नहीं।"

"उसके बारे में मैंने बात की है। सेठ रतनचन्द तो तैयार है मगर उसकी एक शर्त है।"

"मैं जानती हूँ," नीरा ने मुस्कुराकर कहा।

"तुम तैयार हो ?"

"तुम्हारी क्या राय है ?"

"इसमें मैं क्या कह सकता हूँ ?"

"कितना रुपया दे देगा ?"

"कम-से-कम एक लाख !"

"एक लाख !" नीरा ने उछलकर कहा, "फिर हम-तुम शहर-शहर में घूमते फिरेंगे। सारी दुनिया अपना घर होगी। किसी से भी अपनापन नहीं...जाम...भरा जाम...कभी भी खाली नहीं होगा..." लगा उसके नेत्र जल उठेंगे। वह उठ खड़ी हुई।

"क्यों ?" उमानाथ ने कहा, "कहाँ ?"

"अपने घर जाती हूँ ?"

"रात को आओगी ?"

"कोशिश करूँगी। हाँ यह पड़ोसी कौन है ?"

"एक नवाब का मुसाहिब है।"

"इसके साथ यह औरत कौन है ?"

"मेरे साथ तुम कौन हो ?"

नीरा ने आँखें तरेरकर देखा।

"अब रूठ गई," उमानाथ ने हँसकर कहा। नीरा भी हँस दी।

"उमानाथ..." नीरा ने कहा, किन्तु उमानाथ ने बीच में ही काटकर कहा, "हीरालाल, मैं उस जीवन को भूल जाना चाहता हूँ, नीरा, जिसमें सम्मान की इच्छा थी। अब मैं वह सब नहीं चाहता न मेरे कोई है, न मैं किसी का हूँ।"

वह उदास सा फिर झुक गया। जैसे मशीन उठती है, उसका हाथ अपने आप बोतल उठाकर गिलास में शराब उड़ेलने लगा। नीरा ने उसका हाथ पकड़ लिया।

"छोड़ दो नीरा। इतनी निठुर न बनो।"

"नहीं, अब बहुत हुआ।"

"और थोड़ी सही। यह मुझे मंज़िल तक पहुँचा देगी।"

"मैं कहती हूँ अब रहने दो। अपने लिए न सही, मेरी ही ख़ातिर मान लो।"

उमानाथ ने नीरा की ओर देखा धीरे से कहा जैसे वह हवा से बात कर रहा था, "मैं गिर चुका हूँ, बहुत तेज़ी से गिर रहा हूँ। राह में रुकावट न डालो। उसमें तुझे ठोकर लगेगी। पर गिरना नहीं रुकेगा, इसलिए मुझे सहूलियत से गिर जाने दो, वहाँ अँधेरे में जहाँ कोई जानता।"

लेकिन नीरा ने उसका हाथ नहीं छोड़ा।

3

दिन ऐसे बीतता था जैसे रात और दिन का फर्क अब नहीं दिखाई देता। मिर्ज़ाबेग एक दिन एक आदमी को लाया। उसके साथ एक बच्चा था। बहुत छोटा बच्चा। शायद पन्द्रह दिन का था। अच्छा गोरा-गोरा बच्चा। बेग़म ने देखा और उस सूखे आदमी से पूछा,

"इसकी माँ है ?"

"जी हाँ रानी साहिबा, है।"

"और वह इसे हमें देने को तैयार है ?"

"जी हाँ, सरकार। वरना करे भी क्या ?"

"लेकिन उसका दिल दुखता होगा ?"

"आप बड़ी दयालु हैं ?" उस आदमी ने मुस्कुराकर कहा, जैसे वह पराजित था।

"तो," कुलसुम ने कहा, "वहाँ ले जाकर तो हम इसके ऊपर ध्यान दे सकेंगे, पर यहाँ से इसे ले कैसे जाएँगे ?"

"उसका इन्तज़ाम भी हो गया है," मिर्ज़ाबेग ने कहा, "इनकी बीवी इसके लिए तैयार है। वही चलकर पहुँचा आएगी। वहाँ जाकर इन लोगों को लौटा देंगे।"

"क्यों जी ठीक है ?" बेग़म ने पूछा।

"ठीक न होगा," मिर्ज़ा ने कहा, "इनका बच्चा एक नवाब बनेगा। यहाँ के मियाँ जी क्या खिलाकर पालेंगे उसे। वहाँ आराम मिलेंगे उसे। बल्कि मैंने तो राय दी है कि महीने-दो महीने बाद में ये लोग भी वहीं आ जाएँ। हम इन्हें मुलाज़िम रख लेंगे। क्यों बेग़म ?"

"मंजूर," बेग़म ने कहा, "इसमें ये लोग भी पास ही रहकर देख सकेंगे। ठीक है। क्यों जी ठीक है ?"

उस आदमी ने सिर झुकाकर कहा, "आप मालिक हैं। जो चाहें करें। क्या उज्र हो सकता है। जहाँ रोटी मिलेगी। मैं, मेरी औरत वहीं आ जाएँगे।"

"अच्छा तो तुम अब जाओ। जिस दिन हम जाएँगे उस दिन बुलवा लेंगे। हाँ, इस बच्चे की माँ से कहना तैयार रहे। ठीक है ?"

वह आदमी उठा। उसने झुककर कहा, "जी हाँ मालिक।"

उसके चले जाने पर बेग़म ने कहा, "आप इसे कहाँ से ढूँढ़ लाए ?"

"इसमें भी कोई मुश्किल है ? कलकत्ते में सैकड़ों भूखे हैं जो बच्चे देने में कभी नहीं हिचकिचाते। फिर मैं तो एक शादीवाले को लाया हूँ। यहाँ तो सैकड़ों ऐसे पैदा होते हैं, जिनकी माँ नहीं जानती कि उनका बाप कौन है ?"

"सो क्यों ?"

"रईस ! रईसी ! वह क्यों भूल गईं आप ? यहाँ जो आता है वह एक औरत रोज़ बदलता है और जो औरतें आती हैं वह भी यही करती हैं।"

बेग़म का हृदय भारी हो गया।

"तो इस तरह यहाँ बड़ा अन्धेर होता है।"

"अब बेग़म ! हम और आप वह कहेंगे तो कैसे दुनिया चलेगी," मिर्ज़ाबेग ने टोका, अरे समझिए, इसकी किस्मत जाग उठी।

अप्रिय प्रसंग छिड़ गया था। मिर्ज़ाबेग उठ खड़े हुए।

"अब कहाँ ?" बेग़म ने पूछा।

"ज़रा जाऊँ। काम तो सब हो ही गए। सैर को जी चाहता है। आप भी चलिए न ?"

"इस वक्त ?" बेग़म ने कहा, "मैं तो ज़रा नींद लेना चाहती थी। रात की खुमारी से सिर कुछ भारी हो रहा है।"

लेकिन मिर्ज़ाबेग नहीं माने। बोले, "तो मैं तो हो आऊँ। क्यों इजाज़त है ?"

"कब तक लौटेंगे ?"

"आप कम-से-कम चार-पाँच घंटे तो आराम फर्माएँगी।"

"उससे ज़्यादा देर न लगाइए।"

"मेरी क्या मज़ाल," मिर्ज़ा ने झुककर कहा और फिर धीरे-धीरे झूमता हुआ कमरे से बाहर हो गया। बेग़म उसको जाते हुए देखती रही। वह दबे पाँव उसके पीछे-पीछे चलकर पर्दे के पीछे खड़ी हो गई। और उसने देखा—मिर्ज़ाबेग एक टैक्सी में बैठकर चला गया। उसकी गाड़ी धीरे-धीरे आँखों से ओझल हो गई। और बेग़म ने बुड़बुड़ाया, "हज़रत ऐयाशी में गए हैं। समझते हैं मर्द हैं लेकिन याद रखना मैं भी औरत हूँ। मैं भी यह काम जानती हूँ।"

वह लौटी और उसने एकबारगी बोतल खोलकर प्याले में शराब डाली और जब शराब चमकी तो उसके गले में एक खुशी की गरगराती-सी आवाज़ निकली। बेग़म ने एक प्याला पिया। दूसरा पिया और वह जब उठी तब उसके पाँव लड़खड़ा रहे थे, धीरे-धीरे। आँखों में सुरूर छा रहा था। वह शीशे के सामने गई और उसने मुँह पर पाउडर लगाकर होंठों पर लाल रंग की कूँची फेरी। फिर गालों पर हल्की ललाई लगाई, फिर बाएँ गाल पर एक काला तिल बनाया और आँखों में सुरमे की सलाई फिराई। वस्त्रों को ठीक किया और लेवेंडर की शीशी उठाकर ढेर सारी बूँदें अपने कपड़ों पर छिड़क लीं। उसके बाद वह हँसी। उस हास्य में एक उन्माद था, एक विभोर आनन्द की छलना थी, जैसे बाँध तोड़ देनेवाली नदी की ऊँची लहरों की गुम्मस गूँज रही थी। और अब वह प्रचंड धारा, लबलबाती बाढ़ किसी से टकराकर बिखर जाना चाहती थी। बेग़म ने गरारे पर हाथ फिराकर देखा। ठीक है। अभी उसके इज़ारबन्द में हज़ारों के नोट हैं। मिर्ज़ा इसे अभी तक नहीं जान सका है। उसकी गर्दन गर्व से उठ गई।

उसने कमरे के द्वार की ओर तेज़ी से क़दम बढ़ाया। लेकिन द्वार पर पहुँचते ही वह गति धीमी पड़ गई। बेग़म कुछ देर सोचती रही फिर वह धीरे-धीरे लौट आई और कुर्सी पर धम से बैठ गई। उसकी स्फूर्ति मिट रही थी, उसकी हिम्मत जवाब दे रही थी।

"नहीं, नहीं, मैं नहीं..." उसके होंठों ने बुड़बुड़ाया और हाथ ने फिर प्याला भरा। शराब गले में लकीर खींचकर उतर गई जैसे किसी ने भीतर मीठे चाकू से काट दिया कि सारा जिस्म भीतर एक जबान हो गया, रस लेनेवाला। वह अपने आप हँसी और अबकी बार वह मस्ती से द्वार की ओर चल पड़ी, विभोर, नशे की गुलाबी में झूमती हुई।

4

दरवाज़ा बन्द था। धीरे से थपथपाहट हुई। उमानाथ इस समय कोई तस्वीरों की विलायती पुस्तिका देख रहा था। उसने पूछा, ''कौन ?''

कोई जवाब नहीं मिला। उसे लगा वह डर गया था। पुलिस ? लेकिन अब पुलिस क्यों ? जो भी हो अब तो खोलना ही पड़ेगा। उसने कहा, ''ठहरिए।''

उठकर गाउन पहन लिया। रेशमी लम्बा चीनी चोगा पहनकर उसने धीरे से द्वार खोला। और देखकर हठात् उसके मुँह से निकला, ''आप ?''

उसे विश्वास नहीं हुआ था, सामने बेग़म कुलसुम को देखकर वह सकते की-सी हालत में खड़ा रहा। बेग़म ने भीतर घुसकर दरवाज़ा भेड़ दिया और कहा, ''डर गए ?''

''आप ?'' उमानाथ को विश्वास नहीं हुआ।

''क्यों ?'' जैसे बेग़म के लिए यह कोई बात ही नहीं।

''मैं इसीलिए चौंक गया,'' उमानाथ ने समझौता करते हुए कहा।

''मेरा वक़्त नहीं कटता था। मैंने आपके काम में खलल डाला ?'' बेग़म ने पूछा। वह मुस्कुराई।

''कतई नहीं। मेरी क़िस्मत खुली जो आपने मुझे क़दम बोसी का मौका तो दिया,'' उमानाथ ने निहायत अदब से जवाब दिया। एक बार उसकी ओर टेढ़ी नज़र से देख, फिर बेग़म मुस्कुराई।

उमानाथ अब तक ठीक हो चुका था। वह स्त्री को कुछ समझने लगा था। उसने दो कदम चलकर अत्यन्त नम्रता से, अपनी कुर्सी की ओर हाथ उठाकर कहा, ''तशरीफ़ रखिए।''

बेग़म उस गद्दीदार कुर्सी पर बैठ गई। उसके बैठ जाने पर उमानाथ भी सामने वाली कुर्सी पर बैठ गया। फिर उसने घुटनों पर हाथ बाँधकर झुककर पूछा, ''कलकत्ता कैसा लगा ?''

''आप उमानाथ साहब मुझसे पूछते हैं ?'' यह...

''जी मैं उमानाथ नहीं, हीरालाल हूँ,'' उमानाथ ने एकदम काटकर कहा। बेग़म चौक पड़ी।

''फिर उस रोज़...'' उसने पूछा जैसे वह साथ ही साथ याद भी करती जा रही थी कि कहीं वह भूल तो नहीं गई। किन्तु उमानाथ ने उसके संशय को मिटा दिया। जी हाँ, वैसे ही...'' उसने कहा, ''मिर्ज़ा साहब ने कहा तो फिर मैंने सोचा क्या हर्ज़ है अगर वे मुझे उमानाथ ही समझते रहें।''

दोनों मुस्कुराए।

बेग़म ने कहा, ''आप बड़े दिलचस्प आदमी हैं।''

''ताबेदार किस लायक है,'' उसने संकोच से उत्तर दिया।

''आप यहाँ अकेले ही ठहरे हुए हैं ?'' बेग़म ने भौं उठाकर पूछा। जैसे वह कुछ

और भी जानना चाहती थी।

"जी हाँ, मैं दुनिया में अकेला ही हूँ," उस समय उमानाथ रहस्यमय लग रहा था।

"और आपके साथ वह थीं न, माफ़ कीजिए, मुझे पूछने का कोई हक़ तो नहीं है," बेग़म ने उस पर दृष्टि गड़ाकर दाँतों में जीभ काट ली।

लेकिन उमानाथ ने निहायत बेतकल्लुफ़ी से स्पष्ट स्वर में उत्तर दिया, "वह मेरी दोस्त हैं।"

"जी हाँ, उस रोज़ रात को मैंने देखा था, आप और वह बैठे थे...शायद दरवाज़ा ग़लती से खुला रह गया था। मैं आई थी, पर आप लोग बातों में मशगूल थे !"

उमानाथ झेंपा। बेग़म हँसी। उसकी हँसी में एक विभोर-सी तरलता थी। उमानाथ जवाब देना चाहता था पर उसके पास शब्द नहीं थे। वह कुछ भी उत्तर नहीं दे पाया बेग़म गम्भीर-सी हो गई और एक अज़ीब मौजी ढंग से कहने लगी, "उसमें क्या हुआ हीरालाल साहब। कलकत्ता है न ? आप अकेले हैं। वे भी शायद अकेली ही हैं। आप लोग आज़ाद हैं। यह कहने के साथ उसके मुँह से एक सर्द आह निकली। उमानाथ इस प्रसंग को छोड़ना चाहता था, उसने टालने की ख़ातिर कहा, "मिर्ज़ा साहब आपके..."

बेग़म के मुख पर एक छाया डोल गई, उमानाथ रुक गया।

"जी हाँ, जी हाँ," बेग़म ने टालते हुए कहा, "आपका वतन कहाँ है ?"

"सारा ज़हान। जहाँ सोता हूँ वहीं बिस्तर लगा लेता हूँ। और कोइ परेशानी नहीं। न घर है, न कोई हमारा हमदर्द। उम्र होटलों में कटी, मरे अस्पताल जाकर और कुछ नहीं। लेकिन इसी को मेरा दिल कहता है, मैं सबसे अच्छा पाता हूँ बेग़म। आप लोग घर-गिरस्ती के लोग हैं। मैं वह सब खो चुका हूँ।"

बेग़म ने उसे अत्यन्त प्रभावशाली पाया। उसने कहा, "आप में एक बात बहुत बड़ी है। आपको किसी की फिक्र नहीं। आप आज़ाद हैं। हम लोगों में वह कहाँ ? हम लोग बँधे हुए हैं," और बेग़म ने जैसे अपनी बात का सारांश इकट्ठा करने के लिए क्षण-भर कुछ सोचा और धीरे से कहा, "सचमुच आप बड़े सुखी हैं।"

स्त्री का वह समर्पण, जब वह गृहस्थी को बुरा कहती है, प्रकट करता है कि वह अपने बन्धनों से कितनी ज़्यादा ऊब चुकी है; परेशान हो चुकी है। अब उमानाथ की आँखों में धीरे-धीरे एक चमक जाग रही थी। वह चमक यौवन की पिपासा थी जो कामुक आदमियों में जागती है। तनिक सी सहानुभूति उसे जागृत करने में सफल हो जाती है। बेग़म सुन्दरी थी। यह अब उमानाथ की आँखों में उतर आया था। वह उसे घूर रहा था और बेग़म उसकी ओर न देखकर उसे अधिक मौक़ा दे रही थी। कुछ देर दोनों चुप रहे। फिर जैसे उमानाथ जाग उठा।

वह उठकर बोतल और दो गिलास निकाल लाया। लाकर सबको मेज़ पर रख दिया।

"मुझे," उसने गिलासों में उँड़ेलते हुए कहा, "ज़रा पसन्द है।"

"उस रात भी मैंने यही देखा था।"

"लीजिए," जैसे उमानाथ ने उसकी उस बात को नहीं सुना। उसका हाथ गया जिसमें गिलास था। सोडा उफ़न आया था।

"माफ़ कीजिए," बेग़म ने कहा, "बस अब नहीं।"

सोडा शराब में मिलकर बैठ गया था हाथ बढ़ा ही रहा। उमानाथ ने कहा, "क्यों साहब ? यह शौक तो लाज़मी है।" उसके स्वर में एक याचना थी। उसने कहा, "आपको एतराज़ हो सकता है।" पर उसमें क्या कोई बहुत बड़ी बात है, आज तो मेरी ख़ातिर ही सही। मैं इसे अपने ऊपर अहसान समझूँगा, "लीजिए न ?"

उसने हाथ का गिलास बेग़म के अधबढ़े हाथ पर रख दिया। गिलास सँभालना पड़ा। बेग़म ने मना नहीं किया। कहा, "तो फिर..."

"जी हाँ," उमानाथ ने कहा, "मिर्ज़ा साहब कब तक लौटेंगे।"

बेग़म ने एक घूँट पीकर कहा, "शाम तक। दो-तीन घंटे बाद।"

कहीं से गाने की आवाज़ आ रही थी। उस स्वर में एक करुण अतृप्ति थी, वह जो मन को ढक लेती है और अनजाने ही सिर हिलने लगता है। बेग़म के कपड़ों की लेवंडर की बू अब धीरे-धीरे उमानाथ के दिमाग़ पर असर करने लगी थी।

दोनों एक-दूसरे की ओर देखते रहे। हाहाकार करता कलकत्ते का विराट वैभव और नरक-यातना बहे चले जा रहे थे। दोनों को उससे कोई मतलब नहीं था। दोनों का पशुत्व जाग रहा था। वह समाज का बन्द जो पशु को मनुष्य बना सकता था, अपने विकारों के कारण उसे धीरे-धीरे पशुता की ओर ठेल रहा था।

और बज रही थी नसों में ख़ून की धड़कती रफ़्तार, जिसके लाल-लाल डोरे अब आँखों पर छलक आए थे और इन नीम नशीली आँखों में एक फुँफकार थी, जो एक-दूसरे को डँस लेना चाहती थी, जैसे सारा संसार थम गया था और वे दो ही रह गए थे और कोई नहीं।

उमानाथ अपना गिलास फिर भरने लगा। इस बार उसने पहले से ज़्यादा भरी और पीते हुए फिर उसकी ओर उसी उन्माद से देखने लगा। उन निगाहों का विष उस कच्ची स्त्री के हृदय के समस्त संस्कारों को मूर्च्छित कर देने के लिए काफ़ी था।

"मैं जिधर देखती हूँ, उधर इंसान को तड़पता हुआ देखती हूँ। कोई ग़रीब है, कोई अमीर है। न ग़रीब सुखी हैं, न अमीर। अमीर के दुःख तो और भी ज़्यादा हैं। उसने जो ऐश बनाए हैं वे सब उसको बाँधे हुए हैं। बेग़म ने झूमते हुए कहा, "सारी दुनिया परेशान है हीऽऽराऽऽलाऽऽल जीऽऽऽ। दिल जैसे पसन्द करता है। वह उसे नहीं मिलता। और हम औरतों की ज़िन्दगी। जिसे सोने की अँगूठी में कोई ज़बर्दस्ती ही हीरा, पन्ना, पुखराज, नीलम...जड़ देता है। कोई नहीं सोचता कि उस पत्थर की क़ीमत क्या है ? कैसा है ? जाने वह पत्थर अँगूठी की खूबसूरती को बढ़ाएगा भी या नहीं।"

"मैं जानता हूँ बेग़म," उमानाथ ने कहा, "दुनिया में इंसाफ़ नहीं है। हर इंसान परेशान है। मैंने इस पर बहुत सोचा है। लेकिन बड़े-बड़े सोचनेवालों ने इसका हल नहीं पाया। बहुत से लोग कहते हैं कि दुनिया अच्छी हो सकती है। लेकिन मैं सब कुछ उस

दिन के लिए क्यों छोड़ दूँ। वे लड़ें, वे काम करें जिनके पास नहीं हैं। हमें सब मिला है। क्यों न उसे भोग लें। कौन जाने हम एक बार पैदा होते हैं, या बार-बार यहाँ जनम लेते हैं।' वह रुक गया। बेग़म तन्मय सुन रही थी। उमानाथ ने फिर कहा, "और बेग़म मैं इसी से सब कुछ भूल जाना चाहता हूँ। बहुत दिनों तक मैं अपने को बहलाता रहा। दुनिया को धोखा देता रहा। लेकिन असलियत यह है कि हम जिस तबके में पैदा हुए हैं, उसकी जकड़ इतनी जबर्दस्त होती है कि मन बार-बार उसी तरफ़ लौटता है। होंगे वे जो छोड़ चुके होंगे। मैं तो सब कुछ पाना चाहता हूँ। जहन्नुम में जाए यह दुनिया। जवान हूँ तो जवानी को पाना मेरा फ़र्ज़ है। जो दुनिया रोकती है, वही अगर मेरा सुख है, तो उसी को ढूँढ़ता हूँ। अच्छे और बुरे की फिक्र नहीं करता। मैं उनमें नहीं हूँ कि दुनिया की गलती को अपना धर्म-ईमान का ढोल बजा-बजाकर नाचूँ, लेकिन मन-ही-मन काठ की तरह धीरे-धीरे घुला करूँ। आप बताइए मिर्ज़ा आपके लायक हैं ?"

बेग़म इस प्रश्न को सुनकर चौंक उठी। वह इसके लिए तैयार नहीं थी। इस समय उसे अजीज़ बहादुर की याद आई। उसने चाहा वह असली बात कह दे। पर उसका मतलब था कि वह पापिनी थी, वेश्या थी। यह विचार उसे रोकने लगा। लेकिन यह बात भी उड़ गई क्योंकि उमानाथ कहता रहा, "एक नई ज़िन्दगी। एक नया सुख। अगर मन में किसी चीज़ को हम चाहते हैं और समाज उसे पाप कहता है तो हम उसे पाप क्यों मानें ? अरे भाई समाज के सामने खुले तौर पर से करने से समाज शोर करता है तो छिपे तौर पर करो। ऐसा करो कि अमन और आराम में कोई खलल न आए। बहुत से बेवकूफ़ समाज से टक्कर लेते हैं।

फिर झुककर कहा, "मैं एक थिएटर खोल रहा हूँ। वह हम लोगों के सुख का तरीका होगा। मैं सुन्दर, जवान मर्द, औरतों को इकट्ठा करूँगा। हिन्दुस्तान में काफ़ी बेवकूफ़ रहते हैं। वे डरते हैं। मैं उन्हें हिम्मत दूँगा।"

बेग़म अवाक् सुनती रही।

"चलिए हम लोग भाग चलें," उमानाथ ने कहा, "उस मोटे आदमी को देखकर मुझे लगता है कि लंगूर के पहलू में हूर आ गया है। अच्छा, माना आप सारी ज़िन्दगी उसके नाम पर काट देंगी, पर आपको क्या लुत्फ आएगा ?"

बेग़म पागल सी सुन रही थी। उसके हृदय में वेग से धड़कन हो रही थी, जिसने उसे चंचल बना दिया था। उमानाथ ने इसे पहचाना। उसने झुककर उसके गिलास में फिर शराब ढाली और उसका हाथ पकड़कर कहा, "मैं जानता हूँ आपमें इतनी हिम्मत नहीं है। मुझे इसका अफ़सोस नहीं है। लेकिन रुपयों की कमी है वरना मैं आपको ज़िन्दगी दिखा देता। और मुझे यक़ीन है। मैं अपना काम करके ही छोड़ूँगा।"

"कितना रुपया चाहिए ?" बेग़म ने पूछा, जैसे वह अपनी शक्ति खो रही थी। उमानाथ ने प्रकट किया कि वह बिल्कुल आतुर नहीं था। बेफ़िक्री से कहा, "जो भी आप दे सकें।" इसे अपना ही समझकर आप सोचिए। हम आप जैसे ज़िन्दगी से ऊबे हुए एक रास्ता खोज रहे हैं।

बेग़म ने अपने लम्बे कुर्ते के भीतर हाथ डाला और गरारे के इज़ारबन्द को ढीला करके पाँच नोट निकाले। फिर कपड़े ठीक करके कहा, "इस वक़्त तो मेरे पास ज़्यादा नहीं हैं। पाँच हज़ार कल दे दूँगी। इस वक़्त ये पाँच हज़ार।"

उसके हाथ में पाँच नोट काँप रहे थे। वह हाथ धीरे-धीरे बढ़ रहा था। उमानाथ ने देखा बेग़म की आँखें उसे आज निगल जाना चाहती थीं। उमानाथ ने धीरे से उस हाथ को पकड़ लिया और कहा, "अभी रख लीजिए। मैं आपसे ले लूँगा।"

"मैं इल्तिज़ा करती हूँ," बेग़म ने धीरे से कहा।

उमानाथ ने उन नोटों को मेज पर रख दिया। बेग़म ने अपना हाथ नहीं हटाया।

उमानाथ ने कहा, "मैं इस अहसान को ज़िन्दगी में कभी भी नहीं चुका सकूँगा।"

"मैं कुछ नहीं चाहती," लेकिन उसने हाथ और कस लिया था।

उमानाथ ने कहा, "तुम बहुत अच्छी हो बेग़म।"

बेग़म ने विभोर होकर कहा, "हीरालाल ! तुम आदमी नहीं हो, फरिश्ते हो मैं पागल हो जाऊँगी। वह हाँफ रही थी।"

एक उन्मत्त पिपासा, एक ऊष्ण निश्वास और फिर यौवन का हाहाकार करता महानद गरज़ उठा। शिराशिरा में सुलगन भी भरता हुआ, बार-बार पुकारने लगा, मैं प्यासा हूँ, मैं अमृत हूँ, और जैसे अँधेरी रात में अनेक-अनेक नक्षत्र टिमटिमाते हैं, और उनकी उलझी हुई किरणें अन्धकार में भटकती हैं, जिस पृथ्वी पर वे गिरती हैं उसे वे नहीं जानतीं...वे दो, दो अदृश्य स्पन्दन जो अब भीतर उच्छृंखल हो उठे और कहने लगे, "ठहरो नहीं, ठहरो नहीं..."

दो घंटे बीत चले थे। बेग़म कह रही थी, "हीरालाल ! आज मैं बहुत खुश हूँ। सचमुच मैं बहुत खुश हूँ। ज़िन्दगी इतनी खुशनुमा हो सकती है यह मैं कभी नहीं सोचती थी। घर की चारदीवारी में बन्द मुझे उन्होंने एक तोता बना रखा था। मेरा खाबिन्द एक ऐयाश था जो गल चुका था। और यह मिर्ज़ा मेरा नौकर है। लेकिन आप..."

"आप नहीं बेग़म, तुम कहिए..." उमानाथ ने काटा।

बेग़म की आँखों में आनन्द से पानी भर आया। उसने आँखें पोछकर कहा, "काश मैं तुम्हारी बीवी होती, तो आज हम कितने सुखी होते। चलो कहीं भाग चलें ?"

"और मैं क्या कह रहा था, अभी तक। तुम समझ ही नहीं रही थीं ? वाह," उमानाथ हँस रहा था।

हठात् बेगम उठ खड़ी हुई। उसे जैसे कुछ याद आ गया था। उसने अपना सिर ढक लिया।

"क्यों ? क्यों ? आप जा रही हैं ?" उमानाथ ने चौंककर पूछा। बेग़म ने सिर हिलाकर स्वीकार किया। इशारा था मिर्ज़ा आता होगा। उमानाथ ने उठकर पूछा, "कल फिर मुलाकात होगी।"

"जब तक रहूँगी, रोज़ होगी," बेग़म ने उसका हाथ पकड़कर कहा, "मुझे कभी

भूलोगे तो नहीं ?''

उमानाथ चुप था। स्त्री को जानता था कि विकृत वासनावाली स्त्री से ही उसे काम पड़ता था। और यह स्त्रियाँ वादा करनेवाले पुरुष को झूठा समझती हैं, यह भी वह जानता था। उसे यह भी ज्ञात था कि बड़े-बड़े वादे उसकी खुशामद पसन्दी को तृप्त करते हैं। उस वक़्त चुप रह जाने से ही गम्भीरता होती है।

बेग़म ने हाथ छोड़ दिया और कहा, ''कल आऊँगी। दरवाज़ा बन्द न करना।''

दोनों मुस्कुराए। बेग़म चली गई। उमानाथ आकर बिस्तर पर बैठ गया। उस समय वह गम्भीर चिन्ता में डूब गया था। नोट मेज़ पर सो रहे थे।

5

सारी दोपहर उमानाथ का साथ भी बेग़म की आग को न बुझा सका, क्योंकि दूसरे दिन फिर सन्ध्या समय मिर्ज़ाबेग और बेग़म कुलसुम आनन्द से बैठे हुए प्यालों में शराब ढाल रहे थे। उस समय अज़ीज बहादुर और श्यामनाथ टैक्सी में बैठे प्रिंसेज होटेल की ओर चले आ रहे थे।

''मैं उन्हें जानता हूँ श्यामनाथजी,'' अजीज़ बहादुर ने आत्मविश्वास से कहा। उसमें एक गौरव की भावना तो थी ही, किन्तु इसके प्रतिपक्ष में जो व्यवहार बुद्धि कुशलता दिखलाने का प्रयत्न था वह भी उन्होंने शीघ्र ही प्रकट कर दिया, स्वयं कहा, ''होटल वाला मुझे बहुत मानता है।''

''क्या बड़ी बात है ? अजीज़ साहब। अपनी तरफ़ का हर आदमी यहीं उतरता है,'' श्यामनाथ ने कहा। उनके स्वर में कोई व्यंग्य नहीं था जैसे वे एक सत्यमात्र कह रहे थे।

'हर आदमी' से श्यामनाथ का अर्थ अपने वर्ग के आदमी से था। उन लोगों से नहीं जो सड़क पर पड़े रहते हैं, या खोलियों में गिरते हैं, चालों में तड़पते हैं।

कलकत्ते की विराट सड़कों पर सब प्रकार की गाड़ियाँ चल रही थीं। बड़ी-बड़ी पटरियों पर ढुलकनेवाली ट्रामों से लेकर, मोटर, बस, लौरी, ठेले, विक्टोरिया और पैदल ही रिक्शा खींचकर आदमी रूपी जानवर भी वहाँ भाग रहे थे। ऐसा लगता था जैसे लाखों आदमी भागे चले जा रहे हैं। वे जो मोटरों में हैं तीर की तरह निकल जाते हैं बाकी सब परेशान, जैसे ज़िन्दगी उन्हें कुचले दे रही है, जैसे यह बड़ी-बड़ी इमारतें, यह वैभव, सबने उन्हें हरा दिया है, और उनकी साँस घुट रही है।

जब टैक्सी होटल में रुकी अजीज़ बहादुर ने उतरकर कहा, ''आइए।''

श्यामनाथ उतरकर पास खड़े हो गए। अजीज़ बहादुर ने टैक्सीवाले को दाम दिए और वे दफ़्तर की ओर बढ़े। मैनेजर अजीज़ बहादुर को देखकर खड़ा हो गया। जिस आदमी से वह बातें कर रहा था। इस समय वह उसे बिल्कुल भूल गया। उसकी नज़र में एक बड़ी मछली आ फँसी थी, जिसमें काँटे भी बहुत कम थे।

"अबकी बार तो नवाब साहब," उसने कहा, "बिल्कुल भुला ही दिया ?"

"अरे मैनेजर साहब ! आपको हम भुला दें। यह—मुलाकात कीजिए। मेरे मेहरबान राजा, हाँ राजा साहब के छोटे भाई, रावसाहब श्यामनाथ, बानापुर और आप तो हैं हमारे खासुल्खास जमशेदजी बाटलीवाला।"

परिचय हुआ। फिर ठहरने की बातचीत हुई और मैनेजर ने अपनी गंजी चाँद पर हाथ फेरकर कहा, "तो मैं नौकर भेजता हूँ।"

नौकर आगे-आगे चलने लगा। उसके पीछे-पीछे श्यामनाथ थे और सबके पीछे अजीज़ बहादुर। इस वक्त श्यामनाथ को आराम करने की जल्दी थी और अजीज़ बहादुर मस्ती से धीरे-धीरे चल रहे थे। उन्हें अब जैसे कोई फ़िक्र नहीं। मंज़िल आ गई। छूट गया वह सारा जंजाल, इतना विषाक्त वातावरण।

एकाएक अजीज़ बहादुर ठिठक गए। उन्होंने सुना कोई ठठाकर हँसा। उन्हें यह आवाज़ बहुत अधिक सुनी हुई सी मालूम दी। एक वह अट्टहास जिसे वे अक्सर सुना करते थे। वे ठिठक गए और सुनने लगे।

तभी नौकर ने कहा, "आइए हुज़ूर।"

"मैं आता हूँ। यहाँ मेरे एक दोस्त हैं। तुम चलो," फिर उन्होंने मुड़कर कहा, "पंडितजी आप चलिए। मैं अभी आता हूँ।"

श्यामनाथ को जल्दी थी। उन्होंने इस विचार को ही ठीक समझा। अजीज़ बहादुर का क्या ? इनके तो यहाँ क़दम-क़दम पर दोस्त होंगे। कब तक इनके संग डोला जाए।

श्यामनाथ के जाने पर अजीज़ बहादुर फिर सुनने लगे।

भीतर से आवाज़ें आ रही थीं।

"तो अब लौटने का इन्तज़ाम करना चाहिए," स्वर पुरुष का था।

"नहीं मिर्ज़ा साहब नहीं," किसी स्त्री ने उत्तर दिया।

"क्या मतलब ?"

"यही कि अभी कुछ दिन और कलकत्ते ठहरा जाए ?"

"क्यों अब क्या कीजिएगा ?"

"अभी तक ही क्या किया था !"

"यों तो फिर कलकत्ता है। उम्र गुजर जाए पर साँस लेने की फुर्सत न मिले।"

"तो आपको कैरा कलकत्ते से ज़्यादा पसन्द है ?"

"यह तो न कहो बेग़म। जो लुत्फ़ इन दिनों उठाया है, वह आपको नवाब अजीज़ बहादुर भी न दिखा सके होंगे।"

"मिर्ज़ा साहब। अब कहते शर्म आती है। वे तो बस-बस...अब कहा नहीं जाता।"

नवाब साहब का हृदय झनझना उठा। लगा वे सह नहीं सकेंगे पर उन्होंने सुना। मिर्ज़ाबेग कह रहा था, "मैं जानता हूँ कुलसुम बीवी, और यही बात न होती तो रियासत का एक वारिस न होता। उन्हें तो हसीन चेहरे देखने का शौक़ था।"

"तो फिर शादियाँ करते ही क्यों थे ?"

"ताकि दुनिया शक न करे।"

दोनों हँसे। नवाब के माथे में सारा ख़ून जैसे आकर इकट्ठा हो गया। आँखों में एक हल्की सी अँधेरी कुछ देर झलकती रही फिर उनको क्रोध चढ़ने लगा। उनकी मुट्ठियाँ तनने लगीं। आज वह ख़्वाब पूरा होगा। बदमाशों की यहाँ रंगरेलियाँ हो रही हैं। और यह सुअर की बच्ची, मेरे लिए कहती है...कहती है...और फिर उनके दिमाग़ में घूमने लगा कहती है...कहती है...

हठात् उन्होंने अपने आपसे कहा, 'धीरज धर। हिम्मत कर।'

"कलकत्ता ठीक है बेग़म," मिर्ज़ाबेग का स्वर सुनाई दिया, "मगर अपने लिए कैरा ही है।"

"पर मैं कुछ और सोचती थी।"

"क्या ?"

"आप कुछ और न समझें ?"

"आप कैसी बातें करती हैं। मुझमें आपमें अब राज रह कहाँ गया है ?"

"यह बग़ल के कमरे में वह सिनेमावाली आती है न ?"

"जी हाँ।"

"वह एक थिएटर खोल रही है। कहती थी आप दोनों भी उसमें शामिल हो जाएँ।"

"लाहौलबिलाकूबत ! बेग़म !! यह क्या कह गईं आप ? कैरा को कौन सँभालेगा ? इस ऐयाशी में कुछ नहीं रखा। खानदान की इज्ज़त मिट्टी में मिल जाएगी। रईसी तो इसमें है कि ऐश पूरे हों पर पोशीदा तरीके से। हाँ, साँप भी मरे पर लाठी भी न टूटे। नाचिएगा, गाइएगा, क्या कीजिएगा ? न भाई, यह नामंजूर। हाँ, वैसे जो चाहे हो। अब कल वह शख़्स अपने बच्चे को ले आएगा। उसे भी तो आप ही का बच्चा करार दिया जाना है ? वह कैरा का वारिस है बेग़म !"

"अच्छी बात है, पर आपके पास अब कितने रुपए हैं ?"

"क़रीब पचास हज़ार।"

"बस ?"

"अभी तो और ख़र्च होंगे।"

"मैं कुछ साड़ियाँ लेना चाहती हूँ।"

"सब आपका ही है।"

"पर घर पर भी तो कुछ देना है ?"

"तो मैं ख़ुद ख़र्च करूँगी।"

"आपके पास कहाँ हैं ?"

"देखिए। अच्छा जरी मुँह मोड़िए।"

नवाब ने पर्दा खिसकाकर ज़रा झाँका। उन्होंने देखा कुलसुम ने गरारे के इजारबन्द को खोलकर उसमें से सात नोट हज़ार-हज़ार के निकाले और फिर गरारा बाँध लिया।

फिर सिर उठाया। नवाब ने पर्दा छोड़ दिया। उसका हाथ अचानक ही कमर में खुसे खंजर पर चला गया। वे क्रोध से काँप रहे थे।

"यह देखिए," बेग़म ने कहा, "सात हैं। हैं सात ?"

"ओह हो। भई यह कहाँ से ?"

"आप सो रहे थे तब निकाले थे।"

"वह क्यों ?"

"ताकि अगर सब ख़र्च हो जाएँ तो राह ख़र्च को। रख लीजिए। मैंने उस सिनेमावाली को, पाँच हज़ार देने का वादा किया है।"

"यह तो बड़ी गलती कर दी आपने।"

"अब कह दिया तो कह ही दिया। लाइए पाँच हज़ार लौटा दीजिए।"

"ले लीजिएगा," अभी कहाँ जाइएगा ? ज़रा पास बैठे हैं। आप तो नाराज़ लगती हैं। इतनी दूर हैं !

"बिजली गिरे उस पर जो आपसे नाराज हो। यह लीजिए अब तो दूर नहीं हूँ।"

"अरे मिर्ज़ा ! पागल होजा आज तो कमबख़्त। चाँद गोद में आकर सिमट गया।"

और नवाब साहब ने एक सशब्द चुम्बन सुना। वे अपने को और सँभाल सकने में असमर्थ हो गए। तीर की तरह कमरे में घुसे और उनके हाथों का खंजर, इससे पहले कि दोनों प्रेमी सँभलें, मिर्ज़ाबिग के कलेजे में उतर गया। उन्होंने उसी पागलपन में दूसरा वार किया और उससे मिर्ज़ा के गले की साँस की नली कट गई।

बेग़म फटी आँखों से देख रही थी। यह क्या हो रहा था और अब अचानक ही क्या हो गया। वह डर के मारे चिल्लाना चाहती थी, पर गला जैसे रुँध गया था...मौत सामने मौत की तरह नवाब...जैसे अब...बेग़म का दिल जैसे रुक जाएगा। यह वह क्या देख रही है ? और बेग़म के दिल पर बार-बार उसके अपने ही गुनाह जागरूक होकर दाँत गड़ाने लगे। उसके चारों ओर अँधेरा...अँधेरा ही नज़र आया। वह छिटककर पीछे हट गई।

नवाब साहब खंजर उठाए उसकी ओर बढ़ रहे थे। वह काँप रही थी। उठे हुए खंजर से एक-एक करके अब मिर्ज़ा के ख़ून की बूँदें गिर रही थीं। बेग़म देख रही थी। मौत आ रही थी। नितान्त बर्बरता से सिर पर चढ़ी आ रही थी। कलकत्ते का आनन्द इस समय उसके चेहरे से जा चुका था। वह धीरे-धीरे पीछे हट रही थी। उसके हाथ थरथरा रहे थे। द्वार बहुत दूर था और बीच में पलंग रखा था, भागना असम्भव था।

लेकिन नवाब की आँखें और भी भयानक हो गई थीं। जैसे बेग़म को इस हालत में देखकर उनमें ख़ून उतर आया था। उनकी पुतलियों के चारों ओर की वह सफ़ेदी उनकी रुद्र चेष्टा में नितान्त हृदयहीनता का परिचय दे रही थी। पीछे अब दीवार आ गई। उसका हटना बन्द हो गया ! बेग़म शायद चिल्ला पड़ती। झपटकर बेग से उनके हाथ ने घेरा डाला। बेग़म की गर्दन पकड़कर कहा, "फाहिशा ! यही करना था तुझे ? हरामज़ादी ! रंडियों की तरह यहाँ होटलों में दुकान खोलकर बैठी है। यही था तेरा फ़र्ज।

मैं बुरा था, मगर तेरे खिलाफ़ क्या किया था मैंने...बोल, बोल...''

बेग़म ने याचना-भरी दृष्टि से देखा और कुछ कहने की कोशिश की; लेकिन जैसे उसके होंठ सिर्फ़ काँपना जानते थे, गले में से आवाज़ नहीं निकल सकती थी। उसने घिघियाकर डरे हुए स्वर से कहा, ''अबकी माफ़ कर दो आका आइन्दा...''

नवाब हँस दिए। उस हँसी में कितनी भयानकता थी कि बेग़म की चेतना लुप्त होने लगी। नीचे झुके रहने पर उसने मिर्ज़ाबेग की लाश को देखा। गला कटा हुआ। ख़ून से लथपथ, वह मोटी देह, बोरे बाँधकर डाल दिए गए हों। अभी-अभी यही मिर्ज़ाबेग...

बोलता था...हँसता था...

और अब यह मौत...मौत...अँधेरा...

कुलसुम बेग़म उनके हाथों में मूर्च्छित हो गई थीं। उन्होंने अत्यन्त ठंडे हृदय से उसके सीने में कटार गहरी भोंक दी। ख़ून का फव्वारा छूट निकला। नवाब के सारे कपड़े भीग गए। लाल-लाल हो गए। और नवाब ने आनन्द से आक्रान्त होकर एक भयानक अट्टहास किया।

लेकिन...लेकिन उसके बाद उनकी आँखों में भय समाने लगा। यह उन्होंने क्या किया ! ख़ून ! और ज्यों ही उनकी नज़र कुलसुम के गोरे और खूबसूरत चेहरे पर पड़ी खंजर हाथ से छूट गया। कुलसुम ! उनकी प्यारी कुलसुम !! नवाब को लगा सारी धरती घूम रही है। मन में सहसा ही विचार आया, ''भाग चलूँ।'' उन्होंने बेग़म को लिटा दिया। पर अपने कपड़ों पर नज़र गई। अन्तिम आलिंगन ने उन्हें रँग दिया था।

अचानक उसी समय नौकर ने पर्दा हटाया। भीतर का दृश्य देखकर पहले तो वह कुछ समझा नहीं, पर ख़ून देखकर उसने तोते की तरह, डरे और भद्दे स्वर में चिल्लाना शुरू किया, ''ख़ून ! ख़ून !!'' नवाब ने सुना, ''ख़ून ! ख़ून !!''

वह डरावनी आवाज़ एक क्षण में तीर की तरह दनदनाई और फिर चकरघिन्नी बनी टुकड़े-टुकड़े बनकर घूमती हुई हरेक के कान में उतर गई। किसी ने सोचने की ज़रूरत नहीं समझी। नौकर अभी तक चिल्ला रहा था। सब उसी कमरे की ओर दौड़ चले। मैनेजर जमशेदजी बाटलीवाला उसी वक़्त पाँव फैलाकर आराम-कुर्सी पर बैठा था। इस आवाज़ को सुन उसके छक्के छूट गए। वह एकदम उठकर उधर ही दौड़ पड़ा। बात ही बात में कमरा घिर गया। लोगों ने देखा कमरे में दो लाशें पड़ी हैं और सामने ख़ून से भीगे अजीज़ बहादुर इस वक़्त नवाब की तरह खड़े थे। मैनेजर ने पुलिस को फोन कर दिया। बात की बात में पुलिस आ गई। कलकत्ते में देर ही क्या लगती है। दरोगा ने भीड़ को हटा दिया। पर श्यामनाथ नहीं हटे।

नवाब अजीज़ बहादुर गिरफ़्तार हो गए। उन्होंने कोई भी विरोध नहीं किया। घबराए से श्यामनाथ ने निकट जाकर पूछा, ''क्यों नवाब साहब !'' आप इसी के लिए मुझे अपने साथ लाए थे ? यह आपने किया क्या ? आप तो सचमुच पागल निकले, आपने मुझे कहीं का नहीं रखा।

तभी नवाब ने उत्तर दिया, ''भाग जाइए, भाग जाइए।''

चौंककर पुलिस इंस्पेक्टर ने कहा, ''आप इनके साथी हैं ?''

''भाग जाइए !'' वह इस 'भाग जाइए' को सुनकर चौंक उठा था।

निर्भय हो श्यामनाथ ने कहा, ''जी हाँ।''

किन्तु तभी नवाब साहब कह उठे, ''झूठ बोलते हो। मैं तो तुम्हें जानता भी नहीं ख़ून मैंने किया है। आप ख़्वामख़्वाह हमदर्दी दिखा रहे हैं।''

नतीजे में श्यामनाथ को भी गिरफ़्तार कर लिया गया।

बाहर एक मोटर रुकी। उसमें उमानाथ था। ज्योंही गाड़ी रुकी उसने जो पुलिस को देखा तो चुपचाप गाड़ी आगे बढ़ाकर लौटा दी। उसका हृदय धुक-धुक करने लगा।

पुलिस मुज़रिमों को पकड़ ले गई। जब वह कुछ देर बाद लौटकर आया तो पहले इधर-उधर देखा। पुलिस नहीं थी। तब उतरा और अपने कमरे की ओर चला। रास्ते में ही मैनेजर मिल गया और उमानाथ को देखकर मैनेजर फूट ही पड़ा, ''हीरालालजी ! ग़जब हो गया।''

''कुछ कहिए भी, कि बस हो गया।''

''अब मैं क्या कहूँ, जो होना था सो तो हो ही गया और हुआ भी वह जो आज तक यहाँ कभी नहीं हुआ। आइए, ज़रा, परेशानी बाँट लीजिए, चलिए ज़रा दफ़्तर तक, देखिए न ? आख़िर क्या बात हुई होगी।''

दोनों दफ़्तर में जा पहुँचे। उमानाथ ने सिगरेट सुलगाते हुए कहा, ''भाई जल्दी कहो, मुझे अभी एक जलसे में जाना है, मेरा इन्तज़ार हो रहा होगा...''

''कहाँ हीरालालजी। आप बैठिए तो, मुझे आपसे बहुत ज़रूरी बातें करनी हैं।''

''फिर हो जाएँगी...ऊपर वह बेग़म साहिबा मेरी राह देख रही होंगी...''

''अब कहाँ हीरालालजी। अब वह किसी की राह नहीं देखेंगी। वह तो ख़ुद अपनी राह लग गईं।''

''क्या मतलब ?''

''वही तो कहता हूँ। आज शाम को मिर्ज़ाबेग और बेग़म कुलसुम का किसी नवाब अजीज़ बहादुर ने ख़ून कर दिया, उनके कमरे में ही और उनके साथ एक श्यामनाथ नाम का आदमी भी गिरफ़्तार हो गया। वह भी कोई वहीं का आदमी है। उसके साथ का।''

उमानाथ ने सुना और सिर पकड़कर वहीं कुर्सी पर बैठ गया। मैनेजर ने देखा और वह घबराकर चिल्ला उठा, ''क्या उनमें से कोई आपका आदमी मारा गया ?''

उसने धीरे से कहा, ''जी नहीं।''

मैनेजर अवाक् देखता रहा।

सातवाँ परिच्छेद

1

उमानाथ ने जब कमरे में प्रवेश किया एकदम उसके पाँव ठिठक गए। उस समय कोई आदमी बहुत धीरे से हँसा और जब उमानाथ ने मुड़कर देखा उसने दो और आदमियों को उस हल्के से उजाले में अपने बड़े-बड़े दाँत दिखाते हुए देखा। उसे विश्वास नहीं हुआ। उसे लगा उसकी आँखों के आगे अँधेरा छा रहा है। क्या उसे कहीं भी चैन नहीं है ? यहाँ भी उसके पीछे गुप्तचर लगे हैं। क्या उसको लोगों ने पहचान लिया है। श्यामनाथ ने ख़ूनी का साथ दिया है। उसके पाँव पीछे की ओर हटे। वह डरा हुआ सा था। उसकी इस विकृत अवस्था को देखकर एक आदमी ने आगे बढ़कर कहा, ''उमानाथ ! मिस्टर उमानाथ !''

''जी नहीं, जी नहीं,'' उमानाथ ने स्वर ठीक करके कहा, ''मैं उमानाथ नहीं हूँ हीरालाल हूँ।''

वे तीनों आदमी हँस दिए।

हठात् उमानाथ चौंक उठा। उसने सामने खड़े मोटे और कालेवाले आदमी के हाथ पकड़कर कहा, ''कामरेड हौरिपद ! तुम।''

हरिपद का यह बंगाली उच्चारण उसके मुख से अत्यन्त ही स्वाभाविक निकला। उसने मुड़कर बाकी दोनों को देखा। लम्बा, गठे बदन का साँवला सा अपूर्व गंगोली, दूसरा नाम बड़दा तथा लम्बा-दुबला गोरा सा अविनाश घोष।

''उस पवित्र शब्द का उच्चारण न करो उमानाथ,'' अविनाश घोष ने कुछ तीखे स्वर से कहा, ''वह मज़दूरों, किसानों और मेहनतकशों का शब्द है। एक भाईचारे का शब्द है, उसका नारा है जिसके कदम कभी नहीं लड़खड़ाते। तुम अभी इस योग्य नहीं हो।''

उमानाथ ने जैसे इस बात को सुना ही नहीं। उसने कहा, ''और आश्चर्य है कि उस पवित्र शब्द को सगर्वधारण करनेवाले, जिनके क़दम कभी नहीं लड़खड़ाते, आज एक एक्ट्रेस के घर में घुसे बैठे हैं, तो क्या मैं समझूँ कि कदम आज भी लड़खड़ाए नहीं हैं ?''

उमानाथ समझा अब वह विजयी था, किन्तु उसकी बात सुन करके तीनों हल्की सी हँसी हँसे।

''समझा ! उमानाथ का विचार है...'' हरिपद मालिक ने अपने दबे स्वर से कहा ! किन्तु अविनाश घोष जैसे बहुत जल्दी में था। ''नहीं हीरालाल का...'' उसने एकदम काटकर कहा। वह उस एक शब्द में ही इस विराट परिवर्तन को खोल देना चाहता था। किन्तु हरिपद मलिक पर प्रभाव नहीं पड़ा। वह अपने स्वर में ही कहता रहा, ''उमानाथ का विकास अब अपनी कुल परम्परा में चूर्ण हो चुका है।'' एक दिन शोषण के पाप

से ऊबकर मज़दूर, किसानों का भला करना चाहा था। विलायत में बहुत कुछ सीखा, सो जहाँ तक राजनीति का सम्बन्ध था, इसे भी एक खेल ही समझकर सीख लिया। बहुत अच्छा था सब, जब तक विश्वविद्यालय में बहस भर करना था कि परमात्मा हैं या नहीं, मनुष्य का पुनर्जन्म होता है या नहीं, या फिर सेक्स सम्बन्धी बातचीतों पर भारत की धरा पर वह बातें कहाँ हैं ? यहाँ तो काले और विकृत मनुष्य हैं, जो क्षण-क्षण अपनी यातनाओं से ग्रस्त हैं, उनसे कैसे निस्तार हो सकता है ? उमानाथ ने राह खोज निकाली है। जहाँ भी कोई काम हो वहीं से हट जाओ। वैसे जब अमीरों के बीच बैठे तब आप कम्युनिस्ट हैं।

तीनों फिर हँस दिए। उमानाथ आहत हो गया था। उसने कहा, "तुम कहना क्या चाहते हो ?"

"कुछ नहीं," बड़दा ने कहा, "कुछ नहीं उमानाथ !" बुरा क्यों मानते हो। तुम अकेले ही नहीं हो। ऐसे और भी, कम्युनिस्ट यूरोप और यहाँ तक कि स्वयं रूस से सीख-सीखकर, दम्भ लेकर आए हैं, पर यहाँ उन्होंने सिवाय जन आन्दोलनों को बदनाम करने के अतिरिक्त और कुछ नहीं किया। सारा संसार परिवार है, शोषण का अन्त होना चाहिए, व्यक्तिगत सुखों की बलि, यह सब क्या सहज है ? और फिर उसके लिए तो और भी कठिन है, जो नितान्त विलास और अत्याचारों की भीड़ में पला है, उसको अपने लिए सहज स्वाभाविक मानता है।"

उमानाथ सामने की कुर्सी पर बैठ गया। वह सिर झुकाकर कुछ सोचने लगा। कुछ देर शान्ति रही। फिर उसने सिर उठाकर कहा, "मैं जान सकता हूँ आप लोग यहाँ क्यों आए हैं ?"

"हम लोग," बड़दा ने कहा, "यहाँ क्यों आए हैं यह जानकर आपको शान्ति के स्थान पर अशान्ति ही अधिक मिलेगी। लेकिन कह देने में तो कोई हानि नहीं है। इधर से जा रहे थे। पुलिस तो हमें अभी तक क्रान्तिकारी, बम बनानेवाले, आतंकवादी ही समझती है। उसे क्या मालूम कि हम लोग अब कम्युनिस्ट हो गए हैं। आज कुछ सन्देह होने पर यहीं दरवाजा खटखटाया और भीतर चले आए।"

"इसी मकान को क्यों खटखटाया ?"

"क्योंकि इस पर लिखा था न—अभिनेत्री। इसी से। समाज से निकाले हुए लोगों में साहस अधिक होता है न ? सोचा शायद यह गिरफ़्तार नहीं करा देंगी।"

"फिर नीरा ने नहीं कहा कुछ ?"

"डरकर भीतर छिप गई हैं," कहती हैं, "पुलिस आए तो इसी कमरे से भागना, या पकड़े जाना। मैं ऐसे बन जाती हूँ, जैसे सो रही थी, मुझे मालूम न था।"

"फिर नीचे का द्वार क्यों खोल दिया था ?" उमानाथ मुस्कुराया।

बड़दा ने कहा, "वह नीचे गई थीं। कहा था बन्द नहीं रहना चाहिए।"

उमानाथ निरुत्तर हो गया।

"उमानाथ !" अविनाश घोष ने कहा, "आजकल क्या करते हो ?"

उमानाथ ने उसकी ओर शून्य दृष्टि से देखा। उसकी बेबसी में उसका हृदय अपने पाप के व्याकुल हो रहा था। वह एकदम उठ खड़ा हुआ। उसने कहा, "और नीरा कहाँ है ?"

"उन्होंने कहा था कि तुम बाहर से मेरा कमरा बन्द कर देना। सो वह देखो," हरिपद मालिक ने उँगली उठाकर दिखाया। और उमानाथ की ओर देखा।

उमानाथ ने बढ़कर द्वार खोला और भीतर जाकर उसे भेड़ लिया। नीरा डरी हुई सी बिस्तर पर उठ बैठी। उमानाथ उसके पास चारपाई पर जाकर बैठ गया। उसने नीरा के हाथों को अपने हाथों में लेकर कहा, "अच्छा तो तुम क्रान्ति करना चाहती हो ?"

"कौन मैं ?" नीरा ने घबराए स्वर से कहा, "अब ये लोग जाते क्यों नहीं ?"

"चले जाएँगे। तुम्हारा क्या बिगाड़ते हैं।"

"मुझे डर मालूम देता है।"

"क्यों ?"

"पुलिस आ गई तो !"

"गिरफ़्तार करेगी। तुमको, और...उनको।"

वह हँस दिया। नीरा का मन कुछ हल्का हुआ। उसने एक लम्बी साँस छोड़ी। द्वार पर हल्की सी दस्तक सुनाई दी। फिर एक स्वर सुनाई दिया। अब रात हो गई है। जो सहायता आज अनजाने ही आपने हमें दी है, वह कुछ व्यक्तियों को ही नहीं है। इतना कह देना आपका अपमान करना होगा। अब आज्ञा हो।

नीरा ने सुना। उसने भय से विकृत आँखों से उमानाथ की ओर देखा। उमानाथ ने फुसफुसाकर कहा, "कहो, बार-बार यह कृपा शायद मैं नहीं कर सकूँगी।"

नीरा ने कहा, "आपने मुझे जो भय दिया है, उसे मैं बहुत दिन याद रखूँगी।"

"हम जाते हैं।"

उसके बाद फिर हल्की सी पगचाप सुनाई दी और कुछ समय बाद एक नीरवता छा गई। यह महान कलकत्ते के हाहाकार के पीछे था। यह वह चरमराता स्वरूप था जो बाहर से दिखाई नहीं देता था। अब बिल्कुल सन्नाटा छा गया था। वे तीनों चले गए थे। रात का उतरता अन्धकार खिड़की में से घुस रहा था जैसे छन-छनकर, धीरे-धीरे, मूक निस्वन,...

नीरा ने देखा उमानाथ सिर झुकाए कुछ सोच रहा था। उसके गाल उसकी हथेलियों पर रखे थे और दोनों कुहनियाँ घुटनों पर टिकी हुई थीं। वह देर तक उसे घूरती रही।

2

जब काफ़ी देर हो गई और उमानाथ ने सारा क़िस्सा सुनाकर सिर उठाया उसने देखा नीरा शान्त बैठी थी जैसे जो कुछ सुना वह सब अब उसकी याद से उड़ चुका था। उस छाए हुए अन्धकार ने अब धीरे-धीरे सब कुछ ग्रस लिया। उमानाथ कह रहा था, "नहीं,

मैं पहले प्रसिद्ध होना चाहता था, अब मैं नहीं होना चाहता।'' मनुष्य जब अपने विकारों से लड़ता है, जब एक सीधा-सादा रास्ता बनाने का प्रयत्न करता है। तब उसके दुख उसे घेरने लगते हैं। मुझे यही समाज चाहिए जिसमें सब कुछ टेढ़ा-मेढ़ा है, सब रास्ते उलझे हुए हैं; इनमें अनन्त वैषम्य है, पर मुझे यही चाहिए। नई दुनिया सबको मिटा देना चाहती है। नीरा ! तुम एक अभिनेत्री हो। मैं जानता हूँ। तुम्हारा समाज में कोई आदर नहीं है। यदि है भी, वह सब तुम्हारे धन का। तुम्हारा रूप देखकर सब उसे खा जाना चाहते हैं, पर क्या तुम इस जीवन को अब कभी छोड़ देना भी चाहती हो ?

''नहीं,'' नीरा ने कहा, ''पहले जो मेरे भीतर स्त्री की स्वाभाविक इच्छा थी कि मैं एक गृहलक्ष्मी बनकर रहूँ; मेरे बच्चे हों, मेरा पति हो, मेरा घर हो, वह सब अब नष्ट हो चुका है। लोहा पहले खुरदरा था, पर लगातार जब उसे मैंने रेता है, तब वह चिकना हो गया है। मैं वह सब भूल गई हूँ।''

उमानाथ ने कहा, ''आज मुझे याद आ रहा है। एक-एक करके चित्र मेरी आँखों में घूम रहे हैं। मैं क्रान्ति के पथ पर चला था। लेकिन क्या वह पथ सरल है ? यूरोप में जब तक पिता रुपए भेजते रहे, जब तक चायबाजी होती रही, तब तक वह सब बहुत अच्छा था। विलायत में बैठकर हिन्दुस्तान की आज़ादी की चर्चा सचमुच बहुत थी। लेकिन ! हिन्दुस्तान में ? उफ़ ! कितनी कठिन है यहाँ ज़िन्दगी। मैं तुमसे कुछ छिपाऊँगा नहीं। मैं तुमसे कुछ भी छिपाकर नहीं रख सकता। वहाँ एक लड़की मिली थी। शायद तुम्हें मैं बता चुका हूँ, एक व्यापारी की लड़की हिल्डा। बड़ा आनन्द आया था उससे मित्रता करके। पर वह एक दुःस्वप्न की भाँति चली गई। चला गया मॉरीसन भी। वह झूठा और फ़रेबी था। नीरा ! यह तीन आदमी जो आज यहाँ छिपे थे, यह सच्चे क्रान्तिकारी हैं। मुझे उनसे भय होता है। ये लोग हमारी दुनिया को उलट देना चाहते हैं। अरे। कितनी भयानक मूर्खता थी। उस दिन मैं पिताजी से यही कहकर चला आया था। दुनिया बदलना चाहता था। क्या सम्बन्ध है मेरा उन किसान, मज़दूरों से। एक छल, निरन्तर छल...कुरूप और भयानक धोखा। मुझे लगता है मैं उदासी के सागर में डूब गया हूँ। निराशा और अन्धकार ने मुझे ग्रस लिया है। लोग पारसाल देश के लिए पागल हो रहे थे, मुझे उन सबने आकर्षित नहीं किया। हमने आज तक मनुष्य का महत्त्व नहीं पहचाना और अब उसे पहचानने का अर्थ है कि जो कुछ रहा-सहा सुख है वह भी हमसे छिन जाए। मैं उसे नहीं मान सकता। मुझे वह नहीं चाहिए ! जेल वे जाएँ जिन्हें दुःख हो। मुझे क्या है ? बलिदान वे दें जिनके पास कुछ नहीं हो। नेता के पीछे वे चलें जिनके पास बुद्धि नहीं हो। जनता ! मैं इस जनता से घृणा करता हूँ। ये लोग अपढ़ हैं, मूर्ख हैं, कंगाल हैं। इनको मूर्ख बनाकर अपना काम साध लेना ही हम जैसे सुसभ्य और सुसंस्कृतों का काम है। हम कर्त्ता हैं। हमारा शासन है। नहीं नीरा ! ददुआ ठीक कहते थे। यह अहिंसा कायरता है। समर्थ असमर्थ पर सदैव शासन करता है। उसकी पशुता और अत्याचार को बुरा कहनेवाले ज़िन्दा नहीं रह सकते। जनता ! जैसे भेड़-बकरी। मैं उससे घृणा करता हूँ। मैंने गलती की है। भैया कहते थे कि अच्छे कुल का आदमी होने

के कारण उनका मन निचले स्तर के आदमियों से नहीं मिल पाता था। वह ठीक था। ग़रीब पशु है। अमीर की पशुता उसकी सामर्थ्य है। संसार और समाज नियम से चल रहा है। इसे कोई नहीं पलट सकता। सब कुछ भयानक है, सब कुछ कुरूप है, यहाँ पुरुष पशु है, स्त्री पशु है, बालक पशु है। अंग्रेज़, ताल्लुकेदार, पूँजीपति, अफ़सर, जनता, सब पशु हैं। सबकी पशुता हमारे समाज का नियम है। जो हमारे समाज को मिटाकर नया समाज बनाना चाहेगा, वह हमारा शत्रु है, उस पर बल प्रयोग करना, अपनी पशुता दिखाकर उसे नैतिकता, अहिंसा की शिक्षा देना हमारा अधिकार है...''

उमानाथ अन्धकार में उठ खड़ा हुआ। वह कहता रहा, ''क्रान्ति को रोकना ही अपना सबसे बड़ा धर्म है। नीरा ! हम क्यों दुखी हैं, क्योंकि हम जो कुछ करते हैं, उसकी एक दिमाग़ी नींव नहीं डाल लेते। हम धर्म खो चुके हैं, अपना धर्म भूल गए हैं। मैं सोता हूँ तब बुरे-बुरे सपने देखता हूँ जैसे कहीं भयानक सन्नाटा है और अचानक कहीं से डरावनी आवाज़ें आने लगती हैं। मैं वहाँ जाकर देखता हूँ तो भयानक और कुरूप पशुओं को चलते और उड़ते हुए देखता हूँ। हवा के झोंकों पर आग की लपटें काँपती हैं। मेरे सामने असंख्य स्त्री-पुरुष बँधे हुए, लोहे में जकड़े खड़े हैं, उनकी देह जल रही है। वे भयानक आर्त्तनाद कर रहे हैं। मौत हँस रही है। बीच-बीच में कोई कोड़े मार रहा है। सामने कोई अत्यन्त क्रूर पशु बैठा है। जो मनुष्य का हृदय निकालकर खाता है। फिर लगता है। कोई मेरा गला घोंट रहा है। वह मनुष्य के हाथ नहीं होते। उन हाथों के नाख़ून कीलों की तरह मेरी गर्दन में घुस जाते हैं, और मेरी ज़ुबान लटक जाती है। मैं मरकर भी अपने को देखता हूँ। मेरी लाश को कुत्ते फाड़कर खाते हैं। और जब आँख खुलती है मैं अपने आपको पसीने से तरबतर पाता हूँ। मेरा जीवन अब सचमुच उस मौत के बाद की अनुभूति है।''

वह बिस्तर पर बैठ गया था। कुछ देर के लिए वह चुप हो गया था। पड़ोस में कहीं किसी परिवार के बच्चे सान्ध्य बेला में माँ के साथ गा-गाकर प्रार्थना कर रहे थे। उमानाथ उस स्वर को सुनाता रहा, जैसे वह सब उसकी आत्मा को भर सकता था पर बहुत देर तक यह हालत नहीं रही। उसने प्रार्थना बन्द हो जाने पर कहा, ''नीरा ! तुमसे दो बातें कह देना चाहता हूँ ?''

नीरा ने कुछ नहीं कहा। अँधियारे में एक हल्दी सी रेखा दिखती थी। जो उसके आकार को बता रही थी, वरना उमानाथ की ही भाँति वह भी खो गई थी। दोनों एक-दूसरे को अन्दाज़न ही अपने-अपने क़रीब जानते थे। उसने आँखें उठाईं। सदा की भाँति आज भी वह उमानाथ के भावावेश के क्षणों में चुप हो गई थी। वह उसे एक सिड़ी समझती थी। सिड़ी भी वह जो आवेश में व्याकुल होकर ज़िन्दगी के लिए पनाह माँगता है, दर-दर भीख माँगता हुआ चिल्लाता फिरता है। उसका जीवन स्वयं ही इतना विषम था कि वह कहीं भी रास्ता पाने में असमर्थ थी। अतः, जिस दिन उसने घर छोड़ा और अभिनेत्री का जीवन ले लिया उसी दिन से उसने अपने चिन्तन को बन्द कर दिया। उसका दृष्टिकोण स्पष्ट था। जिस स्त्री ने अपने पेट के लिए अपने शरीर को बेच दिया,

वह अब कहीं से भी उठ नहीं सकती थी, और क्योंकि वह गिर चुकी थी, इसलिए अब उस पतन को ही प्यार करती थी। अपनी मज़बूरियों को अच्छा समझती थी। पहले जिस पर-पुरुष के सहवास में लाज और मर्यादा का प्रश्न था, वहाँ अब वह उससे शारीरिक सुख प्राप्त करना ही अपना कर्त्तव्य समझती थी। उसकी राय में उमानाथ में अभी तक अच्छे कुल की मर्यादा के बहुत से विकार बाकी थे, जिन्होंने उसकी आत्मा को बाँध रखा था।

उमानाथ कहने लगा, ''मेरी पत्नी है...''

''मैं जानती हूँ,'' नीरा ने कहा, ''तुम उसे हमारी नई नाटक मंडली में नहीं ले सकते ?''

इतना ठंडा और हृदयहीन प्रश्न था। जिसको सुनकर उमानाथ काँप उठा। उसने नीरा को देखा। एक दिन स्वतन्त्र प्रेम का हामी बनकर जो उमानाथ अंग्रेज मॉरीसन से कह रहा था कि मेरी पत्नी महालक्ष्मी से विवाह कर लो, इस समय उनका सिर झुक गया।

नीरा हँसी। उसने कहा, ''यह डर, यह ख़तरा क्यों ? तुम मुझे नीच समझते हो ?''

''नहीं,'' उमानाथ ने उत्तर दिया।

''तो फिर।''

''नहीं, मैं समझता हूँ समाज ने तुम्हारे साथ अत्याचार किया है।''

''मेरा वह समझने का बचपन अब दूर हो चुका है। अभिनेत्री के छद्म में जो मैं वेश्या बनकर रहती हूँ, मुझे अपने इस स्वरूप से स्नेह हो गया है। मैं जानती हूँ। मैं आकर्षक हूँ। जो मेरा काम था, वही मैं करती हूँ। घर-गिरस्ती की स्त्रियों से मैं नफ़रत करती हूँ। सब मुझसे घृणा करते हैं। मैं जानती हूँ उन्हें ऐसा करने का अधिकार है। पर जिन्होंने मुझे ऐसा बनाया है क्या उनकी इसमें कुछ भी जिम्मेदारी नहीं है ? बताओ न ?''

''क्यों नहीं है ?'' उमानाथ ने स्वीकार किया।

''तब तुम अपनी पत्नी को इधर लाने से क्यों डरते हो ?''

उमानाथ उठकर टहलने लगा। उसने कहा, ''बत्ती जला दो। तुम अँधेरे में मुझे डरा रही हो। मैं एक बार सब कुछ उजाले में देखना चाहता हूँ।''

''नहीं, वह उजाला नहीं है। वह छल है। वह धुँधलका है। उससे क्या होगा। हम अँधेरे के प्राणी हैं, हमें इसी में सबसे बड़ा सुख मिलता है। काले में हमारा कालापन हिल-मिलकर एक हो जाता है।''

उमानाथ कातर हो गया। उसने कहा, ''तुम पागल हो गई नीरा ! पागल हो गई हो।''

''मैं पागल हो गई हूँ !'' नीरा ने तीखे स्वर से पूछा, ''क्यों ?''

''क्या अब भी कहने की ज़रूरत है ? एक स्त्री जो आज तक पति को आराध्य समझती रही, जिसके कारण उसने अपने सब ज़ेवर दे दिए, और जिसका हाथ खाली हो गया, तुम कहती हो, मैं उसे थिएटर में काम करने ले आऊँ ? असम्भव ! यह नहीं

हो सकता,'' उमानाथ के स्वर में अब भी एक कम्पन था, जैसे वह यह सब कहते हुए अपने पुराने पापों को छिपाने का प्रयत्न कर रहा था। और वे पाप जो उसके लिए इस अवस्था में नीर से छिपा जाना असम्भव था। वह बिस्तर पर बैठ गया। उसने नीरा के दोनों हाथों को पकड़कर कहा, ''अगर तुम्हारी बहन होती तो क्या तुम उसे इसी राह पर ले चलने का प्रयत्न करतीं ?''

''क्यों नहीं ? ज़रूर करती,'' उत्तर देने में तनिक भी तो संकोच नहीं हुआ।

''और अगर तुम्हारे कोई लड़का होता तो ?''

स्त्री का हृदय झनझना उठा। भीतर की आग पर किसी ने जैसे हवा से सब ढकनेवाली राख को उड़ा दिया। भीतर दहकता हुआ अंगारा था। वह कुछ नहीं बोली। कुछ देर ये फिर चुपचाप बैठे रहे।

उमानाथ ने कहा, ''चाचा, गिरफ़्तार हो गए हैं। एक तार तो ददुआ को दे ही दूँ।''

''दे दो।''

''अपना नाम नहीं दूँगा। लिख दूँगा, यकीन न हो तो कलकत्ते के पुलिस दफ़्तर में दरयाफ़्त करके देख लें।''

''तो क्या वे दोनों ही मर गए ?''

''बिल्कुल। साँस की नलियाँ कट गईं। जिन्दा रहने का कोई सवाल ही नहीं उठता।''

''फिर ?''

''फिर क्या ?''

''उनका सामान ? रुपया ?'' उस समय उसकी आवाज़ में एक चंचलता थी।

''वह सब पुलिस के हाथ गया। अरे उस कमबख़्त अजीज़ बहादुर के तन पर क्या कम रुपया रहा होगा। पर हाँ, मैं तुमसे दूसरी बात तो कह ही नहीं पाया।''

''क्या ?''

''बेगम ने मुझे पाँच हज़ार रुपए दिए थे।''

''क्यों ?'' नीरा अविचलित रही।

''यह मुझे क्या मालूम ?'' वह हँसा। फिर कहा, ''कहती थी कि बहुत दुखी थी। और मेरी ज़िन्दगी उसे बहुत अच्छी लगी थी।''

दोनों हँसे।

''तुमने अपनी ज़िन्दगी का कुछ सुख बेचारी से बाँट नहीं लिया ?''

उमानाथ ने उत्तर नहीं दिया। नीरा ने फिर पूछा, ''अब क्या प्रोग्राम है ? बम्बई चलना चाहिए।''

''क्यों ?''

''कलकत्ते से मैं ऊब गई हूँ। वहीं से नाटक का काम प्रारम्भ होगा। फिर हम लोग शहर-शहर घूमा करेंगे। गाँवों में भी। हाँ, तुम नाटक लिख लोगे ?''

''मैं ? मेरे एक नाटक की विलायत में तारीफ़ होनेवाली थी, बच गई, क्योंकि वह

छपा नहीं, वरना नाटक ? नाटक लिखना ? और हिन्दुस्तान में नाटकों की क्या कमी। जिसे देख लो वही दुखी है। दुख ही नाटक है। सबसे पहले तो मैं तुम्हारा ही जीवन लिखूँगा। और फिर धार्मिक नाटक..."

"चल तो जाएँगे..."

"ख़ूब !" दोनों हँसे।

"चलो खाना खा लें," नीरा ने कहा।

"तुम कहाँ खाती हो ?"

"यहीं, खुद बना लेती हूँ।"

"पर यहाँ पीने को क्या है ?"

"वह भी है।"

"तब ठीक है।"

नीरा ने उठकर लालटेन जलाई और कमरे को प्रकाशित कर दिया। उसकी शैया की चादर की सफ़ेदी देखकर उमानाथ उस पर फैल गया और उसने सिगरेट जलाकर एक लम्बा कश खींचकर, ढेर सारा धुआँ छोड़कर कहा, "नीरा ?"

"क्या है ?"

"लो, यह सिगरेट पीती जाओ।"

"अभी खाना खाकर पिऊँगी।"

नीरा दूसरे कमरे में चली गई। उमानाथ लालटेन की बत्ती को घूरता रहा। बाहर खिड़की में से आसमान के तारे झलमलाने लगे थे। बहुत देर तक अँधेरे में रहने के कारण शुरू में उजाले ने जो आँखों को चौंधिया दिया था, अब वह चमक चली गई और उजाला स्निग्ध सा होकर फैल गया था। बिस्तर की सिलवटों के पीछे छिपे अँधेरे को उसने घेर लिया था और लगता था जैसे वह अब उस सिलवट के ऊपर चढ़कर दूसरी ओर उतर जाना चाहता है। उमानाथ अपने विचारों में खोया हुआ सा पड़ा था।

3

सुबह उठकर उमानाथ ने चाय पी और वह ददुआ को तार देने को उठ खड़ा हुआ। नीरा नहा आई थी। और स्टूडियो जाने के लिए सिंगार कर रही थी। उसने मुड़कर कहा, "तो जा रहे हो ?"

"हाँ।"

नीरा ने शीशे में देखकर होंठों पर हल्का लाल रंग चढ़ाया। और मुड़कर फिर कहा, "तब क्या तय किया ?"

"यही कि होटल छोड़कर आज से यहीं आ जाऊँगा।"

नीरा ने पाउडर लगाया। बिना मुड़े कहा, "ठीक, पर महाशय पुलिस तो साथ नहीं आएगी।"

"पुलिस क्यों आने लगी ?"

नीरा हँस दी। जैसे यह सिर्फ़ एक मज़ाक था।

"दंदुआ को तार दोगे ?"

"हाँ।"

कुछ देर वह और खड़ा रहा। फिर चला गया। नीरा भी सिंगार-बनाव करके शीघ्र ही स्टूडियो चली गई। उमानाथ ने बड़े तारघर जाकर पहले तो सीधे उन्नाव को एक तार दिया, "पंडित श्यामनाथ अजीज़ बहादुर के साथ गिरफ़्तार हो गए। अजीज़ बहादुर ने प्रिंसेज होटल में मिर्ज़ाबेग और बेग़म कुलसुम का ख़ून कर दिया। आपका ही—अमरनाथ।" और फिर तार को अर्जेंट करके उसने टैक्सी ली और होटल पहुँचा। मैनेजर देखते ही कह उठा, "अक्खै ! मियाँ कहाँ रहे रात यार ? पुलिस ने आफ़त कर दी। आपको पूछते थे।"

"मुझे ?"

"हाँ, कि हीरालाल कौन हैं ? क्या करते हैं ? मैंने कहा—"

उमानाथ ने काटकर कहा, "क्या कहा ? आपने क्या कहा ?"

"मैंने कहा," मैनेजर ने चाँद पर हाथ फेरकर कहा, "हीरालालजी रईस हैं। हाँ, भला प्रिंसेज होटल में कोई ग़रीब रह सकता है ! ग़ैर मुमकिन...मर गए सा'ब ! जिन्हें मरना था, वे मर गए। मर जाने दीजिए। सैकड़ों आदमी भूखे ही मर जाते हैं। अबकी बार दो भरे पेट ही सही।" मैनेजर के स्वर में एक परेशानी थी, "पर साहब ! मरे तो मरे, कमबख़्त हमें परेशानी में डाल गए।"

"आपको !" उमानाथ ने कहा, "क्यों ?"

"क्यों ! अब आपको बता दें। कहिएगा नहीं किसी से। दो अख़बारवाले आए थे। सुबह से पाँच-पाँच सौ रुपए ले चुके हैं। किसी तरह मंजूर किया है कि ख़बर नहीं छापेंगे। कमबख़्तों को जाने मालूम कैसे हो जाता है ! बदनामी हो जाती साहब। और अभी तक पुलिस दो हज़ार ले चुकी है। और हालत देखिए। हीरालाल साहब ! मोटे मिर्ज़ा के पास बहुत, कई हज़ार निकला, और बेग़म के पास भी। क्या समझे ? सब पुलिस ने ईमानदारी से बराबर कर दिया। अब अजीज़ बहादुर पर नज़र है। उस कमबख़्त के पास भी काफ़ी माल है।"

मैनेजर की बातों का आज जैसे कोई अन्त ही नहीं था। वह अभी बहुत कुछ सुना सकता था। उमानाथ ने काटकर कहा, "फिर आपने उनके घरवालों को ख़बर दी कि नहीं !"

"मेरी बला से। पुलिस ने तार दिए हैं। एक बेग़म और मिर्ज़ा के लिए, और एक वह श्यामनाथ है, कौन है राजा-वाजा उसके लिए। अजीब बला है कि कमबख़्त सबके रिश्तेदार आ-आकर मेरे होटल में ही उतरेंगे जैसे सबका ख़ून मैंने ही किया है।"

उमानाथ मुस्कुराया। उसने कहा, "तो इतनी मदद तो आपको देनी ही चाहिए।"

"अजी हीरालाल साहब," मैनेजर ने कहा, "कहना बड़ा आसान है।" फिर वह अंग्रेज़ी में बहक उठा, "करना, कर दिखाना बहुत कठिन है। उफ़ ! आफ़त है। बहुत

दिन पहले एक अंग्रेज़ कर्नल ने यहाँ किसी का ख़ून कर दिया था, शायद साल-भर की बात है, सारा मामला सरकार और पुलिस ने दबा दिया। न्याय तो तब होता जब ख़बर बाहर जाती। एक अख़बार छापनेवाला था, उससे देशद्रोह के नाम पर 25 हज़ार की जमानत माँग ली।'' वह हँसा, ''मगर यह तो सब हिन्दुस्तानी हैं, इनके लिए तो फैसला होगा, और मैं अच्छी आफ़त में फँस गया हूँ।''

उमानाथ को तार देने की गलती महसूस हुई। यह हमदर्दी दिखलाना व्यर्थ चला गया। पुलिस तार दे चुकी है। उसने कहा, ''अच्छा मैनेजर साहब ! अब आपकी मेहरबानियों के लिए किस तरह शुक्रिया अदा करूँ ?''

''क्यों साहब ?'' मैनेजर ने हिन्दुस्तानी में चौंककर कहा, ''क्यों ?''

''मैं आज इज़ाजत चाहता हूँ।''

''अब किधर जाइएगा ?''

''जिधर नाक उठे।''

''अच्छा साहब। बहुत अच्छा,'' मैनेजर ने हँसकर कहा, ''भूलिएगा नहीं।'' अब उसे जैसे उमानाथ में कोई दिलचस्पी नहीं थी। न जाने कितने आते हैं, कितने ऐसे ही चले जाते हैं। किसको अपना समझा जाए ? किससे प्रीति की जाए ? बड़े-बड़े रईस आते हैं, तवायफों जैसी औरतें आती हैं, सब ही बड़ी-बड़ी बातें करते हैं, जिनका नतीजा सिर्फ़ व्यभिचार है, या झूठ है, एक बनावटी गम्भीरता है, और कुछ नहीं...

उमानाथ ने अपना सामान इकट्ठा किया। दोनों सूटकेस और बिस्तर ठीक कर दिए और आकर अपना बिल चुका दिया। एक टैक्सी लेकर वह मैनेजर से हाथ मिलाकर चला गया। इस समय उसका मन अत्यन्त भारी था। कहाँ जा रहा है ? नीरा के पास ? क्या वह स्त्री विश्वास के योग्य है ? क्या उमानाथ को इस राह पर चलना चाहिए ? क्या यह सब ठीक हो रहा है ? वह क्यों न महालक्ष्मी के पास लौट चले ? वह उसकी प्रतीक्षा कर रही होगी। उसका बालक अब पहले से बढ़ गया होगा। ऊहूँ, बच्चों का क्या ? दिन दूने रात चौगुने बढ़ते हैं। पर ददुआ क्या घर में घुसने देंगे ? क्यों नहीं ? क्रान्ति तो अब उमानाथ ने छोड़ ही दी। पर ददुआ में एक बर्बर हिंसा है, अहम्मन्यता है जो पशुता है, वह सबको गुलाम बनाकर रखना चाहते हैं। क्या उमानाथ उस बन्धन में सुखी रह सकेगा ?

''नहीं, नहीं...यह कभी नहीं हो सकता...''

टैक्सी रुक गई। आगे गली में अब नहीं जा सकती थी। उमानाथ उतर गया और पैसे चुकाने लगा।

4

नीरा स्टूडियो से लौटी। उसकी पलकें भारी थीं। उमानाथ उस समय बिस्तर पर पड़ा-पड़ा सिगरेट फूँक रहा था। नीरा को देखकर उठ बैठा।

"आ गए ?" नीरा ने पूछा।

"हाँ," उमानाथ ने कहा और एक लम्बा कश छोड़ा। नीरा बैठ गई। उसने कहा, "मेरा भी काम हो गया।"

"क्या हुआ ?" उमानाथ को शंका हुई।

"जवाब मिल गया।"

"क्यों ?"

"उन्हें अब मेरी ज़रूरत नहीं।"

"क्यों ? क्या बात हो गई है ?"

"एक नई एक्ट्रेस आ गई है।"

"तुमसे अच्छा काम जानती है ?"

"अभी उसने काम नहीं किया।"

"फिर तुम्हें क्यों अलग कर दिया गया ?"

"क्योंकि वह मुझसे नई है। सत्रह बरस की है," नीरा हँसी। उस हँसी में एक भयानक विष था, जो उस जैसी स्त्री के लिए अत्यन्त स्वाभाविक था। उस हँसी में एक विपन्न ग्लानि थी, एक ईर्ष्या का कठोर दाह था। उमानाथ ने पहचाना। पूछा, "बहुत सुन्दर है ?"

"उनके लिए हर नई युवती स्त्री अधिक सुन्दर है," नीरा ने व्यंग्य से कहा।

"अगर वह काम नहीं जानती, तो फिर पार्ट कैसे करेगी ?"

"तुम नहीं जानते। यह तो प्रोड्यूसर और डाइरेक्टर के हाथ का खेल है," वह कुछ क्षण चुप रही, फिर कहा, "एक दिन मैं भी ऐसे ही ली गई थी, ऐसे ही निकाल दी गई।"

"तुम्हें इसका दुःख है ?"

"बिल्कुल नहीं। मैं अपने भाग्य को जानती हूँ। तुम तैयार हो ?"

"बिल्कुल। कब चलोगी ?"

"कल।"

दोनों ख़ामोश हो गए, जैसे अब वे यह आँकने का प्रयत्न कर रहे थे कि कौन किसको धोखा दे रहा है। पर किसी ने भी कुछ कहा नहीं। नीरा ने हाथ बढ़ाकर एक सिगरेट निकाल लिया और जलाकर धुआँ उड़ाते हुए कुछ सोचने लगी। नीरा थक गई थी। उसने उठकर कपड़े बदले। हाथ-मुँह धोकर चाय बनाने लगी। उमानाथ चुपचाप पड़ा रहा। मेज़ पर चाय रखकर नीरा ने प्याले में चाय डालकर कहा, "लो पियो।"

उमानाथ ने बैठकर प्याला ले लिया।

नीरा ने कहा, "बम्बई में किसी को जानते हो ?"

"किसी को नहीं।"

"तब फिर ठहरोगे कहाँ ?"

"होटल में।"

"मगर काम कैसे शुरू होगा ?"

"आज तुम इतनी घबराई हुई क्यों हो ?"

"क्योंकि अब सब काम सिर पर आ गया है। अभी तक सब एक सपना था।"

"डरती हो ?"

नीरा ने उसे घूरा। स्त्रीत्व जागने लगा।

"मेरे रहते डरती हो ?" उमानाथ ने फिर पूछा।

"नहीं, मैं तुम पर विश्वास करती हूँ।"

"यह तुम्हारी भूल है, नीरा। विश्वास मत करो। किसी पर विश्वास मत करो। इस संसार में कोई किसी का नहीं है। सब अपना-अपना लाभ चाहते हैं। तुम तब तक मेरे साथ हो जब तक मैं तुम्हारे काम आ सकता हूँ। मैं तब तक तुम्हारे साथ हूँ जब तक तुम मेरे किसी काम आ सकती हो। जिस समाज में पैसा ही सबसे बड़ी चीज़ है। वहाँ मनुष्य को मनुष्य पर कभी विश्वास नहीं करना चाहिए। ऐसा करनेवाला मेरी दृष्टि में नितान्त मूर्ख है।"

उमानाथ ने उसकी ओर देखा और फिर बाहर खिड़की के उस पार आसमान देखते हुए कहने लगा, "मनुष्य अपने मन के बन्धनों के कारण दुखी है। उसे कभी स्नेह नहीं करना चाहिए। तुम ताज़्जुब करोगी नीरा। लेकिन शरीर का सुख है, इसी से मैं स्त्री के प्रति आकर्षित हूँ, अन्यथा, मुझे स्त्री की तुच्छता से सदैव एक घृणा रही है। विश्वास !! नहीं, नहीं मैं तुम पर विश्वास नहीं करता।"

"फिर तुम मेरे पास क्यों आए हो ?" नीरा की तीख़ी आवाज़ कमरे में गूँज उठी।

"यह मैं स्वयं नहीं जानता," उमानाथ ने चाय पीकर प्याला रखते हुए कहा, "पतंगा दीपक पर जलने क्यों आता है ?"

"तब तुम समझते हो, मैं तुम्हें जला रही हूँ," नीरा ने व्याकुल होकर पूछा।

"नहीं, नीरा नहीं। दीपक के पास जानेवाला पतंगा कभी कुछ सोचकर नहीं जाता। वह तो एक उजाला देखकर जाता है कि शायद यही उसे सुख दे सके।"

नीरा हँसी। उसकी वह उन्मुक्त हँसी उमानाथ के प्राणों को झकझोर उठी। स्त्री की चंचलता उच्छृंखल होकर बज उठी थी। मादक धमनियों की धड़कन अब सतर्क होकर उस दास प्रवृत्तिवाले पुरुष को कुचल देना चाहती थी। जो अपनी ही वासना के सामने कुत्ते की तरह जीभ लटकाए हाँफ रहा था। नीरा ने सिगरेट सुलगाई। जब वह सिगरेट पीती थी तब उसमें एक बाज़ारूपन मुखर हो जाता था। उमानाथ उसे कई बार सिगरेट पीते देख चुका था। पर जब वह सिगरेट पीती थी, तभी उसे एक नयापन सा दिखाई देता था। उसके संस्कार में जमा हुआ था कि यूरोप की स्त्री कुछ भी करे, भारत की स्त्री कभी भली होने पर सिगरेट नहीं पीती। और जो पीती है, वह बहुत से बन्धन लाँघ चुकी है। और इस ढंग से बन्धन लाँघनेवाला, दूसरे को फ़ोश और बदमाश समझता है, यह मनुष्य का पुराना स्वभाव है। अपनी आदत से मज़बूर होकर अपने को न्याट्य ठहरा लेने के बाद भी उसके उपचेतन में सैदव यह बना रह जाता है कि वह समाज के सामने पापी है। उसी पथ पर चलनेवाले औरों को देखते समय उसे न केवल अपनी महानता

प्रतीत होती है, पर उसे दूसरे से घृणा करके एक सन्तोष भी होता है।

नीरा का वह रूप देखकर उमानाथ भीतर ही भीतर काँप उठा, जैसे उसका हृदय एकदम स्तब्ध हो गया। पर उसने कहा कुछ भी नहीं। कुछ देर बाद नीरा ने पूछा, ''तुम्हारे पास कितना रुपया है ?''

''क्यों ?'' उमानाथ ने तीखी आवाज़ में पूछा, उसका स्वर रूखा था।

''कितना भी हो,'' नीरा ने कहा, ''काम चलाने लायक तो होगा ही। पर यदि तुम कहते हो कि मैं तुम पर विश्वास न करूँ, क्योंकि तुम मुझ पर विश्वास नहीं करते, तो मैं एक बात साफ़-साफ़ कह देना चाहती हूँ।''

''एक साथ चोरी करने चलकर जैसे दो चोर एक-दूसरे से भी डरते जाते हैं,'' उमानाथ ने पूछा, ''क्या ?''

''मुझे दो हज़ार रुपए अलग से दे दो। वरना मैं औरत हूँ। तुम जाने मुझे कहाँ छोड़ जाओगे ! मेरा क्या होगा ?''

उमानाथ ज़ोर से हँस पड़ा। उसने कहा, ''बड़ी पागल हो नीरा तुम ! अरे मेरी ज़रा सी बात पर बुरा मान गई ? तुम्हें छोड़कर मैं जाऊँगा कहाँ ? और जब तुम्हारे पास कुछ है ही नहीं तो तुमसे मैं ले भी क्या जाऊँगा ? जैसे मैं तुम्हें यहाँ छोड़कर चला जाऊँ, वैसे ही बम्बई में छोड़ना होगा।'' और फिर उसने मुस्कुराकर कहा, ''औरत तो हो, पर तुम क्या कोई मामूली औरत हो ? यह समाज अभी तुम्हें मरने नहीं देगा। क्योंकि तुम युवती हो, सुन्दरी हो, और पैसेवालों में से सभी साधू नहीं हो गए हैं।

5

किन्तु नीरा कच्ची गोली से खेलनेवाली नहीं थी। उमानाथ ने जितना ही रुपयों की बात को टालने का प्रयत्न किया वह उतनी ही उसको पकड़े रही और यद्यपि उमानाथ मन-ही-मन कुछ चिड़चिड़ाया, पर अन्त में उसे दो हज़ार रुपए देने ही पड़े। नीरा ने उन्हें लेकर अपने वस्त्रों में छिपा लिया। इस समय उसकी आँखों में उमानाथ के प्रति स्नेह की भावना थी। उसे विश्वास हो चला था। उसने कहा, ''आदमी तुम दिल के अच्छे हो, पर अड़ियल हो। तकलीफ़ों ने तुम्हें अविश्वासी बना दिया है, वरना और कोई गड़बड़ नहीं।''

उमानाथ उठकर कपड़े बदलने लगा। जब वे दोनों बाहर निकले, एक गाड़ी विक्टोरिया सड़क पर जाती हुई दिखाई दी। उमानाथ ने उसे आवाज़ देकर रोक लिया। गाड़ी धीरे-धीरे बढ़ने लगी। कलकत्ते की रात अब जगमगाने लगी थी। उमानाथ सोचने लगा। आज अन्तिम रात है। कल कलकत्ता छूट जाएगा। यह वैभव, यह हाहाकार, यह जगमग, यह अन्धकार, यह तृष्णा, यह अतृप्ति, सब एक टेढ़ा-मेढ़ा रास्ता और उस पर भटकता हुआ मनुष्य...क्यों...उसे याद आया...एक दिन जब वह यूरोप में था...ऐसे ही...सोचा था उसने...मार्क्स के सिद्धान्त, लेनिन ने क्रान्ति को सफल कर दिया, और

परिणाम...मज़दूर किसानों का राज्य हो गया...वहाँ यह सब वैषम्य अब नहीं रहा। क्या सचमुच इसी पृथ्वी पर एक स्थान ऐसा है, जहाँ मनुष्य गुलाम नहीं है...उमानाथ को याद आया...यूरोप में...इंग्लैंड में...वह क्या था...क्या हो गया वह भारत आकर...और वह क्या था...कहाँ जा रहा है...क्रान्ति...मज़दूर...किसान...ग़रीब, शोषित, गुलाम...और उमानाथ का जीवन, मदिरा, स्त्री, विलास, व्यभिचार,...यह सब क्या है...

सड़कों पर मोटरें भाग रही हैं...

नीरा सिगरेट पी रही थी। कोचवान उन्हें देखकर उनकी वास्तविकता को समझ गया था कि बाबू आज एक तवायफ़ को ले चला है। उसने पूछा, "बाबू साहब !" कहाँ चलेंगे ?

"चले चलो," नीरा ने उत्तर दिया। कोचवान चुप हो गया और उमानाथ के मस्तिष्क में विचार दौड़ रहे हैं...रूस की दुनिया कैसे बदल गई ? वहाँ अब रास्ते टेढ़े-मेढ़े क्यों नहीं रहे ? क्या इन्हीं टेढ़े-मेढ़े रास्तों पर भटकते रहना अच्छा है, या एक नया सीधा-सादा रास्ता बना लेना अच्छा है ? बगल में एक स्त्री बैठी है। वह मुझ पर विश्वास नहीं करती, मैं उस पर विश्वास नहीं करता। कुत्तों की तरह एक-दूसरे से सतर्क रहते हैं। पर वासना के आवेश में हम एक-दूसरे को ढूँढ़ते हैं...संसार...भाग रहा है, एक दयनीय दौड़...वे उच्च अट्टालिकाएँ...महान् है उनकी शक्ति, पर ईंट-ईंट में किसी मनुष्य की आह है, किसी की वेदना है, कितने मनुष्य नंगे, भूखे, भिखारी, कुली, मज़दूर, कितने बेबस बाबू, पिसे हुए, बेकार...और स्त्री...लुटी हुई, उजड़ी हुई...सब कुछ दमघोट...

"कोचवान !" उमानाथ ने तनिक ज़ोर से कहा, "रोक लो।"

गाड़ी से उतरकर उमानाथ नीरा का हाथ पकड़कर उसे सामने के होटल में ले गया। दोनों भीतर बैठकर शराब पीते रहे। वहीं खाना खाया। जब वे बाहर लौटे, दोनों के पाँव लड़खड़ा रहे थे।

दूसरे दिन दोनों ही का सिर तनिक भारी थी। सामान बाँधने लगे। काम बिल्कुल गुप्त रूप से हो रहा था। नीरा का कई जगह थोड़ा-बहुत कर्जा था, यहाँ तक कि मकानदार को ही चार महीने का किराया देना था। दोपहर हो गई। दोनों उतरकर सामने से छोटे होटल में घुस गए। जब खाकर लौटे तो नीरा देखकर ठिठक गई। एक आदमी चुपचाप खड़ा था। इस समय नीरा को देखकर वह मुस्कुराया। नीरा ने द्वार खोलकर भीतर जाते हुए कहा, "क्या है जी ? क्यों आए हो ?"

"बहन ने याद किया है," उस आदमी ने सिर झुकाकर कहा। उमानाथ ने उसे गौर से देखा। लगा जैसे पहले कहीं देखा था। पूछा, "तुम्हें कहीं देखा है। कभी प्रिंसेज होटल में गए थे ?"

"जी सरकार गया था। वही तो बीवीजी से कहने आया था।"

नीरा बैठ गई। उसकी भौं तन गई थी। उसने कहा, "क्या है ? कहो। जल्दी कहो। हमें अभी ईडन गार्डन जाना है।"

"सरकार, बहन के बच्चा हुआ न था ? उसे एक मोटे से नवाब साहब ने लेने का

वादा किया था।''

''तुम्हारी बहन के ?'' उमानाथ ने पूछा।

''जी नहीं, बीवीजी मेरे घर जान-पहचान रखती हैं। उनके।''

''अच्छा,'' उमानाथ ने सर हिलाया।

''जल्दी कहो,'' नीरा ने फिर तेज़ आवाज़ में कहा।

''सरकार,'' वह आदमी कहता रहा, जैसे उसके मानापमान का कोई सवाल ही नहीं था, ''वे नवाब और उनकी बेग़म को तो रात को किसी ने, कौन जाने, किसने, कतल कर दिया। अब हम तो मुहताज हो गए। अब क्या होगा, समझ में नहीं आता। तब बहन ने कहा, आपके पास जाऊँ।''

''क्यों तुम क्या करते हो ?'' नीरा ने पूछा, ''नौकरी क्या हुई ?''

''सरकार, जवाब मिल गया। सब जगह छँटनी हो रही है। मुझे भी निकाल दिया गया।''

''लो,'' नीरा ने एक रुपया निकालकर ज़ोर से फेंक दिया जो ज़मीन पर झन्न से बज उठा। उस आदमी की आँखें चमक उठीं। उसने झुककर रुपया उठा लिया और झुककर लम्बी-लम्बी सलामें करता हुआ। धीरे-धीरे चला गया।

उसके चले जाने पर उमानाथ ने मुस्कुराकर कहा, ''यह तुम्हारे बहनोई साहब थे ?''

''छिः,'' नीरा ने आँखें तरेरकर कहा, ''तुम्हें हमेशा मज़ाक सूझता है ?''

''तो भई, थे कौम ?''

''एक ग़रीब आदमी है। इसकी बीवी पहलेवाले मकान में मेरी पड़ोसिन थी। जब तब कुछ काम कर देती थी, और मैं इसे कुछ-न-कुछ मदद कर दिया करती थी। पर एक बार मैं पड़ी बीमार। उसी बेचारी ने मेरी बहुत सेवा की तब एक दिन मैंने उसे बहन कह दिया था। यह निखट्टू भी खड़े सुन रहे थे। फ़ौरन गाल बजाने लगे कि बीवीजी तो देवता हैं, माँ हैं, वरना इस तरह कौन ग़रीबों को सिर चढ़ाता है। और तब से आप मुझे सदैव अपनी बीवी की बहन मानते हैं।''

कहानी के पीछे एक विषाक्त विवशता थी जिसे उमानाथ भूल से भी दुहराना नहीं चाहता था। उसने कुछ नहीं कहा। फिर मुड़कर बोला, ''दूर नहीं गया होगा। बुलाऊँ ?''

''क्यों ?''

''ठहरो,'' उमानाथ दौड़कर बाहर गया। वह आदमी गली के पार के नुक्कड़ पर पहुँचा था। इस समय तीन आवाज़ों में ही रुक गया। और लौट आया। नीरा चकित थी। वह उमानाथ को समझ नहीं पाई थी। उसने कहा, ''क्यों बुला लाए हो ?''

उमानाथ ने उसे कोई उत्तर न देकर उस आदमी से पूछा, ''तुम्हारा नाम क्या है ? कौन जात हो ?''

''सरकार हम कायस्थ हैं। हमारा नाम नवाबराय...''

''ठीक है, ठीक है...नौकरी करोगे ?''

''क्यों नहीं करेंगे सरकार ? नहीं तो क्या हुकूमत करेंगे।''

"अच्छा जाओ बीवी, बच्चा, सामान, सब यहीं ले आओ। हाँ, कलकत्ते की कैद तो नहीं। पढ़े-लिखे हो ?"

"सरकार, कैद तो ज़िन्दगी की है। मामूली काम चला लेता हूँ। अंग्रेज़ी में दस्तख़त करना जानता हूँ।"

"बीस रुपए, खाना। मंजूर ?" उमानाथ ने कहा।

"हाँ, सरकार। न कुछ सही, पेट तो भरेगा, सरकार, पच्चीस कर देते तो हमारा मन रह जाता।"

"सब काम करोगे ? बाज़ार जाना, सामान लाना और इन्तजामात ? झाड़ू नहीं, जूते नहीं, कपड़े नहीं धोने पड़ेंगे। क्यों ?"

आदमी जैसे खुशी से पागल हो जानेवाला था। इससे पहले कि वह कुछ कहता उमानाथ ने उसे कमरे के बाहर उँगली से दिखाते हुए कहा, "चलो जाओ। एक घंटे में आ जाओ। जाओ जल्दी करो।"

जब वह चला गया। उसने नीरा से कहा, "यह आदमी थिएटर के काम में मदद दे सकेगा। इसकी बीवी तुम्हारी ख़िदमत में रहेगी और उसका बच्चा भी उसी के पास रहा आएगा, इस तरह उसे बेचना तो नहीं पड़ेगा, ठीक ? फिर जैसे उसे अचानक याद आया, "सेठ रतनचन्द से जाकर मिलूँ ? एक लाख न देगा, पचास हज़ार देगा।"

"अभी नहीं," नीरा ने कहा, "बम्बई में काम चालू करने के बाद। वह तुम्हें नहीं देगा मुझे देगा और मैं उससे नफ़रत करती हूँ।"

वह उद्विग्न थी। जैसे-जैसे जाने की घड़ी निकट आती जाती थी। उसका आवेश बढ़ता जा रहा था। नवाब राय, उसकी स्त्री चन्दा और बालक अपने दो टीन के ट्रंक लेकर आ गए थे। एक बोरे में बाक़ी सब सामान बँधा हुआ था। एक बिस्तर था। उनके सामान को उमानाथ थोड़ी देर तक घूरता रहा। फिर कहा, "सब सामान आ गया ?"

"हाँ मालिक।"

चन्दा नीरा के पाँवों के पास बैठ गई थी। वह उसे अपना बच्चा दिखा रही थी। उस निर्बोध सरल सुन्दर शिशु को देखकर नीरा को चन्दा के मातृत्व से ईर्ष्या हुई। पर वह एक क्षणिक अनुभूति थी। क्या होगा इस सुख का जो स्वयं एक भार है। इस सुख के पीछे इनको कितना अपमान सहना पड़ता है। पर क्या स्वयं नीरा को अपमान नहीं सहना पड़ता ? नीरा का तो स्त्रीत्व का अधिकार भी छीन लिया गया है। चन्दा ग़रीब है, दलित है, सब कुछ है, पर वह अभी तक अपनी मर्यादा को जीवित रख सकी है। नीरा उसके सामने कहाँ ?

नीरा को यह विचार अच्छे नहीं लगे। वह उठकर इधर-उधर कमरे में ही टहलने लगी। चन्दा ! कल यह अपने बालक को भी बेच देने के लिए विवश थी। फिर भी कितनी शक्ति है ! भूखे रहेंगे, मरेंगे, पर अपना सम्मान बनाकर जिसकी पूजा करते हैं, उस भावना को कभी नहीं मिटने देंगे। और नीरा में वही नहीं है। वह अपमानित है,

पर उसकी जलन में एक तृप्ति है, यदि कोई उसको लूट रहा है, तो वह उस लुटेरे को अपना गुलाम बना लेती है। अपने खुलेपन की बेहूदगी से उसने बहुत से कच्चे दिलों को अपने सामने से डराकर भगा दिया है।

नवाब राय बहुक्म गाड़ी ले आया। नवाब राय, चन्दा और बच्चे को लेकर, सब सामान के साथ उमानाथ स्टेशन चल दिया। नीरा घर लौट आई।

मकानदार की माँ ने झाँककर पूछा, ''बीबी ! कौन जाते हैं ?''

''रिश्तेदार आए थे।''

दोनों अपने-अपने पक्ष में बुड़बुड़ाईं। नीरा ने कहा, ''डायन तैयार बैठी रहती है,'' और बुढ़िया मुस्कुराई कि अब तो तवायफ़ के भी सम्बन्धी होने लगे।

कलकत्ते के विशाल स्टेशन के एक प्लेटफ़ार्म से दूसरे पर जाते समय हठात् उमानाथ ठिठक गया। नवाब राय ने चौंककर पूछा, ''सरकार क्या हुआ ?'' किन्तु उमानाथ ने कोई उत्तर नहीं दिया। वह ग़ौर से देख रहा था। सामने, दूर, ददुआ ऑनरेरी मजिस्ट्रेट राजा रामनाथ तिवारी खड़े थे। कुली सामान उतार चुके थे। साथ दो नौकर थे और उमानाथ ने देखा, उसके पिता को बुढ़ापे ने घेर लिया था। वे झुके हुए से लगते थे ? जब वे लोग आगे निकल गए तब उमानाथ, अपने साथियों के साथ आगे बढ़ चला।

उसी समय पीछे से सत्वर आकर नीरा ने कहा, ''गाड़ी आने में कितनी देर है ?''

''आने ही वाली है,'' उमानाथ ने उत्तर दिया।

मकानदार को चकमा देने के लिए नीरा रुककर कुछ देर बाद एक टैक्सी में आ गई थी। प्लेटफ़ार्म पर ज़िन्दगी की कशमकश लहरा रही थी।

6

प्रिंसेज होटल की रँगीनी में कोई कमी नहीं थी। रामनाथ उदास से एक कुर्सी पर बैठे थे। उनके माथे पर विषाद और चिन्ता की गहरी रेखाएँ खिंची हुई थीं। कोई भी उन्हें देखकर यह अनुमान नहीं कर सकता था कि इसी लम्बे से आदमी में इतनी अधिक अकड़ होगी। एक दिन जिन दो कमरों में उनका सबसे छोटा पुत्र प्रभानाथ आकर टिका था आज वे उन्हीं कमरों में थे। उनके नौकर उन्हीं के साथ थे। जीवन में घर छोड़ते वक़्त उन्हें अबके यह महसूस हुआ था कि वे अकेले नहीं जा सकते। इसी से रामदीन और सत्यनारायण ड्राइवर को उन्होंने साथ ले लिया था। क्या जाने, कलकत्ता एक बड़ा शहर है, कितनी दौड़-धूप करनी होगी। वे सब प्रयत्न करके भी अपने पुत्र प्रभानाथ को सरकार से नहीं छुड़ा सके थे। उसके बाद अजीज़ बहादुर का मामला आया। उसमें भी वे असफल हो चुके थे। उनके छोटे भाई को यह परिणाम देखना पड़ा था। आज वे दोनों साधारण मुज़रिमों की तरह गिरफ़्तार कर लिए गए थे। अजीज़ बहादुर नवाब साहब कैरा और पुलिस सुपरिंटेंडेंट श्यामनाथ, दोनों ही, वे कुछ भी हल नहीं निकाल

पाते थे। क्या होगा ? क्या सरकार यह भी नहीं सुनेगी कि वे दोनों ही पागल थे ?

पुलिस का तार मिलते ही वे चल पड़े थे। जिस समय उन्होंने तार पढ़ा वे एकदम बैठ गए थे। उनके चेहरे पर सफ़ेदी छा गई थी और लगता था बेहोश हो जाएँगे। अवधेश डर गया था। महालक्ष्मी चौंककर कह उठी थी, ददुआ ! ददुआ !! क्या हुआ ददुआ ?

"ओह," पंडित रामनाथ चौंक पड़े ? वे प्रयत्न करके भी सुस्थिर नहीं हो पाते थे ? उन्होंने धीरे से कहा, "नवाब अजीज़ बहादुर ने कलकत्ते के प्रिंसेज होटल में मिर्ज़ाबिग और बेग़म कुलसुम का ख़ून कर दिया। उस समय श्यामनाथ भी उनके साथ थे। दोनों को गिरफ़्तार कर लिया गया है," कहते-कहते जैसे शब्द कंठ में अटक गए। उन्होंने कहा, "ओह !"

और वे चुप हो गए। जैसे अब कुछ भी कहना असम्भव था। यह दिन भी देखना बाकी था ? जिस दिन से वे दोनों उन्नाव छोड़कर गए थे। पंडित रामनाथ एक दिन भी चैन से नहीं सोए थे। अपने भाई के प्रति उनमें बहुत अधिक ममता थी। श्यामनाथ का दिमाग़ क्यों ख़राब हुआ ? प्रभानाथ की मृत्यु के कारण ही तो। और श्यामनाथ जैसा आज्ञाकारी भाई किसी के लिए भी एक गौरव का विषय था। ऐसा कि सिर उठाना उसने नहीं सीखा। बुद्धि के स्थान पर सदैव श्रद्धा से काम लेता रहा। और एक आकस्मिक घटना ने उसे इतना विचलित कर दिया ! वह कहाँ होंगे ? क्या कर रहे होंगे ! यह विचार जब रामनाथजी को हो आते थे, उन्हें एक उद्वेग-सा होने लगता था, जैसे किसी ने उनकी शान्ति छीन ली थी। वे जितना ही उसे फिर से प्राप्त करने की चेष्टा करते हैं, उतना ही वह उनसे दूर हटती जाती है। इसी पशोपेश में, सतनामी रघुबीर नामक कांग्रेसी कार्यकर्त्ता आँखों के सामने आ गया था। बराबर लगान दिया करता था। लेकिन इस बार नहीं दे सका था, क्योंकि जेल चला गया था। उसकी बहू और बच्चों ने सब तरह के प्रयत्न कर लिए थे, पर वे लगान नहीं अदा कर सके। पंडित रामनाथ तिवारी का पुत्र दयानाथ उस दिन घर छोड़कर चला गया था। उनके हृदय में कांग्रेस के विरुद्ध आग लग रही थी। उन्होंने रघुबीर को बेदखल करवा दिया था। अब वह उसके विरुद्ध कुछ न कुछ गाँववालों को भड़काया ही करता था। सरवराकार, जिलेदार तथा नया मैनेजर सब परेशान थे पर रघुबीर को रामनाथ सदा अपने सामने एक बौना मात्र समझते थे। उन्हें अपने भाई की फ़िक्र थी।

पुलिस ने रिपोर्ट दी थी कि वे दयानाथ के घर गए थे। रामनाथ को अत्यन्त क्रोध हो आया था। इच्छा हुई थी कि एक बार चलकर ले आएँ, पर फिर इरादा बदल गया। दूसरे दिन ही ख़बर आ गई कि वे वहाँ से भी कहीं चले गए। कहाँ चले गए ? पंडित रामनाथ को इसका कोई उत्तर नहीं मिलता।

वे कमरे से लेकर मैदान तक घूम आते, पर कहीं भी समस्या नहीं सुलझती। उनके विषाद की छाया अब महालक्ष्मी के चेहरे पर भी दिखाई देती। क्या था ? और अब देखते-देखते क्या हो गया ?

पंडित रामनाथ तिवारी अभी हाईकोर्ट के किसी बंगाली वकील से मशविरा लेकर आए थे। उन्हें श्यामनाथ तथा अजीज़ बहादुर से मुलाकात करने का मौक़ा दे दिया गया था। दोनों ने उन्हें देखकर सिर झुका लिया था। उनके पूछने पर नवाब साहब अजीज़ बहादुर कैरा ने मुस्कुराकर कहा था, ''राजा साहब !'' खानदान की नाक रह गई। वरना यह कुत्ते सब तबाह कर डालते।

पंडित रामनाथ ने देखा दोनों की आँखों में एक अजीब-सी चमक आ गई थी। वे उसे देखकर डर गए थे। वकील ने सारा केस सुनकर कहा था, ''नवाब का छूटना मुश्किल है।'' श्यामनाथ छूट सकते हैं। सुनकर उन्हें कुछ तसल्ली हुई थी। बंगाली वकील लाखों में खेलता था, उसकी जज़ों से कुछ मुलाकात भी थी। लेकिन केस चलने का मतलब अख़बारों में ख़बर छप जाना था। लोग सुनेंगे और क्या कहेंगे। रामनाथ का कुल एक के बाद एक करके सब इस प्रकार कहाँ जा रहा था।

पंडित रामनाथ ने सिर उठाकर देखा। सत्यनारायण द्वार के पास बैठा था। रामदीन बैठा जूतों पर पॉलिश कर रहा था। उनकी आँखें उन दोनों से हट गईं। वे फिर गहरी चिन्ता में डूब गए। आज उनका शरीर थक गया था। कलकत्ते के कोलाहल ने उन पर एक विचित्र थकान डाल दी थी। वे उन्नाव की नीरवता के आदी थे। जब उससे भी ऊब जाते थे तब बानापुर चले जाते थे। वहाँ और भी अधिक शान्ति रहती। साँझ हुई, ज़िन्दगी थक गई। रात शुरू हुई कि आधीरात का सन्नाटा छा गया। बानापुर के पास का गाँव गूलरखेड़ा तो इसीलिए प्रसिद्ध था कि वहाँ के पैंतीस साल के ऊपर के लोग अफ़ीम खा-खाकर शाम के आठ बजे सो जाते थे और सुबह चार ही बजे से उठकर दिन के काम शुरू कर देते थे। रात से विरोध नहीं किया जाता था।

अन्त में वे उठे। उन्होंने निश्चय कर लिया। दो आदमियों की जमानत दिलवाकर दोनों को छुड़वाना था। मुचलके भी देने थे। पुलिस ने उनकी जिम्मेदारी पर यह करना स्वीकार कर लिया था। इस समय काश उनके घर का कोई उनके साथ होता। नौकर कैसा भी हो नौकर ही है। घर के आदमी की बात ही और है। दो-दो जवान लड़के हैं। एक भी काम का नहीं। उनका हृदय फिर उस सबको भुला देना चाहता था।

अज़ीज बहादुर सचमुच पागल हो गए। उन्हें पागल कह-कहकर लोगों ने अन्त में पागल ही बनाकर छोड़ा। पर क्यों ? क्योंकि उनके पास जमीन थी, सम्पत्ति थी, उस सम्पत्ति पर सब पलते थे। किन्तु अधिकार के लिए यह छीना झपटी ? स्वार्थ के लिए ? सम्पत्ति ही स्वार्थ की जड़ है। उसकी अति उपस्थित और अभाव दोनों का ही क्रम न होने से उलझन है। मनुष्य अपनी समस्त मनुष्यता को भूल जाता है। और अचानक रामनाथ के दिमाग़ में बिजली की तरह चौंधिया गया। वे उससे सिहर उठे। वे क्या सोच रहे थे। सम्पत्ति का स्वार्थी नियन्त्रण ही, जो दूसरों में अभाव की, सांसारिक कष्टों की सर्जना करता है, समस्त पशुता का प्रारम्भ है। मनुष्य की मनुष्यता सदैव उसे पराजित करना चाहती है। इसीलिए है साधु-सन्तों के त्याग की नैरन्तर कामना। इसीलिए है यह उपेक्षा, यह विरक्त। यह भी कुछ नहीं, वह भी कुछ नहीं, तो क्यों कुछ लोग यह सब

बड़ी-बड़ी बातें कहकर भी अधिकार सुख नहीं छोड़ देते ?

रामनाथ का हृदय विचलित हो उठा। दूर होगी महालक्ष्मी और समस्त सम्पत्ति का वारिस अवधेश। एक बालक। उसे कितनी ज़िम्मेदारी उठानी है, कल वह बानापुर की छोटी सी रियासत का राजा होगा। कल उसे देखकर सैकड़ों आदमी डरकर सिर झुकाएँगे। राजा रामनाथ का गौरव कुल परम्परा से पीढ़ी समाज की छाती में कील बन गड़ा रहेगा।

इस विचार ने उन्हें शक्ति दी। वे उठे। उन्हें फिर पुलिस सुपरिंटेंडेंट से जाकर मिलना था।

7

पंडित रामनाथ के चले जाने पर जब उमानाथ का तार पहुँचा उस समय घर में अंग्रेज़ी पढ़ा-लिखा कोई न था। नौकर को भेजकर पड़ोस के वकील साहब को बुलवाया गया पर्दे के पीछे से महालक्ष्मी ने सुना। वही बात थी। उस पर कोई नया प्रभाव नहीं पड़ा।

"तो क्या राजा साहब इसी सिलसिले में कलकत्ते गए हैं ?" मोटे बूढ़े वकील साहब ने पूछा।

"जी हाँ," नौकर ने उत्तर दिया।

मामला इतना पेचीदा था कि वकील साहब कह उठे, "भेजनेवाले ने तार के नीचे अपना नाम क्यों नहीं लिखा ? मेरे खयाल से तो यह किसी की बदमाशी है। "परसों ही की बात है," वे कहने लगे, "एक आदमी आया और राजा विश्वनाथ साहब के यहाँ पहुँचा। राजा साहब थे नहीं। बोला कि पास के एक गाँव में राजा साहब की मोटर से एक बुढ़िया कट गई है। दरोगा मामला ले बैठा है। आठ हज़ार रुपए राजा साहब की जेब में थे। दरोगा को दे दिए। अब दो हज़ार की कसर है। रानी साहिबा ने सोचा कि चलो बुढ़िया तो मर गई और दो हज़ार देकर पिंड क्यों न छुड़ाया जाए। दे दिए। कल राजा साहब आ पहुँचे और सुनकर बहुत नाराज हुए। मैंने कहा सरकार के दर पर झोंपड़ा डाले खड़ा हूँ, क्यों न मुझसे कुछ काम लिया जाए ? पर बड़े आदमी हैं। उनके लिए तो दो हज़ार कोई बात नहीं, पर गुंडों की तो इससे हिम्मत बढ़ती है।" उनका स्वर बदला। "मुझे डर है कहीं किसी ने जाल न बिछाया हो। इस तरीके से लफंगे रुपया ऐंठ लेते हैं। मुमकिन है कल खुद तिवारीजी के नाम का तार आए कि इतने रुपए भिजवा दो। अब बताइए, कैसे जाना जा सकता है कि वह तार किसने दिया, क्यों दिया..."

वकील साहब देर तक अपनी दुनियादारी की जानकारी अपनी मोटी और घिरघिरी आवाज़ में बघारते रहे। उनका स्वर कुछ देर बाद अपने आप लजा और डूब गया। महालक्ष्मी उनके चले जाने पर काफ़ी चिन्तित हो गई। बहुत बड़ी समस्या थी। वकील साहब ने इस घटना को झूठ बताया था। खैर, इसमें तो शक की कोई गुंजाइश ही नहीं

थी, क्योंकि पुलिस ने भी यही तार दिया था। पर अब रुपया कैसे भेजा जाएगा। क्या पहचान होगी ? उसने हल ढूँढ़ निकाला। तुरन्त रामनाथ को तार दिया कि अगर आप रुपया वगैरह मँगाएँ तो अपने तार में रामनाथ मंगल नाम दे दें। उससे गड़बड़ नहीं होगी, क्योंकि यहाँ इसी घटना के विषय में एक अनाम तार आया है। हो सके तो तलाश कीजिए वह कौन है। जिसने यह तार भेजा है।

वकील साहब ने तार लिख दिया और स्त्री की बुद्धि से प्रसन्न हुए। ख़ूब सोचा। काफ़ी चतुर है। इसी को उमानाथ छोड़कर चला गया है। लेकिन उनके पास ज़्यादा सोचने का वक़्त नहीं था। दूसरों के सुख-दुख को वे क़ानून के माध्यम से देखते थे। पर महालक्ष्मी अवधेश को खिला-पिलाकर जब दोपहर को लेटी तो उसके दिमाग़ में एक चंचलता जाग उठी। बराबर करवा चौथ का व्रत रखनेवाली यह युवती आज तक नहीं समझ सकी कि उसमें क्या कमी थी जो उसके पति ने उसे त्याग दिया। जब उसका विवाह हुआ था वह अत्यन्त सुख से आई थी। पति ने उसे अपना प्यार दिया था और उसी का परिणाम उसके सुहाग की विजय का चिह्न अवधेश था जिसके मुँह को देख-देखकर वह अपना जीवन व्यतीत कर रही थी। किन्तु उसके बाद प्रभानाथ कलकत्ते गया। वहाँ से उमानाथ को लाया तो महालक्ष्मी पति की उपेक्षा को एकाएक ही समझ नहीं सकी। और बाद एक रात स्वयं उमानाथ ने ही बताया कि वह एक मेम से शादी कर चुका था। घर में और किसी को यह बात नहीं मालूम। स्वयं राजेश्वरी तक को नहीं। पर महालक्ष्मी कभी-कभी अपने आपको शीशे में देखती। निस्सन्देह वह सुन्दर थी। एक बात ज़रूर थी कि पहली नज़र डालने पर गाल कुछ खिंचे हुए से थे, पर जब वह बार-बार देखती, तो उसे सब ठीक लगता। गाल कोई बैठे हुए तो थे नहीं, और क्या औरतें बुरी नहीं होतीं। और तो कोई दोष नहीं। वह कभी खुलकर जवाब नहीं देती, कभी किसी से चिड़चिड़ाकर नहीं बोलती, यहाँ तक कि जो औरतों के दो मुख्य स्वभाव हैं—एक बक-बक करना, दूसरे घरेलू मामलों में पुरुषों से खीझना, वह तक उसमें नहीं। नौकरों से भी उसका व्यवहार कभी बुरा नहीं है। फिर ? उमानाथ ने उस दिन अपने दूसरे विवाह की बात करते हुए कहा था महालक्ष्मी मैं पापी हूँ। महालक्ष्मी ने कहा था कि मैं उस मेम की दासी बनकर ही रहूँगी। और एक दिन उमानाथ को पुलिस के डर से घर छोड़कर जाना पड़ा। उसके कठोर पिता ने उसे सहायता नहीं दी। उस दिन महालक्ष्मी ने सुहाग का मोल चुकाया। अपनी दृष्टि में उसने महान् कार्य नहीं किया कि सब गहने उसे दे दिए, जो यदि उपन्यास का पात्र होता तो लम्पट कहलाता, महालक्ष्मी उसकी छाया से बचती। हाय नारी ! कितना गलित और दयनीय है तेरा जीवन ! तुझे उसकी उपासना करनी है, जिसके तू सुख का साधन-मात्र है। अच्छा होता तेरे पास न हृदय होता, न बुद्धि। फिर भी अपने को रिस-रिसकर मिटाने में भी तू अपनी महानता समझती है।

महालक्ष्मी सोचती। वह हिन्दी के अख़बार, पत्र-पत्रिकाएँ पढ़ लेती थी। नए-नए विचारों को उनमें देखती। स्त्रियों के अख़बारों में एम.ए. तथा बी.ए. पास स्त्रियों के फोटो निकलते, पुनर्विवाह करनेवालों के दम्पतिचित्र छपते। और फिर वह गा-गाकर विधवा की

पुकार, या अबला की चीत्कार शीर्षक कविताएँ पढ़ती। वे उसके मन को छूनेवाली रचनाएँ थीं। उसे यही लगता कि वह सब उसे ही देखकर लिखा गया था।

क्या वह राजेश्वरी से कम सुन्दर थी ? यह भी भाग्य की ही बात होती है। क्या कारण है कि दयानाथ अपनी पत्नी के प्रति अनुरक्त है। लेकिन इसका कारण है। जब दयानाथ ने अपने पिता को छोड़ा तो वह भी सबको ठुकराकर उसी के पीछे चली गई। क्यों न महालक्ष्मी भी उमानाथ के साथ चली गई।

महालक्ष्मी ने सोचा। दयानाथ राजेश्वरी का ठौर-ठिकाना लगा गए। उनके लिए कोई चिन्ता नहीं। किन्तु उमानाथ उसे कहाँ ले जाते ? वह न पढ़ी-लिखी। विलायत जाकर उनकी हँसी उड़वाती। और वे तो दुनिया के ग़रीबों का भला करना चाहते हैं। पर वह क्या कर रहे हैं ? पहले तो अपनी ब्याहता को ही छोड़ दिया। यह न्याय महालक्ष्मी की समझ में ही नहीं बैठता था। कहानियाँ पढ़ती थी। एक पत्रिका में बहनों के पत्र छपते थे। उसमें औरतें सम्पादक से बिना अपना नाम दिए अपनी परेशानियों का हल पूछती थीं। क्या वह भी पूछे ? किन्तु सम्पादक क्या बता सकेगा। पत्र भेजने का विचार भी इस प्रकार भीतर ही भीतर घुटने लगा था, बल्कि मिट सा गया था। सारांश यह कि वह नहीं ले गए, उन्होंने पति का पहला कर्त्तव्य नहीं निबाहा। तो वह क्या करती ? हो सकता है कि वह स्वयं कायर है। पीछे चल पड़ती। देखें क्या करते ? पर अवधेश का तब क्या होता ? यहाँ घर कौन सँभालता ?

महालक्ष्मी की चिन्ता का कोई अन्त दिखलाई नहीं देता। और आज जब वह सोचती कि आख़िर यह तार दिया किसने तो उसके मन की वीणा का तार—केवल एक तार, कुछ हिलता। सारे तार तो ढीले पड़ गए। आशा, और प्रिय लगनेवाली आशा चाहती है कि अब खूँटी उमेठकर ऐसा कस दे कि वह तार बजने लगे, पर नहीं हो सकता। जैसे अँधेरी रात में हवा की गूँज सुनकर व्याकुल विरहिन समझी थी कि बहुत दूर, कहीं बहुत दूर उसके पिया उसे बुला रहे हैं...बहुत दूर...अन्धकार में...महालक्ष्मी सोचती...क्या यह तार...उमानाथ ने...सच...उन्होंने ही तो नहीं दिया। वे भी तो कलकत्ते ही गए थे। क्या वे परदेस नहीं गए ? पर मन की दीपशिखा फिर बुझ जाती। यह वह क्या सोच रही है। मन जब सब कुछ खो चुकता है तब अपनी सुन्दर-सुन्दर कल्पनाओं में ही भूला रहना चाहता है, उसे अपने आपको धोखा देने में भी आनन्द आता है।

और जब उसके दिमाग़ में घर की उजाड़ हालत आती, तब उसे चारों ओर विपन्नता, आशंका ही दिखाई देती...वह स्त्री...अवधेश बालक...और ददुआ बूढ़े...और चारों ओर भूखे गीदड़...वह काँप उठती।

8

तारवाला कैरा में वहाँ का डाकिया ही था। उस दिन उसकी आफत आ गई। वह तार लेकर कोठी खास पर पहुँचा तो माधोनरायन ने रोका।

"कहो कोई खत है ?"

"खत ?" डाकिया भुनभुनाया, "एक पूरा तार है।"

"तार है ?" माधोनरायण ने आश्चर्य से कहा। दस्तख़त करके दौड़ा-दौड़ा भीतर गया और चिल्लाया, "बधाई है सरकार को। मुँह मीठा होना चाहिए सरकार। ताबेदारों को इनाम मिलना चाहिए।"

दो-चार नौकर और इकट्ठे हो गए। सबको आशा थी कि अब कुछ न कुछ ज़रूर मिलेगा। बल्कि वे यह तक सोच रहे थे कि क्या माँगना चाहिए ? डॉक्टर इब्राहीम खाँ ने बतलाया था कि बेग़म कुलसुम के कुछ होनेवाला है। और इसीलिए मिर्ज़ाबिग उन्हें लेकर कलकत्ते गए हैं। माधोनरायण की चीख-पुकार सुनकर मख़मूर मियाँ घबरा गए। बेग़म नर्गिस चौंक उठी। दोपहर का वक़्त था। सब खा-पीकर आराम कर रहे थे। बेग़म गुलनार सब कुछ जानकर भी चुप थीं। कहने का मौका नहीं था। वे कुछ चाल सोच रही थीं कि किसी तरह इस राज का भंडाफोड़ करके नर्गिस की इज़्जत धूल में मिला दी जाए। पर मज़बूर थीं। ख़तरे का वक़्त था, मिलकर काम करने का वक़्त था। इस वक़्त वे अपने कमरे से निकल आईं और पुकारकर कहा, "आए मियाँ मख़मूर ! कहाँ रह गए ? सुना नहीं ? ताबेदार नीचे से पुकार रहे हैं।"

मख़मूर जल्दी-जल्दी नर्गिस बेग़म के कमरे से निकले। जल्दी में दरवाज़े से टकरा गए। मैं...मैं...जगाने आया था...बेग़म साहिबा को...इसीलिए...मख़मूर के मुँह से घबराहट में टूटे-फूटे बोल निकले।

"अए जाग जाएगी बेग़म भी। तुम जाकर देखो भी तो। क्या शोर है ?"

नौकर बढ़े आ रहे थे और शोर कर रहे थे। बूढ़ी नौकरानी फ़ातिमा ने आँखें चुन्दी करके देखा और कहा, "अए मुए ! बधाई दे रहे हैं।"

नर्गिस बेग़म अब तक निकल आई थीं। उनकी आँखें अलसा रही थीं।

गुलनार ने कहा, "बेग़म सो रही थीं ?"

"मुओं ने सोने ही कहाँ दिया ? गुल मचाने लगे," नर्गिस ने कहा। वह उनके व्यंग्य को समझ गई थीं। फिर भी उस पर ध्यान न देना ही उचित समझा।

"बधाई ?" बुढ़िया फ़ातिमा ने कहा, "बधाई कैसी ?" हो गया बेग़म ! अल्लाह देता है, तो छप्पर फाड़कर देता है, चाहे घर में कुछ भी न हो, अब तो मैं अपनी चीज़ लेकर रहूँगी।

दोनों बेग़में एक दूसरे की ओर देखकर मुस्कुराईं। चाल सफल हो गई। किन्तु फिर दोनों की आँखों में ईर्ष्या खेल उठी। इसका अर्थ हुआ कुलसुम का गौरव और मान अब बहुत बढ़ गया। पर इसके लिए कोई चारा भी न था।

"खुदा का शुक्र है," गुलनार ने कहा।

नर्सिग ने दोनों हाथ उठाकर कहा, "परवरदिगार ! तू सब जानता है। मदद करता है।"

नौकर जोश में भीतरी दरवाज़े तक आ गए थे। मख़मूर उन्हें रोक रहा था।

"अमाँ, क्या है ? क्यों चिल्ला रहे हो ?"

"सरकार," माधोनरायन ने कहा, "तार आया है। मैं तो एक साफा भी लूँगा।"

रईस के नौकर माँगें पेश करने में कब पीछे रहते हैं। एक के बाद एक कह गया, "अब के हुज़ूर धोती जोड़ा मिलना चाहिए।"

"मैं तो बस नया हुक्का लूँगा।"

"सब आपका दिया है सरकार, कपड़ा फट गया है..."

"हो गया, हो गया," मख़मूर ने कहा, "तार तो दिखाओ।"

फ़ातिमा झाड़ू लेकर आ गई। उसके अपने सगुन टोक रहे थे। वह बधाईवालों से मज़ाक करने उतरी। कहा, "ऐ, मरदुओ ! ऐसा क्या मालिक का अदब नहीं रहा। कब नहीं मिला जो लेंगे लेंगे..."

"बस, बस, अब सब मिल गया," नौकर पुकार उठे...

मख़मूर ने तार खोला। मगर समस्या अटक गई। अंग्रेज़ी में था।

बेग़म गुलनार ने पर्दे के पीछे से कहा, "पढ़ो मियाँ, रुके क्यों ?"

"जी हाँ, बेग़म साहिबा," मख़मूर ने हकलाकर कहा, "जी हाँ, पढ़ता हूँ..."

नर्गिस समझ गई। कहा, "रामगोविन्द को बुलाओ।"

एक नौकर दौड़कर गया। रामगोविन्द ने सुना तो लपके चले आए। फौरन तार लेकर पढ़ा। लेकिन पढ़ता था और रंग उड़ता जाता था। उसकी आँखें झुक गईं और माथे पर पसीना आ गया।

बेग़म गुलनार ने चौंककर पूछा, "क्या हुआ ?"

"क्या हुआ मैनेजर साहब," मख़मूर ने डरकर पूछा। किन्तु रामगोविन्द ने क्षण-भर कोई उत्तर नहीं दिया। वह उसी प्रकार सकते की-सी हालत में खड़ा रहा जैसे वह खो गया था।

बेग़म गुलनार ने अधीर होकर पूछा, "पूछो मख़मूर मियाँ। क्या लिखा है।"

"बोलते क्यों नहीं ?" फ़ातिमा ने झाड़ू कन्धे पर रखकर बढ़कर प्रश्न किया।

रामगोविन्द ने तार पर निगाह गड़ा दी। सब चुप हो गए। उसने तर्जुमा करके बताया, "नवाब अजीज़ बहादुर ने प्रिंसेज होटल में बेग़म कुलसुम और मिर्ज़ाबेग का क़त्ल कर दिया गिरफ़्तार हैं।"

सुननेवालों के सीने पर घूँसा पड़ा। जैसे खड़े थे खड़े रह गए। किसी की भी समझ में नहीं आया। माधोनरायण सिर झुकाए अपराधी की भाँति खड़ा था। उसके चेहरे पर जैसे किसी ने स्याही फेर दी थी। बाकी के इनाम माँगनेवाले...सबके चेहरों पर ड्र समा गया था। फ़ातिमा को कुछ भी नहीं सूझा तो उठाकर उनके झाड़ू मारकर चिल्ला-चिल्लाकर रोने लगी। उसकी वह करुणा और कर्कश पुकार उस सन्नाटे को बीभत्स बनाने लगी, जिसको सुनकर घर में एक मातम-सा छा गया। रह-रहकर मोटे मिर्ज़ाबेग और बेग़म कुलसुम की शक्ल याद आती थी। मख़मूर दोनों बेग़मों को सहारा देकर भीतर ले आया। तीनों चुप थे, जैसे किसी के भी पास अब बोलने को शब्द नहीं रहे थे।

काफ़ी देर बीत गई। मख़मूर ने कहा, ''बेग़म ! एक बात कहूँ।''

दोनों ने उसकी ओर देखा।

मख़मूर ने कहा, ''लाशों का डॉक्टरी मुआयना हुआ होगा। ज़ाहिर है कि बेग़म हामला न थीं। यह अब हमें नहीं कहना चाहिए। डॉक्टर इब्राहीम की रिपोर्ट बर्बाद कर दीजिएगा।''

''इनके पास है,'' गुलनार ने नर्गिस की ओर देखकर कहा।

नर्गिस चुप रही। फिर पूछा, ''तार किसने दिया है ?''

''कलकत्ते के पुलिस-दफ़्तर से आया बताया था।''

''तुम कलकत्ते जाओगे ?''

''जैसा आपका हुक्म हो।''

''लेकिन फिर यहाँ कौन रहेगा ?'' गुलनार ने टोका।

''यहाँ रामगोविन्द है। माधोनरायन है।''

''वह ठीक नहीं है,'' नर्गिस ने कहा, ''हम आख़िर औरतें हैं। घर में कोई आदमी अपना भी रहना चाहिए। क्यों बेग़म ?''

बेग़म ने स्वीकार किया, ''हाँ, वक़्त कितना उलटा है। कुछ ठीक नहीं है।''

''एक काम करूँ,'' मख़मूर ने कहा, ''तार दे दूँ। ख़बर आ गई। मुक़दमा चलाएँगे। पुलिस चलाएगी। हम मदद देंगे। क़त्ल की वज़ह बताएँगे। ठीक है बेग़म ?''

गुलनार ने सिर हिलाकर स्वीकार किया। वह कुछ डरी हुई थी। नर्गिस चुप थी। कुछ सोच रही थी। हठात् उसने कहा, ''फिर क्या होगा ?''

''फिर सज़ा होगी।''

''पर मरे हुए तो लौटेंगे नहीं ?''

मख़मूर ने निराश आँखों से देखा। बेग़म फिर चुप हो गई। गुलनार ने पूछा, ''अब क्या होगा ?''

''कोरट होगा बेग़म। अब तो कोरट होगा।''

''उसमें क्या होता है ?'' नर्गिस ने पूछा।

''सरकार एक मैनेजर रख देती है। वही सब देखभाल करता है। जब तक आप लोग हैं तब तक सरकार खर्च बाँध देगी। उसके बाद...''

''उसके बाद ?'' नर्गिस ने कहा।

''सरकार रियासत को अपनी ही समझेगी। बिना वारिस के क्या हो सकता है।''

बेग़मों के सिर झुक गए।

नर्गिस ने पूछा, ''फिर वह मैनेजर हुकूमत करेगा ?''

''क़ायदे की बात है।''

''फिर ? खर्चे क्या होंगे ?''

''सब उसके जिम्मे।''

''हमको क्या मिलेगा ?''

"जो वे ठीक समझें। अब तो कर्ज़ भी चुकाया जाएगा न ?"

मख़मूर की बातों का सत्य दोनों का हृदय झकझोर गया। उन्होंने मख़मूर की ओर लाचारी से देखा। मख़मूर ने सिर झुका लिया।

उदास कमरे में एक भारीपन मख़मूर बाहर चला गया। बेग़म गुलनार अपने कमरे में जाकर पलंग पर लेट गईं। लेकिन नर्गिस अभी तक बैठी थी। वह कुछ सोच रही थी। उसकी भवें तन गई थीं और वह कठोर लग रही थी।

9

रात हो गई थी। पंडित रामनाथ तिवारी थक गए थे, पलंग पर लेटे थे। रामदीन उनके पाँव दबा रहा था। आज से नहीं, पीढ़ियों से रामनाथ के पूर्वज ऐसे ही लेटते आए हैं, और ऐसे ही रामदीन के पूर्वज उनके उन पाँवों को दबाते रहे हैं–जो पृथ्वी पर गिरते हैं तो शासक का गर्व भार लिये और जब उनमें वह अभिमान फटने लगता है तो ठोकर मार देते हैं।

उनका काम हो गया था। कलकत्ते के हृदयहीन वास में उन्होंने हाथ खोलकर रुपया खर्च किया था। जब वे नवाब अजीज़ बहादुर और श्यामनाथ से मिलने गए तो नवाब ने चुपके से उनके हाथ में अपनी मोतियों की माला को रख दिया और स्वयं ही उनकी मुट्ठी को बन्द करने को दोनों हाथों से उसे थाम लिया।

रामनाथ ने पूछा, "यह क्या है नवाब साहब ?"

"राजा साहब," नवाब ने काँपती आवाज़ में कहा, "आपके अहसानों को ज़िन्दगी-भर नहीं भूल सकता। मैंने ख़ून किया है, क्योंकि मेरा दिल जल रहा था। मेरी खानदानी इज़्ज़त को डुबाकर यह बेग़में नौकरों की तवायफ़ें बन गई थीं। मैं जानता हूँ। इसके लिए मैं भी कुसूरवार हूँ। जो कुछ मैंने किया उसका मुझे कुछ भी गिला नहीं। परेशानी नहीं। मौत से मैं नहीं डरता। मेरे लिए मौत ही अब सबसे बड़ी इज़्ज़त है। लेकिन मुझे छुटके राजा का अफ़सोस है। वे ख़ामख़्वाह गिरफ़्तार हो गए हैं। उन्हें छुड़ाइए। मेरी वजह से हुए हैं। इसलिए आज मैंने आपको अपने खानदान की इज़्ज़त, वह शान और शौक़त की विरासत भी दे दी है। मेरे ज़िस्म के लहू का एक-एक कतरा आपके और आपके भाई के लिए बहे, तो मरते वक़्त भी मैं उफ़ नहीं करूँगा, राजा साहब। इसे कुबूल कीजिए।"

"लेकिन," रामनाथ ने कहा, "इसकी ज़रूरत ही क्या है ?"

"ज़रूरत है ?" नवाब साहब ने कहा, "रुपए के लिए नहीं है। यह मैं भी जानता हूँ। पर कमबख़्त पुलिसवालों के हाथ गर यह माला पड़ गई तो क्या बच सकेगी ? या फिर उन दोजख के कीड़ों को मिलेगी जो इस वक़्त कैरा में हैं। क्या करूँ। छुटके राजा, ज़रा पागल हैं, वरना मैंने तो उन्हें भाग जाने की सलाह दी थी।"

"यह सलाह आपने क़त्ल के बाद दी थी ?" रामनाथ ने पूछा।

"जी हाँ," नवाब ने कहा, "मुझे क्या मालूम था मुझे अब यहीं इसी वक़्त आगे चलकर क़त्ल करना पड़ेगा।"

"उस वक़्त वहाँ और भी कोई था ?"

"जी हाँ, वह मरदूद दरोगा था, पुलिस इंस्पेक्टर," और नवाब ने फिर कहा, "आप ही बताइए राजा साहब।" मैंने साहब सलामत में कोई कसर की ? बराबर इसी कुर्सी के अंग्रेज़ को डालियाँ भिजवाता रहा। मगर उसने आप तक को टाल दिया और यह कुत्ते, मुझे पागल कहते थे। मैंने कहा बहुत अच्छा, अगर तुम मुझे पागल कहते हो तो लो देखो, पागल क्या-क्या करता है। और मैंने कुछ कर दिखाया। नवाब के स्वर में एक जमा हुआ भीतरी आतंक था, जो अब उनके अन्तस्थल में समा गया था। रामनाथ के मन में अनेक तर्क उठ रहे थे। वे कहना चाहते थे कि तुम सचमुच पागल हो और पागल को पागल कहने में कोई दोष नहीं। पर रामनाथ जानते थे कि उन्हें पागल किसने बना दिया। घृणा से उनका मन भीतर ही भीतर उबकाई खाने लगा। इतना अन्याय आँखों के सामने हो रहा था, पर कोई कुछ नहीं कह सकता क्योंकि सबूत नहीं है। जान-पहचान का बनिया आँख के सामने बेमुरव्वती से डंडी मारता है। आप जानते हैं कि वह कम तोल रहा है, पर तकल्लुफ के मारे कुछ नहीं कह सकते, क्योंकि नज़र बचाए का खेल है, जो पहले मारे सो मीर।

राजा रामनाथ ने माला को रख लिया। उन्होंने कहा, "अगर हो सका, परमात्मा ने चाहा, तो मैं आपको भी छुड़ा लूँगा।"

"मैं चाहता तो नहीं," नवाब ने काटा।

"वक्त सब घावों को भर देता है, नवाब साहब," रामनाथ ने गम्भीरता से कहा, "अभी जख़्म हरा है।"

"अब यह कभी नहीं भर सकेगा। अब मेरी प्यास बढ़ गई है। अगर मैं छोड़ा गया तो कैरा जाकर गुलनार, नर्गिस और मख़मूर का भी ख़ून कर दूँगा। जो मुझे बर्बाद करके ऐश करना चाहते हैं। मैं उन्हें मिटा दूँगा, जो मुझे मिटाकर ख़ुद फलना-फूलना चाहते हैं, मैं उन्हें तबाह कर दूँगा," नवाब की आकृति भीषण हो गई थी। रामनाथ ने देखा उनकी आँखों में सफ़ेदी चमकने लगी थी।

नवाब ने नम्र होकर कहा, "मेरी ख़ता मुआफ़ की जाए।" जाने या अनजाने अगर मुझसे किसी क़िस्म की बेअदबी हुई तो आप उसको छोटे भाई की गलती समझ लें। उस पर नाराज़ होना आपको अच्छा नहीं मालूम देगा। नवाब की आवाज़ भर्रा गई।

रामनाथ लौट आए। कल जमानत पर दोनों छूट जाएँगे। तार उन्हें मिल गया था। महालक्ष्मी की शंका ने उन्हें भी कुछ चौकन्ना कर दिया था। उन्होंने कहा, "रामदीन ! यहाँ तो कोई अपना रिश्तेदार भी नहीं रहता।"

"नहीं सरकार, यहाँ कहाँ !"

"तो फिर यह तार किसने दिया !"

"सरकार, यह तो समझ नहीं पड़ता।"

मूर्ख ! राजा साहब ने मन-ही-मन कहा। उन्नाव में होते तो क्या कभी उससे कोई राय ली जाती ! परदेस में तो अपने गाँव का धोबी भी यार होता है। अतः मानव स्वभाव की जो कम़जोरी उन्होंने अनजाने ही दिखाई उसके प्रति उन्हें शोक हुआ। 'होगा कोई,' सोचकर उन्होंने करवट बदल ली। दिमाग़ में तरह-तरह के चित्र आते थे, मिट जाते थे।

वे जिस भाई पर इतना स्नेह उँड़ेल रहे थे, उसका क्या परिणाम हुआ ? क्या अब वह किसी भी योग्य रह गया है ! रामनाथ को याद आया। वे सदैव सामर्थ्य की बात करते थे। क्या उनकी सामर्थ्य एक छल नहीं थी। एक झूठा आडम्बर मात्र न थी। वे अपने को भूले हुए थे। जैसे-जैसे विषमता आगे आती गई, वैसे-वैसे ही परिस्थिति जटिल होती गई। वही मैं हूँ, वही गाँव है, वही अधिकार हैं, वही तुम हो...रामनाथ सोचते...फिर जो अभी तक होता आया है, वह अब क्यों नहीं हो। ऐसा क्या परिवर्तन आ गया है ! और रामनाथ को कुछ चुभने लगा। मैं जो चाहता हूँ, मैं जिसे ठीक समझता हूँ, उसे अब और लोग ठीक नहीं समझते, मैं जिसे अपना उचित अधिकार समझता हूँ, उसे दूसरे अपना अभाव मानते हैं, मैं जिसे न्याय कहता हूँ, उसे अब मेरे स्वार्थ की रक्षा समझा जाता है...

जैसे-जैसे वे सोचते थे, उनके सुख पर घृणा मुखर होती जाती थी। वह इतनी अधिक हो गई कि रामदीन पाँव दबाते-दबाते चौंक गया और उनके मुख को घूरने लगा। कितनी घृणा थी, कितना पशुत्व था उसमें। नितान्त हिंसक पशु की भयानक विकृति, मनुष्य जैसे पिशाच हो गया था। लगता था रामनाथ का हृदय एक सम्पत्ति है, गड़ा धन है, जिस पर अधिकार का अभिमानी सर्प अपना फन चौड़ा किए बैठकर फुफकार रहा है। उस रूप को देखकर सदा दबे रहनेवाले रामदीन को एक घृणा हुई। वह दबी हुई भावना उसके मन में सिमटकर रह गई। रामनाथ ने सोचते-सोचते आँखें मूँद लीं।

क्या है यह विद्रोह क्यों एकदम सब तरफ़ से मनुष्य उठ रहा है। कल तक यह कीड़ा—यह निरीह...जनता...यह भेड़-बकरी...ये गन्दे लोग...अपढ़-अशिक्षित, जूतों से दुरुस्त रहनेवाले...कहाँ से आया इसमें इतना साहब...क्या इनमें इतनी सनाई और मर्यादा सदैव भीतर निहित थी...क्या इनमें कोई मनुष्यत्व शेष था...सब...सबके सब उठना चाहते हैं...समाज के इन उपस्थित नियमों को उच्छृंखलता से तोड़ देना चाहते हैं...

रामनाथ के सामने उपचेतन से एक रेखा निकली। वह रेखा फिर मोटी होने लगी, फिर वह बढ़ने लगी, फिर वह और फैलने लगी...तब लगा वह कठोर लौह था...वह जनता थी...वह अपराजित, दुर्दम्य शाश्वत जीवन की चेतना थी, वह जो नहीं मिटती...समाज की शक्ति वह जो विकारों को नष्ट कर सकती है...क्योंकि उसके कोई निहित स्वार्थ नहीं...जिनको बचाए रहने के लिए किसी झूठ की ज़रूरत हो...

"झूठ है, झूठ है," रामनाथ ने मन-ही-मन कहा, "उनकी आत्मा हर्ष-विषाद से अलग, मोह, अशान्ति विद्रोह से दूर...एक निष्क्रिय अचेतना उनको दाब रही थी...जागरण ही जिनकी विकृति का अनुदार प्रारम्भ है, क्योंकि मृत पर जागी चेतना जैसे किसी प्राचीन जागरण का पिशाच मात्र है..."

रामनाथ को लगा सारा गाँव उमड़ रहा है, उनके महल की मीनारें काँप रही हैं...

धोखा है, धोखा है...रामनाथ धीरे से बुड़बुड़ा उठे...

उसी समय सत्यनारायण ने रामदीन से पूछा, "सरकार सो गए क्या ?" उसकी हल्की आवाज़ सुनकर भी वे चौंक पड़े। पड़े-पड़े, आँखें मूँदे हुए ही पूछा, "क्या है ?"

"सरकार तार आया है," उसने अदब से झुककर कहा।

"तार !" रामनाथ उठ बैठे, "देखूँ !"

दस्तख़त करके तार खोला। पढ़ा। महालक्ष्मी का तार था, "गाँव में रघुबीर बगावत करवाना चाहता है। मैनेजर घबरा रहा है। महालक्ष्मी।"

"हिश !" उन्होंने पढ़कर कहा, "कोई खेल है। अभी मैं ज़िन्दा हूँ।"

और उनकी व्यंग्य-भरी हँसी कमरे में गूँज उठी। वे फिर लेट गए। रामदीन पाँव दबाता रहा। सत्यनारायण खड़ा था।

"सरकार सब ख़ैरियत है !" रामदीन ने पूछा।

"बहू घबरा गई है। कुछ नहीं," रघुबीर ने कुछ गड़बड़ की होगी। किसी नौकर ने आकर कहा होगा। लड़की ही तो है। उसे क्या मालूम दुनिया क्या है ? डरकर तार दे डाला।"

वे फिर हँसे।

"क्यों रामदीन ! रघुबीर कैसे आदमी हैं ?"

"सरकार, कांग्रेस में जेल गया था। वैसे साधु-सन्तों का बड़ा भगत है।"

"भगत नहीं, कोई चोर है। भगत है तो फिर खेत के पीछे क्यों जान देता है !"

रामनाथ ने इस बात का उत्तर देने का साहस नहीं किया। वैसे उसके मन में कहने को बहुत कुछ था। रामनाथ ने फिर कहा, "जेल में रहकर वे लोग समझते हैं कि अब लाट साहब हो गए हैं।" वे फिर मुस्कुराए। उनके होंठों से फिर शब्द निकले अजीज़ बहादुर नहीं, यह रामनाथ है। पारसाल एक मरा था। शायद इस साल एक और मरना चाहता है।

रामदीन ने देखा। वही घृणा रामनाथ के मुख पर लौट आई थी।

10

रात हो गई थी। दोनों बेग़मों ने आज खाना नहीं खाया था। गम के मारे चैन नहीं पड़ता था। बेग़म गुलनार का आज कोई साथी नहीं था। उन्होंने अफ़सोस किया। जैसे मिर्ज़ाबिग से दो-एक बार सम्बन्ध कर लिया था, क्यों नहीं मख़मूर को भी वैसे ही आज़ादी दी, जिससे इस वक़्त वह काम आता। वह यह बड़ा सा घर उन्हें काटे खा रहा है। उनको एक डर लग रहा है। नौकर अलग कानाफूसी कर रहे हैं। नवाब साहब अजीज़ बहादुर कैरा का पुराना कोचवान पुआल पर अस्तबल में बैठा चिलम पीता हुआ, ढेर-ढेर धुआँ

छोड़ता है और खाँस रहा है। उसकी आत्मा को आज शान्ति मिली है। वह नवाब साहब के वालिद मरहूम के ज़माने से नौकर है और उसे वह ज़माना याद है। जब नवाब साहब की माँ का पवित्र जीवन व्यतीत हो रहा था। नवाब मरहूम के एक नहीं अनेक रखैलें थीं, तवायफ़ों का जमघट था, बल्कि गाँव की नई लड़कियों को भी घेर लिया जाता था। इसके अलावा उनके नौकर तब वह ठाठ करते थे कि खुद इसी कोचवान ने अरहर के बढ़े हुए खेतों में अनेक औरतों की इज़्ज़त लूटी है। पर यह कभी नहीं हुआ कि बेग़म के चलन में कुछ ख़राबी आई हो। बेग़म गुलनार के प्रति इस बरकतउल्ला की श्रद्धा थी जो आज फूट रही है। उसकी पोल और किसी पर प्रकट नहीं हुई थी। फ़ातिमा भी गुलनार की ख़ास नौकरानी थी। बल्कि उसे बहुत चाहती थी। उसने धीरे से गुलनार के कमरे में प्रवेश किया। इधर-उधर देखती हुई चौकन्नी सी आकर पास बैठ गई। फुस-फुसाकर कहा, ''बेग़म ! मेरे साथ जल्दी चलो।''

गुलनार शंका से काँप उठी। कहा, ''आधी रात का वक़्त है। अब कहाँ जाएगी !''

केवल अस्तबल से बरकतउल्ला की खाँसी कभी-कभी सुनाई दे जाती थी। और बाहर सनसनाती हवा थी। चाँद पतला सा निकल आया था। तारों का ढेर बरस रहा था।

फ़ातिमा ने धीरे से कहा, ''छिपकर चलना होगा, पाँव दबाकर बेग़म नर्गिस के कमरे की तरफ़।''

''क्यों ?''

''मख़मूर मियाँ वहाँ आए हैं।''

''तुझे कैसे मालूम ?''

''मैंने अभी उन्हें कमरे में घुसते देखा है।''

''अभी भी वहाँ हैं ?''

''हाँ, घूमकर दूर से देख आई हूँ। उन्होंने भीतर से दरवाज़ा बन्द कर लिया है।''

गुलनार चुप हो गई।

''सोचती क्या हो ?'' फ़ातिमा ने कहा, ''वक़्त आ गया है। चलकर शोर मचा दो। नौकरों को इकट्ठा कर लो। मैंने बरकतउल्ला को समझा दिया है। शोर सुनते ही वह आ जाएगा।''

गुलनार सुनती रही।

फिर मख़मूर को जूते मारकर निकलबा दिया जाएगा,'' और फ़ातिमा का स्वर फ़ुफकार उठा, ''नर्गिस बेग़म की थू हो जाएगी।''

''फिर ? मैनेजर नहीं आएगा ?''

''आएगा क्यों नहीं ?''

''तनख़्वाह तो उसे भी बँधेगी ?''

''बँध जाने दो। वह कहीं मुँह दिखाने लायक नहीं रहेगी।''

बेग़म फिर सोच में पड़ गई।

"मुझसे दुश्मनी बाँध लेगी।"

"बाँध लेने दो," फ़ातिमा ने कहा, "वैसे नहीं बड़े तुम्हारे तलवे सहलाएगी।" पुराने वक़्त में तो सौतें ज़हर दे देती थीं। तुमसे कहूँगी तो बुक्का फाड़कर रो उठोगी। हिम्मत की ज़रूरत है। इस वक़्त बदनाम कर दिया तो समझ लो तुम राज करोगी। चलो उठो।

फ़तिमा ने हाथ पकड़ लिया। लैम्प बुझा दिया। दोनों दबे पाँव कमरे के पीछेवाली खिड़की के पास जा खड़ी हुईं। खिड़की पर पर्दा था। बेग़म गुलनार ने साँस रोककर झाँका। देखा बेग़म नर्गिस पड़ी पलंग पर तकिए का सहारा लगाए बैठी है और मख़मूर उसके पाँव अपनी गोद में रखकर बातें करता है, सिगरेट पीता जाता है। बातें धीरे-धीरे हो रही थीं। पर गुलनार कान लगाकर सुनने लगी।

बेग़म नर्गिस ने कहा, "मैनेजर पर गुलनार डोरे डालेगी।"

"तो तुम भी क्या किसी से कम हो !" मख़मूर ने हँसकर कहा।

"मैनेजर अफ़सर होता है ?"

"हाँ।"

"बेग़मों से भी अफ़सरी करेगा ?"

"अज़ी उसकी मज़ाल।"

"मैं एक बात सोचती हूँ।"

"क्या ? बेग़म ?"

नर्गिस ने धीरे-धीरे पर भारी सी आवाज़ में कहा, "यह सब बखेड़ा उस मोटे मिर्ज़ा ने शुरू कराया था।"

मख़मूर ने आँखें उठाईं। कहा, "जी हाँ।"

"और गुलनार ने ही उसकी पीठ पर हाथ रखा।"

"जी हाँ। पर आप भी तो मान गईं ? माना बेग़म कुलसुम ने भी।"

"और तुमने क्यों माना ?" बेग़म ने पूछा।

"मैंने तो आपकी ताबेदारी करने की कसम खाई है। आप कहें आग में सिर दे दूँ।"

"चलो रहने दो। एक बात जानते हो ?"

"क्या ?"

"बेग़म गुलनार के कुछ ताल्लुक थे मिर्ज़ा से," बेग़म ने मुस्कुराकर कहा।

"ख़ता मुआफ़ तो अर्ज़ करूँ। यहाँ कौन सुननेवाला है।"

"क्या !" बेग़म ने पूछा।

"आपके भी तो सुने गए हैं।"

"मख़मूर !" बेग़म ने कहा, "यह क्या बकते हो ?"

"मैं यहाँ का पुराना नौकर हूँ, बेग़म। मिर्ज़ा एक बार नशे में कहते भी थे कि कुलसुम बेग़म रह गई, बस।"

बेग़म चुप रहीं।

"सच कहिए बेग़म, इसीलिए वे कलकत्ते नहीं ले गए हैं उन्हें ?"

बेग़म मुस्कुराई।

"मैं जानता था," मख़मूर की आवाज़ सुरीली हो गई, "आपकी इसमें रजामन्दी थी।"

"सच कहूँ, किसी से कहोगे तो नहीं ?"

"जुबान खींच लीजिए।"

"मिर्ज़ा ने कहा था कि वक़्त पर दबी रहेगी। गुलनार को मालूम है। मिर्ज़ा कहते थे, उन्होंने उससे भी पूछ लिया था। वे भी इसे ठीक समझती थीं।"

मख़मूर के होंठों पर मुस्कुराहट फैल गई। सिगरेट फेंककर अब वह तलवे दबाने लगा। गुलनार का कलेजा उछल रहा था। तभी नर्गिस ने कहा, "कुलसुम और मिर्ज़ा तो गए। जो आराम का सपना था, वह तो मिट चुका।"

मख़मूर का सिर हिला।

"अब यह गुलनार रह गई है। कभी-कभी तो मुझे ऐसे देखती है कि मैं समझ ही नहीं पाती कि यह चाहती क्या है ?"

गुलनार की साँस रुक गई। उसने फिर सुना। नरगिस कह उठी, "डॉक्टर इब्राहीम का पर्चा मेरे पास है। तुम्हारी राय है उसे बरबाद कर दूँ ?"

"और क्या कीजिएगा ?" मख़मूर ने पूछा।

"निरे चुगद हो मियाँ," नरगिस की आवाज़ में एक तीखापन आ गया, "वह मेरे हाथ में है, वह तो मियाँ दुधारा है, दुधारा।"

"दुधारा ?" मख़मूर ने आँखें सिकोड़कर कहा, "कैसा दुधारा ?"

"न रहे बाँस, न बजे बाँसुरी।"

"मैं समझा नहीं।"

"तुम बेवकूफ़ जो हो समझोगे भी कैसे ! सुनो।"

मख़मूर जैसे जाग उठा। बोला, "फर्माइए।"

बेग़म ने कहा, "डॉक्टर इब्राहीम ने झूठी रिपोर्ट दी है। उधर कुलसुम की लाश की जाँच हुई होगी ये लिखा है। हामला है, वहाँ चूहे का बच्चा भी नहीं।"

मख़मूर ने उत्सुकता से कहा, "फिर ?"

"तुम्हें याद है डॉक्टर इब्राहीम ने ही नवाब साहब के पागलपन की रिपोर्ट दी थी ?"

"जी हाँ।"

"वे तब आए थे ?"

"जी हाँ।"

"गुलनार ने उन्हें एक खत लिखा था, जिसको तुम लेकर गए थे। जिसमें बीस हज़ार रुपए रिश्वत का वादा किया गया था ?"

"जी हाँ, वह तो फाड़ दिया था न आपने ?"

"उस वक्त जो भूल थी वही अब कमाल हो गया। म्याँ वह ख़त मेरे पास है। उसके हाशिए में मिर्ज़ाबेग ने भी कुछ लिखा है।"

"मगर डॉक्टर की रिपोर्ट में तो तीनों बेग़मों की गवाही है।"

"होगा इससे क्या ? नवाब तो पागल थे ही। पर गुलनार की साज़िश तो झलक आई। डॉक्टर इब्राहीम तो फँसा।"

"तो डॉक्टर इब्राहीम के फँसने से आपको फायदा ?"

"फायदा ?" बेग़म ने कहा, "गुलनार पर मुक़दमा चल सकता है। तुम एक काम करो।"

"क्या ?"

"कल उस साहब कलक्टर के यहाँ जाओ। दोनों काग़ज़ ले जाना और उसके सामने पेश कर देना। कहना कि नवाब के पागलपन से गुलनार बेग़म यह नाजायज़ फायदे उठाना चाहती थी।"

"वह न पूछेगा, तुम्हें यह काग़ज़ कैसे मिले ?"

"कहना मिर्ज़ाबेग के बक्स में रियासत के कागजात तलाश किए थे, वहीं मिले।"

"पर डॉक्टर इब्राहीमवाला ख़त यहाँ क्यों रह गया ? उसके आख़िर में तो लिखा है, फाड़ दीजिए।"

"चुगद ! अज़ीब आदमी हो, कह नहीं सकते, नक़ल है। शायद अभी कोई इन्हें और काम निकालना था तभी रख छोड़ी थी। कहो, कैसा रहा, साँप मरा, लाठी भी न टूटी, उधर नवाब फँसे, इधर कुलसुम और मिर्ज़ा गए, और जो गुलनार गई, तो भले ही मैनेजर हो या लाट सा'ब, हम तुम रह जाएँगे।" बेग़म ने अपनी कुर्ती में हाथ डाला; दोनों ख़त निकालकर उसकी जेब में रख दिए, और फिर समस्या सुलझाने का गर्व उसकी उँगली के नचाने से एकदम प्रकट हो गया। आवेश में उसके होंठ काँप रहे थे। मख़मूर ने विस्मय से सुना और कहा, "गुलनार बरबाद हो जाएगी..."

"मुझे मतलब ? तुम्हें दर्द आ रहा है ?"

उसकी बात का व्यंग्य समझकर मख़मूर हँसा और उसने उस पर झुककर कहा, "तुम्हें छोड़कर ?"

11

इसी समय शोर होने लगा। दरवाज़े के बाहर से आवाज आने लगी, "खोलो। बेग़म ! खोलो। आज रामगोविन्द इस कुत्ते को गोली मार देगा।"

द्वार खुलने में देर हो रही थी। मख़मूर छिटककर दूर हो गया था। उसकी आँखें डर से फट गई थीं। बेग़म ने खड़े होकर अपने कपड़ों को अभी ठीक भी न किया था कि उसने देखा बेग़म गुलनार दो नौकर और फ़ातिमा के साथ खिड़की के उधर खड़ी थीं। उनके मुख पर भयानक घृणा थी। उन्होंने फुफकार कर कहा, "तवायफ़ !"

द्वार छोड़कर सब अब इधर ही आ गए थे। नौकर भीतर घुस गए और द्वार खोल दिया। उसमें से खाँसते हुए बरकतउल्ला ने प्रवेश किया और फ़ातिमा ने नर्गिस की तरफ़ दिखाकर कहा, "देखो बड़े मियाँ ! क्या हो रहा है। आँखें न फूट गईं हमारी।"

बरक़तउल्ला ने हाथ ऊपर उठाकर कहा, "अल्लाह ! यह दिन भी देखना था। उधर एक बेग़म के ख़ून की ख़बर आई है, मालिक पागल हो गया है और यहाँ यह अन्धेर हो रहा है।"

बेग़म गुलनार ने कमरे में अब गम्भीरता से प्रवेश किया। उन्होंने कुछ नहीं कहा। आकर एक कुर्सी पर बैठ गईं। नर्गिस अब तक कुछ समझी नहीं थी। इस समय परिस्थिति समझ में आने पर वह इस बेइज़्ज़ती से एकदम घुटनों में मुँह छिपाकर बैठ गई! उसकी इच्छा हो रही थी कि ज़मीन फट जाए और वह उसमें समा जाए। लेकिन गुलनार की उस पर कड़ी नज़र थी। फ़ातिमा ने तड़पकर कहा, "देखते क्या हो ? लगाओ जूते। सूअर का बच्चा..."

मख़मूर डर के मारे थर-थर काँप रहा था। उसकी बोलती बन्द थी। इशारे की देर थी कि दनादन जूते लगने लगे, ताज़्जुब की बात थी कि हर नौकर इस वक़्त जूते पहनकर आया था। इस क़दर बेमुरौवती से पिटाई हुई कि मख़मूर बेहोश होकर गिर गए। उनके मुँह से ख़ून निकलने लगा। फ़ातिमा क़रीब आ गई। उसने कहा, "अब रहने दो। बेचारे को क्या जान से ही मार दोगे ? सब कुसूर उसी का तो नहीं है ?"

वह नौकरों की भीड़ में घुसकर उस पर छाया करके बैठ गई और चुपचाप दोनों ख़त उसकी जेब से निकाल लिये। गुलनार ने उन्हें ले लिया। फ़ातिमा ने कहा, "अब इसे तो जाकर बाहर डाल दो। थोड़ा पानी मुँह पर डाल देना। समझे ?"

नौकरों ने बेहोश मख़मूर को उठाकर बाहर की ओर क़दम उठाया।

फ़ातिमा ने कहा, "बरकतमियाँ ! रामगोविन्दजी। ठहरिए। बाकी सब चले जाओ।"

जब सब चले गए गुलनार ने कहा, "बरकत मियाँ। तुमसे पर्दे की ज़रूरत नहीं। क्या अब भी यह घर रहने क़ाबिल है।"

"अल्लाह की मार ! बेगम साहिबा," बूढ़े ने दोनों हाथों से सिर पीट लिया और बैठ गया। उसे खाँसी आ गई। उसकी आवाज़ से कमरा गूँजने लगा। रुककर कहा, "सरकार नहीं रहे। बड़ी बेग़म ! अब कौन है इस घर का। आज जो रही-सही इज़्ज़त थी वह भी धूल में मिल गई। अब किसी को कैसे मुँह दिखाया जाए। नौकरों का क्या भरोसा। पड़ोस के राजासाहब की बहन एक रसोइए के साथ लापता हो गई थी, तब से हमने उनकी गर्दन को उठाते हुए नहीं देखा। रईसों के यहाँ क्या नहीं होता ? ख़ून भी होते हैं, पर यह नहीं होता कि बेग़म के कमरे में, ख़ास कमरे में उनका नौकर इस तरह पकड़ा जाए। अब यह ख़बर सब जगह पहुँचेगी।

"हई अल्ला," फ़ातिमा ने कहा, "तब क्या हो ? इन मुओं का मुँह न सी दूँ ?"

"सी दो," बरकत ने कहा, "सी सको सी दो। इससे बढ़कर और क्या बात है ? रईस कर्ज़ ले लेते हैं, ऐश में फूँकते हैं, मारते हैं, पीटते हैं, तरह-तरह के नशे करते हैं,

बल्कि अपनी शान की चमक में बड़े-बड़े को अपने सामने कुछ नहीं समझते, ग़रीब हो जाते हैं, पर यह नहीं होता। इस जीने से तो मर जाना अच्छा है।''

उसकी बात सुनकर गुलनार ने कहा, ''रामगोविन्द ! तुम्हारी समझ में कोई तरक़ीब आई ?''

रामगोविन्द कनखियों से दोनों बेग़मों को देखता जाता था। नर्गिस को देख-देखकर उसका मन ललचा रहा था। मख़मूर में ही क्या बात थी। यह औरत तो बड़ी फाहिशा निकली। नवाब जाने किस तवायफ़ को पकड़ लाए थे। उसने कहा, ''नौकरों का मुँह तो चाँदी से भरना होगा।''

''सुनती हो बेग़म,'' बरकत ने कहा, ''रुपया खर्च करना होगा। रुपए से इज़्जत की कीमत चुकानी होगी। हाय...''

उसके स्वर में वेदना थी।

गुलनार ने कहा, ''नर्गिस बेग़म ! अब उठो। घुटनों में मुँह ढाँक लेने से क्या चेहरे की कालिख मिट जाएगी ? मुझे अफसोस है। नौकरों की इतनी हिम्मत हो गई। फ़ातिमा ने मुझे कहा शायद बेग़म का कमरा चोरों ने घेर लिया है। तभी मैं सामने से न आकर दूसरी तरफ़ से आई। यहाँ आकर जो देखा उससे तो मेरे होश ही उड़ गए। मुझे ताज़्जुब होता है। यह काम तो कोई तवायफ की बेटी भी नहीं करती। खाविन्द पागल हो गए हैं, अरे सौत कहती हो आख़िर अब तो अपनी थी, कल उसका ख़ून हुआ है, घर का पुराना और वफ़ादार नौकर मर गया है और तुम्हें मुँह काला करने की आज ही सूझी थी ? फ़ातिमा ! यह ख़बर नौकरों को किसने दी। उसमें इतनी जुर्रत कैसे हुई ?

फ़ातिमा ने कहा, ''यह तो बेग़म ! बुलाकर पूछने पर ही मालूम होगा।''

''ज़रा बुलाओ तो रामगोविन्द,'' बेग़म ने कहा।

''ठहरो। रामगोविन्द ! पाँव पड़ता हूँ। बेग़म ! ऐसा न कीजिए। ग़ज़ब हो जाएगा राज़ को ढकिए। कीचड़ में पत्थर फेंकने से आप ही के कपड़े गन्दे होंगे। उससे दुश्मनों को ही सुराग मिलेगा। इस गुनाह को तो ढकिए। रुपया बाँटिए,'' बरकत की आवाज़ काँपने लगी।

''हमें तो ज़रूरत नहीं,'' रामगोविन्द ने कहा।

''तुम्हें नहीं, मुझे नहीं, फ़ातिमा को नहीं,'' बूढ़े बरकत ने कहा, ''मगर उनको तो दो ही, वरना हालत ख़राब हो जाएगी। अब कोरट होगी तो मैनेजर सब जान जाएगा। तबाह हो जाएँगे, तबाह।''

''मगर मेरे पास रुपया है कहाँ ?'' गुलनार ने कहा।

''बेग़म नर्गिस के पास हो तो दे दें। कैसे भी हो। कुछ तो करिए। मुझसे देखा भी नहीं जाता। आप लोग बड़े आदमी हैं। अगर हमारे घर ऐसा होता तो इस तरह की औरत के दो टुकड़े कर दिए जाते। माफ़ करो बेग़म ! ताबेदार हूँ। बेअदबी हो गई। मगर आपे में नहीं हूँ,'' वृद्ध उठ खड़ा हुआ। जब चला गया, तब गुलनार ने कहा, ''रामगोविन्द ! तुम भी जाओ ? नौकरों को दाबो।''

रामगोविन्द भी सिर झुकाकर चला गया। गुलनार ने इशारा किया। फ़ातिमा भी चली गई। तब एकान्त में गुलनार ने कहा, "बेग़म ! अब सब चले गए हैं। अब तो मेरी तरफ़ देखो।"

नर्गिस ने आँखें उठाईं। उसका चेहरा सफ़ेद था, जैसे सब ख़ून निचुड़ गया था। आँखें लाल थीं जैसे बहुत दिन से जाग रही थीं। उसे देखकर एक मुर्दे का भ्रम होता था। उसने गुलनार की ओर स्थिर दृष्टि से देखा। गुलनार मुस्कुराई। उस दृष्टि में एक विष था। उसने हँसकर कहा, "कलक्टर के यहाँ क्या भेज रही थी ! यह देखो।"

उसने कुर्ती में से निकालकर दोनों काग़ज़ दिखाए। नर्गिस ने देखा। पर चेहरे पर कोई भाव नहीं बदला। गुलनार हँसी और उठ खड़ी हुई। उसने एक शोख अँगड़ाई ली और जाकर अपने कमरे का दरवाज़ा भीतर से बन्द करके पलंग पर पड़ रही। नर्गिस उसी प्रकार बैठी रही। उसे लग रहा था, जैसे वह मर चुकी थी। उसमें तनिक भी शक्ति नहीं थी। वह क्या करना चाहती थी और क्या होगा ? जैसे-जैसे वह यह सोचती, उसका क्रोध उसे बार-बार उकसाने लगा।

रात का सन्नाटा फिर कस गया और झिल्ली सा अँधियारा अब ढलती रात के पर्दे को झकझोरने लगा। नर्गिस बैठी रही, बैठी रही। वह कुछ सोचना चाहती है, पर सोच नहीं पाती। जैसे पथराई आँखों से सब कुछ ठंडा कर देना चाहती है। उसके दिमाग़ में एक ही बात चक्कर लगाने लगी। गुलनार जीत गई। मुझे उसने मुँह दिखाने लायक नहीं छोड़ा। अब मेरा ज़िन्दा रहना बेकार है; लेकिन क्या वह रह लेगी ? लेकिन क्या वह रह लेगी...क्या वह रह लेगी...जैसे-जैसे उसके भीतर यह विचार तेज़ी से चक्कर लगाता जाता था, उसकी धमनियों में रक्त की तीव्र गति होती थी, और ऐसा लगता था जैसे अब कनपटियाँ फट जाएँगी...

धीरे-धीरे सुबह हो गई। अर्जेंट होने के कारण उन्नाव के डाकखाने से एक ख़ास हरकारा भेजा गया था। अभी सब लोग जगे नहीं थे। हरकारे को देखकर बरकत पुकार उठे, "ओ ललन ! चल रे। देख तो क्या ख़बर आई है।"

ललन आया। पूछा, "क्या है ?"

"तार आया है।"

"तार ?" ललन ने अचकचाकर कहा। वह तार से डर गया था। उसी गम्भीरता से जाकर उसने रामगोविन्द को जगाया। रामगोविन्द घबराया सा उठा। बिना मुँह धोए ही बाहर आ गया। उसने तार लेकर भोर के पहले उजाले में पढ़ा और उसका हाथ काँप गया। तार छूटकर नीचे गिर गया। हरकारा चुप था। उसने कहा, "दस्तखत कर दो।"

उसके हाथों ने दस्तखत कर दिए। हरकारा चला गया। नौकर अब जागने लगे थे। ललन ने सबको जगा दिया। सब उसके चारों तरफ़ इकट्ठे हो गए। सब ख़ामोश थे। माधोनरायन ने डरते हुए पूछा, "क्या ख़बर है ?"

रामगोविन्द ने धीमे से कहा, "नवाब साहब ने हीरा चूस-चूसकर जान दे दी। हीरा ज़हर बुझा था। शायद उसमें ज़हर की डिब्बी थी। क़ातिल ज़हर था।"

उसका सिर झुक गया। सब चुप रहे। बरकत का गला जैसे रुँध गया।

रामगोविन्द ने कहा, "ख़बर भिजवा दो।"

"कौन जाएगा लेकर ?" ललन ने पूछा।

"बेवकूफ़ !" रामगोविन्द ने भन्नाकर कहा, "चलो मेरे साथ।"

गुलनार बेग़म ने अभी तक दरवाज़ा नहीं खोला था। दरवाज़ा खटखटाया गया, पर नहीं खुला। तब माधोनरायन को सन्देह हुआ। उसने राय दी। सबसे पीछे की तरफ़ जाकर देखा। खिड़की खुली थी और बेग़म गुलनार ख़ून से लथपथ पड़ी थीं। उनका गला काट दिया गया था। गर्दन लटक रही थी। उस भयानक दृश्य को देखकर सबके रोंगटे खड़े हो गए। यह क्या है ? घर है या आफ़त ! अब ! किसी का भी साहस नहीं हुआ कि आगे बढ़कर देखे। सीधे पुलिस को बुलवाना तय किया गया।

"और बेग़म नर्गिस कहाँ है ?" माधोनरायन ने कहा।

"चलकर देखा जाए," रामगोविन्द ने कहा।

उनका कमरा खाली पड़ा था। चारों ओर खोज़ होने लगी। कहीं भी नहीं थीं। सब घबराहट से काँप रहे थे। तभी ललन दौड़ा-दौड़ा आया। उसकी बोलती बन्द थी।

"क्या हुआ ?" गोविन्द ने पूछा।

उसने इशारा किया। सब उसके पीछे-पीछे गए। देखा कुएँ में रस्सी फँसी है। उसमें कोई लटक रहा है। बेग़म नरगिस फाँसी लगाकर मर गई। उसकी लाश झूल रही थी। सब चुपचाप देख रहे थे। अब सब ऐसे हो गए थे जैसे वे न जाने कहाँ आ गए हैं। उनकी आँखें फट गई हैं।

"खबरदार," रामगोविन्द ने कहा, "कोई कुछ न छुए। सब बाहर बैठो। माधोनरायन जी, चलिए पुलिस को इत्तला करें।"

दोनों पुलिस थाने की ओर चले। राह में उन्होंने देखा, कल रात जहाँ वे घसीटकर मख़मूर को डाल गए थे, वहाँ अब वह नहीं था। शायद होश में आने पर भाग गया था।

दूसरा खंड

•

पहला परिच्छेद

1

आसपास के गाँवों में हूह मच गई। गाँववाले बूढ़े कहते थे कि गूलर की आत्मा ने कमाल कर दिया; सारा का सारा खत्ता खत्म हो गया। सरकारी नौकर आ घुसे, जैसे अब उन्हीं का अधिकार था। अब रोकनेवाला था ही कौन ? महालक्ष्मी ने भी यह ख़बर सुनी। लखनऊ स्थानीय पत्रों को यह ख़बर मालूम हुई। कानपुर के प्रताप में बहुत संक्षिप्त रूप में छपी भी। पर उससे कोई विशेष हलचल नहीं हुई पंडित रामनाथ श्यामनाथ को पुलिस को काफ़ी रिश्वत देकर लेकर आए और महालक्ष्मी को उन्होंने उन पर कड़ी नज़र रखने का आदेश दिया। अवधेश उन्हें देखकर उनके पैरों से चिमटकर खेलता। बूढ़ी आत्मा को इसमें एक विशेष सुख मिलता। रामनाथ थक गए थे। जीवन के साथ ही साथ उसका उत्साह भी थक गया था। अब कोई नयापन नहीं रहा था ! अवधेश के लिए अंग्रेज़ी, फ़ारसी और संस्कृत, तीनों के अध्यापक लगाने का उनका विचार अभी कार्य रूप में परिणत नहीं हुआ था क्योंकि वह अभी छोटा था। श्यामनाथ अब किसी से बात नहीं करते थे। पागल हो गए थे। अपने पोच मैनेजर रामनाथ ने सब तरह से समझाया, पर वह बड़ा ही डरपोक था। पहला मैनेजर गोली से उड़ा दिया था, यह बात वह भूल ही नहीं पाता था। बीवी-बच्चेवाला आदमी था और रामनाथ की सम्पत्ति की रक्षा से अपनी जान ज़्यादा क़ीमती समझता था। अतः उसे निकालना ही पड़ा। सरवराकार पुराने थे, वे खुर्राट थे। पटवारी, तहसीलदार, पुलिस, गाँव के महाजन, छोटे-बड़े बनिए और स्कूल मास्टर तथा हर पेशा उनकी आँखों में अपनी-अपनी जगह था और कारिन्दगी का जोख़िम उनके लिए अब एक मामूली बात थी। उधर कैरा में कोर्ट ऑफ वार्ड्स हुई और नया मैनेजर आया। वह एक नम्बर खाऊ था। उसकी एक पत्नी थी जिसको साँवला समझकर उसने दो बच्चों के साथ छोड़ दिया था। एक नम्बर अकडू था। वैसे वृन्दावन तक जाता था और भक्ति से भगवान के चरणों पर सिर झुकाता था। इस भक्ति में एक न एक भक्तिन पकड़ लाता था। वह उसकी महाराजिन बन जाती थी और फिर उसे निकाल देता था। सब सामान की फेहरिस्त बनी और उसमें एक चौथाई तो शुरू में ही वह अकेला ही खा गया। गाँववाले परेशान थे। रामगोविन्द का अपना कुछ नहीं था;

परन्तु उसे यह सब नागवार था। वह अड़ंगे डालने लगा। लिहाजा उसे निकाल दिया गया। माधोनरायन दब्बू आदमी थे। यह ज़्यादातर देखा गया है कि दुबला आदमी मोटे आदमी की तुलना में अधिक अकड़ू होता है। सीधा रामनाथ के पास गया। उनकी समस्या का भी हल हो गया और उन्होंने अपना मैनेजर नियुक्त कर लिया। और खेद प्रकट किया कि कैरा में अब और हो भी क्या सकता था। जब मालिक ही नहीं रहा तब किसी को भी दर्द आए तो क्यों ? अब तो जिसकी तबीयत आएगी वही मनमानी करेगा, माल उड़ाएगा।

उनके इस तर्क की वास्तविकता क्या थी ये वे स्वयं नहीं जानते थे। उपचेतन में यह एक हल्की झलक सी नाची थी कि नवाब साहब अजीज़ बहादुर कैरा ही कौन कमख़र्च थे। उनकी सब बेग़में कौन कमख़र्च थीं। यहाँ तक कि लाखों का कर्ज़ा चुकाना है। जिस जायदाद ने पहले आदमियों को अन्धा और पागल बना दिया और वे उसी के पीछे इस बेहूदगी से मर गए, वही जायदाद अब कर्ज चुकाकर, उन अन्धों के पाप का प्रायश्चित करेगी। रामनाथ को यह विचार अच्छा नहीं लगा। उन्होंने सोचा—कुछ भी हो। अजीज़ बहादुर उसका स्वामी था। उसका सब कुछ अपना था। वह जो चाहता था, वही करता था। उसे उसका अधिकार था। अधिकार भी पूर्ण नहीं था। उसके बीच में क़ानून आ गया था। वे स्वयं क़ानून को शब्दजाल कहते थे। सामर्थ्यवान जब अपने अधिकारों का प्रयोग करता है, तब कमज़ोरों को बेवकूफ़ बनाने के लिए जो उसने बीच में क़ानून की झिलमिल खड़ी की है, उसे वह धोखे की टट्टी के रूप में इस्तेमाल करता है। यह एक भयानक विरोधाभास था। यदि क़ानून ग़रीब की पुकार है तो सामर्थ्यवान जो शासक है, वह उसे क्यों मानने लगा ? नहीं मानेगा। यदि वह समर्थ की बनाई चीज़ है तो उसके अपने लाभ के लिए है। दोनों अवसरों पर रामनाथ स्वतन्त्र नहीं हैं।

रामनाथ को यह मध्यवर्गीय व्यापारियों का जंजाल अच्छा नहीं लगता। वे जिस परम्परा में पले हैं। उसमें क़ानून का प्रयोग तब आवश्यक है जब ग़रीब सम्पत्ति के मूल आधारों पर नैतिक प्रश्न करता है। तुम्हें यह अधिकार है कि तुम शासन करो। हम तुम्हें बहुमत से उखाड़ फेंकेगे। तब उसका उत्तर है पुलिस, फौज़। इस हत्या और हिंसा को एक सुन्दर प्रश्रय चाहिए। वह है क़ानून। जैसे पैदा होने से लेकर मरने तक धरती का देवता, समाज का भूत ब्राह्मण नहीं छोड़ता, वैसे ही यह क़ानून भी है। पर क़ानून क्यों है ? ग़रीब के सामने समर्थ को डर क्यों लगता है ? ग़रीब और नीच को हमारी सत्ता, हमारे अधिकार पर प्रश्न करने का अधिकार ही क्या है ? जंगल का राजा शेर कोई क़ानून नहीं जानता। वही क्यों नहीं हो। जब चाहे जिसको लूट लिया खा लिया... सामर्थ्यवान की विजय...निरंकुश शासन...अधिकार...अक्षुण्ण...अधिकार...

यह चाहते हैं रामनाथ ! मनुष्य में पशुता है। उसको दबाना कायरता है। वही विजयिनी होने पर मानवता कहलाती है; क्योंकि निर्बल और कायर अपने से अधिक बली की ख़ुशामद करके अपने-आपको जीवित रखते हैं। उनके सामने अपने को जीवित रखने का प्रश्न उठता है। अतः वे अपने से बली की दया की भीख माँगते

हैं...घिनौने...कीड़े...लचर...उन्हें जीवित इसीलिए रहना है कि रामनाथ उन्हें अपने लाभ और शासन के लिए निचोड़ते रहें। और उनकी—बली की—हत्या की यह इच्छा ही सभ्यता है। अन्यथा जो कोई करुणा, अहिंसा आदि कहता है, वह कमज़ोर है।

रामनाथ के अनुसार कमज़ोर पिसने को ही हैं। यदि स्त्री शारीरिक शक्ति में कम है, तो क्यों न पुरुष उससे अपने सुख के लिए बलात्कार कर ले। सामर्थ्य की वास्तविकता, जो आज तक प्रकृति की भावना और सनातन नियम बनी चली आ रही थी, यों खुलने लगी। रामनाथ सोचते। उन्हें याद आता। वह सामन्तवादी युग। वह ठाठ। वे ऐश्वर्य। जिसकी ज़बान हिली मुँह खुला, उसी के दाँतों में दबाकर उसकी जीभ काट दी गई, जो गिरी तो ऐसे तड़फड़ाती रही, जैसे छिपकली की पूँछ। पर आज वह अधिकार कहाँ ? आज उनमें अपनी मर्ज़ी के क़ानून बनाने की सामर्थ्य कहाँ है ? क़ानून अंग्रेज़ों ने बनाए हैं। उनके साथ लगे रहने में ही अपना स्वार्थ है। अतः यह कोई बुराई नहीं।

रामनाथ राष्ट्रीय जीवन में दुख भोगनेवालों के लिए कहा करते थे—भोगें। इस प्रकार इनकी बुद्धि विपरीत हो गई है, और यह एक सर्वशक्तिमान साम्राज्य को चुनौती देकर मरना चाहते हैं, तो मरें। यह उस शासन के सामने क्या है ? जिसके सामने रामनाथ एक भुनगा है, कुत्ते की तरह जो स्वयं घुटनों के पास जीभ लटकाए बैठा है...

उफ़ ! यह तो अख़बारवाले चिल्लाते हैं। यह वे क्या सोच रहे हैं।

ब्राह्मणत्व का गर्व, सामन्तीय प्रथा की अकड़, दोनों ही उनमें शेष थे। पर अब अधिकार कम हो गए थे। जिधर से कम हुए, उधर सिर झुकाने में ही श्रेय था। जिधर बढ़ाए जा सकते थे, उधर बढ़ाना उनकी हिंसक प्रवृत्ति और पशुत्व की जलती तृष्णा थी। और यह अहिंसा ! इसे वे चाहते थे। वहाँ जहाँ उनके अधिकार छुए जाएँ। उनके अत्याचार करते समय, वह हिंसा ही नियम बन जाती थी, तब धर्म उसकी सहायता करता था।

इस विचारधारा का कारण था। रघुबीर गाँव में यह एक नई आफ़त थी। रामनाथ झुँझला उठे। लेकिन एक जगह नहीं, सभी जमींदारों को आज यही दिक्कत उठानी पड़ रही थी। वे उठ खड़े हुए। उन्हें अमन-सभा को एक मीटिंग में जाना था। हिन्दुस्तानियों ने जो आज़ादी माँगकर बदअमनी फैलाई थी, उसे अंग्रेज़ों के भक्त अमन में बदल देने की कोशिश कर रहे थे। क्योंकि देश क्या है ? देश कुछ नहीं है। जो देश पर शासन करे उसी का गुन गाओ। दुनिया में नए-नए शासन उठते हैं। एक गिरता है, दूसरा उठता है। जनता को एक न एक आकर दबा लेता है। वह तो घायल और ग़रीब रहती है। यह ज़मीन के मालिक, सम्पत्तिधारी, अपना शासक बदलते हैं। ज़मीन तो स्त्री है। जो शक्तिशाली है। वही भोगे। कहावत भी है कि वीर ही भोगता है। तो यह सम्पत्तिशाली एक वेश्या के दलाल हैं।

भयानक ! उफ! ! भयानक !

और यही संस्कृति और सभ्यता के खम्भे हैं। इसमें भी क्या दोष है ? सामन्तवाद में संस्कृति सीखने राजा नवाबों की औलाद तवायफ़ की ही शागिर्दी करती थी

लेकिन...लेकिन...अब नया ज़माना इस तवायफ़ को बार-बार बुड्ढी कहकर मज़ाक उड़ाता है ? इससे कहता है। यह मर जानेवाली है...

रामनाथ काँप उठे। वे बानापुर चल दिए।

2

साँझ हो गई थी। गाँव में अब अँधेरा लोटने लगा था। कच्ची गैलों पर कहीं-कहीं कुत्ते नज़र आते थे। छप्परों की छाया में मनुष्य अभी जाग रहे थे। घरों से धुआँ उठ रहा था। रोटी सिंक रही थी। उधर पंडित नीलकंठ अवस्थी की चौपाल पर इस समय बहस हो रही थी। भाँग पीकर बामन लोगों का भेजा इस समय घूमा हुआ था। विषय बहुत गम्भीर था।

पंडित बैजनाथ वाजपेयी ने सोच-विचार कर कहा, ''यह नहीं हो सकता। चाहे परलै हो जाए, पर यह नहीं हो सकता। क्यों अवस्थीजी ?''

अवस्थीजी ने भी सिर हिलाया। उनके सिर के छोटे-छोटे बाल खिचड़ी हो चुके थे और दोनों आँखों के बाहरी तरफ़ कनपटियों तक रेखाएँ खिंच गई थीं, जैसे इसी कारण वे कुछ-कुछ चुन्दे से नज़र आने लगे हैं। उन्होंने कहा, ''आज चमार ब्याह करेगा ? करो। किंसने मना किया। खग विहग पसू, सबके विवाह होते हैं, तुम भी करो। कौन रोकता है। पर सबकी अपनी-अपनी मरजाद है। कल को पासी कहेगा संग बैठ के खाएँगे। कहो सुकुलजी खाओगे ?

परमानन्द सुकुल इतने बड़े सवाल के लिए तैयार नहीं थे। यद्यपि उन्हें मना करने का मौका नहीं मिला, पर उनका एकदम चौंक उठना ही काफ़ी था। वह जवाब नहीं दे पाए, क्योंकि गोवर्धन नाम का एक युवक इस समय बोलने लगा था। उसने गम्भीरता से कहा, ''आप लोग गाँव के बड़े हैं और समझदार हैं। मैं इस गाँव में नया आया हूँ।''

सबने चौंककर देखा। युवक सिर पर गाँधी टोपी लगाए था और खादी का कुर्त्ता तथा धोती पहने था। सारे वस्त्र भकाभक नहीं थे। उनका रंग वही था, जो प्रायः सबका था; अतः वह उन्हीं में से एक मालूम देता था। पर उसके चेहरे से यह ज़रूर मालूम देता था कि जेल जा चुका है, क्योंकि उस पर एक अजीब लापरवाही थी। निर्भयता थी और उसकी कटी-छटी मूँछों ने उसे एक कट्टरता का आभास दे दिया था। वह पहले आर्यसमाज का प्रचारक था। उसमें बोलने की अच्छी शक्ति थी और इधर सत्याग्रह आन्दोलन में वह कांग्रेस में आ मिला था। पड़ोसी गाँव के एक स्कूल मास्टर का लड़का था, थोड़ा बहुत पढ़ा-लिखा था। उसके हृदय में देश की गुलामी देखकर भयानक आग जला करती थी। वह गांधीजी का अन्धा भक्त नहीं था, परन्तु महात्मा गांधी को संसार का सर्वश्रेष्ठ व्यक्ति मानता था। आर्यसमाज का पुराना प्रचारक होने के कारण उसमें मूर्तिपूजा विरोधी भावना बहुत प्रमुख थी और वह हिन्दू समाज के पोलखातों से अत्यन्त घृणा करता था। इधर उसने अब आर्यसमाज एक और कारण से भी छोड़ दिया था।

पुराने वकील और डॉक्टर और खूसट खाऊ तो जनता के पैसे खाने लगे थे और अधेड़ मन्त्री, विधवाश्रय की एक विधवा को महराजिन बनाकर पत्नी का काम निकाल रहे थे और नए उपदेशक जब रबड़ी और दूध के लिए झगड़ते थे, तो समिति के अन्य सदस्य घर पर मूर्ति रखकर गणेश पूजा करते थे और अन्तर्जातीय विवाह से दूर से ही मुँह मोड़ लेते थे। स्वामी दयानन्द के हिन्दू संगठन के विचार अब गांधी में राष्ट्र संगठन के विचार हो गए थे और गोवर्धन अनजाने ही खिंचा चला जाता था। वह गीता का भक्त था, पर इधर कुछ राजनीतिक किताबें भी पढ़ चुका था जिससे नई-नई बातें सोचा करता था। उनमें से एक कोई ब्राह्मणधर्म पर लिखी गई किताब थी। उससे उसके कई विश्वास हिल गए। वह उनमें से नहीं था जो अपनी विरोधी चीज़ों को सुनने से इनकार कर देता। अलावा मनुष्यत्व की भावना के, वह चीज को कुछ सीमा तक तर्क पर भी ले जाता था। उस पुस्तक में लिखा था कि आर्य भारत के रहनेवाले नहीं थे। उन्होंने आकर यहाँ के मूल निवासियों को हराया।

उसने कहा, "अपनी मरजाद किसकी नहीं है। तुम अंग्रेज़ से चिढ़ते हो कि धरती के देवता ब्राह्मण का उसने धर्म बिगाड़ दिया, पर यह नहीं सोचते कि उसने तुम्हें ठोकर मारकर दिखा दिया कि तुम स्वयं और जातियों पर कितना भयानक अत्याचार करते हो।"

"क्या कहा ? क्या कहा ?" बामन लोग चौंक उठे। उनके नथुने फूल गए।

"मैं सच कहता हूँ मगर आप विश्वास नहीं करेंगे। यह सनातन धरम, यह सदा से चला आया धरम, सदा का नहीं है। सचाई यह है कि इसी बैसबाड़े में एक समय इन्हीं पासियों का राज़ था। यह बहुत पहले की बात है।"

"अच्छा ?" नीलकंठ अवस्थी ने व्यंग्य से मुस्कुराकर कहा। सब बहुत खुश हुए। उनकी नज़र में एक नया सिड़ा आ फँसा था। गोवर्धन कहता गया। फिर दो भाई आए। एक का नाम था दल दूसरे का बल। दल ने डलमऊ बसाया, बल ने बसाई रायबरेली और तब से पासी नीच कह दिए गए।

सब ठठाकर हँस पड़े।

"काहे हो," अलगू दीक्षित ने पूछा, "आरिया समाजी हो ?"

गोवर्धन इस बात से नहीं चेता। वह चुप हो रहा। उसने कहा, "आप कहाँ जा रहे हैं ? हमारा समाज कितना कमज़ोर हो गया है। हम हिन्दू-मुसलमान हैं, छूत-अछूत हैं, गांधी महात्मा को तो आप महापुरुष मानते हैं ?"

नीलकंठ अवस्थी के अतिरिक्त सबने ज़ोर से हामी भरी। जनमत देखकर नीलकंठ ने भी सिर हिलाया। अवस्थी अमन सभा के मेम्बर थे। गाँव में कुछ महाजनी करते थे। पौरिहित्य अलावा था। वैसे यह गाँव में प्रसिद्ध आदमी थे। पहला कारण था कि सारा खानदान नखसिख का अच्छा था। दूसरे एक राँड़ भौजाई घर से निकल गई थी। तीसरे भंग इस कदर पीते थे कि उसके बाद फिर कुछ भी परवाह नहीं रहती थी। हाँ, देखने को निश्चित लगते थे। चौथे स्वयं ज़रा तबीयत के ढीले थे और कहा जाता था कि आपकी

एक सक्के की बीवी से कुछ मुलाकात थी और जब आप सक्के के यहाँ रहते थे, तब सक्का कभी भी बेमौके घर नहीं पहुँचता था; क्योंकि वह उस वक्त अवस्थिन की सेवा करता था। और वैसे इतने अधिक धार्मिक थे कि कोई कुछ नहीं कह सकता था। जवानी में नाथद्वारे में रहे थे और वहाँ से ख़ूब पैसा रुपया कमा लाए थे। पुराण और महाभारत के हिन्दी वृत्तान्त सत्संग से ही ख़ूब जमा करके दिमाग़ में रख लिये। ऊपर तक लबालब भरा दिमाग़ था। लिहाजा जैसे पुराना पानी सड़ जाता है, वैसे ही दिमाग़ भी नए पानी को गन्दा समझता था। अपना लोटा माँजकर, नल माँजकर, रेल के पम्प से पानी भरते थे और सन्ध्या वगैरह नित्य करते थे। रामनामी चादर ओढ़ते थे।

बाकी लोगों में परमानन्द सुकुल और मुन्नू दुबे ज़मींदार रामनाथ से मन-ही-मन दुश्मनी रखते थे। इन्होंने एक बार परमेश्वर नामक जवान के भूख हड़ताल करके मर जाने पर आवाज़ उठाई थी। रामनाथ ने पकड़वा मँगाया था। झगडू मिसिर, अब वे नहीं रहे, उन्होंने छुड़वाया, पर ये नहीं माने। ज़मींदार पर हमला किया। वह बच गया। बाद में इन पर जुर्माना हुआ।

"तो," गोवर्धन ने कहा, "वे कहते हैं। छुआछूत छोड़ दो। तुम्हारा करम सिर्फ़ खान-पान में क्यों रह गया है ? इस तरह तुम एक-दूसरे से लड़ते हो, और गोरे इसका फ़ायदा उंठाते हैं।" उसके स्वर में एक आह्वान था। युवक मोहनलाल ग़ौर से सुन रहा था।

अधेड़ विश्वम्भर, जो अब तक चुप था कह उठा, "भगवान ने भीलनी के जूठे बेर खाए थे, तो क्या हम भी खा सकते हैं। महात्मा गांधी समर्थ हैं। उनको दोष नहीं लगता। वे तो सबसे ऊपर पहुँच चुके। भइया दुनियादारी की बात करो। बिरादरी है...

मगर गजपति अग्निहोत्री ने चिल्लाकर कहा, "धरो अपने उपदेश। यहाँ नहीं चलेगा। सारे सुधारक इसी गाँव में आने को हैं। कोई आ जाए, मगर एक बिलाँद इधर से उधर नहीं होगी। धरम पुरखों ने पाला है, हम भी पालेंगे। कैसे चला जाएगा चमार ? और घोड़े पर। गाँव की थू हो जाएगी। सारा गाँव बिरादरी में भ्रष्ट हो जाएगा। कोई पानी छोड़ हुक्के से चिलम तक नहीं छूने देगा। आसपास के लोग हँसेगे। लौटा है चेतू, बम्बई से कमा के, तो यहाँ आके हो गया, चित्त परसाद।

सब हँस दिए। भूदेवसिंह ठाकुर थे। उन्होंने अपनी मूँछों पर ताव देकर कहा, "हम नहीं गोबरधनजी ! गाम करै सो राम करै। बोलो भाइयो, चमार घोड़े पर ब्याह करने जाएगा, तुम देखते रहोगे ? कल चमरिया सोने के गहने पहनेगी, परसों तुमसे वह बेटी माँगेगा, दोगे ?"

आग में घी पड़ा। सब गरज उठे, "नहीं, नहीं, ऐसा होगा तो लहू की नदियाँ बह जाएँगी।"

नीलकंठ अवस्थी ने बीच बचाव की ध्वनि में कहा, "झगड़ा करने से क्या फ़ायदा। भइया, जो होता आया है, सो तो तुम करोगे ही, पर जब वह बैठ घोड़े पै, तोड़ा लुटाएगा..."

"तो चमराने की ईंट से ईंट बज जाएगी, अवस्थी महाराज," ठाकुर चिल्लाया, और एक गड़रिया पुकार उठा, "अन्धेर नहीं होगा।"

जग्गी अहीर ने लाठी सँभाली और बोला, "धना, जुलाहे, मल्लाहे, कोली, चमार, धोबी, भंगी अब छाती पै मूँग दलेंगे ?"

"शान्त हो भाई, शान्त हो," नीलकंठ अवस्थी ने कहा, "सबको एक में मत जोड़ो। पूछो गाँव के कितने दूध एक ओर हैं !"

"एक न हो," ठाकुर के हाथ में एक लट्ठ दिखाई दिया, "यह हमारे साथ है।"

एक बूढ़ा धोबी आगे बढ़कर बोला, "महाराज। हम क्यों मिला लिये गए ? हमने तो कभी मरजाद तोड़ी नहीं। हम तो आपके चरनदास हैं।"

"लो सुनो," अलगू दीक्षित ने कहा, "गोवर्धन सुनो ! तुम सबको ही रोक लोगे ?"

गोवर्धन अभी तक चुप था। उसने कहा, "मैं कुछ नहीं कहता। पर इतना अवस है कि जो आप कर रहे हैं सो लाठी के बल है। बात क़ा जवाब लाठी नहीं होती।"

"कब नहीं रही ?" मुन्नू दुबे ने पूछा, "कब नहीं रही ? जो यह न हो तो राह के कुत्ते भी शेर की तरह गुर्राया करें।"

गोवर्धन ने कहा, "यह तो अन्याय है। इसका मतलब यह हुआ कि जिसकी लाठी है, उसकी भैंस है।"

किसी ने कुछ नहीं कहा, परन्तु ठाकुर भूदेवसिंह ने कहा, "भइया तुम तीन अच्छर पढ़ गए हो, तभी किसी में एक पाई भी अकल नहीं समझते। पर चमार यहाँ से घोड़े पर नहीं जाएगा..."

यह शब्द कहते हुए जैसे उसका स्वर आवेश से काँप उठा। उस समय युवक मोहन लाल ने आगे बढ़कर कहा, "ठाकुर का क्रोध ठीक है, पर ये पंडित बैठे हैं। जब तिवारी जी के मँझले लड़के विलायत से लौटे थे, तो पंचायत में उन्होंने शुद्धि नहीं कराई, प्रायश्चित करानेवाले पंडितों को कुत्ता कहा था, सारा गाम साच्छी है। तब तुम्हारी मरजाद कहाँ गई थी ?" मोहनलाल की चाल अच्छी रही। उसने ठाकुर को उठाकर बामनों को गिराया। बामन चक्कर में पड़ गए। वह कहता रहा, "क्यों ठाकुर ? पंडित तब तिवारीजी से कैसे मिल-मिल के बैठ गए ? उनके पास हुँडा है, हुँडा। वे बड़े आदमी हैं ?"

ठाकुर कम समझ थे। उनके यहाँ कम समझ होना कोई दोष नहीं माना जाता था। बोले, "बड़े ने जब ढील दी तो छोटे ने सिर उकसाया।"

जग्गी अहीर ने कहा, "पर पंडित बिगाड़ें तो वे सुधारने की सामर्थ रखते हैं। क्यों ठाकुर ?"

ठाकुर ने कहा, "ठीक है। पंडित सबकी सामर्थ रखते हैं।

बाजी फिर पलट गई। गाँव का जनमत एक ओर था। गोवर्धन चुप हो गया। वह रघुवीर के पास चला गया। ख़ून-खराबा निकट दिखाई देता था। चित्त प्रसाद नाम रख लेनेवाले चेता से सब जलते थे। बम्बई जाकर वह पैसा क्या कमा लाया आफ़त हो गई। अपनी-अपनी क़िस्मत है। बम्बई गया, वहाँ अपने को उसने जाट कहा और दुकान

खोली, फुटपाथ से फिर एक छोटी दुकान ले ली और अब आया तो रुपए का दाब देने लगा। गाँव की स्त्रियों को कौतूहल का विषय मिल गया। अब यही बात होने लगी। आपस की बातों में यह बहुत ज़ाहिर होता कि कई चमार नाम के बच्चे असल में ऊँच जातों के बच्चे हैं। तब धरम नहीं बिगड़ा ? और फिर उधर चमारों की भी अजीब हालत थी। चित्त प्रसाद अब कांग्रेसी हो गया था। बम्बई में ही नमक सत्याग्रह में तीन बार एक-एक हफ़्ते की जेल काट आया था। ऊपर से नीचे तक खद्दर पहनता था। उसके चेहरे पर चमारों की सी दीनता नहीं थी। वह सब सुन रहा था। रघुबीर सत्यनामी से उसने बात की। रघुबीर उसकी ओर हो गया। वह बड़ा अड़ियल आदमी था। ठेठ महात्मा गांधी का छोटा नमूना था। भूसी की रोटी खाता था और ईंट का तकिया लगाकर सोता था। गाँव-भर में उसका प्रभाव था। उसके त्याग और तपस्या से सब प्रभावित हुए थे। चमार समुदाय अपनी बिरादरी में एकमात्र उज्ज्वल नक्षत्र चित्तप्रसाद को देखकर उसके पीछे हो लिया था। बहुत-बहुत हिम्मत बाँधते थे, पर जब सुनते थे कि गाँव-भर विरुद्ध हैं, बूढ़ी चमारियाँ कहती थीं, समझती थीं कि ऐसा तो कभी नहीं हुआ। यह तो भगवान की सौगन्ध आज तक नहीं देखा। चेता का मगज धन की गर्मी से फिर गया है। हम तो कमीन हैं, कमीनों की तरह ही रहकर हमारी रक्षा होगी...

पर चेता का स्वर दूसरा था। गांधी महात्मा कहते हैं कि सब बराबर हैं। यह सब झूठे बन्धन हैं। तुम क्यों डरते हो, डरते हो विरोध नहीं करते, तभी तुमसे बेगार ली जाती है, तुमको पूरी मजूरी तक नहीं दी जाती, तुम्हें सिर नहीं उठाने दिया जाता...

और चमार जो मुख्यतया खेतिहर मजूर थे, सुनते, तो उन्हें एक ढाढ़स होता और उन्होंने देखा कि एक और व्यक्ति उनकी ओर आ मिला है...और वह है एक पढ़ा-लिखा युवक...गोवर्धन...

फिर भी मन भीतर ही भीतर डरता था। परन्तु चित्तप्रसाद शादी की तैयारी कर रहा था।

3

संवाद चारों ओर फैल गया। दूर-दूर तक के गाँवों में एक सनसनी व्याप गई। जो आज तक नहीं हुआ, वह आज होने जा रहा है ? क्यों नहीं, कुछ लोग कहते, शहर में जब चमार का बेटा बामन के बेटे के साथ एक बराबर बैठकर पढ़ता है तब क्या किसी का बस चलता है ? कोई है ऐसा ज्वान जो रोक ले ? अंग्रेज़ कौन है ? है उसकी कोई जात ? लेकिन उसके सामने सब हाथ बाँधे खड़े रहते हैं ? जैसे वह भगवान का अवतार हो ?

पं. बैजनाथ वाजपेयी कहते, "वह आपत्ति के समय की बात है। अंग्रेज़ सदा नहीं रहेगा। राजा बदलते रहते हैं, धर्म नहीं बदलता। यह तो आपद्धर्म है, आपद्धर्म।"

लेकिन इस आपद्धर्म में लोगों को अधिक विश्वास नहीं था। बहरहाल चित्तप्रसाद की हिम्मत नहीं टूटी। और उस दिन तो सचमुच गाँव में अन्धेर हो गया जब लोगों ने

सुना कि चित्तप्रसाद की बेटी का ब्याह होके रहेगा, क्योंकि सारी तैयारियाँ हो चुकी हैं और बारात आ गई है। चारों ओर तहलका मच गया। पंडित वाजपेयी जब चन्दन का टीका लगाकर घर से निकल रहे थे उनकी वृद्धा माता ने कहा, ''क्यों बैजू ! यह सत्य है ? अब चमार गाँव में घोड़े पर बैठकर आएगा ?''

पंडितजी ने कहा, ''मैंने भी सुना है।''

''तुम सुनते ही रह जाओगे !'' पड़ोसिन 'गाँवबूआ' ने कहा और फिर कतरनी चलने लगी, ''परसों ही तो लौटी हूँ। कथा हुई थी। पंडितजी ने भागवत पढ़कर सुनाई थी। कुछ अनहोना नहीं हो रहा है बहिनी, ठीक-ठीक यही सब तो लिखा है। ऊँच जात अपना धर्म छोड़ देंगे। और नीची जात के लोग कन्धे पर जनेऊ डालकर घूमेंगे,'' वह हँसी और वह बूढ़ी की हँसी घृणा से सरल थी, इतनी गन्दी, जैसे चीकट हो।

''पुरिस धरम की रक्षा नहीं कर सके,'' उसने फिर कहा, ''अब तो स्त्रियाँ ही व्रत तीर्थ करके उनके और पाप धो दें बहिनी...''

उसका स्वर उठता रहा। वह जीवन की एक अथक बहुत लम्बी दौड़ थी, जिसका कहीं कोई अन्त नहीं दीख पड़ता था। पंडित बैजनाथ को उसकी बात तीर की तरह लगी। तो पुरखों ने जिस धर्म की प्राण देकर रक्षा की वह आज उसी के प्रति उदासीन थे। लेकिन सचाई यह है कि सारा समाज जिस धर्म की ढोल पीट रहा है, वह धर्म न बड़े में रहा है, न छोटे में। कौन है जिसका धर्म अब अछूता है, सब ढकोसला है।

माँ ने फिर कहा, ''क्यों बेटा ! आज क्या नाक कटकर रहेगी ! गाँव में कोई मर्द नहीं रहा ! तिवारीजी कुछ नहीं कहते ! वैसे तो बड़े राजा बने फिरते हैं। कल को चमार कहेंगे कि रोटी-बेटी का व्यवहार करो, तब करोगे !''

प्रहार सीधा हुआ। बोल उठे, ''मैं देखता हूँ। कुछ न कुछ तो करना ही पड़ेगा। बात उनके मन को छू गई थी। वस्तु की भयानकता अब समझ में आ गई थी। अतः पंडित बैजनाथ वाजपेयी सीधे नीलकंठ अवस्थी की चौपाल पर पहुँचे। वहाँ पहले ही से जमघट था। साँझ के उतरे हुए अँधियारे पर उनका वह कोलाहल अब कुछ काँप रहा था, लगता था उसके पीछे कोई आशंका है।''

पंडित बैजनाथ वाजपेयी को देखकर नीलकंठ अवस्थी ने कहा, ''आओ पंडित। कहो ! सारा गाँव तुम्हारी बात की बाट जोहता है।''

''मेरी बात की !'' बैजनाथ ने बैठकर कहा, वे कुछ चौंक गए थे। उन्होंने रास्ते में ही गाँव के मास्टर को छिपकर जाते हुए देखा था। समझ गए। नीलकंठ चाल कर रहे हैं। सारी ज़िम्मेदारी वे बैजनाथ वाजपेयी पर डालकर अलग हो जाएँगे और बाद में कोई चक्कर होगा तो आप साफ़ बचकर निकल जाएँगे। जैसे हमसे क्या मतलब ! हमने क्या किसी से कुछ कहा था ! उन्होंने मन-ही-मन अपने इष्टदेव हनुमान का स्मरण किया। रोज सुबह अँधेरे ही गाते थे—'को नहिं जानत है जग में प्रभु संकट मोचन नाम तिहारो।' आज वह हनुमान भी काम नहीं आए। शरीर में शक्ति का स्फुरण नहीं हुआ। बोले, ''मैं तो क्या कह सकता हूँ, पर गाँव की राय क्या है ! क्यों अवस्थीजी ! आप

गाँव के पंचों में से हैं, जो कहें सो हो। क्यों ठाकुर साहब !''

ठाकुर भूदेव सिंह और जग्गी अहीर हाथों में लट्ठ लिये खड़े थे। उनके पीछे धोबी, कुम्हार, बामन, ठाकुर, अहीर, जुलाहे इत्यादि प्रायः सब ही जातियाँ थीं। भंगी, चमार, पासी आदि ही नहीं थे। उनके मुखों पर एक दृढ़ता थी, जैसे वे कुछ करके रहेंगे। पंडित बैजनाथ को याद आया कि कलियुग में जब ब्राह्मण धर्म के रास्ते पर डगमगाएँगे तब नीच जातियाँ ही उसके लिए जान देंगी। ठीक है। देने दो इन्हें ही जान। ब्राह्मण तो राय देते हैं। सिर्फ़ उनसे राय ले लो। और यह जातियाँ ! सब इस तरह मिलकर एक होना चाहती हैं। पंडित बैजनाथ के हृदय में एक द्वन्द्व हुआ। यह नाई, बढ़ई सब अब ठाकुर, बामन हो चले हैं, जनेऊ पहनते हैं, पर अपने से नीचे को नहीं उठने देते। चलो आपस में लड़कर नष्ट हो जाओ।

ठाकुर ने उत्तर नहीं दिया। जग्गी अहीर और भूदेव सिंह के लट्ठ एक साथ पत्थर पर गिरे। जैसे तर्क का यहीं अन्त हो गया था। कोई चारा नहीं था। गोवर्धन दूर से देखकर लौट गया। समझाना व्यर्थ था। रघुबीर कह रहा था कि मुझे वहाँ चला जाने दो। मैं वहाँ जाकर सत्याग्रह करूँगा। अकेला क्या नहीं कर सकता ? मैं सबका दिल फेर दूँगा पर चित्तप्रसाद ने उसके पैर पकड़ लिये और कहा, ''आप चले जाएँगे तो यहाँ मेरा सहारा कौन रहेगा ? आप ही के कारण तो मेरी इतनी हिम्मत है ?'' रघुबीर की बुद्धि को भावना ने पराजित कर दिया—अब इस भीड़ में कोई ऐसा न था, जो तनिक भी विरोध करता। रामाधीन भी पीछे खड़े तमाशा देख रहे थे। मोहनलाल अपने घर ही बैठा था। गाँव के चिकनियाँ बैठे-बैठे गप्पें उड़ा रहे थे। उनकी हार्दिक इच्छा थी कि मारपीट की जाए पर नेता कौन बने ?

नीलकंठ अवस्थी सरकारी आदमी थे। इस समय उन्होंने देखा कि घिरे जाते हैं। बोले, ''मैं पंच हूँ, चार और हैं। पर पंच क्या करेंगे ? आदमी का धर्म अपना है, जो उसे नहीं रखेगा वही भुगतेगा। कौन किसी से क्या पाप-पुण्य ले लेता है, कौन किसी को कुछ दे सकता है। जो करोगे सो भोगोगे। पुरखों ने जो नेम बना दिए हैं, वह तुम्हारे भले के लिए। जो गाँव ठीक समझे करे।''

भीड़ में से आवाज़ उठी, ''गाम करै सो राम करै।''

तीन-चार बार यह नारा लगाया गया और गाँववालों में एक जुनून-सा छा गया। गाँव के गुंडे रह-रहकर पुकारते थे। उधर बारात चढ़ रही थी। दूल्हा मौर बाँधे घोड़े पर सवार था और हाथ में तलवार थी।

''ओ चेता,'' ठाकुर ने गरजकर कहा, ''ख़बरदार ! किसकी मज़ाल से यह बारात इधर से निकली ?''

चित्तप्रसाद निडर रहा। उसने कहा, ''घर जाकर पूछो कुँवर ! ठाकुर जगदेवसिंह से पूछो।''

इस उत्तर से भूदेवसिंह घबरा गए। जगदेवसिंह स्वयं उनके पिता थे। सत्तावन साल के लम्बी मूँछोंवाले उजड़े खंडहरों में रहनेवाले ठाकुर थे जो बामन का सड़ा-मुसा पूत

देखकर भी खाट से उठकर खड़े हो जाते थे और भाई को मूँछें नीची रखने का जिनका सदा का आदेश था। अफ़ीम और शराब के इस कदर शौकीन थे और इसके लिए उनसे कुछ भी करवाया जा सकता था। काम कुछ नहीं करते थे। जो कुछ था वह बेड़नियों के पीछे फूँक चुके थे। पर गाँव में उनका लट्ठ पुजता था। कहा जाता था कि वे रात को डकैती भी कर लेते हैं, परसाल एक बुढ़िया उधर पुलवाले खेत के पास थककर बैठी थी, अपनी तक़दीर को कोस रही थी। कोई उधर से गुज़रा और दुखिया को एक सोने का कड़ा दे गया। कहाँ तक सच था यह तो नहीं मालूम। पर बुढ़िया का लालच बढ़ा। बोली, कुछ अपनी निशानी भी देते जाओ। तो झट से होंठ भरकर दाँतों से थोड़ी नाक काट दी। नाक तो बुढ़िया की कटी हुई मिलती है। तो वह डाकू कौन था ? लोगों की राय थी कि ठाकुर जगदेवसिंह ही थे। बहरहाल इसी डाँट-डपट और रौबदाब में काम निकल रहा था। कोई विपत्ति में पड़ता था, फौरन उससे शराब-अफ़ीम लेकर उसे अभय दे देते थे। उनकी अभय काफ़ी थी। उससे ही काम चल जाता था। इस मामले में वे शराब और अफ़ीम से ही प्रसन्न नहीं हुए थे। चित्त प्रसाद ने उन्हें पन्द्रह सेर चून भी दिया था। जगदेवसिंह ने अभय दिया था। पहले तो उन्होंने सोचा भूदेवसिंह से कह दें। अपना ही पुत्र है, पर इधर गाँव के रंग-ढंग देखकर वे चुप हो गए थे।

चित्तप्रसाद की चुनौती से एक बार सब चुप हो गए। भूदेवसिंह का चेहरा स्याह हो गया, जैसे किसी ने मुँह पर जूते मार दिए हों। इससे साफ प्रकट था कि उसके बाप ने रिश्वत खाई है। पर वह बाप से कुछ कहने की हिम्मत नहीं करता था। भूदेवसिंह खुद शेर हैं, पर जगदेवसिंह इसी नाते एक शेर का बाप है। शेर का बाप इस वक़्त अपनी टूटी टपरिया में एक थाली को काँसा कहता हुआ, पीनक में ऊँघ रहा था।

जग्गी अहीर ने कहा, "झूठ है, बिल्कुल झूठ है। बाजे रोक दो, दूल्हा उतार दो। वरना..."

रघुबीर ने पुकारकर पूछा, "वरना क्या ?"

"वरना ख़ून-खराबा हो जाएगा ?" किसी ने भीड़ में से चिल्लाकर कहा। और फिर भीड़ तेज़ी से झपटी। गाँव में चमार कम नहीं थे। शायद आधे ही होंगे। पर अब इस एकदम के हमले के लिए वे तैयार नहीं थे। और इस भीड़ में सब थे। पंडित नीलकंठ अवस्थी दूर से ही देख रहे थे। दूल्हा घोड़े से उतारकर धूल में गिरा दिया गया। घोड़े का साज-समान सब छीनकर उड़ा दिया गया। दूल्हे का मौर छिन्न-भिन्न कर दिया गया। ख़ूब हुड़दंग हो रहा था। चित्तप्रसाद घूँसों की मार से गिर गया था। रघुबीर सतनामी चिल्ला रहा था, पर उन लड़कों ने इतनी धूल फेंकी कि उसका दम घुटने लगा। गाँव के धुरों की बन आई। जिसके जो हाथ पड़ा वही ले भागा, पर कुछ ऐसे थे जो लूटने के शौकीन नहीं थे। उन्होंने चमारों को सजा देना तय किया था। बड़े-बड़े तगड़े चमार, आश्चर्य का विषय था, पहले तो लड़े, पर जब जय बजरंगबली की कहकर हमला किया गया, तो पिटने लगे। अशिक्षित, सदियों से कुचले हुए लोग एक रात में ही नहीं उठ सकते थे। उनका साहस छूटने लगा। रघुबीर और चित्तप्रसाद के गिरते ही उनका साहस

छूट गया। सबने उन्हें ख़ूब मारा। कमज़ोर के मरते वक़्त अत्याचारी को एक पाशविक आनन्द आता है, क्योंकि उसे अपना अत्याचार कभी अत्याचार नहीं मालूम देता। वह उसे सनातन नियम समझता है।

इस समय लोगों ने विस्मय से देखा कि कुछ चमरियाँ हाथ में अपनी खुर्पी ले-लेकर निकल आईं। उनको देखकर चमारों में फिर से साहस आ गया, पर बूढ़े और बूढ़ी चमरियाँ, अब डर से दुहाई देने लगी थीं। यह साहस कितनी देर रहता। लोग दुल्हन के घर में घुस गए। चमरियों की खुर्पियों ने कमाल दिखाया। कई लोग घायल हुए। किसी गुंडे ने एक चमरिया पर कुठौर हाथ डाला तो उसने पलटकर खुर्पी मारी। गुंडे की एक उँगली कटकर लटक गई। पर भीड़ बढ़ रही थी। न कहीं पुलिस थी, न दरोगा, कोई नहीं। जैसे गाँव में सरकार की अमलदारी ही नहीं रही। थाने के मुंशीजी, चौकीदार और पटवारी को लेकर तहसीलदार के यहाँ जा बैठे थे जैसे वे कुछ नहीं जानते। अभी बस्ताबरदार आया था। उससे किसी ने जो कहा था, वह सब उसने बताया है। पर इस वक़्त जाने की हिम्मत नहीं हो रही थी।

भीड़ ने जब दुल्हन का कोठा घेर लिया तब सब औरतें चीखने-चिल्लाने लगीं। उनके दिल में डर समा गया; किन्तु उसी समय एक युवक ने दुल्हन की माँ का हाथ पकड़ लिया। वह गोवर्धन था। उसके सिर से ख़ून निकल रहा था। उसने कहा, ''पीछे के घर में कुदा दो, खिसका दो।''

चित्तप्रसाद की बहू ने डरते हुए पूछा, ''पर डौर पर चढ़ाएगा कौन ?''

''मैं हूँ तो।''

बात की बात में गोवर्धन ने माँ-बेटी को डौर पर चढ़ाकर पीछे कुदा दिया। भीड़ जब भीतर आई वहाँ सिर्फ गोवर्धन था। क्रुद्ध भीड़ ने किसी को न पाकर गोवर्धन के सिर को ही निशाना बनाया। हाथ ऊपर आ गए, पर लाठियाँ और गिरीं और गोवर्धन गिर गया। उसके बाद भीड़ भागने लगी। सब कुछ छिन्न-भिन्न हो गया। केवल एक अरमान गुंडे पूरा नहीं कर सके। चमरियों ने जहाँ इज़्जत और आबरू का सवाल था, वहाँ तनिक भी सिर नहीं झुकाया, पर चमार, पिटे, यह एक सत्य था। सारे बाराती इधर-उधर भाग गए। जहाँ बाजे बज रहे थे, वहाँ अब साँय-साँय होने लगी। इस आकस्मिक परिवर्तन के लिए कोई तैयार नहीं था।

जब काफ़ी देर हो गई और सब चले गए तब दुल्हन खाट रखकर डौर पर चढ़ी और कूदी। आकर देखा, गोवर्धन को चेत तो हो गया था पर अभी कुछ झाँई-सी बाकी थी। लाकर पानी माथे पर डाला।

गोवर्धन ने फिर कहा, ''पानी...पा...नी...''

दुल्हन पानी मुँह में डालनेवाली ही थी कि अचानक उसके हाथ रुक गए। इतना भला है, मददगार है, पर क्या इसका धरम बिगाड़ना चाहिए ? क्या इसकी भलाई का यही बदला होगा ?

गोवर्धन ने फिर कहा, ''पानी...पा...नी...''

लड़की ने पानी गले में डाल दिया और कहा, "छमा देना महाराज ! आफ़त का बख़्त है, नहीं तो ऐसा नहीं करती।"

गोवर्धन ने पानी पीकर आँखें मींच लीं। चमार अब रघुबीर और चित्तप्रसाद को उठा-उठा कर ला रहे थे। रघुबीर के मुँह में धूल ठूँस-ठूँस कर भर दी गई थी और चित्तप्रसाद घूँसों की मार से बेहोश हो गया था।

रात हो गई थी, गहरी और गहरी। इस साल की जगार पर देवों ने गाँव की यह पहली शादी देखी जो नहीं हुई। तारे आसमान में छिटक रहे थे। सब अपने-अपने घर चले गए थे। जैसे अब कुछ नहीं था, कहीं कुछ नहीं था। सब झगड़े बन्द हो चुके थे।

नीलकंठ अवस्थी जब रात के तीन बजे ही उठे तो उन्होंने भगवान् का नाम लिया और पड़ोस की छत से झाँककर देखा। सक्का सामने ही सो रहा था। आपने फिर भगवान् का नाम याद किया और उस दिन की धर्म-विजय की प्रसन्नता में फिर नहीं सोए। उन्होंने निश्चय किया कि वे आज एक सौ आठ बार गायत्री का जप करेंगे और फिर वे सोचने लगे अब ऊँट किस करवट बैठेगा...किसको क्या करना चाहिए।

4

मारपीट करनेवालों को तब होश हुआ जब न्याय और सत्य के लिए अब पुलिस ने चक्कर लगाना शुरू किया। अभी तक तो दरोगाजी चुप थे। वे स्वयं सनाढ्य ब्राह्मण थे। उन्होंने भी सोचा कि चमारों की ज़रा ठुकाई हो ले तो अच्छा ही है, बहुत सिर चढ़ गए हैं, और चेता क्योंकि अब कांग्रेसी भी था, उसके विरुद्ध उन्हें कुछ पहले से ही खुचड़ थी। दूसरे रघुबीर सतनामी उसका साथी और क्योंकि रघुबीर खुले खजाने गाली देता था, सुना-सुनाकर कहता था कि तुम रिश्वती हो, सरकार के गुलाम हो, गद्दार हो, रोटी के लिए ईमान बेचनेवाले कुत्ते हो, और पिटवाए जाने पर भी न जूते उसे चुप कर पाते थे, न लाठी। वे क़रीब-क़रीब उससे हार चुके थे। ज़मीन, खेत रामनाथ तिवारी कुड़क करवा चुके ही थे। अब उनके पास कुछ था नहीं। एक बार दफ़ा 109 अर्थात् जरिया-ए-माश नहीं पता चलता के मातहत उसे गिरफ़्तार करने की भी सोची थी; पर फिर चुप रह गए थे क्योंकि गाँववाले ही उसको मदद देते थे। इस समय दोनों के प्रति गाँव विरुद्ध था। चुप रहकर उन्होंने गाँववालों की वाहवाही लूटने की कोशिश की। लेकिन सुनार का बेटा माँ के गहने में से भी सोना चुरा लेता है। नहीं चुराता तो उस घोड़े की तरह दुबला होने लगता है जिसकी खाने की घास से ही यारी हो जाती है। उन्हें लगा वे दुबले हो जाएँगे। अतः अमले-प्यादों का दौर शुरू हुआ। अब गाँववाले घबरा उठे। पंडित नीलकंठ अवस्थी ने खेद प्रकट करते हुए कहा, "यहाँ क़मीनों की इतनी मज़ाल हो गई। दक्खिन में तो भंगी चमार सड़क पर आवाज़ देकर तब कहीं चलने पाते हैं। अजी इन खुशामद-पसन्द ठाकुरों ने बस जुहार सुनी और तरह दे गए। दक्खिन में ब्राह्मणों का राज़ है। धरम नहीं बिगड़ा अभी तक।"

परन्तु इस समय उनके इतिहास और भूगोल के ज्ञान में लोगों को कोई दिलचस्पी नहीं थी। सब अपने-अपने को बचाए हुए थे। उधर दरोगाजी ने जाकर चित्तप्रसाद के द्वार पर डेरा डाला। चित्तप्रसाद के मन में आग जल रही थी। उसने एक-एक का नाम लिखाया। दुहाई दी कि अंग्रेज़ी हुक़ूमत में जब स्कूलों में चमार-बामन एक साथ बैठकर पढ़ते हैं, रेलों में एक साथ सफ़र करते हैं, तो क्या कारण है कि चमार अपनी मनचाही रीत से ब्याह-शादी नहीं कर सकते। दरोगा ने सब कुछ लिखकर फिर उसकी ओर देखा। इस दृष्टि का अर्थ गाँव में सब जानते थे।

तभी गोवर्धन ने कहा, "आओ रघुबीर काका। आ गए ?"

चित्तप्रसाद खिल उठा। आगे जाकर स्वागत किया। भीतर से एक खाट और मँगाई। रघुबीर सतनामी तनिक अकड़कर बराबरी की हैसियत से बैठ गया। दरोगाजी का मन खट्टा हो गया था। उन्होंने कहा, "और कुछ नहीं लिखना है ? जानते हो बारात वाले क्या कह रहे हैं ?"

"क्या कह रहे हैं ?" चित्तप्रसाद ने खड़े-खड़े पूछा।

"वे तो कहते हैं कि उनको यह बिल्कुल पसन्द नहीं था। वे तो तुम्हारी ज़िद की वजह से ही पिटे हैं। चमार थे, चमारों की तरह रहते। ज़रा तुम्हारे पास पैसा ज़्यादा हो गया तो इतना गुरूर छा गया ?" दरोगाजी ने अकड़कर कहा।

चित्तप्रसाद का दिल भीतर ही भीतर क्रोध से काँप उठा। पर वह चुप ही रहा। रघुबीर सतनामी हँसा। उसका चेहरा और भी दृढ़ हो गया। दरोगाजी चेते। मुंशी ने कहा, "ऐ ! क्यों हँसते हो ? देखते नहीं सरकार बैठे हैं।"

"अरे देख रहा हूँ," रघुबीर ने उसी स्वर में कहा, "तुम्हें भी देख रहा हूँ और हुज़ूर को भी देख रहा हूँ। यह बात ठीक ही है। पर हम कांग्रेसी हैं। महात्मा गांधी के बताए सिद्धान्त मानते हैं। जब सब ही आदमी बराबर हैं तो क्या चमार क्या बामन ? आदमी अपने कर्म के अनुसार ऊँच-नीच होता है ?"

"तो," दरोगाजी ने गम्भीरता से विद्धत्तापूर्वक कहा, "ये लोग नीच काम नहीं करते ?"

"नहीं," रघुबीर सतनामी ने कड़ककर कहा, "कोई भी काम गन्दा नहीं है। लेकिन जो काम है उसको बुरे ढंग से करना ही उसको नीच बना देना है, जैसे सरकारी नौकरी में रिश्वत लेना ? क्यों सरकार ? रिश्वत लेना बुरा काम नहीं है ?"

उपस्थित लोग मुस्कुरा उठे। रघुबीर की काली सिकुड़ी खाल पर एक मुस्कुराहट काँप उठी। दरोगाजी बुरे फँसे थे। इस समय उन्होंने तुरन्त ही कहा, "क्यों नहीं ? बहुत बुरा काम है।"

गाँववाले रघुबीर की इस हिम्मत पर कुर्बान थे। छोटा सा काम पड़ता था तो पहले दो रुपए घर पर सलाम करते थे, फिर कहीं दरोगा से बात कर पाते थे। दरोगा के इस उत्तर से उसके साथी अमलो का सिर झुक गया, जैसे दरोगाजी से कोई भूल हो गई थी। जब इधर से कुछ मिलने का डौल न हुआ तो वे उठ खड़े हुए और नीलकंठ अवस्थी

की चौपाल पर जा बैठे। सारे लोग इकट्ठे हो गए। फौरन शर्बत, पान, इलायची, एक सिगरेट पेश किया गया।

बैजनाथ वाजपेयी ने एक सिपाही से पूछा, ''सरकार दूध पिएँगे ?''

सिपाही ने घूरकर देखा और कहा, ''मैं ज़रा मीठा ज़्यादा पीता हूँ।''

बैजनाथ ने खीसें निपोर दीं और दूध का इन्तजाम करने लगे। दरोगाजी ने उन नामों को पुकारा जिन पर अभियोग लगाया गया था। सुनते ही वे लोग काँप उठे। दरोगाजी ने देखा निशाना ठीक बैठा। बिना किसी को गिरफ़्तार किए उठ खड़े हुए और चलते वक़्त कहा, ''ख़बरदार ! जो गाँव से फरार होगा उसे चक्की पिसवाकर छोड़ूँगा।''

उनके चले जाने पर गाँववालों की छोटी-छोटी टुकड़ियाँ बँट गईं। दुपहर बीत गई, साँझ हो चली, लेकिन कोई राह नज़र नहीं आई। सिपाहियों से बातचीत भी की, मगर उनकी भौं टेढ़ी ही बनी रही। तब हारकर नीलकंठ अवस्थी ने कहा, ''वैद्य नहीं बन सका तो क्या, दवा तो मैं जानता ही हूँ।'' गजपति अग्निहोत्री जिनसे एक ज़मीन के पीछे पुरानी अदावत थी इस समय अवस्थीजी के साले परमानन्द सुकुल के साथ आए थे। मुन्नू दुबे तिवारीजी के पुराने शत्रु थे, उन्होंने इस मौके पर काफ़ी सोचा पर कुछ भी निश्चित नहीं कर सके। अगर तिवारीजी के दुश्मनों को अपनाया जाए तो चमार हैं और चमारों से उनसे कोई अदावत नहीं। हाँ, परमानन्द और गजपति की दोस्ती पर उन्हें मन-ही-मन एतराज था। वे चुप हो रहे ? यहाँ तो चमारों का सवाल था।

रात हो चली थी। बानापुर की विशाल कोठी में इस समय लैम्प जल गए थे। नीलकंठ अवस्थी ने इत्तला कराई। रामनाथ तिवारी अपनी लाइब्रेरी में बैठे थे। पढ़ नहीं रहे थे। जो कभी पढ़ा था, शायद उसको मन-ही-मन गुन रहे थे, क्योंकि वे किसी गम्भीर चिन्तन में लीन थे। उन्होंने नीलकंठ अवस्थी को वहीं बुलवा लिया। बाद प्रणाम का उत्तर देने के, रामनाथ ने उन्हें बैठने की आज्ञा दी। नीलकंठ अवस्थी नीचे बैठने लगे, पर तिवारीजी उनकी नम्रता से ख़ुश हो गए, उन्होंने उन्हें कुर्सी पर ही बिठाया। बात के दौरान में नीलकंठ अवस्थी सारा किस्सा सुना गए। तिवारीजी गौर से सुनते रहे। उन्हें सुन-सुनकर आश्चर्य हो रहा था। जब अवस्थीजी ने किस्सा ख़त्म किया तब अन्त में कहा, ''जो है शो तिवारीजी। आपके मँझले कुँवर ने विलायत से लौटकर प्रायश्चित के समय हमें कुत्ता कहा था। तब झगडू मिसिर ने सब गाँव में वह बात फैला दी थी। शास्त्र का नियम बनानेवाले ब्राह्मणों का अपमान हुआ था। पर आप राजा हैं। राजा के अनुसार ही प्रजा चलती है। लोगों ने देखा। यह सब क्या है ? बड़े कुँवर जेल में सबका छुआ खाते रहे। मँझले कुँवर ने खाद्य-अखाद्य खाया, कांग्रेस ने धर्म तोड़ दिया। अब गाँववाले आदमी को आदमी नहीं समझते।''

रामनाथ तिवारी कुछ देर चुप रहे। फिर उन्होंने कहा, ''अवस्थीजी आप घबरा गए हैं। यह तो बहुत मामूली बात है। जब चाहे दबा दीजिए।''

''मामूली आपके लिए है,'' अवस्थी ने कहा, ''आप बड़े आदमी हैं। आपके सामने तो सबको दबना पड़ता है, पर अब ब्राह्मण होने के नाते, कनौजिया होने के नाते, कुछ

हमारा भी धर्म है। अब अगर दरोगाजी सजा करा देंगे तो चमारों की हिम्मत अठगुनी हो जाएगी। और कल को ज़मींदार जब कहेंगे कि बेगार करो, तब वे कहेंगे, बला से, हम नहीं करते। बेगार लेनी है बामन से लो।''

रामनाथ कुर्सी पर अकड़कर बैठ गए थे। उन्होंने तेज़ आवाज़ में कहा, ''ब्राह्मण गिर गए हैं अवस्थीजी, तभी यह हालत आ गई है। हम पहले जैसे व्रती आज सचमुच नहीं हैं। नहीं तो परशुराम ने अकेले ही क्षत्रियों का इक्कीस बार नाश कर दिया था...''

''क़सूर माफ़ हो,'' तिवारीजी को काटकर नीलकंठ अवस्थी कह उठे, ''बाईसवीं बार एक छोटे से क्षत्रिय के बालक ने बना-बनाया माजरा बिगाड़ दिया था। जो समय पर नहीं चेतते वे अन्त में सब कुछ खो बैठते हैं। हमारा क्या है ? ग़रीब लोग हैं। पर यह चोट आएगी।''

''मुझ पर आएगी तो मैं उसका जवाब देना भी जानता हूँ,'' तिवारीजी ने उसी रूखे स्वर में कहा, ''एक-एक चमार की हंटरों से खाल उड़वा दूँगा। मज़ाल है किसी की ! मेरे सामने कोई सिर नहीं उठा सकता।''

''सरकार को समर्थ जानकर ही गाँव के पंचों ने मुझे आपके द्वार पर भेजा है। आपको ब्राह्मणत्व की रक्षा करनी ही होगी,'' नीलकंठ अवस्थी ने याचना के स्वर में कहा।

रामनाथ तिवारी उठ खड़े हुए। उनके साथ ही नीलकंठ अवस्थी भी उठ गए। रामनाथ कह रहे थे, ''यह गड़बड़ी क्यों हुई है ? आज चमार उस तरह नहीं रहते। अवस्थीजी, आज दस-दस पीढ़ियों से चमार हमारे सामने इसी तरह रहते आए हैं, और रहते जाएँगे। अंग्रेज़ी पढ़ने का यह मतलब नहीं कि जिसके मन में जो आएगा, अब वह वही करने लगेगा। हमारे विश्वास हमारे पूर्वजों के अखंड ज्ञान का फल है। बुरे दिन किसके नहीं आते ? लेकिन बुरे दिन में जो सेवक अपना वफ़ादार नहीं रहता, वह आस्तीन का साँप हो जाता है। अंग्रेज़ ही इन चमारों को भड़का रहे हैं, ताकि हिन्दू-मुसलमान की तरह उच्च वर्ण और अछूत का झगड़ा भी पैदा करके फ़ायदा उठाया जाए।

''नहीं, तिवारीजी,'' नीलकंठ अवस्थी ने कहा, ''यह आग कांग्रेस की भड़काई हुई है।''

''कांग्रेस की नहीं,'' राजा रामनाथ ने कहा, ''अंग्रेज़ी चाल है। कांग्रेस तो महज बीच का खिलौना है। कांग्रेस समझती है, वह इस सनातन परम्परा को बदल सकेगी। लेकिन अंग्रेज़ इसे बदलना नहीं चाहते, सिर्फ़ एक असन्तोष पैदा कर देना चाहते हैं। उनकी हिम्मत बढ़ाकर छोड़ देना चाहते हैं।''

''हिम्मत की न कहिए सरकार,'' नीलकंठ ने कहा, ''कल चमरियों ने खुर्पियाँ लेकर हमला किया। दो-तीन को तो उन्होंने जख्मी भी कर दिया।''

''आप सच कहते हैं ?'' तिवारीजी ने आश्चर्य से पूछा।

''मैं झूठ कहने की हिम्मत नहीं करता,'' नीलकंठ की आवाज़ दृढ़ थी।

तो इतनी मज़ाल ! हथियार उठा लिया उन्होंने ! "कांग्रेस अहिंसा कहती है। पर इन नीचों में कितना अधिक पशुत्व है। फौरन हिंसा की ओर मुड़े। उन्होंने शुरू में ही वार किया।"

"नहीं तिवारीजी," अवस्थी ने कहा, "अब बात बनाती हैं। कहती हैं हम पर हाथ डाला था। अब पतबरता बनने लगी हैं।"

"सब कुछ बनेंगी। क्यों नहीं बनेंगी ? पढ़े-लिखे तो होते नहीं ये लोग।"

"सरकार ! चमार ही तो ठहरे, जब पिटे तो औरतें निकल आईं। हिम्मत होती तो मैदान कर लेते।"

तिवारीजी हँसे। उस कुरूप मुस्कुराहट को देखकर स्वयं नीलकंठ अवस्थी सिहर उठे। तिवारीजी की उस आकृति में कुछ एकदम क्रूर था। वे चुप हो रहे। तिवारीजी ने कहा, "मुझे याद आता है। एक बार तेलिनों ने पाज़ामा पहनना शुरू किया था। गाँव के लोगों ने कहा, 'ऊपर से लहँगा पहना करो।' नहीं मानीं, कहा, 'मज़हब की आज़ादी है।' एक शाम जब पाज़ामे फाड़ दिए गए और औरतें नंगी घर लौटीं तो दूसरे दिन से मज़हब ठीक हो गया।

"सरकार, यहीं की बात है ?" नीलकंठ ने पूछा।

"नहीं, एक पच्छिमी जिले की कहानी है," फिर सोचते हुए कहा, "सीधी उँगली से घी नहीं निकलता। कुत्ता जब राह पर लेटता है तो पूँछ अलग फैलाकर पूरी पगडंडी को रोक लेता है। अगर कुत्ते की पूँछ उठाकर एक ओर रखने की कोशिश करो तो काटने को उठता है। कमर पर एक डंडा जड़ दो तो क्या होगा !"

"भाग जाएगा," तिवारीजी की बात को समझकर प्रसन्न हो अवस्थीजी ने उत्तर दिया।

"और अगर आपको साँप मिल जाए तो क्या कीजिएगा ?"

"सरकार, उसका मुँह कुचल देना चाहिए," अवस्थी के मुँह से जैसे बात खिसक गई। वह अपनी बात का प्रभाव देखना चाहते थे। तीर निशाने पर बैठा था। तिवारी जी के चेहरे पर फिर एक मुस्कुराहट काँप उठी और अपने आप उनके होंठों से फूट निकला, "अब चमार तक सिर उठा रहे हैं...फिर...आगे..."

5

कांग्रेस के हाथ में पड़ी हुई बात अख़बार में फैलकर और बढ़ गई। कानपुर के आलाप में सम्पादक रामकृष्ण ने पूरी घटना को प्रकाशित किया और इसके परिणामस्वरूप बानापुर के भीतर एक पादरी साहब दलितों को नजात दिलाने के पाक इरादे से दाखिल हुए। रामनाथ तिवारी के आदमियों से पहले ही दिन उनका झगड़ा हो गया, क्योंकि पादरी बूढ़ा था, शायद मलका विक्टोरिया के जमाने को ही ताजा समझता था। उसको क्या याद था कि इसी धरती पर सन् 1920 से इतने आन्दोलन फैल चुके थे, जिन्होंने

सल्तनते बर्तानिया की जड़ें हिला दी थीं। उन्होंने फौरन कानपुर के कलक्टर को खबर भिजवा दी। कलक्टर ने कुछ सिपाही और एक दरोगा को वहाँ उसकी रक्षा के लिए भेज दिया। गाँव में दूसरी हलचल हो गई। चमारों में दो दल हो गए। एक वे जो ऊँची जातियों से विरोध के विद्वेष में ईसाई बनने की इच्छा प्रकट करने लगे, पर वे कम थे, बहुत कम; क्योंकि चित्तप्रसाद स्वयं इसके विरुद्ध था। रघुबीर सतनामी भी कहता था कि तुम ख़ुशी से ईसाई हो जाओ, पर इससे तुम आज़ाद नहीं हो सकोगे। जो अब तुम ऊँची जातों के सामने हो, वही कल अंग्रेज़ों के सामने हो जाओगे। और क्योंकि तुम अंग्रेज़ों का पल्ला पकड़ोगे, तुम हिन्दुस्तान की गुलामी को कायम रखने में मदद करोगे।

उसके उपदेश का अधिक प्रभाव नहीं पड़ा। अधिकांश चमार भीरु थे। वे उसके लिए तैयार ही नहीं हुए थे कि ईसाई हो जाएँ।

रात हो गई थी। पंडित रामनाथ तिवारी आज चमारों को बुलाकर समझा रहे थे। उनके सामने उनके ईसाई हो जाने से ख़तरा पैदा हो गया था। चित्तप्रसाद भी औरों के साथ जलसे में कुर्सी पर बैठा था। रघुबीर सतनामी बोलने को खड़ा हुआ। उसके भाषण में ऊपर की ही बातें कही गईं; परन्तु सब लोग रामनाथ तिवारी की बात सुनने को उत्सुक थे। जब वे खड़े हुए सबकी आँखें उनकी ओर उठ गईं। सिर में पट्टी बाँधे हुए गोवर्धन ने देखा। वे सहज ही कहने लगे, "भाइयो ! मैं आपके आपसी मामले में दखलन्दाज़ी नहीं देना चाहता; पर आज एक ऐसी बात सामने आ गई है। जिसकी वजह से मुझे कुछ कहना ठीक लगता है। आप लोग आज एक पादरी साहब को गाँव में देख रहे हैं। आपको याद होगा सारे देश में हिन्दू-मुसलमानों के कितने भयानक दंगे हो चुके हैं। दक्खिन में मोप्ला जाति के दंगे के बाद यह दंगे सारे देश में फैल गए। हिन्दुओं ने इसके बदले में यहाँ आर्य समाज के अन्तर्गत शुद्धि आन्दोलन भी चलाया। मैं कहता हूँ। ठीक है। सब ठीक है। पर क्या उससे हिन्दुस्तान में कुछ फ़र्क आया ? तब सवाल उठता है, आख़िर क्यों नहीं ? जब मैं यह सोचता हूँ तब मेरी आँखों के सामने भारतवर्ष के अनेक-अनेक अवतार, सन्त और महात्माओं की तस्वीरें घूम जाती हैं। सबने अपने जीवन-भर यही प्रयत्न किया कि मनुष्य की आत्मा शुद्ध हो। पर मनुष्य सुखी नहीं हुआ। क्योंकि हमारी आध्यात्मिक शक्ति समाप्त हो चुकी है। आज कोई चमार है, कोई भंगी है, वह कहता है कि मैं ब्राह्मण हूँ, मैं क्षत्रिय हूँ। पर क्या यह हो सकता है। मनुष्य जाति से तो कुछ नहीं। समाज चलाना है, चलाने के लिए ही यहाँ जनम से ही मनुष्य की जाति ली जाती है। पर क्या यही सच है ? यह सब जो हम देख रहे हैं, कुछ नहीं है। माया है, इस माया के जाल में फँसा हुआ मनुष्य अपने कर्मानुसार अनेक सुख-दुःख भोगता है। आप मुझे राजा कहते हैं। ठीक है। क्या है यह ? एक सम्बन्ध मात्र। कल आप कहें, राजा नहीं है, और मैं राजा नहीं हूँ। भाग्य की इस बात का निर्णय कौन करता है ? अपना पाप-पुण्य। और कुछ नहीं। आज जो चित्तप्रसाद हैं, वह सब लोग नहीं हैं ? क्यों, यह भाग्य है। अब कोई कहे कि चित्तप्रसाद से सब छीन लो, या चित्तप्रसादजी को इस अवस्था में रहने का अधिकार नहीं है, तो उसे आप पागलपन ही

कह सकेंगे। लेकिन..."

रामनाथ के स्वर में एक तेज़ी आई। वे कहते गए, "जाति-बन्धन वास्तव में सामाजिक नहीं है, उसका आधार मन है। इस मन में एक जड़ता है, पाशविकता है, इसे नष्ट कर देना ही हमारा कर्त्तव्य है। आप ईसाई हो जाइए; परन्तु आप कुछ गाँव वालों की मूर्खता के कारण अपना वह धर्म छोड़ दें जो बीस-बीस पीढ़ी से होता चला आ रहा है, तो क्या उसे बुद्धिमानी कहा जा सकता है ? आख़िर क्या बात थी जो आपके पूर्वज इतना पाकर भी इसी में प्रसन्न बने रहे ? क्योंकि वे जानते थे कि जो कुछ वे देख रहे हैं, यह माया है। यह अन्तिम सत्य नहीं है। अन्तिम सत्य वह है। जब मनुष्य रागद्वेष से परे होकर सांसारिक झंझटों को छोड़ देता है। उसी के लिए तैयार रहो, जब मनुष्य परमात्मा बन जाता है, लेकिन हम दूसरों से नहीं अपने आपसे डरते हैं। हमें अपने आप पर अविश्वास है, क्योंकि हम अपने धर्म को भूल गए हैं। जैसे बड़े स्टेशन की ज़मीन पर बहुत सी पटरियाँ बिछी रहती हैं, और रेल का डिब्बा सिर्फ़ दो पटरियों पर चलता है। उसी तरह हमारा समाज भी है। एक इंजन एक वक़्त सब पटरियों पर नहीं घूम सकता। एक बैल की जोड़ी एक वक़्त में एक तरफ़ से जुताई कर सकती है। उसे सीधा ही चलना पड़ता है। लेकिन अगर वह अपना काम छोड़कर चहलकदमी की तरह इधर-उधर चले, दोनों बैल एक साथ न चलें तो काम कैसे चल सकता है ?"

"आते हैं, जीवन में वह भी मौके आते हैं। तब बैलों को एक ही बार एक ही वक़्त बार-बार घूमना पड़ता है, जब वह कोल्हू चलाते हैं। पर उसका भी एक नियम है। आज हमने अपने प्राचीन नियमों को भुला दिया है। ब्राह्मण में व्रत नहीं है, तप और ब्रह्मचर्य नहीं है। क्षत्रिय में पौरुष नहीं है। तभी शूद्र में सेवाभाव नहीं है। पर क्या यह ठीक है ?"

रामनाथ ने गम्भीर घोष किया, "यह हिन्दू धर्म पर कुठाराघात है। मैं आर्यसमाज नहीं हूँ। मैं सन्त-महात्मा नहीं हूँ पर ब्राह्मण हूँ। मैं जानता हूँ मेरा धर्म क्या है ! आप अपना धर्म यदि बदलकर दूसरे धर्म में जा सकते हैं तो आप में साहस नहीं है। आप में नैतिकता की कमी है। किसलिए आप फिर ब्राह्मण को बुरा कहते हैं। धर्म अपनी चीज़ है। कोई चाहने मात्र से हिन्दू नहीं हो सकता। यदि आप अपना धर्म पालते हैं तो उससे मुझे कुछ नहीं मिलता। यदि मैं अपना धर्म छोड़ता हूँ तो आपके नरक का रास्ता नहीं खोलता। अपना बनकर रहना, दूसरे को जीतना कठिन है। छोड़कर चल देना बहुत सरल है। मेरे लड़के मुझे छोड़कर चले गए—रामनाथ का सिर उठ गया, "उस वृद्ध को इस चेष्टा में देखकर लोगों की आँखों में दयाभरी सहानुभूति आ गई।" लेकिन मुझे याद रहता है। भगवान कृष्ण ने कहा है, "अपना बुरा धर्म छोड़कर भी दूसरों के धर्म में मत जाओ। यही आज्ञा है—"

स्वधर्मो निधनं श्रेयः

और उसी के साथ यह भी तो कहा है, 'सर्वधर्मान् परित्यज्य मामेकं शरणं ब्रज।' सब धर्मों को छोड़कर एक मेरी शरण में आओ...

रामनाथ के आदमियों ने पुकारा, "राजा साहब की जय," और उपस्थित जाटव-समुदाय जोश में चिल्ला उठा, "राजा साहब की जय।"

उस जय-निनाद को महालक्ष्मी ने भी भीतर सुना। उसकी आँखें उधर ही उठ गईं। जनानी ड्योढ़ी के ऊपर चढ़कर वह देखती रही। रघुबीर सतनामी ने उठकर कहा, "अंग्रेज़ तब आए जब यहाँ के राजाओं ने यहाँ की प्रजा पर ध्यान देना छोड़ दिया, लेकिन आज हमारे राजासाहब ने जो कृपा की है, उसके लिए हम श्रीमान् को धन्यवाद देते हैं। हमारा कोई ऐसा द्वेष नहीं होना चाहिए जो आपस में नहीं सुलझ जाए। यह पुलिस दंगा होते वक़्त कहाँ थी, भाग्य ही था कि किसी की जान नहीं गई। वरना उसका जवाबदेह कौन था ? हिंसा में तो दोनों ही पागल हो जाते हैं। और जिस सरकार को हम अन्यायी कहते हैं, उससे हम न्याय की आशा करें ? यह असम्भव है। यह पुलिस ? यह रिश्वत खाती है। यह भला हमारा क्या भला करेगी। इसके न्याय पर विश्वास करके हम अंग्रेज़ों के न्याय में विश्वास करते हैं और इस प्रकार उनकी सहायता करते हैं। क्या यह उचित है ?"

जाटव भाई एक स्वर से कह उठे, "नहीं, यह गलत है। उनके दिमाग में परसाल के पुलिस द्वारा किए गए अत्याचार अभी सजीव थे। और फिर जब रघुबीर सतनामी कह रहा है तब तो ठीक ही होगा। वह व्यक्ति जिसकी ज़मीन इसी रामनाथ ने हड़प ली, बेदखल करा ली ? और रघुबीर सतनामी को अंग्रेज़ नाम से चिढ़ थी। कोई हो अंग्रेज़ और उसकी सरकार न हो। वह निःस्वार्थी आदमी था। बीच में अपना फायदा देखना उसे अप्रिय था। भक्तों का सात्त्विक जीवन ही उसने अपना आदर्श बना रखा था। और तनिक रामनाथ को तो देखो जब धर्म का मामला आया तो फौरन बैरभाव छोड़कर सबको घर ही बुलवा लिया और चित्तप्रसाद को तो कुर्सी पर ही बिठाया। यह तो आज तक नहीं हुआ।"

जलसा ख़त्म हो गया। सब लोगों के चेहरों पर लौटते समय तसल्ली थी। पर जब दूसरे दिन बाकी गाँववालों ने सुना तो सौ तरह की बातें कह डालीं। पंडित नीलकंठ अवस्थी को विश्वास नहीं हुआ। पर मुन्नू दुबे कहते फिर रहे थे, नया रंग देखा। ऐसा जाल फैलाया कि कांग्रेसवाले भी चक्कर खा गए ! इस सबका एक परिणाम यह हुआ कि पादरी साहब गाँव से निराश होकर लौट गए। जनसाधारण में रामनाथ तिवारी के प्रति एक श्रद्धा हुई। उन्हें उनकी बुद्धिमत्ता के प्रति झुकना पड़ा। मुन्ने दुबे चुप हो गए। पर जो गिरफ़्त में आनेवाले थे वे फिर नीलकंठ के पास गए। नीलकंठ ने डरते-डरते कहा, "करते समय नहीं सोचा था कि फल क्या होगा ?"

एक व्यक्ति ने मसखरी की, "पंडितजी ! उस बखत तो बस कर्म की लगन थी, फल की आशा नहीं थी।" यह व्यक्ति न तीन में, न तेरह में। पंडितजी भुन गए। उनका उपदेश बुरे मौके के लिए याद कर लिया था।

"तो पंडितजी," ठाकुर भूदेवसिंह ने धमकी दी, "आप हमें मँझधार में छोड़ दें, पर याद रखना, यह आग अब दबने की नहीं। चमारों का हौसला बढ़ गया है। कल आपके

मुँह में गाय की हड्डी ठूँस देंगे।"

"चुप नीच," अवस्थी ने गरजकर कहा, "ब्राह्मण का अपमान करता है ? चला जा। मेरी आँखों के सामने से दूर हो जा।"

भूदेवसिंह कुछ देर खड़ा रहा। फिर चला गया। वह जानता था पंडित पर कड़ी चोट हो गई है। अब यह अवश्य रामनाथ तिवारी के पास जाएगा। और सचमुच वह तब तक राह के बड़े पेड़ के पीछे छिपा बैठा रहा जब तक उसने नीलकंठ को उधर जाते हुए नहीं देख लिया। अवस्थीजी चलते तो आगे थे, पर मन पीछे ठेल रहा था, जैसे कर्त्तव्यनिष्ठ माँझी नाव को खेकर अपनी राह ले जाना चाहता हो, पर लहरों की चपेट सारा सन्तुलन नष्ट किए दे रही थी। तिवारीजी के स्वभाव से वे परिचित थे। उनका साहस अब धीरे-धीरे कम होता जा रहा था। पर पाँव नहीं रुके। इत्तला सुनकर तिवारी जी ने उन्हें बुला लिया। वे तख़्त पर लेटे थे। अवस्थी पैरों की ओर बैठ गए। तिवारीजी ने स्वयं कहा, "चमारों का हुल्लड़ थम गया अवस्थीजी ?"

"जी सरकार," अवस्थी कह उठे, "सो तो थम गया, पर जो है शो, दरोगा का नहीं थमा।"

"वह क्या चीज़ है ? एक बीस-तीस रुपए पहुँचवा दीजिए ?"

"लेकिन क्या चमार फिर किसी को बदेंगे ?"

तिवारीजी ने कहा, "लीजिए पढ़िए। आज ही आया है। अभी कुछ ही देर हुई। पढ़िए 'साप्ताहिक आलाप'। अवस्थीजी ने पढ़ा था। कुछ व्यक्तिगत झगड़ों के कारण बात बढ़ जाने से जाटव भाइयों में अन्य गाँववालों से झगड़ा हुआ जो जाटव विवाह के समय फूट निकला। सरकार ने पादरी भेजकर अछूतों को हिन्दुओं से छीन लेना चाहा। पर गाँव के ब्राह्मण ताल्लुकेदार राजा रामनाथ तिवारी आनरेरी मैजिस्ट्रेट के समझाने-बुझाने से जाटवों ने स्वधर्म के अहितों को विदेशी धर्म के हितों से अधिक समझा। महात्मा गांधी के उपदेशों का यह सफल प्रभाव हम प्रत्येक ग्राम में चाहते हैं। राजा साहब तथा अन्य ग्रामीण भाई हमारी बधाई के पात्र हैं।"

पढ़कर रख दिया। तिवारीजी ने कहा, "और भी कुछ चाहते हैं ?"

अवस्थीजी क्षण-भर सोचते रहे। फिर कहा, "पर चमार उठ तो गए ही।"

"उठ तो सारा हिन्दुस्तान गया अवस्थीजी। कहीं भी अमन दिखाई देता है ?"

"नहीं, लगता है जैसे सबका दिमाग़ फिर गया।"

"इस ख़राबी को निकालने के लिए सभी उपायों की आवश्यकता है।"

अवस्थीजी नहीं समझे। तिवारीजी कहने लगे, "इस समय झगड़ा बढ़ाने का अर्थ था, गाँव में कुछ चमार ईसाई हो जाते। फिर सरकार उनकी रक्षा करती। फिर वही चमार जो कल तक चमार थे, ईसाई होकर गाँव के कुओं के पानी भरते, या फिर एक अलग कुआँ बनवाते। गाँव में एक गिरजा भी बनता। और फिर ईसाई आ घुसते। गाँव में बगावत हो जाती। अवस्थीजी सुन-सुनकर चौंक रहे थे। यह तो वे सोच ही नहीं सके। तिवारीजी कह रहे थे, "चमार चमार ही रहेगा। लेकिन उसको चमार ही रखने के लिए

उस आग को बुझाना होगा जो समाज की व्यवस्था मिटा रही है, जला रही है। फूँक मारने से वह नहीं बुझ सकती, उस पर धूल डालना जरूरी था।''

अवस्थीजी लौट आए। दरोगा को फीस मिल गई। किन्तु गाँव के भीतर उठी हलचल समाप्त हो गई। चमारों का क्रोध मिट गया। दूसरों को भी दंड नहीं मिला। चित्तप्रसाद और रघुबीर सतनामी भी प्रसन्न थे, पर गोबर्धन प्रसन्न नहीं था। उसका घाव अभी भरा नहीं था। जब चित्तप्रसाद की लड़की का ब्याह चमारों के ढंग से हुआ वह वहाँ नहीं गया। वह 'अलाप' पढ़ता था और मन-ही-मन उसे विक्षोभ हो रहा था; किन्तु लाचार था। रामनाथ तिवारी उन्नाव लौट गए थे।

दूसरा परिच्छेद

1

कानपुर के हिन्दू-मुस्लिम दंगों की बाढ़ थम चुकी थी। अब दूर से देखने पर लगता था कोई विशेष बात नहीं थी। व्यर्थ का झगड़ा था। कहीं कोई आदमी किसी से मूलगंज के चौराहे पर मिठाई के ऊपर लड़ गया। वहीं हिन्दू-मुस्लिम नाम पड़ा और फौज़ दो दिन चुप रही। ख़ूब लूट होती रही। बाद में एक सेठ ने रातोरात पुलिस और फौज़ से बढ़ावा दिए गए मुसलमानों को पिटवाने के लिए गाँव से आदमी बुलवाए। गदर के दिनों का पवित्र कानपुर इस प्रकार आपस की ख़ून-खराबी से गन्दा हो गया। कराँची कांग्रेस का अधिवेशन समाप्त हो गया था और वीर भगतसिंह को भी फाँसी लग चुकी थी। लोगों में एक अज़ीब प्रकार का विक्षोभ था। शहर के लोग यह समझने लगे थे कि हम हार गए हैं। गांधी-इर्विन समझौते के प्रति उनमें एक मूक विरोध की भावना थी। जब सारा समुद्र उमड़ने के लिए हिलने लगा था, गांधीजी ने संग्राम रोक दिया था। इससे एक गतिरोध की भावना उमड़ आई थी। मोप्ला दंगों को अंग्रेज़ों ने चतुराई से अपने विरोध से हिन्दुओं के विरोध में बदल दिया था और जब वह संवाद फैला तो आर्य समाज उस पर हाहाकार करने लगा और शुद्धि आन्दोलन के परिणामस्वरूप भीषण रक्तपात हुआ। अंग्रेज़ों ने दोनों को हवा दी, और इस प्रकार जो गोरी फौज़ें सड़कों पर आते डरती थीं, जो सतारा और शोलापुर में थर्रा गई थीं, जो बम्बई और मद्रास में सिवाय बन्दूक के कोई बात नहीं करती थीं, इस समय सब उसके आगमन को ही अच्छा समझने लगे। गणेशशंकर विद्यार्थी ने दंगों में प्राण दे दिए। आग थम गई। लोगों ने शर्म से सिर झुकाए, पर छुट्टे-मुट्टे नेताओं को डोरी बाँधकर अंग्रेज़ों ने फिर मंच पर खड़ा कर दिया। अब राजनीति फिर कुछ दिन के बाद बड़े लोगों की हो गई। समाज-सुधार की इच्छा फिर बलवती हो उठी और कानपुर शहर में हलचल मच उठी। लोगों ने सुना कि थिएटर कम्पनी आई हुई है। उन दिनों सिनेमा मूक थे। लोगों की पुरानी आदत छूटी नहीं थी।

वे लोग जो थिएटरों के शौकीन थे अब भी थिएटरों को ही अच्छा समझते थे और पैसे वाले लोगों को तो और भी ज़्यादा दिलचस्पी थी क्योंकि थिएटर में जीती-जागती स्त्रियाँ काम करती थीं।

प्रारम्भ में इस कम्पनी ने चारों ओर दबदबा फैला दिया। बेहतरीन सामाजिक नाटक था, लेकिन इतिहास, राजनीति, धर्म सब पर प्रकाश पड़ता था। कहानी कुछ इस प्रकार थी कि उसमें सभी प्राचीन और नवीन बातों का समावेश था। स्त्री का पतिव्रत, पुत्र का समाजसेवक और देशसेवक होना, उसके साथ ही पितृभक्त होना, और स्वामी-सेवक के अच्छे सम्बन्ध। अछूतोद्धार, शुद्धि-आन्दोलन सब ही की झलक थी। ऐसा नाटक कि अलफ्रेड और पारसी थिएटर के पुराने आदर्शों को भी मात कर गया और लोगों को उससे प्रेरणा मिली। वह भक्ति, वह उद्‌बोधन और गा-गाकर जब स्त्री-पुरुष का वार्तालाप होता, तब वाहवाही होती। और सबसे बड़े आकर्षण तो दो और थे। वह लम्बी नुकीली टोपीवाला विदूषक जो झुक-झुककर सलाम करता था, और फिर वे नर्तकियाँ जिनके नाच पर पैसों की बौछारें होतीं। इस थिएटर के साथ एक ज्योतिषीजी भी थे जो त्रिकाल का लेखा-जोखा बताते थे। उनका कहना था कि उनके पास भृगु-संहिता थी। कानपुर के पंडित बद्रीनाथ शास्त्री स्वयं यह दावा करके प्रसिद्ध थे। परन्तु नए पंडित का कथन था, असल उनके पास है, नक़ल औरों के पास है। बद्रीनाथ शास्त्री इस बात से सख़्त ख़फ़ा थे। पर कानपुर हो या दिल्ली 'घर का जोगी जोगड़ा और आन गाँव का सिद्ध' वाली कहावत सब पर ही लागू होती है। पंडित बद्रीनाथ शास्त्री चिल्लाते ही रह गए। ज्योतिषीजी का डेरा मामूली नहीं था। उनके डेरे में दो कमरे थे। पीछेवाले में मनुष्य के पाप-पुण्य के अनुसार नरक और स्वर्ग के चित्र दिखाए जाते थे। उसका बड़ा भारी प्रभाव था।

कानपुर की यह खबर उन्नाव भी पहुँची। अवधेश ने नौकरों से सुना और जाकर महालक्ष्मी से कहा, "अम्मा, ठेठर देखेंगे।"

महालक्ष्मी ने सुना तो हँसी। कहा, "तू क्या समझेगा ?"

पर बालक जिद पकड़ गया। पंडित रामनाथ तिवारी ने सुना तो वे भी हँसे। कहा, "जैसा इसका बाप हठीला था, वैसा ही निकला।"

एक सरवराकार बैठा था। गाँव से कुछ कागज़ात लेकर आया था। बोल उठा, "सरकार, यह तो ख़ून की बात है।" बड़े आदमी की उम्र का क्या ? जिस वक़्त जो मुँह से निकल गया वह होकर रहना चाहिए। और जो नहीं हुआ तो बाकी औरों से फर्क ही क्या रहा ?

रामनाथ के मन को सन्तोष हुआ। बहुत दिनों से जीवन में कोई परिवर्तन नहीं हुआ था। उन्होंने सोचा इससे महालक्ष्मी का मन भी बहलेगा, उसके जीवन की वेदना को वे जानते थे और आजकल उन पर बहुत स्नेह रखते थे। राजेश्वरी पति के साथ अहंकार करके चली गई। पर महालक्ष्मी ने पति से भी बढ़कर पतिगृह को समझा। बुलवाकर कहा, "तो अवधेश थिएटर देखना चाहता है ?"

अवधेश आकर बाबा के पैरों में लिपट गया। वे उसे गोद में लेकर कुर्सी पर बैठ गए। महालक्ष्मी ने सुना तो मन-ही-मन घबराई। गहने तो सब उमानाथ को दे दिए। अभी तक तो ज़रूरत नहीं पड़ी। पर अब अगर नहीं पहने तो रामनाथजी को मालूम हो जाएगा। बड़ी आफ़त आएगी। जो पहन रखे हैं, बस वही शेष हैं उसने दरवाज़े के पीछे से कहा, ''आप दिखा लाइए।'

''अरे तो क्या यह तुम्हारे बिना चला जाएगा ? तुम्हारा चलना भी तो ज़रूरी है ?''

''मैं क्या करूँगी ?'' उसने धीमे से कहा।

रामनाथ जैसे समझ गए। कहा, ''हाँ, हाँ, वह तो ठीक है। तुम किसी चीज़ में भी दिलचस्पी नहीं लेती। ज़रा तुम्हारा भी मन बहल जाएगा और क्या ? त्योहार, खेल-कूद सब बच्चों की ही चीज़ें हैं।''

वे प्रसन्न लगते थे। उमा चला गया। पति से अलग रहनेवाली स्त्री में भोग-विलास की लालसा से यह दूरी उन्हें अत्यन्त प्रिय थी। यह कुल की मर्यादा के अनुरूप था। एक सम्बन्ध था उसी के पीछे जीवन बिता दिया। वह भारतीय जीवन का प्राचीन आदर्श। महालक्ष्मी ऐसे रहती है जैसे बनाव-सिंगार की अब कोई आवश्यकता ही नहीं। सादे कपड़े, सादा रहन-सहन। सारी कोठी और रियासत में इससे सब प्रभावित हैं। महालक्ष्मी से सब ही प्रसन्न रहते। ससुर के इस प्रकार के समझाने पर वह भी राजी हो गई। वह सादा ही जा सकेगी। जो पहने है वही काफ़ी है, क्योंकि सुहागिन है। उसके लिए यह आवश्यक है। उसके अर्थ वैधव्य की यह वेदना सब ओर व्याप्त थी। घर में सब कुछ था, पुत्र था, पर जो देखता, वही कहता, बेचारी को क्या सुख मिला। पर महालक्ष्मी की संजीदगी ने उसे दुख की एक करुणा से ढक दिया था। उसने स्वीकार कर लिया, पर पूछा, ''फिर चाचाजी के पास कौन रहेगा ?''

रामनाथ कुछ देर तक सोचते रहे। फिर कहा, ''कोई नहीं।'' वह भी हमारे ही साथ चलेगा। फिर सिर उठाकर कहा, ''तीसरे पहर चलेंगे और रात को ही लौट आएँगे।''

''रात तो बहुत बीत जाएगी। उस वक़्त लौटना ठीक रहेगा ?''

''क्यों नहीं ?'' फिर जैसे समझ गए। कहा, ''अच्छी बात है तो कुछ दिन रह लेंगे। दो-तीन दिन। हाँ, ज़रा जगह बदल जाएगी। बहुत दिन से कहीं आना-जाना भी नहीं हुआ। कानपुर की सनातन धर्म सभा मुझे बहुत रोज़ से बुला भी रही है। मैं यहाँ तैयारी करता हूँ।''

''ठहरिएगा कहाँ ?''

रामनाथ समझ गए। पूछती है। दयानाथ से सम्बन्ध रखना है या नहीं ? दृढ़ स्वर में कहा, ''एक बँगला किराए पर ले लेंगे। कोई महीने भर का किराया पेशगी दिलवाकर आदमी सब तय कर रखने को भेज देता हूँ।'' उन्होंने अवधेश को गोदी से उतार दिया और उठ खड़े हुए और महालक्ष्मी ने देखा और वह चुपचाप भीतर चली गई।

2

थिएटर समाप्त हो चुका था। कानपुर के विशाल फूलबाग में थिएटर फैला हुआ था। अनेक खेमे-तम्बू पड़े हुए थे। उन्हीं में से एक में सजावट अधिक थी। कालीन बिछा हुआ था। लैम्प की रोशनी में एक स्त्री और पुरुष अपने-अपने पलंग पर पड़े हुए बातें करते जाते थे।

"काम तो जम गया।"

"जमेगा क्यों नहीं !" स्त्री ने कहा।

"पर तुम्हें इतनी आशा थी ?"

"क्यों नहीं ? मैं जानती थी तुम बहुत चतुर आदमी हो। मैंने कई आदमियों को देखा था। अगर तुम्हें यही धुन नहीं होती तो हीरा होते।"

"कौन सी धुन ?"

"यही शराब की।"

पुरुष हँसा। उसने कहा, "तुम जो पीती हो सो ?"

"तुम्हारा मन रखने को। अगर तुम्हें इसमें सुख मिलता है तो मैं वही क्यों न करूँ ? लोग कहते हैं स्त्री का धर्म यह नहीं है। मैं न धर्म जानती हूँ, न शास्त्र। तुम्हारी तरह पढ़ी-लिखी नहीं हूँ। पर एक बात है। तुम मुझे अपनी पत्नी नहीं मानते, पर मैं तुम्हें अपना पति ही मानती हूँ। विश्वास नहीं करोगे, मैं इसको अपने मन में समझती हूँ।"

"क्यों ?"

"क्योंकि तुम सदा ही मुझे एक ऐसी स्त्री समझते रहे हो। जिस पर समाज कोई विश्वास नहीं करता। करने से डरता है।"

"और मुझ जैसे पुरुष पर विश्वास किया जा सकता है ?"

"क्यों नहीं ? तुम पुरुष हो ?"

"यही मैं भी कहता था। लेकिन तुम हमेशा इसे अस्वीकार करती रही। मेरा सिद्धान्त तो यह नहीं है। कुछ और ही है।"

"कहो न ?"

"मैं स्त्री और पुरुष के सिद्धान्तों को फ्रायड के अनुसार मानता हूँ। लेकिन उसने कहा है कि हम समाज के बन्धनों के कारण बहुत सी बातों को डर के मारे भीतर ही दाब जाते हैं। पर मैं सोचता हूँ मैं अपनी भीतरी ज़िन्दगी में ऐसा क्यों करूँ ? माना कि तुम मुझसे प्रेम नहीं करती पर मैं कभी उसका भूखा नहीं हूँ। मेरा काम है समाज से ज़्यादा से ज़्यादा लेना। इसके लिए जो भी कुछ करना पड़े मैं उसके लिए तैयार हूँ। भाड़ में जाए देश, राष्ट्र और आज़ादी, मज़दूर और किसान, मुझे किसी से कोई मतलब नहीं। आदमी में सच्चा प्रेम नहीं होता। मेरे बाप ने मुझे अपनी इज़्जत और जायदाद के पीछे निकाल दिया। क्या कहूँ इसे ? और मेरी बीवी ने मुझे चलते वक़्त गहने दिए।

तुम क्या कहोगी ? शायद लोग कहेंगे कि वह मुझे प्यार करती है। झूठ है। वह समाज की रूढ़ियों को प्यार करती है, उनसे डरती है। मुझसे तुम प्रेम करती हो। प्रेम क्या है ? मनुष्य सबसे अधिक क्या चाहता है ? सुख। वह सुख शारीरिक है। जो शारीरिक बन्धन बाँधता है और हवाई उड़ानें भरता है, वह धोखेबाज है तभी मैं कहता हूँ मार्क्स, लेनिन, गांधी—सब झूठे हैं। तुम मुझे सब कुछ अर्पित करती हो, मैं तुम्हें सब कुछ देता हूँ। यही प्रेम है। इसके बाद जो है वह छल है। अपने को बहलाए रखने की कोशिश है, मैं उस सबको झूठ समझता हूँ। रोटी से बड़ा सत्य स्त्री-पुरुष का सम्बन्ध है। सारा संसार अपने को ढोंग में भुलाए रखना चाहता है। सच है दुनिया बदलेगी, पर तब तक मैं क्यों दुख भोगूँ। यदि मैं नेता होता तो नाम के लिए सब कुछ कर सकता था। पर नहीं हूँ। तुम्हारे साथ जीवन बिताने में मुझे जो सुख है। वह मैं बयान नहीं कर सकता। जानती हो ?''

''तुम यह सब सिर्फ़ कहते हो, विश्वास नहीं करते, यह मैं जानती हूँ।''

''क्यों नहीं करूँगा। जब दो दिल मिल जाते हैं, उसे ही मैं विवाह कहता हूँ। जिसमें सुख मिले वही करना चाहिए। बहुत से लोग थोथे और कोरे आदर्शवाद के पीछे अपने सुखों का बलिदान दिया करते हैं, मुझे वह सब बेवकूफी मालूम देती है। वे मानापमान का पचड़ा ले बैठते हैं मैं तो एक बात समझता हूँ और काफ़ी सोच समझकर इस नतीजे पर हूँ।''

''क्या ?''

''यही कि दुनिया के पंचानवे फीसदी आदमी बेवकूफ हैं। जो ग़रीब हैं वे तो हैं ही। जो अमीर हैं वे और भी ज़्यादा बेवकूफ़ हैं, क्योंकि उनको सिर्फ़ पैसा कमाना आता है। इस पैसा कमाने की भी दो तरकीब है—या तो हरामखोरी से बाप-दादा की कमाई खाओ, या फिर कमीनेपन को व्यापार कहकर इस्तेमाल करो। इसके बीच में बहुत से लोग हैं जो झूठ कहकर ही खाते-पीते हैं, जैसे—सिनेमा, थिएटर, अख़बार, पंडे, पुरोहित, महन्त बीमा कम्पनी, लाटरी और जाने क्या-क्या है ? लेकिन, औरतों के साथ यह नहीं है। जानती हो क्या है ?''

''बताओ,'' स्त्री ने पूछा।

''स्त्री समाज की किसी भी परिस्थिति में पुरुष को शारीरिक सुख देने के लिए है। जानती हो दुनिया में तीन आदमियों ने हलचल मचा दी है। तीन नहीं चार। पहला डारविन था। उसने कहा कि दुनिया में आदमी पहले नहीं था। वैसे तो अब डिब्राइस वगैरह ने उसे बहुत आगे बढ़ा दिया है, उसका कहना असल में यह है कि बन्दर और आदमी के पूर्वज एक ही थे।''

स्त्री को जैसे यह झटके सा लगा। वह चौंक उठी। उसने कहा, ''और तुम उसे मानते हो ?''

''मेरे मानने न मानने से होता ही क्या है ? जो सचाई है वह तो मानी ही जाएगी,'' वह हँसा।

"अच्छा फिर ?" स्त्री ने कौतूहल से पूछा।

"दूसरा," उस पुरुष ने कहा, "मार्क्स। यह आदमी बहुत काबिल था। इसने बताया कि दुनिया में सारी गड़बड़ी इसलिए है कि कुछ ही लोग बाकी लोगों को दाब कर रखते हैं। पहले कुछ मालिक और बहुत गुलाम होते थे। फिर कुछ जागीरदार, राजा हुए और उनके साथ बहुत से किसान हुए। अब दुनिया में मशीनें बन गई हैं। जो काम पहले कठिन थे वे अब आसान हो गए हैं। लेकिन मशीनों पर भी ज़मीनों की भाँति कुछ ही लोगों का कब्जा है। इनके नतीजे में हम समाज में मजदूरों की हालत देखते हैं। अब जैसा कि समाज का नियम है और जो होकर रहेगा जल्दी या देर करके मज़दूर ही जीतेगा और समाज तब ठीक हो जाएगा।"

"कौन, ये मज़दूर राज़ करेंगे ?" स्त्री ने अविश्वास से पूछा।

"रूस में कर ही रहे हैं। चीन में भी लड़ रहे हैं। यही लोग कम्युनिस्ट कहलाते हैं। मैं भी पहले अपने को यही कहता था। पर वह रास्ता बहुत कठिन है। वहाँ स्त्रियों को वेश्या नहीं बनना पड़ता। वे आज़ाद होती हैं।"

स्त्री अविश्वास से हँसी। कहा, "फिर तुमने मज़ाक करना शुरू किया ?"

"नहीं, मैं तुमसे सच कहता हूँ। मैं कभी-कभी सोचता हूँ मैं किधर खिंचा जा रहा हूँ। क्या मैं दुनिया में किसी का भला कर सका हूँ ?"

"दुनिया में अपना भला सब चाहते हैं। फिर अगर तुम भी ऐसा ही करो तो इसमें क्या दोष ? यह एक गन्दा जाल है। इसमें से कोई भी नहीं निकल सकता। जो इसकी कोशिश करता है, वह बेवकूफ है, या पागल है।"

पुरुष कुछ देर चुप रहा फिर उसने धीरे-धीरे कहा, "पहले मैं यह सोचता था कि मैं कहीं शुरू नहीं हुआ। कहीं ख़त्म नहीं हो सकूँगा। वह मेरा मैं नहीं था, सारे मनुष्य समाज का मैं था। पर वह मेरे 'मैं' को सुखी नहीं कर सका तभी वह रास्ता मैंने छोड़ दिया, अब मैं अपने छोटे, घिरे 'मैं' 'की ओर लौट आया हूँ।'

स्त्री नहीं समझी। उसने कहा, "अभी तो दो और हैं न ?"

"हाँ, तीसरा आइंस्टीन है। उसने बताया कि हमारी दुनिया बहुत छोटी है, उसके चारों ओर जो शून्य है। वह भी सीमित है, और जैसे लम्बाई, चौड़ाई और ऊँचाई से वस्तु के तीन प्रकार ज्ञात होते हैं, चौथा समय भी है..."

स्त्री ने ऊबकर कहा, "और चौथा कौन।"

"चौथा," पुरुष ने तकिए के सहारे बैठकर कहा, "फ्रायड था।"

"उसने क्या कहा ?"

"उसने बताया कि स्त्री और पुरुष में जो भेद है वे ही उसके सारे जीवन पर छाए हुए हैं। आदमी के दो दिमाग़ हैं—एक वह जो जागते वक़्त काम करता है, दूसरा जो सोते में सपने दिखता है।"

स्त्री ने उत्सुकता से पूछा, "फिर ?"

"फिर ?" पुरुष हँसा—उसने कहा, "कहाँ तक बताऊँ ? कोई अन्त नहीं है। पर

मुझे मार्क्स नहीं, अब फ्रायड ही ठीक लगता है।''

दोनों चुप हो गए। स्त्री कहने लगी, ''यह सच है। दुनिया में धोखा देना कोई बुरी बात नहीं है, और वह भी पैसेवालों को। यह बड़े कमीने होते हैं। इनके दिल नहीं होता।''

''क्यों ?''

''अब वह बम्बई में मिला था, बैरिस्टर...क्या नाम था उसका ?''

''कौन, वह हरचन्द मन्सुखानी ?''

''हाँ, हाँ, वही। विलायत का लौटा हुआ था। अगर मैं उसे उल्लू न बनाती तो यह पन्द्रह हज़ार रुपया हाथ आता ?''

पुरुष हँसा। कहा, ''कभी नहीं।''

''और उसे उल्लू बनाने में कोई हर्ज़ था ?''

''कतई नहीं। वह और पैसे कैसे इकट्ठे करता है ?''

''इसी तरह।''

दोनों हँसे।

''बम्बई भी,'' स्त्री ने कहा, ''बड़ा अज़ीब शहर है ? कलकत्ता भी है तो उससे बड़ा, पर बम्बई में कुछ और ही बात है ? है न ?''

''हाँ, वहाँ चमक ज़्यादा है।''

''मैं अक्सर सोचती हूँ। एक तरफ़ यह ऐश, दूसरी तरफ़ यह गरीबी ! उफ़ ! लोग रात को सड़कों पर कैसे पड़े रहते थे। उन्हें भी कोई इंसान कह सकता है ?''

''अभी तुमने गाँव नहीं देखे। ज़रा एक बार वहाँ भी जातीं तो देखतीं हिन्दुस्तान असल में किस कदर ग़रीब और भूखा है।''

''तो चलो किसी गाँव में ले चलो न ?''

''फिर थिएटर का क्या होगा ?''

''इसे भी ले चलो।''

''वहाँ चाय भी न मिलेगी खानम ? हाथों के तोते उड़ जाएँगे। यह शहर ही ठीक है।''

वह हँसा। इसी समय एक पगचाप सुनाई दी।

स्त्री ने धीमे से पूछा, ''कौन है ? कौन जा रहा है ?''

पुरुष हँस पड़ा। कहा, ''देखती नहीं ? उधर किसके तम्बू हैं, शहर के नौजवान और बूढ़े धार्मिक सभी तरह के लोग इसी अँधेरे में छिपकर आते हैं। हमारी डांसर्स रहती हैं न ? लोग उन्हें देखें और न आएँ। मुँह से कहते रहेंगे—यह तवायफ़ें समाज के लिए हानिकारक हैं, पर हर कोई, धार्मिक ठेकेदार आता ज़रूर है।''

उसकी हँसी में एक तीखा व्यंग्य था। स्त्री कहने लगी, ''अभी तक तुम्हें किसी ने पहचाना तो नहीं ?''

पहचानने को है ही कौन ? कानपुर में बड़े भैया हैं, वे इधर आते ही नहीं। कुछ

थोड़े से लोग और हैं। पर वे समझते होंगे मैं विलायत में हूँ। कल सबसे चन्दा माँगने चलेंगे। देखें कौन-कौन पहचानता है।

"तुम डरते तो नहीं ?"

"क्यों, मैं क्यों डरने लगा ?"

"अगर किसी ने पहचान भी लिया तो क्या कर लेगा ?"

"कुछ नहीं। मैं कह दूँगा मैं क्या जानूँ आप किस उमानाथ को पूछते हैं ? मैं तो शीलराज हूँ। समाज सुधारने निकला हूँ।"

"नाटक भी तुमने कमाल का लिखा है। जवान लोग तो ख़ुश होते ही हैं, बूढ़े भी होते हैं।"

"जवान ऐंठते हैं कि इसमें सुधार है। बूढ़े कहते हैं कि इसमें व्यभिचार है, पर यह सब माया है। विदेश का असर है। हमें पुराने जमाने की तरफ़ लौटना है। एक पत्थर से दोनों चिड़ियाँ मर गईं। किस्सा असल में यह है कि ये बूढ़े अपनी पाप-भरी दुनिया को इतना ज़्यादा प्यार करते हैं कि उससे छूटना नहीं चाहते। उनकी राय में ग़रीबी नहीं रहनी चाहिए। पर ग़रीबी मिटाने का मतलब है—अमीरी मिटाना। यह हो नहीं सकता क्योंकि पहले तो यह उनके लिए परमात्मा की बनाई तकदीर का खेल है, दूसरे अपना पैसा वे छोड़ नहीं सकते। मैं तो देखता हूँ, अब है ही कितनी, जो जैसी गुज़र जाए, उसे गुज़र जाने दो। जिन्हें बदला लेना होगा लेते होंगे। तब तक हम तो रहेंगे नहीं, हमारे बाद कुछ भी हुआ करे, अपनी बला से। मेरी तो एक राय है।"

"क्या ?"

"पैसा डटकर इकट्ठा कर लिया जाए।"

"फिर ?"

"हम तुम किसी पहाड़ पर कोठी खरीदकर बाकी ज़िन्दगी आराम से गुजार देंगे, ऐश से।"

स्त्री को बात अच्छी लगी, कहा, "पैसा मिलना क्या आसान है ?"

"कोई मुश्किल नहीं। मेरी तरकीब पर चलना होगा।"

"क्या ?"

"गीता के कुछ श्लोक रटने होंगे।"

"कौन मैं रटूँगी ? मैं क्या पढ़ी-लिखी हूँ ?"

"बेवकूफ़ औरत ? इतने गीता पर उपदेश देते हैं। इनमें से कोई कुछ जानता है ?"

"नहीं जानते तो वैसे ही ?"

"बिल्कुल वैसे ही। कांग्रेस से हमदर्दी रखनी पड़ेगी।"

"क्यों ? सरकार ने पकड़ लेगी ?"

"मज़ाल है। योग सीखना पड़ेगा," वह जोर से हँस उठा। स्त्री कुछ नहीं समझी। उसने कहा, "क्या बक रहे हो ?"

"बक रहा हूँ, जानेमन, भक्ति और योग से अहिंसा का पाठ पढ़ाऊँगा। फिर

देखना। पूजने लगूँगा। लोग कहेंगे, पहुँचा हुआ योगी है।''

''योगी ? फिर शराब का क्या होगा ? छोड़ दोगे ?''

''अजी यह मज़ाक नहीं चलने का। शराब नहीं छूट सकती। हाँ एक बात और है। तुम्हारा नाम अच्छा रहेगा। नीरा नहीं जँचता। अब देखो राधा। वाह।''

दोनों हँसे। उस समय सब सो रहे थे। उमानाथ ने कहा, ''अब तो बहुत रात हो गई। सोना चाहिए।''

''तुम्हारी बात ख़त्म हो तब न ?''

दोनों चुप हो गए। रात गहरी हो चली। 'जागरण थिएटर कम्पनी' का पड़ाव अब सनसनाती हवा में ख़ामोश हो गया था। रात के तारे मचल रहे थे। कानपुर की दूर-दूर तक फैली हुई बस्तियों पर ज़िन्दगी की दुखी यातना काँप रही थी। इनमें वे थके हुए प्राणी सो रहे थे जिनकी चेतना को धीरे-धीरे सामाजिक विषमता खाए जा रही थी। उमानाथ ने सोचा, कहाँ था वह ? एक दिन इसी कानपुर में वह कम्युनिस्ट बनकर मज़दूर बस्तियों में ब्रह्मदत्त के साथ था। ब्रह्मदत्त ! ब्रह्मदत्त का नाम याद आते ही वह काँप उठा, जैसे उसकी रीढ़ की हड्डी पर किसी ने बर्फ़ का टुकड़ा रख दिया। वह यह सब देखेगा तो क्या कहेगा ? उसने कहा था उमानाथ तुम राजनीति के योग्य नहीं हो। उस दिन उमानाथ क्रुद्ध हो उठा था। वह सच था, वह बिल्कुल सच था। उसमें बुरा मानने की क्या बात थी ?

और फिर उमानाथ को एक-एक कर घरवाली की याद आने लगी। जब वह सुबह सोकर उठा, तो उसका सिर भारी था। लेकिन नीरा में स्फूर्ति थी, सुबह की ताज़गी थी। उसने एक अँगड़ाई ली और उठ बैठी। उमानाथ ने कहा, ''सुबह का वक़्त है। ज़रा मुझे अपना चेहरा देख लेने दो। कहीं किसी ज़्यादा मनहूस का चेहरा देख लिया तो मुझे मालूम भी नहीं होगा कि किस सनीचर का दिया हुआ सुख है।''

नीरा ने समझा और उत्तर दिया, ''आँख तभी खोलना, मैं अभी सामने शीशा लगाए देती हूँ।''

3

'हर वस्तु स्वदेशी' आन्दोलन के परिणामस्वरूप जो कम्पनी बनी, दयानाथ उसके डायरेक्टरों में रखे गए। कम्पनी बहुत शीघ्र जम गई। शहर के मान्य लोग उसमें भाग ले रहे थे। शीलराज का निमन्त्रण शहर के कलक्टर और अफ़सरों के साथ सभी श्रेष्ठ जनों के पास जो घूमा तो दया को भी मिला। फूल बाग में पार्टी का प्रबन्ध किया गया था। यहाँ राधा स्वयं द्वार पर खड़ी होकर अतिथियों का स्वागत कर रही थी। उसके सिर के बाल प्राचीन काल की मुनि-कन्याओं जैसे बँधे हुए थे। उसके सुवासित वस्त्रों के पहनने का ढंग भी पुराने युग का ही था। स्वयं शीलराज एक रेशमी चोगा, ऊपर से नीचे तक का, ओढ़े हुए था। उसको देखकर लगता था वह कोई अत्यन्त भव्य व्यक्ति

है। आनेवाले सज्जनों ने उसको देखा और लगा वे उसे देख चुके थे। उसके चार ओर नर्तकियाँ खड़ी थीं।

दयानाथ ने घुसते ही देखा तो जैसे उसके पाँव पकड़ गए। शीलराज उसको उस संकेत की-सी हालत में खड़ा देखकर उसके निकट आ गया। दयानाथ उसे घूर रहा था।

शीलराज ने मुस्कुराकर कहा, "कहिए। आपको क्या चिन्ता हुई, आसन ग्रहण करिए न।"

दयानाथ की आँखों की पुतलियाँ कुछ चंचल हो गईं। वह जैसे समझ नहीं रहा था। उसने अटककर कहा, "क्षमा कीजिए, मैंने आपको कहीं देखा है!"

"हो सकता है," शीलराज ने कहा, "यही तो मैं भी कहता हूँ। सम्भव है इस जन्म में नहीं तो पूर्वजन्म में हम अवश्य मिले हों।"

दयानाथ को जैसे विश्वास नहीं हुआ। उसने फिर कहा, "नहीं, कहीं इस दुनिया में..."

"जी हाँ, आपने मुझे मदरास में अडयार में देखा होगा। मैं थियोसोफिकल सोसायटी में बहुत दिन रहा हूँ। बल्कि समझिए जन्म से ही पिताजी ने मुझे उधर ही रखना चाहा। लेकिन...लेकिन मुझे वहाँ दिव्य के दर्शन नहीं हुए..."

"दिव्य के दर्शन ?" दया ने विस्मय से पूछा।

"वह जहाँ प्रकाश चेतन हो जाता है। मिट जाता है समय का अज्ञान, सारे आत्मा के बन्धन टूट जाते हैं, जहाँ वह transcendental stage आ जाती है, जहाँ..."

तभी राधा ने आवाज़ दी, "शीलप्रभु !"

"ओह, कौन ?" शीलराज ने चौंककर पूछा। राधा समीप आ गई।

"अरे आप तो विभोर हो गए थे। मैं कहती हूँ कितनी बार उफ़ ! कितनी बार !" फिर मुड़कर दयानाथ से कहा, "आप शीलप्रभु की बात का बुरा न मानें। साधना करते रहने से इनका मन एकदम उसी ओर लग गया है। मैं तो नहीं समझती ये क्या हैं ? एक ओर देश की चिन्ता ने व्याकुल कर दिया है, दूसरी ओर वह कोई आकाश से बुलाता रहता है। क्या जाने ? आप समझें ?"

दयानाथ ने सिर हिलाया। समझा वह ख़ाक नहीं। शीलराज आगे बढ़ गया था। दयानाथ ने कहा, "क्षमा कीजिए। मैंने इन्हें कहीं देखा है।"

"आपका शुभ नाम ?"

"बाबू दयानाथ !"

"जी मुझे दयानाथ ही कहते हैं। मैंने उनसे यही पूछा था।"

"उत्तर मिला।"

"जी नहीं। वे तो कुछ अज़ीब बातें करने लगे।"

"आप उन्हें अज़ीब कहते हैं न ! शीलप्रभु को समझना क्या सरल है ? आप क्या करते हैं ?"

"मैं।"

"जी हाँ।"

"वकील हूँ।"

"क्षमा कीजिए," आप शीलप्रभु को नहीं समझ सकते। और उसने कहा, "आप अभी तक नहीं बैठे ? बैठिए न !"

"इनका नाम उमानाथ है ?" दयानाथ पूछा।

"उमानाथ ?" राधा ने चौंककर पूछा, "किस जन्म में ?"

दयानाथ चुप हो गया। दिमाग़ में तरह-तरह की बातें आने लगीं। वह जाकर बैठ गया। शायद ? शायद यह उससे मिलती-जुलती सूरत का कोई आदमी हो। ऐसा हो जाता है कि एक आदमी की दो शक्लों से समानता हो। यह कोई ऐसा आश्चर्य का विषय नहीं है। वह अभी सोच ही रहा था कि एक साहब ने उसके सामने आकर कहा, "कुँवर साहब को आदाब बजा लाता हूँ।" सरकार ने पहचाना !

दयानाथ अपनी ही चिन्ता में बैठा था। उसने चौंककर देखा और कहा, "अक्खा ! तवक्कले साहब हैं ! तशरीफ़ रखिए। बैठिए न ?"

हुक्म सर-आँखों पर तवक्कले ने बैठते हुए कहा, "सरकार को ताज़्जुब हुआ होगा कि कृपानिधान यहाँ कैसे आ गए ? क्यों ?"

"नहीं, ज़रा भी नहीं।"

तवक्कले कुछ हतप्रभ हुआ। दयानाथ कहता गया, "ऐसा है कि जो-जो आज़ाद तबीयत के लोग हैं, वे क्या कभी बँधे रह सकते हैं ?"

"वाह ! वाह !" कृपानिधान ने आँखें नचाकर कहा, "भई सूझ हो तो ऐसी। कैसी बुलन्दी है।" फिर रुख पलटकर कहा, "भई यह थिएटर तो कुछ खास नहीं। पहले शायद आपको याद हो, हमारे जमाने में अलफ्रेड कम्पनी और पारसी थिएटर थे, तब नवाब परवेज, राजा विश्वनाथ, बन्दा ताबेदार मैं, आते थे। आपको यकीन नहीं होगा दयानाथ साहब, तब जो रईसी के ठाठ थे वे अब कहाँ ? आप खुद कांग्रेस में चले गए। ठीक ही है ज़माना बदलता है, उसके साथ बदल जाना ज़रूरी है। सरकार परदेसी है, उसे हटाना ही चाहिए। पर उन दिनों दुनिया बहुत खुशहाल थी, यही सन् 1920 से पहले की बात है। बुरा न मानना कुँवर तुम तो तब छोटे थे, अब मैं क्या कहूँ शर्म मालूम देती है।"

"क्या बात है, कहिए न ?" दयानाथ ने उत्सुकता से पूछा।

"अब तो कहना ही पड़ेगा। भई वैसे मैं तुम्हारे वालिद साहब का दोस्त हूँ; पर अब तुम भी बराबर के हुए, तुमसे क्या तकल्लुफ। हमारा तो वह अमल है कि सोलह बरस का बेटा दोस्त हो जाता है। संस्करत में ऐसा अश्लोक भी है। हमने दयानाथजी ! नंगी औरतों के नाच देखे। आप लोगों की क़िस्मत कहाँ ? आपने देखे हैं ?"

दयानाथ के मन में आया उस बूढ़े पर एक कसकर चाँटा जड़े, पर महफिल बिगड़ जाने का डर था। वह चुप पड़ गया। कृपानिधान तवक्कले समझ गए कि अब इस कांग्रेसी पर अपना रंग नहीं चढ़ेगा। वे कांग्रेसवालों को ढोंगी और नकली समझते थे।

यह सब बगुलाभगत हैं या तो दो-चार बिल्कुल ऊपर के भले हैं, या फिर वे गरीब जो पेट की खातिर लड़ते हैं, पर यह तो बीच में आ गए हैं सिर्फ़ नाम की खातिर। इनका तो यह रहता है कि किसी तरह प्रसिद्ध हो जाएँ और कुछ नहीं।

"नहीं देखे होंगे ?" कृपानिधान ने सिर हिलाकर कहा, "मगर तब जो नाटक होते थे, उनमें दो किस्में होती थीं। या तो वे धर्म के बारे में होते थे, या फिर इश्क के। इश्क भी कैसा कि हकीकी। वह सतियाँ इस मुल्क से गुज़र चुकी हैं। दयानाथ जो, मुझे क़सम से यकीन नहीं होता। लेकिन साहब खानदानी औरतों की बात और ही होती है..."

दयानाथ ऊब गया। खूसट इधर गया, उधर गया, घूम-फिरकर औरतों के जिक्र पर आ गया। जैसे इस विलासी और जर्जर व्यभिचारी के सामने और कोई विषय ही नहीं। दुनिया में इतनी बातें हैं, व्यापार, राजनीति, कुछ नहीं; मोटी औरत, दुबली औरत...दयानाथ को घृणा हुई; यह ज़मींदारों पर पलनेवाले टुकड़खोर, मुसाहिबी करते-करते समझते हैं कि रईस अगर खुश होते हैं तो इसी विषय से। उसने बात बदलने को पूछा, "आजकल आप करते क्या हैं ?"

यह कृपानिधान तवक्कले की नज़र में एक बदतमीजी का सवाल था, क्योंकि इसका वे कोई उत्तर सरलता से नहीं दे सकते थे। पर यह कभी नहीं हुआ कि उनका खर्चा रुका हो। लोगों ने कभी उन्हें उनके आदर्श कपड़ों से नीचे गिरते नहीं देखा था। वही ठाठ तब से अब तक बने हुए थे। तवक्कले कुछ परेशान से दिखे, तब ही उनकी मर्यादा की रक्षा हो गई। नर्तकियाँ किलकारती हुईं उधर से गुजरीं और वे भूल गए कि दयानाथ बैठा है। जब वे चली गईं, मुड़े और दयानाथ से कहा, "कुछ भी कहिए साहब। शीलराज हों या राधा। ये लोग देश-वेश तो सब बहाना है, पेट की खातिर यह ढोंग रचकर चले हैं। मुझे तो इनके चलन में कुछ..."

"आप तो बस," दयानाथ ने काटकर कहा, "सब पर यही तोहमत लगाते हैं।"

"तोहमत !" जैसे कृपानिधान चौक उठे, गोया किसी ने उन्हें उल्लू का पट्ठा कह दिया हो। बोले, "लाहौल बिलाकूवत ! दयानाथ साहेब ! यह आदत तो मुझमें कभी भी नहीं थी और जहाँ तक मुझे यकीन है, यह अभी तक नहीं है। आप इन्हें शरीफ़ समझते हैं ?"

दयानाथ को उत्तर देने में कठिनता हुई। उसने कहा, "मैं तो कुछ भी नहीं कहता। पर इधर डॉक्टर हीरालाल और मुंशी इकबाल शंकर थिएटर देखने आए थे। बड़ी तारीफ़ करते थे। आज मुझे पार्टी का निमन्त्रण मिला कि समाज सुधार के विषय में शीलराज कुछ नए विचार रखना चाहते हैं, तो मैंने सोचा चलो हो आऊँ। जिन लोगों की अच्छाइयों और बुराइयों से मुझे कोई जानकारी नहीं है उन्हें मैं तोहमत कैसे लगा सकता हूँ।"

"तोहमत ?" कृपानिधान ने टोककर कहा, "आप इतने बड़े क़ानूनदाँ होकर तोहमत लफ़्ज बार-बार इस्तेमाल करते हैं। तोहमत वह है, जो इरादतन, दूसरे की इज़्जत हत्तक के लिए, दूसरों के बीच में कही जाए, या फिर..."

दयानाथ हँसा। उसने कहा ? मेरा मतलब इसी से था।

"तो क्या," कृपानिधान ने फिर कहना शुरू किया...

बात कट गई। तालियों की गड़गड़ाहट के बीच राधा ने नगर के वयोवृद्ध रईस राजा इन्दरसिंह को माला पहनाई। ये ऊपर चढ़कर पंडाल पर बैठे थे। एक चबूतरा ज़रा-सा ऊँचा कर लिया गया था और लोगों ने देखा कि उनकी बग़ल में शीलराज खड़ा है। सब उसकी सौम्य भव्याकृति, सात्त्विकता को देख रहे थे। वह पवित्र निष्कलंक लगता था। बाल वही साधारण थे। बस कपड़ों की धज थी। और देखकर लगता था, जैसे वह किसी कल्पना-लोक का भी निरन्तर दर्शन करता है। दयानाथ अब कृपानिधान को भूल गया। उसकी आँखें उधर ही लग गईं। कृपानिधान ने इधर-उधर देखा, सब ध्यानस्थ थे। लाचार एक सिगरेट सुलगाकर वे भी उधर ही देखने लगे।

राधा राजा साहब को माला पहनाकर शीलराज की ओर बढ़ी। एक सुन्दर गजरा उसकी गर्दन में डाल दिया। ऐसा लगा जैसे किसी सायंकाल की लालिमा प्रभा को फाड़कर सुकोमल इन्द्रधनुष-सा निकल आया हो। राधा ने झुककर अत्यन्त भक्ति से प्रणाम किया और पीछे हट गई। सबने विस्मय से देखा शीलराज के दोनों हाथ उठ गए, जैसे उसने आकाश में किसी का आह्वान किया।

4

शीलराज के भाषण से प्रभावित हुए। उसने जब बोलना प्रारम्भ किया तब सब लोग अगाध-ज्ञान भंडार से चकित रह गए। प्राचीनकाल से अब तक का इतिहास ऐसे आ गया जैसे कोई चलचित्र हो। और फिर जो विद्वानों के मतों का उद्‍घाटन किया तो लगा कि सब इसके हाथ पर आँवले की तरह रखा है। अमीरी, गरीबी, दासता, संघर्ष, भूख, समाज, संस्कृति, स्त्री-पुरुष के अधिकार, मनुष्य और ईश्वर, विधवा की समस्या, अनाथ, अपाहिज, कोढ़ी, हिन्दू-मुस्लिम समस्या, मतान्तर खंडन-मंडन, वेश्या-चरित्र, सतीत्व, धर्म, कौन सा विषय था जिस पर उसने एक ही स्वर से, एक ही गाम्भीर्य से प्रकाश नहीं डाला ? जब उसने समाज के दुखों पर बोलना प्रारम्भ किया तब लगा यहाँ सब दुखी थे, सब हाहाकार कर रहे थे, उफ़ ! कितना दुख था, पर जब संस्कृति का विषय उठाया, तब अपनी प्राचीनता का गर्व हुआ, सब मिट गए, हम न मिटे, और फिर धर्म का विषय आया तब लगा हम धर्म के ही सहारे जी रहे हैं। संसार में सबसे बड़ा सिद्धान्त क्या है ! अहिंसा ! अहिंसा ही हमारी शक्ति है। मार्क्सवाद भी ठीक है। हमें यूरोप के सर्वश्रेष्ठ चिन्तन की आवश्यकता है, लेकिन हमारी जीवन शक्ति सदा से भौतिक नहीं, आध्यात्मिक रही है। वह साधना जहाँ क्षण और युग मिल जाते हैं, जब अनाहत नाद सुनाई देता है, जहाँ मनुष्य का विद्रोह मन की सीमा में केन्द्रीभूत होता है। वह रोटी के लिए बाहर नहीं लड़ता। हमारे संस्कार, शिक्षा, नीति, नैतिकता सब कहाँ चक्कर लगा रहे हैं ? वह भाग्य का जाल कोई न काट सका है, न काट सकेगा। लेकिन इसके लिए

प्रेम की आवश्यकता है। प्रेम का आधार स्त्री है। वह अवस्था जहाँ वासना पर आत्मबल छाता है। जहाँ मनुष्य स्त्री से घृणा नहीं करता। उसके संग में ही पवित्रता का अनुभव करता है। कृष्ण ने और क्या किया ? शराब जहाँ पानी हो जाती है। वह जो निरासक्त योग है, जहाँ आकाश का शून्य ही सबसे ठोस वस्तु बन जाता है।

उस समय लगा कि शीलराज अब आकाश में उड़ जाएगा। भाषण समाप्त हुआ। तालियों की गड़बड़ाहट से सब जगह काँप उठी। सबको लगा वे एक अज़ीब संसार में आ गए थे। जहाँ मनुष्य को कोई आत्मिक-चेतना पुकार रही थी।

परिणाम यह हुआ कि पार्टी जब समाप्त हुई सब वर्तमान आलाप और प्रताप के प्रतिनिधि-विशेष संवाददाता-शीलराज को खोजने लगे जो इस समय शायद चिन्तन में लीन हो गया था। राधा उनके प्रश्नों का उत्तर दे रही थी।

प्रताप प्रतिनिधि, "शीलप्रभु कहाँ जाएँगे ?"

राधा, "कौन जाने ? सारा देश है। जहाँ मनुष्य दुखी होगा वहीं ईश्वर उन्हें भेजेगा।"

"प्रतिनिधियों ने फौरन लिख लिया।"

आलाप प्रतिनिधि, "शीलप्रभु का जन्मस्थान कहाँ है ?"

"मैं नहीं जानती।"

"आपने उन्हें कहाँ देखा ?"

"जब स्कूल में पढ़ती थी तो आप माताजी के पास आते थे माँ बूढ़ी हुई। उन्होंने आपसे प्रभावित होकर मुझे आपकी सेवा में नियुक्त किया।"

वर्तमान प्रतिनिधि, "शीलप्रभु विवाहित हैं ?"

"नहीं।"

"नाटक कम्पनी उन्होंने क्यों खोली ?"

"अन्धों की आँखें खोलने के लिए।"

प्रश्नोत्तर चलते रहे। अतिथि प्रायः लौट गए। दयानाथ ने राधा से आकर कहा, "देवी ! मैं शीलप्रभु का दर्शन करना चाहता हूँ।"

"वे तो अब ध्यान में लीन हो गए हैं। मुझे दुख है अब आप उनसे नहीं मिल सकेंगे।"

"तो फिर कब मुलाकात होगी ?"

"शायद कल।"

कृपानिधान तवक्कले ने दूर से आवाज़ दी, "आइए दयानाथजी। अब तो काफ़ी देर हो गई।"

दयानाथ और राधा ने मुड़कर देखा। दयानाथ कृपानिधान का व्यंग्य समझ गया। उसे मन-ही-मन विक्षोभ हुआ। उसने कहा, "अच्छा आज्ञा हो।"

राधा ने मुस्कुराकर हाथ जोड़ दिए। दयानाथ कृपानिधान के पास आ गया। कृपानिधान कहने लगे, "मुझे तो ये लोग बड़े रँगे हुए आदमी लगते हैं।"

इस औरत की आँखों में एक अजीब सी चमक है। ऐसी औरतें बड़ी खतरनाक होती हैं...

आगे की बात को पहले ही से समझकर दयानाथ चेत गया। उसने प्रतिवाद किया, ''यदि आप बुरा न मानें तो कुछ अर्ज़ कर सकता हूँ।''

''कहिए ?''

''आपको औरतों के बारे में कुछ गलतफहमी है।''

''तो क्या आप इन लोगों को सच्चा समझते हैं ?''

''क्यों ? क्या हर्ज़ है ? ये लोग मामूली थिएटरवाले नहीं हैं। इनके पीछे एक सिद्धान्त है।''

कृपानिधान तवक्कले हँसे। कहा, ''अगर आप इतने ही नादान न होते तो क्यों पिता से लड़ते और खानदानी जायदाद को छोड़ देते ? सिद्धान्त ? किसमें नहीं है ? जो चोर जेब काटता है उसके पीछे क्या कोई सिद्धान्त नहीं होता ?''

दयानाथ चौंका। उसे कृपानिधान से गम्भीर बातचीत की कभी आशा नहीं थी। उसने कहा, ''वह आदमी का स्वार्थ है। यह देश के लिए त्याग है।''

''मैं कहूँगा तो आप नाराज हो जाएँगे।''

''नहीं, कहिए,'' दयानाथ ने ज़िद की।

''जो आदमी खुद अपने आपको धोखा देते रहते हैं, वे दूसरों के जाल में बहुत जल्दी फँस जाते हैं। जिस परिन्दे को उड़ना ठीक से नहीं आता, पर वह उड़ने लगता है। उसका जाल में फँस जाना कोई कठिन काम नहीं होता।''

दयानाथ को यह बात अच्छी नहीं लगी। इस कथन का अर्थ उसके ऊपर सीधा हमला था। उसने कहा, ''आप अपनी बात को साफ़ कर सकते हैं।''

''एक दफ़े नहीं, सौ दफ़े। पर आप खफ़ा न हों तो कहूँ।''

''फर्माइए।''

''अच्छा बताइए आप कभी भूखे रहे हैं ?''

''नहीं।''

''पिताजी के यहाँ आपको क्या तकलीफ़ थी ?''

''कुछ नहीं।''

''फिर आप कांग्रेस में क्यों आए ?''

''देश की ख़ातिर।''

''देश क्या है ? आप जेल जाते हैं तो सब आराम आपको वहाँ भी मिलते हैं। जो दो-एक पुलिस की लाठियाँ मिलती हैं, उससे आपका नाम होता है। आप जैसे सरकारी अफ़सर नहीं हुए, कांग्रेसी हो गए। फ़र्क क्या पड़ा ? देश को क्या मिला ?''

दयानाथ ने इस तर्क से कुछ पराभव का अनुभव किया। कृपानिधान रुके नहीं। कहते गए, ''पर यह बुरा नहीं है। वहाँ पिता का शासन था, यहाँ आप खुद मुख़्तार हैं। यह अच्छा ही है। नाम कमाना कोई बुरा काम नहीं है। लोग तो नाम की ख़ातिर

सब कुछ करते हैं।

दयानाथ कड़ा पड़ा। उसने कहा, ''आपकी विचारधारा अभी बहुत उलझी हुई है। यह जो हज़ारों आदमी लड़ते हैं, सब नाम के लिए ?''

''जी नहीं। वे लड़ते हैं, अपने पेट और मज़बूरियों के लिए। पर आपको ऐसी कोई दिक़्कत नहीं। आप उनका साथ देकर अपने पैरों में कुल्हाड़ी मार रहे हैं।''

''यह पिताजी भी कहते थे,'' दयानाथ ने व्यंग्य के स्वर में कहा।

''ठीक कहते थे, उम्रदार आदमी हैं। समझते हैं। अभी तो आपके मगर पच्चीसी के दिन हैं। पर यह भी ठीक है,'' कृपानिधान ने सिर हिलाया। दयानाथ कुढ़ गया। उसने आज तक पिता और कम्युनिस्ट दोनों को कड़े जवाब दिए थे। एक से कहा था आपमें सामन्तवादी पशु है, दूसरे से कहा था, तुम जलते हो, तुम्हारी हीनता ही तुम्हारी गला घोट रही है, पर वह व्यक्ति अजीब था। सबकी विवेचना करके उसे मूर्खता कहता था, साथ ही ढोंग भी कहता था, और फिर उस सबको आवश्यक भी कहता था। उसके लिए एक न्याय आधार ढूँढ़ता था। उसने तीव्र आघात करने की इच्छा से कहा, ''आप जिस समाज में पैदा हुए हैं। उसमें सेवा का कोई मूल्य नहीं है।''

कृपानिधान हँसा। उसने कहा, ''मेरे भाई ! तुम्हारा बचपन अभी तक नहीं गया ! मैं जिस जमाने में पैदा हुआ हूँ उसमें सबसे बड़ी झूठ सुनी गई है। मैं जिस समाज में हुआ हूँ वह झूठ और फ़रेब पर ही कायम है। मैं उस वक़्त का हूँ जब लोग यह भरोसा करते थे कि मलका विक्टोरिया ने हिन्दुस्तानियों के भले के लिए ही सारा बोझ उठा रखा है वरना अंग्रेज़ों को जो हिन्दुस्तान की सेवा करनी पड़ती है, उसका मूल्य उन्हें चुकाना सम्भव है...कृपानिधान की हँसी गूँज उठी।

5

दयानाथ जब घर पहुँचा राजेश्वरी जैसे बहुत देर से प्रतीक्षा कर रही थी। दयानाथ को देखकर वह खिल उठी। कहा, ''बड़ी देर लगी। ऐसे क्या हुआ था ?''

दयानाथ बैठ गया। उसने शीलराज और राधा की बहुत प्रशंसा की और कहा, ''मुझे लगता है उमा ही शीलराज है।''

उमा का नाम सुनकर जिज्ञासा की, ''आप कुछ बताते तो हैं नहीं। बस बीच-बीच में से कहते हैं।'' दयानाथ ने पूरा किस्सा सुनाया। सुनकर राजेश्वरी को भी विस्मय हुआ।

इसी समय मार्कंडेय ने प्रवेश किया। उसको देखकर राजेश्वरी ने माथा ढक लिया। वह जल्दी में था। उसने कहा, ''तुरन्त जा रहा हूँ। एक बात कहने आया था, जिससे शायद तुम्हें दुख हो पर होना नहीं चाहिए क्योंकि तुम्हारी नैतिकता मैं औरों से ऊँची देखना चाहता हूँ।''

''क्या हुआ ?'' दयानाथ ने ऊबकर पूछा।

"ददुआ आए हैं कानपुर। उन्होंने एक घर ले लिया है। तीन-चार दिन रहेंगे फिर चले जाएँगे। मुझे सत्यनारायण मिला था। उसने बताया है चाचाजी नहीं आए हैं। उनकी तबीयत ठीक नहीं थी।"

दयानाथ का चेहरा निष्प्रभ हो गया। उसने कहा, "हुँ, और !"

मार्कंडेय ने उसके चेहरे के बदलते भाव को पढ़ लिया। उसने कहा, "बस ? घिर गए ? तुम जानते हो मनुष्य में एक-दूसरे को अपमानित करने की भावना है। नहीं, उनका अभिमान है, जब तक तुम उसका अनुभव करते हो।"

दयानाथ ने चिढ़कर कहा, "तुम्हारा मतलब है, वह अनुभूति ही मुझमें नहीं रहनी चाहिए जो सत्-असत् का ज्ञान करवाती है।"

"इसमें," मार्कंडेय ने कहा, "सत्-असत् की क्या बात है ? जब तुम उन्हें छोड़ आए हो तो फिर उनसे तुम कोई आशा क्यों करते हो ? तुम्हारे भीतर अब तक वह अहम शेष है जो तुम्हें पशुता से ऊपर नहीं उठने देता।"

दयानाथ जैसे प्रतिवाद करने पर तुला बैठा था। उसने कहा, "तुम्हारा मतलब है हमारा सम्बन्ध उस जायदाद का ही सम्बन्ध है। रक्त का नहीं। वह मेरी पशुता है कि उनकी। भई, वहाँ न सही, यहाँ मेरे यहाँ आकर नहीं ठहर सकते थे ?"

ब्रह्मदत्त ने मुस्कुराकर कहा, "और तुम वहाँ जाओगे तो उनके यहाँ ठहर जाओगे ?"

"नहीं, मैं क्यों ठहरने लगा ?"

"तो वे क्यों ठहरें ?"

"तो यह तो वही अहंकार हुआ। मैं नहीं जाता क्योंकि इसमें वे अपनी मर्यादा का खंडन समझते हैं और मैं क्या गया नहीं था ?"

मार्कंडेय से कुछ भी छिपा हुआ नहीं था। उसने कहा, "लेकिन उस समय तुम चुनाव हार गए थे, अहिंसा की शक्ति से तुम्हारा विश्वास उठ गया था। मुझे पूरा विश्वास है कि यदि तुम ददुआ के पास अपनी शक्ति लेकर जाते तो उनका हृदय परिवर्तन हो जाता।"

दयानाथ को यह बात एक पोली ढोली की आवाज़ की तरह सुनाई दी। उसने प्रत्युत्तर दिया, "अगर ऐसा ही है तो तुम ही क्यों नहीं उनके हृदय को बदल देते।"

मार्कंडेय सहसा इसका उत्तर नहीं दे सका। उसने अचकचाकर कहा, "तुम इस समय उत्तेजित हो रहे हो। इसका अर्थ है। तुम गांधीजी के सिद्धान्तों पर भी अविश्वास कर रहे हो। तुम कहोगे अंग्रेजों से लड़ने के लिए अहिंसा एक व्यर्थ की चीज़ है !"

दयानाथ की इच्छा हुई कह दे--और क्या, पर साहस नहीं हुआ। फिर सोचकर कहा, "यह क्या बात है। गांधीजी ने स्वयं अपने भाई को छोड़ दिया। तुम क्या उसे हिंसा कहोगे। हिंसा वह है जो मनुष्य को मुक्त होने के मार्ग से रोकती है।"

मार्कंडेय ने कहा, "और वह नहीं है जो उसे बाधाओं के भय से स्वयं बाधा खड़ी करने को प्रेरित करती है।"

अभी तक राजेश्वरी चुपचाप सुन रही थी। अब आगे की बातें उसकी समझ में

आना बन्द हो गईं। पति से कुछ कहना उसके लिए उस समय अनुचित होता। मार्कंडेय उसे भाभी मानता था, लिहाजा उसी को देखकर बोली, "सब कुछ ज्ञान आज ही बघारना है। मतलब की बात तो कहीं की छूट गई।"

मार्कंडेय हँसकर बोला, "अच्छा, अच्छा जो तुम कहोगी, वही ठीक होगा।"

"तो वे लोग आ गए हैं ?" राजेश्वरी ने पूछा।

"आ तो गए।"

"तुम ददुआ से मिले ?"

"नहीं, मुझे तो उनके दर्शन नहीं हुए।"

"होते, तो तुम पूछ लेते ?" दयानाथ ने फिर टोका।

"क्या ?" मार्कंडेय ने आँखें फाड़कर पूछा।

"कि वे अलग क्यों ठहरे हैं ?"

"देखो भौजी..." मार्कंडेय ने राजेश्वरी की ओर देखकर कहा, "फिर छेड़ा इन्होंने..."

राजेश्वरी हँसी। कहा, "अब वे यहाँ नहीं ठहरते तो तुम इतने गुस्सा क्यों होते हो ? नहीं ठहरते। वे बड़े हैं। न सही। मैं तो जाऊँगी। "महालक्ष्मी से मिलने। बच्चों को ले जाऊँगी। देखें ददुआ मेरा घर में जाना रोक देंगे।"

"तुम क्यों जाओगी ?" दयानाथ ने भौं उठाकर पूछा, "वे तुम्हारा अपमान करेंगे।"

मार्कंडेय कह उठा, "यदि दुनिया में स्त्री होती ही नहीं तो सभी शायद यहाँ हिंसक होते।"

"तुम भूलते हो," दयानाथ ने काटकर कहा, "गांधीजी जो अहिंसा के सबसे बड़े पथ-प्रदर्शक हैं, वे पुरुष ही हैं। तुम्हें डरने की कोई आवश्यकता नहीं है।"

मार्कंडेय हतप्रभ हो गया। उसे दयानाथ की आवाज़ में एक शुष्कता का आभास मिला। राजेश्वरी ने कहा, "अपमान करेंगे ? क्या अपमान करेंगे ? घर से निकलवा देंगे ?"

यह स्वयं दयानाथ भी आशा नहीं करता था। पिता में इस साधारण सौजन्य की उपस्थिति उसे अस्वीकृत कर देना नहीं आया। पर उसने कहा, "बहू को ही क्यों नहीं बुला लेतीं ? तुम तो बड़ी हो ?"

"ददुआ तो सबसे बड़े हैं ?" राजेश्वरी ने भी तर्क किया। दयानाथ निरुत्तर हो गया। राजेश्वरी ने अबकी बार मार्कंडेय से कहा, "कहते हैं कि थिएटर के प्रबन्धक और मालिक शीलराज स्वयं उमाबाबू हैं।"

"उमाबाबू ?" मार्कंडेय को जैसे सहसा विश्वास नहीं हुआ। उसने एक बार राजेश्वरी को देखा, फिर दयानाथ को, फिर राजेश्वरी, फिर दयानाथ को। दयानाथ और राजेश्वरी दोनों एक-दूसरे को परेशान से देख रहे थे। मार्कंडेय चुपचाप दोनों के मुखों पर भाव पढ़ने की चेष्टा कर रहा था, पर जैसे एक दुरूह उलझन थी, जिसमें उसके हाथ गाँठ नहीं लगती थी, खोलता भी तो वह आख़िर किसे ?

फिर उसने धीरे से कहा, ''उमानाथ ? वह तो विलायत चले गए थे ? क्या नहीं गए ?''

पर यह एक निरर्थक प्रश्न था, जैसे बहुत से लोग अख़बार में कोई चुनाव की सनसनीखेज खबर पढ़कर साथ के पढ़नेवाले से पूछ बैठते हैं कि क्यों साहब, कौन जीतेगा ? जितना प्रश्नकर्त्ता जानता है, उतना ही वह, जिससे पूछा जाता है। मार्कंडेय ने स्वयं कहा, ''मुझे विश्वास नहीं होता।''

''कल मैं भी थिएटर चलूँगी। वहाँ अपनी आँखों से देखूँगी।''

''क्या देखोगी ?'' दया ने पूछा।

''यही कि, वे उमाबाबू ही हैं या और कोई। ददुआ उन्हें देखेंगे तो ? और कहीं महालक्ष्मी भी गई तो ! ऐसे क्या उमाबाबू सबकी आँखों में धूल झोंक देंगे !''

''तुम अभी उससे मिली नहीं,'' दयानाथ ने कहा, ''मैं मिला था मगर...मुझे उसने पहचाना ही नहीं। कौन जाने कोई दूसरा ही आदमी हो। तुम चलोगे मार्कंडेय !''

''मैं तो थिएटर सिनेमा देखता नहीं।''

उसके उत्तर को सुनकर राजेश्वरी मुस्कुराई। कहा, ''तुम जब तक घर में बहू नहीं लाओगे तब तक तुम्हारा दिमाग़ ठीक नहीं होगा। वह हँसा। तीनों हँस पड़े।''

रात को दयानाथ ने राजेश्वरी से कहा, ''उमा से ऐसी उम्मीद तो न थी। कहाँ कम्युनिस्ट बनता था, कहाँ अब एकदम योगी बन बैठा।''

राजेश्वरी इन सबको नहीं समझी। उसने कहा, ''मुझे तो महालक्ष्मी पर दया आती है। बेचारी पर अच्छी मुसीबत पड़ी है।''

''ददुआ की सख़्ती का नतीजा है।''

''क्यों ददुआ ने तुम पर सख़्ती नहीं की। पर तुमने क्या बाल-बच्चों को छोड़ दिया !''

बाल-बच्चों में ही राजेश्वरी ने अपने को गिन लिया। वरना वह अपना जिक्र और कैसे करती !

''उसका रास्ता कठिन था,'' दयानाथ ने सिर हिलाकर कहा।

''कैसा रास्ता !'' राजेश्वरी चिढ़ गई। अच्छा हुआ प्रभा बाबू अकेले ही थे, वरना बिचारी बहू होती तो उमर भर रोती।'' एक व्यर्थ की कल्पना थी। परिवार...निरन्तर बढ़ते हुए परिवार...उलझन...परेशानी और पारस्परिक सम्बन्धों की यातना सब स्त्री के लिए सुखकर हैं। वह कभी इस विषय से नहीं ऊबती। असीम सहनशीलता। पुरुष की भाँति अलग होने की अहम्मन्यता उसमें कभी नहीं होती। वह किसी से घृणा नहीं करती। सारा पुरुष समाज उसे लूटता है, पर वह सब पर अविश्वास करती हुई भी, जिन्हें अपने को अर्पित कर देती है, उन्हें कसकर पकड़े रहना चाहती है। जैसे कट्टमकट्टा का खेल बच्चे खेलते हैं, कि एक बिन्दी फिर एक क्रॉस फिर एक बिन्दी, खेल से कभी तबीयत नहीं ऊबती...निरन्तर...अथक...चलनेवाली एक परम्परा, दीर्घ परम्परा। वह जिसमें अगाध ममता है, पर संकुचित है; स्नेह है, पर उलझन भी है; प्रेम है, पर ईर्ष्या

भी है, सब कुछ भी है जो पुरुष में है, पर समाज में उसका स्थान कम होने के कारण वह सदैव दबे हुए विचार रखती है। दयानाथ उसके लिए पराक्रम का स्वरूप था। वह उसके लिए दुनिया का सबसे बुद्धिमान व्यक्ति था, क्योंकि वह उसकी मूर्खताओं से भी समझौता करने के लिए बाध्य थी।

दयानाथ चिन्ता में डूब गया था। चाचा की तबीयत खराब है। अब वे जर्जर हो गए हैं। कितने दिन चल सकेंगे ! स्वयं रामनाथ भी वृद्ध हैं। दयानाथ सोने चला गया। राजेश्वरी बच्चों को जगाकर दूध पिलाने का इन्तज़ाम करने लगी। उसने गिलास भरे। बच्चे किसी-किसी दिन तो बहुत जल्दी सो जाते हैं।

दूसरे दिन जब राजेश, ब्रजेश ने सुना कि थिएटर जाने का विचार है, वे दोनों खुशी से चिल्ला उठे, "हम भी चलेंगे, हम भी चलेंगे।"

छोटावाला तो अभी 'तलेंगे' तक ही पहुँचा था।

राजेश्वरी ने कहा, "हाँ हाँ चलना। ज़रूर चलना।"

दयानाथ ने छेड़ा, "दोनों नहीं, एक चलेगा।"

"पिता दी तौन !" छोटेवाले ने पूछा।

"तू घर पर रहेगा। बड़ा जाएगा।"

"देखो अम्मा..." उसने फ़ौरन आँखों में पानी भरे रुआँसी शक्ल लेकर शिकायत की।

दयानाथ और राजेश्वरी खिलखिलाकर हँस पड़े।

"कह तो दिया," राजेश्वरी ने कहा, "दोनों चलोगे। रोता क्यों है ?"

उसका क्या बिगड़ा। अब उसी आँसू-भरे चेहरे पर मुस्कान खेलने लगी। दयानाथ का मन अत्यन्त तृप्त था। राजेश्वरी ने कहा, "आप सदा बच्चों को छेड़ते हैं।"

"और नहीं किसे छेड़ूँ !" दयानाथ ने आँखें उठाकर पूछा।

राजेश्वरी मुँह टेढ़ा करके मुस्कुराकर कहा, "चलो रहने भी दो।"

6

जब सब चलने को तैयार हुए और सत्यनारायण मोटर ले आया, रामनाथ तिवारी बैठे ही थे। वे आज कुछ उदास थे। महालक्ष्मी ने अवधेश से कहा, "ददुआ तैयार नहीं हुए !"

अवधेश ददुआ के पास दौड़ गया। रामनाथ ने महालक्ष्मी को दरवाज़े के पीछे जानकर कहा, "बहू !"

"जी।"

"तुम चली जाओ। रामदीन और सत्यनारायण को लेती जाओ।"

"आप नहीं चलेंगे।"

रामनाथ ने हँसकर कहा, "अब मैं बूढ़ा हुआ। मुझे जाना क्या अच्छा लगेगा !

सत्यनारायण !''

सत्यनारायण 'हुज़ूर' कहकर घुस आया। रामनाथ ने कहा, ''देखो ! बहू और अवधेश जाएँगे। मोटर में पर्दे बाँध लो। ले जाकर जनाने दर्जे में बिठा देना।''

महालक्ष्मी की इच्छा हुई कहे कि वह भी नहीं जाएगी, पर साहस नहीं हुआ। जाने किस कारण ददुआ ऐसा कहते हैं ? सम्भव है पुराने दुखों की याद आ गई हो। रामनाथ को बहू को साथ ले जाने में संकोच था। उनका सारा खानदान किधर गया। अब वे इस बुढ़ापे में थिएटर देखकर अपने गौरव को कम नहीं करना चाहते थे। महालक्ष्मी अवधेश को लेकर मोटर में जा बैठी।

अँधेरा गहरा हो गया था। जब वह जनाने दर्ज़े को ऊँची क्लास में बैठा तो अवधेश चिल्ला उठा, ''वह देखो, वह देखो...''

बालक की पुकार से उसका ध्यान उधर हुआ। उसने देखा राजेश्वरी बैठी थी। उठी और हाथ जोड़े। राजेश्वरी ने कहा, ''आओ ! यहीं आ जाओ। अवधेश को लेकर वह वहीं निकट जा बैठी।''

बहुत दिनों बाद मुलाकात हुई थी। दोनों ही एक-दूसरे के सामने कुछ संकोच कर रही थी। महालक्ष्मी का संकोच अधिक था। वह अधिक उपेक्षणीय अवस्था में थी। इधर-उधर की बातें शीघ्र समाप्त हो गईं। दोनों ने कहा कि वे एक-दूसरे को भूली नहीं हैं। पर बात घूम-फिरकर औरतों में दो ही तीन विषयों पर होती हैं। किसके मुंडन, जन्म, मृत्यु कब हुए या फिर आज आपके यहाँ क्या बना ? मूँग की मँगौड़ियों में क्या डाल देने से क्या हो जाता है, और पापड़ में जो बात है वह क्यों फूले में नहीं आती।

अवधेश राजेश्वरी की गोदी में चढ़ गया था। राजेश, ब्रजेश दयानाथ के साथ मर्दाने में बैठे थे।

राजेश्वरी ने पूछा, ''उमा बाबू की कोई ख़बर आई ?''

महालक्ष्मी ने मुँह फेरकर कहा, ''कोई नहीं।''

उसकी परेशानी को राजेश्वरी समझकर चुप हो रही। उसने इस विषय को आगे बढ़ाना ठीक नहीं समझा। पर दिल में एक धुकधुकी होने लगी। अगर उसके पति का अनुमान सत्य है तो महालक्ष्मी पर क्या बीतेगी ?

''ददुआ नहीं आए !'' उसने टालने को पूछा।

''नहीं, घर ही रह गए।''

''अगर यहाँ न मिलतीं तो हमें मालूम भी न होता कि तुम कानपुर आई थीं।''

महालक्ष्मी चुप हो गई। वह क्या उत्तर देती ! राजेश्वरी ने कहा, ''आज मैं अवधेश को तो ले जाऊँगी। तब तो तुम कल आ सकती हो।''

महालक्ष्मी फिर भी कुछ नहीं बोली। वह अज़ीब परेशानी में पड़ गई थी। अवधेश अब ऊबने लगा था। महालक्ष्मी ने उसे कुरेदकर कहा, ''देखोगे नहीं ? तुम तो सो चले।''

पर अवधेश खाना खाकर ज़रा सो लेने का आदी था। हर बच्चा रात को अगर

अमृत बँटे तब भी जगना नहीं चाहता। वह तो इधर आँख बन्द की, उधर राजेश्वरी की गोद में सो गया।

कुछ देर बीतने पर नाटक प्रारम्भ हुआ। राधा ने आकर मंगलाचरण पढ़ा। शीलराज ने आकर सबसे शान्त रहने की प्रार्थना की। महालक्ष्मी और राजेश्वरी दोनों चौंक उठीं। कौन !! उमानाथ !!! दोनों चुप रहीं। महालक्ष्मी को जैसे चक्कर आ रहा था। राजेश्वरी ने उसे चैतन्य करके कहा, ''क्यों क्या हुआ ?''

''कुछ नहीं,'' वह स्तब्ध थी। क्या सोच रही थी ? क्या हो गया ? क्या यह सच है ? एकाएक वह उठ खड़ी हुई।

राजेश्वरी ने पूछा, ''क्या हुआ ?''

''घर जाऊँगी।''

''क्यों !''

''जी घबरा रहा है।''

राजेश्वरी ने उसका हाथ पकड़कर उसे बिठाकर कहा, ''उमा बाबू ही हैं !''

''हाँ, वो ही हैं।''

''यहाँ !''

महालक्ष्मी कुछ नहीं कह सकी। उसका दम घुट रहा था। जैसे उसका भीषण अपमान किया गया था।

मुझसे राजेश के पिता ने कहा था, पर उमाबाबू ने उन्हें पहचाना ही नहीं। हमने सोचा शायद कोई और हों। पर मैंने कहा, ''मैं देखूँगी ज़रूर। तभी आई हूँ।''

''नहीं, वे ही हैं,'' महालक्ष्मी का स्वर दृढ़ हो गया था, ''दुनिया में उन्हें सब भूल सकते हैं, पर मेरी आँखें उन्हें पहचानने में कभी गलती नहीं कर सकतीं।''

दोनों कुछ देर चुप रहीं। फिर महालक्ष्मी ने हठात् कहा, ''यदि मैं उनसे जाकर मिलूँ तो !''

''और किसी ने देख लिया,'' राजेश्वरी ने पूछा।

''तो भी क्या ? पर तुम किसी से कहोगी तो नहीं ! यदि वे मुझे वापस मिल गए...'' वह अधिक नहीं कह सकी...उसकी आँखों में आँसू भर आए थे। राजेश्वरी की आँखें भी नम हो गईं। बेचारी ने क्या सुख पाया ? उसने कहा, ''किनारे-किनारे जाना। कुछ गड़बड़ तो नहीं करोगी।''

''नहीं, कोई देख भी नहीं सकेगा।''

पति से मिलने जाने के लिए स्त्री क्या नहीं कर सकती ? महालक्ष्मी धीरे से उठी और घेरे के सहारे-सहारे अँधेरे में चलकर बाहर हो गई। राजेश्वरी का दिल भीतर ज़ोर-ज़ोर से धड़क रहा था। उसे डर लग रहा था। अगर किसी ने उसे पकड़ लिया या छेड़ा तो ? और यदि यह व्यक्ति उमानाथ नहीं हुआ तो ? पर तीर हाथ से जा चुका था। उसकी इच्छा हुई अवधेश को जगाकर दयानाथ के पास भेज दे और उसे अलग बुलाकर सब कह दे। पर वह सब विचार भी दूर हट गए। उसने कहा, ''होगा सो देखा

जाएगा। महालक्ष्मी जैसी पतिव्रता की भगवान रक्षा करेंगे, जैसे कृष्ण ने द्रोपदी की रक्षा की थी।'' उसने मन-ही-मन प्रार्थना की और नाटक देखने लगी। अन्धकार में रंगमंच जगमगा रहा था। चारों ओर अपरूप निस्तब्धता थी ! केवल कभी-कभी बच्चों के रोने की हल्की आवाज़ें आती थीं। जिनके पीछे ही फुसफुसाकर चुप रहनेवाली औरतों की हल्की बोलियाँ सुनाई दे जाती थीं। नाटक में इस समय एक नृत्य हो रहा था।

राजेश्वरी जितना ही ध्यान एकाग्र करने की चेष्टा करती, उतना ही उसका हृदय भीतर ही भीतर काँप उठता। भविष्य की आशंका में वह इस समय टँगी बैठी थी। लेकिन यदि वह उमानाथ ही है तो महालक्ष्मी के साथ उसने कितना भारी उपकार किया है ? बेचारी ! जाने मँझले बाबू को क्या हो गया ? क्या वे सचमुच साधू हो गए हैं ? पर अगर साधू हैं तो इस सबकी क्या ज़रूरत ? साधुओं ने यह देश-सेवा का काम ख़ूब उठाया है...राजेश्वरी ने देखा...अवधेश निश्चिन्त सो रहा था।

7

जिस कमरे में सब अपने कपड़े बदलकर पार्ट करने जाते थे, उसके पीछे की तरफ एक छोटी सी पर्दे से ढँकी हुई जगह थी। महालक्ष्मी इधर-उधर से छिपती उस स्थान पर पहुँचकर वहाँ से देखने लगी। उसने देखा शीलराज राधा से बातें कर रहा था। राधा ने कहा।

''क्यों ? आज का शो, सबसे अच्छा रहा।''

''नीरा देवी, मैं तुम्हें अभी जाने क्या-क्या दिखाऊँगा।''

''देखो तुम फिर नीरा कहते हो, मैं भी तुम्हारा असली नाम...''

''शऽऽऽ'', शीलराज ने कहा, ''आइन्दा यह ग़लती नहीं होगी।''

''अच्छा मैं बाहर जाती हूँ।''

''जाओ ज़रा मैं भी आराम करना चाहता हूँ। आध घंटे बाद मुझे मेरे टेंट में से बुलवा लेना।''

''क्यों ऐसी हुड़क लग रही है ?''

शीलराज हँसा। वह उसे मुस्कुराकर देखती हुई चली गई। शीलराज मुड़ा। वह अपने टेंट की ओर चलने लगा। हठात् अँधेरे में खड़ी हुई महालक्ष्मी को उसने देखा। शंका से पूछा, ''कौन है ?''

कोई उत्तर नहीं।

''मैं कहता हूँ कौन है ?'' उसने कुछ तेज़ आवाज़ में कहा।

''शऽऽऽ,'' महालक्ष्मी ने धीरे से कहा, ''धीमे बोलिए। कोई सुनेगा।''

शीलराज का हृदय भीतर ही भीतर काँप उठा। महालक्ष्मी को सामने देखकर जैसे उसका साहस डाँवाडोल हो गया। परन्तु वह शीघ्र ही सँभल गया। उसने पूछा, ''आप कौन हैं ? क्या चाहती हैं ?''

महालक्ष्मी एक तृष्णा से उसे घूर रही थी। वह मन-ही-मन क्रुद्ध हुई। छलिया। झूठा। और फिर मुझे ही आँखें दिखा रहा है ? उसने कहा, "यही है आपका विलायत ? यही है आपकी किसान-मज़दूरों की लड़ाई ?" उसके होंठों पर कठोर व्यंग्य था। वह मुस्कुरा रही थी।

शीलराज ने आँखें सिकोड़कर कहा, "आप शायद किसी गलतफहमी में हैं। आप..."

लेकिन महालक्ष्मी की आँखों में आँसू चमक रहा था। वह उसे अपलक निहार रही थी। हठात् उसने शीलराज के पैरों को पकड़ लिया और दरी पर बैठकर फूट-फूटकर रोने लगी। शीलराज ने कहा, "हें हें, यह आप क्या कर रही हैं ?"

किन्तु स्त्री के रोने में कोई कमी नहीं आई। जैसे आज युग-युग का बाँध टूट गया था। बार-बार सुबकते होंठों में जाने कब का सूनापन, कब का दाह, कब की अतृप्ति आज जार-जार पिघली जा रही थी। मानो छलिया ! यही है तेरे जीवन की आसक्ति का रूप ? यही है तेरे स्नेह और सत्य का आधार ? तू कहाँ जा रहा है ? क्या तुझे जला-जलाकर कुछ सुख मिल रहा है ? तू जानता है मैं अबला हूँ, तेरे सिवाय मेरा कोई नहीं। फिर इतनी निर्दयता क्यों ? लगता था जैसे उस रुदन का कहीं अन्त नहीं है। उमानाथ का मन भीतर ही भीतर शंका से भर उठा। यह वह क्या देख रहा था ! रामनाथ की कुलवधू आज थिएटर के इस भाग में जहाँ उतरी-फुतरी नाचनेवाली रहती हैं ! उसने उसका हाथ पकड़कर कहा, "उठो महालक्ष्मी ! मुझे तुमसे डरकर तुम्हारा अपमान करने की आवश्यकता नहीं। उठो, मेरे साथ आओ। मैं ही तुम्हारा उमानाथ हूँ।"

उसके हाथ के स्पर्श से जैसे महालक्ष्मी जाग उठी। वह खड़ी हो गई। उमानाथ उसके हाथ को पकड़े पर्दों की आड़ में उसे अपने टेंट की ओर खींच ले चला, एकान्त में। जहाँ उसे कोई भय नहीं था। वहाँ पहुँचकर उसने उसे बिठा दिया और उद्भ्रान्त स्वर में पूछा, "महालक्ष्मी ! तुम यहाँ ! कैसे आईं, कौन लाया तुम्हें।"

उसके स्वर में घबराहट थी। महालक्ष्मी इतने दिन बाद अपने पति का यह व्यवहार देखकर विक्षुब्ध हो गई। जब उमानाथ को सबने छोड़ दिया था, तब उसी ने उसे अपने सब गहने दे दिए थे। क्यों ? क्योंकि वह उसे अपना समझती थी, अपना सर्वस्व समझती थी और उसका बदला क्या मिला है उसे ? यह उपेक्षा ? उपेक्षा जिसे घृणा तक कहने में कोई हानि नहीं है। उसने कोई उत्तर नहीं दिया। रोते-रोते उसकी हिचकी बँध गई। उमानाथ सकते की-सी हालत में खड़ा रहा। उसने उसके निकट बैठकर कहा, "महालक्ष्मी। धीरज धरो। रोओ नहीं।"

एकदम जैसे महालक्ष्मी भभक उठी, "मुझे रोने का अधिकार नहीं है ?"

उसके आँसू भरे नयनों को देखकर उमानाथ का सारा ढोंग तरल होने लगा। किन्तु उसने कहा, "स्त्री की आँखों में आँसू देखकर मुझे सबसे अधिक घृणा होती है, क्योंकि यह उसकी कमज़ोरी की निशानी है। अगर मुझे तुम रोकर जीतना चाहती हो, तो मैं

यही समझूँगा कि राह पर किसी भिखारी ने मुझे अपने घाव दिखाकर मुझसे दो पैसे माँगे हैं।''

महालक्ष्मी ने आँसू पोंछ लिये। और कहा, ''आप मुझसे सब कुछ कह सकते हैं। आप मेरे देवता हैं। लेकिन सब कुछ होने पर भी मेरे भीतर भी मनुष्य का हृदय है।''

उसके इस प्रकार बातचीत करने पर उमानाथ सुस्थिर होकर मुस्कुराया। उठा और उसने बोतल निकाली और गिलास में उँडेलकर कहा, ''मुझे तुम्हारा यह रूप शक्ति देता है। तुम अच्छी लगती हो।'' फिर कहा, ''पियोगी ?''

महालक्ष्मी चकित-सी देखती रही। उसने पूछा, ''शीलप्रभु की साधना की वास्तविकता यह है ?''

उमानाथ हँसा। उसने कहा, ''सारी दुनिया मक्कारी पर चल रही है। पियोगी। डरो नहीं। ड्राई दिन है। इसमें एक सिफत है। मुँह से बदबू नहीं आती।''

महालक्ष्मी आँखें फाड़े देखती रही। उसने कोई उत्तर नहीं दिया उमानाथ ने पूरा पेग चढ़ाकर कहा, ''तुममें साहस नहीं है। तुम मुझसे सच्चा प्रेम नहीं करतीं। तुम अपने धर्म से ज़्यादा प्रेम करती हो। एक नियम, एक रूढ़ि को ज़्यादा चाहती हो। अर्थात् अगर मुझसे तुम्हारा ब्याह न होता तो तुम किसी भी पुरुष को इसी तरह अपना देवता बनाकर पूजा करतीं। फिर तुम्हें मेरी क्या ज़रूरत है ? तुम्हारे पास एक बालक है, सम्पत्ति है, गृहशालीनता है, तुम फिर मुझे क्यों चाहती हो ?''

महालक्ष्मी सुन रही थी। उमानाथ कहता जा रहा था, ''तुम यहाँ आई कैसे ?''

''ददुआ के साथ कानपुर आई थी। जनाने दर्जे में बैठी थी। भाभी वहीं थीं। उन्होंने कहा मुझे तुम्हारी परीक्षा लेनी चाहिए। क्या आप मेरे वही हैं या और कोई।''

''और अगर मैं वही न होता तो आज तुम पर-पुरुष से सम्भाषण करने के अपराध में लिप्त हो जातीं।''

महालक्ष्मी का हृदय कसमसाने लगा। वह कह उठी, ''आजकल मैंने आपसे कुछ नहीं कहा। पर आज कहकर ही रहूँगी। आप हर किसी के साथ रह सकते हैं ?''

उमानाथ ने आँखें उठाईं। कहा, ''नीरा की बात कहती हो ? वह तुम्हारी तरह धर्म को प्यार नहीं करती। मुझसे करती है। यदि मैं कहूँ। शराब की जगह मेरे साथ ज़हर पी ले तो पी जाएगी। तुम उसके विषय में कुछ कह नहीं सकतीं।''

''ज़हर !'' महालक्ष्मी ने फूत्कार किया, ''आप दोनों में इतना साहस नहीं है। यह सब विलास का आडम्बर है।''

''तुम कह सकती हो।''

महालक्ष्मी ने फिर कहा, ''यह आप किन मज़दूरों की सेवा कर रहे हैं !''

उमानाथ जैसे तैयार था। उसने कहा, ''वह दिन अभी बहुत दूर है। मुझे अपने विश्वासों से आस्था उठ गई। मैं मनुष्य से घृणा करता हूँ। मुझे उसके समाज और अस्तित्व से घृणा है। उस सबके बारे में अब मैं सोचना भी नहीं चाहता।''

''मुझे आपसे यही आशा थी।''

उमानाथ ने कोई उत्तर नहीं दिया। महालक्ष्मी ने फिर कहा, ''तो फिर मुझे क्या आशा है ?''

''जो तुम चाहो।''

''इस ढोंग को छोड़कर घर नहीं लौट सकते ?''

''बहुत आगे आ गया हूँ। अब इतना अँधेरा छा गया है कि जिसे तुम उजाला समझती हो, उससे मुझे डर लगने लगा है। मुझे अकेला छोड़ दो।''

''पर मैं क्या करूँगी ?''

''तुम्हें मेरी ज़रूरत किसलिए है ?''

उस छोटे से प्रश्न को सुनकर महालक्ष्मी ने सिर झुका लिया। फिर धीमी आवाज़ में कहा, ''जिसे मैंने जीवन-भर देवता समझा और जिसकी एकटक, एक मन से पूजा करती रही, वही मुझसे आज यह पूछेंगे यह मैंने स्वप्न में भी नहीं सोचा था। एक दिन आपने कहा था कि आपने किसी मेम से ब्याह कर लिया था, आप उससे प्रेम करने लगे थे। मैंने कुछ नहीं कहा था। मैं जानती हूँ अनेक विवाह करना पुरुष के लिए कोई नई बात नहीं है। स्त्री को सौत आटे की भी बुरी लगती है, पर मैंने कुछ नहीं कहा। लेकिन आज आँखों देख रही हूँ, मेरा स्वामी एक नाचनेवाली के साथ कल की मर्यादा भूलकर, शराब पीकर थिएटर में खेल रहा है, आप समझते हैं मेरा जिन्दा रहना अब सम्भव है।''

उमानाथ ने अविचलित स्वर से कहा, ''यही तुम्हारे साहस की अन्तिम सीमा हो सकती है कि मैं सुनूँ कि तुमने आत्महत्या कर ली है।''

आत्महत्या !! शब्द महालक्ष्मी के कानों में बज उठा। उसने सिर हिलाकर कहा, ''वह कायर ही करते हैं। मैं संसार में अकेली नहीं हूँ। मेरे पास मेरा पुत्र है। अभी वह एक सहारा है। मैं आत्महत्या नहीं कर सकती। मैं इसमें तुम्हारे पापों का प्रायश्चित नहीं समझती। मरने के बाद भी मुझे उसी लोक में जाना है। तुम जहाँ जाओगे। विवाह का बन्धन रखेल का बन्धन नहीं है। स्त्री के लिए यह कहीं नहीं कहा गया कि पति के छोड़ देने पर वह आत्महत्या कर ले। जहाँ भी जाओगे, मैं तुम्हारे साथ रहूँगी। तुम्हारे अनहोने कामों का प्रायश्चित मैं इसी जीवन में घुल-घुलकर करूँगी। जब तक मेरे हाथ में चूड़ियाँ हैं, माथे में सिन्दूर की रेखा है, सौभाग्य का टीका है, तब तक मैं तुम्हारे लिए हूँ। पर तुम मेरे लिए उसके बाद भी हो।''

उमानाथ ने एक पेग और पिया। वह अपने शक्ति को फिर से संचित करना चाहता था। पूछा, ''जिधर से आई हो उधर कोई नहीं था ?''

''कोई नहीं।''

''किसी ने देखा तो नहीं ?''

''नहीं।''

''पर तुममें इतना साहस क्यों हुआ।''

''मैं नहीं जानती। पर जानती हूँ। मैंने कोई पाप नहीं किया ?''

"क्या तुम फिर आओगी ?"

"यदि आप आज्ञा देंगे तो फिर कोई नहीं रोक सकेगा।"

"ददुआ भी नहीं ?"

"नहीं।"

"घर छोड़ दोगी ?"

"मेरा घर आप हैं।"

"पहले क्यों न सोचा था ?"

"तब आप किसी बड़े काम के लिए जा रहे थे। मैंने सब कुछ सहना स्वीकार कर लिया था।"

उमानाथ झिझका। कहा, "अब क्या करोगी ?"

"आप बताइए।"

"मैं नहीं जानता।"

"तो मैं आपके साथ रह सकती हूँ ?"

"यहाँ।" वह चौंका।

"क्यों ?"

"नहीं, यह स्थान तुम्हारे योग्य नहीं।"

"आपके योग्य है। मेरे योग्य नहीं ?"

उमानाथ उत्तर नहीं दे सका। महालक्ष्मी ने अपनी विजय को समीप समझा। कहा, "आप छोड़ दीजिए यह सब।"

उमानाथ ने सिर हिलाया और वह हँसा, "ममता ! स्नेह ! बन्धन ! नहीं-नहीं महालक्ष्मी, मैं अब घेरे में बन्द नहीं रह सकता। मैं अबाध रहना चाहता हूँ।"

और उस समय पुरुष की दुर्दमनीय अहंकार की भावना उसकी आँखों में भयावह होकर चमक उठी। महालक्ष्मी के नयनों की श्रद्धा से वह टकराई। और स्त्री के हृदय में प्रतिस्पर्धा की बिजली चमकी। वह नहीं छोड़ सकती, नहीं छोड़ सकती, और वह ऐसे हिल उठी, जैसे पत्थर के चारों ओर जलधारा फेनिल होकर बढ़ती है, काटती है, पर युगों में भिगोती है, ऊपर ही ऊपर, और पत्थर कुछ नहीं समझ पाता।

उमानाथ उठकर खड़ा हो गया। उसने कहा, "बहुत हुआ। अब मुझे तुमसे कुछ भी नहीं कहना। अच्छा है अब तुम चली जाओ। कोई देख लेगा।"

महालक्ष्मी उठ गई। और उसके पाँवों के पास बैठकर कहा, "चले जाओ। बड़ी आस थी। यदि तुम इतने निष्ठुर और हृदयहीन हो तो मेरे सुहाग को कुचलकर चले जाओ।"

उमानाथ का चरण उठा। एक पग, दो पग, तीसरा उठने ही वाला था। महालक्ष्मी ने फिर कहा, "जानते हो तुम क्या कर रहे हो।"

"क्या ?" उसने मुड़कर पूछा।

"तुम मेरे हृदय की सारी आशाओं को कुचल रहे हो।"

"मैंने कह दिया मुझे मेरे रास्ते पर छोड़ दो ?"

महालक्ष्मी चुप।

"तुम मुझे नहीं रोक सकतीं।"

वह फिर न बोली।

"जिस राह मैं जा रहा हूँ, उस पर चलने से मुझे धन, सम्मान, कुल की मर्यादा, कुटुम्ब का प्रेम कोई नहीं रोक सका।"

"तुम इतने निर्मम क्यों हो गए हो ? तुम सबसे इतना डरते क्यों हो ?"

"डरता नहीं हूँ। सब कुछ जैसे हृदय को खाए जा रहा है। मैं कहीं भी सन्तोष नहीं पाता। जिधर देखता हूँ। मनुष्य दुःखी है, यातना से ग्रसित है। मैंने जीवन में एक योग लिया था। आज मैं उस योग से भ्रष्ट हो गया हूँ। अब मुझे कोई नहीं रोक सकता ? जिन कमजोरियों ने मुझे गिराया था, मैं उन्हीं को शक्ति समझने लगा हूँ। मैं जानता हूँ यह तुम नहीं समझ सकोगी !"

"वह गलत है। मनुष्य वही है जो गिरकर उठता है।"

"लेकिन फिसलकर गिरनेवाला आदमी सदैव आगे गिरता है। तुम चाहती हो वह पीछे गिरे। यह असम्भव है। मैं जा रहा हूँ। मैं चाहता हूँ तुम मुझे भुला दो ? आज से मेरी याद भी भुला दो। तुम समझ लो तुम विधवा हो गई हो।"

महालक्ष्मी का मन टूक-टूक होने लगा।

"मेरा यह अधिकार भी छीन लेना चाहते हो, निष्ठुर ?"

उमानाथ उस स्वर को सुनकर थर्रा गया। उसमें एक अजीब शक्ति थी। और महालक्ष्मी उठी उसने अपने जूड़े में से दो फूल निकालकर उमानाथ के चरणों पर रख दिए और पाँव पकड़कर बैठ गई। उसने कहा, "एक दिन तुमने आग के फेरे लेकर शपथ की थी कि तुम मुझे जीवन-सागर से पार करोगे। उस बात की पवित्रता मैं कभी नहीं भूल सकूँगी। तुमने कहा था कि जैसे बैलों की जोड़ी साथ-साथ जुआ उठाती है, तुम मेरे साथ-साथ जीवन का जुआ उठाओगे। लेकिन तुमने मुझे छोड़ दिया। मुझसे मत कहो कि मैंने तुम पर कभी अहसान किया। आज ही आई हूँ; तुम्हारे पास कितना साहस करके, कि ददुआ सुनेंगे तो नाराज़ होंगे। लोग मेरे चरित्र पर उँगली उठा सकते हैं। पर मैं उसे सह लूँगी। लेकिन तुम अगर डरते हो कि मैं अपने पतिव्रत को दिखाने के लिए तुम्हारी असलियत खोल दूँगी तो तुम बेकार डरते हो। यह फूल मेरे सुहाग के चिह्न हैं। इन्हें उन्हीं चरणों पर धरती हूँ जो एक दिन मेरे थे। आज वे भटक गए हैं। मुझे इसका दुःख नहीं। मेरा भाग्य ही खोटा है। मुझे विश्वास था, तुम मुझे मिलोगे, और यही विश्वास आज भी मेरे मन में समाया हुआ है। पर विलायत की पढ़ाई ने तुम्हारे दिमाग़ को बिगाड़ दिया है। मुझे इसका दुःख है। मैं तुमसे भीख नहीं माँगती। यह मेरा अधिकार बोल रहा है।"

उसका स्वर काँप उठा। उसने कहा, "मैं कभी तुम्हारी याद को भुला नहीं सकूँगी, पर चाहती हूँ, एक दिन जो अन्याय तुम मेरे साथ कर रहे हो, भगवान् तुम्हें उसे समझने की सुबुद्धि दे। किसी भी अवस्था में, किसी भी हालत में, तुम मेरे पति हो। यदि तुम

धर्म-विरुद्ध हो, तो तुम्हारी याद ही काफ़ी है। मुझे कुछ नहीं चाहिए। मेरे हृदय में जो काँटा बहुत दिन से चुभ रहा था, आज उसकी नोक घिस गई है।''

''महालक्ष्मी ?'' उमानाथ ने कहा, ''तुम पागल हो गई हो। चली जाओ। बहुत देर हो गई है।''

महालक्ष्मी हँसी। कहा, ''क्यों ? पति के पास भी मेरे रहने में कोई बुराई है ?''

''लेकिन अब मैं तुम्हारा पति नहीं हूँ।''

''हाँ, अब तुम योगी जी हो,'' वह उन्मत्त-सी हँसी, ''अब तुम साधना में लग गए हो।''

''उठो !'' उमा ने उसकी बाँहों को पकड़कर उठा लिया। वह चुप चेष्टाहीन थी। उमानाथ के शरीर को महालक्ष्मी ने कस लिया। उसकी आँखों में इस समय एक उन्मत्त चंचलता थी। स्त्री का अन्तिम वार था। यदि यह भी खाली चला गया तो ! उमानाथ का हृदय इस ऊष्मा से झनझना उठा। मदिरा पी-पीकर उत्तेजना का दास हो चुका था। पर वह झुका नहीं। उसके भीतर एक डर समा गया था। जिस आह्लाद से वह बाज़ारू स्त्रियों को आलिंगन में भर लेता था उससे अपनी ही पत्नी को नहीं भर सका। महालक्ष्मी की देह मानो एक जलता हुआ अंगारा थी। उसने उसे हटा दिया। महालक्ष्मी जैसे जाग उठी। वह एकदम पाषाण की मूर्ति की तरह बैठ गई। शान्त, स्पन्दनहीन, जैसे प्राणहीन पुतलियों पर जीवन-अग्नि के समान वे तारिकाएँ बुझने लगी थीं।

''महालक्ष्मी !'' उमा ने धीरे से कहा।

बाहर से स्वर आया, ''शीलप्रभु ! शीलप्रभु !!''

नीरा की आवाज़ सुनकर उमानाथ काँप उठा। उसने उसे झकझोरकर कहा, ''महालक्ष्मी ! महालक्ष्मी !! जाओ !!!''

किन्तु वह नहीं हिली। आवाज़ फिर आई, ''शीलप्रभु ! शीलप्रभु !!''

''राधा ! आता हूँ।'' कहता हुआ महालक्ष्मी को अकेला छोड़कर उमानाथ बाहर निकल गया। महालक्ष्मी जैसे चैतन्य हो गई। उसे भी परिस्थिति का ज्ञान हुआ और डर गया। बाहर दूर होती हुई एक हँसी की आवाज सुनाई दी। महालक्ष्मी ने देखा। उसके फूलों को उमानाथ ने कुचल दिया था। उसने वे दोनों फूल उठाकर कुर्ती में रख लिये। झुककर उस स्थान पर माथा टिकाया। उस स्थान की धूल समेटकर कुछ माथे पर लगाई, कुछ गले में और वह रो पड़ी।

इस समय नाटक में कोई बाँसुरी बजा रहा था। फिर अन्य वाद्य बजने लगे महालक्ष्मी उठ खड़ी हुई।

जब वह छिपकर अपने स्थान पर पहुँची, राजेश्वरी ने पूछा, ''वही हैं न ?''

महालक्ष्मी ने शून्य दृष्टि से देखा। वह समझ गई। आगे कुछ भी पूछने का साहस नहीं हुआ। उसे आश्चर्य हुआ।

पूछा, ''किसी ने तुम्हें आते-जाते तो नहीं देखा!''

महालक्ष्मी जैसे जागी। कहा, ''शायद नहीं।''

तीसरा परिच्छेद

1

''तुम्हें उसे पहले ही अपने साथ ले लेना चाहिए था। अरे सब खाते हैं; बाबू श्याम नारायणजी वह भी खा लेता,'' लाला रामकिशोर ने झुककर कहा, ''लेबर लीडर ! लेबर लीडर !! ऊहुँ ! महज अपनी लापरवाही रही। वरना वह क्या कर सकता था ?''

''कौन !'' वासुदेव ने अपनी कुर्सी पर तनकर पूछा। उसके प्रश्नों से दोनों चौंके। ''आप लोग,'' वासुदेव ने कहा, ''ज़रा धीरे-धीरे बातें कर रहे थे, मैं समझा कोई खास बात हो रही है, पर इधर जब आपने लेबर लीडर कहा तो मैं चौंक उठा।

लाला रामकिशोर के ड्राइंग रूम में देशी और विदेशी दोनों तरह का इन्तज़ाम था। वे तख़्त पर गावतकिया लगाए बैठे थे, श्यामनारायण सामने बैठा था। उसके घुटनों पर एक तकिया रखा था और कुहनियों को उन पर टेककर हथेलियों पर गाल रखे था; वासुदेव एक गद्देदार कुर्सी पर अभी तक फैला हुआ उस गुदगुदी कुर्सी का सुख ले रहा था।

''इसलिए तो,'' लाला रामकिशोर ने कहा, ''आपको तकलीफ़ दी गई है। वरना आप जैसे मनमौजियों से भी कभी कोई काम लिया गया था !''

वासुदेव सिर्फ़ मुस्कुराया। श्यामनारायण मूर्खता-भरी दृष्टि से खीस निपोरे देख रहा था। रामकिशोर के चर्बीदार मुख पर एक चमक थी, जैसे उसने अंडी का तेल लगा लिया था।

नौकर ने आकर इत्तला दी कि कुछ लोग आए हैं।

''उन्हें भीतर ले आओ,'' लाला रामकिशोर ने उत्तर दिया। नौकर चला गया। आनेवालों में दयानाथ, मार्कंडेय, मुंशी इकबालशंकर, मौलाना हामिद अली और 'आलाप' के सम्पादक श्रीरामकृष्ण थे। आज डॉक्टर हीरालाल नहीं आ सके। इनके बैठने पर, बाद सलाम दुआ के लाला रामकिशोर ने कहना शुरू किया, ''तो मैं आपको बता दूँ कि किस्सा असल में यों है कि...''

''जो कुछ फर्माएँगे वह सब आप ही,'' मौलाना हामिद अली ने फ़ब्ती कसी। लोग मुस्कुराए। लाला रामकिशोर को बोलने में काफ़ी दिक्कत होती थी। पीढ़ियों से उनके पुरखे हकलानेवाली जात में थे।

''कहने दीजिए मौलाना,'' दयानाथ ने मुस्कुराकर कहा।

लाला रामकिशोर इस बीच में चौकन्ने हो गए थे। टैक्स और सुपर टैक्स देकर सरकार को दबाते थे। पर सरकार दाब में आती न थी; इसलिए देशभक्त थे। बीमारी हमेशा लगी रहती थी। लोग उनसे अप्रसन्न थे। उनके बारे में सबकी राय थी कि दुरंगी चाल चलनेवाले थे। उनका जेल न जाना और भी घातक सिद्ध हुआ था। उनके चेहरे पर एक असांस्कृतिक छाया थी। रामकृष्ण जब कविता सुनते थे तो वे चुपचाप सुनते

रहते थे और कभी-कभी कवि सम्मेलनों में 101 या 151 के पुरस्कार घोषित कर देते थे, जिन्हें, कविगण स्वीकार कर लेते थे। अपनी स्त्री से उनका सम्बन्ध बड़ा मौलिक था, क्योंकि उनकी पत्नी उनकी प्रेयसी कभी भी नहीं बन सकी।

लाला रामकिशोर ने 'खैर साहब' कहकर शुरू किया, "कम्पनी चल रही है। डिवीडेंट बाँटे जा चुके हैं लेकिन अब एक परेशानी शुरू हो गई है।"

सब चुप रहे। वे कहते रहे, "अब मज़दूरों को लोगों ने भड़काना शुरू कर दिया है। कहते हैं कि जिस कम्पनी में इतने मुनाफे होते हैं। उसमें भी मज़दूरों को इतनी कम तनख़्वाह क्यों दी जाती है ?"

"उफ़ !" मौलाना हामिदअली ने कहा। उनकी उफ़ उर्दू की थी और उसके अन्त में 'वाव' लगा रहता था, तभी वे पूरा उच्चारण करते थे।

"तो गोया," मुंशी इक़बाल शंकर ने कहा, "अब वे स्वदेशी व्यौपार भी नहीं बढ़ने देंगे ?"

रामकिशोर ने इस बात का कोई उत्तर नहीं दिया। वे अपनी ही बात कहते रहे, "वे लोग कहते हैं कि हम लोग बेईमान हैं। चूँकि हिन्दुस्तानी पूँजीवादी आगे नहीं बढ़ पाते, तभी वे पश्चिमी पूँजीवादियों से जलते हैं। अब आप ही इस बारे में राय दें। कल मैंने यहाँ के तीन लेबर लीडरों से बातचीत की। दो तो खाऊ थे। खा-पीकर तैयार हो गए कि सारा जोश मज़दूरों में से बर्गलाकर निकाल देंगे। वे तो अपने को इंडिपेंडेंट कहते हैं, पर एक आदमी नहीं मानता।"

"कौन ?" रामकृष्ण ने पूछा, "वह कौन है ?"

"वह हैं कम्युनिस्ट ब्रह्मदत्त, हरदत्त तगादगीर का बेटा। भूखा और बेईमान। आपकी कांग्रेस में भी डिक्टेटर था, और जेल भी गया था। और कहूँ ? उसने चुनाव में दयानाथजी को हरा दिया था, और अब कहीं से उसे मालूम पड़ गया है कि वे इसमें काम नहीं करते, केवल डाइरेक्टर हैं। तब ही से मेरा ख़याल है, वह एकदम भड़क गया है, और कोई समझौता करना नहीं चाहता। ब्रह्मदत्त का कानपुर में काफ़ी असर है और शहरों में जो ज़्यादातर शहर से दूर मिल कारख़ाने होते हैं। कमबख़्ती है कि कानपुर में यह आराम नहीं है। यहाँ तो चट मँगनी पट ब्याह की तरह ख़बर पहुँच जाती है। वे लोग अभी तो बातें कर रहे हैं। मज़दूर उसके पीछे इकट्ठे हो रहे हैं। और सुना गया है कि वे मीटिंग भी करते हैं। हमें पुलिस की मदद मिलनी चाहिए। इसके लिए हमें कोई कोशिश नहीं करनी है क्योंकि कम्युनिस्टों से अंग्रेज़ी हुकूमत सबसे ज़्यादा डरती है। तभी तो उन्हें ग़ैर क़ानूनी करार देकर उन पर अभी मुकदमे भी चलाए गए थे। एक कम्युनिस्ट को पकड़ लो कमबख़्त दूसरा पैदा हो जाता है।"

"मुट्ठी-भर तो आदमी हैं, कुल हिन्दुस्तान में," रामकृष्ण ने काटा।

"हाँ, रूस में उनका राज है," रामकिशोर ने उत्तर दिया।

"तो क्या हिन्दुस्तान में भी उन्हीं का राज है। अभी तो बहुत दिन लगेंगे।"

"जब उनका राज आएगा तब की तब देखी जाएगी। अभी से क्या चिन्ता ?"

रामकृष्ण ने उत्तर का प्रत्युत्तर दिया।

"चिन्ता ?" रामकिशोर ने कहा, "वह तो कहता है कि अब किस बात का समझौता ? उसने तो कहा है, "बोनस दो, मज़दूरों की तनख़ा बढ़ाओ, उन्हें मुनाफ़े में से हिस्सा दो..."

मुंशी इक़बाल शंकर ठठाकर हँसे। बोले, "और उनकी पूजा करो।"

वासुदेव अभी तक चुप था। उसने कहा, "हम लोग तो अहिंसावादी हैं। मज़दूरों की हड़ताल होगी। आप पुलिस से गोली चलवाएँगे यह तो विदेशी सरकार की सहायता लेना हुआ।"

उसके इस प्रश्न से सब चौंके और रामकृष्ण ने मार्कंडेय की ओर देखकर कहा, "यह तो ठीक है। स्वदेशी नाम रखकर हमें यही प्रयत्न करना चाहिए कि जहाँ तक हो हम विदेशियों को अपने साथ न लें।"

मार्कंडेय अब भी नहीं बोला। दयानाथ तो बैठा था, जैसे वह उस मीटिंग में था ही नहीं। इसी समय नौकर ने भीतर प्रवेश किया और किसी के आने की सूचना दी। रामकिशोर ने पूछा, "कौन है ?"

"ब्रह्मदत्त ? और आपके यहाँ ?" रामकृष्ण ने सबकी भावनाओं का प्रतिनिधित्व करते हुए कहा।

"हाँ, हाँ, भाई," रामकिशोर ने कहा, "वह अपने साथ ही तो कांग्रेस में है नहीं, बल्कि नेता हैं। और उसी की वजह से शिवरामजी भी आज नहीं आए हैं हालाँकि वे कांग्रेस कमेटी के प्रधान हैं।"

"चन्दे के पैसे खाकर, स्वयं पूँजीवादी बननेवाले आदमी आज कम्युनिस्ट के साथ हैं। ताज़्जुब ?" दयानाथ ने व्यंग्य से कहा।

"वह तो ठीक है," लाला रामकिशोर ने मुस्कुराकर कहा। और फिर नौकर से कहा, "बुला लो।"

नौकर चला गया। सब ख़ामोश रहे जैसे वे किसी बड़े अप्रिय व्यक्ति की प्रतीक्षा कर रहे थे। कमरे में ब्रह्मदत्त ने प्रवेश किया। वह एक कुर्ता, धोती और गांधी टोपी लगाए था। पाँव में चप्पल थी और उसके टखनों तक धूल छा रही थी। उसे देखकर यह नहीं लगता था कि वह कांग्रेस का कोई लीडर है। उसके चेहरे पर एक रूखापन था और एक सहज घृणा का भाव तीखा होकर झलक उठता था। उसको देखकर किसी ने भी उसका स्वागत मुस्कुराहट से नहीं किया। उनकी यह भावना देखकर जैसे ब्रह्मदत्त में भी एक प्रतिस्पर्धा का भाव जागा। उसने किसी से नमस्ते नहीं किया।

लाला रामकिशोर ने कहा, "आइए ब्रह्मदत्तजी। विराजिए।"

ब्रह्मदत्त चुपचाप बैठ गया। कमरे में एक खिंचाव-सा था। वासुदेव की आँखों में रहस्य की भावना जाग उठी। उसने आन्दोलन के समय गाँव-गाँव घूमकर प्रचार किया था। स्वयं जेल गया था। रामकिशोर के अतिरिक्त प्रायः सब ही जेल गए थे और यशस्वी बनकर लौटे थे। ब्रह्मदत्त से वे अपने त्याग की अहम्मन्यता में जैसे किसी भी प्रकार दबने

को तैयार न थे। मार्कंडेय अब तक देख रहा था। अब उसने मुस्कुराकर कहा, "अब तो आपके दर्शन भी दुर्लभ हो गए हैं ब्रह्मदत्तजी। ऐसा हमने क्या अपराध किया है ?"

ब्रह्मदत्त ने कहा, "अपराधी तो मैं था, जिस पर पुलिस की निगाह थी कि मैं कम्युनिस्ट हूँ। हमारे साथी उमानाथ तो चले गए, वे ठहरे एक राजा के बेटे। ऐसे विलायत से साम्यवाद फैलानेवालों की दाल अब हम पर नहीं गलेगी।"

मार्कंडेय : "क्यों क्या हुआ ?"

ब्रह्मदत्त : "हुआ क्या, वे विलायत नहीं गए।"

मार्कंडेय : "क्यों ?"

ब्रह्मदत्त : "क्योंकि यह भी उनके लिए एक खेल ही था। ये लोग अपने वर्ग की ऐयाशियों में पले हैं उन्हें छोड़ नहीं पाते।"

"और आप ?" वासुदेव ने व्यंग्य किया।

"हम ?" ब्रह्मदत्त ने उत्तर दिया, "जीवन के कठिन संघर्षों में पले हैं। जानते हैं कि हमारा स्वार्थ ही सब कुछ नहीं है। जन समाज का, मज़दूर का कल्याण ही हमारा कल्याण है, क्योंकि वही मनुष्यता की विजय है।"

वासुदेव मुस्कुराया। उसने कहा, "मनुष्यता की विजय का यह रास्ता कभी नहीं हो सकता ब्रह्मदत्तजी। उसके लिए आप महात्मा गांधी को छोड़ दें तो ठीक रहेगा। मार्क्स और लेनिन के पीछे चलनेवाले तो भौतिकवादी कल्याण कर सकते हैं। उन्हें भारतीय संस्कृति की प्राचीन गरिमा का कुछ भी महत्त्व नहीं मालूम। जो वर्ग भेद से हिंसा करते हैं, वर्ग भेद से मनुष्य की दयालुता पर विश्वास नहीं करते। अभाव ही का रोना जिनकी शक्ति है। आत्मा के बल को प्रकृति के विरुद्ध कहते हैं। अपनी पाशविकता को छोड़ने को उद्यत नहीं हैं। वे उसे भावना ही भावना कहते हैं। हमारी अहिंसा की इस अजीब लड़ाई को देखकर मखौल उड़ाते हैं। हत्या ही जिनकी शक्ति है। चरित्र के अभाव को वे कोई महत्त्व नहीं देते। अभाव क्यों है, क्योंकि मनुष्य में पाशविकता है, अन्यथा यह जनता भेड़-बकरियों की तरह क्यों चलती ? कल क्रान्तिकारी अपने मार्ग को सर्वश्रेष्ठ कहते थे। वे यह मानने को तैयार नहीं कि उनका रास्ता संयत आत्महत्या है, निराशा का मार्ग है, हत्या है। आप अहिंसा को व्यर्थ मानते हैं। आप ईसा और गांधी को उच्च वर्गों का समर्थक मानते हैं, उन्हें जो एक नए समाज को बनाना चाहते हैं। आप उस समाज को चाहते हैं। जिसमें भय ही जीवन का आधार है। आप कुत्ते को रोटी डालकर उसकी भूख मिटाकर उसे गुलाम बना लेना चाहते हैं। आप हमारे त्याग को झूठ कहते हैं। अहिंसा में मिटाओ नहीं है, मिटो है। समर्थ कौन है ? शासक, नहीं, सत्य का बल समर्थ है। आप जिस राह पर चलते हैं। उससे हृदय नहीं बदलते। कल यही शोषित शोषक बन जाएँगे। स्टालिन की तरह आप सबको कुचल सकते हैं। गांधी की तरह आप हृदय से बात नहीं कर सकते। आप गांधी को फ़रेबी कहते हैं। भगवान, धर्म, महन्त, महात्मा सब झूठ हैं। आपके लिए। आप अपने को बदले बिना दुनिया को बदलना चाहते हैं। आपकी अहम्मन्यता ही संघर्ष का मूल है। अहिंसा एक अर्धविकास नहीं, असाधारण

साधना है। अहम ही हिंसा की जड़ है। वह अहम आप रखकर उसका अभाव बताते हैं और अपने को समाजवादी कहते हैं। आपकी अहम और अहम्मन्यता में भेद नहीं लगता। साधना बहुत कठिन है। संस्कृति के ठेकेदार केवल धनी ही नहीं हैं ! गांधी के पास क्या है ? आप मनुष्य की बराबरी चाहते हैं किस आधार पर ? आपके लिए रुपया ही सब कुछ है। अभाव की प्रतिक्रिया ही कम्युनिज़्म है। मज़दूर मृत है। वह कम्युनिस्ट हो ही नहीं सकता। निम्न मध्य-वर्ग में ही कम्युनिस्ट नेतृत्व हैं। ईर्ष्या पर ही अपना मकान खड़ा करके आप त्याग से दूर हैं क्योंकि आपके पास त्याग की साधना के लिए कुछ नहीं। बुद्धिवाद ! कोरा बुद्धिवाद ! पूँजीवाद से भी भयानक ! विनाशात्मक प्रतिहिंसा। दया नहीं चाहते, सामर्थ्य का छल चाहते हैं। राष्ट्रीयता आपके लिए ढकोसला है। क्या रूस में सब सुखी हैं ? आप रूस के गुलाम हैं। आप कहते हैं कि जब तक विश्वक्रान्ति न हो तब तक अंग्रेज़ से न लड़ो। क्योंकि पूँजी का स्वार्थ है, मध्यवर्ग कांग्रेसी है। रूसी नीति ही हमारी नीति होनी चाहिए। आप रूस से पैसा पाकर उसका गुणगान करते हैं। सरकारी नौकर अंग्रेज़ों के पिट्ठू हैं आप रूस के पिट्ठू हैं। नैतिकता आपके लिए क्या है, विनय, ईमानदारी, नेकी, शील, विदेशी, बहिष्कार, संस्कृति, दया, त्याग, ममता, अहिंसा ये सब आप नहीं जानते। आप आदर की विजय नहीं चाहते।

वासुदेव हाँफ गया। पर ब्रह्मदत्त मुस्कुराता रहा। उसके मौन से सब चिढ़े। रामकृष्ण ने कहा, "आज आप अपनी किताब पढ़कर नहीं आए ?"

2

इस समय तक ब्रह्मदत्त चुप बैठा था। अब वह उत्तेजित हो उठा। उसने कहा, "तुम दयालु होने का ढोंग करते हो ? तुम्हारी व्यक्तिगत दानशीलता उनके प्रति है जो समाज के बोझ हैं। मज़दूरों की मज़दूरी नहीं बढ़ा सकते, हाँ, उनसे तुम धर्मादा काटकर मन्दिर बनवा सकते हो। अपाहिजों, भिखारियों को खिला सकते हो, भीख दे सकते हो, वह हँसा और कहता रहा ? मैं सोचता था वासुदेवजी ने यह सब एकदम मुझ पर उबलकर जो हिंसा दिखाई है मैं उसका जवाब दे सकता हूँ। यदि मार्कंडेय जी कहते तो शायद इसे भी एक अहिंसक रूप में पेश करते। मैं नहीं समझता क्या हिंसा है क्या अहिंसा ? मैं एक बात कहता हूँ तो वह हिंसा है। वे मुझे अनैतिक और मूर्ख कह सकते हैं, वह अहिंसा है। पर इस सबसे क्या ? सवाल बहुत से पूछ डाले गए हैं। और मुझे उनके पीछे डर ही दिखाई देता है। क्योंकि बहुत बार मैं यह सब सुन चुका हूँ। इसलिए उसका आदी हो गया हूँ। मैं जानता हूँ। आप मुझसे घृणा करते हैं। ठीक ही है। पर जिस ब्रिटिश साम्राज्य और पुलिस से आप हिंसा बचाते हैं, वही प्रयोग कम-से-कम व्यवहार में आपका मेरे साथ नहीं है। उनसे भी आप घृणा करते हैं, मुझसे भी। आपके लिए हम दोनों एक हैं क्योंकि हिंसक हैं। पर मैं यह अनुचित समझता हूँ। पुलिस किसी के निहित स्वार्थों की रक्षा करती है, मैं उनकी तरफ़ से बोलता हूँ जो शोषित हैं। रहा आपकी यह करुणा

कि आप स्वयं अंग्रेज़ों को भी दुखी समझते हैं। क्योंकि वे पाप करने को मज़बूर हैं, उनके स्वार्थ ऐसे हैं कि उन्हें शोषण करना पड़ता है, हर व्यक्ति जो अंग्रेज़ है। वह बुरा नहीं है, तो मैं भी यहीं मानता हूँ। आप जहाँ सिर्फ़ अंग्रेज़ को देखते हैं, वहाँ मैं अंग्रेज़ों के साथ ही साथ देशी पूँजीपति ज़मींदार आदि को भी देखता हूँ। यह भी व्यक्ति के रूप में अच्छे हैं, पर वर्ग-स्वार्थ के पाप में इन्हें लिप्त होने को विवश होना पड़ता है। तभी मैं वर्ग के अनुसार व्यक्ति को देखता हूँ। मुँह से राम-राम करके बगल में छुरी गोदते रहनेवाले के प्रति आप सन्देह न करें, मुझे कोई सहानुभूति नहीं। मुझे भौतिकवादी कल्याण ही सबसे बड़ा दिखाई देता है। मज़दूर तनख़ा बढ़वाना चाहते हैं। आप अगर अध्यात्मवादी हैं तो भजन करिए और उन्हें उनका दे दीजिए पर यह आपको कभी मंजूर नहीं। यदि यह भारतीय संस्कृति के विरुद्ध है तो मैं क्या करूँ ? भूखे भजन न होय गुपाला, पुरानी कहावत है। मुझे उस दयालुता में श्रद्धा नहीं जिसकी सामर्थ्य शोषक पर टिकी है। आप कहते हैं मैं वर्ग भेद से हिंसा चाहता हूँ। यह गलत है। वर्ग भेद को कायम रखने की कोशिश ही हिंसा है, जो आदमी-आदमी में फ़र्क डालती है। अभाव के लिए रोना नहीं, माँग करना हमारी शक्ति है, उसके लिए जागरूक रहना हमारी सामर्थ्य है। आत्मा का बल वह है जब मनुष्य-मनुष्य को बराबर समझे। पाशविकता वह है जो किसी को मिलता है उसे न दिया जाए।

और बातों में टकराने की चेष्टा की जाए। भावना का आधार व्यवहार है, अन्यथा मुझे उस पर विश्वास नहीं। हत्या साम्राज्य और पूँजीवाद की शक्ति है जनता की नहीं। मैं इस अहिंसा की लड़ाई पर हँसूँगा ही जो ग़रीब से कहती है कि तू चुप रह, कुछ न माँग, इससे पूँजीवालों के हृदय को दुख होता है। आप भी अंग्रेज़ों से कुछ न माँगिए। अंग्रेज़ों को कितना दुख होता है ? उफ ! और आपकी हर माँग अंग्रेज़ों के सामने भौतिकवादी है, क्योंकि जहाँ तक आध्यात्मिक माँगें थीं। वह तो मलका विक्टोरिया ने ही धार्मिक स्वतन्त्रता देकर प्रदान कर दी। उस आध्यात्मिक स्वतन्त्रता का परिणाम हिन्दू मुस्लिम दंगे हैं, जिनको आप जैसे भारतीय संस्कृति के पहरुवे अभी तक रोक नहीं सके। चरित्र का अभाव किसमें है ? उस अशिक्षित मज़दूर में जो ग़रीब है, या उस सेठ में जो टैक्स की बचत करता है, मज़दूर के पैसे धर्मादा में काटता है। चरित्र क्या है ? अंग्रेज़ों के आने के पहले भी आपकी भारतीय संस्कृति ने वेश्यावृत्ति को जीवित रखकर कितनी गरिमा दिखाई है ? जनता भेड़-बकरियों की भाँति तब तक चलती है, जब तक वह अशिक्षित है। उसकी पाशविकता का मूल केन्द्र उसकी अशिक्षा और भूख है। मनुष्य की पाशविकता का सर्वोत्तम रूप सत्ता और सम्पत्तिवालों के शोषण के साधन फौज, पुलिस और जेल हैं। बाकी की कोई पाशविकता नहीं जो समाज में अड़ंगा बना सकती है। घर तो माया है, संसार माया है तो फिर यह सम्पत्तिवाले इस माया को छोड़ते क्यों नहीं ? जिसे आप परमार्थ का सत्य कहकर सीने से चिपटाए हुए हैं, हम उसके असाम्य को मिटाना चाहते हैं। आप मनुष्य को मनुष्यत्व के अधिकार तक नहीं दे सकते, यह आपके समाज की सभ्यता है। जहाँ कुछ लोग लाखों-करोड़ों को अपनी दया पर आश्रित

समझते हैं जो जनता को अपने लाभ का साधन समझते हैं वे ही उसे भेड़-बकरी कहते हैं। और आतंकवादी, क्रान्तिकारियों के प्रति जो सम्मान-सूचक शब्द आपने अभी कहे हैं वे वीर भगतसिंह के योग्य ही हैं। निराशा का मार्ग है वह सच है, पर हत्या नहीं है। अपने सत्य का व्यक्तिगत रूप है। उसी का समाजीकरण राष्ट्र है—पूँजीवादी राष्ट्र। आज के जीवन का आधार भय है—पुलिस है—फ़ौज है। कल जब सम्पत्ति का समाजीकरण होगा तो मनुष्य लक्ष्मी-पूजन न करके मनुष्य-पूजन करेगा, हर मनुष्य एक दूसरे के मनुष्यत्व की पूजा करेगा। मैं अहिंसा को सर्वश्रेष्ठ मानता हूँ। पर कब ? ईसा और गांधी की बात आपने अभी-अभी कही थी। ईसा ने ग़रीबों से कहा, "तुम दुखी हो, समान हो, वही गांधी ने कहा। पर उसका फल किसने उठाया ? अमीरों और धनिकों ने। ईसा के बाद गुलामों का राज्य नहीं हुआ। शासकवृन्द जब अपनी पुरानी रूढ़ियों को कायम नहीं रख सका, तब उसने नए अच्छे शब्दों की खाल ओढ़ ली, जैसे आज भी बहुत से पूँजीपति, ज़मींदार कांग्रेस में जाते हैं, या फिर कम्युनिस्ट बनने का ढोंग करते हैं। गांधी क्या कहते हैं ? आप क्या करते हैं ? आप अहिंसा के प्रचारक हैं। आपने कितने अमीरों, ज़मींदारों और सेठों से ज़ोर देकर कहा कि अपना हृदय बदल डालिए। तुरन्त ट्रस्टी बन जाइए। कोई नहीं फिर आधी अहिंसा बच रही। ग़रीब को ही उनके लिए क्यों चुनते हैं ? क्योंकि ये एक वेश्या के समान हैं जिसका धन उसकी शक्ति है और ग़रीब मज़दूर और किसान घर की बहू हैं, जिसे आप चाहे जिस प्रकार फुसला सकते हैं ? यह गांधी के जीवन का विरोध है। क्यों नहीं वे इसे सुलझा देते ? आप हवा में, बातों में एक नया समाज बनाना चाहते हैं ?

"तब लोग अहिंसा पर क्यों चलते हैं ?" मार्कंडेय ने पूछा, "क्यों अहिंसा से प्रभावित हैं ?"

"चलते कितने हैं ? पर प्रभावित हैं क्योंकि गांधी का सन्देश गाँव-गाँव में घूमा है कि मनुष्य की आत्मा अपराजित है। शोषक के हथियारों से न डरो। यही मार्क्स ने कहा था, लेनिन ने कहा था, यदि हो सके तो जैसे ही, अन्यथा शस्त्रों से शोषक को हटा दो। आप कहते हैं शोषक तो वह है ही, अतः उसे हटाओ नहीं। हम उससे सहयोग नहीं देंगे। वह अपने आप मज़दूर होगा। भागेगा। वह आपको मारता है, कायर है, उसके पास तर्क नहीं। पर आप क्रान्ति नहीं चाहते। आप मिटना चाहते हैं, मिटाना नहीं चाहते। क्योंकि आप समाज के गुणात्मक परिवर्तन को नहीं मानते। हर नए निर्माण के लिए एक ध्वंस की आवश्यकता है, यह नहीं मानते। इस प्रकार आपके तर्क और व्यवहार में अन्तर आ जाता है। चोर को चोरी करते देखकर आप उसे पकड़ना नहीं चाहते। आप तो उसकी राह में लेट जाएँगे और कहेंगे, "तू चला जा, मुझ पर से चला जा और वह चला जाता है।" ब्रह्मदत्त मुस्कुराया। उसने कहा, "और कुत्ता आप उसे कहते हैं जो ग़रीब अशिक्षित हैं। याद रखिए गांधी उसी के बल पर चलते हैं। पर रुपया वे अमीरों से लेते हैं। क्षमा कीजिए पत्नी के लिए वेश्या से रुपए लेकर गहने बनवाना बुद्धिमत्ता नहीं है। आप तो उस कुत्ते को रोटी भी नहीं डालना चाहते, हाँ चाहते हैं कि

वह भूखा कुत्ता आपकी सम्पत्ति की रक्षा किया करे ? अहिंसा का सिद्धान्त ग़रीब से कहता है मिट्टी, मिटाओ नहीं। परोक्ष रूप क्या है । अमीरों के लिए है मिटाओ, मिटो नहीं। जिस समाज में अमीर-ग़रीब नहीं होंगे, वहाँ अहिंसा ही चलेगी। सम्पत्ति ही मनुष्य के पशुत्व का जन्म है। यह इतिहास बताता है। मार्क्स ने यही कहा है। आपका त्याग आपकी अमीरी के अन्यायों से ऊब जाना है, जैसे अजीर्ण में खाना नहीं भाता।''

''आपके अख़बार उन्हें नहीं सराहते जो गाँवों से जेल जाते हैं और मरते हैं, कटते हैं, जेल में पिटते हैं। आपके सामने पैसा ही सबसे बड़ी चीज़ है। यदि सत्य का बल ही समर्थ है तो सत्य शोषितों की ओर है। आप जैसे शोषित कल शोषक बनेंगे। यह मुझे विश्वास है, पर जिस समाज में मज़दूर और किसान शोषक हैं, वह शोषक मनुष्य पर नहीं, प्रकृति पर विजय है, क्योंकि जब व्यक्तिगत सम्पत्ति नहीं है तो शोषण नहीं है।'' ब्रह्मदत्त ने झुककर कहा, ''व्यक्तिगत असम्पत्ति का मतलब नंगा रहना नहीं है, न भूखा रहना। हर किसी को भोजन, नौकरी, शिक्षा की सुविधा हो; पर किसी का मिल, कारखाने, ज़मीन और खानों पर व्यक्तिगत अधिकार न हो। मुनाफ़े के लिए पैदावार न हो, जनता की ज़रूरत के लिए जनता की सरकार चीज़ें पैदा करें। कैसा भाईचारा ! कैसा उज्ज्वल भविष्य है वह ? गांधी को जब जवाब देना पड़ता है। तब वे ईश्वर से सलाह करते हैं, लेकिन स्टालिन अगर ईश्वर की ओर देखे तो रूस के जागृत मज़दूर किसान उसे कल कान पकड़कर निकाल सकते हैं। स्टालिन का व्यक्तित्व महान् है, श्रद्धा के बल पर नहीं, बुद्धि के बल पर; पर रूस की जनता के सामने देखा जाए तो वह कुछ नहीं। जनता महान् है। भगवान धर्म महन्त, महात्मा पर मैं कुछ नहीं कहूँगा। वे एक फटे कपड़े के समान हैं, जिसमें बार-बार सन्तों ने इतने पैबन्द लगाए हैं, पर आदमी कभी उस कपड़े को ओढ़कर ठंड से नहीं बच सका है। मैं यदि योगी और महात्मा बन जाऊँ तो समाज नहीं बदलता। पर जब समाज का शोषक बदलता है, तो व्यवस्था का परिवर्तन मनुष्य को बदल देता है। मैं बारह बरस तक जूते गाँठना अच्छा समझता हूँ; पानी पर चलने का अभ्यास नहीं करना चाहता। मेरी अहम्मन्यता है कि मैं मनुष्य हूँ। हर क्षण हर कोई संघर्ष कर रहा है। संघर्ष ही जीवन का चिह्न है। जिस दिन आपका हाथ रोटी लेकर मुँह तक नहीं पहुँचता, हवा को नहीं हिलाता, तब तक आपकी चेतना ठीक नहीं रहती। अहम् हिंसा की जड़ है अवश्य। पर किसका अहम् ? मज़दूर का कि वह मनुष्य है, या पूँजीपति का कि वह दाता है ? मैं दूसरे अहम् को नहीं चाहता, पहले का अभाव आज देख रहा हूँ। अहम् और अहम्मन्यता न कहकर आप यदि स्वाभिमान और जड़ता कहते तो ठीक रहता। साधना कठिन है और रहेगी। संस्कृति के ठेकेदार आज केवल धनी हैं क्योंकि धन ही धर्म की शक्ति है, जिनके पास धन नहीं है उन ग़रीबों में वह अन्धविश्वास हैं। वह उनके आगे बढ़ने को रोकने वाली चीज़ है। गांधी के पास धनी है। जनता की सुख की इच्छा है। मैं मनुष्य की बराबरी, जाति, कुल, धर्म, धन, सब में चाहता हूँ। हमारे लिए रुपया नहीं मनुष्य है। हम तो आपसे कहते हैं कि पूँजी के दास मत बनिए। उफ ! आप कितने लालची हैं। आप धन बटोरकर रखते हैं। ग़रीबों को नहीं देते। उन्हें नहीं देते जिन्हें ज़रूरत है।

अभाव की प्रतिक्रिया का ज्ञान कम्युनिस्ट की पहली मंज़िल है। मज़दूर जीवित है। वह जाग रहा है। वही असल में कम्युनिस्ट होता है। हम जैसे निम्नमध्यवर्गीय समझौते कर सकते हैं, पर वह नहीं कर सकता, क्योंकि वह सब कुछ हारा हुआ है, सर्वहारा है। हाँ, हमारा कल्याण उसके साथ रहने में है, क्योंकि उसके बल पर दुनिया चलती है। मनुष्य के ज्ञान ने मशीन बनाई है। वह उसे चलाकर उस ज्ञान को अमल में लाता है। ईर्ष्या उन्हें है जो कुछ और चाहते हैं। भूखा पेट भरना चाहे तो क्या वह भी ईर्ष्या है ? उसके बच्चे पढ़ नहीं सकते यह ईर्ष्या है ? उससे सब ऐ–तू कहकर उसका अपमान करते हैं, यह ईर्ष्या है ? हम जालिम की दया नहीं चाहते, हम सामर्थ्य की वास्तविकता चाहते हैं। और आप रूस की कहते हैं ? सुख क्या है ? पहला सुख निरोगी काया, दूसरा सुख घर में माया, तीसरा सुख कहन में नारी, चौथा सुख पुत्र अधिकारी। यही आप कहते-सुनते रहे हैं। रूस में इसके अतिरिक्त सब सुख हैं। यह चार हर व्यक्ति से बदलते हैं। पर वह सुख वहाँ है जिसकी आप कल्पना करते हैं। पर आपके विचार पुराने हैं, अगतिशील हैं। आप स्वप्न देखते हैं और चोर को चोरी करने का वक़्त देते जा रहे हैं। राष्ट्र का अर्थ मज़दूर किसान है, ग़रीब है, तभी गांधी ने भी आन्दोलन चलाया है। वे राजाओं के दुख से व्याकुल नहीं हुए हैं। विश्वक्रान्तिवाले ट्राटस्की के सिद्धान्त कितने लचर हैं, यह मैं आपको बता दूँ। मैं अंग्रेज़ से लड़ूँगा। अगर आप लड़ेंगे तो आपके साथ-साथ डटकर उससे लड़ूँगा पर, आपको शासक नहीं बनने दूँगा।

“तो फिर हम क्यों लड़ेंगे ?” रामकिशोर ने चौंककर पूछा।

ब्रह्मदत्त हँसा, “क्यों राष्ट्र ख़त्म हो गया ? और मज़दूर से कहते हो कि तुम हमारे लिए लड़े जाओ ? वह हँसता रहा। और बाकी जो आपने कहा उस सबका लाला रामकिशोर ने एक ही वाक्य में उत्तर दे दिया। अब मुझे कहने की कुछ ज़रूरत नहीं।”

रामकिशोर भभक उठे। बोले, “हमने आपकी बातों को जानबूझकर इतनी शान्ति से सुना है। हम समझे थे शायद आप मान जाएँ।”

ब्रह्मदत्त ने उत्तर दिया, “आप अहिंसावादी हैं। ट्रस्ट कर दीजिए। अन्यथा मज़दूरों पर विदेशी सरकार की गोली चलवाइए, क्योंकि सम्पत्ति के लिए बन्दूक विदेशी नहीं है क्योंकि डरा धमकाकर आप चाहते हैं कि हड़ताल नहीं हो।”

3

‘हड़ताल’ शब्द चारों ओर गूँज उठा, लोग समझ रहे थे कि चुपचाप सुनने से ब्रह्मदत्त के अहम् की तुष्टि हो जाएगी। सौ-पचास रुपए दे देंगे। देश का राग गाएँगे, उसे रूसी एजेंट कहेंगे, दब जाएगा। पर वह ज़रा भी नहीं दबा। उसने उनके समस्त जाल को काटकर रख दिया। और मुड़कर कहा, “क्यों मार्कंडेयजी ? मज़दूर की हड़ताल हिंसा है या अहिंसा। तुम्हारा असहयोग हिंसा है या अहिंसा। और पुलिस का मज़दूरों पर तुम्हारे स्वार्थ हित के लिए वार हिंसा है या अहिंसा।”

मार्कंडेय चौंक उठा। दयानाथ की इच्छा हो रही थी कि उठकर दो घूँसे मारकर ब्रह्मदत्त के दाँत तोड़ दे। वासुदेव चेत गया था। रामकृष्ण ब्रह्मदत्त को जड़ समझ रहे थे। मौलाना और मुंशी ऊब चले थे। रामकिशोर अब भी उससे बिगाड़ नहीं चाहते थे। मुंशीजी कहना चाहते थे अबे कबाड़िए अभी पुलिस बुलाकर हवाले कर दूँगा। उन्होंने मौलाना से झुककर कान में कहा, "आदमी बड़ा बक्की है।"

"झक्की भी है," मौलाना ने राय दी, जैसे मुंशीजी ने कोई मिसरा तरह पेश किया था। दोनों मुस्कुराए। उन्होंने ज़ोर से कहा, "तो भरमदत्त साहेब !"

"जी," मेरा नाम ब्रह्मदत्त है। यानी भगवान, जिसे अल्लाह कहते हैं, उसकी तरफ़ से दिया हुआ। और आप मुझे भरमदत्त कहते हैं, "जिसका मतलब है गलतफहमियों की तरफ़ से दिया हुआ।"

सभा में एक हल्कापन आ गया। सब हँस पड़े।

"मुआफ कीजिएगा," मौलाना ने कहा, "मुझे संसकिरत का ज़रा भी इल्म नहीं है।"

ब्रह्मदत्त ने ऐसे देखा जैसे माफ़ कर दिया। मौलाना कहने लगे, "आपने तो एकदम रेलगाड़ी छोड़ दी, जैसे आप रुकेंगे नहीं। बारे स्टेशन तो आया। ज़रा चैन पड़ा। तो आपका यह सब कहने का मकसद क्या था ?"

रामकृष्ण मुस्कुराए। वासुदेव फिर रहस्यमय लगने लगे। रामकिशोर स्तब्ध थे। हाँ, दयानाथ खौल रहा था, उसे यह असह्य था ब्रह्मदत्त, जिसे वह नीच कमीना समझता था, इतनी इज़्जत से बैठा बड़ा अक्लमन्द बना बैठा रहे। उसके लिए चुप रहना कठिन हो गया। उसने कहा, "आपने जो कुछ कहा वह सब हमने बहुत ध्यान से सुना। हम सब साम्यवाद चाहते हैं। पर उसे प्राप्त करने के तरीकों पर हमारा आपका मतभेद है। ख़ैर वह हुआ करे। उससे क्या होता है ? वैसे हमारा आपका ध्येय तो एक ही है ?"

ब्रह्मदत्त ने कहा, "अगर आप मेरी बात से नाराज न हों तो मैं साफ़-साफ़ कह दूँ।"

दयानाथ को ब्रह्मदत्त इतना कमज़ोर समझता है, यह दयानाथ को अच्छा नहीं लगा। मार्कंडेय इसे समझ गया। उसने कहा, "हम लोग अहिंसा के पथ पर चलनेवाले हैं, आपको कभी इस बात को भूलना नहीं चाहिए।"

ब्रह्मदत्त ने कहा, "तो मेरा यही उत्तर है कि आपके और मेरे ध्येय की समानता है। और साथ में अंग्रेज़ों के ध्येय के भी समान होने के कारण मुझे उसमें विश्वास नहीं है। अंग्रेज़ भी हमें सभ्य बनाना चाहते हैं। पर वे हमें सुधार रहे हैं। आप भी जनता को रफ़्ता-रफ़्ता सुधारना चाहते हैं। आप बीच में अपने को रख लेते हैं।

"अच्छा," वासुदेव ने कहा, "हमारा पहला शत्रु कौन है ?"

"मेरे शत्रु अनेक हैं। पर मार्कंडेयजी कहेंगे कि शत्रु ? हमारा शत्रु कोई नहीं, हम मित्रों की बुराइयाँ दूर करना चाहते हैं; पर इसमें वे अपनी मित्रों की बहुत सी शोषक वृत्ति और निरंकुश शासन को छीन लेना चाहते हैं। ध्येय यही मेरा है, मैं भी यही चाहता हूँ।"

"आपकी कोई पार्टी है ? आप लोग कितने हैं।"

"हिन्दुस्तान में इस विचारधारा के अभी बहुत कम लोग हैं; पर रूस और इधर चीन में इसी विचारधारा के लोग बहुत हैं।"

"तो यह रूसी विचारधारा है।" रामकृष्ण ने ताना मारा।

"विचार तो ग़रीब जनता का है। एक अक्लमन्द आदमी का है। और वह जर्मन था। रूस के लेनिन ने उसे अपनाया था अपने लिए, जनता के लिए, देश के लिए सबसे ज़्यादा फायदेमन्द समझकर। विदेशी यदि विचार भी बुरे हैं तो यह दोष गांधी पर भी है। जिसको रस्किन, टॉल्सटाय और थोरो ने प्रभावित किया। वे चीनी भी बुरे थे, जो बुद्ध की विचारधारा से प्रभावित हुए। क्या किसी विदेशी ने सोचा है, इसी से हमें उसकी बात नहीं सुननी चाहिए ?"

"आप रूस से रुपया पाते हैं ?" मौलाना ने पूछा।

"अब ये मनीऑर्डर तो आपने ही छुड़ाए होंगे," ब्रह्मदत्त ने कहकहा लगाया। पर उसकी हँसी से किसी के चेहरे पर एक मुस्कुराहट तक नहीं आई।

"तो आप हिंसा को इतना महत्त्व क्यों देते हैं ?" रामकृष्ण ने टोका।

ब्रह्मदत्त : अगर आपके घर में साँप निकले तो क्या कीजिएगा ?

रामकृष्ण : पकड़कर बाहर छोड़ देंगे जंगल में।

ब्रह्मदत्त : यह हिंसा नहीं है ?

रामकृष्ण : नहीं, उसका ज़हर बुरा है।

ब्रह्मदत्त : तब हमें आप अहिंसावादी कहा करिए। हम इससे ज़्यादा कुछ नहीं करेंगे।

रामकृष्ण : पर आप तो हथियारों का इस्तेमाल जायज बताते हैं ?

ब्रह्मदत्त : आप साँप हाथ से पकड़ सकते हैं ?

रामकृष्ण : मैं तो नहीं, हाँ, कुछ लोग इस फन की उस्तादी हासिल कर लेते हैं।

मार्कंडेय ने कहा, "वही तो गांधीजी हैं।"

उसकी बात से सबकी बाँछें खिल गईं। पर ब्रह्मदत्त ज़ोर से हँस पड़ा। उसने कहा, "गांधीजी के पास स्वयं साँप बैठा है। वे एक साँप से दूसरे साँप को पकड़ना चाहते हैं।"

रामकृष्ण : तो क्या आप यहाँ के पूँजीवाद की जगह विदेशी पूँजीवाद को ज़्यादा अच्छा समझते हैं ?

ब्रह्मदत्त : मैं नागनाथ और साँपनाथ को एक-सा समझता हूँ, पर अगर नागनाथ साँपनाथ से लड़े तो मैं नागनाथ का साथ दूँगा क्योंकि वह अन्ततोगत्वा इस सर्पवंश का नाश ही करने की लड़ाई है। गांधीजी यही करना चाहते हैं। पर मुझमें उनमें यही भेद है। वे महात्मा हैं इसी से समझते हैं कि नागनाथ साँपनाथ को हटाकर मनुष्य बन जाएगा। वे यह भूल जाते हैं कि साँपनाथ तब हटेगा जब नागनाथ उसे निगलने की शक्ति धारण कर लेगा। मैं एक मामूली आदमी हूँ।

मैं ऐसा नहीं समझता। आप जनता को अभी धोखे में डालते हैं। सारा दोष अंग्रेज़ों पर थोप देते हैं पर आप ही के समझौते तो जनता को रोक देते हैं। आप बार-बार अंग्रेज़ों से कहते हैं, यह देखो। तुम हमें नहीं दोगे तो यहाँ के लोग यह कर देंगे। इसलिए हमसे समझौता कर लो। पर मैं इसे नहीं मानता। जनता इसलिए कांग्रेस के साथ नहीं है। वह है अपनी रोटी के लिए। जब तक आप अंग्रेज़ से चमड़ी और रंग के फर्क के लिए लड़ते हैं तब तक मेरा काम आपकी मदद करना है। अगर समाजवादी अंग्रेज़ों से नहीं लड़ते हो तो वे जनता के नेतृत्व करने के योग्य नहीं है। यह बाहरी लुटेरे यहाँ नहीं रह सकते। पर इनके चले जाने का अर्थ यह नहीं कि हम घर के लुटेरे की पहचान नहीं रखें।

मौलाना : यह तो बिल्कुल साफ़ नहीं हुआ। आप पहले अंग्रेज़ों से लड़ना चाहते हैं कि अपने मुल्क के लोगों से।

ब्रह्मदत्त : अंग्रेज़ों से।

रामकिशोर के होंठ काँप उठे। उन्हें आशा हुई। उन्होंने कहा, ''इसके लिए आवश्यक है कि हम सब एक हों।''

ब्रह्मदत्त : यही तो मैं कहता हूँ कि आपस के झगड़े छोड़कर हम सब एक हों। यह एक घर है।

रामकिशोर : घर है। बिल्कुल ठीक। हम सब भाई-भाई हैं।

ब्रह्मदत्त : वाह लालाजी। क्या बात है। हम सब भाई-भाई हैं। एक घर है।

रामकिशोर : गद्गद दिखाई दिए। बोले, ''पक्की बात है।''

ब्रह्मदत्त : तो घर में सबको मिलकर रहना चाहिए ?

रामकिशोर : सौ बार, हज़ार बार।

ब्रह्मदत्त : आपस में मिल-बाँटकर खाना चाहिए ?

रामकिशोर : बिल्कुल।

ब्रह्मदत्त : तो अगर एक आदमी सबका खाना नीचे दाबकर कहे कि मैं खाऊँगा अकेला, तुम सब माँगकर फूट न डालो, और अंग्रेज से लड़ो तो ?

रामकिशोर ऊपर से नीचे गिरे। बड़ा काइयाँ हैं। क्या कह रहा था। ब्रह्मदत्त ने कहा, ''क्यों लालाजी ? मैंने कुछ ग़लत कहा ?''

''आप तो फिर लौट-फिर कर वहीं आ गए,'' रामकिशोर ने खिसियाकर कहा।

''तो आप जो चाहते हैं वह कहें,'' ब्रह्मदत्त ने कहा, ''मुझे लीपा-पोती अच्छी नहीं लगती। आप तो कहते हैं, तू भूखा लड़ मैं खा-पीकर लडूँ। तू अकड़, मैं तेरे पीछे हूँ। देश की माँग है, पीछे न हटिए जो तू हटा तो तुझमें देशप्रेम नहीं। भूखा है तो डरे मत। मैं तुझे खाने को दूँगा। इसको भगा। इस अंग्रेज़ के पास माल है। पर मुझसे मत कह कि जो मेरे पास है। उसमें तुझे भागी बना लूँ। जो मिलेगा न अंग्रेज़ से, बस उसी में

से तुझे हिस्सा दूँगा। क्यों यही है न ?"

लाला रामकिशोर ने तड़पकर कहा, "आप अपने को बड़ा अक्लमन्द समझते हैं ? आपकी नज़र में बाकी सब बेवकूफ़ हैं !"

ब्रह्मदत्त गम्भीर हो गया। उसने कहा, "यह तो मैंने नहीं कहा।"

"तो फिर आप कहना क्या चाहते हैं ?" वासुदेव ने कहा।

"मैंने इतनी देर तक क्या कहा ?" ब्रह्मदत्त ने नम्रता से कहा। दयानाथ को लगा वह उठकर अब ब्रह्मदत्त को मार बैठेगा। उसने कहा, "ब्रह्मदत्त ? तुम तर्क करते हो तो बात का जवाब क्यों नहीं देते ?"

"आप स्वयं न्याय दें," ब्रह्मदत्त ने मुस्कुराकर कहा, "मेरी बात का लाला रामकिशोर ने ठीक जवाब दिया था ?"

"क्या नहीं कहा था," लाला रामकिशोर ने कहा, "आपकी बात से ज़ाहिर है कि आप अंग्रेज़ों से डरते हैं। उनसे लड़ना नहीं चाहते। आप देश में ही फूट डालना चाहते हैं !"

ब्रह्मदत्त ने दोनों हाथ उठाकर कहा, "मैं अंग्रेज़ों से अन्त तक लड़ूँगा। अंग्रेज़ जाति से नहीं, अंग्रेज़ी साम्राज्यवाद से। पर जनता के लिए, आपके लिए नहीं। जब-जब देशी पूँजीवाद देश का नाम लेकर लोगों को भूखा मारकर कहेगा कि पूँजीवाद के लिए अंग्रेज़ से लड़ो, तब तक मैं कहूँगा कि अंग्रेज़ से लड़ो, देश के लिए लड़ो, पर पूँजीवाद के लिए नहीं, अपने लिए लड़ो। ऐसा न हो कि यह बीच के शोषक जो तुम्हारा शोषण किए जा रहे हैं, ताकत हथिया लें जैसा फ्रांस में हुआ था। ये पूँजीवादी तभी तक तुम्हारे साथ हैं जब तक अंग्रेज़ी पूँजी इन्हें दबाती है। पूँजी पूँजी है। ये लोग तुम्हारी शक्ति से विदेशी पूँजीवाद को भगाकर अपना उल्लू सीधा करना चाहते हैं। ऐसा न हो कि तुम सब इनके जाल को समझ नहीं पाओ क्योंकि इनके लिए देशभक्ति मुनाफ़ा है। ये अपने मुनाफ़े तुमसे लेते हैं। देश की गुलामी भी इनके स्वार्थों को नहीं काट सकी। इधर तुम भूखे मरते हो उधर वे सम्पत्ति इकट्ठी करते हैं। तुम इनको अपना सर्वेसर्वा न समझो। इनकी वहीं मदद करो, जहाँ ये अंग्रेज़ों से लड़ते हैं। ये अंग्रेज़ों से अकेले नहीं लड़ सकते। तुम ही इनकी शक्ति हो। अपनी शक्ति को पहचानो। उठो, इन्हीं ज़मींदारों और राजाओं के बल पर यह विदेशी सरकार यहाँ खड़ी है। हमारी गुलामी सिर्फ़ चमड़े के रंग की नहीं है। वह भूख और ग़रीबी की है। पर भूख और ग़रीबी की लड़ाई बढ़ती है, अगर हम चमड़े के रंग की लड़ाई में लड़ते हैं, संघर्ष करते हैं।

ब्रह्मदत्त की बात सुनकर सब अवाक् रह गए। रामकिशोर चकित से देख रहे थे।

4

मार्कंडेय ने कुर्सी पर जमते हुए कहा, "तो क्या आप स्टालिन को गांधी से भी महान् मानते हैं ?"

इस प्रश्न पर ब्रह्मदत्त चौंक गया। अगर वह कहता है गांधी महान् नहीं हैं तो अभी वह रूस का एजेंट करार दिया जाता है और अगर वह कहता है वह महान् हैं तो सब उससे कहेंगे कि वह हिंसावादी है, उसे यह कहने का अधिकार ही है। उसको इस प्रकार सोचते हुए देखकर श्यामनारायण ने कहा, "अब आप बगलें क्यों झाँक रहे हैं हम तो जानते हैं आप स्टालिन को महान् कहेंगे।"

ब्रह्मदत्त पहले ही हमला हो जाने से सँभल गया। उसने कहा, "मुझे यह कहने में कोई संकोच नहीं कि दोनों ही बड़े हैं। उनका अपना क्षेत्र है, अपने अलग-अलग विश्वास हैं। गांधी स्टालिन की तुलना वैसे ही नहीं हो सकती जैसे चन्द्रगुप्त मौर्य की तुलसीदास से कोई तुलना नहीं की जा सकती।"

"क्या मतलब ?" मार्कंडेय ने पूछा।

"मतलब यह कि गांधी टाल्सटाय की भाँति हैं, आदर्शवादी हैं, स्टालिन यथार्थवादी हैं। मैं स्टालिन को अपना जैसा आदमी समझता हूँ। गांधी बनने के लिए कुछ अद्‌भुत होने की भी आवश्यकता है। फिर गांधी कल्पनालोक में भी रहते हैं। वे समझते हैं कि यहाँ के पूँजीवादी देशी होने के कारण भले हैं। ऐसा वे राजा-महाराजाओं के बारे में क्यों नहीं सोचते ? पर गांधी का नाम भारतीय इतिहास में अमर है। उसने आकर सबसे पहले, इतनी बड़ी अहिंसा का राग अलाप कर भी, भारत को लड़ना सिखाया, जनता पर विश्वास रखकर अपने साथ लिया। जनता के दुख-दर्दों ने ही गांधी को विह्वल कर दिया। गांधी की महानता है कि वह मानवतावादी है। अछूत, स्त्री, पुरुष, किसान, बाबू, सबको उसने आज़ादी का सन्देश दिया, इस सोते हुए देश को जगा दिया।

उसके शब्दों में केवल बुद्धि का प्रभाव था, उसमें कोई भावात्मक रागपक्ष नहीं था, इसलिए उसकी बात किसी को पसन्द नहीं आई। मुंशी इक़बाल नारायण ने कहा, "ज़नाब, उस आदमी ने मादरेहिन्द का मुँह चमका दिया। उसने बताया कि देखो तुम लोग गुलाम हो। अपने पैरों पर खड़े हो। तुम गुलाम हो क्योंकि तुम अपने आपसी झगड़ों में लगे हुए हो। जब तक बाहरी दुश्मन घर में घुसा बैठा है तब तक आपसी भेदभाव को छोड़ दो। उनसे फ़ायदा वही उठा सकता है जो सिर्फ़ फूट के बल पर राज़ करता है।

ब्रह्मदत्त पर जैसे इस बात का कोई प्रभाव नहीं पड़ा। उसने कहा, "तो मुझे कुछ पूछने की इज़ाजत है ?"

लाला रामकिशोर ने समझौता करते हुए कहा, "क्यों नहीं ? क्यों नहीं ?"

ब्रह्मदत्त ने कहा, "किसी भी फ़ौज में बहुत से लड़नेवाले हुआ करते हैं। उनमें कुछ सेनापति होते हैं और बाक़ी सैनिक होते हैं। ठीक है ?"

सबने मौन रहकर स्वीकार किया।

"फिर सब लोग लड़ते हैं। लेकिन क्यों ? या तो सिपाही पैसे के लिए लड़ते हैं या फिर किसी आदर्श के लिए जान देते हैं ? आप कौन सी लड़ाई लड़ रहे हैं ?"

"हम ?" रामकृष्ण ने बीच में ही कहा, "आदर्श की लड़ाई लड़ रहे हैं।"

मुंशी इक़बाल शंकर ने कहा, "उसके लिए जब ज़रूरत पड़ी थी तब हमने कुछ वालंटियर पैसे देकर भी रख लिए थे।"

ब्रह्मदत्त यह जानता था। उससे छिपाना व्यर्थ था। पर सबको लगा कि मुंशीजी कुछ कच्ची बात कह गए।

"ठीक है," ब्रह्मदत्त ने अपनी ही धुन में कहा, "मेरे ख़याल से आप आदर्श की लड़ाई को ही अच्छा समझते हैं, क्योंकि जिस निःस्वार्थ सेवा की आप बार-बार बात कहते हैं, वह पैसे के लिए नहीं होती।"

"दुरुस्त है," मौलाना ने माना।

"तब," ब्रह्मदत्त कहता रहा, "आप मज़दूरों की जायज माँग को स्वीकार क्यों नहीं करते ?"

रामकृष्ण ने कहा, "और वे ही क्यों पैसे के लिए जान देते हैं ? ज़्यादा पैसा मिलेगा, तो शराब पीकर सब फूँक देंगे। हम लोगों में तो पच्चीस क़ायदे, रीति-रिवाज़ हैं। साफ़ रहना, बच्चों की पढ़ाई-लिखाई, एक बोझ है ?"

"आप हिन्दुस्तान की आज़ादी के लिए लड़ते हैं ?"

"जी हाँ।"

"तो हिन्दुस्तान आज़ाद क्यों नहीं होता ?"

"सब नहीं लड़ते। गांधीजी ने तो कहा है कि अगर सब लोग अड़तालीस घंटे भी सरकार का साथ छोड़ दें तो अंग्रेज़ों को हिन्दुस्तान से जाने के लिए मज़बूर होना पड़ेगा।"

"ठीक है," ब्रह्मदत्त ने कहा, "फिर आप उन लोगों के साथ क्या करते हैं ?"

"उन्हें जगाकर, उन्हें सिखाकर हम अपने साथ लेने का प्रयत्न करते हैं। हम उन्हें बताते हैं कि गुलामी कितनी बुरी चीज़ है।"

"समझेंगे कैसे ? वे इतने पढ़े-लिखे ही नहीं। किसान एक मेड़ के पीछे पड़ोसी का सर तोड़ देगा, पटवारी, अहलमद, वकील कचहरियों को भरपेट रिश्वत देकर घर की कुर्की करवा देगा, कर्ज़ों से लद-लदकर तबाह हो जाएगा, मगर पड़ोसी से दोस्ती नहीं करेगा यह अशिक्षा नहीं तो क्या है ?"

"तो फिर इसका इलाज ?"

"इसका इलाज है शिक्षा-स्वतन्त्रता। हमारा देश, हमारा राज, हमें इसके लिए उन्हें तैयार करना होगा कि वे अंग्रेज़ी सरकार से असहयोग करें। उसे मज़बूर करें कि वह शासन न कर सके।"

"अंग्रेज़ी सरकार इसे हिंसा कहेगी। न्याय और क़ानून को भंग करने की साजिश कहेगी।"

"कहे, समर्थ अपने फ़ायदे के लिए क़ानून बनाते हैं। गुलामों को, भूखों को बगावत करने का जन्मसिद्ध अधिकार है। वह जेल में डालेगी, गोली चलाएगी, चलाए।"

और ब्रह्मदत्त ने दृढ़ स्वर में कहा, "उसका दमन-चक्र चलता रहेगा। आपकी फ़ौज

भूखी मरने लगेगी तब आप क्या करेंगे ?''

''हम आपस में अपने स्वार्थों को छोड़कर अपने भेद मिटाएँगे। भूखी फ़ौज नहीं लड़ सकती। राजा के लिए फ़ौजें लड़ती थीं, पहले ज़माने में। हम उससे घृणा करते हैं। हम मनुष्यों की जीवित इंसानों की फ़ौज चाहते हैं, जो रुपए के लिए कुत्ता बनकर न लड़े, मगर उसके कुछ आदर्श होने चाहिए।''

''और अगर,'' ब्रह्मदत्त ने फिर पूछा, ''कुछ लोग बीच में ही फ़ौज के सिपाहियों का राशन चुराकर रख लें और लड़ाई में ऐसे रहें कि जो जीतने को हों उसी से मिल जाएँ तो उनका क्या हो ?''

''उन्हें,'' रामकृष्ण ने कहा, ''तलवार के घाट उतार दिया जाए। वे देश के प्रति द्रोही हैं, गद्दार हैं, भारत के कलंक हैं।''

ब्रह्मदत्त हँसा। उसने कहा, ''ठहरिए। आवेश में न आइए। आप हिंसावादी हुए जा रहे हैं।'' फिर उसने दोनों कन्धों को पीछे तानकर कहा, ''अंग्रेज़ों से लड़ने के लिए हमें अशिक्षित को शिक्षित करना है। जो अँधेरे में हैं उन्हें उजाले में लाना है। कुसंस्कारों की विरासत पानेवाले को घृणा की दृष्टि से देखने के बजाय, उन्हें सुसंस्कृत करना है, उनके बच्चों को पढ़ाना है, उन्हें साफ़ रहना भी सिखाना है, मतलब यह कि पहले साधन इकट्ठे करने हैं, फिर उनका प्रयोग बताना है और इस ध्येय की पूर्णता प्राप्त करने के लिए स्वतन्त्रता का युद्ध लड़ना है। हमारी फ़ौज भूखी नहीं लड़ सकती। मिल-बाँटकर खाना है। और हम राजा के राज के लिए नहीं लड़ते, आदर्श के लिए लड़ते हैं। जो बीच में फूट डालता है, वह गद्दार है।''

और ब्रह्मदत्त का प्रचंड स्वर थर्रा उठा, ''आप गद्दार हैं...आप मज़दूरों का, ग़रीबों का खाना छीनकर खा रहे हैं, आप उनकी अशिक्षा से लाभ उठाना चाहते हैं, आप अंग्रेज़ों से नहीं लड़ना चाहते, आप अपने राज के लिए लड़ना चाहते हैं, आप चाहते हैं आपके बच्चे पढ़ें, साफ़-सुथरे रहें, जो यह आपकी आवश्यकताएँ हैं। वह मज़दूर के लिए ऐयाशियाँ करार दी जाती हैं क्योंकि आप अपने स्वार्थ में अन्धे हैं...आप दग़ा दे रहे हैं...आप चाहते हैं मज़दूर भूखा ही लड़े और आपके मुनाफ़ों पर कुछ भी खरोंच तक नहीं आए...और इस दगा को आप देश, संस्कृति जैसे बड़े-बड़े नामों की ओट में छिपाना चाहते हैं, उल्लू सीधा करना चाहते हैं बल्कि टट्टी की आड़ में शिकार खेलना चाहते हैं।''

उसका हमला इतना अचानक हुआ कि कोई भी उसके लिए तैयार नहीं था। उसने फिर कहा, ''मैं इंसान की रोटी, उसके बच्चों के लिए पहली किताब, उसके तन पर सफ़ेद कपड़े की बात करता हूँ, उसे इंसान बनाने की बात करता हूँ, तो आप मुझे भौतिकवादी कहते हैं, और आप उसे बेवकूफ़ बनाते हैं, तो आप अध्यात्मवादी हैं...''

उसकी हँसी से सबका हृदय विक्षुब्ध हो गया।

''तो यह आपका फैसला है,'' रामकिशोर ने झुककर कहा।

रामकृष्ण क्रोध के आधिक्य से चुप हो गया था। उसने कहा, ''जवाब दो।''

ब्रह्मदत्त ने कहा, ''आपकी आख़िरी हो गई ?''

"हो गई," रामकृष्ण ने चिल्लाकर कहा।

ब्रह्मदत्त उठ खड़ा हुआ। उसके चेहरे पर एक दृढ़ता थी। उसकी आँखों में एक चमक थी, जिसमें विश्वास था। उसने कहा, "तो मैं यही समझता हूँ कि आप देश के नाम पर मज़दूरों को फुसलाना चाहते हैं और उन्हें बेवकूफ़ बनाना चाहते हैं। लेकिन आप कांग्रेसवाले हैं। आपके पास भी कोई ताकत नहीं है। सरकार के आप भी दुश्मन हैं। इस तरह आप अंग्रेज़ों से नहीं लड़ सकते। उन्हें हिन्दुस्तान से लड़कर निकालने के लिए एका चाहिए; एक तरफ़ आप एक तरफ़ जनता से इतने वादे करते हैं कि आपका राज होगा तो इतने फ़ायदे होंगे, इतने नफ़े और लाभ होंगे। और दूसरी तरफ़ आपका असली रूप यह है ? आप कहते हैं देश के लिए लड़ो। देश है क्या ? यदि जनता के जीवन का सवाल नहीं है तो देश है क्या ? आज आपके साथ निम्न-मध्यवर्ग हैं और थोड़े से किसान भी हैं, पर आप देश में तब तक शान्ति और स्वतन्त्रता नहीं ला सकते जब तक मज़दूर...

श्यामनारायण ने चमककर कहा, "आपके मज़दूर उस कुत्ते से भी गए बीते हैं जो घर में चोर देखकर भी मालिक का साथ नहीं देता बल्कि मालिक को ही काटना चाहता है।"

ब्रह्मदत्त के नथुने क्रोध से फूल गए। उसने कहा, "वह रक्षा आप जैसे लोग ही करें। जिनके गले में पट्टा डालकर जंज़ीर खोल दी गई है। मज़दूर कुत्ता नहीं होता, इंसान होता है..."

उसके भारी शब्द श्यामनारायण के मुँह से टकरा गए, लगा जैसे श्यामनारायण के चेहरे पर स्याही फिर गई। उसने उठकर मुट्ठी बाँधकर कहा, "मज़दूर ही नहीं तुम भी कुत्ते हो..."

मार्कंडेय ने पुकारकर कहा, "श्यामनारायणजी ! आप अहिंसावादी हैं। आप चुप रहिए। ब्रह्मदत्तजी कुछ भी कह सकते हैं। वे मनुष्यत्व की विजय के इस साधन में विश्वास नहीं रखते..."

ब्रह्मदत्त हँसा। उसने कहा, "अक्सर मैं पढ़ता हूँ कि अंग्रेज़ों की पुलिस और फ़ौजें तब ही गोली चलाती हैं जब जनता क़ानून तोड़कर खूँरेज हमला करती है..."

किन्तु वह हँसी व्यर्थ हो गई। किसी ने भी उस पर ध्यान नहीं दिया। श्यामनारायण ने कहा, "तब आप यहाँ से चले जाएँ तो बड़ी कृपा हो। मज़दूरों को देश के लिए त्याग मंजूर नहीं, तो हमें भी उन पर दया करना स्वीकार नहीं है।"

ब्रह्मदत्त ने सुना और कमरे के बाहर हो गया।

5

ब्रह्मदत्त को बीस-पच्चीस मज़दूर घेरकर बैठे थे। उस धुँधली सी कोठरी में कोई सामान नहीं था। ज़मीन पर एक चटाई बिछी हुई थी और सब चुपचाप उसकी बात सुन रहे

थे। ब्रह्मदत्त कह रहा था, ''वे लोग किसी तरह भी झुकने के लिए तैयार नहीं हैं।''

आगेवाले मज़दूर ने कहा, ''बिल्कुल ?''

''हाँ बिल्कुल,'' ब्रह्मदत्त ने उससे आँखें मिलाते हुए कहा। इस मज़दूर का नाम था शंकर। आँखें चमकदार थीं, बाल छोटे-छोटे थे, काला था, और एक कमीज़ और धोती पहने था। कमीज़ आधी बाँह की थी। सब मज़दूरों की भाँति उसके कपड़ों पर भी मिट्टी का रंग था; पर वह दबंग-सा लगता था। उन मजबूत मज़दूरों में था, जिसे बाबू लोग गुंडा कहते हैं। उसने कहा, ''लेकिन हम तो कांग्रेसी हैं। जेल भी गए हैं।''

''तुम गए हो,'' ब्रह्मदत्त ने कहा, ''इसलिए कि तुम उन दिनों यहाँ नहीं थे, गाँव में थे। वहाँ जेल से छूटकर पहुँचे, ज़मींदार ने सब छीन लिया था, तो पेट की ख़ातिर मिल में आ गए। पर उससे उन लोगों का कुछ नहीं बनता-बिगड़ता।''

शंकर ने घुटने पर कुहनी टिकाई और गाल अपने हाथ पर रख लिया। वह कुछ सोचने लगा। बाक़ी मज़दूर कुछ गमगीन थे। कुछ देर बिल्कुल सन्नाटा छा गया। पहाड़-सी बाधा सामने आ गई थी। सब सोच रहे थे, 'अब ? अब क्या होगा ? कैसे लड़ें ? भूखे मरेंगे। बीवी-बच्चे, भूख से बिलबिलाएँगे...दूसरे मज़दूर लगा लिए जाएँगे...और फिर पुलिस की लाठी...गोली...मौत...उफ भयानक...'

इस समय एक स्त्री ने प्रवेश किया ! उसे द्वार पर देखकर शंकर ने कहा, ''आ गई हरदेई ? आ।''

ब्रह्मदत्त ने चौंककर कहा, ''कौन ? हरदेई बहन ? स्त्री की मुखाकृति कठोर थी। पर जब वह मुस्कुराती थी। तब उसके मुख पर एक सुन्दर स्नेह भरी छाया दिखाई देती थी। इस समय वह मुस्कुराई। ब्रह्मदत्त के निकट आकर बैठ गई। वह शंकर की बहन थी, विधवा। आन्दोलन में वह भी जेल गई थी और एक दरोगा ने जब औरतों पर लाठी चार्ज कराया था, नौजवानों पर घोड़े दौड़ा दिए थे, तब पहले तो वह नेताओं के आगे-आगे पिटती रही, पर जब दरोगा ने उसके पेट में लात मारी तब उसने लपककर उसकी दाढ़ी पकड़ ली। दरोगा सिख था, एक नम्बर का रिश्वती। दाढ़ी खींचते ही हाय-हाय करने लगा। तब हरदेई ने उसे छोड़ा और गिरफ़्तार कर ली गई। उस दिन जीवन नाम का एक छापेखाने पर मज़दूर मारा गया। जेल से छूटकर इसने जो मकान लिया तो वहाँ जीवन की बहू जयदेई भी मिली। फिर दोनों ही मिल में काम करने लगीं। जयदेई की सास थी, हरदेई के भाई। स्वदेशी मिल था। इसी से इसको ही सबसे अच्छा समझा गया था। हाल के हाल काम मिल गया। गाँव से हरदेई शहर आई थी, स्त्री वालंटियर बनकर। उधर शंकर जेल गया। तो बहू और बच्चे भूखे मरने लगे। अब कहीं एक महीने पहले सबको लेकर शंकर कानपुर आ सका था। मगर इसी बीच में ब्रह्मदत्त ने मिल एरिया में जाकर मज़दूरों को जो बताया कि वे अपनी हालत सुधार सकते हैं तो उनकी आँखें खुलीं। गांधीजी ने देश की बात बताई थी, ब्रह्मदत्त ने रोटी की बताई और मज़दूरों ने इसे बहुत आसानी से समझा कि देश की बात रोटी की बात है, रोटी की बात देश की बात है। और जो बात रोटी की नहीं, वह देश की नहीं है, और जो

देश की बात है उसके लिए ज़रूरी है कि वह रोटी की भी बात हो। पर ऐसे मज़दूर बहुत कम थे। उन दिनों मज़दूर वर्ग इतना चेतन नहीं हुआ था। उधर भारतीय पूँजीवाद भी अपने को पूरा स्वामी नहीं पाता था। आन्दोलन में विदेशी माल ख़ूब जलाया गया। विलायत की मिलें फेल हो गईं, पर स्वदेशी माल ख़ूब बिकने पर भी पैसा चन्द ही जेबों में गया। ग़रीबों की हालत नहीं सुधरी। पर लोग स्वप्न देख रहे थे, आज़ादी का नाम सुनते ही उनके दिल के तार बजने लगे थे, मन झूम उठता था। अधिकांश मज़दूर गाँव से आते थे। कुछ दिन पैसा इकट्ठा करते और लौट जाते या फसल के वक़्त चले जाते थे। ऐसे लोग अच्छे संगठन में बाधक थे। फिर उद्योग-धन्धे भी भारत में अधिक नहीं थे। अधिकांश जनता गरीबी पर मुनस्सिर थी।

हरदेई को देखकर जैसे ब्रह्मदत्त जाग उठा। उसने उसकी ओर आँखें गड़ा दीं, मानों उसकी शक्ति की माप कर रहा था। हरदेई निडर बैठी रही। उसने पूछा, ''क्यों ब्रह्मदत्त जी, क्या हुआ ? मालिकों ने क्या कहा ? क्या वे तैयार हो गए ?''

''हो गए,'' कल्लू ने व्यंग्य से कहा।

''मैंने कहा था,'' हरदेई ने टोका, ''स्वदेशी मिल है। गांधी बाबा के चेले हैं। उनके क्या दिल नहीं है ? दया आ ही गई। मैंने कहा था ? वह प्रसन्न-सी दिखाई दी।''

शंकर ने हँसकर कहा, ''औरत की जात ! कितनी अकल ? मैंने कहा था ! जा ले आ, सबके लिए थैली बँट रही हैं।'' उसके स्वर की कड़ुवाहट से हरदेई चौंक गई। उसने कल्लू की ओर देखकर कहा, ''क्यों रे, तू कहता था तैयार हो गए।''

''मैं अब भी कहता हूँ, तैयार हो गए; पर झुकने को नहीं, झुकाने को तैयार हो गए।''

कोठरी में फिर आशंका काँपने लगी। सबके चेहरों पर एक भविष्य का अन्धकार था, पर नयनों में वह चमक थी जो एक निश्चित विजय का प्रतीक होती है। ब्रह्मदत्त ने कहा, ''फिर ?''

''कोई चारा नहीं ?'' शंकर ने पूछा।

''हड़ताल !!'' ब्रह्मदत्त का शब्द फैलकर बड़ा हो गया। यह हड़ताल शब्द एक तूफ़ान की निशानी थी। इसका मतलब मुनाफ़े में कमी नहीं थी। इसका मतलब सिर्फ़ मिल का फाटक बन्द होना नहीं था, इसका मतलब आराम से पैर फैलाकर सोना नहीं था। इसका मतलब औरतों की घुटन थी, बच्चों की रोटी के लिए टेंटें करके भूखा सो जाना था, मर्दों की सूनी आँखों में एक अँधेरे की तस्वीर थी, जिसका अन्त ख़ून से भरी हुई ज़मीन थी, और उन पर पुलिस और फ़ौज के भारी बूटों का चलना था। वे सब स्तब्ध बैठे रहे। ब्रह्मदत्त कहता रहा, ''अंग्रेज़ी सरकार भी पूरी तरह उनकी है। जिसके पास पूँजी है, वह ग़रीबों की नहीं है। तुम्हें अपना संगठन स्वयं करना होगा, उन दिन के लिए जब तुम्हारे बच्चे पढ़े-लिखे होंगे, तुम साफ़ कपड़े पहन सकोगे, जब दुनिया में तुम्हारी इज़्जत होगी, लेकिन सबसे पहले तुम्हारा पेट भरा होगा। उस दिन पर अविश्वास मत करो। एक नहीं, दो नहीं, सैकड़ों को कुर्बानी देनी होगी। किसी भी वक़्त यह ज़ालिम

तुम्हारे दोस्त नहीं हो सकते। यह बड़े-बड़े डाकू और चोर ! क्या है इनका मुनाफ़ा ? कहाँ से आता है इनका मुनाफ़ा ? तुम मज़दूरी करते हो। माल की क़ीमत होती है। वह क़ीमत यह मनचाहे दाम पर बेचते हैं। इधर तुम कटते हो, उधर गाहक लुटता है। और जब सामान बहुत बन जाता है। तब ये लोग अपने दामों को गिराना नहीं चाहते। उस वक़्त लाखों आदमियों को बेकार कर देते हैं। उन्हें कुत्ते की ज़िन्दगी बसर करने को मज़बूर कर देते हैं। ये कमीने मनुष्य के दुश्मन हैं। तुम्हें जानना चाहिए कि अमेरिका में लाखों मन चाय समन्दर में डाल दी गई ताकि क़ीमत घटने न पाए। माल बाज़ार में ज़्यादा ही नहीं रहने देंगे। और जब ज़रूरत होगी तब वे माल बहुत सस्ता बेचेंगे ताकि दूसरे मुल्कों का व्यापार फेल हो जाए। यही जापान कर रहा है। अमेरिका में वे गेहूँ को आग में लकड़ी की जगह जला देते हैं ताकि किसी और मुल्क़ में न भेजा जाए। क्यों ? क्योंकि अमेरिका और हिन्दुस्तान के मज़दूर असंगठित हैं। लेकिन रूस में ऐसा नहीं होता। क्योंकि मज़दूर वहाँ मिल का मालिक है, किसान वहाँ खेत का मालिक है, ख़ुदाई करनेवाला आदमी खदान का मालिक है। मेरे साथियो, मैं तुम्हें यह सब बता रहा हूँ ताकि जब वे जालिम कहें कि लालच और जलन ने तुम्हें अन्धा बना दिया है, तब तुम कह सको कि तुम कुत्ते नहीं हो, इंसान हो। तुम्हें इसी दुनिया पर सुख भोगने का अधिकार है। याद रखो, हिन्दुस्तान को आज़ाद कराने की जिम्मेदारी तुम पर है। हिन्दुस्तान में पहली चीज़ है कि अंग्रेज़ों का राज न हो, दूसरी यह कि अंग्रेज़ों के हाथ से निकलकर हुकूमत इन जानवरों के पास न चली जाए जो तुम्हारा ख़ून चूस-चूसकर मोटे होते हैं। तुम्हारी इन छोटी-छोटी लड़ाइयों से ही एक दिन ऐसा तूफ़ान बन जाएगा। जो दुनिया के इन हत्यारों को उखाड़कर फेंक देगा। इस चीज़ से डरो नहीं, कि उनके पास फ़ौज है, पुलिस है। यह पुलिस और फ़ौज के लोग कौन हैं। यह भी ग़रीब ही हैं। पर वह ज़ालिम तुम्हें तुम्हारे ही भाइयों से लड़वाकर दबाता है। और तुम्हारा पहला नारा है—रोटी। तुम्हारी रोटी का मतलब है अंग्रेज़ी सल्तनत का खात्मा, क्योंकि अंग्रेज़ों को हिन्दुस्तान में कायम रखनेवाले यही ज़मींदार और पूँजीपति हैं। इसलिए तुम्हें हड़ताल करनी होगी।''

हरदेई ने कहा, ''करेंगे।''

कल्लू ने टोका, ''मगर मज़दूरों की बहुत ख़राब हालत है। बेकारी फैली हुई है। वे नए मज़दूर भर्ती करेंगे, तब झगड़ा होगा उससे हड़ताल टूट जाने का खतरा है।''

परामर्श होता रहा। अन्त में निश्चय हुआ कि एक आम सभा करके पूछा जाए। मीटिंग बर्खास्त हो गई। कल्लू, शंकर और हरदेई रह गए। हरदेई ने कहा, ''ब्रह्मदत्तजी ! सचमुच रूस में मज़दूरों का राज़ है ?''

ब्रह्मदत्त ने देखा किताब और व्यवहार में कितना अन्तर है ! स्त्री की आँखें फैल गई थीं। ब्रह्मदत्त ने कहा, ''उन्होंने वहाँ लड़कर अपना राज़ कायम किया है। हमारे राष्ट्रीय आन्दोलन की यही सबसे बड़ी कमज़ोरी है कि यहाँ मज़दूर आन्दोलन मज़बूत नहीं है और राष्ट्र के नेता वही हैं जो मज़दूर को नौकर ही समझते हैं। बहन हरदेई ! तुम यह

न समझना कि तुम लोग रोटी के लिए लड़कर कुछ बुरी बात कर रहे हो। ये लोग तुम्हारी रोटी छीनकर खा रहे हैं। तुम उनको मिटाकर इंसान को आज़ाद कर दोगे। मैं एक बाबू हूँ। पढ़ा-लिखा हूँ। नौकरी करके उनकी गुलामी में ज़िन्दा रह सकता था। मगर तुमको देखकर मैं उनसे नफ़रत करने लगा हूँ। अगर मुझमें कोई ग़लती हो तो, तुम मुझे माफ़ करते रहना, क्योंकि तुम मेरे नेता हो। तुम नई दुनिया बनानेवाले हो। तुम आज दर-दर की ठोकरें खा रहे हो। आज उन्होंने मुझे एक ख़रगोश बना दिया है। मेरे पीछे पुलिस के सी.आई.डी. लगे रहते हैं। क्यों ? अंग्रेज़ के तो कांग्रेसी भी दुश्मन हैं। उनके पीछे पुलिस क्यों नहीं ? वे इतने बड़े दुश्मन नहीं, जितना मैं हूँ। हमारी दुनिया में कभी भी जुल्म से समझौता नहीं है। वह दुनिया जब मीलों तक फैले हुए, फैले हुए, खेत लहलहाएँगे, जब किसान के बच्चों की किलकारियों से आसमान से लेकर खलिहान तक गूँज उठेंगे, जब तुम इस तरह इन कोठरियों में न सड़कर ज़िन्दगी नहीं बिताओगे...''

ब्रह्मदत्त का गला रुँध गया। हरदेई ने उसके कन्धे को पकड़कर कहा, ''सच ?''

कितना आनन्द था उस कंठस्वर में, जैसे नारी की समस्त चेतना नए सत्य को देखकर खिल उठी थी।

''तुम्हें यह सब कैसे मालूम हुआ ?'' शंकर ने बुदबुदाया।

''इंसान की अक़्ल ही सबसे बड़ी चीज़ है। वह उसी से किताबें लिखता है। उन किताबों में मैंने पढ़ा है।''

''हमें ला दोगे ?'' कल्लू ने पूछा। लेकिन फिर वह उदास हो गया और बोला, ''हम पढ़ेंगे कैसे ?''

''मैं पढ़ाऊँगा,'' ब्रह्मदत्त ने कहा, ''उन्होंने तुम्हें ग़रीब बनाकर इसलिए पढ़ने भी नहीं दिया, क्योंकि पढ़ने से आदमी अपने हक़ों को समझ लेता है। तुम्हारी लड़ाई इतनी सी नहीं है। इसे मत भूलो कि अगर तुम नहीं जागोगे तो तुम्हारे बच्चे भी तुम्हारी ही तरह बेइज़्ज़ती और भूख सह-सहकर मर जाएँगे।''

''सब किताबें अच्छी होती हैं ?'' हरदेई ने पूछा ?

''सब किताबें अच्छी नहीं होतीं,'' ब्रह्मदत्त ने झुककर कहा, ''पैसेवालों के गुलाम जो रोटी-कपड़े पर ईमान बेच देते हैं, हमेशा वही लिखते हैं। जिससे आदमी टेढ़े-मेढ़े रास्ते पर भटकता रहे, उसे सीधा-सादा रास्ता दिखाई देना बन्द हो जाए...ईमान बेचनेवाले, चेतनाहीन, कुत्ते...गद्दार...इंसानियत के सबसे बड़े दुश्मन, उनकी कुरूप आत्मा कोढ़ की तरह गलने लगी है...''

6

सभा का एलान हो गया। मज़दूरों ने सुना और वे आपस में बातें करने लगे। उनमें एक प्रकार का भय था। किन्तु दूसरे दिन जब उन्होंने देखा कि पुलिस के चक्कर लगाने के बावजूद एक मंच खड़ा हो गया है तो उनमें धीरे-धीरे हिम्मत बढ़ने लगी। लाला

रामकिशोर के गुर्गे कहते फिरते थे कि चारों तरफ़ से मशीनगनें चलेंगी। जो जाएगा वही भून दिया जाएगा। औरतों ने सुना तो घबराकर हरदेई के पास गईं। उसने सुना तो होंठ सिकुड़ गए और उसने कठोर स्वर से कहा, "रोज़ भूखे मरते हैं तो एक दिन हम गोली से भी मर सकते हैं। तुममें से कोई डरती है ?"

स्त्रियाँ चुप हो गईं। हरदेई का मन कुछ झुका। जब ब्रह्मदत्त ने सुना तो वह हँसा। धीरे-धीरे सभा का समय होने लगा। पहले तो लगा कि कोई नहीं आएगा, पर फिर एक-एक दो-दो करके लोग आने लगे, और घंटे-भर में ही सारी जगह गन्दे कपड़े पहनने वाले मज़दूरों से भर गई। एक-एक करके वे लोग अपनी जगह बना-बनाकर ज़मीन पर बिछी दरी पर बैठने लगे। स्थान एक मर्मर से भर गया।

सभा प्रारम्भ हुई। ब्रह्मदत्त ने मदन को सभापति बनाने का प्रस्ताव किया। मंसूर ने अनुमोदन किया और मदन सभापति के आसन पर जा बैठा। चारों ओर तालियों की गड़गड़ाहट गूँज उठी। मदन एक बूढ़ा मज़दूर था जिसकी मज़दूरों से पूरी सहानुभूति थी। बहुत ही सीधा-सादा आदमी था जो कभी किसी से न मार-पीट करता था, न कभी शराब पीता था। उसको देखकर मज़दूरों में एक भाईचारे की भावना फैल गई।

ब्रह्मदत्त भाषण देने लगा। उसने बताया कि मालिक झुकना नहीं चाहते। वे पुलिस और फ़ौज का डर देते हैं। स्वदेशी हैं। मगर वे मुनाफ़ों में कमी नहीं चाहते। अगर उनसे इस बारे में कहा जाता है तो वे देश का नाम लेते हैं। अब हड़ताल के सिवाय कोई चारा नहीं है। आप लोग अपनी राय दें।

सीधा-सादा भाषण था। लोगों का अच्छा असर पड़ा। प्रायः अपनी ओर के तर्क दुहराए गए। और उनमें काफी व्यंग्य था। परिणामस्वरूप अधिकांश का मत था कि हड़ताल की जाए। कुछ तो करना ही पड़ेगा। आख़िर कब तक चुप रहा जा सकता है। सरकार जिसे चाहे उठाकर जेल में डाल देती है। कई मज़दूर नेताओं को जेल में डाल दिया है। न कोई पूछनेवाला है, न जवाब देनेवाला।

इसी समय भीड़ में कुछ मारपीट-सी होने लगी। लोगों ने देखा। कुछ मज़दूर लड़ रहे थे। शंकर ने ब्रह्मदत्त से कहा, "मालिकों ने अपने गुंडे भेजे हैं। सभा में गड़बड़ डालना चाहते हैं।"

हरदेई कूदकर उधर बढ़ गई और उसने चिल्लाकर कहा, "कौन है ? क्यों लड़ते हो ?"

उसकी आवाज़ सुनकर वे लोग चिल्लाने लगे और बे-सिर-पैर की बातें करने लगे। हठात् एक ने चिल्लाकर कहा, "निकालो इन्हें। यह बदमाश मालिकों के भेजे हुए हैं।"

सुनते ही अनेक मज़दूरों के मुँह से एक हुँकार-सी निकली। झगड़ा थम गया। सभा फिर होने लगी।

पर इसी समय सब चौंक उठे। उन्होंने देखा कि एक पुलिस इंस्पेक्टर बढ़ा आ रहा था। उसके पीछे-पीछे दो सिपाही चल रहे थे। क़रीब पन्द्रह सिपाही मोटर के पास खड़े थे। उसको देखकर चारों ओर एक सन्नाटा छा गया। उसने आगे बढ़कर कहा, "मैं

सरकार का हुक्म लाया हूँ। सभा अभी बर्खास्त कर दी जाए, क्योंकि अभी घंटा-भर पहले शहर में दफ़ा 144 लगा दी गई है। उसके बाद से यह सभा अब ग़ैर क़ानूनी हो गई है।"

ब्रह्मदत्त ने हँसकर कहा, "क़ानून तो तुम्हारा है ही। उसे अपने फ़ायदे के लिए तुम चाहे जैसे तोड़-मरोड़कर काम में ला सकते हो। क़ानून के बाद अब तुम इंसानियत की दुहाई भी जल्दी से दे लो क्योंकि तुम्हारे काका अंग्रेज़ यही करते हैं।"

भूपसिंह घबराया। उसने कहा, "और मैं आपको गिरफ़्तार करता हूँ।"

"यह नहीं हो सकता," चिल्लाते हुए कई मज़दूरों ने ब्रह्मदत्त को घेर लिया। उस भीड़ में से ब्रह्मदत्त गायब हो गया। भीड़ जब छितरी तो दरोगा ने देखा ब्रह्मदत्त वहाँ नहीं था। उसे बड़ा विस्मय हुआ। क्या हुआ ? आख़िर क्या ज़मीन में घुस गया ? अभी-अभी तो दिखाई दे रहा था। अभी-अभी एकदम ही कहाँ ग़ायब हो गया ?

उसने कहा, "अच्छा मीटिंग ख़त्म कर दो।"

हरदेई ने आगे बढ़कर कहा, "सो तू सबका राजा है। बड़ा लाट साब बनके चला आया है, अंग्रेज़ों का कुत्ता। अच्छा मीटिंग ख़त्म कर दो, हरदेई ने मुँह चिढ़ाकर कहा। सब ठठाकर हँसे। दरोगा चौकन्ना था। उसने देखा अब वे मज़दूर धीरे-धीरे खिसक रहे हैं और वे सब चारों ओर से उसे कसते जा रहे हैं, घेरा डालते जा रहे हैं। पीछे हटने में ही उसने कुशल समझी। भरभराता हुआ पीछे हटकर उसने चिल्लाकर कहा, "मैं सभा को बर्खास्त करने को पाँच मिनट का वक़्त देता हूँ और उम्मीद करता हूँ कि पाँच मिनट में ही सब लोग चले जाएँगे।"

दरोगा का इस प्रकार हट जाना बहुत बुरा हुआ क्योंकि उसके सिपाहियों की हिम्मत टूट गई। वे मन-ही-मन दरोगा को गालियाँ देने लगे। उनके सामने हज़ारों मज़दूरों की भीड़ थी। ज़मादार ने बढ़कर कहा, "हुज़ूर।"

दरोगा ने चिढ़कर पूछा, "क्या ?"

"हुज़ूर, बलवा होने का ख़तरा है।"

"हूँ।"

"ये लोग बहुत से हैं।"

हमारे पास बहुत कम लोग हैं। वे इस भीड़ का मुक़ाबला लाठियों से नहीं कर सकते। ये लोग चुपचाप पिटेंगे नहीं। अगर हम मारेंगे तो यह भी मारेंगे।

दरोगा भूपसिंह मोटा आदमी था। पुराना रिश्वती था। रिश्वत पर पल-पल कर उसकी हिम्मत का वही हाल था, जो पैसा लेकर वेश्या के सतीत्व का हो जाता है। उसने घबराकर पूछा, "तो तुम्हारी क्या सलाह है ?"

"हुज़ूर लौट चला जाए।"

"हिश," भूपसिंह ने कहा, "इससे तो इनके हौसले बढ़ जाएँगे।"

"अब हुज़ूर हौसलों को देखिएगा या अपनी जान को देखिएगा ?"

दरोगा को यह इतनी शीघ्रता से स्वीकृत न था। बाकायदा सभा हो रही थी। इस

समय फिर ब्रह्मदत्त बोल रहा था। मज़दूरों पर जैसे जादू हो रहा था। एक-एक लफ़्ज उनकी अक़्ल में समा रहा था। यह है अत्याचार। इसका आधार है पुलिस और फौज...यह है रोटी की लड़ाई...जब मज़दूर अपने लिए रोटी माँगता है तो मालिक देश का नाम लेकर टट्टी की आड़ खड़ी कर देते हैं। उस समय अपनी पूँजी की रक्षा के लिए वह विदेशी हुकूमत को क़ायम रखनेवाले शिकारी कुत्ते—पुलिस और फ़ौज की मदद लेते हैं...

मज़दूरों का जननिनाद बीच-बीच में गूँज उठता था। दरोगा क्रोध से होंठ चबाने लगा। उसके सामने ब्रह्मदत्त बोल रहा था, और वह बिल्कुल निस्सहाय हो रहा था। उसके पुकारा, "खुमान सिंह।"

"हुज़ूर," सिपाही ने पाँव जोड़कर सीधे खड़े होकर उत्तर दिया।

"कलक्टर साहब को टेलीफ़ोन करो।"

सिपाही चला गया। कुछ देर बाद उसने आकर कहा, "हुज़ूर, कलक्टर साहब ने हुक्म दिया है कि ज़रूरत पड़ने पर छावनी पर गोरा पलटन को बुला लिया जाए।"

दरोगा की आँखें चमक उठीं। उसने कहा, "दीवानजी, ब्रह्मदत्त न निकल जाए।"

दीवानजी ने कहा, "ऐसा नहीं होगा हुज़ूर।"

दीवान जाकर पलटन को टेलीफ़ोन कर आया। फिर उसने दीवानजी से कहा, "सभा रोको !"

एकदम पुलिस के सिपाही अपने हाथों में डंडे उठाए हुए टूटे और उन्होंने सीधे लाठी चार्ज़ करना शुरू कर दिया। यह हमला इतने अचानक हुआ कि सभा करनेवाले गड़बड़ा गए। चारों ओर हल्ला होने लगा। मज़दूरिनों के सिर फूट गए। बच्चे चिल्लाने लगे और एक भगदड़-सी मच गई। सिपाही बड़े जोश से हमला कर रहे थे। इसी समय एक औरत ने बढ़कर एक सिपाही का मुँह नोंच लिया। वह सिपाही घिघिया उठा। इसके बाद मज़दूरों ने सिपाहियों को मारना शुरू किया। उन्होंने उनके डंडे छीन लिये और उलटी धुनाई शुरू की। दरोगा दूर से देख रहा था।

पिछले मज़दूर चिल्ला रहे थे, "मारो, मारो...पर आगे बैठी भीड़ की अभी तक समझ में नहीं आया था," मंच पर से सब लोग कह रहे थे, "भाइयो, घबराओ नहीं, बैठे रहो, बैठे रहो...घबराओ नहीं..."

सिपाही जब पिटे तो पीछे हटकर दरोगा के पास इकट्ठे हो गए। दरोगा ने देखा भीड़ अब उधर ही बढ़ रही थी। ब्रह्मदत्त का भाषण रुक गया था। सब लोग मुड़कर देख रहे थे। ब्रह्मदत्त के मुख पर एक निरासक्त दृढ़ता थी और बूढ़ा मदन इस समय तीक्ष्ण नेत्रों से घूर रहा था ! शंकर मुड़कर देख रहा था।

कल्लू दौड़कर आया और उसने कहा, "ब्रह्मदत्तजी, पुलिस ने लाठी चलाई है। मज़दूरों ने उनके डंडे छीन लिये हैं और अब वह उन पर हमला करनेवाले हैं। बहुत मुमकिन है। सिपाही आज मार डाले जाएँ।" उसके स्वर में भविष्य की भयंकर आशंका थी और सिपाही दूर खड़े घबराए से दिख रहे थे।

"यह तो ठीक नहीं होगा," ब्रह्मदत्त ने कहा। किन्तु तभी हरदेई ने नीचे से कहा, "मज़दूरों को रोको, रोको..."

लेकिन भीड़ की कोलाहल में उसका स्वर डूब गया।

उस समय सूर्य की डूबती किरणों ने उस स्थान पर अपनी आख़िरी चमक फेंकी और लगा कि वह स्थान एकदम जाग उठा। लोगों के पाँवों से उठी धूल अब घनी हो हो गई थी।

सभापति बूढ़ा मदन खड़ा होकर चिल्लाने लगा, "भाइयो ! ठहरो। ठहरो।"

भीड़ में वह स्वर फैला। एक ने दूसरे से कहा, दूसरे ने तीसरे से कहा, तीसरे ने चौथे से कहा। आगे से धीरे-धीरे वह स्वर पीछे तक पहुँचा। मदन ने पुकारकर कहा, "ठहरो-ठहरो, जल्दीबाज़ी अच्छी नहीं होती। इस तरह तुम अपनी सभा अपने आप तोड़ रहे हो, और दरोगा का काम सध रहा है..."

7

मज़दूरों पर आवेश छा रहा था। दरोगा भूपसिंह मन-ही-मन डर रहा था। शंकर उठकर खड़ा हो गया और उसने हरदेई से कहा, "हरदेई ! दरोगा सभा तोड़ना ही चाहता है।"

हरदेई साँपिन की तरह सजग होकर फुंकार उठी। वह तुरन्त मंच पर चढ़ गई और उसने ब्रह्मदत्त से कहा, "ठहरो ज़रा मैं एक बात कहूँगी।"

ब्रह्मदत्त रुक गया। हरदेई ने चिल्लाकर कहा, "भाइयो और बहनो, पुलिस आ गई है। ये लोग हमला कर रहे हैं। तैयार रहना।"

सुनते ही हज़ारों मज़दूरों की भीड़ उठकर खड़ी हो गई और मज़दूरिनों के जलते हुए नेत्र देखकर दरोगा भूपसिंह भाग खड़ा हुआ। मज़दूरों ने हर्ष नारा से लगाया, "रोटी के कुत्ते...मुर्दाबाद।"

ब्रह्मदत्त ने पुकारकर कहा, "हिन्दुस्तान..."

हज़ारों गम्भीर कंठों ने उत्तर दिया, "करेंगे आज़ाद।"

कानपुर, गदर और अंग्रेज़ी जुल्मों के समय का वह अबुझ अंगारा दहक उठा। उस समय उन भूखे और ग़रीब इंसानों की वज्र हुंकारों से कानपुर के अत्याचारी थर्रा उठे। हवा पर एक दहशत काँप उठी। हरदेई ने पुकारकर कहा, "हम पर हर हमला किया जा रहा है कि हम रोटी माँग रहे हैं। भाइयो ! भूखे मर रहे लोगों को इतना भी हक़ नहीं दिया जाता। क्या तुम लोग सिर झुका दोगे ?"

"नहीं," उस सजीव भीड़ ने गर्जन किया।

हरदेई ने पुकारा, "कानपुर की जनता देखे, हमारे साथ कैसा अत्याचार किया जा रहा है..."

शंकर कूदकर मंच पर चढ़ गया और उसने हाथ उठाकर कहा, "परतिज्ञा करो कि तुम कभी नहीं झुकोगे..."

कभी नहीं झुकेंगे...हज़ारों कंठों का गम्भीर गर्जन फिर उठा...

ब्रह्मदत्त चाहता था कि इस समय मज़दूरों का जुलूस निकल जाए, तो छोटे दुकानदार और ग़रीबों की छाती बढ़ेगी और ग़रीब निम्न मध्यवर्ग में जान पड़ेगी। परन्तु मज़दूर इस समय नारे लगा रहे थे। भूखे शेर को जैसे ठोकर मारकर जगा दिया गया था। अभी ब्रह्मदत्त सोच ही रहा था कि फौजी गाड़ियों ने मैदान को चारों तरफ़ से घेर लिया। मज़दूरों की भीड़ ने देखा कि चार टुकड़ियों में बन्दूकधारियों ने उन्हें तीन तरफ़ से घेर लिया। उस समय हरदेई ने चिल्लाकर कहा, "सिपाहियो ! तुम भी ग़रीब हो।"

पर वह बात पूरी नहीं कर सकी...

एक टुकड़ी ने की धाँय...

हरदेई ने देखा कल्लू गिरा। मज़दूरों की आँखों में लहू उतर आया। निहत्थों पर बिना बात वार किया जा रहा था। आँखों के सामने बेकसूरों का कत्लेआम हो रहा था। शंकर पुकार उठा, "हत्यारो..."

फिर धाँय, धाँय का शब्द गूँज उठा...

तीनों टुकड़ियाँ चुप थीं, केवल एक गोला चला रही थी। कुछ मज़दूर गिर गए। उनके दारुण चीत्कार को सुनकर एक बार रेला पीछे हटा, पर फिर जैसे बिजली कौंध उठी, शंकर आगे टूटा, उसके पीछे जुलूस तड़पा जैसे पहाड़ सरक गया और उन्होंने भीषण गर्जन करते हुए सामने की टुकड़ी के हथियार छीन लिये उस समय गगनभेदी नारों से आकाश फटने लगा। वे अब जीत जाएँगे, तीनों टुकड़ियाँ घुटनों के बल बैठ गई थीं और फिर हुई धाँय...धाँय...

मज़दूर फिर कुछ घिरे हुए थे, फिर एक हूह छा गई, फिर शंकर ने पुकारकर कहा, "एक न जाने पाए..."

मगर अब वह उत्साह कम हो गया। ठंडा लोहा धाँय से छाती फाड़कर दिल का लहू पीने लगता था। मज़दूर गिर रहे थे और शीघ्र ही भाग मच गई। उस भीड़ को भागने में काफ़ी देर लगी और इस बीच में क़रीब पैंतालीस मज़दूर, मज़दूरिन जान से मार दिए गए। उनकी लाशें वहीं पड़ी रहीं। अन्तिम गोली आकर हरदेई की पसली में लगी। ब्रह्मदत्त ने उसे सँभाल लिया।

उस समय भीड़ भाग रही थी। चारों तरफ़ कोलाहल मच रहा था। हाहाकार से आकाश फट रहा था। धरती रक्त से भीग गई थी। स्वदेशी मिल आज मेहनतकशों के पवित्र रक्त से धुलकर साफ़ हो गई थी। अब सदा के लिए खादी की सफ़ेद टोपी पर क्रान्ति का लाल फूल खिल आया था, जो बता रहा था कि इंसान का रंग लाल है, सफ़ेद उसे रोकता है, लाल उसे आगे बढ़ाता है।

हरदेई की दो पसलियाँ टूट गई थीं। ब्रह्मदत्त की आँखों में आँसू आ गए। इसी समय शंकर आया। वह भी घायल हो गया था। ब्रह्मदत्त ने कहा, "शंकर! भाग जाओ।"

हरदेई ने क्षीण स्वर में कहा, "और तुम..."

"मेरी चिन्ता न करो..." ब्रह्मदत्त ने कहा और बाएँ हाथ से दौड़ते रेले में शंकर

को भाग जाने का इशारा किया। शंकर का काफी खून बह चुका था। वह उसी भीड़ में लय हो गया।

हरदेई ने कहा, "भैया, तुम नहीं गए ?

"मेरी बहन मर रही है।"

"पर काम मुझसे ज्यादा जरूरी है।"

ब्रह्मदत्त चुप रहा।

हरदेई ने फिर कहा, मरनेवाले गिरकर शहीद हुए, जो आधे जीते हैं, उनमें तुम्हें आग भरनी है...

ब्रह्मदत्त की आँखों में आँसू आ गए।

"छिः," हरदेई ने कहा, "रोते हो। मरद होकर रोता है मेरा भइया छिः," वह कराह उठी और कहा, "मुझे लिटा दे..."

ब्रह्मदत्त ने उसे जमीन पर लिटा दिया और घुटने के बल बैठकर रोने लगा। न जाने वह इतना विचलित क्यों हो गया था। उसने कहा, "बहन ? एक दिन वह कभी आएगा, जब यह अत्याचार बन्द होंगे ?"

हरदेई ने मुस्कुराकर अपने खून में हाथ बोरा और ब्रह्मदत्त के माथे पर लगाकर कहा, "भैया, जा छिप जा। वे जानवर तुझे पकड़ लेंगे तो मार डालेंगे।"

मगर ब्रह्मदत्त नहीं हटा। मैदान प्रायः साफ हो चुका था। इसी समय एक फौजी ने ब्रह्मदत्त के बाल पकड़कर अपने बूट से उसकी पीठ में जोर से ठोकर मारी। ब्रह्मदत्त क्रोध और वेदना से फूत्कार उठा। उसकी चढ़ी हुई भौं देखकर एक फौजी ने उसकी जाँघ में बन्दूक का कुन्दा घुमाकर मारा...ब्रह्मदत्त लड़खड़ाकर बैठ गया। जिस फौजी ने उसके बाल पकड़ रखे थे, उसके हाथ में ब्रह्मदत्त के बाल टूटकर रह गए।

दरोगा भूपसिंह ने चिल्लाकर कहा, "जाने न पाए। इनामी सिर है। सारे बलवे की जड़ यही है। उसकी बात सुनकर सिपाहियों ने ब्रह्मदत्त को घेर लिया और वे उसके हाथ-पाँव पकड़कर घसीटते हुए ले चले और उन्होंने उसे पुलिस की गाड़ी में डाल दिया। वह बेहोश हो गया था। मैदान में अब सिर्फ लाशें पड़ी थीं। सिपाही फौज़ी डर रहे थे। उन्हें खतरा था कि कहीं मजदूर फिर न लौट आएँ। कभी-कभी किसी-किसी टोली का भर्राया नारा सुनाई दे जाता था, जिससे उनका दिल काँप उठता था।

हरदेई की वेदना बढ़ गई थी। जब उसके पास से एक फौजी गुजरा उसने घृणा से थूककर कहा, "कुत्ते..."

अंग्रेज़ ने सुना। जैसे उसके भीतर-बाहर आग जल उठी। उसने जोर से उसके पेट में ठोकर दी। हरदेई ने चिल्लाकर कहा, "कमीने..."

अंग्रेज़ अपने कीलदार भारी बूटों को पहनकर उसकी छाती पर खड़ा हो गया और उसने स्त्री के वक्ष को निर्दयता से कुचल दिया; उस भयानक यन्त्रणा से हरदेई की साँस ऐसे निकली जैसे दमे के पुराने रोगी इसलिए खाँसते-खाँसते साँस असम्भव हो जाने पर उसके मुँह से ऐसी आवाज निकलने लगती है जैसे कोई असह्य यातना से चिल्ला रहा

हो...छाती की खाल कट गई। उसके मांस के लोथड़े निकल आए, जिन पर फौजी ने थूक दिया।

पास खड़े टामी ठठाकर हँसे। उनकी हँसी की आवाज सुनकर स्वयं भूपसिंह काँप उठा। उसने आँखें फेर लीं। वह अपना काम दिखाने के लिए गिरफ्तार मजदूरों को अपना छोटा डंडा मारने लगा।

एक फौजी ने आकर पूछा, ''इंस्पेक्टर...?''

इंस्पेक्टर भूपसिंह ने झुककर कहा, ''हुजूर ?''

''सब ठीक हो गया ?''

''जी हाँ हुजूर,'' दरोगा ने नम्रता से कहा, ''हुजूर बड़े सरकश हो गए हैं। कांग्रेसवाले तो पैसेवाले हैं, पर यह टुकड़खोर कुत्ते भी अब हुकूमत चाहते हैं सरकार...''

फौजी हँसा। दरोगा ने फिर कहा, ''सरकार वह जो मोटर में है, ब्रह्मदत्त, कम्युनिस्ट है...वही इस बलवे की जड़ है...''

''उसको फाँसी चढ़ाएगा हम,'' फौजी ने कहा। और सामने खड़े मजदूर को क्रोध से जोर की ठोकर दी। मजदूर गिर गया। तब सिपाही ने दो डंडे मारकर कहा, ''सूअर के बच्चे! सीधा खड़ा हो...कुत्ते...हरामजादे...'' और फिर उसने पुलिस के पवित्र मन्त्रों का उच्चारण किया, अर्थात् निहायत भद्दी गालियाँ दीं...और फिर वे हृदयहीन पुलिसवाले, परामर्श समाप्त करने लगे। गोरे फौजी गाते हुए अपनी गाड़ियों में जा बैठे और गाड़ियों के चले जाने पर केवल उनकी धूल रह गई।

पुलिस की गाड़ियाँ चलीं। हठात् ब्रह्मदत्त ने चौंककर कहा, ''मेरी बहन...मेरी बहन...''

भूपसिंह ने निहायत अश्लील गाली देकर अपना डंडा उसके दाँतों से टकरा दिया। ब्रह्मदत्त वेदना से फिर बेहोश हो गया। गाड़ियाँ चली गईं।

जब नीरवता हो गई शंकर आकर हरदेई की लाश ढूँढ़ने लगा। पर लाशों को पुलिस वाले ले गए थे। वह उस स्थान पर बैठकर, फूट-फूटकर रोने लगा जहाँ हरदेई की हत्या हुई थी। ब्रिटिश हुकूमत और पूँजीवाद ने आज एक खुशबूदार फूल को कुचल डाला था। उसको रोते हुए काफी देर हो गई। जयदेई ने उसके कन्धे पर हाथ रखकर कहा, ''कब तक रोते रहोगे ? चलो उठो।''

शंकर उठा। जब वे घर आ गए तब जयदेई की सास ने कहा, ''क्यों बेटा। यही सरकार मेरे जवान बेटे के जीवन को भी खा गई थी।''

शंकर ने कहा, ''पर तब हम इनके साथ मिलकर उनसे लड़े थे।''

बुढ़िया चुप रही। फिर कहा, ''पर बेटा! बड़े तो बड़े ही होते हैं। जब तुम गोरों से लड़ते हो, तो बड़े लोग गोरों से मिल जाते हैं ? क्यों ?''

शंकर ने कुछ नहीं कहा। उसका सिर झुक गया और जैसे किसी गम्भीर चिन्ता में निमग्न हो गया था। तभी जयदेई ने चौंककर कहा, ''यह बाँह में खून कैसा है ?''

''गोली लगी होगी,'' जैसे शंकर अब चैतन्य हुआ।

जयदेई ने देखा, मांस उस जगह लटक गया था। वह पट्टी बाँधने लगी। बूढ़ी कह रही थी, "पर जब बड़े लोग गोरों से लड़ते हैं, तब तो तुम उनकी मदद करते हो, मेरा जीवन भी हरदेई की तरह ही मारा गया था..."

"नहीं," जयदेई ने कठोर स्वर में कहा, "हरदेई की हत्या बहुत बुरी तरह की गई है..."

मानों उसके दुख ने उसका गला रूँध लिया और अब कुछ भी कह सकना उसके लिए कठिन हो गया था। वह जैसे अपने पति की हत्या भी भूल गई थी।

साँझ हो गई थी। आज सारी बस्ती में एक वीराना था, एक सुनसान-सा छाया हुआ था, जैसे सब तरफ उजाड़ छा रहा था। चिमनियों से उठता काला धुआँ अब उतरते अँधेरे को और गहरा बनाता जा रहा था। हवा में एक घुटन थी और दहशत से जैसे हवा काँप रही थी, क्योंकि जालिम ने अपनी लोहे की कलम से इंसान का भेजा फाड़कर उसमें से खून निकालकर धरती पर लिखा था, "जो रोटी माँगेगा, उसको हम कत्ल कर देंगे..."

उस समय अनेक घरों से करुण क्रन्दन और बच्चों के चीत्कार घुट-घुटकर हवा में एक भय भर रहे थे लेकिन मजदूरों ने लहू बहाकर बतला दिया था कि वे भी इंसान हैं...

चौथा परिच्छेद

1

जो हो रामनाथ से यह बात छिपी नहीं रही कि उमानाथ ही नाटक का स्वामी शीलप्रभु है और महालक्ष्मी उससे एकान्त में छिपकर मिली थी। यह संवाद उनके पास लानेवाला और कोई नहीं स्वयं सत्यनारायण ड्राइवर था जिसने यह जरा-सी बात उन्हें डरते-डरते ठीक पैंतालीस मिनट में बताई थी। रामनाथ ने उससे धीमे, कड़े, उलझे और विश्वस्त स्वर में घुमा-फिराकर सब तरह से पूछा और सत्यनारायण ने बड़े खानदान की इज्जत का सवाल समझकर मालिक के पास यह खबर लाना जरूरी समझा।

रामनाथ ने सुना तो उन्हें एक बार चक्कर-सा आया। ऐसी समस्या उनके सामने कभी न आई थी, न उन्होंने सुनी ही थी। सत्यनारायण चला गया पर वे बैठे ही रहे। दयानाथ मर्दाने में अपने बच्चों को लेकर बैठा था। राजेश्वरी ने महालक्ष्मी के सोते बच्चे को गोद में ले लिया था। पर सत्यनारायण को यह कैसे निश्चय हुआ कि वह शीलप्रभु उमानाथ ही हैं ? कहीं महालक्ष्मी गलती से किसी दूसरे पुरुष से तो जाकर नहीं मिली, छिःछिः, कितना घिनौना विचार था। इस भाव से उगते ही उनकी हिम्मत और भी पस्त हो गई। उन्होंने सत्यनारायण को बुलाकर इस विषय में पूछने का इरादा

बदल दिया।

लेकिन महालक्ष्मी को वे सती मानते थे। उसके चरित्र में वे सन्देह नहीं कर सकते थे। स्वयं राजेश्वरी बड़ी बहू वहाँ थी। फिर कोई सन्देह नहीं किया जा सकता। आखिर पत्नी ही पति को पहचान सकती है, तो क्या वे स्वयं पिता होकर नहीं पहचान सकते ?

उन्होंने निश्चय किया कि वे उसे जाकर देखेंगे अवश्य। वे उठे और चुपचाप बाहर निकल गए। राह में एक ताँगा लिया और उतरकर कार्ड भिजवाया। उस समय शीलप्रभु एकान्त में थे और अपनी शिष्या राधा को सम्भवतः राधाकृष्ण की चीरहरण लीला समझा रहे थे। एक नई गोपी जो पहले तवायफ थी और जहर का काँटा नाम से प्रसिद्ध थी राजासाहब का कार्ड लेकर भीतर घुसी। उमानाथ ने देखा तो घबरा गया। उसने कहा, "राजा रामनाथ ?"

राधा ने कहा, "बुला लाओ।"

उमानाथ ने उठकर राजा साहब का स्वागत किया। राधा बैठी रही।

उमानाथ ने कहा, "विराजिए।"

उसके इस रूप को देखकर राजा रामनाथ अत्यन्त चकित थे। वे यही निश्चित नहीं कर पाए थे कि वे विस्मित हैं, अथवा क्रुद्ध। वे एक बिल्कुल नई दुनिया देख रहे हैं, या एक सबसे जघन्य वातावरण में पहुँच गए हैं। तीक्ष्ण दृष्टि से देखते हुए वे बैठ गए। उमानाथ ने बैठकर कहा, "आज्ञा ? मैं आपकी क्या सेवा कर सकता हूँ ?"

राजासाहब चौंके। बोले, "मैं तुमसे कुछ एकान्त में कहना चाहता हूँ।"

आपके स्थान पर तुम का प्रयोग सुनकर राधा ने कहा, "यह नियम विरुद्ध है। हम सब अलग-अलग देह हैं। पर आत्मा सब में एक ही है। यदि आप समझें कि आपकी बात कोई सुन नहीं रहा है तो यह आपका भ्रम है। आप भूमि के राजा हैं, किन्तु स्वामी शीलप्रभु आत्मा के राजा हैं।"

"चुप रहो," रामनाथ ने चिल्लाकर कहा, "मैं जानता हूँ कि यह मेरा एक नालायक बेटा है जिसने खानदान के मुँह पर कालिख पोत दी है...और तुम एक रंडी हो..."... एक खटाक् की ध्वनि हुई। राधा ने कसकर रामनाथ के मुँह पर तमाचा जड़ दिया था। रामनाथ इसकी कल्पना भी नहीं करते थे। वे चोट खाए हुए साँप की तरह उठ खड़े हुए। उनकी इच्छा हो रही थी कि उसका वह हाथ मूली की तरह तोड़ दें, उसका गला घोंट दें, या उसका कलेजा फाड़कर लहू पी लें...राजा रामनाथ...आनरेरी मजिस्ट्रेट... जिसकी इतनी शक्ति...इतना अधिकार...

शीलप्रभु ने अविचलित ढंग से कहा, "राधा, अतिथि के पाँवों पर सिर रखो, ताकि वे उसमें ठोकर मारकर अपनी प्रतिहिंसा का पशुत्व मिटा सकें। तुमने अनुचित किया है। यदि वे तुमसे और मुझसे शिष्टता से व्यवहार नहीं कर सके तो तुमने अपनी मर्यादा का उल्लंघन क्यों किया ? मेरे उपदेश व्यर्थ चले गए ?" और शीलप्रभु ने खड़े होकर कहा, "बालिका अज्ञ है, उसे क्षमा करें..."

राजा रामनाथ का चेहरा अपमान से स्याह पड़ गया था। गुस्से के मारे उनके बोल नहीं निकल रहे थे। क्या करें। क्या नहीं करें ? यदि इस घटना को लेकर तूल देते हैं तो एक बार को चाहे वह हतक इज्जत में जेल भिजवा दें; पर यहाँ गवाह ? और इस गुप्त बात को वे बाहर जाकर कहेंगे किस मुँह से ? कल सारे शहर में अफवाह उड़ेगी कि बुड्ढे को क्या सूझा जो जाकर एक तवायफ को छेड़ा और उससे पिट गया। उनका गतिरोध इतना जबर्दस्त था कि उनकी आँखों के सामने अँधेरा-सा छा गया। वे एकदम लड़खड़ा गए। शीलप्रभु ने उन्हें सँभालकर कुर्सी पर बिठा दिया और हवा करने लगा। कुछ देर बाद उन्होंने आँखें खोलकर कहा, "तो क्या तुम उमानाथ नहीं हो ?"

इस प्रश्न से उमानाथ थर्रा गया। उसका भीतरी भय भीतर ही भीतर चिल्लाने लगा। उसका सिर झुक गया और होंठों से निकला, "मैं नहीं जानता आप किसे पूछते हैं।"

उन्होंने मुड़कर देखा राधा वहाँ नहीं थी। वे उठे और धीरे से सीधे खड़े हुए। इस समय देखकर लगता था वे आधे बेहोश हैं। उनके चेहरे पर एक अजीब पीलापन छा रहा था। आज उनका इतना भयानक अपमान हुआ था। चाँटा! उनके मुँह पर चाँटा! किसी के गर्व से चाँटा मारने पर दूसरा क्या सोचता होगा, यह बात उनके दिमाग में कभी भी नहीं आई थी। पर आज एक अदना औरत की यह मजाल कि वह राजा रामनाथ के चाँटा मारकर चली गई...और...और वे कुछ नहीं कर सके...क्योंकि इसमें उन्हीं की बदनामी का खतरा था, औरत का क्या...थिएटर में नाचनेवाली, क्या है उसकी इज्जत...कल सड़क पर भीख माँग सकती है...तवायफ...

और शीलप्रभु की बात ने तो जैसे उन्हें बिल्कुल ही झुका दिया। उन्होंने द्वार की ओर पग बढ़ाया। शीलप्रभु ने कुछ नहीं कहा। बगल तम्बू से अब गीता पढ़ने की आवाज आ रही थी जैसे कोई पढ़ते-पढ़ते विभोर हो उठा था। रामनाथ एक-एक पग धरते चले जा रहे थे, और लगता था वे अब थक गए हैं, बहुत थक गए...उनके लिए चलना असम्भव हो गया है...दुनिया घूम रही है...ठीक है पर कहाँ जा रही है...यह दुनिया क्या है...अब इसमें है ही क्या...

वे जाकर ताँगे में बैठ गए। ताँगा चलने लगा। उस समय उन्होंने राधा को देखा। वह हाथ में धूपदान लिये अत्यन्त भक्ति से भरी हुई एक खेमे से निकलकर दूसरे में जा रही थी। उनकी समझ में नहीं आया कि वे क्या देख रहे हैं...

आदमी, इमारत, पेड़, गाड़ी...सबको देख रहे हैं...फटी-फटी आँखों में एक छाया-सी आती है फिर कुछ नहीं दीखता, दीखता है तो मन पर नहीं उतरता...अचेतन... बुद्धिहीन।

2

रामनाथ जब घर पहुँचे तब उन्हें देखकर सत्यनारायण घबरा गया। उसने उन्हें ताँगे से उतरते ही सहारा दिया। उसे उनको ताँगे में देखकर ही अचरज हुआ था और इस हालत

में तो देखकर तो दिल में और भी धुकधुकी हुई। उसने कहा, "सरकार तबीयत तो ठीक है ?"

रामनाथ ने निष्प्रभ हँसी हँसने की चेष्टा करते हुए कहा, "ठीक है।" एक संक्षिप्त नीरस उत्तर था। अपने कमरे में जाकर उन्होंने द्वार भीतर से बन्द कर लिया और सूटकेस खोलकर अपना पिस्तौल निकाला। वे चाहते थे जाकर उस स्त्री और शीलप्रभु दोनों को गोली मार दें, फिर एक विचार उठता था, खुद अपनी ही हत्या कर लें। लेकिन ठंडा लोहा बड़ी कातिल चीज होती है। उसके स्पर्श को झेल जाने के लिए एक बहुत बड़े आदर्श की ज़रूरत हुआ करती है। उन्हें याद आने लगा। यह गौरव, यह रियासत, उनका कुटुम्ब पालन की मर्यादा सब उन्हें पीछे खींचने लगे। रामनाथ का हाथ काँप गया, पिस्तौल उन्होंने चुपचाप भीतर धर दिया और द्वार की ओर ऐसे देखा जैसे चोर दूसरे के बक्स में हाथ डालते वक्त देखता है। और वह उठ खड़े हुए, किन्तु अशान्ति ने पीछा नहीं छोड़ा। मन भीतर ही भीतर फुंकार रहा था। क्या था और जमाना क्या से क्या हो गया ? अगर वह कांग्रेसवालों का हल्ला न होता तो उस औरत के हाथ कटवाकर, नंगा करवाके, मुँह काला करवाके, गधे पर चढ़ाकर, जूतों के हार डलवाकर वे उसे सड़कों पर निकलवा देते। यह उनका क्रोध ही था क्योंकि अंग्रेजी राज में वे ऐसा नहीं कर सकते थे। रामनाथ के पूर्वज ऐसा किया करते थे। और इसी कारण प्रजा में जातीयता और राष्ट्रीयता का भाव ही नहीं रहा था।

घूमते-घूमते वे थक गए। उन्हें लगा वे कहीं कुछ भूल गए हैं। बैठ गए, फिर चारपाई पर लेट गए। क्या वह सचमुच उमानाथ नहीं था ? तभी उन्होंने बाहर कुछ शोर सुना। दरवाजे के पास ही कोई बोलता हुआ जा रहा था, "चाचीजी, हम आ गए।"

बच्चों का स्वर रामनाथ पहचान गए। दयानाथ और राजेश्वरी नहीं आए। नौकरों के साथ अपने बच्चों को भेज दिया है।

नौकर का स्वर सुना, "कह दिया है अँधेरा होने तक ले आना वरना उन्हें तकलीफ़ होगी।"

महालक्ष्मी ने कहा, "तकलीफ़ क्यों होगी ? कह देना उनके ही नहीं, बच्चे हमारे भी हैं। तुम जाओ। हम भिजवा देंगे।"

शायद महालक्ष्मी बच्चों को लेकर भीतर चली गई और नौकर चला गया। रामनाथ का मन बच्चों से मिलने के लिए उमड़ आया। दया अपराधी है। उसकी स्त्री का भी अपराध है। लेकिन बच्चों ने क्या किया है ? वे तो अजातशत्रु हैं। दूध के धुले। पवित्र। लेकिन उन्हें 'दुनियादारी' यानी कमीनापन अर्थात् हमारी सभ्यता अभी मार-मारकर नहीं सिखाई गई। रटा नहीं दी गई। फिर भी वे उठ नहीं सके।

शाम का अँधेरा छा गया। उन्होंने द्वार खोलकर बत्ती जला दी और एक आरामकुर्सी पर बैठ गए। बच्चे रोशनी देखकर इधर ही भाग आए और उनकी गोदी में 'ददुआ, ददुआ' कहकर चढ़ गए। महालक्ष्मी प्रसन्न-सी देखती रही। कुछ देर तक कोलाहल

मचता रहा।

दूसरे दिन रामनाथ ने सत्यनारायण से कहा, "सत्यनारायण !"

"सरकार !"

"उन्नाव को ख़बर भेज दो। हम अभी नहीं लौटेंगे।"

"जो हुक्म सरकार।"

"मैनेजर से कहलवा दो कि हम पारसाल की गलती को इस साल पूरा करेंगे।"

वह समझा नहीं, पर रटी हुई बात कह गया, "जी हाँ सरकार।"

रामनाथ झुँझला उठे। बिना कुछ कहे भीतर चले आए। सत्यनारायण विस्मय से देखता रहा।

वह दिन भी बीत गया। दूसरे दिन सत्यनारायण ने आकर कहा, "सरकार, जान बख़्शी जाए तो मैं कुछ अर्ज़ करूँ।"

रामनाथ ने अख़बार पर से निगाह उठाकर कहा, "क्या है।"

वे इस समय पढ़ने में लगे हुए थे। कानपुर के दंगे के परिणाम पर किसी का लेख था, और बहस हो रही थी कि गांधीजी गोलमेज कांफ्रेंस में विलायत जाएँगे कि नहीं ? इस समय उन्हें इस प्रकार व्याघात पड़ना अच्छा नहीं मालूम दिया। पर जब वह आ ही गया था तो पूछने को विवश हो गए। सत्यनारायण ने कहा, "सरकार ! वह थिएटरवाले दूसरे ही दिन कानपुर छोड़कर भाग गए।"

रामनाथ को एक झटका लगा। बोल उठे, "क्यों ?"

"मालूम नहीं सरकार। उस दिन मैंने हुजूर को ख़बर दी थी। उसी शाम को उनका आख़िरी शो हुआ था। कहते हैं वे उसी दिन जानेवाले थे, मगर टिकिट बिक चुके थे, इसीलिए उन्हें रुक जाना पड़ा।"

रामनाथ को अपने ऊपर गर्व हुआ। डर गए न ? रामनाथ ने सोचा चलो। अगर वह उमानाथ ही था तो उसने सोचा होगा कि उसी के भले के लिए मैंने उसे छोड़ दिया, वरना मज़ा चखा देता। वे मुस्कुराए और फिर अख़बार पढ़ने लगे। सत्यनारायण कुछ देर तक देखता रहा, फिर चला गया।

महालक्ष्मी द्वार के पीछे से सुन रही थी। वह अचानक ही कुछ पूछने आई थी। उसके कान खड़े हो गए। तो क्या सत्यनारायण ने ददुआ से सब कुछ कह दिया ? वह यह सोचते ही काँप उठी। उफ ! अब क्या होगा ? पर दबे पाँव लौट गई। उसकी इच्छा हुई कि राजेश्वरी के बच्चों को फिर बुलवा लिया जाए। कुछ वक़्त बहल जाएगा। पर फिर रामनाथ के डर से चुप हो गई। अगर उन्हें थिएटर के मुलाकात के बारे में मालूम हो गया है तो वे क्या सोचेंगे। वह चुप ही रह गई।

कानपुर का रहना एक आफ़त हो गया। उन्नाव में पच्चीस धन्धे थे। अपना घर था। सुबह से शाम तक दिन निकल ही जाता था। यहाँ वह बँगला किराए पर ले लिया है। न इधर जान-पहचान है, न उधर, ऐसे जैसे किसी बियाबान में किसी डाकबँगले में आकर टिक गए हों। अकेले। दिन, साँझ, रात, भोर सब भारी हो गए हैं, रास्ता बहुत

लम्बा है, कोई काम करने को रहने को नहीं रहा। खाना खाते हैं तो इसलिए नहीं कि भूख लगती है, वरन् इसलिए कि आदत पड़ गई है, स्वाद की इच्छा होती है, वक़्त बँध गया है।

3

वहीं स्त्री का सौभाग्य है जहाँ वह रूखा-सूखा खाकर भी रहे अपने पति के ही साथ। तभी स्त्रियाँ कहती हैं कि धन है, वैभव है पर महालक्ष्मी को सुख नहीं मिला है। किसकी सेवा करे वह ? किससे अपने यौवन की एकान्त बातें करे। हर व्यक्ति के जीवन में प्रारम्भ में एक अल्हड़पन रहता है। यही यौवन की स्फूर्ति कहलाती है। इसका आधार शरीर की शक्ति होती है। कैसा भी ज्ञानवान हो वह वासना के दो-एक विचार सोच ही लेता है। ज्ञान बढ़ने पर मनुष्य सदैव शर्बत नहीं चाहता तो पानी की तो प्यास लगती ही है। महालक्ष्मी इसी प्रकार अपने जीवन का शर्बत खो चुकी थी। अब वह कामधन्धों के पानी से अपनी प्यास बुझा लेती है, उस मिठास को भुला देने में ही उसने अपना श्रेय समझा है, उम्र वैसे भी बीतती है, यों भी बीत ही जाती है। जिसे कहते हैं कि आदमी को कुछ मिलना चाहिए, सो वह तो दोनों ही हालतों में नहीं मिलता। मन की बात है, उसे बहलाए रखने की सामर्थ्य होनी चाहिए। सो वह सामर्थ्य ईंट पर ईंट धरकर तो बनाई नहीं गई थी, घर बनाया था, पर वह मिट्टी का था और मिट्टी का घर कोई दो मिनट में तो बनता नहीं। मिट्टी का एक लोंदा पहले जमा दिया, वह ज़रा कुछ सूख गया तो उस पर दूसरा धर दिया, इस प्रकार भीत बनती जाती है। महालक्ष्मी का वह घर अब मिट्टी का ढूह हो गया है। वह अब तक उपन्यास पढ़ती थी। अब उसकी उनकी ओर से रुचि हट गई है। ये उपन्यास प्रेम के बल पर जीवित रहते हैं। अन्त में सब पात्र जाकर जीवन का तथ्य पाते हैं। पाठक फिर भी नहीं पाता। उन्हें पढ़कर लाभ ? और वे पात्र फिर इस दुनिया में तो होते भी नहीं।

यह विधवा नहीं है, उसका पति जीवित है, पर वह उसके लिए नहीं है। कैसी दारुण वेदना है। जब पैदा हुई थी तब उस समय क्या उसका कोई पति था ? नहीं। जीवन की एक विशेष आयु पर विवाह हुआ। तब से अभी तक जिस आदर्श को पालती चली आई है, उसको इस प्रकार वह कैसे नष्ट-भ्रष्ट हो जाने दे ? किन्तु अब आशा एक उन्माद है उमानाथ ! जब वह अपने पति के विषय में सोचती तो अपने भाग्य को इधर-उधर की स्त्रियों से तुलना करती। उसकी नज़र में उसकी नौकरानियाँ ही अच्छी थीं। धन-वैभव का भेद तो कर्म के अनुसार भगवान देता है, पर यह पारिवारिक सुख तो उन्हें है। वे नौकरानियाँ हैं, पर उनके पति का घर उनका अपना है, जहाँ वे स्वामिनी हैं।

महालक्ष्मी ने अपनी इस व्यथा में किसी को भी साथी नहीं बनाया। वह अकेले ही रिसती है। जिस दिन से वह उमानाथ से मिलकर आई थी, उसी दिन से उसकी नींद

गायब हो गई थी। सारी रात बस करवटों में बदल जाती। उसे लगता कि वह वास्तव में जीवित नहीं है। वह एक भयानक स्वप्न देख रही है। उसका प्राप्य उसके सामने है, पर वह सिर्फ़ सोने की अशर्फियों की तरह है जिसकी एक साँपिन फन उठाकर रक्षा कर रही है। महालक्ष्मी चाहती है उस धन को अपना कहे; कह ले; पर दूर से। निकट वह साँपिन नहीं जाने देती, और वह धन स्वयं इतना हृदयहीन है कि उसमें चमक और खनखनाहट के अतिरिक्त कुछ नहीं।

महालक्ष्मी साँझ के उतरते अन्धकार को देखती। फिर सोचती न जाने कितनी अभागिनें इसी तरह तड़पकर अपनी सूनी ज़िन्दगी बिता रही होंगी। उमानाथ इतना बड़ा जाल फैला सकता है यह वह अब भी विश्वास नहीं कर पाती थी। पर जो आँखों से देख लिया था, उसे वह अब झूठ कैसे कह सकती थी ? उसका मन करता वह ज़ोर से रो पड़े। देखे, यह समाज देखे, संसार देखे, कि उसके साथ कितना भयानक अत्याचार हो रहा था। उसका पति एक सौत लाया। ठीक है। वह तो पुरुष का अधिकार है। इस बात को वह बार-बार सोचती क्योंकि जैसे पत्थर गिरने पर लहरियाँ फैलती हैं पर वहीं तक फैलती हैं जहाँ तक तलैया का पानी है। उसके बाद फिर भटंट बंजर है। तो जितनी महालक्ष्मी की सीमाएँ हैं वह हैं ही कितनी। बहुत सी स्त्रियाँ देश सेवा का व्रत लेकर एक दम्भ पैदा कर लेती हैं, कुछ आजीवन भौं चढ़ाए समस्त पुरुष जाति से घृणा करती हैं। यदि उनके पास पुत्र होता है तो एक अपवाद होता है। महालक्ष्मी जिस कुल की मर्यादा रखने को बद्ध है, उसमें, उस लोहे के कटघरे में खड़ी होकर, जब वह देखती है, तो सब सुखी मालूम देते।

दुखी है तो बस एक मात्र वह ही।

फूल खिलते हैं, नयनों में खटकते हैं। चाँदनी जब पत्तों पर विभोर हो जाती है, और कानपुर के गन्दे शहर की परछाइयों का जमघट इस सिविल लाइंस में नहीं आ पाता, तब भी उसमें एक सुलगन है। वही मादक तृष्णा अंगों में करती है कि मन उसे व्याकुलता से बुलाने लगता है; किसे बुलाता है वह ? अपनी अतृप्त वासनाओं के हाहाकार को वह दुख कहता है क्योंकि उनसे छूट नहीं पाता। यही चाँदनी मन का सबसे बड़ा सन्तोष है, यदि इस समय दो नयनों में उसकी स्निग्धता उतर सके, फिर होंठों के कोने खिल उठें और पलकों की बिछलन पर एक नशा-सा अँगड़ाई लेने लगे। एक जादू-सा जैसे मुलायम गुदगुदी मुट्ठी खोल दी, न कुछ था, न कुछ है, पर चारों ओर एक सुगन्ध फैल गई है। आँखें खोलने की भी इच्छा नहीं होती। बस कानों में एक मदिर स्वर का संगीत गूँज रहा है, रागिनी जिसमें भीतरी विलास प्रतिध्वनि होकर फिर चाँदनी बनकर पत्ते-पत्ते पर थिरकता है, और वह अच्छा लगता है, जब हल्का प्रकाश जीवन की सुप्त वेदनाओं को जगाकर अन्दर, अन्दर के स्तरों को उभाड़ देता है और फिर लगता है जैसे भादों की घनी अँधियारी में जब बिजली कौंधकर छिप जाती है तब नदी की कल-कल धारा के फनोच्छ्वास पर कोई कोयल 'कुहू' 'कुहू' करके पुकार उठती है...

महालक्ष्मी शैया पर तड़फड़ाने लगती। जितना ही उमानाथ और उसकी वेश्या के

विषय में सोचती, उस वेश्या की जगह अपरूप ढंग से अपने को रखकर सोचती, अब वह केवल स्त्री-पुरुष हो जाते और वासना के फिरकते बुद् बुद्...मन्थर गति से नाचते...फूट जाते...आँख खुलने पर महालक्ष्मी अवधेश को देखती और फिर वह एक ठंडी साँस लेकर सोने के लिए आँखें बन्द कर लेती, वह आँखें जिनमें अनेक चित्र रहते, जैसे वह टूट जाते आँखों में पीड़ा होती...

तीन-चार दिन में महालक्ष्मी की सूरत पर विषाद की छाया घिर आई।

4

रामनाथ अपनी चिन्ताओं से व्याकुल हो गए। इसका मतलब था कि वह उमानाथ ही था। वरना भागने की क्या आवश्यकता थी। हो सकता है इसलिए डरकर भाग गए होंगे कि राजा साहब अब कहीं गिरफ़्तार न करवा दें। तो क्या उमानाथ के सामने उसके पिता को एक साधारण बाज़ारू औरत ने चाँटा मारा और वह चुपचाप खड़ा अपने पिता को ही दोषी कहता रहा ? रामनाथ को यह स्वीकृत नहीं था। नहीं वह कोई और ही था। और कोई क्या भाग नहीं सकता था ?

हठात् उन्होंने उठकर आवाज़ दी, ''सत्यनारायण !''

सत्यनारायण ने प्रवेश किया।

रामनाथ ने कहा, ''पारसाल कुम्भ हुआ था।''

सत्यनारायण, ''जी सरकार।''

''तो पारसाल जो चूक हुई उसे अबकी बार खोदेंगे। बहू से कहो इलाहाबाद की तैयारी कर ले। तीर्थस्थान करेंगे। इससे मन शुद्ध होगा,'' और वे धीरे से बुड़बुड़ाए, ''बूढ़ा हो गया हूँ, अब न जाने कब भगवान का बुलावा आ जाए।''

सत्यनारायण चला गया। महालक्ष्मी सुनकर आई और द्वार के पीछे खड़ी होकर बोली ? कब चलेंगे।

''कल ही ठीक रहेगा,'' रामनाथ ने कहा।

महालक्ष्मी ने सिर झुका लिया। रामनाथ कहते रहे ? इधर देखता हूँ तुम्हारी तन्दुरुस्ती भी बहुत गिर गई है। कानपुर का पानी ही ख़राब है।

महालक्ष्मी का मन काँप उठा। ददुआ क्या कहना चाहते हैं ? रामनाथ की तीक्ष्ण आँखों ने बाहर देखते हुए जैसे अब आकाश के शून्य को पकड़ लिया था। महालक्ष्मी भीतर चली गई।

तैयारियाँ होने लगीं। घर में नौकरों का हल्ला होने लगा। परन्तु रामनाथ अपने कमरे में चुप बैठ रहे। उनकी चिन्ता बढ़ गई थी। क्या वे सचमुच अपनी व्यथा को खो सकेंगे ? क्या वे अवधेश के बड़े होने तक जीवित रह सकेंगे ? यदि बीच में ही वे मर गए तो सब कुछ कौन सँभालेगा ? उन्होंने निश्चय किया कि प्रयाग से लौटते समय वे सब कुछ तय करके उन्नाव जाते ही अपनी वसीयत लिखा देंगे।

भविष्य कितना अनिश्चित था। उन्होंने उठकर खिड़की बन्द कर दी। वे यह सोचना भी नहीं चाहते कि उनके कमरे के बाहर भी एक संसार है।

5

वे मोटर से गए।

वैसे कानपुर से इलाहाबाद सीधी लाइन पर पड़ता है। पर पुरबिया ढब के लोगों को देखकर ही लगता है कि वे अपने पुराने विश्वासों के प्रति बहुत अधिक मोह रखते हैं। अवधी, भोजपुरी की शब्दावली वहाँ रेलों में सब ही लोग बोलते हैं। और उनमें जो एक अंग्रेज़ों से लड़ने की पुरानी परम्परा है, उसके कारण वे कुछ उद्धत से दिखाई देते हैं। लेकिन जो दुकानदार और थुल-थुल व्यापारी, तम्बाकूवाले पानी बहुतायत से चबाते हैं और नीचे का होंठ निकालकर बात करते हैं क्योंकि मुँह की पीक वे जल्दी नहीं थूकते, रेल में झगड़ने के शौकीन होते हैं। ये बनिए राजपूताने और मारवाड़ के बनियों की तरह दब्बू नहीं होते, पर ताल्लुकेदार और राजाओं की भीड़ को देखकर जलते हैं। आम जनता बहुत ज़्यादा ग़रीब है और वह इतना भी समय नहीं पाती कि ज़रा आराम से साँस ले सके। इसका कारण है कि यद्यपि वे सहस्रों हैं—ग़रीब हैं—पर उन पर ताल्लुकेदारों जैसे विष्णु जो लेटे हैं तो फेन गिराते ही इन ग़रीबों का जीवन बीत जाता है। गंगा के तीर के वे लहलहाते सुन्दर मैदान, वे मनोहर दृश्य, मोहक वृक्ष, सब कुछ इतना धनी है कि उसमें मनुष्य की इतनी दुर्गत देखकर अत्यन्त क्लेश होता है।

और कानपुर के अनन्त पापों को लेकर जब गंगा बहती हुई इलाहाबाद पहुँचती है तब जमुना आकर उससे कान में कुछ कहती है और फिर संगम में जल समुद्र की भाँति फैल जाता है। यहीं एक दिन, दो दिन, महीनों, वर्षों...अगणित व्यापार हुए हैं...जन्म, मृत्यु, ज्ञान, तप, योग, उपदेश, जुलूस, अत्याचार, हाहाकार, विजयिनी सेना, रक्त सने अश्रुओं का धोया जाना, नारी का मातृत्व, या फिर विलासिनी का नग्न नृत्य बालकों का निर्मम वध, फिर अंग्रेज़ों का बर्बर शासन...फिर...सत्याग्रह...

महालक्ष्मी ने इलाहाबाद में गंगा स्नान किया। जब वह निकली तब गंगा तीर पर उसे भूखों की भीड़ ने घेर लिया। उनको देखकर उसे अत्यन्त करुणा हो आई। उस समय उसने सत्यनारायण से कहा, "बेचारे !"

सत्यनारायण ने सुना और मालकिन की करुणा को पहचाना।

दूसरे दिन से महालक्ष्मी अपने हाथ से दान करने लगी और रामनाथ चौंक उठे। उन्होंने देखा। समझे नहीं। महालक्ष्मी ने अपने सिर से सेंदुर रहने दिया, माथे पर बिन्दी भी, हाथ में चूड़ी और पाँव में बिछिया भी, लेकिन सिर के काले बाल खोल दिए और सफ़ेद साड़ी पहन ली और सब आभूषण उतार दिए। उस त्याग की भावना से जो उसके चेहरे पर चमक आ गई। उससे उसका स्त्रीत्व का आकर्षण बढ़ गया, क्योंकि उसके जो गाल कुछ खिंचे हुए से थे अब उन पर घुँघराली जुल्फें आ गईं और वह दोष छिप गया।

हाँ, एकदम काले और घने बालों की पृष्ठभूमि रहने के कारण उसका मुँह अपने आप पहले से कुछ अधिक गोरा दिखाई देने लगा।

रामनाथ ने उससे पूछना चाहा, पर वे पूछ नहीं सके। वे स्वयं महालक्ष्मी के इस सुहाग-भरे वैधव्य को समझते थे। कुछ भी कह-सुनकर वे मर्यादा को गिराना नहीं चाहते थे। सत्यनारायण से उन्होंने पूछा, "बहू का जी यहाँ तो लगता है !"

"हाँ, मालिक !"

रामनाथ ने और कुछ पूछना चाहा, पर फिर मर्यादा के कारण चुप हो रहे। बात टालकर कहा, "बहू क्या यहाँ प्रसन्न है ?"

"हाँ सरकार," सत्यनारायण ने कहा, "दिन-भर धरम के कामों में ही बीत जाता है।"

रामनाथ के मन को सन्तोष हुआ। पूछा, "क्या-क्या करती हैं ?"

"सरकार, नित्य तो दान करती हैं। हज़ारों भूखों का पेट पलता है। इतनी असीस देते हुए लौटते हैं कि यदि कोई सुन ले तो वहीं तर जाए। मालकिन ने इस छोटी उमर में जो कठिन जोग साध लिया है सारे शहर में इसकी चर्चा है। लोग कहते जाते हैं कि राजा रामनाथ के घर की बहू है, यही अगर धरम नहीं पालेगी तो फिर यहाँ धरम की रच्छा करेगा भी कौन ? रोज़ ही पंडे असीस देते हैं। उन्हें माल मिलता है। दान से भिखारी मालामाल हो रहे हैं। पंडों का तो कहना है कि उनका व्यापार ऐसा तो तब ही चलता है। जब कोई बड़े-बड़े महाराजा या महारानियाँ आती हैं। सब जगह नाम फैल गया है। लोग कहते हैं कि मालकिन का सुभाव इतना अच्छा है कि एक बार को कुछ न भी दें तो भी लगता है कि जनम-जनम की साध पूरी हो गई। अन्नपूरना देवी के दर्शन हो गए। सदा मुस्कुराती रहती हैं। देखकर लगता है जाने कहाँ की सोच रही हैं, लौ लगी हुई है, सरकार, लगता है भगवान की छाया उन पर उतर आई है।"

रामनाथ सुनते रहे। उनके मन में आनन्द की लहर उठी। उनके वंश का नाम जब सब डुबा गए तब इस लड़की ने उज्ज्वल कर दिया। सत्यनारायण कहता जा रहा था, "लोग देखते हैं। कहते हैं, क्यों नहीं ? राजा रामनाथ का तो सारा खानदान ही ऐसा है। एक-एक हैं। उनके भाई ने पुलिस की नौकरी छोड़ दी, गुलामी छोड़ दी, एक भी लड़का ऐसा नहीं जिसने देश के लिए सब कुछ न्यौछावर नहीं कर दिया। एक ने तो जान ही दे दी और अब धर्म का डंका बजा रहा है। मालकिन जब पहुँचती हैं, तब भूखे दूर ही से उनकी मोटर को देखकर जय-जयकार करते हैं। लोग कहते हैं कि राजा हों तो ऐसे। प्रजा से लेकर प्रजा को लौटा दिया, ग़रीबों का पेट-पालन किया। और मालकिन भी उन भिखारियों पर इतनी दया करती हैं कि उनकी आँखों में लोगों का दुख देखकर पानी भर-भर आता है।"

सत्यनारायण का स्वर कुछ गद्गद हो गया था। रामनाथ का मन उछल रहा था। संसार क्या कह रहा है ? जिस देशभक्ति का उन्होंने विरोध किया, वह भी आज उनकी प्रशंसा बन गई है। और महालक्ष्मी के इस आकस्मिक परिवर्तन को वे शीघ्र ही समझ

नहीं पाए थे। सत्यनारायण कह रहा था, "सरकार ! कल तो कुछ अख़बारवाले आए थे, पूछ रहे थे, कौन हैं ? किस खानदान में हैं..." मैंने कहा, "आनरेरी मजिस्ट्रेट राजा साहब रामनाथजी का नाम किसने नहीं सुना..."

रामनाथ को इस बात में कोई रुचि नहीं हुई। वे समझ गए कि यह हिस्सा खैरख़्वाही दिखानेवाला है। उन्होंने काटकर कहा, "तो अभी यहाँ कुछ दिन और रहा जाएगा ? बहू से पूछना।"

सत्यनारायण की बात कटी, वह कुछ हतप्रभ हुआ। उसने कहा, "जो हुक़्म सरकार।"

"अवधेश घर पर रहता है ?" रामनाथ ने पूछा।

"नहीं सरकार," सत्यनारायण ने फिर स्फूर्ति से उत्तर दिया, "छोटे मालिक के हाथ से ही सब दान-पुन्न कराया जाता है। मालकिन उन्हें सदा साथ रखती हैं।"

रामनाथ सोचने लगे।

6

महालक्ष्मी ने जब से सिर के बाल खोल दिए तब से उसे लगा जैसे वह पहले से बहुत खुल गई। पहले लोगों को देखकर उसे मुँह छिपाना पड़ता था। अब सबकी दृष्टि उसकी ओर उठती थी और वह उन्हें एक विजयिनी की तरह देखती थी। देखनेवाले देखते ही रह जाते थे। उसके विषय में अनेक प्रकार की धारणाएँ हो गईं। जो विश्वविद्यालय के विद्यार्थी से उनके दृष्टिकोण में बहुत कुछ होता था। परन्तु महालक्ष्मी को जैसे दुनिया एक चलती-फिरती छाया हो गई। कभी-कभी उसे पंडों की लोभ-वृत्ति देखकर घृणा हो आती पर जब असंख्य भूखे उसका जय-जयकार करते तब उसे एक आनन्द होता, एक स्वामित्व की भावना जाग उठती। भंडारे करके उसके मन में जो अहंकार होता, उसे लगता वह उसकी समस्त वेदनाओं को ढकने की शक्ति रखता था। ग़रीबों को देखकर उसके मन में अत्यन्त दुख होता और उसका अपना दुख बहुत छोटा मालूम होता। परन्तु कल तक जो बात थी। वह अब नहीं रही थी। अब वह म्यान से निकली हुई तलवार के समान थी जो हवा में ख़ून के लिए लपलपा रही थी। महालक्ष्मी जितना दान देती उतना ही उसे लगता उसका भी संसार में जीवन सार्थक है। जीवन की समस्त अतृप्त यौन-वासनाएँ अब भगवान कृष्ण के पौरुष पर समर्पित हो गईं। सदियों से इसी प्रकार भारत में युवतियों को बहलाने का एकमात्र साधन अब सजग हो गया। यह राजसी ठाठ से रहनेवाला त्याग उस जलती हुई दीपशिखा के समान अन्धकार में चमकने लगा, जिसके तल में ढेर-ढेर तेल था, तेल जिसे संस्कृत में स्नेह कहते हैं। यह नीरस वियोग नहीं था जो शरीर में भस्म रमाकर आकाश के शून्य को देखकर जीवन काट देता। इस विरह में अभी तक उस पुराने आलिंगन की गर्मी शरीर में बची रह गई थी, जिसके सहारे जीवन कटा जा रहा था जैसे इकतारा टूट जाने पर भी कानों में उसकी गूँज बची रह

गई थी।

महालक्ष्मी सोचती। हरिद्वार, गंगोतरी, कैलाश, लक्ष्मण झूला, नाथद्वारा, ब्रह्मवर्त्त, बिठूर, अमरनाथ, पुरी, रामेश्वरम्, वृन्दावन और नैमिषारण्य आदि के माहात्म्य को सुनती और फिर उस आत्मा की कल्पना करती जो निरन्तर घूमती हुई हर जगह जाती और फिर अनेक-अनेक तीर्थस्थानों का विचार मूर्तिमन्त हो जाता। वहाँ कितना कलुष है, कितना व्यापार, झूठ, चोरी, व्यभिचार, आत्मसम्मान की हीनता है, इस पर उसका ध्यान नहीं जाता। उसके लिए अब जीवन जैसे एक सपना था, एक रोमांस मात्र। कभी वह बर्फ़ की चोटियों पर खड़े हुए मौन नीरव यात्रियों को श्रद्धा से भगवान शिव के चरणों पर जाते हुए अपनी कल्पना में देखती, कभी गोस्वामियों की मन्दिरों की कोमल घंटियों की झंकार सुनती; और फिर कभी प्रचंड शब्द करनेवाले, दक्षिण के प्राचीन मन्दिरों के गोपुरों की छाया में खड़ी दिगन्त तक गूँजनेवाले घंटों का गम्भीर निनाद सुनती। जीवन ऐसा हो गया जैसे धूप निकलती है तो वह चटकदार नहीं; सुनहली होती है। और उस कष्टों से भरे मृत्युलोक में वह वियोगिन एक अगरुधूम की लहर-सी चलती, जैसे सघन नीली छाया से आस्नात धुँधियाले पहाड़ों की बर्फ़ानी सँकरी राह पर एक सुप्त वेदना छाई रहती और वह सवैये में पढ़ती, जिनमें राधा के उरोजों को देखकर नाइन मुस्कुराती रहती, क्योंकि उन पर ईंगुर की-सी ललाई थी और तब महालक्ष्मी संकोच नहीं करती क्योंकि वह सब धर्म था, उनमें स्त्री आत्मा थी, पुरुष एक था, वह परमात्मा था, उसमें अपने आपको लय कर देना चरमावस्था थी।

साँझ होने लगी। महालक्ष्मी तैयार हो गई। उसने सफ़ेद साड़ी पहन ली। जब वह बाहर निकली वह अकेली थी। सत्यनारायण मोटर लिये तैयार था। महालक्ष्मी को देखकर वह उठ खड़ा हुआ।

महालक्ष्मी ने पूछा, ''ददुआ चले गए ?''

''जी हाँ, उन्होंने मोटर वापस भेजी है।''

''और अवधेश।''

''छोटे मालिक भी उन्हीं के साथ गए हैं।''

महालक्ष्मी मोटर में बैठ गई। सत्यनारायण गाड़ी चलाने लगा। महालक्ष्मी नया शहर छोड़कर जब गंगा के तीर पर पहुँची तब उन पुराने मकानों को देखकर अच्छा सा लगा। इन मकानों में वही हिन्दू भावना है, वह पुराना हिन्दुस्तान जो बदलना नहीं चाहता। सिर पर बाल उगते हैं। आदमी ज़रा अधिक बढ़े कि आदतन बक-बक करनेवाले नाई से उन्हें कटवा लेता है, पहले जैसे करवा लेता है। वह समझता है कि उसके बाल पहले जैसे ही हैं पर वह यह नहीं याद रखता कि सब बालों की जड़ पर नई पैदाइश है, वह नहीं है जो पहले थी। वह अपने भ्रम में मस्त रहता है, और धीरे-धीरे एक दिन सफ़ेद बाल निकलने लगते हैं।

महालक्ष्मी जब लौटी तो मन उद्विग्न था। वह स्वामी श्री युगलानन्दजी महाराज के उपदेश सुनने आई थी। स्वामीजी सुगठित व्यक्ति थे और उनके बारे में कहा जाता था

कि औरतें उनकी मालिश करके स्नान कराती थीं और कोई स्त्री यदि बच्चे की आस में उनके पास गई तो उनकी दी हुई पुड़िया का असर कभी नहीं चूका। समय आने पर उसको पुत्र की माता होने का सौभाग्य मिलकर रहा। वाणी में ऐसी मिठास थी कि कोई क्या कहे ? पंडाल में स्त्री-पुरुषों की खचाखच भीड़ रहती। आजकल रानी शशिप्रभा की अटूट सेवा के कारण वे प्रयाग में टिके हुए थे, वरना उनको क्या कमी ? जिस रियासत में जाते वहीं राजा-महाराजा दफीने पूछते, वज़ीर और मन्त्री मोटर लिये खड़े रहते, रानियाँ सुहाग की अमरता के लिए बालक माँगतीं और ज़मींदार मुकदमों की जय-पराजय पूछते। एक राजा को तो उन्होंने हीरे फूँककर दिए थे। उस भस्म को बनाने में लगभग आठ लाख सत्तर हज़ार रुपए खर्च हुए थे। कहा जाता था अब उस राजा के पास असंख्य रानियाँ थीं और महालक्ष्मी ने स्त्रियों की बातचीत में सुना था कि रानियाँ उसकी याद में मगन पड़ी रहती हैं। जब राजों के खानदान की औरतें नौकरों को पालती हैं, राजा ही वहाँ सैकड़ों दासियों को रखता था। स्वामीजी किस विचारधारा के आदमी थे यह कहना कठिन था। योग, तप, स्वाध्याय, ध्यान, मुद्रा और अनेक मतों का उनमें सार इकट्ठा हो गया था। रानी शशिप्रभा तो उनके समीप ऐसी बैठी थी जैसे कोई दासी हो। महालक्ष्मी की आग धधक उठी। सिर गर्म हो रहा था। महालक्ष्मी ने कहा, "ड्राइवर !"

"हुज़ूर !"

"गंगातीर पर चलो।"

सत्यनारायण ने गाड़ी एकान्त की ओर मोड़ दी। गाड़ी धीमे चलने लगी। गाड़ी कुछ ही देर में नीरव स्थान पर पहुँच गई। ठंडी हवा चल रही थी। उससे उसका दिमाग़ कुछ हल्का हुआ। गंगा की प्रशस्त धारा पर डूबते सूरज की अन्तिम पीली किरणें गिर रही थीं। अत्यन्त सुहावना दृश्य था। दूर कहीं लगता था। जल में सफ़ेद और नीला मिल गया है, और उस पर अब सोना बहा जा रहा है। आकाश और पृथ्वी में एक शीतलता थी। धींवरों के झुंड दूर पर बैठे थे। गंगा में नावें घूम रही थीं और सब कुछ लगता था। अब उड़ जाएगा, उड़ जाएगा। महालक्ष्मी मोटर में से बैठी-बैठी देखती रही, फिर उतरकर नीचे आ गई और नदी तीर पर खड़ी हो गई।

एकाएक वह चौंक उठी। उसकी आँखों को विश्वास नहीं हुआ। एक नाव इधर ही आ रही थी। उसमें दो व्यक्ति थे। एक सुन्दरी स्त्री और एक पुरुष। महालक्ष्मी को जैसे बिजली का तार छू गया। क्या यह सच है ? स्वयं शीलप्रभु और उनकी राधा। यह प्रयाग में कैसे आए ? और फिर वह सब कुछ भूल गई। उस समय उसकी आँखों में राधा गड़ गई और वह आवाक्-सी एकटक उसे घूरती रही। शीलप्रभु अब खाँसने लगा। उस खाँसी में एक भयानकता थी, क्योंकि उसने उस व्यक्ति को शिथिल कर दिया। राधा ने उसे अपनी गोद में लिटा लिया और तीर की ओर स्वयं खेने लगी। नाव आकर तीर से टकराई। सत्यनारायण उस समय मोटर के पीछे छिपकर बीड़ी पी रहा था।

महालक्ष्मी ने देखा। क्षण-भर यह खड़ी रही और फिर बढ़कर कहा, "नमस्ते।"

राधा ने देखा। वह उसे नहीं पहचान सकी। किन्तु तब तक उमानाथ चैतन्य हो गया था। उसने कहा, "आप कौन हैं ?"

महालक्ष्मी तड़प उठी। उसने तीखे स्वर से कहा, "रुक्मिणी।"

उमानाथ सकपका रहा था। उसे डर था कहीं महालक्ष्मी राधा के सामने और कुछ न कह दे। वह महालक्ष्मी के व्यंग्य को समझ गया था। रुक्मिणी कृष्ण की पत्नी थी। राधा उनकी क्रीड़ा-संगिनी थी। उस उत्तर को सुनकर वह भीतर ही भीतर तिलमिला गया। किन्तु करता भी क्या ? राधा मुस्कुराई। पर उसने भी कुछ नहीं कहा। वह समझ ही नहीं पाई थी कि यह औरत कौन है। पर उसने सोचा कि कोई भटकती स्त्री है, जो सब वैभव होते हुए भी दुखी है। उमानाथ ने कहा, "खाँसी बहुत हो गई है।"

राधा ने कहा, "डॉक्टर को क्यों नहीं दिखाते।"

"दिखाऊँगा।"

"रोज़ कहती हूँ। रोज़ टाल देते हो। तुम्हारी वह आदत ही इसके लिए जिम्मेदार है," महालक्ष्मी समझ गई कि राधा शराब के बारे में कह रही है। उमानाथ ने हँसकर कहा, "बस, तुम घूम-फिरकर वहीं आ जाती हो।"

"लेकिन मैं कहती हूँ कि यही बात है।"

"अच्छा-अच्छा कल देखा जाएगा," टालते हुए उमानाथ ने कहा, "जब चलें। अब मैं ठीक हूँ।"

"नाव मैं ही खेऊँगी," राधा ने ज़िद की।

"नहीं, मैं खेऊँगा," उमानाथ ने कहा, "जब तक हाथों में दम है तब तक मैं ही खेऊँगा, तुम गाओगी।"

"मैं नहीं गाऊँगी।"

"गाओगी, ज़रूर गाओगी। मैं धारा को काट सकता हूँ, पर मेरे सामने वही बैठेगा जो गाकर मुझे सुला सके।"

उस समय राधा के नेत्रों में विलास की भुजाएँ उठीं, और स्वर उसके मुँह से ऐसे निकला जैसे नृत्य करते समय मांसल अंगों की थिरकन पर नूपुर बजता है। नाव सरक चली, और उतरते अन्धकार की झिल्ली को सीता हुआ वह स्वर गंगा की प्रशान्त कलकल पर झूमता हुआ महालक्ष्मी के मन में उतर गया। नाव दूर चली गई और फिर उस सूनेपन में एक झिल्लीरव-सा गूँज उठा। महालक्ष्मी सुनती रही, सुनती रही...नाव खो गई और फिर वह गीत का स्वर भी खो गया, पर अन्धकार में हवा तेज़ हो गई, फिर एक-दो तारे निकल आए, पर महालक्ष्मी खड़ी रही...खड़ी रही।

जब सत्यनारायण ने चलने के लिए कहा तो महालक्ष्मी जैसे चौंक उठी। वह क्लिद्यमान-सी सीट पर गिर गई।

7

उसे लगा वह बेहोश हो गई थी। सत्यनारायण गाड़ी बढ़ाए जा रहा था। महालक्ष्मी की आँखों के सामने सब कुछ घूम रहा था। उसने प्रयत्न करके अपनी आँखें खोलीं पर सब कुछ तैरता हुआ दिखाई दिया। आँखें मूँद लीं। दिल ज़ोर-ज़ोर से धड़क रहा था। जांस्टनगंज के उस छोटे से बँगले के सामने गाड़ी रुक गई, और सत्यनारायण ने उतरकर गाड़ी का दरवाज़ा खोल दिया, पर महालक्ष्मी नहीं उतरी।

सत्यनारायण ने कहा, "मालकिन ! घर आ गया।"

महालक्ष्मी 'अरे' कहती हुई चौंक पड़ी। उतरकर सीधी बिस्तर पर जाकर गिर गई। रात हो गई। रामनाथ और अवधेश लौट आए। खाने का भी प्रबन्ध नहीं हुआ था। रामनाथ अत्यन्त चिन्तित हुए। उन्होंने जाकर देखा महालक्ष्मी शैया पर पड़ी छत को एकटक देख रही है। रामनाथ के कमरे में घुसने पर महालक्ष्मी उठी नहीं, उसी प्रकार पड़ी रही। रामनाथ उलटे पाँव लौट आए। सत्यनारायण को भेजा गया। डॉक्टर अवस्थी, मशहूर डॉक्टर थे। इलाहाबाद में सिविल सर्जन थे। पंडित श्यामनाथ के मित्रों में से थे और उन्हीं के बँगले में आतंकवादी प्रभानाथ अपने फरार जीवन में आकर छिपा था। तब से परिवार की घनिष्ठता कुछ बढ़ ही गई थी। इस समय वे ही आए। रामनाथ के जी को ढाँढस बँधा। उन्होंने डॉक्टर के दोनों हाथ पकड़कर कहा, "आप ही बचा सकते हैं।"

"मैं नहीं राजा साहब," डॉक्टर ने कहा, "बचानेवाला वह है," उन्होंने उँगली से आकाश की ओर इशारा किया और पूछा, "क्या हुआ ?"

राजा साहब को कुछ भी मालूम होता तो बताते। इस समय वे डॉक्टर को मरीज़ के ही पास ले गए। महालक्ष्मी इस समय शैया पर पड़ी हुई छाती के नीचे तकिया लगाए फूट-फूटकर रो रही थी। इन लोगों को भीतर घुसते देखकर जैसे चैतन्य हो गई। उठी और आँसू पोंछ लिये और भीतर चली गई।

राजा साहब कुछ भी नहीं समझे। उन्होंने पुकारा, "बहू !"

महालक्ष्मी दरवाज़े की आड़ में खड़ी हो गई। डॉक्टर ने पूछा, "क्यों अब तो तबीयत ठीक हो गई ?"

महालक्ष्मी ने सिर झुका लिया। उसे अब महसूस हुआ कि कुछ गड़बड़ ज़रूर हो गई है। शायद उससे कुछ ग़लती हो गई है, वरना यहाँ डॉक्टर के आने का और तो कोई कारण नहीं हो सकता। पर अब वह क्या करती। चुप रही।

रामनाथ ने कहा, "कहो बेटी ! क्या परेशानी है ! मैं अभी कमरे में तुम्हें बुलाने आया था, तब तुम चुपचाप बेहोश सी पड़ी थी। तुमको यह भी मालूम नहीं हो सका कि मैं कमरे में आया था। तुम उठकर भी नहीं बैठी। मैंने समझा कि तुम्हें फिट आ गया है। तभी डॉक्टर साहब को बुलवा लिया।"

डॉक्टर परिस्थिति को नहीं समझे।

बात समाप्त हो गई। डॉक्टर चले गए। सत्यनारायण को बुलाकर रामनाथ ने पूछा, ''शाम को क्या हुआ था !''

पर सत्यनारायण नहीं बता सका। अदब के कारण जो वह उस समय छिपकर बीड़ी पी रहा था, उसे मालूम ही नहीं हो सका कि एक नाव आई थी। उसने कहा, ''सरकार शाम को स्वामीजी का उपदेश सुना था।''

''बस !'' रामनाथ ने पूछा।

सत्यनारायण ने चौंककर देखा, रामनाथ ने कहा, ''जाओ।''

किन्तु खाना खाने के बाद जब रामनाथ उठे, महालक्ष्मी पाटे पर बैठी थी, एकदम गिर गई। उसकी मुट्ठियाँ भिंच गईं, हाथ-पाँव अकड़ गए और दाँत भिंच गए। वह हाथ-पाँव फेंकने लगी। उसके गले में एक गरगलाती आवाज़ रुँधने लगी। डॉक्टर अवस्थी फिर बुलाए गए। उन्होंने सिर हिलाकर कहा, ''कोई डर की बात नहीं है। हिन्दुस्तान की बहुत सी औरतों को हिस्टीरिया की बीमारी हो जाती है। उन्हें फिट आता है।''

''तब ?'' रामनाथ ने पूछा।

''आप इनका ध्यान बँटाने की कोशिश करें, ऐसे कि ये पढ़े, लिखें, घूमें, खुश रहें। कोई तरद्दुद और फिक्र न हो, क्योंकि यही चीज़ें फिट के लिए ज़िम्मेदार हैं।''

''यह क्यों होता है ?'' रामनाथ ने कहा।

''कई वजह हो सकती हैं। लेकिन सबसे बड़ा कारण स्त्री को दाम्पत्य सुख न होना ही इसका मूल बताया जाता है। बच्चे की अकस्मात् मृत्यु हो जाने से भी ऐसा हो सकता है।''

रामनाथ के सिर में जैसे कील ठोंक दी गई। वे चुप हो गए। डॉक्टर चला गया था। काफ़ी देर बाद महालक्ष्मी होश में आई। पलंग पर उसने करवट ली। सारे शरीर में दर्द हो रहा था। रामनाथ उसके पलंग के पास एक आरामकुर्सी पर लेटे थे। महालक्ष्मी को आँखें खोलते हुए देखकर पूछा, ''क्यों बेटी। अब तो तबीयत ठीक है ?''

''जी हाँ।'' महालक्ष्मी ने माथा ढकते हुए क्षीण स्वर में कहा।

''सर में दर्द है ?''

''बहुत थोड़ा।''

''बदन में तो दर्द नहीं ?''

''है,'' महालक्ष्मी ने कराहकर कहा।

''कोई डर की बात नहीं है। डॉक्टर साहब दवा दे गए हैं। ठीक हो जाओगी। घबराओ मत।''

महालक्ष्मी चुप रही। रामनाथ ने फिर कहा, ''डॉक्टर ने कहा। ख़ूब पढ़ो, लिखो, घूमो। अब तुम ठीक हो जाओगी तो फिर चलेंगे। कहाँ चलें, बताओ।''

महालक्ष्मी ने कहा, ''घर।''

''उन्नाव ?'' रामनाथ ने पूछा।

"हाँ।"

"वहाँ तुम्हारा जी लग जाएगा ?"

"वहीं मुझे सबसे अच्छा लगता है।"

रामनाथ निरुत्तर हो गए। वे सोने चले गए। अवधेश महालक्ष्मी के पलंग पर ही सो गया।

दूसरे ही दिन वे मोटर में चल पड़े। उन्नाव पहुँचकर महालक्ष्मी को लगा जीवित थी। मरी नहीं थी, लेकिन उसे फिट आना बन्द नहीं हुआ। रामनाथ के सामने यह एक नई समस्या आ गई। वे जितना ही इस पहेली को सुलझाना चाहते थे, उतनी ही यह कठिन होती जाती थी। तब भी उनके पास आधार था। महालक्ष्मी का दाम्पत्य जीवन कितना दुखी था, यह वे भी जानते ही थे। पर वे इसमें क्या कर सकते थे। उनकी लाचारी ने उन्हें चुप कर दिया। पर महालक्ष्मी के लिए दिन पिघले हुए और रात जमे हुए सीसे की तरह भारी हो गए। वह बार-बार उस सबको भूलना चाहती थी, आँखों में उस सन्ध्या का चित्र घिरते ही उसे फिट आ जाता। बाद में वह भी घंटों एकान्त में रोया करती। उसकी व्यथा बँटानेवाला कोई नहीं था। रामनाथ ने उसके लिए नई-नई कहानियों की किताबें मँगा दी। उन दिनों के मशहूर पत्र-पत्रिकाएँ भी घर आने लगे।

पर वेदना का फल चाकू के लोहे की तरह तेज़ होता गया जिस पर कितने ही प्यार से फिराए हुए हाथों की उँगलियाँ भी लहूलुहान होने से नहीं बचीं। अवधेश माँ को रोते देखता तो स्वयं रो देता और तब महालक्ष्मी उसे छाती से चिपकाकर गाने लगती। वह सो जाता, और महालक्ष्मी घंटों उसकी ओर बैठी-बैठी निहारा करती। वह पिता का प्रतिनिधि था। इस पर माता का पूर्ण अधिकार था।

घर में एक व्यथा भर गई। रामनाथ को जीवन पहले से भी उजाड़ मालूम देने लगा। उनकी अनेक बार इच्छा हुई कि महालक्ष्मी से थिएटर के शीलराज के विषय में पूछें पर मर्यादा ने उन्हें ऐसा करने से रोक दिया। महालक्ष्मी को भी सन्देह बना ही रहा। पर कोई भी किसी से कुछ कह नहीं सका। इसी समय गाँव से एक नई खबर आ गई।

8

प्रयाग के साहित्यिक क्षेत्र में सनसनी फैलते-फैलते बच गई। यहाँ हिन्दी का एक गढ़ सा बन गया है। एक बड़े विश्वविद्यालय की उपस्थिति के कारण अनेक प्रोफेसर और विद्यार्थी रहते हैं। इनके अतिरिक्त पुराने और नए खेवे के पत्रकार जीवन से ऊबे हुए राजा, रानियाँ तथा ताल्लुकेदार और फिर धार्मिक प्रभाव के अखाड़े, मन्दिर तथा तीर्थ की व्यापक अनुभूति के प्राणी, एक नहीं, अनेक रूप के लोग हैं। कोई संस्कृत का पुजारी है, कोई खड़ी बोली का, कोई ब्रज भाषा का और साहित्य के इन प्रकारों पर दयानन्द, विवेकानन्द, गांधी तथा प्रायः सभी विचारधाराओं का प्रभाव दिखाई देता है।

शीलराज के स्वागत में रानी शशिप्रभा ने एक पार्टी का आयोजन किया था। इस

पार्टी में विश्वविद्यालय के लेक्चरर राजेन्द्र कुमार, नाटक लिखने का दावा करनेवाले रामेश्वरप्रसाद, प्रोफेसर किशोर, काले भद्दे से बनिए कवि विलासी, नाटे दुबले कंकाल से परमसुख चौबे आ चुके थे। जैसे-जैसे समय व्यतीत हुआ और लोग भी दो-दो तीन-तीन करके बैठ गए। ठाकुर मलकान सिंह के समीप ही ठाकुर दिग्विजय सिंह बैठे हुए गरगलाती हँसी हँस रहे थे। उस हँसी के पीछे उनकी अशिष्ट अक्खड़ता स्पष्ट दिखाई दे रही थी। ऐसे लोग रेलों में सदैव मुक़दमों और अफ़सरों की बातचीत करते दिखाई देते हैं, अपने को व्यवहार चतुर बताते हैं और काफ़ी ज़ोर इस बात पर देते हैं कि उनके बराबर क्या, उनकी चौथाई भी बुद्धि मजिस्ट्रेट में नहीं होती। मजिस्ट्रेट सरकार के गुलाम होते हैं, पर यह वकील यह कभी स्वीकार नहीं कर सकते कि वे भी दलाल ही हैं। जातीयता का भी उन पर प्रभाव रहता है। रामेश्वरप्रसाद उर्दू के सहारे खड़ी ठेल हैं, हिन्दुस्तानी बनाते हैं बीच में अंग्रेज़ी घुसाकर और अपने टुटपूँजियापन को छिपाने राजेन्द्र कुमार की बाँह थामते हैं। जिनका आधार जीवन इसी में बीत जाता है कि वे किसी प्रकार यह तय कर सकें कि वे कभी तो अच्छा लिखेंगे।

उनके पास ही आलोचक कृष्णचन्द्र, हाईकोर्ट के वकील श्याम सलोने, रघुवंश लाल, लक्ष्मणनारायण, डॉक्टर भास्कर, डॉक्टर सिन्हा तथा यूरोपीय शिक्षा प्राप्त कामरेड अहमद थे। इन लोगों को विशुद्ध हिन्दी साहित्यिक नहीं कहा जा सकता, पर साहित्य में इनकी रुचि अवश्य है।

पीछे की ओर जीवनकृष्ण, उदयशंकर, नवाज अहमद, सादिकअली आदि विद्यार्थी थे जो हिन्दी उर्दू के पचड़े में पड़े रहने पर भी एक-दूसरे को समझने के प्रयत्न में दत्तचित्त रहते थे।

इसी समय उस बड़े कमरे में सौरभ का प्रवेश हुआ। यह रानी शशिप्रभा का कुत्ता था। सौरभ के पीछे चुमकारते हुए रानी के कृपापात्र यमुनाशंकर थे जो जीवन के हर क्षेत्र में समान रूप से विद्यार्थी थे। इससे पहले कि यमुनाशंकर सौरभ को गोद में ले सकें पीछे से आवाज़ आई, "सौरभ !"

आगन्तुकों ने देखा एक स्त्री पुकार रही थी। यमुनाशंकर ने कहा, "आहा ! श्यामादेवी ?"

श्यामादेवी रानी साहिबा की परिचारिका थी। वह कुत्ते को लेकर चली गई। जाते ही पर्दा फिर हिला और रानी शशिप्रभा ने कुछ अतिथियों को भीतर साथ लेकर प्रवेश किया। वह थे प्रसिद्ध कवि विश्वम्भर, दीवानजी, कांग्रेस में भाग लेनेवाले प्राणनाथ, कवयित्री करुणादेवी तथा युवक कवि रमेन्द्र जो अधिकांश विश्वम्भरजी के साथ ही दिखाई देते थे।

उपस्थित समुदाय का विश्लेषण सरलता से नहीं किया जा सकता। इतने विभिन्न प्रकार के और जीवन को इतने अलग-अलग तरीके से सोचनेवाले ये लोग एक-दूसरे से काफी दूर थे यद्यपि प्रायः साहित्य ही इनको एक जगह खड़ा करनेवाला क्षेत्र था।

इन लोगों के आने पर पहले आए हुए अतिथियों ने उठकर नमस्कार किया और

उत्तर-प्रत्युत्तर के उपरान्त सब बैठ गए। छोटे-छोटे झुंड बनाकर वे आपस में बातें करने लगे जिसका कुछ रूप इस प्रकार था :

1. राजेन्द्र कुमार, रामेश्वर प्रसाद, प्रोफ़ेसर किशोर, विलासी तथा परमसुख।
2. मृणालिनी, विश्वम्भर, रमेन्द्र, करुणा देवी, प्राणनाथ, कृष्णचन्द्र।
3. दीवानाजी, रानी शशिप्रभा, यमुनाशंकर बीच में।
4. रघुवंशलाल, श्याम सलोने, लक्ष्मण नारायण।
5. कामरेड अहमद, डॉक्टर सिन्हा तथा डॉ. भास्कर।
6. पीछे की ओर जीवन कृष्ण, उदयशंकर, नवाज अहमद तथा सादिकअली।

इस परिस्थिति में कोनों पर बैठे लोग एक झुंड का दूसरे झुंड से सम्पर्क स्थापित करते थे। दीवानाजी की आकृति भव्य थी और इस समय वे चुप थे। अनेक साहित्यिकों में उनके विषय में अनेक प्रकार के विचार थे। उन्हें कुछ जटिल और क्लिष्ट कहते थे, परन्तु दीवानाजी अपने को छन्द का निर्माता कहते हुए भी नहीं हिचकिचाते थे। वास्तविकता यह थी कि हिन्दी के प्रकाशकों ने जमकर उन्हें लूटा था और उस अभिमानी व्यक्ति ने सिर झुकाने की अपेक्षा कुछ विक्षिप्त हो जाना स्वीकार कर लिया। हिन्दी के साहित्यिक का जीवन बहुत कठिनाइयों में बीतता है। कभी-कभी उससे उसके हृदय में एक हीनत्व की अनुभूति जागृत हो जाती है, और उसके आवेश में वह दूसरों पर अपने को थोपने का प्रयत्न करने लगता है। यह भी दीवानाजी का एक रूप था।

यमुनाशंकर ने कुछ कहना प्रारम्भ ही किया था कि श्यामादेवी ने आकर सूचना दी–शीलप्रभु आ गए हैं।

रानी शशिप्रभा उठकर द्वार पर जा पहुँची और उस विद्वन्मंडली में शीलराज, राधा तथा देवीप्रसादजी ने प्रवेश किया। देवीप्रसाद ने द्वार पर ही खड़े होकर कहा, "मेरा सौभाग्य कहिए या दुर्भाग्य ! रानी सहिबा के सुन्दर वाक्य जो कार्य करते, आज उनका उत्तरदायित्व अकस्मात् ही मुझ पर आ पड़ा है। सौभाग्य मेरा है, दुर्भाग्य आपका।"

सबने उत्सुकता से देखा।

"जी हाँ," नाटे दुबले, पान की ललाई से रँगे होंठ तनिक खोले देवीप्रसादजी ने मुस्कुराकर फिर कहा, "राह में भेंट हो गई और मैंने इसे अपनी प्रतिष्ठा समझा। परिचय रानी सहिबा कराएँ तो श्रेष्ठतम हो।"

रानी शशिप्रभा ने मुस्कुराकर कहा, "अभी तो आपने अपने सौभाग्य के अतिरिक्त और कुछ भी नहीं कहा।"

सब लोग हँस पड़े। देवीप्रसादजी इस अच्छे व्यंग्य से कुछ झेंपे और हँसकर बोले, "मैंने तो पहले ही इसे आप लोगों का दुर्भाग्य कहा था।"

विश्वम्भर सबसे अधिक नम्र थे, सरल थे। उन्होंने उठकर शीलराज और राधा को दीवानाजी से परिचित कराया और उनसे वहीं बैठने की प्रार्थना की। देवीप्रसाद ने चतुर आँखों से ढूँढ़ा कि कहाँ बैठना ठीक रहे, ताकि महत्त्वपूर्ण स्थान भी रहे (खान-पान-बात तीनों के हिसाब से) और यह भी रहे कि स्थान का क्या चाहे जहाँ बैठ गए, और यह

भी कि पास ही एक ऐसा व्यक्ति हो जिस पर अपने ऊपर फेंका तीर आकर अपने आप ऐसे गड़ जाए जैसे बिजली के कंडक्टर पर बिजली स्वयं ही आ गिरती है। इस दृष्टि से श्यामसलोने आदर्श प्रतीत हुए और देवीप्रसाद वहीं जम गए। वैसे देवीप्रसाद अपने सूट-बूट वाले व्यक्ति हैं, कभी-कभी अचकन पाज़ामा पहन लखनऊ की दाद देते हैं, और यह कोई नहीं कह सकता कि किस दिन यह चद्दर पहनने लगेंगे क्योंकि कल तक यह वेश्या, शराब आदि पर लिखते थे, इधर कुछ प्रेम की लम्बी कविताएँ लिखने लगे हैं। अपने को बड़ा लेखक समझने में कुछ भूल करते हैं, वैसे अपनी सूरत किसे अच्छी नहीं लगती। अपने ठीक हैं।

खान-पान का भारीपन निस्सन्देह साहित्यिकता को काफ़ी हल्का करनेवाला सिद्ध हो रहा था। रीतिकालीन परम्परा की आख़िरी कड़ी निबाही जा रही थी। परमसुख चौबे ने जमके हाथ साफ़ किया और तभी शीलराज का परिचय देने रानी शशिप्रभा उठ खड़ी हुई। उन्होंने कहा, "आज मेरा अहोभाग्य है कि इतनी कृपा करके, साहित्य के महारथी, मेरी कुटिया में पधारे हैं। हमारा साहित्य वास्तव में केवल लिखा-पढ़ी ही नहीं। उसका एक नैतिक आधार रहा है और वह है उसकी आध्यात्मिकता, भारत भूमि की आध्यात्मिकता..."

सब सुनने लगे। तभी सौरभ दौड़ता हुआ आया और परमसुख के हाथ में उठे हुए अन्तिम रसगुल्ले को उसने मुँह लगा दिया। परमसुख को लगा वह कुत्ता उसी वक़्त गोली मार देने योग्य था। देवीप्रसाद मुस्कुरा दिए।

9

शीलराज ने कहना प्रारम्भ किया, "बन्धुगण ! आज मुझे इस विद्वानों की मंडली में बैठने का जो आपने सुयोग दिया उसके लिए मैं आभारी हूँ।"

दीवानाजी ने काटकर कहा, "बैठने का ही नहीं, बोलने का भी।"

बड़ों के होंठ मुस्कुराए, मध्यमों के दाँत दिखे, निकृष्टों के हास्य की ध्वनि सुनाई दी। शीलराज ने मुस्कुराकर राधा की ओर देखा। राधा ने हँसकर स्वीकार किया और बात चल पड़ी :

"भारतवर्ष में आज हम जिस मंज़िल पर पहुँच गए हैं। वह इतनी सीधी नहीं जितनी दिखाई देती है। कुछ लोग विदेशी शिक्षा-दीक्षा से प्रभावित होकर चाहते हैं कि भारतीय साहित्य को भी विदेशी साहित्य की भाँति बना दिया जाए। विदेशी साहित्य की अच्छाइयाँ लेने में कोई हानि नहीं किन्तु एक भय बना रहता है। हमारा देश धर्मप्राण है। जब मैं धर्म कहता हूँ तो उसका तात्पर्य किसी रूढ़ि से नहीं। विभिन्न विचारधाराओं का समूह है हमारा धर्म, और उसके निकृष्ट और अत्यन्त उत्कृष्ट दोनों ही रूप हमारे सामने उपस्थित हैं। प्रश्न है कि हम इन दोनों में से किसे चुनें। सदा की ही भाँति हमारे समाज के शिक्षित वर्ग ने उत्कृष्ट और अशिक्षित ने प्रायः निकृष्ट रूप की उपासना की

है। अतः चुनाव का प्रश्न हमारे सामने अधिक महत्त्व नहीं रखता। तब धर्म एक आध्यात्मिकता है। जो हमारे भीतर सदैव बनी रहती है। उसे हम इतनी आसानी से नहीं छोड़ सकते, जितना समझा जाता है, या विश्वविद्यालयों में समझा जाता है। आप कह सकते हैं, और कार्लाइल की भाँति कह सकते हैं कि हमारे देश में 'नायकपूजा' रही है। इस नायकपूजा से अनेक लोग चिढ़ते हैं। यदि मिल्टन की 'एरियोपैजिटिका' के निम्नस्तर से उत्तर दिया जाए तब तो दूसरी बात है, पर मैं वह उचित नहीं समझता। आइए पहले इतिहासविधाता जैसे यम से हम नचिकेता बनकर प्रश्न करें।

कहीं निस्तार नहीं हुआ। हमारी दुरूहता कहीं कम नहीं हुई। धर्म हमारी आत्मा की वह खोज है जिसका हाथ पकड़कर एक नहीं अनेक शताब्दियों से, युगों से, जब से मनुष्य का इतिहास प्रारम्भ हुआ है तब से हमने जीवन में सम्बल पाया है।

राजनीतिक और आर्थिक बन्धन से भी बड़े हैं हमारे नैतिक बन्धन और हमें उस शाश्वत की खोज करना आवश्यक है। मैं रहस्यवाद की स्वीकृति या अस्वीकृति से विवाद नहीं करूँगा...

शीलराज का विवेचन लम्बा था, उस पर अनेक प्रकार के विचार उठे और लय हो गए, परन्तु शीलराज कहता गया...

शब्द गूँज रहे थे–

संस्कृत सभ्यता...

आत्मा की यातना...

तय यह हुआ कि एक साहित्यिक पार्टी किसी गाँव में की जाए परन्तु यह विचार इसलिए डूब गया कि इस प्रस्ताव को रखनेवाले रामेश्वर प्रसाद थे, जिनकी बात को तुरन्त ही कृष्णचन्द ने काट दिया, "गाँव जाकर क्या कीजिएगा ? गाँव की संस्कृति पर क्या भारतीय साहित्य में कम लिखा गया है ? सच तो यों है कि हमारे साहित्य में शहरीपन इधर कुछ दिनों से ही भर गया है, वरना पहले का साहित्य दोनों जगह एक प्रभाव डालता था।"

"यह तो आपने बात को बढ़ा-चढ़ाकर कहा," डॉ. अहमद कह उठे, "यों देखिए कि गाँववाले 'कवि' लफ़्ज तक को नहीं जानते। मेरा मतलब है ज़्यादातर लोग।"

"जी नहीं," विलासी ने जिरह की, "वे कवित्त जानते हैं, तुलसी और सूर की कविताओं को याद रखते हैं। किसलिए ? आप यह कैसे कह सकते हैं कि उन पर काव्य का प्रभाव नहीं है," कहते-कहते आपका स्वर कुछ ऐसा हो गया जैसे वे क्षमा माँग रहे हों।

कृष्णचन्द ने डॉक्टर अहमद को इस स्थान पर निर्बल पाकर कहा, "क्या अंग्रेज़ों के आने के पहले हिन्दुस्तान के शहर इतने ही बड़े-बड़े थे ?"

डॉक्टर भास्कर ने कहा, "इतने बड़े न थे तो क्या थे ही नहीं ?"

"यह तो मैंने नहीं कहा," कृष्णचन्द्र ने उत्तर दिया, "थे तो पर क्या उनका इतना ही महत्त्व था जितना अब ?"

देवीप्रसाद ने चुटकी ली—डॉक्टर साहब विलायत से पास करके आ गए हैं, शायद उन्हें हिन्दुस्तान का अन्दाज़ नहीं रहा।

पाँचवाँ परिच्छेद

1

ब्रह्मदत्त को होश आया तो महसूस किया कि उसके सिर और शरीर में भयानक पीड़ा हो रही थी। धीरे-धीरे उसे सब याद आ गया। उस समय वह कोतवाली में बन्द था। दूसरे दिन मुक़दमा हो गया। जब उससे कहा गया कि वह कुछ कहे। उसने एक लम्बा भाषण शुरू किया लेकिन मजिस्ट्रेट ने कुछ भी नहीं सुना। वह शान्तिरक्षक पुलिस, वह न्याय का आडम्बर कचहरी, वह सरकारी टुकड़खोर गद्दार पिट्ठू अफ़सर सबने उसे घेर रखा था। ब्रह्मदत्त ने अन्त में कहा, "मुझे इस न्याय पर विश्वास नहीं। जहाँ अमन के नाम पर हिंसा, और न्याय के नाम पर घूसखोरी, चोरी और बदमाशी और अफ़सरी के नाम पर गुलामी चलती है। जहाँ तख्ते-लन्दन के लिए इंसान कुत्ता बनकर भौंकता है।"

मजिस्ट्रेट ने कहा, "तुमने अपना पेशा क्या लिखाया है जानते हो ?"

"बगावत," ब्रह्मदत्त ने कहा, "ईमान के लिए बगावत।"

"इस जुर्म की सजा जानते हो ?"

ब्रह्मदत्त हँसा। वह कोर्ट में गाने लगा :

दुखियों की हड्डी चूस चूस
तुम आग लगाते हो घर में...

इन्तहा हो गई। उसे छह महीने की सज़ा सुना दी गई। पहली बार वह जेल गया था तब वह कांग्रेसी बनकर गया था। अबकी बार वह कम्युनिस्ट बनकर गया था। पहली बार उसमें एक गर्व था, इस बार एक कटुता थी। पहली बार जेल जाने में नाम था, अबकी बार काम का भी हर्ज़ था। लेकिन कोई चारा ही नहीं था। लाला किशोर ने एक चतुराई की। दरोगा भूपसिंह को कुछ रुपए दिए और एकदम पुलिस केस बनवा दिया। स्वयं आए ही नहीं। कहीं भी स्वदेशी मिल का नाम नहीं आया।

ब्रह्मदत्त अकेला आदमी था। पिता हरदत्त तगादगीर थे। उन्हें इससे कोई मतलब ही नहीं था कि वह ज़िन्दा रहता है या मरता है। उन्होंने तो यह समझ लिया था कि मेरे कोई लड़का था ज़रूर, मगर जब वह पढ़-लिख गया, तभी वह मर गया। कानपुर कांग्रेस में ब्रह्मदत्त का अच्छा नाम था। कुछ उसकी बुद्धि को केवल विनाशात्मक कहते थे। कुछ समझते थे कि वह चन्दे खा जाता और शिवरामजी को जब से उसने मदद करके नगर कांग्रेस का सभापति बनवाया तब से लोग समझते थे कि वह उनके बल पर ही जीवित था। किन्तु उसकी आर्थिक अवस्था इतनी अधिक शोचनीय थी कि उसका किसी

को भी अन्दाज़ नहीं था। शराब, सिगरेट से उसे परहेज नहीं था, यद्यपि वह इन्हें आवश्यक नहीं समझता था। शराब कभी साल में किसी ने पिलाई तो तकल्लुफ़ में एक पैग पी ली। उसमें मज़ा नहीं लेना चाहिए। वरना वह खराब आदत है। इतनी कम तो दवा बनकर समा जाती है।

शराब विभिन्न देशों में लोग पीते हैं। हिन्दुस्तान में पहले लोग बहुत पीते थे। जब से बौद्ध प्रभाव हुआ तब से बन्द कर दी गई और फिर तो निम्न समझे जानेवालों और ठाकुरों में रह गई। ब्रह्मदत्त उसे धर्म से नहीं जोड़ता था। ईमानदारी ही उसका धर्म था। जीवन की कठोरताओं में पलने के कारण वह लीपापोती नहीं चाहता था और इसी से मध्यवर्ग में काफ़ी अप्रिय था। वैसे उसकी लगन को सब लोग जानते थे और स्वीकार करते थे कि वह बहुत जुटकर काम करनेवाला आदमी था।

2

जेल में पाँच आदमी एक ही साथ थे। ब्रह्मदत्त ने देखा एक था आशुतोष बन्धोपाध्याय। वह अपने को बनर्जी नहीं कहता था। भारतीय संस्कृति की पुरातनता की ओर ही उसका आग्रह था। वह एक ग़रीब परिवार में पैदा हुआ था। बचपन में ही वह कुछ ऐसे लोगों के साथ रहा जो काफ़ी रहस्यमय थे। वे लोग सदैव भारत में गदर मचाने की चिन्ता में लगे रहते थे। एक बहुत बूढ़ा आदमी था, शायद सत्तासी-अट्ठासी बरस का। आशुतोष बन्धोपाध्याय ने बताया कि वह बूढ़ा गदर के समय जवान था। 1857 के चित्रों को भूला नहीं था। वह बहादुरशाह, राजा राममोहन राय, झाँसी की रानी इत्यादि के नाम ही लिया करता था। उसकी सुनाई हुई कहानियाँ सुन-सुनकर आशुतोष बहुत बचपन से ही अंग्रेज़ जाति से घृणा करने लगा। बूढ़ा जब मर गया तो आशुतोष क़रीब दस-बारह बरस का लड़का था। बाकी के लोग जवान थे। उन्होंने बूढ़े के मृत शरीर के निकट बैठकर कालीस्तोत्र पढ़ा, फिर गीता पाठ किया और प्रतिज्ञा की कि वे आजन्म-आमरण ब्रह्मचर्य से रहेंगे, निरासक्त जीवन व्यतीत करेंगे और अंग्रेज़ से लड़ते रहेंगे। उनका जीवन सचमुच बहुत ही कठिन था। ज़मीन पर सोते थे, रूखा-सूखा खाते थे, जंगलों में जाकर पिस्तौल, तलवार आदि चलाने का अभ्यास करते थे और उनके जीवन पर एक कठोरता सी छाई रहती। वे कभी-कभी मुस्कुराते और सदैव रहस्यमय से लगते। उनमें से एक युवक एक दिन ग़ायब हो गया। आशुतोष की जिज्ञासा जाग उठी पर जब उसने पूछा तो उसे नियमों की याद दिलाई गई कि जो बताया जाए वही जानो उससे अधिक नहीं। बंगाल में क्रान्तिकारियों का जत्था अब तैयार हो रहा था। एक दफ़ा उसे पता चला कि वह युवक जो ग़ायब हो गया था पार्टी ने उसे गोली से मार दिया। वह किसी अफ़सर की लड़की के प्रेम में पड़ गया था और उससे गुप्त संवाद निकल जाने का ख़तरा था। वे इसे सुनकर सलाह करने लगे। सरदार ने फैसला सुना दिया। उन्हीं युवकों में एक मराठा युवक भी था। इन सबका जीवन आकाश में उड़ती

हवा के समान बीत रहा था। किसी को भी नहीं दीखते थे। छिपकर रहते थे। बाद में एक को फाँसी लगी। तीन अंडमन भेजे गए, चार को आजन्म कारावास मिला। जिनमें पन्द्रह साल की सजा आशुतोष को भी मिली क्योंकि वह सिर्फ़ सोलह साल का था।

आशुतोष कहता था कि उसके साथी कट्टर लगनवाले थे। वह अब दिखाई नहीं देता था। वे ऐसे वीर थे कि कठिन से कठिन काम भी करते हुए नहीं हिचकिचाते थे। जान देने में तो उनकी आकांक्षा खिल उठती थी। वे गद्‌गद होकर माता के चरणों में लय हो जाने के गीत गाया करते थे। उन्हीं में एक ने संसार छोड़कर योग साधना करना प्रारम्भ कर दिया और फ्रेंच इंडिया में जा बसा। इस प्रकार जो एक समय बैंक, तारघर, डाकखाने आदि लूटने की योजना बनाते थे, अत्याचारी अफ़सरों को मिटा देते थे, विलायत जाकर वहाँ से क्रान्ति करने की योजना लाते थे, और जर्मनी और रूस से हथियार माँगने की सोचते थे, जनता से सम्पर्क न होने के कारण बिखर गए।

आशुतोष की कहानियों में बड़ी स्फूर्ति थी। नौजवानों की हलचल सुनकर शरीर में एक फुरफुरी आ जाती थी। वीरता की गाथा, देश-प्रेम सुनकर सिर गर्व से उठ जाता था। यातना सहन करने की सीमा थी ! हँसते-हँसते फाँसी के तख़्ते पर चढ़ना आसान खेल नहीं था। वह लगन कि जब भूख हड़ताल कर दी तो निर्जल, निर्अन्न पचास-पचास दिन गुज़ार दिए। उस समय आतंकवादी भगतसिंह, यतीन्द्रनाथ दास की कहानियाँ सुनाया करते थे। यतीन्द्रनाथ ने जेल में तड़प-तड़पकर जान दे दी, और ब्रिटिश शासन का कठोर दंड फिर भी नहीं झुका। उसके सामने इसका कोई मूल्य नहीं था कि सत्य और न्याय के लिए व्यक्ति दम तोड़कर मर रहा था। वह दिन भी चले गए और अपनी कहानी सुनाकर आशुतोष गम्भीर हो जाता और कहने लगता भारतवर्ष में हमें फिर उन्हीं आश्रमों की स्थापना करनी होगी जहाँ ब्रह्मचर्य से ही युवक और युवतियाँ रहा करें। जब तक यह नहीं होगा तब तक अपनी चारित्रिक हीनता के कारण हम कभी भी नहीं उठ सकेंगे। जनता में अन्धविश्वास और अशिक्षा फैली हुई है। इसे कैसे दूर किया जा सकता है ? मन्दिर, मठ आदि हमारा कल्याण कर सकते हैं कि यदि हम श्रद्धाभाव से उनमें विश्वास करें, सच्चे हृदय से परमात्मा को मानें और अपनी कलुषित प्रवृत्तियों को छोड़ दें।

दूसरा व्यक्ति एक गाँव का मध्यवर्गीय किसान था, जिसको ज़मींदार कहना ही अधिक उपयुक्त हो सकता है। वह एक बड़े कुटुम्ब का प्राणी था। उसका एक बड़ा भाई शहर अर्थात् गाँव के निकट के कस्बे में वैद्यक की दुकान खोले बैठा था और दूसरा गाँव में ही स्कूल मास्टर था। उसका नाम था इन्द्रभान। वह बानापुर का रहनेवाला था और सत्याग्रह में जेल आया था। ब्रह्मदत्त को उसकी बातों का वह हिस्सा अच्छा नहीं लगता था। जब वह अपने राजा साहब की सन्तान का गुणगान करता था। क्रान्तिकारी आतंकवादी प्रभानाथ पर ब्रह्मदत्त को कोई एतराज़ नहीं था। पर जब वह दयानाथ की प्रशंसा करता ब्रह्मदत्त उसे टोक देता और उससे उसकी बहस हो जाती।

तीसरा व्यक्ति श्रीनारायण शहर का बजाज था और दो विद्यार्थी थे। इन्होंने सन्

1920 के आन्दोलनों की खबरें सुनी थीं कि उस समय सबने कॉलेज छोड़ दिए थे। तब तो इन्हें होश नहीं था, लिहाजा अब छोड़कर भाग लेने लगे। एक का नाम था राधारमन और दूसरे का अब्दुल मज़ीद। अब्दुल मज़ीद उन बहुत थोड़े मुसलमानों में था। जिन्होंने कांग्रेस के आन्दोलन में भाग लिया था।

3

वे सब 'सी' क्लास में थे। कभी-कभी चर्चा चलती तो वे 'बी' और 'ए' क्लास के बन्दियों की बातें करते कि बड़े-बड़े नेताओं से भी जेल में संयम छूट जाता है और वे साग-सब्जी जैसी छोटी-छोटी चीज़ों के पीछे झगड़ने लगते हैं। उस घिरी हुई दुनिया में इन राजनीतिक बन्दियों की कभी-कभी अराजनीतिक बन्दियों से भी बातें होतीं। कुछ पेशेवर गुंडे, डाकू मुज़रिम थे, कुछ बेक़सूर भी पुलिस की तानाशाही के कारण गिरफ़्तार कर लिए गए थे। उनकी कहानियाँ वास्तव में बहुत करुण थीं। भूख, ग़रीबी और गुलामी ने उन्हें इस दर्ज़े पर पहुँचा दिया था। भारत की यह करुण दशा देख-सुनकर वे लोग मुट्ठी भींच लेते और उन हज़ारों शहीदों की याद करते जिन्होंने देश के लिए तड़प-तड़प कर जान दे दी थी। राजनीति की कटुता उनके जीवन में एक गम्भीरता छोड़ गई जिसको वे स्वयं नहीं समझ सके कि उनमें कुछ परिवर्तन हो गया है। परन्तु सृष्टि के आदि से अन्त की कथा, पुराणों और धर्मों की गाथा, समाज, राजनीति, इतिहास, अंग्रेज़ों के अत्याचार और अहंकार, देशी गद्दारों की कायरता, जेल में रहे पुराने राजबन्दियों की वीरता, अमेरिका तथा अन्य देशों के स्वातन्त्र्य संग्राम, 1857 का गदर, महात्मा गांधी, की अहिंसा आदि इतने विषयों पर वे बातें करते कि उनका कोई अन्त नहीं था, और फिर यह कि मन ही नहीं भरता था। अलग-अलग जगहों से आए हुए वे बन्दी अपने-अपने ज़िलों की बातें बताते। साथ खाते, पीते, सोते, उठते, उनमें एक विशेष भाई-चारा पैदा हो गया।

सुबह उठकर वे झंडाभिवादन करते। ब्रह्मदत्त इससे कभी नहीं हिचकिचाता था। वह इसे स्वतन्त्रता का सम्मान समझता था पर कहता था कि हम जो कहते हैं, 'विश्वविजय करके दिखलाएँ', इसका अर्थ वही है, जो आज अंग्रेज़ों ने कर लिया। राधारमन औरों के मुक़ाबले में अधिक पढ़ा हुआ था। वह कहता, "नहीं, अंग्रेज़ों ने धोखे और फ़रेब से दुनिया को जीता है, हम प्रेम से जीतना चाहते हैं।"

"यह केवल एक भावना है, और कुछ नहीं। अंग्रेज़ भी तो हमें सभ्य बनाने का दावा करते हैं," ब्रह्मदत्त प्रतिवाद करता।

पर वे इसे स्वीकार नहीं करते। पहले वह अधिकतर उनकी बातें सुनता। धीरे-धीरे वे भी उसकी बातें सुनने लगे। ब्रह्मदत्त उन्हें भारत का इतिहास और आर्थिक विकास तथा व्यवस्था समझाने लगा और फिर उसने उन्हें यूरोप के इतिहास की बात करते-करते मार्क्स के विषय में भी बताया। फिर धर्म के बारे में नया दृष्टिकोण रखा। उसकी बातों

को सुनकर वे लोग चौंकते। वे बार-बार अपनी भारतीयता की दुहाई देते और ब्रह्मदत्त फिर चुपचाप सुनता रहता। वह इस बात को जानता था कि भावना का उत्तर भावावेश नहीं है। या तो मौन है या फिर चाकू सा तेज़ तर्क है। और वह दोनों को ही काम में लाता हुआ, अत्यन्त धैर्य से उनको अपनी बात सुना रहा था।

4

ब्रह्मदत्त ने कहा, ''आदमी जब समाज में रहता है तब वह सामाजिक प्राणी है जो भी उसकी दुनिया है, वह इसी समाज के कारण है। बचपन से जब वह बड़ा होता है और नई-नई बातें सीखता है तो सबसे पहले वह भाषा क्या है ? वह समाज की इकट्ठी ज्ञानराशि है। इसे कोई अस्वीकार नहीं कर सकता। मनुष्य इस प्रकार जो भी सोचता है। वह समाज की दी हुई भाषा के माध्यम से। अतः जो कहता है कि वह समाज से अलग है, वह असल में गलत कहता है। इस प्रकार की बातें उसे करते हुए एक धोखे की ज़रूरत होती है और वह इसके लिए एक दर्शन की सहायता लेता है। भारत के दर्शनशास्त्रों का अध्ययन उसे भारतीयता और संस्कृति तथा कला के नाम पर काफ़ी मदद दे सकता है।''

''क्या मतलब ?'' आशुतोष चौंका। वह भारतीय संस्कृति का प्रहरी और उसके सामने यह प्रहार। उसने कहा, ''तुम रूस की बातें कर रहे हो ?''

''अजी मैं हिन्दुस्तान की बात कर रहा हूँ,'' ब्रह्मदत्त ने हँसकर कहा, ''आप पर तो रूस का भूत सवार हो गया। याद है न ? अंग्रेज़ों ने उत्तरी भारत को रूस से बचाने के लिए ही हथिया लिया था ? आप मेरा मतलब नहीं समझे। मिसाल के लिए वेदान्त में डूब गए। अब जिस आदमी का यह कथन हो कि संसार माया है। उसके लिए आपके पास क्या सजा है ? यह नितान्त असामाजिक प्राणी है। आपका लड़का मर गया है और लाश पड़ी है। वह आकर कहता है कि यह तो माया है। मन ने कभी भी इसे असन्तोष के अतिरिक्त किसी और भाव से नहीं देखा। यही जो लोग कहते हैं कि संसार में दो तरह के सत्य हैं, एक परमार्थ का दृष्टिकोण है, दूसरा लौकिक अर्थात् इसी दुनिया का है, सांसारिक है। परमार्थ में तो ब्रह्म सत्य है और कुछ है ही नहीं। अच्छा अब लौकिक को लीजिए। वह सब दुनियावी है। दुनिया में क्या है, कितना दुखद्वेष है, यह तो आपसे छिपा नहीं है। आप इसे कर्मों का फल कहते हैं। पर एक बात है। लौकिक सुख तो है अमीरों का, और परमार्थिक सुख है उनका जो भूख और ग़रीबी में मरे जा रहे हैं।''

''हो सकता है,'' राधारमन ने कहा, ''पर तुम जिस सिद्धान्त की बात कहते हो, उसमें व्यक्ति की स्वतन्त्रता नहीं। कोई देश के नाम पर डिक्टेटर बनने की कोशिश कर रहा है, जो तुम भी सब कुछ हारे हुओं की डिक्टेटरशिप चाहते हो ?''

''डिक्टेटरशिप ! डिक्टेटरशिप दो तरह के होते हैं,'' एक व्यक्ति का स्वेच्छाचरण जो किसी शोषक वर्ग के स्वार्थ के लिए होता है, निरंकुश शासन। दूसरा समाज का पूर्ण

अधिकारों से भरा वह शासन जो वर्गों को समाप्त करने में लगता है। तो मेरा मतलब दूसरे तरीके से है। यह दूसरा तरीका हो तो क्या हर्ज़ है ? मेहनतकरों का राज़। अरे भाई आख़िर उसका और क्या मतलब है ? अब इसका सामाजिक व्यवहार देखिए। यह तो है नहीं कि सब खेत और मिलों में काम करेंगे। अस्पताल, स्कूल, कॉलेज, सब कुछ होता है। बस यह है कि वर्गभेद को बढ़ानेवाली बातें मिट जाएँगी। इसमें क्या हर्ज़ है बताइए। और भी। यह सब उस वर्गहीन समाज की रचना की मंज़िल पर पहुँचानेवाला रास्ता है। क्या आज व्यक्ति को स्वतन्त्रता है ? आप स्वतन्त्र हैं ?

राधारमन : तो क्या राज्य विरोधी तब सजा नहीं पाएँगे ?

ब्रह्मदत्त : क्यों नहीं पाएँगे। तब राज्य ब्रिटिश साम्राज्य न होकर मज़दूर, किसानों का राज्य होगा।

आशुतोष : हिन्दुस्तान में ?

ब्रह्मदत्त : हाँ-हाँ इसी हिन्दुस्तान में। इतना चौंकने की ज़रूरत नहीं। कितनी जल्दी यह देश उठ जाता है ! इस देश पर मुझे बहुत बड़ा विश्वास है। विदेशी और साम्राज्यवादी दृष्टिकोण से देखता हूँ तो यहाँ अन्धविश्वास, छुआछूत, जातिभेद, और न जाने कितनी कुरीतियाँ हैं। अपने भारतीय साम्राज्यों को देखता हूँ तो उनको देखकर मुझे विदेशी साम्राज्यवाद की याद आ जाती है। वह सब मुझे गन्दा लगता है। भारत असल में एक नई व्यवस्था के लिए तैयार हो रहा है।

ब्रह्मदत्त को जैसे शान्ति नहीं मिली। उसने फिर कहा, "वह बदलना चाहता है। बदलने से डर क्यों ? तुम क्यों चाहते हो कि मूर्ख ब्राह्मण की भी पूजा की जाए ? क्यों न शूद्र को भी बराबर समझा जाए ? इस वर्ग भेद को मिटाना होगा, बदलना ही होगा। कब नहीं बदला, मैं कहता हूँ जनता के राज से सब चौंकते हैं, पर यह तो बताओ कि वर्ग राज्य जब-जब बदले, तब क्या संस्कृति और कला में कोई फ़र्क नहीं पड़ा ! क्या तब परिवर्तन नहीं हुआ ?"

"क्यों नहीं ?" आशुतोष ने हिचकिचाते हुए स्वीकार किया। अब्दुल मजीद और इन्द्रभान अत्यन्त गम्भीरता से सुन रहे थे। अब्दुल मज़ीद स्वभावतः बोलने में कुछ संकोच करता था और इन्द्रभान को अधिक गति नहीं थी। सुन-सुनकर इकट्ठा कर रहा था। आशुतोष जो जमकर बैठा था। अब कुछ फैल गया। श्री नारायण मुस्कुरा रहा था।

"तब ?" ब्रह्मदत्त ने कहा, "किसी वक़्त, किसी पीढ़ी की भी संस्कृति और कला बपौती नहीं है। पीपल की डरकर पूजा मत करो। इसके सौन्दर्य को देख प्रशंसा करो और सोचो कि प्रकृति से प्रसन्न हो। पर अगर इसी पीपल की शाखा तुम्हारे घर की खिड़की में घुस आए तो उसे काट दो वरना वह सम्भव है तुम्हारे अस्तित्व को ख़तरे में डाल दे। और यह भी सोचो कि पीपल तुम्हारे किस काम में आ सकता है जो सबसे

अच्छा उपयोग दे सके।"

"एक बात है," राधारमन ने कहा, "बहस में तब तक मजा नहीं आता जब तक दोनों तरफ़ से पूँछ नहीं फटकारी जाए।"

सब लोग ज़ोर से हँस पड़े। ब्रह्मदत्त ने कहा, "बहुत कर तो वही सुनता हूँ। इतना विरोध किया जाता है कि कभी-कभी जब कम विरोध होता है तो लगता है कि कुछ कच्ची बात कह रहा हूँ।" वह स्वयं हँसा और बोला, "पर बाहर तो लोग छूटते ही कहते हैं तुम ! रूस ! रूस ! क्या रूस, क्यों रूस ? कुछ नहीं।" वह फिर हँसा और बोला, "इस अशिक्षित जनता की शक्ति को पहुँचाए। कितनी अदम्य और कितनी प्राचीन है ? यह कभी मरती नहीं। आज हिन्दुस्तान सैकड़ों बरस से बदल-बदलकर इस रूप को प्राप्त कर सका है। राजवंश और अनेक उच्चवर्ग ऐसे उड़ गए हैं जैसे मुट्ठी खोल देने पर कपूर उड़ जाता है। परन्तु हिमालय से कन्याकुमारी सिन्ध से बंगाल तक यह महान् जनता, एक-एक क्षण अत्याचार और शोषण से संघर्ष करती हुई अदम्य खड़ी है। विदेशी आक्रमणकारी आते थे; दमन और हत्या से आकाश गूँज उठता था, राजवंश बदलकर मिट जाते थे, पर ये जनता अपनी शक्ति और साहस से सजीव बनी रहती थी।"

"जब तुम्हारी बात इतनी ही सरल है और अच्छी है," आशुतोष ने कहा, "तो तुम लोग बड़े-बड़े सेठों और राजाओं के पास जाकर समझाते क्यों नहीं ? अशोक को समझाने पर वह तो बौद्ध हो गया था। अगर ठीक होगा। तो वे सब समझ लेंगे। आख़िर उनके विरोध का कारण ? क्या वे हृदय नहीं रखते ?"

"कोई बता सकता है कि चाँदनी रात में कुत्ता घूरे पर से उठकर क्यों चाँद की तरफ़ देखकर रोने लगता है ?"

इस बात से कटुता पैदा हुई। ब्रह्मदत्त ने फिर कहा, "बुरा मत मानना। अशोक ने साम्राज्य नहीं छोड़ा था और पैसेवालों की अहिंसा पशुओं पर अधिक होती है। मनुष्य पर नहीं।" वह अपनी बात कहकर चारों ओर देखने लगा। अब वह उत्तर चाहता था। आशुतोष ने कहा, "तो यह नेता निर्बल हैं ? मूर्ख हैं ?"

"नहीं, इसका अर्थ यही है कि तुम बहुमत का मज़ाक नहीं उड़ा सकते। तुम्हें मानना पड़ेगा कि जनता की शक्ति ही समाज की शक्ति है। हम इसीलिए ब्रिटिश साम्राज्य को सशक्त समझते हैं कि हम ईमानदारी से बँटवारा नहीं करते और चोरों की तरह अंग्रेज़ों से लड़ना चाहते हैं। क्या यह साफ़ नहीं दीखता कि ब्रिटिश शासन को यहाँ के सत्ताधारी ही कायम किए हुए हैं। यदि यह जनता अपना पथ पहचान ले तो उसको कौन रोक सकता है ? क्या इन लोगों को उखाड़ देना कठिन है ?

"कठिन क्यों नहीं है ?" इन्द्रभान कह उठा, "कितनी ताकत है उनके पास ? कितने लोग मर गए, कितने भूखे मर गए पर अंग्रेज़ों का हमने क्या कर लिया। तभी तो हमने गांधीजी का पथ पकड़ा। इस राह पर चलकर हमें कुछ मिल सकता है। गांधी क्या कोई साधारण आदमी है। वह देश को आज़ाद करा के मानेगा।"

ब्रह्मदत्त मन-ही-मन अप्रतिभ हुआ। उसने कहा, "यह तो एक पक्ष हुआ। और साथ

ही साथ मैंने बहुत से लोगों को कहते सुना है कि हमारा देश अभी स्वतन्त्र होने के लिए तैयार नहीं है।''

''वे कुत्ते हैं,'' आशुतोष ने बैठते हुए कहा, ''जिस देश में शहीद भी टोलियों में चलते हों। उसे कौन कहता है कि वह आज़ाद नहीं हो सकता। स्वतन्त्रता हमारा जन्मसिद्ध अधिकार है। जो इसे नहीं मानता वह अन्धा है या पागल...''

''या विदेशी शासन के भूत ने उसके हृदय का लहू पीकर उसकी लाश को छोड़ दिया है...'' ब्रह्मदत्त उत्तेजित दिखाई दिया। उसके होंठ फड़क उठे और नथुने फूल गए। शीघ्र ही एक गम्भीरता ने उसके चेहरे पर अपनी छाया डाल दी और वह एक नए आत्मविश्वास से कहने लगा। इस समय उसमें एक स्फूर्ति-सी दिखाई दे रही थी। उसने कहा, ''इसी संसार में मनुष्य को मनुष्य के साथ बराबरी से मिलना होगा। जो भी धर्म, जाति या वर्गों के बन्धन बनाएगा वह इतिहास की महागति में चकनाचूर होकर कुचला रह जाएगा। वह नहीं बच सकेगा।''

इस बात से सब चौंक उठे। ब्रह्मदत्त कहता रहा, ''क्रान्ति ! उसे सुनकर सब चौंक उठते हैं। क्या है क्रान्ति ? क्रान्ति है नई दुनिया का पेड़ उगाने के लिए धरती को खोदना, गोड़ना।''

''परन्तु क्रान्ति में जो पशुता जाग उठती है, वह केवल नाश करना जानती है। उसमें रचनात्मक शक्ति नहीं होती क्योंकि आधार द्वेष होता है।''

''नहीं, आधार द्वेष नहीं होता, न्याय की माँग होता है, और वह संघर्ष उस न्याय को अमल में लाने के लिए एक तरीका होता है जो बीच के बन्धनों को मिटा देना चाहता है। और पशुता क्या है ? पशुता है मनुष्य की अपनी सड़ी-गली व्यवस्था में पैदा हुई मज़बूरियाँ। जब वह इस बात के लिए विवश है कि अपने आराम के लिए वह दूसरों का पेट काटे और मरते और दिन-ब-दिन तड़पते हुए देखकर भी उस पर ध्यान न दे। अगर भूखा आदमी पेट की ख़ातिर कुछ माँगे तो उसको पशुता कहना सबसे बड़ी पशुता है।''

''लेकिन तुम जिस जनता का पक्ष लेते हो कभी यह नहीं सोचते कि वह कितनी दकियानूस है। एक-एक मेड़ के पीछे सर फट जाते हैं। मुक़दमों में किसान रिश्वत और वकीलों की फ़ीस दे-देकर तबाह हो जाते हैं, पर आपस में समझौता नहीं करते।''

''इसका कारण तो अशिक्षा है। पढ़े-लिखे घरों में भी लड़ाई होती है। इसका मूल कारण मनुष्य नहीं, मनुष्य की सम्पत्ति है। जिस अमीर के पास सौ रुपए आते हैं। वह बीस फेंककर दानी कहलाता है। और चार पैसेवाला दो पैसे के लिए सिर तोड़ देने को तैयार हो जाता वह कमीना कहलाता है।''

''यही तब होगा जब जनता का राज होगा।''

''क्या दुनिया में शोषण सदैव बना रहेगा ? यह सवाल अक्सर उठाया जाता है। लेकिन एक बात सोचो। आज तक दुनिया में जो परिवर्तन हुए उसमें एक वर्ग सदैव शोषक बनकर रहा। तुम कहोगे कि जनता की शक्ति बढ़ने पर वर्तमान सामन्त और

पूँजीपतियों का शोषण होगा। लेकिन वे तब सामन्त और पूँजीपति बनकर रहेंगे ही कहाँ? वे भी अपने विशेष अधिकार छिनते ही जनता हो जाएँगे, जो क्रान्ति में मदद होगा अर्थात् संसार को सुखी बनाने में मदद देगा, वह उन्हीं में मिल जाएगा, जो रोकेगा, और अपने अत्याचारों को कायम रखने के लिए लड़ेगा वह इस दुनिया में नहीं रहेगा क्योंकि वह मनुष्यता का शत्रु होगा।''

ब्रह्मदत्त का विश्वास अब फन उठाकर बैठ गया और वह जागरूक था।

''स्वप्न की बातें लगती हैं,'' राधारमन ने कहा।

ब्रह्मदत्त हँसा। कहा, ''यह सपना सच हो चुका है और होता जा रहा है।''

''हुआ होगा।''

''जीवन की कुरूपता मिटानी ही होगी।''

''मिट सकेगी ?''

''क्यों नहीं ?''

''यह हो सकता है कि कुछ हेर-फेर हो।''

''और क्या ?'' आशुतोष ने कहा।

राधारमन ने कहा, ''समूल रूप से मनुष्य नहीं बदल सकता।''

आशुतोष : मनुष्य का स्वभाव ऐसे ही नहीं बदल जाता। उसके लिए साधना का कठिन पथ अपनाना पड़ता है। कोई खेल नहीं है कि सब के सब ही संयम से रहने लगेंगे।''

''लगता है तुम बहुत दूर की बात कर रहे हो,'' राधारमन ने फिर कहा, ''मुझे लगता है कि तुम बहुत आगे की कह रहे हो।''

ब्रह्मदत्त सोच रहा था। उसने पूछा, ''तुम्हें ऐसा क्यों लगता है ?''

''क्यों लगता है ?'' राधारमन ने कहा, ''मैं ज़िन्दगी को देखता हूँ तो ऐसा ही लगता है।''

''हमारा भारतवर्ष धर्मप्राण देश है,'' आशुतोष ने ज़ोर देकर कहा।

''एक रेल ने ब्राह्मणत्व की जड़ हिला दी। नल के पानी ने उसे ठोकर मारी। और अब ब्राह्मण का वही सम्मान है ?''

''नहीं,'' आशुतोष ने स्वीकार किया।

''हज़ारों साल के इतिहास में दस-बीस साल होते ही क्या हैं ? पर क्या इसी से सत्य छोड़ देना चाहिए कि उसका फल मुझे नहीं मिलेगा। अभी तो हिन्दुस्तान से अंग्रेज़ जाएगा इसी का कोई अन्दाज़ नहीं। तुम जेल क्यों आए हो ?''

आशुतोष : भविष्य के लिए, वर्तमान के लिए।

ब्रह्मदत्त : अवधि निश्चित है ?

आशुतोष : नहीं।

''फिर ?''

किसी ने उत्तर नहीं दिया। एकाएक इन्द्रभान ने कहा, ''तुम नहीं जानते गाँव का

किसान बड़ा स्वार्थी होता है।''

''जानता हूँ। पर वह भूखा होता है।''

''फिर भी बौहरे दुगने-तिगुने, जनम क़ैद के कर्ज़ चुकता है।''

''उसके पास आज और कोई चारा ही नहीं।''

ब्रह्मदत्त चुप हो गया। सब लोग अब धीरे-धीरे लेट गए थे। श्रीनारायण ने कहा, ''यार, आज तो कोई क़िस्सा सुनाओ। यही ले बैठते हो रोज़-रोज़। और यह ब्रह्मदत्त तो हम लोगों में ऐसा आ गया है जैसे कृष्ण के विरह को सताई गोपियों में वह उद्धव आ गया था। बस भसल लगाकर पड़े हो। आफ़त कर दी।''

सब हँस दिए पर बात नहीं बदल सकी। आशुतोष ने कहा, ''तो क्या अब क्रान्ति का पथ तैयार नहीं हो रहा है।''

''क्यों नहीं,'' ब्रह्मदत्त ने स्वीकार किया।

''तो फिर क्या गम है ?'' श्रीनारायण चिल्लाया।

''जो क्रान्ति के मार्ग से हट गया वह मर चुका है।''

''मर जाने दो, चुप रहो। कान पक गए हैं।''

पर आशुतोष नहीं माना। वह बोल उठा, ''क्रान्ति तो लोगों को खींच लाती है।''

''खींच लाने दो,'' श्रीनारायण ने उकताकर कहा।

इस समय उनमें एक थकान-सी छा गई थी। जेल की बहस आख़िर बातें ही तो होती हैं। उनसे ऊब जाना भी एक स्वाभाविक सी बात है। परन्तु ब्रह्मदत्त ने बैठकर अपने घुटनों पर हाथ बाँधते हुए धीरे-धीरे गम्भीरता से कहा, ''जो खींच सकता है तो वह समाज बदलेगा क्योंकि अगर वह नहीं बदलेगा तो मर जाएगा। वह सदा ही बदलता रहेगा क्योंकि वह सदैव बदलता रहा है। हमारा धर्म, आचार, व्यवहार सब में नित्य परिवर्तन होता रहता है। जिसे हम समझते हैं कि वह सनातन है और सदा से होता चला आया है, वही सब रोज़-रोज़ बदला करता है। कुछ लोगों को उस परिवर्तन से पैसे का नुकसान होता है, वे ही शाश्वत की दुहाई देकर, सनातन की हाय-हाय किया करते हैं।''

ब्रह्मदत्त के इस कथन पर आशुतोष कुछ तिनगा। उसने कहा, ''क्या व्यक्ति और समाज में कुछ अन्तर है ?''

''समाज और व्यक्ति के परिवर्तन में भेद है। एक आयु बढ़ने पर बढ़ता है, दूसरा घटता है। व्यक्ति की आयु बढ़ती जाती है तो वह घटता जाता है। समाज बढ़ता है पर उसकी जवानी समाप्त नहीं होती क्योंकि एक के बाद एक पीढ़ी आती चली जाती है। इस प्रकार मनुष्य अमरता का रूप धारण कर लेता है।''

''ठीक है। परन्तु यदि यह विकासानुसार हो तो क्या हर्ज़ है ? धीरे-धीरे अपने आप ज्ञान बढ़ता जाएगा। समय की अवधि तुम भी निश्चित नहीं करते। फिर क्या हर्ज़ ? कितनी हत्या ! रक्तपात होता है कि ज़मीन पर पाँव रखने को जगह नहीं मिलती,'' श्रीनारायण का स्वर काँप उठा।

"मैं जानना चाहता हूँ, मरे हुए आदमी को मुहल्ले में क्यों नहीं पड़ा रहने देते वह आप गल जाएगा ? उसे उठाकर क्यों जलाते हो ? क्यों गाड़ते हो ? क्यों उसका तुरन्त प्रबन्ध करते हो ? जिसे तुम हत्या और जेल जाना कहते हो, जानते हो वह है क्या ? वह मनुष्य की अन्याय से लड़ाई है। क्रान्ति यदि केवल हत्या है तो वह नामंजूर है। क्रान्ति मनुष्य के सूर्य का बादल फाड़कर निकल आना है। इसका अर्थ है कि अब मनुष्य के लिए और अन्याय सहना नामुमकिन हो गया है।"

"दुनिया इतनी आसान नहीं ब्रह्मदत्त, जितना तुम किताबों में पढ़कर समझ चुके हो। ऐसा न जाने कितनी बार हुआ होगा।"

"जो कहता है अब दुनिया मर गई, असल में उसका मन मर गया है। संसार गतिशील है। जो गति को नहीं पहचानता उसको ही बाबा तुलसी ने 'सब ते भले वे मूढ़ जिन्हें न व्यापै जगत गति' कहा है।"

सब हँस पड़े। उस तिक्त वातावरण पर से मन का बोझा हट गया। मनुष्य के हास्य में कितना जीवन है यह साधारणतया ज्ञात नहीं होता। मुस्कुराहट ही आदमी के मुँह को सुन्दर या कुरूप बनाती है। मुस्कान हीरा है। जो ज़िन्दगी की खराद पर चढ़कर संघर्षों की घन चोट खाकर, भी उज्ज्वल होती जाती है।

"मैं मृत्यु को देखकर डरना नहीं चाहता। वह तो आती ही है। पर मुझे जीवन चाहिए," ब्रह्मदत्त ने कहा।

आशुतोष : मृत्यु का रहस्य तुम्हें आकर्षित नहीं करता ?

"करता है। पर रोकता नहीं।"

"प्राचीन ऋषि उस पर विजय प्राप्त करना चाहते थे।"

"वह व्यक्तिवादी साधना थी!"

"क्या समाज पर उसने प्रभाव नहीं डाला ?"

"समाज की उसने गति छीन ली।"

"वह कैसे ?"

"कर्मफल का सृजन हुआ।"

एकाएक श्रीनारायण ने कहा, "उफ !"

अब्दुल मज़ीद ने चौंककर पूछा, "क्या हुआ ?"

"खटमल !"

"खटमल !" वह फिर ज़ोर से चिल्लाया। और उछल पड़ा।

बहस बन्द हो गई। कहकहे लगने लगे। राधारमन ने एक जासूसी उपन्यास मँगा लिया था। वह पढ़ने लगा।

और साँझ की किरणें अब पेड़ की फुनगियों पर सरक गई थीं। नीचे एक धुँधलका सा छाता चला जा रहा था। यदि हृदय भारी था तो उसके कारण थे। ब्रह्मदत्त को लग रहा था वह थक गया था। अब वह सिर के नीचे हाथ रखे लेट गया और उसने आँखें बन्द कर लीं।

बाहर शायद कोई गा रहा था। वह एक झिझकता गीत था। इसी प्रकार बीत रहे थे...

दिन...

और रात...

जवानी और ज़िन्दगी...

ब्रह्मदत्त ने चौंककर पूछा, "मैं क्या कह रहा था।"

"कुछ नहीं, कुछ नहीं," श्रीनारायण ने हँसकर कहा, "अब क्या तुमने कहने में कुछ बाकी छोड़ा है ?"

ब्रह्मदत्त फिर लेट गया। सब हँसने लगे।

शहीदों का काज़ल लगाकर साम्राज्यवादी वेश्या जैसे-जैसे सुन्दर बनना चाहती थी, वह अपना डायन स्वरूप प्रकट कर रही थी।

5

श्रीनारायण कुछ उदास रहने लगा था। पहले तो किसी को मालूम नहीं हुआ। पर धीरे-धीरे राधारमन ने यह बात ताड़ ली। श्रीनारायण अब हिन्दी की कविता के प्रति अधिक उन्मुख हो गए थे और छायावादी गीत गाया करते थे। उसकी आकृति अच्छी थी और उन सबमें देखने में वह आकर्षक था। कविता करना नहीं जानता था, पर दूसरों की उसे बहुत सी कविताएँ याद थीं। कंठ अच्छा था, जिसके कारण आशुतोष के अतिरिक्त सब सुनते थे। आशुतोष में यही बात एक ऐसी थी जिससे सब उससे मन-ही-मन चिढ़ते थे। वह बंगाली था और उसमें प्रान्तीयता बहुत अधिक थी। बंगाली अच्छा गाते हैं। यह सर्वविदित है। पर कानों को जो अच्छा लगे वही अच्छा है। मदरासी को जो संगीत अच्छा लगता है, वह उत्तर भारतीय को नहीं लगता और जो अंग्रेज़ को पसन्द है, वह भारतीय को नहीं भाता। तुरन्त एक-दूसरे की आलोचना प्रारम्भ हो जाती है। जेल में यह छोटी व्यक्तिगत, अच्छाई और बुराइयाँ बहुत मुखर हो जाती हैं। पर सभी बन्दी थे। आशुतोष कहता था कि स्वतन्त्रता आन्दोलन में बंगाल ने नेतृत्व किया। राधारमन कहता था कि बंगाल ने सबसे पहले अंग्रेजों का स्वागत किया था। तर्क इस प्रकार बढ़ते और जब कटुता बढ़ती तब बाकी लोग बीच में पड़ जाते हैं और ब्रह्मदत्त कहता कि यह सांस्कृतिक अहंकार, केवल उच्चवर्गीय विद्वेष की भावना है। प्रत्येक प्रान्त की जनता क्योंकि एक से शोषण के अधीन रही है, उसमें यह नहीं हो सकती। हमारा शत्रु हमारी इन्हीं निर्बलताओं से लाभ उठा लेता है। बात बदल जाती।

परन्तु श्रीनारायण जो कभी कविताएँ गाता, कभी दर्शन की ओर उन्मुख होता उसकी बातों में रस बढ़ता ही जाता। वह कहता, "अच्छा सब कुछ माना। पर जीवन है ही क्या। वेदान्त को पढ़ो। सब माया है। दिखाई देता है, है कुछ नहीं।"

ब्रह्मदत्त हँसकर कहता, "है क्यों नहीं। सब मर जाते हैं। पर मरने के पहले सब

जीवित रहते हैं। यदि जगत मिथ्या है, तो ब्रह्म ही के सत्य होने का क्या प्रमाण है ? वह है। है क्या ? नहीं ही क्यों नहीं कहते। जो है उसे तो तुम नहीं कहते हो, पर जिसका होना न होना निश्चित नहीं है, उसके बारे में पूर्ण विश्वास से कहते हो कि वह है। यह क्या तर्क है ? यह तो अन्धविश्वास है।"

जब बात बढ़ती तो श्रीनारायण का मन उचट जाता। अन्त में उसकी राधारमन से अलग बातें हुआ करतीं। पता चला उसका गौना हाल में ही हुआ था और जेल में उसे बीवी की याद आया करती थी। मनुष्य भी बड़ा अजीब होता है। कल तक जिस स्त्री को नहीं जानता था, अब उससे इसे इतना प्रेम हो गया। और बचपन से जिन माँ-बाप ने पाला, भाई-बहनों में खेला उनकी उसे इतनी याद नहीं आती। जिनका मानसिक विकास स्वस्थ नहीं होता वे न सामाजिक नियमों का सन्तुलन कर पाते हैं, और न अपनी मज़बूरियों को ही जीत पाते हैं क्योंकि वही उनका जीवन बन जाती है और अपनी वासनाओं के दास बनकर वे उसकी प्रशंसा करते नहीं अघाते।

राधारमन को इस विषय में दिलचस्पी हुई। स्वाभाविक ही था कि दो युवक जीवन में अपने यौवन की भी चर्चा कर लिया करें। और जब आकाश में तारे छिटक जाते, हवा सनसनाने लगती, तब श्रीनारायण गाता और वे सुनते, इस प्रकार उदास और बन्दी जीवन की घुटन, गीत की कड़ियों में गुँथ-गुँथकर लम्बी होती गई, जो उनके स्मृतियों की कीलों से उलझकर टँगी रह गई वह कीलें फिर दारुण व्यथा देती हुई चुभने लगीं। यौवन के सपने रंगीन होते हैं। उस आयु पर मनुष्य एक आवेश में फिसलता है जैसे सारी धरती उसके पाँवों के नीचे चिकनी बन जानी चाहिए। जो उसके पाँवों में आकर अड़ेगा, उसे वह ठोकरों से चकनाचूर कर देगा।

"हम लोग इसी जेल में अपनी जवानी गुज़ार रहे हैं," राधारमन कहता, "जब तक छूटेंगे तब तक कितनी उम्र गुज़र जाएगी।" उसके स्वर में एक भारीपन होता। एक वेदना होती। उन लोगों की आँखों की तस्वीर होती जो सिकचों में बन्द इन बन्दियों के छूटने की प्रतीक्षा कर रही होंगी।

"न जाने," श्रीनारायण ने कहा, "कितने नौजवान इसी तरह तड़प-तड़प कर जेलों में जान दे देते हैं। और उनके घरवाले इन्तज़ार करते-करते थक जाने पर भी सड़क देखना नहीं छोड़ते।"

जीवन के प्रति एक सकरुण ममता थी जो जागरूक हो उठी थी। उसकी इस बात ने सबको विचलित कर दिया। सबकी आँखों में वह दिन घूम गए जब वे आज़ाद थे। श्रीनारायण उदास था। अब्दुल मज़ीद ने कहा, "पारसाल मैं इन दिनों मदरास में था। वहाँ जब सूरज डूबता था और लहरें आकर किनारे से टकराती थीं, तब कितना अच्छा मालूम देता था, यह मैं अब नहीं बता सकता। हम कितने लोग हैं। जो देश की ख़ातिर जेलों में पड़े रहते हैं। बाकी सब लोग भी क्यों नहीं आ जाते। उससे तो लड़ाई बहुत जल्दी ख़त्म हो सकती है।"

ब्रह्मदत्त मुस्कुराया। उसने कुछ नहीं कहा।

"एक दिन होगा," श्रीनारायण ने धीरे-धीरे कहा, "जब हम आज़ाद होंगे। उस दिन हमारा इंग्लैंड से कोई सम्बन्ध नहीं होगा। उस दिन हम आज़ाद होंगे। उस दिन हमारे देश के कारीगरों के अँगूठे कोई नहीं काट सकेगा। हमारे व्यापार में कोई विदेशी हुकूमत नहीं कर सकेगा।"

राधारमन ने गद्गद स्वर से कहा, "दुनिया के मुल्कों में हम सिर ऊँचा उठाकर चलेंगे। कोई हमें देखकर गुलाम नहीं कह सकेगा। घृणा नहीं कर सकेगा। जिधर से अपने देश में निकलेंगे उधर ही खुशहाली होगी। लोग ग़रीब नहीं रहेंगे, किसान नंगा नहीं होगा, मज़दूर भूखा नहीं होगा। तब पुलिस और फ़ौज के जुल्म बन्द हो जाएँगे, राजनीतिक स्वतन्त्रता होगी और सब टोडी अफ़सरों की जगह देश के लिए त्याग करने वाले ईमानदार सैनिक होंगे। मैं जब उस दिन की कल्पना करता हूँ तो मेरा रोम-रोम पुलक उठता है। उस दुनिया में जात-पाँत नहीं होगी, अमीर-ग़रीब का भेद नहीं होगा, रिश्वत नहीं होगी। औरतों को पर्दा नहीं करना पड़ेगा..."

उसके स्वर में एक मादक तृष्णा थी। कितना सुखद स्वप्न था वह। वह दुनिया जहाँ मनुष्य-मनुष्य को मनुष्यता के नाते प्यार करेगा। जब रेलों में–ऐ, ऐ, हटो, यहाँ नहीं, की आवाज़ें सुनाई नहीं देंगी। तब कुछ लोग रईस बनकर नहीं घूमेंगे, शिक्षा कुछ लोगों के हाथ में नहीं होगी।

राधारमन ने फिर कहा, "अंग्रेज़ जाए, यह पहली बात है। पर उसके बाद यह नहीं हो कि देशी लुटेरे ताकत हथिया लें।"

ब्रह्मदत्त ने चौंककर देखा। उसकी बातों का भीतर ही भीतर असर हो रहा था, होता रहा था। तब तो उसने ऊसर में बीज नहीं बोए थे। उसकी बातों ने इस विद्यार्थी को प्रभावित किया था, क्योंकि अभी इसके स्वार्थ मुखर नहीं हुए थे और निरन्तर संस्कृति के स्रोत पुस्तकों के संसर्ग में रहने से उसकी मनुष्यता के अंगार पर पड़ी भस्म ज्ञान की एक फूँक में ही उड़ गई। ब्रह्मदत्त चुप रहा। इन्द्रभान ने कहा, "बड़े आदमी की बात कहते हो। तो क्या हमारे नेता कभी बेईमान हो सकते हैं ? महात्मा गांधी और जवाहरलाल नेहरू कभी ग़रीबों का पक्ष छोड़ सकते हैं ? नामुमकिन।"

ब्रह्मदत्त ने इस बात का उत्तर नहीं दिया। यह तर्क की बात नहीं थी, अन्धविश्वास था। इसका उत्तर देना गाली खाना एक बराबर था। और इन्द्रभान अपनी बात तर्क की कसौटी पर कसता, इसकी कोई सम्भावना नहीं थी। वह कहता रहा, "मैं तो इन पर अविश्वास करना ओछापन समझता हूँ।"

बात आ ही गई। राधारमन ने कहा, "लेकिन ब्रह्मदत्तजी। आप कहते हैं कि पूँजीवादी अपना मतलब निकलते ही जनता को अगूँठा दिखा देंगे, तो क्या उनमें मनुष्यता है ही नहीं ?"

"दुनिया में ऐसा हुआ है," ब्रह्मदत्त ने कहा, "अब मनुष्यता पर मैं बहस नहीं कर सकता। क्या भारत के सामन्तों में मनुष्यता है ही नहीं जो अंग्रेज़ों से मिलकर कांग्रेस से लड़ते हैं ? दान करते हैं, योग करते हैं, सब कुछ सुनने-समझने की शक्ति रखते हैं

फिर क्या बात है ? देश से क्यों गद्दारी करते हैं ? इसका मतलब है कि वर्ग स्वार्थ होता है, यह केवल कल्पना ही नहीं है। एक सत्य है। जब तुम इतना सत्य स्वीकार कर लेते हो तो बात स्पष्ट हो जाती है। अगर भारतीय सामन्तवाद भारत से दगा कर सकता है, तो भारतीय पूँजीवाद भी दगा कर सकता है। यह अवश्य है कि दोनों की दगा में कुछ ऊपरी भेद होंगे। हमें इसीलिए जनता को जगाना चाहिए।''

इन्द्रभान ने चेतकर कहा, ''अगर सामन्तवाद और पूँजीपति देश से दगा कर सकते हैं तो इस देश की तो दगा करने की परम्परा पड़ गई है। इसके मतलब हैं कि तुम्हारी जनता भी देश से दगा कर सकती है।''

उसकी इस बात से एक हल्कापन आ गया। ब्रह्मदत्त ने हँसकर कहा, ''जनता जब देश से दगा करती है तो यह सोचना पड़ेगा कि देश क्या है ? देश पहाड़, नदी, मैदान हैं। खानें, पेड़, झाड़ी हैं। इनसे तो कोई दगा बेमानी है। दगा आदमी-आदमी के बीच होती है। तब देश में क्या-क्या है ? जनता है, पूँजीपति हैं, सामन्त है। पुलिस, फौज इत्यादि जनता से आते हैं ? इनके अफ़सर उच्च वर्गों से आते हैं जो इन्हें अपने स्वार्थ के लिए इस्तेमाल करते हैं। एक मध्यवर्ग होता है। वह नौकरी पेशा है। वह भी इस्तेमाल होता है। तब देश में तीन हुए जो खास हैं—सामन्त, पूँजीपति और जनता। जनता जब देश को धोखा देती है तब अपने आपको धोखा देती है, यानी सामन्त और पूँजीपति के हाथ में खेल जाती है। और जब वह उनके हाथ में नहीं खेलती तब भी वह दगा करती है।''

''वह कैसे ?'' अब्दुल मज़ीद ने पूछा।

ब्रह्मदत्त हँसा। इससे उसके प्रति कुछ अधिक रहस्य की भावना जागृत हुई। सबकी आँखें उसकी ओर आकर्षित हुईं। उसने कहा, ''तुम चाहते हो हिन्दुस्तानी फ़ौज अंग्रेज़ी शासन के विरुद्ध हो जाए ?''

''हाँ,'' राधारमन ने सिर हिलाया।

''इसके लिए चाहते हो कि उसके हुक्म मानना बन्द करे। अंग्रेज़ों को गिरफ़्तार करे और हिन्दुस्तान के लिए आज़ादी की लड़ाई करे।''

''बिल्कुल ठीक है,'' श्रीनारायण ने कहा।

''तब,'' ब्रह्मदत्त ने कहा, ''यह काम अंग्रेज़ों के खिलाफ़ दगा होगा या नहीं।''

''हाँ, अंग्रेज़ों को तो दग़ा ही होगा,'' सबने स्वीकार किया।

''क्योंकि,'' ब्रह्मदत्त ने कहा, ''जायज हो या नाजायज, अंग्रेज़ ने उन्हें रोटी के लिए, उनकी अशिक्षा और अज्ञान से लाभ उठाकर उन्हें अपना नौकर रखा है कि वे वफ़ादार बनकर रहें। अब यह वफ़ादारी चाहे देश को कितनी ही हानि पहुँचाए, पर अंग्रेज़ इस वफ़ादारी को ही सत्य, न्याय, क़ानून, धर्म, मर्यादा और मनुष्यता कहता है। क्यों ? ठीक है न ? तुम इसे पसन्द नहीं करते क्योंकि तुम जानते हो यह वर्ग स्वार्थ है।''

''बिल्कुल,'' राधारमन ने कहा।

''ठीक यही,'' ब्रह्मदत्त ने हाथ फैलाकर कहा, ''जनता सामन्त और पूँजीपति से

दगा करती है और आज़ाद हो जाती है।''

ब्रह्मदत्त की बात से सब ही चौंक उठे। राधारमन हँसा। उसके दाँत खुल गए। ब्रह्मदत्त थककर लेट गया।

शाम को श्रीनारायण फिर कविताएँ गाने लगा। अब चूँकि सब उसकी विरह व्यथा के कारण उसकी पत्नी में अधिक जिज्ञासा दिखाने लगे थे, वह बातों को छिपाने लगा था। अब देश के गीत भी गाने लगा था। उन दिनों 'सरफ़रोशी की तमन्ना अब हमारे दिल में है', काफ़ी प्रचलित था।

परन्तु जीवन चारों ओर से बन्द था। जैसे पंखों को समेटकर पंछी सीकचों के पीछे से आकाश के अनन्त विस्तार को आँखों से नापता है, मन से उड़ता है, उसी प्रकार बन्दी भी आज बँधे हुए मन से, सब कुछ नाप देना चाहते थे और उनमें कुछ स्वानुभूति के सत्य उदय हो रहे थे।

मनुष्य की यातना दैहिक है, मानसिक भी है। मनुष्य की देह का दुख सदा ही मानसिक सुख से नहीं मिटता, पर वह उसे शक्ति देता है। मनुष्य के भविष्य की कल्याण-कामना यदि एक विश्वास बन जाती है तब वर्तमान के संकुचित सुख छोड़ देता है, क्योंकि वर्तमान का वैषम्य उसे पागल बनाने लगता है। जिसके हृदय में मनुष्यता है वह कभी तब तक चैन से नहीं बैठ सकता, जब तक वह मनुष्य के कलुषों को दूर नहीं करे।

मनुष्य अपने समय के प्रवाह में बहता है। धारा में लाखों, करोड़ों बहते हैं। कभी किसी युग में यह पहाड़ पर लुढ़कती तेज़ धारा की गति पकड़ लेता है, कभी मैदान पर धीरे-धीरे धारा बहती है। मनुष्य अपनी परिस्थितियों के साथ बदलता है; पर साथ ही साथ उन्हें बदलने की भी चेष्टा किया करता है।

व्यक्ति की अन्तर्मुखी वृत्तियों पर सोचने का अब अधिक अवसर मिलता। मनुष्य के राग-द्वेष आदि पर वे लोग काफ़ी बातें करते। अहम्मन्यता, पुरुष-स्त्री प्रेम, न जाने कितने विषय थे।

और अब वे एक-एक कर उस जीवन से जैसे समझौता करते जाते थे वैसे ही वैसे उससे ऊब भी चले थे। बैल जैसे-जैसे मंज़िल के क़रीब पहुँचते जाते हैं उनकी चाल तेज़ होती जाती है, पर राही का उतावलापन मन का एक बोझ बन जाता है। वही हाल इन बन्दियों का भी हो रहा था।

''जेल के बाहर के लोग घूम रहे होंगे,'' श्रीनारायण ने कहा।

''वे आज़ाद हैं,'' राधारमन बोला।

परन्तु आशुतोष ने काटकर कहा, ''यह सब भ्रम है। सारा भारत एक जेल के समान है। जहाँ बोलने की आज़ादी नहीं, कहने, छापने, भाषण देने तक की आज़ादी को वफ़ादारी के नाम पर बड़े-बड़े आदर्शों का फ़रेब पैदा करके छीन लिया जाता है। वहाँ बाहर भी आज़ादी नहीं कही जा सकती। ठीक इसी वक़्त क्या-क्या अनर्थ नहीं हो रहे होंगे। बम्बई, कलकत्ता, मद्रास की विराट अट्टालिकाओं के नीचे भूखे फुटपाथों

पर पड़े होंगे। औरतें सज-धजकर अपना शरीर बेच रही होंगी। दूर पहाड़ों में कुली सीलन में पिस्सू और खटमलों को अपना ख़ून पिला रहे होंगे। गाँवों के नीख दाह में किसान भूखा सो रहा होगा, औरतें सिसक रही होंगी। मज़दूरों की गन्दी बस्तियों पर ग़रीबी का अँधियारा छाया होगा। कहाँ है सुख ? कहाँ है आज़ादी ?''

''कहीं नहीं,'' ब्रह्मदत्त ने कहा, ''सुख ? हमारी आँखें हमें धोखा न दें कि कहीं हम मोटरों में बन-ठनकर चलनेवालों को देखकर, उसे सुख कहने लगें। कहीं ऐसा न हो कि कान धन की खनक से भर जाएँ और हम दुखी मनुष्य का चीत्कार सुनना बन्द कर दें।''

इसी समय किसी की जंज़ीर खनखना उठी।

''सुनो, सुनो,'' ब्रह्मदत्त ने रुककर कहा, ''वहाँ किसी की जंज़ीर खनखना रही है। जब मैं सुनता हूँ तो लगता है कि आज़ादी गुलामी के लोहे में से भी बोलती है। हम सभ्य बनते हैं ? हम बँधे रहने को सुख कहते हैं। इस वक़्त शिमले में वायसराय ऐश की छान रहा होगा। विलायत में गोरे राजनीतिज्ञ चालें सोच रहे होंगे। यह ब्रिटिश साम्राज्य की छाया है। उसका वैभव है।''

वह रुक गया। फिर उसने रुककर कहा, ''सैकड़ों आदमी, अनेक पीढ़ियाँ। जनता को सदैव यातना। अतीत का भव्य गौरव, केवल शोषकों का गौरव। मैं देख रहा हूँ। मैं इस विराटधारा का एक बुद्बुद् हूँ। पर मुझमें समस्त महासागर की सत्ता है, मैं अलग नहीं हूँ। मुझे सन्तोष है कि मैं औरों की भाँति नहीं कि जीवन का भार ढोता रहूँ। मैं नई दुनिया बनाने में लगा हूँ। मुझे इसका गर्व है,'' और ब्रह्मदत्त का स्वर फिर काँप उठा, ''एक नई दुनिया...उसके लिए जीवन के कष्ट...इसलिए नहीं कि किसान-मज़दूर पर उनकी ग़रीबी देखकर मात्र एक भावनात्मक दया आ गई है वरन् इसलिए कि इतिहास गति है उसे कोई नहीं रोक सकता, क्योंकि वही मनुष्य के सर्वश्रेष्ठ और पवित्रतम का विकास है, वही इस सड़ाँध को मिटानेवाली पानी की तेज़ धारा है, वही सत्य है, शोषितों का अधिकार है...''

जीवन और जेल की मोटी-मोटी दीवारों का यह संघर्ष कभी-कभी उनके समवेत गीतों में डूब जाता, पर हृदय में करकता। ऐसे करकता जैसे तेज़ भागती रेल का छोटा कोयला आकर आँख में गिर जाता है और फिर कोई बुड्ढा कह उठता है, ''थोड़ा पीछे चल लो, आँख फाड़कर, उँगलियों से पकड़कर, कोयला निकल जाएगा...''

और वे बन्दी पूछते कब तक पीछे चलना होगा...

6

सुबह जब वार्डर की कठोर आवाज़ सुनाई दी, आशुतोष ने ज़ोर से पुकारा, ''ऐ ! वार्डर ! इधर आओ ! इधर।''

वार्डर मन-ही-मन झल्लाया। यह वार्डर अभी बदली होकर आया था। पहले

अराजनीतिक बन्दियों के भाग में काम करता था। इसकी तबीयत में हुकूमत थी और कैदियों को यह आदमी ही नहीं समझता था। वह क़रीब आया। उसकी भौं तनी हुई थीं जिन्हें बिना देखे ही आशुतोष ने कहा, "अपने मालिक से जाकर कहो कि हमारा तसला और कम्बल बदले। कम्बल फट गया है, तसला टूट गया है।"

वार्डर ने कहा, "आ जाएगा सब।"

"कब आ जाएगा।"

"बाबूसाहब। अब ये अकड़ नहीं चलेगी। समझे ? होश में बातें करो। सरकारी जेल है। तुम्हारी ससुराल नहीं है।"

वार्डर की बात सुनकर आशुतोष को जैसे आग लग गई। उसने चिल्लाकर कहा, "होश सँभालकर बातें करो। गुलामी से तुम्हारी बुद्धि भी सड़ गई है।"

अभी तक बाकी लोग अपने-अपने काम में लगे थे, पर इस चीख़-पुकार से उनका ध्यान केन्द्रित हो गया। ब्रह्मदत्त ने बढ़कर पूछा, "क्या हुआ ? क्या बात है ?"

"तुम चुप रहो," वार्डर ने गरजकर डाँटा, "जब हम यहाँ हैं तो तुम्हें बोलने का क्या अधिकार है ?"

"सिड़ी हो गया है," कहता हुआ इन्द्रभान आगे बढ़ आया और उसके साथ ही अब्दुलमज़ीद और राधारमन भी बढ़े और सबकी देखादेखी पीछे-पीछे श्रीनारायण भी आ गया। पर वार्डर जैसे इस सबसे विचलित नहीं हुआ। उसने आशुतोष की ओर ही देखकर कहा, "होश सँभाले रहो। वरना डंडा बेड़ी डलवा दी जाएगी और ज़्यादा बदमाशी की तो चक्की पिसवा दूँगा। रस्सी बँटवा दूँगा और फिर भी नहीं माना तो नंगा करके बर्फ़ पर बिठवा दूँगा और मार बेतों से चूतड़ों की खाल उड़ा दूँगा।"

वार्डर का कठोर मुँह उस समय विकराल हो उठा। उसको देखकर आशुतोष की आँखों में ख़ून उतर आया। उसने उठते हुए कहा, "अब के बोलेगा तो दाँत तोड़ दूँगा और हलक में हाथ डाल के ज़बान खेंच लूँगा..."

भाड़ ! एक आवाज़ हुई। वार्डर का हाथ आशुतोष के मुँह पर बजा। आशुतोष ने एक बार एक उछाल सी लगाई और लपककर वार्डर को पीछे से पकड़ लिया और इतनी ज़ोर से धक्का दिया कि वह सामने की दीवार से टकराया और उसका सिर फट गया। ख़ून निकलने लगा और वह सिर थामके बैठ गया। आशुतोष क्रोध से पागल हो रहा था। उसका डंडा छीनकर अब वह उसे मारने लगा। वार्डर गिर गया। आशुतोष का हाथ उठ ही रहा था। ब्रह्मदत्त ने हाथ पकड़कर कहा, "अब क्या इसे मारते ही जाओगे ? मर जाएगा।"

"मर जाने दो," आशुतोष ने फूत्कार किया, "यह क्या मुझे छोड़ देते हैं ? कुत्ता ! अगर यह कुत्ता मर ही जाए तो क्या नुकसान है ! कमीने ! इन्होंने मेरे सामने औरतों और बच्चों पर संगीनें चलाई हैं, घोड़ों को दौड़ाकर कुचला है, इनके अत्याचारों को मैं भूला नहीं हूँ।"

"ठहरो, ठहरो," राधारमन ने आशुतोष का दूसरा हाथ पकड़कर कहा, "गज़ब मत

करो।''

परन्तु आशुतोष नहीं माना। उसने छूटकर अपने तसले को धरती पर दे मारा और मार-मारकर तोड़ दिया। इतने से ही उसका क्रोध शान्त नहीं हुआ, वह एक-एक कर सबके तसले तोड़ने लगा। और फिर उसने सबके कम्बल फाड़ डाले। सब चुपचाप देखते रहे। सबको इस प्रकार की दुर्घटना के कारण वार्डर पर अत्यन्त क्रोध आ रहा था।

ब्रह्मदत्त ने आशुतोष का कन्धा पकड़कर कहा, ''अब बस करो. बहुत हो चुका।''

आशुतोष ने आँखें मिलाई। ब्रह्मदत्त ने देखा। उनमें पानी था। कितना क्रोध, कितना विक्षोभ, गतिरोध, विवशता और मनुष्य का आत्मसम्मान उनमें पिघल उठा था और ऐसे जैसे बादल, बादल जिसमें बिजली ठट्ठा करती है, उन्माद और तड़प लेकर। वे आँसू नहीं थे, बन्दी की अपराजित आत्मा का जीवित गौरव था, एक दुर्दम्य जीवन की मर्यादा थी जो कभी भी सदा के लिए झुकने को तैयार नहीं थी। ब्रह्मदत्त ने उसके कन्धे को थपथपाया। और फिर उन्होंने एक-दूसरे की ओर देखा। सबके हृदय में शक्ति आई। भविष्य का अज्ञात भय अब कम होने लगा। एक ओर शासन, आसमुद्र फैला हुआ साम्राज्य का वैभव था, जिसके दंड के नीचे करोड़ों मनुष्य असंख्य जातियों का भूखा और नंगा समूह था, जिसके न्याय ने स्वार्थ रक्षा के लिए अनेक जंजाल बनाकर सत्य और स्वतन्त्रता को पाप कह दिया था, और जिसका जीवन दिन प्रतिदिन ढाए गए वह भीषण अत्याचार थे जो दीपक लेकर ढूँढ़ने पर भी मुश्किल से मिलेंगे। और दूसरी ओर थे यह पाँच व्यक्ति—तरुण—जिनकी जवानी अरमानों की ज़िन्दादिली के कारण जब नहीं घुल सकी तब वह अत्याचारी उनके फौलादी दिलों को धीरे-धीरे रेतने लगा, ताकि वे घिस जाएँ, उनका निशान मिट जाए।

वार्डर अब होश में आ चुका था। उसको अब डर ने घेर लिया था। उसकी हिम्मत नहीं होती थी कि उठे और चला जाए। यह तो बड़े कातिल कैदी हैं। इनकी इतनी मज़ाल ? आज तक जिसकी आँखें देखकर लोग डरते थे, अब आज उसकी यह हालत हुई है ? क्या ठीक है वह उठे और फिर सब टूट पड़ें।

एक हल्की सी आवाज़ आई, फिर ज़ोर से सीटी बज उठी और इससे पहले कि क़ैदी सँभलें खतरे की घंटी बजने लगी और सारी जेल भारी बूट पहनकर दौड़ने की आवाज़ से गूँज उठी। एक मिनट ही बीता होगा कि इनकी कोठरी में पाँच वार्डर घुस आए और उनकी आहट पाकर ज़मीन पर पड़ा हुआ आदमी उठ खड़ा हुआ। उसके माथे पर ख़ून लग रहा था।

एक मोटे से वार्डर ने चिल्लाकर कहा, ''क्या हुआ ?''

घायल ने कुछ नहीं किया। केवल आशुतोष की ओर उँगली उठाई, पर इस समय ब्रह्मदत्त सामने पड़ गया। मोटे आदमी ने उस पर हाथ उठाया। थोड़ी देर के लिए कोठरी में भयानक गुत्थम-गुत्था हुई। कांग्रेस के युवक उस अनैतिकता से इतने क्रुद्ध हो गए थे कि वे हिंसा-अहिंसा भूल गए और फिर डटकर मारपीट हुई। छओं इधर लहूलुहान हो गए, उनके पास छोटे डंडे थे, पर आशुतोष ने दो के सिर फाड़ दिए और सिपाहियों

की वर्दी फाड़ दी। एक ने लात मारने को भारी बूट उठाया तो आशुतोष के डंडे की चोट उसके घुटने पर तड़ाक से बैठी, वह चिल्लाकर बैठ गया।

और फिर सीटी बजी। लड़ाई थम गई। जेल सुपरिंटेंडेंट का चेहरा दो बन्दूकधारियों के पीछे दिखाई दे रहा था। छओं कैदी पीछे हट गए। सुपरिंटेंडेंट ने ऑर्डर दिया, "हाथ उठाओ।" पीछे खिसककर छओ दीवार की ओर मुँह किए हाथ उठाकर खड़े हो गए। उनके हाथ की बन्दूकों ने रंग दिखाया। सुपरिंटेंडेंट आगे बढ़ा। उसने राधारमन की बग़ल में खड़े आशुतोष को देखकर पूछा, "यही है ?"

और वह गर्व से और आगे बढ़ा। बोला, "यू डैमंड स्वाइन...(सुअर)

आशुतोष में जैसे बिजली भर गई। उसने धाड़-धाड़ करके सुपरिंटेंडेंट के मुँह पर चाँटे मार दिए, सुपरिंटेंडेंट घबराकर चिल्ला उठा, "शूट ! शूट ! मर्डर (हत्या)।"

एक बार धाँय हुई। आशुतोष धड़ाम से गिरा। ब्रह्मदत्त उस पर चिल्लाता हुआ झुका। गोली आशुतोष के कन्धे में लगी। वह बेहोश हो गया। ब्रह्मदत्त की आँखों में क्रोध से आँसू आ गए। उसने वह ख़ून अपने हाथ से छुआ और फिर पागल की तरह सुपरिंटेंडेंट पर टूटा। सिपाही डंडे चलाने लगे। उन्होंने बाकी चार को मार-मारकर गिरा दिया। मोटा सुपरिंटेंडेंट भी उठकर कपड़े झाड़कर हाँफ़ता हुआ कहने लगा, "उफ ! इतने बदमाश ! इतने सरकश ! मैं सरकार को लिखूँगा। इनको इस तरह नहीं छोड़ा जा सकता।"

कैदियों के डंडा-बेड़ी डाल दिए गए। आशुतोष को जेल अस्पताल पहुँचा दिया गया। खबर आई कि वह मरा नहीं। गोली निकाल दी गई है। परन्तु अब हर एक क़ैदी को अलग-अलग कर दिया गया। उनके तो एक साथ रहने में ख़तरा था।

सुपरिंटेंडेंट का क्रोध शीघ्र ही नहीं मिटा। उसने वार्डरों को बुलाकर, सबकी रिपोर्ट ली और सरकार को लिख दिया। इस बीच ही क़ैदियों ने भूख हड़ताल कर दी। इस ख़बर से सुपरिंटेंडेंट घबरा गया, परन्तु सरकार ने उत्तर दिया, घबराओ नहीं। डरकर, या घबराकर डिसिप्लिन बिगाड़ने की कोई जरूरत नहीं है। पूरी तरह से न्याय किया जाए। हड़तालियों को खाना खिलाया जाए और साथ ही साथ उनके अपराधों के लिए उन्हें दंडित भी किया जाए।

भूख हड़ताल भयानक चीज़ थी। तीसरे दिन लगा आँखों के सामने अँधेरा छा गया है, और हिलने-डुलने की भी शक्ति नहीं है। अब सब घूम रहा है, पर पाँचवें दिन से भूख लगना कम हो गया, कमज़ोरी बढ़ चली। राधारमन को बर्फ़ पर भी नंगा बिठाया गया, परन्तु खाया किसी ने भी नहीं। उनके उस दृढ़ साहस को देखकर वे लोग मन-ही-मन डरने लगे। अत्याचारी सबसे बड़ा कायर होता है। घुल-घुलकर, दम तोड़ने वाली उस पागल और दीवानी जवानी को देखकर वे मन-ही-मन काँप उठे। कितनी लगन, कितना जीवन, कितनी शक्ति, कितना अदम्य विश्वास। जेल की भारी-भारी दीवालों का बोझ मन से उठ गया और लगा वे बन्दी शेरों की तरह पड़े थे। मौत उनकी तरफ़ बढ़ते हुए शरमा रही थी।

और जब वे ऊब जाते तब क्षीण स्वर से कोई गाने लगता, वह गीत जो भगतसिंह

ने गाया था, मौत के वीर सिपाही उस गाने को भूल नहीं सकते। बात बदल गई थी, शब्द बदल गए थे पर वह भगतसिंह का गाना था, उस गाने को करोड़ों देशवासियों ने गाया था, हज़ारों जुलूस नदियों और मैदानों पर उमड़ पड़े थे, हज़ारों माँओं ने उस दिन अपनी आँखों से उमड़े हुए आँसू पोंछ लिए थे। और फिर वह अमर गीत धीरे-धीरे जेल की भारी दीवारों में रुद्ध हो जाता, या जज़्ब हो जाता।

और जब जेल के अधिकारी ज़बर्दस्ती दूध पिलाने को नाक में नली डालते तब बन्दी लड़ते। एक दिन इसी संघर्ष में श्री नारायण के गले की हवा की नली फट गई और दूध उसके फेफड़े में उतर गया। तीसरे दिन वह मर गया। इस प्रकार अट्ठारह दिन बीत गए और एक-एक दिन की भूख, ब्रिटिश साम्राज्य के लोहे पर डंके की तरह बजने लगी, जिसकी आवाज़ जेल की दीवारों के बाहर पहुँचने लगी।

7

ब्रह्मदत्त के प्रति किए ये अत्याचार जब कांग्रेसवालों में पहुँचे तब एक सनसनी-सी छा गई। आलाप में संवाद छपा। शहर में लोग इस विषय पर बातें करने लगे। राजनीतिक बन्दियों की सदैव ही सहानुभूति रहती थी। बल्कि औरों के लिए असह्य यन्त्रणाओं को झेलनेवाले युवकों के प्रति लोगों की भावना आदर-भरी थी। आलाप के दफ़्तर में उस दिन भीड़ लग गई। मुंशी इकबाल शंकर और मौलाना हामिद अली आलाप नहीं पढ़ते थे, पर श्यामनारायण को चैन कहाँ था। जाकर सुन आए। लाला रामकिशोर ने सुना तो एक ठंडी साँस ली और फिर डरकर देखा। कहीं सामने खड़े वासुदेव ने देख तो नहीं लिया। वासुदेव के चेहरे पर वही रहस्यभरी मुस्कुराहट दिखाई दे रही थी, जिसे वे समझ नहीं पाए। उन्होंने कुछ हिचकते स्वर से कहा, ''भाई, यह तो बहुत बुरी बात है, सरकार बड़ा अत्याचार कर रही है।''

उनकी बात समाप्त हो गई। उन्होंने देखा दयानाथ इस समय एक भयानक गम्भीरता धारण किए था। उसकी ओर देखते हुए वे चुपचाप बैठ गए। मार्कंडेय ने बात छेड़ी, ''आशुतोष आतंकवादी है। ब्रह्मदत्त तो ख़ैर कम्युनिस्ट है ही, पर बाक़ी लोग तो कांग्रेसी थे ? उन्हें समझना चाहिए था। उन्होंने स्वयं हिंसा का पथ क्यों धारण कर लिया ?''

रामकृष्ण भावुक आदमी थे। इस समय अट्ठारह-उन्नीस दिन से भूख हड़ताल करनेवालों पर खाना खा-खाकर सिद्धान्त लागू करना उन्हें अच्छा मालूम नहीं दिया जैसे यह एक अनीति थी, या फिर ठंडे दिल की वह बर्बरता थी, जो सिद्धान्तवाद के पीछे जीवन का सब रस खो चुकी थी, जिसकी ममता नष्ट हो चुकी थी, अर्थात् रागद्वेषहीन होकर पत्थर बन चुकी थी। उन्होंने कहा, ''एक मर चुका है। दूसरा गोली खाकर पड़ा है। बाकी घायल और भूखे हैं। इस समय हमें सिद्धान्तों की दुहाई न देकर, यह सोचना चाहिए कि वे सब आज़ादी के लिए लड़नेवाले सिपाही हैं।''

मार्कंडेय ने सिर मोड़ा और देखकर कहा, ''तो क्या हमें अब भावावेश में पड़ जाना

चाहिए,'' यह कहते हुए उसके होंठ टेढ़े हो गए, दाँत निकल आए और गाल कुछ काँप उठे जैसे उसने दया की भीख माँगी थी कि मेरी बात सुन लो।

वासुदेव फिर मुस्कुराया। दयानाथ की गम्भीरता नहीं टूटी। मौलाना कुछ विचलित थे। रामकृष्ण ने फिर कहा, ''वह तो ठीक है, परन्तु क्या हमें यह याद नहीं रखना है कि इन जुल्मों के विरुद्ध जनता में एक विक्षोभ है, क्या हमें इसके विषय में चुप रहना ठीक है।''

मार्कंडेय ने कहा, ''मैंने यह तो नहीं कहा। देश के लिए लड़नेवाले लोगों के प्रति उपेक्षा दिखाने को तो मैंने नहीं कहा। पर मेरा मतलब था कि हम अब जनता को यह उपदेश नहीं देंगे कि वह जाकर भीड़ के रूप में जेल पर हमला करे, फाटक तोड़ दे...''

उसके चेहरे पर मुस्कुराहट नहीं थी। एक हलचल थी, जिसे वह मुश्किल से भीतर ही भीतर दाब लेने की कोशिश कर रहा था।

रामकृष्ण व्याकुल-सा कमरे में घूमने लगा। उसने कहा, ''मैं एक भयानक लेख लिखना चाहता हूँ। मैं हर आदमी को सुना देना चाहता हूँ कि इस सरकार का सारा ढाँचा अत्याचार की नींव पर खड़ा है। यह अपने स्वार्थों की रक्षा के लिए कितनी बर्बरता करती है और फिर नीचता की सीमा है कि यह उसका न्याय देते हुए नहीं अघाती। क्या हक़ था उसे कि हमारे भाइयों को इस तरह जेल में भूख हड़ताल करने को मज़बूर करती। उसे गर्व है कि उसके हाथ में बन्दूक है। उसका स्वर तीखा हो गया तो वह सुन ले कि हिन्दुस्तान के नौजवानों की रगों में लहू नहीं, आग बहती है, वह कभी जालिम के सामने सिर नहीं झुका सकते।''

लाला रामकिशोर का मुँह इस बार छिपकली के मुँह की तरह खुल गया। उन्होंने आशंका से इधर-उधर देखा। रामकृष्ण मुट्ठी बाँधे घूम रहा था, उसके शब्द फूट रहे थे, ''ब्रह्मदत्त कम्युनिस्ट है। मैं जानता हूँ। पर वह देश का सच्चा सैनिक है। इससे कोई भी इनकार नहीं कर सकता। हमारा दुश्मन एक है। क्या हमें उसको इस तरह मर जाने देना चाहिए।''

रामकृष्ण की आँखें घूमीं और मार्कंडेय के चेहरे पर दृष्टि फिसली, पर दयानाथ की आँखों में अटक गई। मार्कंडेय ने कहा, ''तुम कवि हो भाई रामकृष्ण। इस समय तुम उत्तेजित हो रहे हो।''

''यदि मैं उत्तेजित हूँ तो भी लज्जित नहीं हूँ,'' रामकृष्ण ने अपना सिर ऊँचा करके कहा।

दयानाथ ने मौन तोड़ा। उसने कहा, ''बन्दियों को हमें पूर्ण सहयोग देना चाहिए। ब्रह्मदत्त से हमारा तब तक विरोध था जब तक वह स्वदेशी आन्दोलन का विरोधी था, अब जबकि वह साम्राज्यवाद से लड़ रहा है, हमें उसका साथ देना चाहिए। इससे हमारा स्वातन्त्र्य संग्राम आगे बढ़ता है।''

उसकी बात सुनकर सब चौंक पड़े और दयानाथ के मुख पर एक गर्व था। उसे इसका ज्ञान था कि जो बात उसने कह दी है, उसकी उससे आशा नहीं थी।

शहर में हलचल मच उठी। हड़तालियों का नाम अब बच्चे-बच्चे की जुबान पर था।

जगह-जगह पर्चे छापकर बाँटे जा रहे थे। कांग्रेस कमेटी ने प्रस्ताव पास किया। अंग्रेज़ी के अख़बारों में खबरें छपीं। कुछ नगर के सम्मानित व्यक्ति जिलाधीश के पास भी गए। सरकार को मज़बूर होकर उन्हें जेल में जाकर देखने की इज़ाज़त देनी पड़ी। जो लोग देखने गए उनके पीछे अख़बारों के संवाददाता लग गए। अख़बारवालों को मौका मिल गया, लेख छपे जिसमें 'अंग्रेज़ी राज्य में जेल यातना', 'दमन और उसके शिकार', 'अब तक के भूख हड़ताली', 'दुनिया के साम्राज्य और भूख हड़तालें', 'आयरलैंड और इंग्लैंड के संग्राम की कहानी' प्रमुख थे। इतना ज़बर्दस्त तूफ़ान उठ खड़ा हुआ कि पुलिस को शहर में निगरानी बढ़ानी पड़ी और जिलाधीश ने दफ़ा 144 जारी कर दी कि पाँच से ज़्यादा आदमी एक जगह इकट्ठे नहीं हो सकते। इस पर आलाप अख़बार ने छापा कि सरकार हमेशा यही करती है। जलियाँवाले बाग़ के गोलीकांड के बाद मार्शल लॉ लागू किया गया था कि नज़र पड़ते ही गोली मार दो। हिन्दुस्तानियों को मज़बूर किया गया था कि वे रेंगकर ज़मीन पर चलें, जो उठता था उसे ठोकर मार गोरे फ़ौजी गिरा देते थे और गोली से भून देते थे। नतीजा यह हुआ कि आलाप से दस हज़ार रुपए जमानत के माँगे गए और दफ़्तर में बची प्रतियाँ ज़ब्त कर ली गईं। दूसरे दिन कांग्रेस ने आलाप के लिए चन्दे की अपील निकाली। सत्रह हज़ार रुपया जनता ने खुले हाथों दिया। बड़े-बड़े सेठों ने भी गुप्तदान दिए। लाला शिवराम कांग्रेस के प्रधान थे। दो हज़ार उन्होंने भी दिए। उनका फ़ोटो भी छप गया। दयानाथ ने सुना तो व्यंग्य से मुस्कुरा दिया। दस हज़ार जमा करा दिए गए और सात हज़ार पत्र की उन्नति के लिए गए। रामकृष्ण की देशभक्ति अब पहले से भी ज़्यादा बढ़ गई।

परन्तु सरकार अब पैंतरा बदल रही थी। हड़तालियों के अपराधों को खोला जाने लगा और बताया गया कि उन्होंने हिंसा का पथ लिया था। सरकार कभी भी क़ानून पर आश्रित नियमों का उल्लंघन स्वीकार नहीं कर सकती। और फिर ब्रह्मदत्त को चार साल, अब्दुलमज़ीद और राधारमन को दो-दो साल की कड़ी कैद बढ़ा दी गई। इन्द्रभान की तीन महीने बढ़ी। आशुतोष को अंडमान भेज दिया गया। अभी तक वह अराजनीतिक बन्दी था, पर अब अगर वह अराजनीतिक बन्दी बनकर ही अंडमान भेजा जाता तो उसे विशेष सहूलियतें दी जातीं। अतः सरकार ने उसे अब राजनीतिक बन्दी बना दिया और उससे वे सुविधाएँ भी छीन लीं। इस प्रकार यह संवाद अब समाप्त हो गया। परन्तु मार्कंडेय की अशान्ति बन्द नहीं हुई। उसे हिंसा की गन्ध आ गई थी और वह उसे अपनी नाक से दूर कर देना चाहता था। जनमत से दबकर क्या हिंसा का पथ लेना ठीक है ? उसने दयानाथ से कहा, "अभी तक हम आत्मा का बल नहीं बढ़ा सके। तुमने देखा था, कि हम सब बह गए। गांधी में एक गुण है, वह दूसरों के शोर मचा देने से दबता नहीं। अपनी पर अड़ा रहता है।"

दयानाथ ने मुस्कुराकर उत्तर दिया, "तभी वह नेता भी है। वरना हम-तुम भी उसी की भाँति होते।"

उसकी सरलता ने मार्कंडेय की बात की गम्भीरता समाप्त कर दी। दयानाथ ने कहा, ''फ़ौज, पुलिस, डाक, तार, रेल, अफ़सरान, ये दफ़्तर, हवाई जहाज, समुद्री बेड़े, सब उसके पास हैं जो शासक है। कितने कम हैं यह शासक मुट्ठी-भर। कैसे इन सबका हृदय बदला जा सकता है ? और मनुष्य इनसे कब तक असहयोग करके जीवित रह सकता है। मार्कंडेय ! हमारी साधना सचमुच बड़ी कठिन है। क्या वाकई अहिंसा से यह सब बदला जा सकता है ?''

मार्कंडेय ने कोई उत्तर नहीं दिया। दयानाथ ने फिर कहा, ''यह सच है कि अंग्रेज का दिल नहीं बदल सकता। जिसकी शुरुआत फ़रेब से हुई, जो शासन धोखे, जालसाजी और मक्कारी पर बड़ा हुआ, फला-फूला, वह अब हृदय परिवर्तन कर लेगा, मुझे तो विश्वास नहीं होता। जब तक अंग्रेज़ और हम दोनों का एक ही बात में लाभ नहीं होगा तब तक हम क्यों बदलने लगे ? आतंकवादियों से हम कहते हैं कि व्यक्ति को मत मारो, यह प्रणाली का दोष है। यदि व्यक्ति अहिंसा लेगा, तो क्या प्रणाली भी अहिंसा ले लेगी। कुछ गड़बड़-सा है। ददुआ कभी अहिंसक हो सकते हैं ?''

''तुम हो सकते हो,'' मार्कंडेय ने कहा।

''पूरी एक पीढ़ी का फ़र्क हो गया। ऐसे कब तक लड़ना होगा ?''

''तो क्या तुम अहिंसा से जीत सकते हो ?''

दयानाथ चौंका। बोला, ''अहिंसा सबल का शस्त्र है मार्कंडेय ! वह हमने इसलिए नहीं अपनाया है कि हम और कुछ कर ही नहीं सकते। मैं गांधी को ईमानदार आदमी समझता हूँ। वे इतनी बड़ी जालसाजी नहीं कर सकते। तुम उत्तेजित हो गए हो !''

''नहीं, मैं तुम्हारे विश्वास में श्रद्धा ढूँढ़ रहा था। वह है।''

''मैं उसी के सहारे काम करता हूँ। पर जब कभी तर्क करता हूँ तो मुझे सब कुछ उलटा होता हुआ दीखता है।''

''इसका कारण है हमारी शिक्षा, जो भारतीयता से दूर ले जाती है। हममें वर्ग-द्वेष पैदा करती है। रोटी-रोटी चिल्लाती है, पर संस्कृति और शाश्वत सत्य नहीं देखती।''

''ब्रह्मदत्त इसे फ़रेब कहता है।''

''तुम क्या कहते हो ?'' मार्कंडेय ने पूछा।

दयानाथ ने सिर झुका लिया।

छठा परिच्छेद

1

गाँव के लोगों में इन्द्रभान के आने पर एक नया जोश पैदा हुआ। गोवर्द्धन ने इन्द्रभान को गले लगाया और दोनों में घंटों बातें होतीं। वे कटाई, जुताई, लुनाई, निराई से लेकर

जिला कांग्रेस कमेटी से होते हुए शहर, जिला, प्रान्त, देश और विदेश सब पर ही बहस कर डालते। गाँववालों पर इनका प्रभाव पड़ता। बैजनाथ वाजपेयी और अलगू दीक्षित बैठकर उसके जेल के अनुभव सुनते। पर इन्द्रभान के प्रति रघुबीर की कोई विशेष रुचि जागृत नहीं हुई। और धीरे-धीरे इन्द्रभान भी उसी पुरानी ज़िन्दगी में रम गया। वह एक बौरहे का बेटा था। बाप के मरने पर उसने सबके कर्ज़ माफ़ कर दिए थे और अब वह गाँव में इसी से एक प्रतिष्ठित मान लिया गया था। दुनिया में मन का त्याग कौन देखता है। जो है सो इसी रुपए की माया है। किसी के पास है तो छोड़ दिया और वह बड़ा साधु बन गया, जिसके पास नहीं है। यदि उसने पेट भर लेने का भी प्रयत्न किया तो सब उसे भूखा कहने लगे।

इन्द्रभान ने सबसे पहले गोवर्धन से कहा, "महात्माजी शायद विलायत जाएँगे ही।"

"क्यों ?" गोवर्धन ने पूछा, "यह तो रोज़ ही की बात हो गई।"

"जाएँगे तो," अलगू दीक्षित ने कहा, "कोई छिपा थोड़े ही रहेगा ?"

उनकी इस बात से सब हँस दिए। चर्चा चल पड़ी। इन्द्रभान सुनाने लगा कि लगभग दस साल एक पासी ने एक आन्दोलन चलाया था कि गाँव के सब किसानों को अपना संगठन कर लेना चाहिए। इसमें कोई जात-पाँत नहीं होनी चाहिए। यह किसान आन्दोलन कुछ दिनों तक चला भी पर बाद में ऊँची जात के किसान और छोटे-छोटे ज़मींदार बड़े-बड़े ज़मींदारों के कहने में आ गए। उनसे कहा गया कि पासी और क्या करेगा ? वह असल में किसान आन्दोलन का बहाना करके जात-पाँत को तोड़ रहा है। उसकी चाल बड़ी गहरी है। किसान तो तुम जानो भोला होता ही है। भोला न कहकर स्वार्थी कहें तो ठीक होगा। वह समझता है कि वह अक़्लमन्दी से अपना स्वार्थ बचा रहा है, पर असल में बनता है वह बेवकूफ़ ही। देखो रईस लोग डिस्ट्रिक्ट बोर्ड के मेम्बर बने कैसे सरकारी पिट्ठू बने बैठे हैं, वे गर्मियों में बिजली के पंखों में बैठते हैं। तुम धूप में हल चलाते हो।

गोवर्धन के माथे पर बल पड़ गए थे। अलगू महाराज बोले, "सो क्या बात रही इन्दरभान। धरम की बात तो धरम की ही रहेगी। पासी ने अगर अपने को आज यों बराबर कहा, तो कल वैसे भी कहेगा। दर्जा ब दर्जा ही हक़ छिनते हैं। आज ब्राह्मन को वैसे ही पहले जैसा कोई नहीं बदता और अगर अब हम और पासी एक हो गए तो बस काम हो गया।

अलगू दीक्षित की बात को सुनकर पं. बैजनाथ वाजपेयी ने सिर उठाया जैसे अब कहो।

सैकड़ों बार जात-पाँत विरोधी खंडन-मंडन किए जा चुके थे। उनका असर न पड़ता हो, यह बात नहीं, पर बहुत कम देर रहकर वह फिर लुप्त हो जाता था। स्वयं अलगू दीक्षित भी अपने को ऊँचा समझने की प्रवृत्ति को खोखला समझते थे, पर क्या करते। सारा समाज ही ऐसा बना हुआ था। बड़े-बड़े सुधारक भी जात-पाँत तोड़क होकर भी बेटा-बेटी के ब्याह के बख़त धरमपंछी के लिए ही जाल बिछाते थे। सो वे बेचारे संस्कारों

और आदतों से मज़बूर थे। यह उन्हें अच्छा लगता था कि सब उन्हें पहले हाथ जोड़ें, पालागन करें।

गोवर्धन चिन्तित दिखाई दिया। थोड़ा पढ़ गया था, इसलिए उनकी अशिक्षित बात सुनकर उसे झुँझलाहट हुई। पर इन्द्रभान ने समझ से काम लिया। कहा, सो तो ठीक है, पर जात-पाँत का बखेड़ा तय कैसे हो ?

"जो जैसे रहता चला आया है," अलगू दीक्षित ने अक्ल से काम लिया, "सो वैसा ही रहता चले।"

"कब तक ?" उसका स्वर उठा।

अलगू तैयार थे। ज़ोर से बोले, "जब तक धरम है, तब तक।"

"तो यह कब तक है ?"

"सदा से है और रहेगा।"

"तो फिर दुनिया में कुछ बदलने को है, या सब यों ही रहेगा !"

अलगू चकराए।

"ज़मींदार की धाँधली ग़लती रहेगी। अंग्रेज़ी राज़ रहेगा। देश गुलाम भी रहेगा, और तुम ग़रीब भी रहोगे। रहोगे ?"

अलगू पराजित हुए। झुककर कहा, "जो भाग्य में होगा, सो तो हो के रहेगा।"

"अगर भाग्य ही सब कुछ होता तो महात्मा गांधी इतनी बड़ी लड़ाई क्यों छेड़ते ?"

"कुछ पुरुषारथ भी तो है?" पं. बैजनाथ वाजपेयी ने सिर हिलाकर कहा, "पड़ोस के लोग लगानबन्दी करेंगे, तो हम बैठे नहीं रहेंगे।"

"हूँ," गोवर्धन ने दृढ़ता से कहा, "ज़मींदार अंग्रेज़ों से मिलकर किसान को चूसते रहें सो अब नहीं होगा। लगान बन्द कर दो। सरकार क्या करेगी ? जब खम्भा ही टूटेगा तो छत गिरकर ही रहेगी।"

उतरती साँझ के अँधेरे पर वह स्वर कुछ कठोर हो गया और इन्द्रभान ने उठते हुए कहा, "राय ले लो। कांग्रेस के दफ़्तर में इस पर लोगों को बुलाकर पूछ लो।"

अलगू दीक्षित ने उठते हुए कहा, "क्या यह हो सकता है ? पारसाल तो परमेसुर भूखा ही मर गया। राजा साहब के सामने एक नहीं चली।"

इस बीच एक दुर्घटना हो गई। रघुबीर के खेत तो राजा रामनाथ ने बेदखल करा ही लिए थे। पर अहिंसा के नाते, देश-सेवा के त्याग के फलस्वरूप वे उसकी बात नहीं उठाते थे। और इधर चित्तप्रसाद से थोड़ी बहुत सहायता मिल पाती क्योंकि वे उसकी लड़की को हिन्दी पढ़ा देते। चित्तप्रसाद ने अपनी लड़की की शादी करके विचार किया कि दूसरी को पढ़ा-लिखाकर तैयार करेंगे। तो वह दस-बारह बरस की बच्ची रघुवीर के पांडित्य के वश में आ गई। उससे जो रुपए मिलते उसी से दो के बजाय एक वक़्त खाकर गुज़र चला रहे थे। परन्तु नीलकंठ अवस्थी से भला कब चुप रहा जाता। एक दिन बहस हो रही थी। नीलकंठ अवस्थी जब नहले पर दहला नहीं रख सके, झट से तुरप मार गए। बोले, "तुम तो कहोगे ही ? महाभारत में भी लिखा है कि आदमी जैसा

अन्न खाता है, उसकी वैसी ही बुद्धि भी हो जाती है। नीच के संग से यही होता है।"

बात रघुबीर के चुभ गई। और चुभकर रह गई। घर की ग़रीबी और बच्चों की भूखी शक्लें देख-देखकर उन्हें अपने ऊपर क्रोध आने लगा। उन्होंने निश्चय किया कि वे अपने खेत लेकर रहेंगे क्योंकि उन खेतों को नीलकंठ अवस्थी ने पट्टे पर ले लिया था। रघुबीर बैठे-बैठे सोचते रहे। नीलकंठ को इतना अभिमान हो गया ? और रघुबीर से उन्होंने यह साफ़-साफ़ कह दिया !

दो दिन पढ़ाने नहीं गए तो चित्तप्रसाद तीसरे दिन स्वयं आया। पूछा, "क्यों क्या हुआ; तबीयत तो ठीक है ?"

"ठीक है," रघुबीर ने उपेक्षा से उत्तर दिया। वे उसके यहाँ जाना नहीं चाहते थे। पर यदि नहीं जाए तो पहले, खाएँ क्या ? दूसरे इसका मतलब है कि वे स्वयं उसे अभी तक नीच समझते रहे हैं। क्या यह गांधीजी के उपदेशों से विरुद्ध नहीं है ?

रघुबीर कुछ नहीं समझा। वह सहज छोड़नेवाला नहीं था। परन्तु वह भी कुछ नहीं कर सका। रघुबीर ने वह दिन, साँझ, रात, और ऐसे ही दूसरा दिन भी बैठे-बैठे सोचते हुए बिता दिया। उसके बाद वह उठे और उन्होंने जाकर नीलकंठ अवस्थी की चौपाल पर बैठते हुए कहा, "अवस्थीजी !"

नीलकंठ ने कहा, "कहिए। क्या हुआ ?"

"हुआ यह कि हमें हमारे खेत मिल जाने चाहिए। आप भी बाल-बच्चेवाले हैं और हम भी। मामला आपस में निबट जाए तो अच्छा।"

नीलकंठ हँसे। कहा, "किनकी बात करते हो ?"

"बेदखल हुए खेतों की।"

"तो वे तो जो होना था सो हो गए। देश-सेवा से फुर्सत मिल गई; बस ? चमार से पटी नहीं !"

"पंडितजी ! रघुबीर ने कड़ककर कहा, "हम बहस नहीं चाहते।"

"तो सुन!" अवस्थीजी ने कहा, "तुम नहीं चाहते तो हम भी नहीं चाहते। नहीं चाहते और तुमसे पहले नहीं चाहते। समझे ? मालिक ने पट्टा किया है। वे चाहे वापस ले लें। चाहे तुम्हें दे दें, चाहे किसी पासी को दे दें।"

सदैव पासी की हीनता के लिए हमदर्दी रखनेवाले रघुबीर इस समय एकदम आपे से बाहर हो गए। गरजकर कहा, "तो तुम सुन लो और तुम्हारे मालिक सुन लें। खेत रघुबीर के हैं। तुम्हारे मालिक को लगान चाहिए। मैं सालाना लगान देता रहा। उस बख़्त मैं जेल में था सो देरी हो गई। उन्हें कोई अख़्तियार नहीं था कि बेदखली करा लेते।"

"नहीं था," अवस्थी ने कहा, "तो समर्थ के सामने बोलते क्यों डरते हो ? उनसे जाकर नहीं कह सकते जो यहाँ गरज रहे हो ?"

तर्क ठीक था रघुबीर ने उसे आग्नेय नेत्रों से देखा और वह अपनी दुर्बल काया को लेकर खड़ा हो गया। उसने कहा, "तो मैं कहता हूँ अवस्थीजी ! मेरी भी प्रतिज्ञा सुन लो। बेदखली रद्द करनी होगी। ज़मींदार और उसके पिट्ठू मनमानी नहीं कर

सकते। रघुबीर की बात का मोल समझ लेना, नहीं तो अच्छा नहीं होगा।''

''बिल्ली के भाग से छींका नहीं टूटता,'' अवस्थीजी ने मूँछों को फड़काते हुए कहा। उनके नथुने फूल गए। यह उनके मुँह पर फटकार लग रही थी। आसपास के लोग इकट्ठे हो गए। यद्यपि अधिकांश रघुबीर को मानते थे, पर कुछ भूदेव सिंह और जग्गी अहीर जैसे थे जिनके बल पर नीलकंठ अवस्थी अपने को मर्द समझते थे। उनकी जग्गी इत्यादि से स्वयं कोई मित्रता नहीं थी, पर क्योंकि ये लोग रघुबीर से खार खाए बैठे थे, नीलकंठ को आशा थी कि लोग उसी की तरफ़ बोलेंगे जो रघुबीर के विरुद्ध होगा। सब चुपचाप देख रहे थे। तभी मन्नू दुबे ने आवाज़ दी, ''क्यों अवस्थी महाराज ! क्या झगड़ा हो गया ?''

अवस्थीजी मन-ही-मन शंकित हुए। मन्नू दुबे का स्वभाव वे जानते थे। कहा, ''सूत न पोनी कोलिया से लठा-लठी। कहते हैं, मैंने इसके खेत दाब लिये हैं...मालिक से कहें...मैं न होता और किसी को मिलते...''

मन्नू दुबे ने पुराना बैर साधा। कहा, ''ठीक ही तो है। करनेवाले तो तिवारीजी हैं। अवस्थीजी का क्या ? तिवारीजी कहें बैठ जाओ तो बैठ जाएँ, खड़े जो जाओ तो खड़े रहें। तिवारीजी राजा हैं। उनके दस खुशामदी हैं अवस्थीजी ! बेचारे इन्हें क्यों दोष देते हो रघुबीर ? बहती गंगा में कौन हाथ नहीं धोता ?''

नीलकंठ अवस्थीजी का चेहरा स्याह पड़ गया। उन्हें लगा उनके मुँह पर तमाचा पड़ गया। और मन्नू दुबे ने कहा, ''क्यों अवस्थी महाराज, ठीक है न ? यही बात है न ?''

सब लोग हँस पड़े। मन्नू दुबे ने फिर कहा, ''जाओ भइया, जाओ। उस द्वार भी हो आओ। कहीं ऐसा न हो कि वहाँ भी—'आए थे हरि भजन को ओटन लगे कपास' ...सब फिर हँस पड़े।''

रघुबीर ने क्रोध से फूत्कार किया, ''तो मैं वहीं जाता हूँ।''

मन्नू दुबे ने टोका, ''तिवारीजी तो शहर गए हैं।''

''जाने दो। मैनेजर तो है ?''

''पर वह क्या करेगा ?''

''क्योंकि राजा का नौकर ही राजा की ग़ैरहाजिरी में राजा होता है।''

''और जो उसने नहीं माना ?''

''तो शिवजी का रास्ता रोककर गणेश ने क्या पाया था जानते हो ?''

रघुबीर की इस चुनौती का प्रभाव पड़ा। गणेश जैसे पुत्र का भी शिव ने सिर काट दिया था। वे समझ नहीं सके। रघुबीर की अहिंसात्मकता प्रसिद्धि थी। इस समय क्रोध ने उसे पागल कर दिया था। रघुबीर आगे-आगे चला। पीछे-पीछे मन्नू दुबे और परमानन्द सुकुल चले जाते थे। कोठी पास आने पर रघुबीर अहाते के द्वार पर खड़ा होकर चिल्लाया, ''मैनेजर सा'ब ! मैनेजर सा'ब !''

दोनों पीछे खड़े देख रहे थे। उसकी इस दबंग पुकार से उन्हें आश्चर्य हुआ। कुएँ

पर पानी खींचती हुई कुछ औरतों ने विस्मय से देखा। कुछ कानाफूसी भी की। परन्तु रघुबीर की आवाज से कुछ नौकर घबरा गए। सरवराकार जयनारायण ने आकर कहा, "क्या बात है ?"

रघुबीर ने आँखें उठाकर कहा, "मैनेजर साहब से काम है।"

"क्या काम है ?" छोटा अधिकारी बोला और बाबा तुलसीदास की क्षुद्र नदी भरि चलि उतराई-सा दिखाई दिया।

"काम है और दस बार है। तुम बीच में बोलनेवाले कौन हो ? हम ख़ुद मुख़्तार से बात करना चाहते हैं। उनसे नहीं जो बात बोलकर पलट जाएँ क्योंकि वे इसीलिए तनख़्वाह पाते हैं।"

सरवराकार सकते में पड़ गया। यह क्या बक रहा है। उसने ऐसे देखा जैसे पागल तो नहीं हो गया ? होगा कांग्रेसी अपने घर का। घर में सुबह खाकर शाम का इन्तज़ाम नहीं, यहाँ आकर लाट साहब का बच्चा बन रहा है। उसे हठात् अपनी मर्यादा का स्मरण हुआ। चेतकर बोला, "ऐसे हर कोई ऐरा-गैरा मैनेजर साहब से नहीं मिल सकता। काम बताओ काम।"

रघुबीर शायद बता देते। पर मन्नू दुबे ने दूर से हाँक लगाई, "तुम्हें बता दें तो फिर तिवारीजी ने मैनेजर साहब को रखा ही क्यों ? अब रघुबीर दादा इतनी दूर से आए तो क्या उन्हें जाकर बता देने में ही तुम्हारी मेहँदी घिस जाएगी।"

सरवराकार ने ख़ूनी आँखों से मन्नू दुबे को देखा और पुराने बैर की ओर इशारा किया, "वे तो तब आते हैं जब सरकश लोगों के हथकड़ी डालनी होती है।"

मन्नू दुबे के आग लग गई। उन्हें उस दिन की याद आ गई जब वे गिरफ़्तार करके छोड़ दिए गए थे। ताना कसते हुए जवाब दिया, "गिरफ़्तार तो सरकश लोग तब होते हैं। जब मैनेजर दुनिया में नहीं रहते।"

यह एक सत्य था। पहले मैनेजर की किसी ने हत्या कर दी थी और गाँव में बड़ा बावेला मच उठा। रघुबीर इस बहस से ऊब चुका था। हाथ उठाकर बोला, "अगर वे ऐसे गोरे लाट बन गए हैं तो रघुबीर के जो मन आएगा वह वही करेगा। समझ लेना। फिर मत कहना आकर बताया नहीं।"

और रघुबीर लौट पड़ा। उसने मन्नू दुबे और परमानन्द से कहा, "चले जाओ। यहाँ आदमी नहीं रहते।" दोनों उसके पीछे चल पड़े। सरवराकार क्षण-भर तो देखता रहा और उसने मुँह बिचकाया, पर हठात् उसे याद आया कि यह रघुबीर है। इसका क्या ? ऐसे आदमियों से तो भगवान् डरते हैं।

वह तुरन्त मैनेजर रामगोविन्द के पास गया और सारी घटना कह सुनाई। रामगोविन्द ने चिन्तित होकर कहा, "मगर वह साला बड़ा अड़ियल है। जेल से तो डरता नहीं। और गाँववाले तो हूँ सुनकर दबक जाते हैं, पर उसने सारे इलाके में बगावत फैला दी है। अब फसल का वक़्त आ रहा है और इधर पट्टे बदल जाएँगे। वह कहीं गाँव में कुछ गड़बड़ न करे।"

जयनारायण ने देखा और बात बदलकर कहा, "आप तो बेकार डरते हैं। वह क्या ऐसा तीसमारखाँ हो गया कि राजासाहब से भी बढ़ गया। मैंने ही पूछा तो क्या उसकी तौहीनी हो गई। उसकी हैसियत ही क्या है ? क्या ऐसे हर कोई आपसे मिल सकता है ?"

रामगोविन्द उसके दुधार से घायल हो गए। ज़रा से इशारे में उसने मैनेजर को कितना ऊँचा उठा दिया। उसने हुक्के की नली को मुँह से लगाकर कहा, "नहीं, तो क्या हो गया। अबकी बार आए तो उसे बुला लेना। ये ओछे लोग, बस इसी के भूखे होते हैं कि ओहदेदार लोग उनसे बात कर लिया करें।"

रामगोविन्द ने चोट कर्री की। अपने को ऊँचा उठाया और सरवराकार को उसकी अपनी हैसियत की याद दिलाई। सरवराकार मन-ही-मन कुढ़ा, पर क्या करता। उसने कहा, "और साथ में जो वे मन्नू दुबे और परमानन्द सुकुल थे, मैं कहता हूँ, वे न होते तो इतनी नौबत ही न आती। पुराने दुश्मन हैं, पुराने दुश्मन।"

रामगोविन्द को पुरानी बातें मालूम न थीं। अब जयनारायण सुनाने लगा। उसे बस एक बात मालूम हुई थी। रामभरोसे नाई की बीवी से पहले मैनेजर का ताल्लुक था। रामगोविन्द ने अपने पूर्ववर्ती के जूते में पाँव डालकर अपने को उसी रास्ते पर चलने के योग्य बना लिया था।

और अन्त में उसने कहा, "आख़िर साला करेगा भी क्या ? था तो आख़िर हमारा ही आदमी ?" और वह व्यंग्य से मुस्कुराया।

परन्तु रुई ने आग पकड़ ली। सुबह का मनोहर समय था। ठंडी-ठंडी हवा चल रही थी। नीलकंठ अवस्थी बैठे भागवत पढ़ रहे थे। वे तन्मय हो रहे थे। रात से ही प्रसन्न थे। ऐसी शक्ल देखकर गाँव के कुछ दूरदर्शी लोग अन्दाज़ लगाया करते थे कि कल सक्के की बीवी के दर्शन कर चुके हैं। इस समय उनके भव्य मस्तक पर चन्दन सोने की तरह दीख रहा था। हठात् उनकी शान्ति भंग हो गई। बंसी उनका पुराना नौकर था। वह एकदम घबराया हुआ आया और उसने कहा, "पंडितजी ! ग़जब हो गया।"

"हो गया," पंडित ने चौंककर पूछा।

कुछ गज़ब तो वह था यह तो वे शक्ल से पहचान गए थे, पर शायद हुआ न हो यही एक जिज्ञासा थी, सो बंसी ने कहा हो गया पंडितजी। और अब कहीं मुँह दिखाने की जगह नहीं रही।

बंसी सदा का बक्की था सो अवस्थीजी ने आँखें भागवत पर फिर लगाते हुए कहा, "अच्छा, अच्छा।"

बंसी कुंठित हुआ कि अवस्थीजी उसे बिल्कुल 'भेड़िया आया, भेड़िया आया,' की झूठी पुकार समझते हैं। उसने कहा, "रघुबीर ने खेत पर कब्जा कर लिया।"

भीतर से अवस्थिन थाली में पूजा का सामान ला रही थी। पति को एकदम हठात् घबराकर उठते हुए देखा तो समझा शायद पट्टे के नीचे साँप है। उन्होंने वहीं से भाग जाने की चिन्ता की, झनझनाकर थाली छूट पड़ी, पूजा की थाली गिरी। असगुन हो गया।

पंडित दोनों हाथों से सिर पकड़कर बैठ गए। और धीरे से कहा, "तो तुझे आख़िर क्या मंजूर है ?"

बंसी ने उत्तर नहीं दिया। वह समझ गया, पंडितजी ने उससे नहीं, यह बात भगवान् से कही है। पर वह कहता गया, "मुझसे कहा कि चला जा वरना अच्छा न होगा।"

अवस्थिन अब स्वस्थ हो गई। बोली, "किसने कहा ?"

"सच कहता हूँ बहूजी, मुझसे कहा," बंसी ने उत्तर दिया।

"मैं पूछती हूँ किसने कहा ?" पंडितानी ने फिर पूछा।

"रघुबीर ने, रघुबीर ने, रघुबीर ने !" बंसी ने ज़ोर दे-देकर कहा जैसे सुन लो। उस शेर का नाम भी सुन लो।

"फिर तूने क्या किया ?"

"मैं भाग आया।"

"वाह कलमुँहे। इसीलिए तू इतना इतराता था। मालिक के लिए यही करना था तुझे ?"

"तो क्या करता मैं ?"

"तेरी हिम्मत से ही मालिक की हिम्मत देखी जाती है," पंडितानी ने कहा।

"अब वह वफ़ादार आदमी दुनिया में नहीं होते," नीलकंठ अवस्थी ने कहा, "अब वह दिन रहे ही नहीं। अब तो नौकर सिर्फ़ खाने के लिए होते हैं।"

बंसी ने कहा, "वे कई थे।"

"कई थे ?" अवस्थिन ने कहा और पति से मुड़कर कहा, "तो फिर अब तुम क्यों बैठे हो, तुम्हीं क्यों नहीं जाते ?"

अवस्थीजी चुप रहे। जैसे किसी गम्भीर चिन्तन में मग्न थे। अवस्थिन मन-ही-मन कुढ़ी। बोली, "रघुबीर क्या कोई हौवा है ? वह है कौन जो हमारे माल पर हाथ डाल देगा। साहब-अफ़सरों से जाकर मिलो। यहाँ भागवत पढ़ने से क्या घर का खर्च चल जाएगा ? खेत ही को चले जाओ। कई हैं तो क्या ? तुमसे कोई क्या कह सकता है ?"

परन्तु अवस्थीजी की वह उम्र निकल चुकी थी जब पुरुष स्त्री की बतकही में आ जाता है। वे बोले, "अरी ! वह जमाना अब नहीं रहा। हाँ रे बंसी, तो उसने कहा क्या ?"

बंसी को ढाँढ़स हुआ। बोला, "कहा—अपने से चला जा नहीं तो हाँ। बस मैं चल दिया।"

"बस मैं चल दिया," अवस्थिन ने मुँह चिढ़ाकर कहा, "इतनी-सी बात और भाग आया। यह नहीं सवाल-जवाब किया कि तू है कौन ? नीम की छाल-सा तो वह रघुबीर, और तू उससे डर गया।"

"तुम क्या जानो," बंसी ने झुँझलाकर कहा, "सारे लोग तो उसी तरफ़ हो गए।"

"और तू जिन्हें कटाई को ले गया था ?"

"वे भी।"

"तो वह फसल पर भी कब्ज़ा कर लेगा ? ऐसा वह नहीं नवाब हो गया।"

बंसी ने इसका उत्तर न देकर अवस्थीजी की ओर देखा जो उठ रहे थे। उन्होंने कहा, "तो फिर चल।"

"लट्ठ ले ले," पंडितानी ने कहा, "वैसे ही आजा। एक बार बात तो करके देख लूँ, कहता क्या है ? फिर देखी जाएगी।" उन्होंने लट्ठबाजी में फँसना ठीक नहीं समझा। इस काम के लिए उनके दिमाग़ में भूदेवसिंह और जग्गी अहीर थे। सोचा, मिलेंगे तो राह में संग ले लेंगे।

पंडितानी सशंक उन्हें जाते हुए देखती रहीं और उनके चले जाने पर उन्होंने पड़ोस की सक्किन को बुलाकर सब किस्सा कह सुनाया।

2

यह सच था कि रघुबीर ने कब्ज़ा कर लिया था। जिन हलवाहों को नीलकंठ अवस्थी ने अपना समझकर भेजा था वे उनके अपने नहीं निकले। यह हलवाहे अत्यन्त दरिद्र थे। उनके पास तन ढकने को भी कपड़े नहीं थे। इन्हें शिकमी काश्तकारी का कभी-कभी अधिकार दे दिया जाता था और उसके बदले उनके घर का एक न एक आदमी सदा ही बेगार में पकड़ लिया जाता था। बंसी भी ऐसे ही एक खानदान का था। गाँव के खेतों पर ऐसे लाखों आदमी गुज़र करते थे जो आधे दास होते थे। वे ज़मीन देनेवालों के गुलाम होते थे। यह नहीं कि अपनी इच्छा के वे स्वामी होते। किसान और काश्तकार के बीच की यह अवस्था वास्तव में उस समय बहुत ख़राब थी। जब चाहे इनसे ज़मीन छीन ली जाती थी। उनकी विरोध करने की कोई ज़रूरत भी नहीं थी। नीलकंठ की जगह रघुबीर आया। उसे वे लोग चाहते भी थे। कहा, "हम तो सदा जबर के पीछे चलते हैं।"

"हाँ, हाँ, सब जिम्मेदारी मुझ पर छोड़ दो," रघुबीर ने कहा, "कह देना मैंने दबा लिया।"

बस फिर क्या था। रघुबीर कटवाने लगे। स्वयं भी जुट गए। कभी वे लोग ज़मींदार के शासन और अत्याचार, पुलिस और कचहरियों की घूसखोरी, किसकी लुगाई का किससे नाजायज ताल्लुक है, कौन-कौन छिनाल हुई, एक नहीं, अनेक, ऐसे ही, त्योहार, ब्याह, रिवाज और व्यवहार पर बात करते, कभी नई फसल के विषय में।

इसी समय नीलकंठ अवस्थी ने आकर पुकारा, "रघुबीर ! यह क्या कर रहे हो ?"

"मालिक सरकारी पिट्ठू हो गए। मैं जेल गया तो मेरी ज़मीन दाबकर तुम्हें दे दी। अब बाल-बच्चों को कहाँ कुएँ में फेंक दूँ ?" रघुबीर ने सिर उठाकर कहा।

काम रुका नहीं। केवल रघुबीर सवाल-जवाब करता रहा।

नीलकंठ ने कहा, "जब जेल गए थे तब नहीं सोचा था कि बाल-बच्चों का क्या होगा ?"

"तब देश का काम था। महातमा ने हुक्म दिया था।"

"तब देश से ही माँगो। महातमा क्यों नहीं दे देता ?"

"ठीक से बोलो पंडित। इतनी बड़ी आत्मा के लिए तुम्हारे छोटे मुँह इतना बड़ा बोल नहीं सुहाता। सारा जग उनको सीस नवाता है।"

नीलकंठ चित्त आए। कच्ची खा गए। गलती हो गई। सँभलकर कहा, "उनको बुरा नहीं कहता, पर पाँव पसारने के पहले तुमने अपनी सौड़ नहीं देखी ?"

"इतना नहीं समझते थे कि पड़ोसी ही हमारे घर में सेंध लगा देगा।"

पंडित चेते। कहा, "बोलने को तो छटाँक भर की है, हिला देने में बहन को भात नहीं देना पड़ जाता, ब्राह्मण का किसी ने आज तक न पचाया है, न पचा सकेगा। चमार की और है।"

रघुबीर का घाव फिर हरा हो गया। उसने तीखे स्वर में कहा, "तो ईमान से खाता उस ब्राह्मण से अच्छा है जो दूसरों की छीनकर मुटा जाता है।"

पंडित विक्षुब्ध हुए। कहा, "तो यह फसल भी तुम्हारी हो गई ?"

"मैंने तो ज़मीन को देखा। फसल का आधा तुम्हारा। तुमने जुताई कराई, मैंने कहा जाओ पंडित का जी दुखेगा। कुछ तो उनको मिलना ही चाहिए। वैसे तो नहीं मिलना चाहिए।" रघुबीर ने हँसकर कहा, "पर मैं तो आप ही तुम्हारा शिकमी हो गया।"

नीलकंठ का क्रोध बढ़ता जा रहा था। पर वे पाँचों आदमी थे। चारों ओर देखा। कोई भी उनका सहायक दिखाई नहीं दिया। उन्होंने मन-ही-मन कहा, पानी गड्ढे में ही भरता है। कमीन तो कमीन की ही साखी देगा। उन्हें अब सहायकों की आवश्यकता पड़ी। जैसे-जैसे वे रघुबीर की स्वच्छन्दता को देखते उनका क्रोध बढ़ता जाता। उन्होंने कहा, "तो फिर क्या रही ?"

"फैसला तो हो गया पंडित।"

"क्या हो गया ?" पंडित ने खिसियाकर पूछा।

रघुबीर ने कहा, "ग़रीब ने लौटकर अपने माल को सँभाल लिया जिसे तुमने धरोहर समझकर इतने दिन अपने पास रख लिया था।"

"लेकिन अभी मालिक भी तो हैं। वह सुनेंगे तो क्या कहेंगे यह नहीं सोचा ?"

"इसकी जवाबदेही तुम करोगे, रघुबीर नहीं।"

"और जो तुम्हें करनी पड़ी तो ?"

"तो रघुबीर जेल भी जाना जानता है, जान भी देना जानता है, पर झुककर चलना नहीं जानता। समझे ?"

नीलकंठ ने आश्चर्य से देखा। इच्छा हुई बंसी से कहें कि निकाल दे साले को मारकर। पर वे जानते थे। रघुबीर को निकाल देना इतना सहज नहीं जितना दीखता है। हो सिर्फ़ हड्डी का ही, पर वह हड्डियाँ हैं जो टूटने में चरमराएँगी नहीं, उलटे कड़कड़ाकर टूटेंगी। और रघुबीर की बात बिल्कुल साफ़ थी। पंडित नीलकंठ की समझ में नहीं आया कि आख़िर करें तो क्या करें। एकाएक कहा, "तो सोच लो रघुबीर !

आज का समय देता हूँ। अपना भला सोच लो। मैं तो तुमसे कोई दुश्मनी रखता नहीं। समझ लेना। मैं जो जाता हूँ।''

पंडित ने अपनी बात कम-से-कम इस समय तो रख ली थी, परन्तु रघुबीर को यह कब मान्य था। उसने पलटकर कहा, ''इसी में भला है पंडित ! ग़रीब की हाय बड़ी बुरी होती है।''

नीलकंठ अवस्थी कुछ देर क्रुद्ध से खड़े रहे। परन्तु फिर भी उन्होंने कोई चुनौती नहीं दी। वे लौट चले और बंसी ने मुड़कर देखा और पंडित से कहा, ''वे तो हँस रहे हैं।''

''हँसने दे,'' पंडित ने फुफकारकर कहा और पीछे नहीं देखा। इस समय उनका अपमान हुआ था। ये किसान ! यह नंगे, भूखे किसान ! जो खड़ी फसलों के बौहरे और महाजन से नहीं बचा पाते। तीन-तीन पीढ़ी तक उसके कर्जे के नीचे बिल्लाया करते हैं। अनथक बीमारियों की बाढ़ में बह जाते हैं, डूब जाते हैं और जब पानी उतर जाता है तब खेत के ढूँढ़ की तरह पड़े-पड़े गला करते हैं, जो इतने बेवकूफ़ हैं कि कोई भी दो-चार बातें लगाकर इनके सिर फुड़वा सकता है, इनमें लाठी चलवा सकता है, तो दूर से सिपाही को देखकर थर-थर काँपते हैं मुकदमों में पिस जाते हैं, जाहिल, जो चुनावों में इतनी आसानी से बहक जाते हैं, आज इनकी मजाल कि सरकार के वफ़ादार नीलकंठ अवस्थी, एक मौअज्जिज आदमी को देखकर हँसते हैं। क्या हालत यहाँ तक बिगड़ चुकी है ? पंडित की समझ में नहीं आ रहा था कि वे करें तो आख़िर में क्या करें ? अगर नहीं जाते तो कोई बात नहीं थी। पर अब तो बात फैल गई है। अगर वे चुप रह जाते हैं तो गाँववाले और सिर उठाएँगे। इनका क्या है ? ये तो लफंगे हैं। इन्हें किसी के सम्मान से झुकने की ज़रूरत ? इन पर तो जब तक जूता नहीं पड़ेगा तब तक अक़्ल थोड़े ही आएगी ? तभी गोसाईंजी ने कहा है कि भय बिन प्रीति न होई देवा। पंडित नीलकंठ को फिर याद आया बाबा तुलसीदास लिख गए हैं कि ढोल गँवार सूद्र पशु नारी, ये सब ताड़न के अधिकारी। उन्होंने झुंझलाए स्वर से कहा, ''तो रुक-रुककर क्यों चलता है ?''

बंसी सकपका गया। उसने आश्चर्य से मालिक की ओर देखा। एक बार जब नीलकंठ अवस्थी पड़ोस के सिक्कन के घर में घुसे हुए थे तब कुछ बदमाशों को मालूम हो गया था। उन्होंने बाहर चुपचाप कुंडी चढ़ा दी थी। परन्तु बंसी जानता था कि पंडित बिना तनिक भी घबराए पीछे की खपरैल पर चढ़कर निकल गए थे और यह काम तब उनकी उम्र के लिए काफ़ी कठिन था। इतना धीरज रखनेवाला आदमी भी इस समय इतना विचलित हो गया था यह देखकर बंसी चुप हो रहा और उनके पीछे-पीछे चलने लगा।

नीलकंठ अवस्थी को रामनाथ की याद आ रही थी। इस समय उनके अतिरिक्त और कौन था ? उनकी मुसाहिबी की और गाँव पर टेढ़ी नज़र से मुस्कुराते रहे, क्या इसी अन्त के लिए ? उनके पाँव कोठी की ओर उठने लगे। रामगोविन्द उस समय एक

पेड़ के नीचे चारपाई डालकर बैठा था। उसके सामने कुछ मोढ़े पड़े थे। पंडित को देखकर उठ खड़ा हुआ। सरवराकार जयनारायण आदि भी उठे। पंडित आशीर्वाद देकर बैठ गए।

धीरे-धीरे उन्होंने सारी कथा सुना दी। जयनारायण ने सुनकर अपनी कठोर और चालबाज आँखों को नचाकर कहा, "हम तो पहले ही जानते थे।"

और उसने ऐसी अकड़ से देखा जैसे उससे कुछ भी छिपा हुआ नहीं था। वह शक्ल से उन आदमियों में था जो करुणा नहीं, कठोरता के प्रतीक थे, और उनकी टेढ़ी गर्दन सदैव एक घृणा उपजाती रहती थी। ऐसे घमंड में रहता था जैसे उसके बड़े मठा दुधारे थे। और फिर वह हँसा। ऐसे हँसा जैसे पुराने क़ैदी को ठोकर मारकर खुर्राट जेलर हँसता है। उस पुराने क़ैदी को जो एक बार के किए अपराध को धोने के लिए बार-बार अपराध करता है।

जिलेदार बिन्देश्वरी सिंह ने चौंककर देखा और वह समझा नहीं। वह हँसी क्या थी जैसे खल्लड़ में मिर्च कुट रही थी, जिसकी आवाज़ तो थी ही, साथ ही साथ एक घास भी उड़ रही थी।

मैनेजर रामगोविन्द खाट पर से खड़ा हो गया। वह दृढ़ था। उसने कहा, "तो आप लौट क्यों आए ?"

अवस्थीजी चकित थे। उन्होंने कहा, "मैंने बताया न कि मौका ही ऐसा था।"

रामगोविन्द ने मौके को भद्दी गाली दी और जिलेदार और सरवराकार से कहा, "आप लोग पंडितजी के साथ जाइए और सब ठीक-ठीक कर दीजिए।"

जयनारायण उठ खड़ा हुआ। पंडितजी को भी लाचार होकर उठना पड़ा। उन्होंने एक बार कातर दृष्टि से आकाश की ओर देखा और उनके पीछे-पीछे चल पड़े। उनके पास और कोई चारा ही नहीं था, बेचारे धीरे-धीरे चल रहे थे। जयनारायण ने फब्ती कसी, "पंडितजी ! हारे हुए से मत चलो। ज़मीन और जन के लिए तो आदमी के पैरों में पंख लग जाते हैं।"

पर पंडित को भान था कि जहाँ वे जा रहे हैं वहाँ सीधी उँगली से घी नहीं निकलेगा। बड़ी टेढ़ी खीर से पाला पड़ा है। सारे गाँव में लगानबन्दी का आन्दोलन ज़ोर पकड़ गया है। अब वह धारा पंडित के ही विरुद्ध नहीं, सरकार तक से टकराने को तैयार हो गई है। कुछ भी हो। निश्चय यह किया गया है कि लगान मत दो। गांधी-इर्विन समझौते से जो चलते-चलते उमड़ती धारा रुक गई थी, वह लोगों के हृदय को कचोट उठी थी। इस प्रकार शतशः खंडित होकर बह निकली।

रास्ते में गाँव के लड़कों ने जो इन्हें जाते देखा तो दौड़कर ख़बर दे दी। खेत पर बीसियों आदमी इकट्ठे हो गए। उनको इस प्रकार आते देखकर रघुबीर ने पूछा, "क्यों ? क्या हुआ ?"

"फ़ौज आ रही है," मन्नू दुबे ने व्यंग्य किया। और सचमुच ही फ़ौज दिखाई दी। परमानन्द सुकुल, इन्द्रभान, गोवर्धन, चित्तप्रसाद भी वहाँ मौजूद थे। सबके हृदय में एक

शंका हो रही थी। वे जानते थे मामला थमनेवाला नहीं है। परन्तु रघुबीर सतनामी स्वयं अकडू आदमी था, और फिर गांधीजी की जय बोलता था।

जिलेदार, सरवराकार और पंडित तथा बंसी क़रीब आ गए और इससे पहले कि उनमें से कोई कुछ कहे रघुबीर ने कहा, "तो पंडितजी ! ले ही आए ?"

सरवराकार ने तीखा उत्तर दिया, "तुम दूसरों के खेत के बीच अपनी मेंड़ बनाओ और उस पर काँटे बिछाओ तो लहर तो उसे गिराएगी ही।"

"हूँ," बिन्देश्वरी ने कहा, "लहर अभी छोटी आई है। बड़ी को मत बुलाओ, तुम्हारे भले की कहते हैं।"

"हमें डरने की ज़रूरत नहीं," रघुबीर ने कहा, "हम तो जान की बाजी लगाना जानते हैं।"

"मरते बहुत देखे पर जनाजा निकलते किसी का न देखा," जिलेदार ने उत्तर दिया।

यह चोट ज़रा अच्छी बैठी। अब बात सीधी-सीधी होने लगी। पंडित नीलकंठ ने कहा, "हमने तो पहले ही कहा था। यह काम ठीक नहीं है। तिवारीजी इसे कभी स्वीकार नहीं करेंगे। हमें तो मालिक से भूमि मिली है। तुम नहीं मानते तो मालिक के लोगों को ला खड़ा किया।

रघुबीर, "पर पंडितजी ईमान की बात है बताओ। ज़मीन हमारी न थी ?"

नीलकंठ "पहले थी सही। अब तो मालिक ने हमें दे दी।"

"पर पहले तो हमारी थी ?"

"तब भी मालिक की थी। उन्हें अख़्तियार है। रखें चाहे निकालें।"

"तब हम क्या खाएँ ?"

"तुम जानो मालिक जानें।"

"और तुम बेदाग़ निकल गए ?"

"हमने किसी से न कहा, न सुना।"

"अहा हा कैसी बात कह रहे हैं।"

"सच ही तो कहा। तुम्हारा नाम तो नहीं लिखा। जब तक लगान देते रहे तब तक भूमि तुम्हारी रही। पर दाम ही न दोगे तो फिर क्यों रहेगी ?"

"लगान मैंने नहीं दिया क्योंकि जेल गया था।"

"अपनी मर्ज़ी से गए थे।"

"देश के लिए गया था। तुम भी तो उसी देश के हो।"

"पर हमारा सिर हमारे काबू में है। हम जबर से लड़कर जान देना नहीं चाहते।"

"विदेशी के पाँव चाटते रहना चाहते हो ?"

"तुम्हारी बला से।"

"तो पंडित तुम भी सुरग नहीं ले जाओगे। यह धरती आँख मिचे, सब छूट जाएगा।"

"अपने लिए नहीं कहते ? दूसरों को उपदेश देते नहीं थकाते ?"

"अब सारा गाँव उपदेश देगा। अब लगान ही नहीं दिया जाएगा।"

रघुबीर सतनामी की इस बात से रामनाथ के आदमी चौंके। सरवराकार ने कहा, "गाँव उतना बड़ा नहीं, जितनी बड़ी सरकार है।"

"सरकार उतनी बड़ी नहीं," रघुबीर ने उत्तर दिया, "जितना बड़ा ईमान है।"

"ईमान से गोली नहीं निकलती। वह तो बन्दूक से निकलती है।"

"तो डराने आए हो ?"

"हम तो समझाने आए हैं। समय रहते नहीं चेतोगे तो फिर और रास्ते काम में लाए जाएँगे। गाँव की शान्ति ऐसे तुम तोड़ दो तो हमारे हाथ लड्डुओं से नहीं घिरे हुए।"

"तो हम भी डरनेवाले नहीं हैं," रघुबीर ने चिल्लाकर कहा।

सरवराकार गरम हुआ। उसने तड़पकर कहा, "बड़ी लम्बी बात कह गए। पर शेर को मत भूलो। उसको भूलना ठीक नहीं है।"

"जिनके बल पर वे शेर हैं, उन्हें हम पराया मानते हैं। वे देश के लुटेरे हैं। वे विदेशी के टुकड़े खाकर अपनों को छोड़ रहे हैं। धरती उनके संग भी नहीं जाएगी।"

अब बात बढ़ने लगी थी। सरवराकार ने देखा गाँव के लोगों की आँखों में घृणा का भाव था। इस समय उसने मारपीट नहीं करना ही ठीक समझा। कहा, "तो तुमसे कह चुके हम। फिर कुछ न कहना।"

"हमने भी कह दिया सरवराकार साॅब। अब हमें भी कुछ नहीं कहना। बन्दर-घुड़की से डरनेवाले नहीं हैं हम।"

"सँभलकर बात करो रघुबीर," जिलेदार ने डपटकर कहा, "ठीक से बात करो अभी हमने कुछ नहीं कहा।"

"आगे कह लेना," रघुबीर ने उत्तर दिया।

नीलकंठ और सरवराकार आपस में कुछ सलाह कर चुके थे। अब सरवराकार ने कहा, "सारे गाँव में बदनामी फैला रहे हो। इसका नतीजा अच्छा नहीं है।"

रघुबीर के कहने के पहले इन्द्रभान बोल उठा, "जाइए, जाइए। जिसे आप अमन कहते हैं वह किसानों की भूख है, गरीबी है। आप ही सरकारी पिट्ठुओं के पाँव दाबिए। यहाँ कोई नहीं डरता।"

"तुम चुप रहो जी," जयनारायण ने कहा, "इस मामले में बोलनेवाले तुम कौन ?"

इन्द्रभान ने उत्तर दिया, "तो रघुबीर सतनामी और पंडित नीलकंठ के मामले में बोलनेवाले आप कौन ?"

सरवराकार ने क्रोध से इधर-उधर देखकर कहा, "पंडित हमारे आदमी हैं।"

"तो रघुबीर हमारा आदमी है," इन्द्रभान ने तनकर कहा, "आप उनकी हिमायत लेंगे तो गाँव रघुबीर के बाल पर भी आँच नहीं आने देगा।"

सरवराकार ने देखा और दबकर कहा, "तो फिर हम नहीं जानते।"

"हम तो जानते हैं," रघुबीर ने सिर हिलाया।

जिलेदार, सरवराकार और पंडित तथा बंसी लौट चले। यह देखकर रघुबीर ने नारा लगाया—बोल महात्मा गांधी की...

और लोगों ने एक स्वर से चिल्लाकर कहा, "जय..."

यह आवाज़ फैली, यह नारा गूँजा और जैसे वर्षा से फसल लहलहाती हुई उठ खड़ी होती है, गाँव-गाँव के लोग जागे और उन्होंने आकाश की ओर सिर उठा दिए। इस प्रकार का अर्थ धनपतियों से घिरा गांधी नहीं था, इसका अर्थ था वह नंगा प्राणी जो देखने में जर्जर लगता था, परन्तु जो संसार के लौह साम्राज्य से टक्कर लेने को खड़ा था। जहाँ उसके रक्त की बूँद गिरती थी। वहाँ सैकड़ों बागी पैदा हो रहे थे। इस नारे का अर्थ दासता नहीं थी। इसका अर्थ था आज़ादी की पुकार, मनुष्य की आत्मा की अपनी गरीबी, बीमारी और गुलामी से ऊबकर चिल्लाने की शक्ति। इस नारे का अर्थ था दुखों को हटा दो, उनको दूर करो जो विदेशी से अपने स्वार्थों के लिए गठबन्धन करके अपने भाइयों का ख़ून चूस-चूस कर मुटा रहे हैं। इसका अर्थ था एक नए देवता की आत्मा की चेतना फूँक देना और वह देवता, पिसा हुआ, लुटा हुआ मनुष्य था, जिसकी देह पर अत्याचारी अपने भारी बूट पहनकर चढ़ गया था।

और यह आवाज़ घरों, झोंपड़ों, बाड़ियों और मढ़ैयों पर होती हुई खेतों पर गूँजने लगी। दल के दल किसानों के गगनभेदी नारों से बानापुर की सरजमीन थर्रा उठी और लोगों ने आत्मीयता से लगानबन्दी का कार्य प्रारम्भ कर दिया।

बहुत दिनों से छाई हुई सुस्ती जब टूटती है तब मनुष्य को सारी दुनिया में एक नई स्फूर्ति दिखाई देती है। और इसी से जब वह नारा गूँजा और फैला तब लोगों को लगा वह डर सुस्ती के समान था, जिसने बल रहते शरीर को जकड़ दिया था, जिसने हनुमान को यह भुला दिया था कि उसमें समुद्र लाँघ जाने की शक्ति है। और वह भाईचारे की पुकार दीपक बनकर जल उठी, और जैसे-जैसे वे पुकारें बढ़ती गईं, लगा कि वैसे-वैसे ही एक के बाद एक दीपक जल उठा, बराबर बराबर...

मन में उजाला छाने लगा। शक्ति बढ़ने लगी। वे एक-दूसरे की दुश्मनी छोड़कर कन्धे से कन्धा भिड़ाने लगा। उनमें उस धरती और धरती की बेटी—फसल ने एक नई ताकत भर दी कि ख़बरदार ! कोई लुटेरा नहीं छू जाए। अब बैलों की पीठ पर जब हाथ ने थपथपाया तब उसमें एक नया आह्लाद था और ज़मींदार, बौहरा, पुलिस, पटवारी, सबके सब सशंक हो गए। विदेशी ने उन्हें किसानों पर लोहे की जंज़ीरों की तरह बाँध दिया था और पुकार आभा होकर उठ रही थी, जैसे भगतसिंह फाँसी पर झूलकर भी मुस्कुरा रहा था।

बात तो हो गई पर सब जानते थे कि इसका नतीजा इतना आसान नहीं होगा। रामनाथ के बारे में तो निश्चित था कि वे क्या करेंगे। वह आदमी इज़्जत के पीछे मरता है। इसकी इज़्जत क्या है ? सम्पत्ति का मालिक होना ही उसकी इज़्ज़त है। इसके अतिरिक्त कुछ भी नहीं।

चित्तप्रसाद ने कहा, "सो ठीक है परन्तु गाँव के लोग आख़िर तक सहायता देंगे ?"

मन्नू दुबे और परमानन्द सुकुल भी इस समय आ गए थे। इस समय जाति-भेद जाने कैसे दूर हो गया था। रघुबीर सतनामी की ओर सारा गाँव था। कहीं नौटंकी हो रही है तो उसमें ज़मींदार और अन्यों के मज़ाक उड़ा रहे हैं। गाँववालों के वही खेल हैं। जब कोई घटना हो जाती है, तुरन्त वही होने लगते हैं। औरतें गीत गाने लगती हैं। सारा इलाका सरकश हो गया।

मन्नू दुबे ने कहा, "तो वे ऐसे अत्याचार करते रहेंगे ? हम तो देशभक्त ज़मींदार चाहते हैं।"

गोवर्धन चुप था। अब बोला, "वह तो ठीक है। पर उस दिन चित्तप्रसाद की बेटी ने मुझे पानी पिला दिया था। जात ने मुझे छेक दिया। मैंने प्रायश्चित नहीं किया। तिवारीजी के बेटे ने विलायत से लौटकर कब प्रायश्चित किया था ? उनसे किसी ने कुछ नहीं कहा। पर वे बड़े आदमी ठहरे। मैंने कहा था कि नीलकंठ अवस्थी प्रायश्चित करें तो भी मैं न करूँ; वे सक्किन के खाएँ पिएँ, मैंने अनजान पानी पिया तो क्या दोस। तो सोच लो समर्थ से पाला पड़ा है।"

"हम भी असमर्थ नहीं हैं," मन्नू दुबे ने लाठी पर हाथ धरके कहा।

"अब क्या होगा ?" परमानन्द ने पूछा।

मन्नू दुबे ने लाठी तौलकर कहा, "इसके लिए भी तैयार, मुँह के लिए भी तैयार और जेल, तो जेल के लिए भी तैयार।"

"दो चीज़ें रह गईं," इन्द्रभान ने कहा।

"क्या ?" रघुबीर सतनामी बोले।

"बन्दूक की गोली, पुलिस, फ़ौज का आतंक एक।"

"और ?"

"समर्थ का क़ानून।"

"हम इस गोरी सरकार के क़ानून को नहीं मानते," रघुबीर ने कहा।

"परमेसुर की याद है ?" इन्द्रभान ने कहा, "वह भी लगान देने से इनकार करने पर मारा गया था ?"

"मारा गया था। पर तब झगडू मिसिर थे। उन्होंने सत्याग्रह रोक दिया। उनका बेटा मार्कंडेय तैयार था।"

"उससे क्या हो जाता ? लोग कुरकी में नहीं खरीदते ?"

"खरीदते तो गाँव उनकी छूत से बचता। मुँह दिखाते शरम लगती।"

"कहने की बात है।"

"तो फिर क्या हो ?"

"गाँव का संगठन हो।"

"और ?"

"लाठी का जवाब लाठी से दिया जाए।"

रघुबीर चौंका। कहा, "तुम तो उन्हें वार करने का मौक़ा देते हो। गांधीजी तो

अहिंसा कहते हैं।''

''तो अहिंसा के वार से बच जाओगे ?'' इन्द्रभान ने काटा।

सब चिन्ता में पड़ गए। पर इस समय झुकना कोई नहीं चाहता था। इस बार इतना विक्षोभ था कि कोई न कोई राह निकलनी ही थी। एकाएक मन्नू दुबे उछल पड़े। सबने देखा। बोले, ''ये ठीक है।''

''क्या ठीक है ?'' गोबर्धन ने पूछा।

''कोई कानपुर जाए और मार्कंडेय को ले आए। वह पढ़ा-लिखा मनई है। वकील है।''

इन्द्रभान ने पूछा, ''तो वकील क्या करेगा ?''

परन्तु मन्नू दुबे डटे रहे। पढ़ा-लिखा आदमी है, वकील है, कांग्रेसी है। मार्कंडेय में सब गुन हैं। फिर भड़कता भी नहीं और झगडू मिसिर का पुत्र है। राय मान ली गई है। दो आदमी गाँव से भेज दिए गए। सबेरे तक मार्कंडेय को ले आना था। जब सब चले गए तब रघुबीर से चित्तप्रसाद ने कहा, ''और तो सब है, पर एक बात का ध्यान रखना।''

रघुबीर ने पूछा, ''क्या ?''

''मारपीट मत करना।''

''अपनी जान तो हम रोकेंगे ही।''

''मामला बड़ा उलझ गया।''

''सरकार बीच में पड़ गई।''

परन्तु एकदम जैसे रघुबीर जाग उठा। उसने कहा, ''पर अच्छा ही है। एक-न-एक दिन ये होना ही था।''

यह ठंडापन देखकर चित्तप्रसाद को विस्मय हुआ। यह कितना भयानक सन्तोष था। जैसे यह व्यक्ति अपनी मौत का रास्ता देखकर लौट आया है और अब इसे इस बात का डर ही नहीं रहा कि मौत का सामना करना पड़ेगा। चित्तप्रसाद रघुबीर की हालत जानता था। पूछा, ''अगर फौज़दारी नहीं हुई और सीधे मुक़दमा चला तो।''

रघुबीर ने इस बात पर ध्यान नहीं दिया। यह एक असम्भव-सी बात थी। फ़ौजदारी आवश्यक थी। फिर भी कहा, ''तो चलेगा।''

''रुपया कहाँ से लाओगे ?''

''रुपया !'' रघुबीर की अब समझ में आया। रुपया !!

''मेरे पास तो नहीं है,'' उसने कहा।

''फिर ? कैसे होगी ?''

रघुबीर ने सूनी आँखों से आसमान की ओर देखा जैसे वहाँ रुपयों का पेड़ लग रहा था। जिस पर नज़र पड़ते ही रुपए टपकने लगेंगे। साँझ का धुआँ निकल-निकलकर छा रहा था। छोटे-छोटे घरों पर अँधियारा जैसे काले धुएँ के फन्दे डालकर झूल रहा था। और एक सरकार विरोधी गीत जो औरतों के कंठों से निकलकर बालकों के कोलाहल

में मिल जाता था...

चित्तप्रसाद ने कहा, "फिर मैं हूँ।"

रघुबीर ने आश्चर्य से देखा। फिर उसकी आँखों में कृतज्ञता छा गई। उसने कहा, "नहीं चित्तप्रसाद। तुम्हारा नुकसान होगा।"

"पर गाँव आज़ाद हो जाएगा," व्यापारी की आत्मा ने छटपटाकर सामन्ती अत्याचारों के विरुद्ध आहुति दी। ठीक वक़्त पर लोहे पर हथौड़ा बजा था। पर रघुबीर सतनामी नहीं समझा। शायद चित्तप्रसाद स्वयं नहीं समझता था। उसका हाथ पकड़कर रघुबीर ने कहा, "गाँव की आन रह जाएगी। मैं जानता हूँ। राजा रामनाथ तुमसे बहुत अमीर हैं पर अगर सारा गाँव मिलकर एक हो गया तो फिर वे क्या कर लेंगे ?"

दोनों ने एक-दूसरे की ओर देखा।

रात बेचैनी से गुज़र रही थी और सनसनाती हवा पुकार रही थी, सनना... सनना...

3

जिस समय गाँव के लोग मार्कंडेय के घर पहुँचे उस समय शाम हो चली थी और मार्कंडेय कचहरी से आकर लेटा हुआ था। दयानाथ उसके समीप बैठा बातें कर रहा था। दयानाथ को जब उन लोगों ने पाया तो कुछ झिझके।

"क्या बात है ?" मार्कंडेय ने पूछा, "कहो, कहो, डरने की कोई बात नहीं। ये तो मेरे भाई के बराबर हैं।"

"पर कहना इनके पिताजी के बारे में है।"

दयानाथ ने कहा, "कहो, कह डालो। मेरा उनसे कोई सम्बन्ध नहीं है। यह तो तुम जानते ही हो। वे मुझसे स्वयं बहुत नाराज़ हैं।"

उन लोगों को आश्वासन हुआ। एक जो अधेड़ था, निनुआ, उसने सब किस्सा कह सुनाया। मार्कंडेय सुनता रहा, सुनता रहा। अन्त में उसके मुख पर एक उलझन-सी दिखाई दी और भौं सकुच गई। वह शायद इस सबके लिए तैयार नहीं था। उसने दया से कहा, "तुमने सुना अब ?"

"क्यों नहीं।"

"फिर अब क्या किया जाए ?"

"इस मामले में दोनों ही ज़ोर आजमाने पर तुले हैं और ददुआ की हेकड़ी तो तुम जानते ही हो।"

"यही तो अज़ीब परेशानी है।"

दयानाथ उठ खड़ा हुआ। कहा, "रात की गाड़ी से ही जाओगे ?"

"और क्या करूँ ?"

दयानाथ चला गया। मार्कंडेय सोचने लगा। ये गाँववाले दूसरों के इशारे पर चलते

हैं। इनमें इतना स्वाभिमान और मर्यादा कहाँ से आ गई ? इनमें यह चुनौती देने की शक्ति ? और तब मार्कंडेय को याद आया। ये लोग ज़रा-ज़ा सी बात पर सिर तोड़ देते हैं। इनमें शक्ति है। जीवन है, यह भी हम ही जैसे मनुष्य हैं, पर इनकी भाषा, विचार, भूषा और रहन-सहन ने हममें और इनमें एक भेद पैदा कर दिया है। पर अगर देखा जाए कि हम दोनों मनुष्य हैं तब बीच की खाई पट जाती है। गाँववालों के मुक़दमे आते रहने के कारण मार्कंडेय उनको समझता रहता था। वे लालची हैं, जाहिल हैं, उनमें फूट है, वे सुधाकर के सामने चापलूसी और पीछे से उनकी निन्दा करते हैं, छोटी-छोटी बातों में उलझे होने के कारण उनका विकास नहीं हो पाता, गन्दे रहते हैं पर वे मनुष्य होते हैं। क्यों हैं वे इतनी ग़रीब ? क्यों हैं वे इतने अशिक्षित ? किस पर है इसकी ज़िम्मेदारी ?

मार्कंडेय जितना सोचता उतनी ही उसकी उलझन बढ़ती जाती। और फिर उसे लगा कि वह समस्त बरबाद हो जानेवाली शक्ति यदि शिक्षित हो, सुसंस्कृत हो तो कितना भारी और महान् परिवर्तन हो जाए ?

दूसरे दिन जब वह बानापुर पहुँचा, गाँववालों ने उसे घेर लिया। मार्कंडेय ने कहा, "यह तो सब ठीक है मगर तुमने यह भी सोचा कि यह काम क़ानूनी है या नहीं ?"

"क़ानून तो हम इस सरकार का मानते नहीं," इन्द्रभान ने कहा, "गांधीजी स्वयं कहते हैं कि वे इस क़ानून को नहीं मानते। आज़ाद हिन्दुस्तान में सबसे पहले इस क़ानून को बदला जाएगा। क्योंकि यह क़ानून अंग्रेज़ों और उनके पिट्ठुओं के फ़ायदे का है। जो इससे असहयोग नहीं करता वह देश की स्वतन्त्रता नहीं चाहता। अगर यह क़ानून जैसा का तैसा हमारे काम में आ सके तो फिर अंग्रेज़ों से लड़ने की हमें क्या ज़रूरत ?

क़ानून की बुराई मार्कंडेय स्वयं करता था। पर एक वकील होने के नाते जैसे इस विषय पर बोलने का अधिकार केवल उसी को था, वह इस बात से भी मन-ही-मन नाखुश हुआ कि एक गाँववाला उसे उपदेश दे रहा था। पर वह संयम जानता था। उसने कहा, "हिन्दुस्तान आज़ाद होगा तब क़ानून ही नहीं, हमें और भी कई बुराइयाँ तुरन्त मिटानी होंगी। तब ज़मींदार किसान पर अत्याचार नहीं कर सकेंगे और किसान भी नंगा और भूखा नहीं रहेगा। अगर कांग्रेस ज़मींदार के विरोध में नहीं होती तो ज़मींदार कांग्रेस के अन्दर होता और किसान कांग्रेस के बाहर।"

इस बात पर इन्द्रभान ने पैग भरी। कहा, "ठीक है मार्कंडेय भइया ये तो तुमने ठीक कहा। तपोवन में शेर और बकरी एक ठौर आकर तब मिलते थे जब शेर मांस खाना छोड़ देता था।"

"शेर एक दिन सचमुच मांस खाना छोड़ देगा," मार्कंडेय ने विश्वास से कहा।

"हो सकता है," गोवर्धन ने काटा—पर शेर की यह नई आदत डालने को ही न जाने कितनी बकरियों की कुर्बानी देनी पड़ेगी।

उस समय काफ़ी लोग आकर इधर-उधर जम गए थे और इन पढ़े-लिखों की बातचीत सुन रहे थे। उन्हें काफ़ी कौतूहल था। गोवर्धन की बात से मार्कंडेय चौंका।

उसने उसकी बात को मन-ही-मन दो-तीन बार दुहराया और फिर चौंककर ही कहा, ''तो क्या तुम गांधीजी की इस बात में विश्वास नहीं करते कि मनुष्य का हृदय सत्य और अहिंसा से बदल जाता है ?''

गोवर्धन गांधीजी के विरोध की बात कहने का साहस नहीं कर सका। उसने कहा, ''मैं पूरी तरह मानता हूँ, पर जब अपने गाँव के इन लोगों को देखता हूँ तो विश्वास नहीं होता। ऐसा लगता है। ये लोग बड़े ज़िद्दी हैं और अपनी अकड़ को कभी नहीं छोड़ेंगे। इसी से हमने पूरी तरह लगानबन्दी का इन्तज़ाम करने का प्रयत्न किया है।''

''लगानबन्दी में हम तब तक पूरी तरह से सफल नहीं हो सकते जब तक हम पूर्ण रूप से अहिंसा को प्रयोग में लाने के लिए तैयार नहीं हों।''

क्या मतलब ?''

''मतलब यही कि गाँववाले कोई भी उपद्रव नहीं करें।''

''नहीं करेंगे। फिर काम कैसे होगा ? फसलें खड़ी हैं वे कटवा लेंगे।''

''कैसे कटवा लेंगे ?''

''इधर-उधर से मजूर लाना क्या कठिन काम है ? किसी का घर, किसी के बैल बिकवा देंगे। तब क्या करेंगे ?''

''वे यह सब कर सकते हैं। पर हम इन चीज़ों से दबना नहीं जानते। अगर तुम मारपीट करोगे तो वे फ़ौज बुलाएँगे। अगर सब गाँव मारपीट करेंगे तो कहीं फ़ौज की कमी पड़े। पर वे दो-चार जगह ही इतना भयानक दमन करेंगे कि बाकी जगहों पर लोग अपने आप दब जाएँगे। लेकिन अगर तुम अपनी परीक्षा में सफल उतरे और गाँव-गाँव ने अहिंसात्मक असहयोग किया तो तुम जीत जाओगे।''

मार्कंडेय की बात ने असर किया। उपस्थित लोग सोचने लगे। परन्तु इन्द्रभान ने काटा, ''और गाँव ने न किया तो यहाँ के लोग पिस जाएँगे। क्योंकि सरकार को लगान से मतलब। जो लगान नहीं देता, वही बागी है। बागी चिल्लाकर बगावत करता है या मारपीट से करता है, सरकार इस पर अधिक ध्यान नहीं देती। वह तो दोनों को ही मारती है। दोनों की एक जेल है। जो टैक्स, लगान आदि नहीं देता, वह एक तरह का चोर है, क़ानून को तोड़ता है फिर सरकार को हिंसा-अहिंसा से मतलब नहीं।''

मन्नू दुबे ने कहा, ''ठीक है मार्कंडेय। तुम ठीक कहते हो। हमें यह भी तो देखना है कि किस तरह हम दुश्मन के वार को बचा जाएँ। हिंसा करेंगे तो जुलुम ज़्यादा होगा।''

मार्कंडेय ने अस्वीकार किया, ''नहीं मन्नू काका। तुम तो अहिंसा को कमज़ोर की चालबाजी बना रहे हो। मेरा तात्पर्य यह नहीं है। हमारी अहिंसा तो हमारी ताकत की निशानी है कि जो अत्याचार करता है। वही कमज़ोर है। उसमें पशुत्व नहीं पाशविकता है। पशुत्व नहीं कहना चाहिए। जानवर अपनी आदत के मुताबिक काम करता है। हम उसे बुरा नहीं कह सकते। पर आदमी होकर हमें अपनी प्रकृति की बुराइयों को दूर करना चाहिए। अगर पशुत्व को दूर करना है तो कोई पशु नहीं जिसकी अपनी एक आदत नहीं हो। सिंह, भेड़िया, सब फाड़ खाते हैं। अतः इन्हें गोली मार दी जाती है। पर आदमी

में सिंहापन और भेड़ियापन हो तो हमें उसे गोली मार देने का अधिकार नहीं है। हमें उसे उसके पापों से छुटकारा दिलाना चाहिए। आदमी यह सब क्यों करता है ?

"क्यों करता है ?" इन्द्रभान ने उत्तर दिया, "हम और तुम नहीं करते पर ज़मींदार के लोग करते हैं। पुलिस करती है, फ़ौज करती है। क्या कारण है ? क्योंकि यह उस तरीके से मज़बूर हैं। यह एक मशीन के पुर्ज़े हैं। पेट के लिए करते हैं और उनके फायदे के लिए करते हैं, जिनके पास सम्पत्ति है। चौरासी लाख योनियों में एक बार मानुसदेह मिलता है, ऐसा महात्माओं ने कहा है। फिर सबने इसी सम्पत्ति को दोष दिया है। ये लोग क्यों हमारी अहिंसा से आ मिलेंगे। यह समझ में नहीं आता, हो सकता है इनका हृदय बदल जाए।"

"और वह तब होगा जब हम उन्हें अपनी कठिन साधना से बदल जाने के लिए मज़बूर कर देंगे। जब वे जान लेंगे कि सम्पत्ति से बड़ा मनुष्य है। लेकिन अगर हम उनसे छीनेंगे तो उनकी पाशविकता और अधिक ही बढ़ेगी।"

गोवर्धन नहीं समझा। उसने कहा, "तो क्या वह लगानबन्दी सिर्फ़ अंग्रेज़ों के विरोध में है ? क्या तिवारीजी भी इससे बरबाद नहीं हो जाते ? इस तरह हम अपने ही एक भूले हुए भाई को विदेशी से ज़्यादा मिलकर रहने पर मज़बूर नहीं कर देते ?"

"सो तो है," मन्नू दुबे ने कहा, "और वे क्या करेंगे। तुम उनकी जड़ काटोगे तो वे उधर ही मिलेंगे। वे तो सम्पत्ति से जुड़े हैं। उससे अलग करके देखो तो वे भले हैं, उससे जोड़कर देखो तो वे हमसे अलग हैं। अंग्रेज़ी सरकार, तो दूर रही, पहले तो तिवारीजी लड़ेंगे। और वे न होते तो अंग्रेज़ क्यों होता ? लड़ाई तो साफ़ होनी चाहिए। वे तो इधर, या उधर, बीच के काम से आगे चलकर गड़बड़ होती है।

"क़ानून कह गए," गोवर्धन ने कहा, "क़ानून तो उनका है। जिनके पास धन है। न हम खाऊ वकीलों से बचेंगे, न पुलिस से।"

मार्कंडेय को यह बात बुरी लगी। उसने कहा, "यह ठीक है। सब कुछ ख़राब है। आज़ादी इस बुराई से निकलने का एक रास्ता है। सारा संसार जिस महात्मा की पूजा करता है, उसे तुम इनकार करते हो ? तुम्हें उस पर विश्वास नहीं है जिसने सब कुछ तुम्हारे लिए छोड़ दिया है ? तुम देश के गौरव पर विश्वास नहीं करते। तुम अपने शत्रु से डरते हो जब कि तुम्हें उस पर क्रोध की नहीं, दया की आवश्यकता है। वह क्यों भटक रहा है ? क्या हम अपनी आत्मा की शक्ति से, अपने सत्य और न्याय से उसका हृदय नहीं बदल सकते ? हम अपने आपको तपा-तपाकर अपनी चमक से उसकी आँखें चौंधिया देना चाहते हैं।"

मार्कंडेय के इन शब्दों का रहस्य गाँव के लोगों की समझ में तो नहीं आया पर उसकी धार्मिकता का उस समुदाय पर प्रभाव पड़ा।

मार्कंडेय उठ खड़ा हुआ। उसने कहा, "काम चलने दीजिए। वैसे मैं तिवारीजी उन्नाव जाकर मिलता हूँ।"

"क्या वे मानेंगे ?" गोवर्धन ने पूछा।

"क्यों नहीं? क्या वे मनुष्य नहीं ?" मार्कंडेय ने सरलता से पूछा।

मन्नू दुबे ने कहा, "क्यों मार्कंडे !" जब समझाए से आदमी मान जाए तो अंग्रेज़ क्यों नहीं चला जाता ?"

"वह भी एक दिन चला जाएगा।"

"अभी क्यों नहीं चला जाता ?"

"अभी वह सम्पत्ति का मोह नहीं छोड़ पाता।"

"आगे चलकर सम्पत्ति का मोह छोड़ देगा ?"

मार्कंडेय इसका उत्तर नहीं दे सका। पर सँभलकर उसने कहा, "हाँ, हम इसी आशा पर लड़ते हैं। समुद्र में भी सोना होता है।"

मन्नू दुबे चुप नहीं हुए। कहा, "मैं कहता हूँ लोग समुन्दर से सोना क्यों नहीं निकालते ?"

"महँगा पड़ता है।"

मन्नू दुबे हँसे। कहा, "जब हिन्दुस्तान का राज अंग्रेज़ों को समुन्दर से सोना निकालने जैसा हो जाएगा तब भले ही उनका हृदय बदल जाए। कोई नहीं छोड़ता। फिर भी तुम कहते हो तो यही सही।"

मार्कंडेय चल पड़ा। गोवर्धन उसके साथ स्टेशन तक पहुँचाने आया। मार्कंडेय के तर्क ने नहीं, श्रद्धा ने उन सबको पराजित कर दिया था। उन्होंने निश्चय किया कि वे अहिंसा से काम लेंगे। परन्तु इससे पहले कि वे कुछ कहते या करते सामने से दौड़ते हुए कुछ लड़के आए और उन्होंने जो ख़बर सुनाई तो चारों ओर एक सनसनी दौड़ गई। इन्द्रभान ने सुना तो लड़के स्टेशन को दौड़ाए। मार्कंडेय को पहुँचाकर गोवर्धन रेल के चले जाने पर लौट रहा था।

लड़के ने कहा, "गोवर्धन भइया।"

"क्या बात है ?"

लड़का बहुत कुछ कहना चाहता था। एकदम रुककर कहने के प्रयत्न में जैसे उसका स्वर रुँध गया।

गोवर्धन ने घबराकर कहा, "कहता क्यों नहीं ?"

लड़के के चहरे पर हवाइयाँ उड़ने लगीं।

गोवर्धन ने और पूछने में समय व्यर्थ गँवाना ठीक नहीं समझा। वह लड़के को घटनास्थल की ओर ले चलने को कहकर उसके साथ-साथ चल पड़ा। जब वे गाँव पहुँचे तो वहाँ एक नया ही रंग था। ख़ूब भीड़ इकट्ठी हो गई थी और रामनाथ, सरवराकार और जिलेदार उपस्थित थे तथा रघुबीर की स्त्री धरती पर पड़ी-पड़ी चिल्ला-चिल्लाकर गालियाँ दे रही थी। उसके स्वर में एक भयानक आक्रोश था। गोवर्धन को विस्मय हुआ कि वह स्त्री तनिक भी भयभीत नहीं लगती थी, वरन् गला फाड़-फाड़कर सात पुश्तों को गालियाँ दे रही थी। चारों तरफ़ सब क्रुद्ध-से उन दोनों को घूर रहे थे, लगता था जैसे फ़ौजदारी हो के रहेगी। ज़मींदार के आदमियों के साथ जो चार-पाँच लठैत थे वे

निस्तब्ध खड़े थे, कभी-कभी दाएँ-बाएँ झाँक लेते थे, जैसे उनके भीतर कोई शंका थी अवश्य। और उस गम्भीर ख़तरनाक सन्नाटे पर हृदय को हिला देनेवाला रुदन लगता था जैसे अत्यन्त दारुण हो और उस रुदन के कारण वे ज़मींदार के आदमी स्पष्ट ही अत्याचारी से दिखाई देते थे।

गोवर्धन उस भीड़ को हाथों से हटाता आगे पहुँचा और उसने आँखों से सबको आँका। रघुबीर की स्त्री ने जब यह देखा कि एक और हिमायती आ गया है, उसकी हिम्मत और भी बढ़ गई और उसने एक बार फिर गालियों की बाढ़ लगा दी।

गोवर्धन ने जयनारायण से पूछा, "क्यों सरवराकार साब ! यह ग़रीब औरत क्यों चिल्ला रही है ?"

जयनारायण इस प्रश्न से तनिक भी विचलित नहीं हुआ। उसने आँखें तरेरकर, भौं उठाकर उपेक्षा से कहा, "पूछ देखो। क्यों चिल्ला रही है ? बात का जवाब सुन रहे हो ? भले आदमियों से बात करने की ज़बान देखी ?"

गोवर्धन ने स्त्री से कहा, "तो चुप भी होगी कि तू चिल्लाती ही रहेगी ?"

स्त्री इस बात का अर्थ कुछ उलटा लगा बैठी। वह समझी गोवर्धन डर गया है सो चिल्लाने लगी, "हाय इस गाँव में कोई भी ऐसा नहीं रहा जो ग़रीबों की तरफ़ बोलता। सब जबर की ओर बोलते हैं..."

गोवर्धन विक्षुब्ध हुआ। उसने कहा, "तो क्या बात है आख़िर। कुछ कहेगी या रोए जाएगी।"

"मैं क्या वैसे ही रोती हूँ..."

अभी वह पूरी बात कह भी नहीं पाई थी कि किसी ने भीड़ में से कहा, "बेचारी को मारा है इन्होंने।"

जयनारायण ने क्रोध से चिल्लाकर कहा, "कौन कहता है कि इसे मैंने मारा है, सामने आकर बात करे। अगर इतना ही डर है तो घर जाकर अपनी लुगाई की धोती में छिपे रहो।"

जयनारायण का वह कठोर स्वर सुनकर सचमुच चारों तरफ़ फिर ख़ामोशी छा गई, जैसे सामने आना बड़ा कठिन काम था। सरवराकार ने समझा कि बाज़ी मार ली। वह मूँछों में मुस्कुराया। पर स्त्री कब चुप रहनेवाली थी। उसने छाती पीटकर ज़ोर-ज़ोर रोते हुए कहा, "आग लगे तेरे मुँह में कलमुँहे, कढ़ीखाए। इस गाँव में किसी की इज़्ज़त नहीं रही।"

जयनारायण ने कहा, "अब तुम जैसे ओछे लोग भी इज़्ज़त की दुहाई देने लगे ?"

गोवर्धन अब तक बीच-बचाव की कोशिश में लगा था। उसे मार्कंडेय के लौट आने तक मामला बिगड़ न जाए इसकी चिन्ता हो रही थी। पर अब वह क्या करता। यहाँ गाँव इस समय झुक गया तो आगे का सारा कार्यक्रम नष्ट हो जाएगा। उसने कहा, "सरवराकार साहब ! इज़्ज़त तो जैसे बड़े की, वैसे ही छोटे की। आपको शायद यह नहीं मालूम ?"

"मालूम है हुजूर," जयनारायण ने व्यंग्य से कहा, "आप ठहरे पढ़े-लिखे आदमी। हम ठहरे गँवार। आप आए हैं वकालत करने और हम आए हैं नौकरी बजाने। तो जो हमारे काम नें अड़चन डालता है, उसकी इज़्जत हम अपनी इज़्जत से ज़्यादा नहीं समझते। सरकार काम में जो रोड़ा अटकाएगा, उसे पहले से कहने पर भी अगर अक़्ल नहीं आएगी तो अपने रास्ते से हटा देंगे।"

गोवर्धन ने कहा, "तो आख़िर तुम्हारे पास कोई शिकायत थी।"

कोई जवाब दे उससे पहले वह स्त्री फिर रो उठी।

"क्यों रोती है ?" किसी ने डाँटकर कहा, "ऐसे क्या फाँसी देंगे ये ?"

"अरी उनके दया नहीं है," एक स्त्री ने बच्चे को गोदी में हिलाते हुए कहा, "रो के तो तू उन्हीं की हिम्मत बढ़ा रही है।"

गोवर्धन ने कहा, "चुप रह। हो गई। अब कोई बात पता चले तो न्याय हो। ऐसे कोई अन्धेर थोड़े ही हो रहा है जो ये अपनी मनमानी कर लेंगे। चुप हो जा। बस। अब चुप हो जा।"

गोवर्धन के कहने से रघुबीर की स्त्री ने चिल्लाना बन्द कर दिया। वह कपड़े झाड़कर खड़ी हो गई। ऐसा लगता था जैसे वह अभी और गलतियाँ सुनाना चाहती थी और मन की मन में ही रह जाए वह उसे पसन्द नहीं था। पर सबको मौन देखकर अन्त में उसने भी आग्नेय नेत्रों से घूर लेना ही स्वीकार कर लिया।

"हुआ यों कि," अब सुनाई जाने लगी।

"रघुबीर को ये लोग पकड़ने आए थे।"

"हूँ," गोवर्धन ने कहा, "किस अपराध पर ?"

किसी ने उत्तर नहीं दिया।

गोवर्धन ने फिर कहा, "यह क्या धाँधली है ? किसने कहा था आपसे ? कोई बात भी थी ?"

जिलेदार बिन्देश्वरी सिंह चुप खड़ा था, अब बोला, "बात क्यों नहीं थी ? मालिक का हुक्म था।"

"कौन से मालिक का ? तिवारीजी तो यहाँ हैं नहीं ?"

"वे नहीं तो क्या ? उनकी ग़ैरहाजिरी में जो मालिक हैं। उनका ही हुक़्म चलता है।"

"कौन मनीजर साहब ?"

बिन्देश्वरी ने अहंकार से सिर हिलाया।

"तो तुम रघुबीर को न पाकर, उसकी बहू को मारने की मजाल कर बैठे ?" गोवर्धन ने पूछा।

गाँववालों का गुस्सा बढ़ने लगा था।

जयनारायण ने क्रोध से कहा, "तो तुम आए हो अब हिमायती बनकर ?"

"हाँ, हम आए हैं," गोवर्धन ने कहा, "मारो अब।"

"क्या कर लोगे तुम ?" बिन्देश्वरी ने पूछा।

"मार के देखो," गोवर्धन ने आवेश से उत्तर दिया।

जयनारायण क्रोध से चिल्ला उठा, "होश में बात करो गोवर्धन !"

"तुम शायद भूल रहे हो कि किसका सामना कर रहे हो ?"

"गोवर्धन नहीं भूलता, सरवराकार साहब। अक़्ल ठिकाने आ जाएगी। अब मत करना समझे, वरना..."

"वरना...," जयनारायण ने आँखें फाड़कर पूछा।

"वरना हाथ ककड़ी की तरह काटकर फेंक दिया जाएगा। समझे ?"

जयनारायण हँसा। उस हँसी में एक उपहास की भावना थी जो बज उठी।

इस समय तक भीड़ काफ़ी बढ़ गई थी। जयनारायण मन में डर रहा था पर रौब ज़माना ज़रूरी था। उसने कहा, "अच्छी बात है। अगर हुजूर का यही हुक्म है तो हम भी अब से यही करेंगे।"

"क्या मतलब ?"

"कि जो बीच में आएगा उसे ककड़ी की तरह काट देंगे।"

"और तुम फिर इसी गाँव में रह लोगे ?"

और सचमुच एक हलचल न जाने भीड़ में से कहाँ शुरू हुई कि परिणामस्वरूप किसी ने जिलेदार बिन्देश्वरी सिंह के सिर पर ज़ोर से जूता मारा। बिन्देश्वरी सिंह ने ही रघुबीर की बहू को मारा था। रघुबीर का कहीं पता नहीं था। और फिर कुछ ज़ोर से धक्के लगे। जिलेदार का मुँह जूता खाकर स्याह पड़ गया। वह खिसियाकर टूटा और सामने खड़े आदमी का मुँह नोंच लिया। मारा किसी ने पिटा कोई। वह आदमी भला कब चुप रहनेवाला था, उसने पलटकर जिलेदार के मुँह पर ज़ोर का घूँसा जड़ दिया, जिसकी चोट से जिलेदार हकला गया और सरवराकार से टकरा गया।

जयनारायण कुछ भी नहीं समझा। उसके मुँह से निकला, "अरे..."

किन्तु अरे मात्र उस कोलाहल में डूब गया।

और तेज़ी से उठा हुआ कोलाहल और भी तीव्र होकर अपने घोटाले में कुछ लाठियों की आवाज़ बनकर खट-खट करता हुआ मिल गया।

दुर्घटना इतनी तेज़ी से हुई कि स्वयं गोवर्धन को भी इसका अन्दाज़ नहीं हुआ। वह कारण भी नहीं समझा, और अब लोग फिर से इधर-उधर भागकर इकट्ठा हो रहे थे, जैसे कोई छोटी-मोटी लड़ाई हो चुकी थी। वे सब उत्तेजित थे और आवेश में थे। गोवर्धन ने देखा रघुबीर की बहू की आँखें आनन्द से खुल गई हैं और उनके कोनों में पानी की एक बूँद चमक रही है, जैसे उसका बदला चुक गया है। अब कोई बात नहीं।

लठैत दो-चार हाथ मारकर ही भाग गए थे। उनमें इतना साहस नहीं रहा था कि वे जमकर दो-दो हाथ हो जाने देते। गोवर्धन ने कहा, "यह क्या कर दिया तुम लोगों ने ?"

किसी ने उत्तर नहीं दिया। जैसे वे निश्चिन्त थे, जो हुआ सो ठीक ही हुआ और

वे अपने को इसका ज़िम्मेदार भी नहीं समझते थे।

घर-घर इसी की चर्चा होने लगी। अब मालूम पड़ा है ससुरों को। रोज़ आकर अपनी मनचाही कर जाते थे, जैसे हमारे हाथ तो लड्डुओं से घिरे थे। क्यों जी ? ठीक रहा ? इसमें क्या है भाई ? लाठी होनी चाहिए। गिरिधर कविराय कह गए हैं।

भला कोई बात थी।

औरत को अकेला देखकर समझे यों दबा लेंगे, यों, पर आख़िर गाँव में क्या कोई मरजाद नहीं रही ! अजी उसकी ऐसी-तैसी।

सो तो है, पर अब क्या होगा ?

"होगा," एक बुढ़िया ने कहा, "उस राँड़ के पीछे सबकी आफ़त आएगी।"

परन्तु सबने फिर भी पराजय स्वीकार नहीं की।

4

कमरे के सन्नाटे को रामगोविन्द का भर्राया स्वर तोड़ रहा था और चारों ओर शान्ति थी। जब वह चुप हो गया तब सबने एक लम्बी साँस ली। मानो किसी तरह समाप्त तो हुआ।

रामनाथ ने घूरते हुए कहा, "इसीलिए मुझे बुलाया गया, एक ज़रा-सी बात के लिए ? इसके मतलब यह हुए कि अब छोटी-छोटी बातों के लिए रामनाथ को बानापुर आना पड़ेगा। किसी ने किसी के खेत पर अख़्तियार जमा लिया और राजा साहब वहाँ जिलेदार का काम करने पहुँचे। बहुत अच्छा रहा।"

रामनाथ रुककर कुछ सोचने लगे। फिर कह उठे, "तुमने क्या किया ? ख़ुद क्यों नहीं गए ? डर लगता था ? वह मालिक क्या जिसके नौकर काम न सँभाल सकें और वह नौकर क्या जो मालिक को ज़रा-ज़रा सी बात के लिए ढूँढ़ा करे ?"

मैनेजर रामगोविन्द पशोपेश में पड़ गया। क्या कहे ? वह मन-ही-मन गाँववालों से डरता भी था और शेर भी बनता था। अब बुरी नौबत आ गई। उसने अक़्लमन्दी इसी में समझी कि बिना जवाब दिए सिर झुका दिया जाए, बला तो आई है, जैसे आई है वैसे ही ऊपर से निकल जाएगी।

नीलकंठ अवस्थी बैठे-बैठे कह उठे, "तिवारीजी। यह तो खैरख़्वाहों की सलाह से ही तय किया कि कुछ-न-कुछ किया जाए।"

"क्यों ?" रामनाथ ने काटा।

"सरकार ! ज़माना ठीक नहीं है।"

"फिर मैं क्या करूँ ?"

"हुज़ूर मालिक ठहरे। आपकी बात और है।"

इसी समय देखा कि कुछ गाँववाले कोठी के सामने आ गए हैं। उनके चेहरों पर कुछ चिन्ता के चिह्न हैं। रामगोविन्द उठकर बाहर चला गया। उसने बाहर कुछ बातचीत

की। पुराने ढंग की सजावट के उस कमरे में फिर एक सन्नाटा छा गया। रामगोविन्द शीघ्र ही लौट आया और रामनाथ की ओर देखने लगा, जैसे वह कुछ कहना चाहता है।

रामनाथ ने प्रश्नवाचक दृष्टि से देखा।

"सरकार से गाँव के कुछ लोग मिलना चाहते हैं।"

"वजह।"

"कल के दंगे की बुनियादी वजह बताने।"

रियाया आई है मगर बगावत की बू लेकर। रामनाथ के दिमाग़ में यह विचार आया और निकल गया। उन्होंने कहा, "पेश करो।"

रामगोविन्द के इशारे पर बिन्देश्वरी सिंह उन्हें भीतर ले आया जो पालागन करके खड़े हो गए। रामनाथ की तेज़ आँख ने उन सबको काट डालना चाहा।

विश्वम्भर डर रहा था।

रामनाथ ने पूछा, "हाँ तो, फिर ?"

प्रश्न बहुत जटिल था। विश्वम्भर ने कहा, "मालिक ! कल गाँव में कुछ अनहोनी बात हो गई।"

"जानता हूँ," रामनाथ ने काटकर कहा, "रघुबीर को कहाँ छिपा दिया है ? वह क्यों नहीं आता ?"

जग्गी अहीर और ठाकुर भूदेवसिंह अभी बोले नहीं थे। जग्गी ने कहा, "मालिक उसे खोजा है ? घर ही होगा।"

"उसे पेश करो," रामनाथ ने कठोर स्वर से कहा, "मैं मुज़रिम को चाहता हूँ। मुझे औरों से कोई मतलब नहीं। तुम लोग जा सकते हो। घंटे-भर में उसे मेरे सामने हाज़िर करो।"

जब विश्वम्भर चला गया उसके साथी भी उसके पीछे-पीछे ही चले गए। लगा सारी समस्या बड़ी आसानी से सुलझ जाएगी। गाँववाले ज़रूर डर गए हैं और अब जाकर तुरन्त उसे पकड़ लाएँगे। रघुबीर को तो जग्गी अहीर पहले से अपना दुश्मन मानता है।

सब प्रतीक्षा करने लगे। नीलकंठ ने कहा, "मालिक ! हम इसलिए चुप रहे। हमारी सौ बात की जगह आपका एक इशारा काफ़ी है। अब हो गया न काम !"

रामनाथ के मुँह पर अहंकार की कुटिलता कठोरता से होंठों के कोनों पर मुड़ी और फिर सीधी हो गई। और फिर वह चेहरा जैसे पत्थर का हो गया।

किन्तु इसी प्रकार प्रतीक्षा करनेवालों की उत्सुकता अब निराशा बन गई। डेढ़ घंटा बीत गया। कोई नहीं आया। न किसी ने आकर कोई समाचार ही दिया। घड़ी की ओर उठते नेत्र फिर शून्य में अटक जाते और रामनाथ के चेहरे की तरफ़ सब लोग आशंकित से देखकर सिर झुका लेते, उन्हें कोई राह नहीं दिखाई देती। और वे उस साहस पर आश्चर्य करते जो इतनी अवहेलना की अहम्मन्यता रखता है।

रामनाथ क्रोध से कमरे में टहलने लगे। उनकी भृकुटि ऊपर खिंच गई थी और मुट्ठियाँ बँध गई थीं, यह इसका प्रतीक था कि क्रोध के साथ-साथ ही उन्हें किसी प्रकार

की चिन्ता ने घेर रखा है।

नीलकंठ के मन में आया प्रस्ताव करें कि किसी आदमी को फिर भेज दिया जाए तो जाकर तलाश तो करे कि क्या बात हुई। जग्गी अहीर और भूदेव सिंह तो अपने ही आदमी हैं, वे अवश्य बता देंगे। परन्तु रामनाथ पर इस सबका जैसे कोई प्रभाव नहीं पड़ सकता था।

उन्होंने हठात् रुककर कहा, ''रामगोविन्द !''

''सरकार।''

''कितनी बन्दूकें हैं।''

''हुजूर सात हैं।''

''तीन कोठी पर छोड़ दो।''

''जो हुक्म सरकार। लेकिन...''

''बाकी चार से तैयार होने को कहो।''

''जो हुक्म हुजूर मगर...''

''ठीक है। मैं चलूँगा।''

नीलकंठ काँप रहे थे। बोले, ''सरकार जाएँगे ?''

''क्यों ? अवस्थीजी ! मैं नहीं जा सकता ?''

''जा क्यों नहीं सकते ? तिवारीजी कहाँ नहीं जा सकते ? पर राजा साहब आपको जाने की क्या ज़रूरत पड़ गई ?''

''इलाका सरकश हो गया है, तो देखें तो उसमें...''

नीलकंठ विस्मित थे। परन्तु तिवारीजी कहते चले जा रहे थे, ''अभी आखिर हिम्मत का सोत कहाँ है ?''

नीलकंठ बड़े चक्कर में पड़े। पूछा, ''सरकार ! मैं भी चलूँ ?''

''अगर आपके पाँवों की मेहँदी न घिसे तो आप भी चलें ?''

रामनाथ ने हँसकर कहा।

उनके आदमियों ने शीघ्र ही सब प्रबन्ध किया। चारों बन्दूकवाले बाहर खड़े थे। रामगोविन्द, बिदेश्वरी सिंह, नीलकंठ अवस्थी, रामनाथ और चारों सिपाही चल पड़े। आगे दो बन्दूकधारी सिपाही, फिर बिन्देश्वरी सिंह, रामगोविन्द, फिर रामनाथ, फिर अवस्थीजी और फिर दो सिपाही। आज रामनाथ मोटर का सहारा लेना नहीं चाहते। अब रियाआ उनके हुक्म पर नहीं आती। तो आज वे उसे परख लेना चाहते हैं। लम्बा रास्ता था। सन्नाटा छाया रहा। जब दल-बल के साथ रामनाथ गाँव में पहुँचे तो एक हलचल-सी मच गई। गाँव के प्रमुख व्यक्ति एकत्र हो गए। गणपति अग्निहोत्री, अलगू दीक्षित, बैजनाथ वाजपेयी, गोवर्धन इत्यादि अनेक लोगों ने उन्हें पालागन किया।

राजा रामनाथ ने व्यंग्य से ब्राह्मणों की पालागन का पालागन से उत्तर दिया और बाकी लोगों को आशीर्वाद। गाँववालों ने कुर्सी लाकर डाल दी।

''बैठें सरकार,'' परमेश्वर ने कहा।

"बैठूँगा नहीं परमेश्वर। पूछने आया हूँ। क्या वजह थी कि तुम एक बात कह आए," रामनाथ ने कहा, "और फिर उसका जवाब देना भी ज़रूरी नहीं समझा ?"

"सरकार ! रघुबीर मिले नहीं," परमेश्वर ने डरते हुए उत्तर दिया।

"पर मैं उसे ले जाने आया हूँ।"

"वह तो घर पर है नहीं।"

"गाँव में भी नहीं है ?"

इसका किसी ने भी उत्तर नहीं दिया। तब रामनाथ ने मुस्कुराकर कहा, "क्यों अवस्थीजी। वह आदमी तो गाँव में ही नहीं है, फिर आपने उस पर अपनी जमीन कैसे छोड़ दी ?"

अवस्थीजी ने कहा, "मालिक वह आपके डर से कहीं छिप गया है।"

"छिप गया है, डर से ?" रामनाथ हँसे।

रघुबीर की स्त्री इसी समय रोती हुई आई। चिल्लाने लगी। उसके रोने के साथ उसकी शिकायत थी कि गाँववालों के सामने उसकी बेइज़्ज़ती की गई।

रामनाथ ने कहा, "कौन है यह औरत ?"

"आसामी की बीवी है," अवस्थीजी ने कहा।

"इससे कहो चुप हो जाए।"

तीन-चार आदमियों ने उसे डाँटा पर उसका रोना बन्द नहीं हुआ।

रामनाथ ने गरजकर कहा, "जो बीत गया है उसे भूल जाओ। इसी में तुम्हारा कल्याण है। तुम लोगों ने मेरे आदमियों पर हाथ उठाने की जुर्रत की, पर मैंने कहा जाने दो।"

धीरे-धीरे भीड़ इकट्ठी होती जा रही थी। रामनाथ ने हठात् कहा, "यह इतने लोग बेकार क्यों इकट्ठे होते जा रहे हैं।"

किसी ने उत्तर नहीं दिया।

बिन्देश्वरी सिंह ने चिल्लाकर कहा, "हट जाओ, हट जाओ।"

सरकार इस भीड़ से नाराज़ होते हैं।

परन्तु भीड़ पर कोई प्रभाव नहीं पड़ा। वह जैसे बहुत से गम्भीर चेहरों का एक जमघट था।

रामनाथ ने गम्भीर स्वर से कहा, "आप लोगों ने शायद कुछ नहीं सुना। मैं यह जानना चाहता हूँ कि इतनी भीड़ क्यों इकट्ठी हो गई है।"

भीड़ फिर भी चुप रही।

"तुम नहीं समझते कि मेरा गुस्सा तुम्हें जलाकर ख़ाक कर देगा," रामनाथ ने क्रुद्ध होकर कहा।

रामगोविन्द ने इशारा किया। सिपाही भीड़ और रामनाथ के बीच में आ गए। लगा जैसे कुछ ख़तरनाक वारदात होनेवाली है, जिसका सूत्रपात हो गया है। रामनाथ का चेहरा और भी कठोर हो गया।

चारों बन्दूकवाले बैठ गए, उन्होंने बन्दूकें कन्धे पर चढ़ा लीं।

"क्या चाहते हो ?" रामनाथ ने फिर कहा, "मैं हुक्म देता हूँ कि गाँव का मुज़रिम मेरे सामने पेश किया जाए, वरना अच्छा नहीं होगा। मैं गाँव की ईंट से ईंट बजा दूँगा।"

बैजनाथ वाजपेयी ने उत्तर दिया, "तिवारीजी अकेले रह लेंगे ?"

रामनाथ के होंठ काँप उठे। उन्होंने धीरे स्वर से कहा, "रामगोविन्द !"

रामगोविन्द ने बढ़कर कहा, "सरकार !"

और अचानक ही सबने देखा इन्द्रभान आगे था। वह भीड़ के आगे था। उसने दोनों हाथ फैलाकर कहा, "रोक दीजिए। आप बेकार क्रुद्ध हो गए हैं। किसके अपराध का बदला आप किससे लेना चाहते हैं। यह अन्याय नहीं है तो क्या है ? आप निहत्थों पर गोली चलवाकर अपना रुआब डालना चाहते हैं ?"

रामनाथ क्षण-भर सोचते रहे फिर उन्होंने आगे बढ़कर कहा, "लौट जाओ। अन्याय क्या है यह मैं जानता हूँ। तुम लोग निहत्थे नहीं हो। अगर वे लोग मेरे साथ नहीं होते तो तुम कायरों की तरह मुझ पर पीछे से हमला करते। लौट जाओ। मैं तुम सबको माफ़ करता हूँ।"

भीड़ अब सशंक थी। बन्दूक की नली जब घूरती है। तब ज़रा उससे आँखें मिलाते रहना ज़ोखिम का काम होता है। गोवर्धन भी इन्द्रभान के पास आ गया।

दोनों ओर भीतर की पस्ती ने एक सुलह-सी की। रामनाथ के इशारे पर दो बन्दूकें झुक गईं। भीड़ तितर-बितर हो चली। बाकी दो बन्दूकधारी भी उठ खड़े हुए फिर इन लोगों के अतिरिक्त पास में कोई भी नहीं रहा।

"लौट चलो," रामनाथ ने संक्षिप्त स्वर में कहा।

वे सब चल पड़े। पर हृदय भारी थे !

कोठी पर आकर रामनाथ चिन्ता में पड़ गए।

क्या यह सब सच था ? और उनके दिमाग़ में सवाल चोट करने लगे...

रघुबीर नहीं मिलेगा...

गाँववाले किसी बात का जवाब नहीं देंगे...

यह इन्द्रभान उन्हें हिम्मत बढ़ाता रहेगा...

यह इन्द्रभान...यह इन्द्रभान...।

5

पुलिस !

आख़िर पुलिस आ गई। उसने इन्द्रभान की लाश की जाँच के लिए उसे उन्नाव भिजवा दिया। इन्द्रभान के घरवालों ने बहुत चीख़-पुकार की परन्तु कोई लाभ नहीं निकला। उनसे कह दिया गया कि लाश की चीराफाड़ी की जाएगी। इससे बड़ा हाहाकार मचा। पर कोई क्या करता। लाश पर साफ़ छुरों के निशान थे जैसे किसी ने गोद-गोद

कर हत्या की हो, पर पुलिस तो क़ानून के साथ चलती है। वह तलवार के घाव को बिना डॉक्टर की रिपोर्ट के कैसे मान ले कि आदमी ज़हर खाकर नहीं मरा। ख़ुद सरकार की कचहरियाँ पुलिस की ईमानदारी पर यक़ीन नहीं करतीं।

दरोगाजी ने रामनाथ को सलाम करके कहा, ''हुज़ूर ! ये गाँववाले बहुत सरकश होते हैं। अभी हाल का क़िस्सा है, चार-छह आदमी सफ़ेद चादर से ढक गाँव के बीच घुमाते हुए एक लाश ले आए। चादर पर ख़ून के छींटे थे। मेरे सिपाही ने चादर हटाकर लाश को देखा तो लाश उठकर बैठ गई और जुहार करने लगी।

रामनाथ ने मुड़कर घूरा।

''जी हाँ राजा साहब ! वह आदमी ज़िन्दा था, उसे ढककर उठा लाए थे ताकि मुक़दमे में कहा जा सके कि फलानों से अदावत हुई तो एक आदमी मारा गया। सारा गाँव जानता है। दरोगाजी ने रिपोर्ट नहीं लिखी, ज़रूर दूसरी पार्टी से रिश्वत खा गए होंगे।''

रामनाथ मुस्कुराए।

''अजी न पूछिए हुज़ूर,'' दरोगाजी कहते रहे, ''गाँव के तो चौकीदार तक बड़े बदमाश होते हैं। अभी एक हफ़्ते की बात है, साहब परेड देखने आए थे, तो एक चौकीदार काँख में एक मुर्गा दबाए खड़ा था। जब मुर्गा ने बाँग दी तो साहब ने पूछा। बोला, 'मुंशीजी ने मँगाया था।' बेचारे मुंशीजी ने उससे अंडों का इन्तज़ाम करने को कहा था। मैं हुज़ूर इन्हें ख़ूब जानता हूँ।''

चालें होने लगीं।

इन्द्रभान का ख़ून किसने किया ? दरोगाजी ने सारे गाँववालों को हर तरह के लालच दिए, डराया, धमकाया, पर जब गाँववालों से पूछा जाता तो वे उलटे बिगड़ जाते। कहते, ''जिसे हम इतना चाहते थे, अपना समझते थे, उसके लिए हम पर ही शुबहा किया जा रहा है। बड़ी ज़ोर की रही !!''

परन्तु रामनाथ का सिर भारी था। वे समझ नहीं पा रहे थे। दरोगा की चतुराई पर उन्हें विश्वास था। वह ज़रूर गाँववालों को दबा लेगा। पुलिस के डंडे में ज़ोर होता है। यह दहकानी भला बिना जूते के सीधे हो सकते हैं ! लेकिन इनमें इतनी हिम्मत आ कहाँ से गई।

क्या यह हर साल की परेशानी हो गई ? क्या अब ज़रा-ज़रा-सी बात के लिए यही फ़ौजदारियाँ दुहराई जाएँगी ? रामनाथ सोचने लगे। यह गँवार लोग मुकदमों के इतने शौकीन क्यों होते हैं ? समर्थ से टकराकर बरबाद क्यों होना चाहते हैं ? क्या इस वैभव के लिए प्रतिवर्ष एक हत्या की आवश्यकता है ? पारसाल परमेश्वर ने निर्जल भूख हड़ताल की और मर गया। उसके बाद झगडू मिसिर का भी अन्त हुआ। इस साल अभी तक इन्द्रभान मर चुका है। और अब...

हत्या...

हत्या और वैभव...

परन्तु विचार अधिक नहीं चला। संवाद आया कि कुरकी हुई और लोग खरीदने

लगे। लगानबन्दी को तोड़ने का कोई उपाय नहीं। जिस बात का ख़तरा था कि लोग खरीदते हुए डरेंगे, वह ग़लत साबित हुआ।

इस पर गाँववालों की अहिंसा ज़्यादा नहीं चली। लोग क्रुद्ध होने लगे। उनके देखते ही देखते कुर्क अमीन बोली बोलने लगा और रामनाथ के आदमियों की शह पाकर कुछ ठाकुर जो बौहरों के हाथ ज़मीन खो चुके थे, इस समय आगे बढ़ आए। गाँववाले इसे नहीं सह सके।

दरोगा इसी की ताक में था। वह सुना रहा था कि एक बार बादशाह ने परेशान होकर मुंशीजी से पूछा, "क्या हुआ ? लगान नहीं देते।" मुंशीजी ने कहा, "हाँ सरकार ! तो फिर तुम्हें मालूम कैसे हुआ ?" बादशाह ने पूछा। मुंशीजी ने कहा, "सरकार ! मुझसे तो साईस ने कहा था। फिर साईस बुलाया गया। मालूम हुआ लगान नहीं देता..."

और फिर एक अट्टहास गूँजा, "पहली बोली..." चुप से किए इशारे पर तुरन्त सिपाहियों ने हटकर रास्ता साफ़ कर दिया। एक गाँववाले ने आवाज़ लगाई, "टोड़ी बच्चा..."

समूह चिल्लाया, "हाय हाय..."

पुलिस चौकन्नी हुई।

खरीदारों में से दो बढ़े और चिल्लाकर बोले, "सँभालकर बात करो वरना..."

"वरना क्या..."

गाँववालों में लट्ठ बजने लगे। न रघुबीर था, न चित्तप्रसाद। हाँ, गोवर्धन था, पर उसे कुछ लोगों ने पीछे रोक लिया था, पकड़ लिया था, क्योंकि वह बीच-बचाव करने बीच में कूद पड़ना चाहता था ! एक बूढ़े ने समझाया, "जब दो साँड़ लड़ते हों तो बीच में पड़ना अक़्लमन्दी नहीं होती।" और लाठी चलने की वह भयानक आवाज़ एक पुरजोश जुनून से भरी हुई थी। ज़मींदारी के आदमी अच्छे लठैत थे, पर अब वे भीड़ का मुक़ाबला नहीं कर सके। वे पीछे हट चले जैसे अब वे भाग जाएँगे।

उस समय दरोगा ने गोली चलवा दी। ठीक समय पर अमन के रखवाले ने काम किया। एक बार को जैसे कई शिकारी कुत्ते भयानक स्वर से चिल्ला उठे और उनका कर्कश स्वर हवा में गूँज उठा।

भीड़ भाग चली। कुरकी का काम भी अधूरा ही रह गया।

ख़रीदारों में से एक के पाँव में चोट आई और बलवाइयों में कई गिरे पर फिर भीड़ नहीं आई। उसका साहस टूट गया था। घायलों में से ज़्यादातर ग़रीब तबके के किसान थे, जो केवल खेतिहर मजूर थे। उनकी सहानुभूति इस समय लुटनेवाले किसानों के साथ थी। आख़िर उनकी हालत में ऐसा फ़र्क ही कौन ज़्यादा था।

दरोगा प्रसन्न था। उसने ठीक समय पर उचित चोट की थी। वह सीधा रामनाथ के पास पहुँचा।

इस संवाद को सुनकर लगा रामनाथ हर्ष से पागल हो उठेंगे। परन्तु इस गम्भीर परिस्थिति को समझने में उन्हें देर नहीं लगी। गाँव में अब दुश्मनी पैदा हो गई है। स्वर्गीय

पिता ने जिस ख़तरे को दूर कर दिया था, आज वही फिर पैदा हो गया है। उन्होंने रामदीन को बुलाकर पूछा, "क्यों रामदीन ! कोई मरा तो नहीं न ?"

"नहीं मालिक, सिर्फ़ घायल हुए हैं।"

"हूँ," रामनाथ ने भारी हृदय से कहा।

यह सब आरामदेह नहीं था। यह सब ठीक नहीं हो रहा था। इसमें कहीं न कहीं कुछ गलत था, हृदय को संकित करनेवाला था। उन्होंने रामदीन से कहा, "जाओ।"

रामदीन चला गया।

साँझ का धुँधलका बढ़ चला। कितना भारवाही, कितना उदास। कितनी उलझन इसमें घुटी जा रही है, जैसे झोंपड़ियों से निकला घुमड़ता धुआँ इसमें मिलता जा रहा है; और यह रूप आज से नहीं अनेक वर्षों से ऐसे ही चलता रहा है।

रात हो गई। सन्नाटा छा गया। आसमान में तारे भी बहुत हल्के-हल्के से छिटके हुए थे। कोठी की बत्तियाँ बुझ चुकी थीं, केवल कभी-कभी बाहर चौकीदार का भारी भर्राया स्वर—'जागते रहो'—गूँज उठता था और फिर पहरेदार सिपाही के भारी जूते की खट-खट सुनाई देती थी।

एकाएक रामनाथ चौक उठे। सिपाही ज़ोर-ज़ोर से पुकार रहा था।

क्या हुआ ? रामनाथ पलंग पर उठ बैठे। रामदीन सो गया था। उनका हाथ सिरहाने तकिए के नीचे रखी पिस्तौल पर चला गया। जीवन का भय कितना मुखर था ! कितना शाश्वत !!

बाहर सिपाही ने गोली चला दी।

रामनाथ बाहर आ गए। ज़ोर से पुकारा, "कौन है ?"

सिपाही आवेश में था। उसने कहा, "हुजूर मेरी आवाज़ पर भी नहीं बोले। लाचार गोली चला दी। भाग गए..."

"कोई मरा ?"

"नहीं, कोई नहीं मरा सरकार," सिपाही ने कहा, "वे निकल गए। अँधेरे में कहीं आड़ में हो गए।"

"कौन थे ?"

"हुजूर चोर होंगे।"

"चोर !!" रामनाथ के मुँह से निकला।

रामनाथ की आँखों में एक भयानकता छा गई।

"आज तक कभी चोर आया है ?" उन्होंने कड़ककर पूछा।

इस समय रामदीन जागकर आ गया था। रामनाथ ने फिर पूछा।

सिपाही ने उत्तर दिया, "नहीं हुजूर।"

"फिर ?"

'शायद कोई दुश्मन होंगे।"

वे इसके बाद सो नहीं सके। वे आकर पलंग पर बैठ गए। रामदीन उनके पास

आकर खड़ा हो गया। रामनाथ ने कहा, ''रामदीन !''

''मालिक !'' रामदीन ने बत्ती जलाकर कहा।

''लोग हमारी जान के प्यासे हो गए हैं।''

रामदीन थर्रा गया। अवाक् दृष्टि से उसने मालिक की ओर ऐसे देखा जैसे आपकी ? क्या यह भी दुनिया में हो सकता है ? असम्भव !!

रामनाथ ने कहा, ''देखो दरवाज़े बन्द हैं ?''

''मालिक मैंने अपने हाथ से बन्द किए हैं।''

''ठीक है।''

एक ही अक़्लमन्दी की कि वे अकेले ही आए। महालक्ष्मी कहती रही पर वे उसे नहीं लाए। इस बार उन्होंने इल्लत समझकर टाल दिया था, पर यह तो अच्छा ही साबित हुआ। अगर कहीं वह होता तो इस समय डर गई होती।

रामनाथ का क्रोध उनमें विक्षोभ बन गया। गाँववालों की इतनी मज़ाल !! यह कमीने !! मेरा ख़ून !! एक-एक की खाल खिंचवा दूँगा !! यही है इनकी अहिंसा !!!

सुबह रामनाथ ने दो बन्दूकवाले सिपाही साथ लिये और मोटर में बैठकर सत्यनारायण को उन्नाव चलने की आज्ञा दी। मोटर धूल उड़ाती हुई चली गई।

अलगू दीक्षित ने सुना तो अविश्वास नहीं हुआ। क्या रामनाथ ऐसा कर सकते हैं वे तो बड़े पक्के आदमी समझे जाते हैं। इतनी जल्दी कैसे मोच खा गए ? ज़रूर कोई चाल होगी वरना वे सहज माननेवाले नहीं। गाँववालों में यह संवाद पहुँचा, उनकी हिम्मत बढ़ी। रामनाथ भाग गए ? अब दरोगा भी लौट ही जाएगा।

बैजनाथ वाजपेयी ने गर्व से कहा, ''सारे गाँव से टक्कर लेना क्या कोई खेल है।''

पर लोगों के भीतर ही भीतर एक शंका थी कि अब क्या होगा।

और गोवर्धन ने देखा सामने से मार्कंडेय चला आ रहा है। उसने कहा, ''आ गए ?'' उसके होंठों पर एक तिक्त व्यंग्य था।

मार्कंडेय समझा नहीं। उसने कहा, ''तिवारीजी तो उन्नाव में नहीं थे। आ गए हैं ?''

''हाँ,'' गोवर्धन ने कहा, ''कुछ सुना है ?''

''नहीं तो।''

''इन्द्रभान की हत्या हो गई।''

''हत्या !'' मार्कंडेय घबराकर बैठ गया। कुछ देर बाद उसने सिर उठाकर पूछा, ''लेकिन कुछ कहो भी क्या हुआ ?''

''जो होना था हो चुका। और शायद अभी बहुत कुछ बच रहा है।''

मार्कंडेय ने सारा क़िस्सा सुना तो वह भौंचक रह गया। इतनी जल्दी, इतना सब कैसे हो गया ! तिवारीजी से वह मिलने उन्नाव गया तो वे यहाँ आ गए और जब वह यहाँ आया तो वे फिर लौट गए, अब ? लेकिन वे गए कहाँ होंगे ? मार्कंडेय को यह सोचते देर नहीं लगी कि वे किसी बड़े अफ़सर के पास गए होंगे ताकि अच्छी तरह दमन

कर सकें।

और उसके कानों में इन्द्रभान के शब्द गूँजने लगे...

क़ानून !

यह क़ानून ग़रीबों का ख़ून चूसता है। आज़ाद हिन्दुस्तान में सबसे पहले इस क़ानून को बदलना होगा जो न्याय के नाम पर इंसानियत का गला घोंटता है। वह आदमी को जानवर बनने के लिए मज़बूर करता है...

यह वैभव।

मार्कंडेय ने कहा, "कुछ पता नहीं लगा कि हत्या किसने की ?"

"नहीं," गोवर्धन ने सिर हिलाकर उत्तर दिया।

और यह किसान ! फिर मार्कंडेय ने पूछा, "किसी पर तुम्हारा शक है ?"

"हो तो क्या है !" गोवर्धन ने व्यंग्य से कहा।

"आख़िर ?" मार्कंडेय ने उत्सुकता से पूछा और फिर विचार आया...

ये पिसे हुए लोग परन्तु गोवर्धन ने कहा, "दुश्मन तो तिवारीजी के सिवाय और नहीं था।"

"तो क्या तुम्हारा मतलब है तिवारीजी ने..."

गोवर्धन ने उत्तर नहीं दिया। उसकी आँखें चमकीं और उनमें फिर भाव आया जैसे—मुझे क्या मालूम...

मार्कंडेय को सोचते-सोचते साँझ हो गई। जब वह रामनाथ की कोठी पर पहुँचा, मालूम हुआ वे अभी तक नहीं लौटे हैं। वह उद्विग्न हो उठा।

6

ढेर सारी धूल का गुब्बार उड़ाती हुई मोटर कोठी के सामने के बाड़ा में आकर खड़ी हो गई। सत्यनारायण ने उतरकर फुर्ती से दरवाज़ा खोल दिया।

रामनाथ लौट आए। जो कुछ वे चाहते थे। उसे पूरा कर आने के कारण उनके चेहरे पर कठोरता बढ़ गई थी। उन्हें इज़्जत मिली और डिप्टी कमिश्नर ने उनकी मर्ज़ी के अनुसार पुलिस भेजने का वादा किया।

मार्कंडेय उठ खड़ा हुआ। उसने कहा, "मैं तिवारीजी से जाकर मिलता हूँ।"

गोवर्धन ने अविश्वास से देखा। मार्कंडेय मुस्कुराया जैसे उसने कहा कि तुम अभी अविश्वास ही कर रहे हो और मैं जीत कर ही लौटूँगा।

गाँव की नाकाबन्दी हो गई। चारों तरफ़ से गाँव घेर लिया गया। गाँववालों में आतंक छा गया। मार्कंडेय उस समय तिवारीजी के द्वार पर खड़ा था और रामदीन कह रहा था, "इस वक़्त सरकार नहीं मिल सकते बाबूजी। उन्होंने मना कर दिया है।"

"तुम एक बार," मार्कंडेय ने कहा, "उनसे मेरा नाम तो कहो।"

"कह दिया सरकार दो बार कह दिया।"

मार्कंडेय लौट आया।

सफलता से कुरकी होने लगी। अमीन घरों के सामान बाहर निकलवाकर बोली बोलता था और रामनाथ के आदमी गुट बनाकर सस्ते बोल बोलते थे। इस प्रकार यह कांड हो रहा था। बैल भी बिके, गाएँ, भैंसें भी हँकने लगीं। अपने घर की प्यारी चीज़ें बाहर ला-लाकर रखी जा रही थीं। अमीन के होंठ बार-बार खुलते थे और बार-बार बन्द होते थे।

नीलकंठ अवस्थी घर ही रहे। उनकी हिम्मत नहीं पड़ रही थी कि बाहर जाकर वे भी खरीद-फरोख़्त करते। कभी-कभी अफसोस होता था कि इतना सस्ता माल बिक रहा है। उन्हें लगा जैसे उन्हीं का नुकसान हो रहा था। बंसी बीच-बीच में आकर ख़बरें दे जाता था। उससे और हूक उठती थी।

गाँववाले देखते थे और दाँत पीसते थे कि उनके देखते ही देखते उनके घर लुट रहे थे। पर क्या कर सकते थे। अब क्या चारा था ? यदि वे इस समय हमला करें तो ज़िन्दगी का पूरा ख़तरा था। किसमें इतना साहस था कि बीच में आकर कुछ कहे। स्त्रियाँ भीत-सी रो रही थीं। पुरुष चुप खड़े थे क्योंकि अनेक सिपाही बन्दूक भरे थे।

बन्दूक !

पहली बोली...एक, पहली बोली...एक...

दूसरी बोली...

तीसरी बोली...

ले जाओ...

और कुछ फुसफुसाहट जैसे कुछ नहीं हुआ।

इसी प्रकार दिन ढल गया। भीड़ छँट गई। सब लोग छोटे-छोटे झुंड बनाकर बातें करते रहे, फिर अलग हो गए और एक डरावनापन छा गया।

शाम को अचानक ही दरोगाजी ने गाँव पर हमला किया। कोई भी इस समय तैयार नहीं था। इस समय कुछ नौजवानों को गिरफ़्तार कर लिया गया। वजह भी नहीं बताई गई। दरोगाजी कैदियों को लेकर थाने चले गए। दहशत बढ़ गई। घर चुप पड़े थे, सड़कों पर सिर्फ़ कुत्ते भूकते थे, कहीं आदमी दिखाई नहीं देता था।

प्यास से व्याकुल होकर एक चमारिन ताल से पानी भर लाने बाहर चली। जब वह बस्ती के बाहर की तरफ़ चलने लगी। उसके पाँव डरे हुए पड़ते थे। उस औरत को एक सिपाही ने पकड़ लिया और उसे टँगड़ी मारकर नीचे गिरा लिया।

इससे पहले कि वह चिल्ला सके उसने उसका मुँह बन्द कर लिया। गाँव के लोगों को पता नहीं चला। सिपाही उठा ले गए।

कभी-कभी अँधेरे में गोली चलने की आवाज़ आती थी। कुत्तों की भूँक का कर्कश स्वर चुनौती देता था अँधेरे में छटपटाता और फिर कभी-कभी भारी बूटों की आवाज़ सुनाई देती। औरत अँधेरे ही भगा दी गई थी। सुबह लोगों ने देखा वह छोड़ दी गई थी। किन्तु वह बोलती नहीं थी। केवल रोती थी और इसका कारण समझ लेना कठिन

नहीं था।

"क्या हुआ ?" गणपति अग्निहोत्री ने पूछा।

स्त्री ने उस समय उनके पाँवों को पकड़कर उन पर रख दिया और फूट-फूटकर रोने लगी। अग्निहोत्री इस दुर्घटना के कारण भीतर ही भीतर काँप उठे।

परन्तु इससे उत्तेजना बढ़ गई थी। देखते-देखते सिपाही एक स्त्री को उठा ले गए। सारे गाँव की नाक पर उन्होंने रात-भर मूँग दला, इज्ज़त लूटी गई। औरतों ने अपने मर्दों की ओर सशंक नेत्रों से देखा, जैसे, क्या यही, क्या यही...

दूसरे की औरत और घर की औरतों में बड़ा फ़र्क होता है। अपने घर में सभी सती का निवास मानते हैं।

गाँववाले इकट्ठे होने लगे। इस समय ठाकुर भूदेव सिंह और जग्गी अहीर भी इसी भीड़ में इकट्ठे थे। उनके चेहरों पर भी जैसे किसी ने कालिख पोत दी थी। वह स्त्री हाल में ही विधवा हो गई थी। उसका कोई भी रक्षक नहीं था। तो क्या गाँव का साहस यही है ?

बैजनाथ वाजपेयी ने कहा, "पंडितो ! क्या सारे गाँव को यही नतीजा देखना पड़ेगा ?"

किसी ने उत्तर नहीं दिया। सबने घुन्नाकर एक-दूसरे की ओर देखा, जैसे वे सब कुछ सह सकते थे, पर यह नहीं। दूसरी ओर वे लोग भी थे जो चमारिन के साथ हुए दुर्व्यवहार में कोई विशेष अपमान का कारण नहीं समझते थे क्योंकि चमारिन की क्या इज्ज़त ?

गणपति अग्निहोत्री इसी विचारधारा के व्यक्ति थे परन्तु गाँव में हवा पल्टी हुई थी। इस समय कुछ भी कहकर अपने ऊपर जिम्मेदारी लेना उन्होंने स्वीकार नहीं किया। उन्होंने पास खड़े अलगू दीक्षित से कहा, "क्यों पंडित लोगों ? क्या राय हुई ? क्या गाँव में पहले भी ऐसा कभी हुआ ? उसके स्वर में भर्राया हुआ अविश्वास था।"

अलगू दीक्षित ने गम्भीरता से मूँछों पर हाथ फेरते हुए कहा, "कभी पहले समर्थ से टक्कर नहीं ली थी। जो न हो थोड़ा हो। गोली खाया शेर क्या नहीं करता ? पूरे ज़ोर से झपटता है।"

बात कानों में घूमने लगी।

अन्त में निश्चय हुआ कि रामनाथ तिवारी से ही जाकर मिला जाए। उन्हें स्त्रियों की इज्ज़त से क्या बैर हो सकता है ? लगानबन्दी अलग चीज़ है। तभी तक लगानबन्द है जब तक विदेशी का राज़ है। जब विदेशी नहीं रहेगा तब यह झगड़े थोड़े ही रहेंगे।

राय पक्की रही।

गणपति अग्निहोत्री, अलगू दीक्षित, बैजनाथ, वाजपेयी, रघुबीर, चित्तप्रसाद, गोवर्धन तथा परमेश्वर कोठी की ओर चल पड़े। उनके मुखों पर गम्भीरता थी। कोठी के बाहर ही सिपाहियों ने रोककर आने का कारण पूछा। इन्होंने उत्तर दिया, "सरकार से अरज करने आए हैं," सिपाही ने राह दे दी।

तिवारीजी बरामदे में मिले। उन्होंने सबको सामने बैठने को तख़्त की ओर इशारा किया, पर वे लोग खड़े रहे। तिवारीजी ने तनिक भी बुरा नहीं माना।

अलगू दीक्षित ने कहा, "तिवारीजी मालिक हैं, तभी हमने आपका द्वार देखा।"

तिवारीजी ने कहा, "मालिक कौन है ? आपने गाँव में आग झड़का रखी है।"

"हमने नहीं सरकार, वे लोग और हैं। उन्हें हम नहीं जानते पर आज गाँव में बहू-बेटियों की इज़्ज़त लूटी जा रही है। इन सिपाहियों ने रात को एक औरत को बेइज़्ज़त किया।"

तिवारीजी ने भौं तरेरकर कहा, "किसकी इज़्ज़त बच रही है आज ? सारा गाँव ऊधम कर रहा है। कुछ बेवकूफ़ों ने जाहिल देहातियों को बरगला दिया और वे समझते हैं कि वे बगावत करके मेरी इज़्ज़त को बरबाद कर सकते हैं ?" तिवारीजी हँसे। उस हास्य में एक कर्कशता थी।

"तो सरकार आपकी मर्ज़ी है ?" अलगू दीक्षित ने फिर कहा।

तिवारीजी ने इस बात का उत्तर नहीं दिया, पर मुख पर एक कठोरता ही दिखाई देती थी। अब प्रश्न करना व्यर्थ था। जब जीवन की निर्ममता का भयानक रूप सामने आ गया था।

आनेवाले सिर झुकाकर लौट चले पर चलते-चलते अग्निहोत्री ने दबी ज़बान से कहा, "तो तिवारीजी इन बहू-बेटियों की इज़्ज़त के बल पर आपकी इज़्ज़त नहीं शोभा देगी। यह सौदा बहुत महँगा है। गाँव के लोग इसलिए नहीं आए थे कि वे अपना रोना रोएँ, पर आपको गाँव का राजा समझा था। गाँव की बहू-बेटियों को हमने आपकी भी बहू-बेटी के समान समझा था, पर जब आपकी यही इच्छा है तो भगवान् की भी यही होगी ?"

तिवारीजी ने कोई उत्तर नहीं दिया।

इसी समय संवाद आया कि मार्कंडेय गिरफ़्तार कर लिया गया। गाँववाले चौंक उठे। यह तो अहिंसक था। तिवारीजी ने उससे भी भेंट नहीं की थी, ये लोग जान चुके थे। फिर !

तिवारीजी ने सुना तो रामदीन से कहा, "झगड़ू मिसिर का बेटा है ?"

"जी हाँ मालिक ?"

"गिरफ़्तार हो गया !"

"हाँ सरकार !"

और फिर एक नया संवाद आया। पुलिस गाँववालों से जुर्माना वसूल कर रही थी। तिवारीजी ने कहा, "रामदीन ! गाँववाले रुपया दे रहे हैं ?"

"सरकार वे कुरकी से घबरा गए हैं।"

"फिर क्यों इतनी अकड़ दिखा रहे थे ?"

"नादानी थी मालिक। गांधी महात्मा का असर हो गया था।"

रामनाथ चुप हो गए। उनके भीतर एक अजीब-सी हलचल मच रही थी। एकाएक पूछा, "लोग हमें गाली क्यों देते हैं ?"

रामदीन ने दबी आवाज़ से कहा, "इतनी हिम्मत नहीं सरकार।"

आज रघुबीर गिरफ़्तार कर लिया गया था। कल गोवर्धन पकड़ा गया था। गाँव का मनोबल टूट रहा था। पुलिस जबर्दस्ती रुपया लेती थी। मारती थी। एक का तो घुटना तोड़ दिया। दो को पेड़ से लटकाकर मार-मारकर अधमरा कर दिया। गाँव के इज्ज़तदार आदमियों को दरोगा ने खुले-खजाने बुरी-बुरी गालियाँ दीं। घरों में घुस-घुसकर तलाशियाँ लीं और पर्दा-बेपर्दा का भी सवाल नहीं रखा। घर की औरतों पर भी कहीं-कहीं हाथ डाला गया। सारा गाँव त्राहि-त्राहि कर रहा था। शहर कांग्रेस को खबर देने लोग भेजे गए थे, वे रास्ते में ही गिरफ़्तार कर लिए गए।

और नीलकंठ अवस्थी ने जब सुना कि लोग लगान देने को तैयार हैं तो तुरन्त रामनाथ के सामने जा पहुँचे। कहा, "सरकार विजयी हुए हैं। सारा गाँव झुक गया है। किसी में हिम्मत नहीं कि सिर उठा सके। सब भीगी बिल्लियों की तरह काँप रहे थे।"

उनके स्वर में आवेश था। ऐसे कह रहे थे जैसे अपने गुणगान कर रहे थे, जैसे जो कुछ हो रहा था, वह सब उन्हीं के कारण हो रहा था। राजा रामनाथ को झुँझलाहट हुई। अवस्थीजी कहे जा रहे थे, "सरकार ! गाँव हिल गया है। वह-वह मार लगी हैं कि बदमाशों की सात पीढ़ियाँ काँप गई हैं। एक चमारिन के पीछे हाय-हाय करते थे, अब सारे गाँव की मेहरियों की इज्ज़त धूल में मिल गई..."

अवस्थीजी के स्वर का आनन्द रामनाथ से छिपा नहीं रहा। उन्हें और भी क्रोध आया। वे अवस्थी की असलियत को देखकर अत्यन्त अप्रसन्न हुए थे। अवस्थीजी शायद अभी बहुत कुछ कहते पर एकाएक उन पर वज्रपात हो गया। रामनाथ ने आँखें उठाकर देखा, और एकदम उन्होंने कठोर स्वर से कहा, "अवस्थीजी !"

अवस्थीजी मशीन की तरह बन्द हो गए। समझे नहीं।

रामनाथ ने कहा, "लगान दे दिया गया ?"

"हाँ सरकार।"

"कोई गड़बड़ नहीं !" उन्होंने अविचलित स्वर से कहा।

"नहीं सरकार।"

"तो दरोगाजी से कहला दीजिए, गाँव की इज्ज़त हमारी इज्ज़त है।"

"ऐं सरकार !" अवस्थीजी ने चौंककर पूछा।

"आपको कुछ एतराज है ? अगर हो तो हमारे सामने अर्ज़ किया जाए।"

अवस्थी भीतर ही भीतर थर्रा गए। बोले, "सरकार ! मुझे ? मेरी क्या हैसियत कि..."

उनका गला रुँध गया। वे बोल नहीं सके। चुपचाप चले आए।

रामनाथ कमरे में टहलने लगे। क्यों न जाने इस विजय से प्रसन्न नहीं थे। रामदीन ने आकर सूचना दी कि दरोगाजी आए हैं।

"कहिए," रामनाथ ने कहा, "काम ठीक चल रहा है ?"

"सरकार लगान तो अदा कर दिया गया।"

"गिरफ़्तारियाँ हो रही हैं ?"

"नहीं सरकार, अब तो रुक गई हैं।"

दमन समाप्त हो चुका था। अब वास्तव में ज़रूरत भी नहीं थी। रामनाथ ने फिर कहा, "और जो गिरफ़्तार किए गए हैं। उनका क्या कीजिएगा ?"

"उन पर मुक़दमे चलेंगे।"

रामनाथ ने फिर कहा, "जुर्माना वसूल हुआ ?"

"जी हाँ सरकार ! हुआ।"

रामनाथ आगे बढ़े ! दरोगा की पीठ ठोंककर कहा, "मैं आपके बारे में डिप्टी कमिश्नर से बात करूँगा।"

"हुज़ूर की मेहरबानी है," दरोगा ने झुककर कहा।

पुलिस लौट गई थी। अब वे लूट के भेड़िए चले गए थे। गाँव ने एक चैन की साँस ली जैसे सीने में ठुकती हुई कील आज निकल गई थी। औरतों के चेहरों पर एक दुख-भरी छाया अन्तिम बार डोलकर निकल गई। लेकिन अनेक घर तबाह हो चुके थे। माल बिक गया, बैल बिक गए थे, जिन औरतों पर पुलिस के हाथ पड़ गए थे, उन पर जैसे अपमान की छाप अभी तक बची रह गई थी। और घर-घर से जबर्दस्ती निकलवाया हुआ माल अभी तक कसक रहा था।

और गाँव फिर उसी तरह चल रहा था। फिर वही उदास हलचल अपनी कशमकश करने लगी थी। बहुत दिन बाद आज नीलकंठ अवस्थी प्रसन्न दीख रहे थे। चित्तप्रसाद फिर गाँव छोड़कर चला गया था। अब गाँव में कोई नेता नहीं था। उन्हें लगा जैसे जो कुछ किया उसमें कहीं कुछ ग़लती ज़रूर रह गई थी। अवस्थीजी ने अलगू दीक्षित और बैजनाथ वाजपेयी को सुना-सुनाकर कहा, "भाई राजद्रोह से कभी कोई बचा है ? कोई नहीं..."

आज न किसी में उनकी बात का उत्तर देने की ताब थी, न पूरी सुनने की।

मैदान साफ़ था, उन्होंने बहुत दिन बाद आज सुस्थिर होकर सक्किन के घर की तरफ़ नज़र फेंकी और अपनी सुमिरनी फेरने लगे।

आसमान में सूरज चला ! कुछ देर उसने मोरछली के पेड़ के पैरों को पकड़कर छाया को पकड़ लेना चाहा पर वह भी घूमकर लम्बी हो गई, और फैलती चली गई, फैलती चली गई।

रामनाथ अपने बाग़ में खड़े सोच रहे थे। पौधों में माली पानी दे रहे थे। एकाएक उन्हें याद आया। उन्होंने आवाज़ दी, "रामदीन !!"

"सरकार !"

"रामगोविन्द को बुला।"

रामदीन चला गया। कुछ देर बार रामगोविन्द ने आकर सिर झुकाया। तिवारीजी ने पूछा, "झगड़ू मिसिर का लड़का गिरफ़्तार करवाया था।"

"जी हाँ, सरकार।"

"क्यों ?"

"सरकार, उनकी गाँववालों की शह थी।"

"हूँ," रामनाथ ने कहा, "अब तो गाँववालों में सत्याग्रह का हौंसला नहीं रहा।"

"सरकार दो साल तक नहीं।"

"तो जाकर उसे छुड़वा दो," और फिर धीरे से कहा, "इसी के बाप ने हमारे लिए अपनी जान दे दी थी।"

लौटते समय जिधर से वे निकलते उधर ही से लोगों ने उन्हें सिर झुकाया। अदब से उनको पालागन की। रामनाथ को यह सब जाने क्यों एक बाहरी दिखावा सा लगा, जैसे यह सब झूठ था, इसमें कोई असलियत नहीं थी। परन्तु अपनी उत्तेजना पर मन-ही-मन लज़्जित हुए। इसमें ठीक न होनेवाली कौन सी बात है ! गलती किससे नहीं होती। गलती की थी उसकी सजा पा गए और अब फिर अपने ठीक रास्ते पर आ गए।

घर पहुँच उन्होंने अपना गौरव अनुभव किया।

रात हो गई थी। अब रात का अँधेरा उन्हें एक स्वाभाविक बात दिखाई दी। दिन के बाद साँझ, साँझ के बाद रात। और रात के बाद फिर भोर...

एक परम्परा, एक सुखमय परम्परा...

जो जैसा होता आया है वही होता जाएगा...

नींद आ गई, अच्छी आई, क्योंकि हवा जंगलेदार खिड़की में से आ रही थी, और बड़ी सुखद थी। आज बहुत दिन बाद वे आराम से सो पाए हैं, वरना रोज़ लगता था जैसे सिर में पत्थर फँस गया है, वे विचार आँधी की तरह आकर वेग से टकराते थे, और रामनाथ भागे जा रहे थे, बेबस से, जैसे भागती रेल में चलते मुसाफिर की आँखों में कोयला गिरकर करक रहा हो।

और उपचेतन के स्तर अब मुखर हो गए।

उन्हें लगा इन्द्रभान पास खड़ा हँस रहा था।

कौन ! इन्द्रभान !!

क्या कहता है !

रामनाथ डर गए हैं ! यह तो मर गया था !!

"क्या मैं मर सकता हूँ !" इन्द्रभान का प्रश्न गूँज रहा है।

और फिर एक हास्य।

रामनाथ काँप रहे हैं। वे चिल्लाना चाहते हैं पर गला रुँध गया है, स्वर बाहर नहीं निकल पा रहे थे।

उन्होंने आँख खोलकर देखा। सुबह हो गई थी। वे पलंग पर उठ बैठे। एक-एक कर रात की घटनाएँ याद आने लगीं। पलकों में एक भारीपान था। क्योंकि रात कुछ बेचैनी से कटी।

उठकर बाहर आए।

रामदीन ने कहा, "सरकार से झगडू मिसिर के लड़के मिलने आए हैं।"

"कौन मार्कंडेय !" रामनाथ ने कहा।

"हाँ सरकार।"

मार्कंडेय को देखकर तिवारीजी ने कहा, "क्यों मार्कंडेय अच्छे तो हो !"

मार्कंडेय ने देखा। यह परिवर्तन !! वह आश्चर्य से भौंचक-सा देखता ही रह गया। वह जाने क्या-क्या न कहना चाहता था, पर इस समय जैसे सब कुछ भूल गया।

सातवाँ परिच्छेद

1

खाँसते-खाँसते दम फूल गया। आँखें बाहर निकल पड़ीं। चेहरा लाल हो गया, परन्तु खाँसी नहीं रुकी। कुछ देर जब चैन आया, पोंछकर तकिए के सहारे बैठकर आँखें बन्द कर लीं और शान्ति ने फिर कमरे को घेर लिया। कुछ आवाज़ सुनाई दी। आँखों को कुछ खोलकर देखा। डॉक्टर आया था। उसके साथ नीरा थी। उमानाथ ने देखा उसके चेहरे पर परेशानी थी। डॉक्टर ने जाँच की। पीठ, सीना सब पर स्टैथेस्कोप लगाकर देखा। फिर उसने पूछा, "कितने दिन से खाँसी है।"

नीरा खड़ी थी। बोली, "मेरे ख़याल से आज साल-भर हो चला। दस-ग्यारह महीने तो निश्चय ही। पहले कम खाँसते थे। पर इधर कुछ महीनों से हम लोग यात्रा में रहे हैं तब से बहुत बढ़ गई है। तन्दुरुस्ती उसी से गिर गई है।

डॉक्टर सोच रहा था। बोला, "मालूम देता है शराब बहुत पीते हैं !"

नीरा झिझकी। फिर कहा, "मना करने से मानते नहीं। कहते हैं जो होगा देखा जाएगा। मैं इसे नहीं छोड़ सकता।"

डॉक्टर के माथे पर बल पड़ गए। नीरा ने पूछा, "कोई ऐसी तरक़ीब हो कि छोड़ दें, पिएँ ही नहीं। अपने आप नफ़रत हो जाए !"

डॉक्टर मुस्कुराया। मोटा आदमी था ऐसा कि कमर की पेटी पेट के ऊपर बाँधता था, पतलून के लिए उसके पास कमर थी ही नहीं। देखने को खुरदुरा-सा था। (इस समय वह लगा जैसे कोई भौंट आकर मुस्कुरा रही हो। उमानाथ को देखकर) कहा, "सुना आपने ! आपकी पत्नी क्या कहती हैं ! छोड़ दीजिए न।"

उमानाथ, "बहुत कठिन काम है।"

नीरा, "सब कोशिश कर चुकी हूँ। पहले बोतल छिपा देती थी। बहुत नाराज़ होते थे। मारपीट पर उतर आते थे," वह फिर मुस्कुराई।

डॉक्टर ने उमानाथ से कहा, "आप क्या काम करते हैं।"

उमानाथ : "पहले एक थिएटर चलाता था। जब शरीर ने काम नहीं दिया और आमदनी बन्द हो गई, सब एक-एक करके छोड़ गए। यहाँ तक कि एक जो विश्वासी

नौकर था, वह भी अपनी बीवी के साथ चम्पत हो गया। गनीमत था रुपया उसके हाथ नहीं पड़ा। उसी दिन सब सामान बेचा था। इनके पास रुपया था, बचा लिया इन्होंने।''

''तो इनका तो अपना ही रुपया था,'' डॉक्टर ने कहा, ''यही तो अब आपके पास रहेंगी। दुनिया में इसी वक़्त के लिए शादी की जाती है। चलती-फिरती औरतें और ऐसे ही आदमी सुख के साथी होते हैं, तकलीफ़ में साथ नहीं देते। ये बिचारी तो आपका हर मुसीबत में साथ देंगी।''

नीरा ने संकोच से सिर ओढ़कर झुका लिया।

''अच्छी बात है,'' डॉक्टर ने उठते हुए कहा, ''नौकर मेरे साथ भेज दीजिए मैं दवा भिजवा दूँगा।''

''मैं चलती हूँ,'' कहकर नीरा उठ खड़ी हुई।

उनके चले जाने पर उमानाथ देर तक शून्य दृष्टि से छत की ओर देखता रहा। वहाँ कोई चित्र नहीं बनता। जो देखना चाहता है, वही शून्य हो जाता है। सारी रेखाएँ मिट जाती हैं। उसके विश्वासी नवाबराय और चन्दा दोनों भी उसे औरों की तरह छोड़ गए। ज्योतिषीजी सब कुछ जाननेवाले थे, पर अन्त में वे भी भाग गए। चली गईं वे नाचनेवाली लड़कियाँ और वे मुँह रँग-रँग कर बातें करनेवाले। एक ने भी बिना तनख़्वाह के रुकना व्यर्थ समझा।

''ठीक ही तो है,'' उमानाथ ने धीरे से कहा।

ग़रीब तो थे ही। जो रुपया देकर इस तरह ख़रीदे जा सकते हैं। वे क्या नहीं कर सकते। अब उमानाथ को उन लोगों का जीवन याद आने लगा। वे स्त्रियाँ तवायफ़ें थीं। वे पुरुष भाँड़ थे। उनमें जीवन के प्रायः प्रत्येक पहलू में ही केवल चरित्रहीनता थी। क्या वे सब मनुष्य ही थे ?

ध्यान टूट गया।

व्यभिचार ! मात्र व्यभिचार ! कुत्सित, जघन्य, घृणित।

और वह स्वयं ? प्रयाग में वह एक बार महालक्ष्मी को मिला था...

राधा साथ ही...

बीमारी...

कब तक...

और उमानाथ फिर खाँसने लगा। देर तक वह खाँसता रहा, थूकता रहा। उसके बाद वह धीरे से बैठ गया। उसने चोरों की तरह इधर-उधर देखा, फिर बल लगाकर उठा और धीरे-धीरे चलकर इधर-उधर चीज़ों को उठा-उठाकर देखने लगा। अलमारी खोली। उसमें हाथ डालकर, झाँककर सब कुछ देख डाला। फिर हटकर वह अपने पलंग, और नीरा के पलंग को देख गया। अब वह कुछ खीजने लगा।

उठकर सीधा खड़ा होकर, वह कुछ सोचने लगा। एकाएक उसके दिमाग़ में कुछ चमका। उसने नीरा का बक्स खोलना चाहा, पर उसमें ताला बन्द था। लाचार आकर पलंग पर बैठा रहा। कुछ देर बाद उठकर उसने फिर नीरा के कपड़ों को ढूँढ़ना शुरू किया

और अचानक ही उसके गले से एक खुशी की चीख निकली। उसने लपककर उस चीज़ को बाहर निकाल लिया और पागल आँखों से उसे देखने लगा। शीघ्रता से गिलास मेज़ पर रखकर उसमें उड़ेलना शुरू किया। जब गिलास चौथाई भर गया, उसने झुककर पानी से एक प्याला भरकर उसमें डाल दिया। और फिर उसकी आँखों में एक चमक-सी भर गई। शराब की ओर देखते रहने से उसका दिल धड़कने लगा। विचित्र आह्वान था। मानो वह पानी जैसी चीज़ वास्तव में आग थी, जिसको देखकर उमानाथ खुश होना चाहता था। परन्तु धीरे-धीरे उसका संयम नष्ट होने लगा। उसने अत्यन्त धीरता से गिलास उठाया और फिर उपेक्षा से द्वार की ओर दृष्टि उठाई कि अँह, वह परवाह नहीं करता, परन्तु उठी नज़र उठकर अटकी रह गई और उसके मुँह से निकला, ''अरे...''

नीरा द्वार पर शान्त खड़ी थी।

2

नीरा आकर कुर्सी पर बैठ गई और मेज पर उसने दवा की शीशियाँ रख दीं। उमानाथ अपराधी की भाँति बैठा था। कुछ देर दोनों चुप रहे। शराब गिलास में उबलना बन्द करके शान्त हो गई थी। उमानाथ में इस समय इतना साहस नहीं था कि गिलास उठाकर मुँह से लगा लेता। अन्त में नीरा ने कहा, ''पीते क्यों नहीं ?''

''तुम बुरा जो मानती हो।''

''तुम्हें इसका इतना खयाल है ?''

उमानाथ का सिर झुक गया।

नीरा ने कहा, ''पी लो, मैं बहुत खुश होऊँगी।''

उमानाथ ने उसकी ओर देखकर कहा, ''मैं जानता हूँ तुम्हें दुख होगा। जब सब चले गए हैं। तुम भी जा सकती थीं। क्यों नहीं गई ?''

''तुमने मुझे भी उन्हीं में से एक समझा था ?''

''हम लोग अचानक ही मिले थे। अचानक ही बिछुड़ जाएँ तो मुझे कोई आश्चर्य नहीं होगा। इस समय मैं रोगी हूँ, और मेरा रोग भयानक है। फिर तुम मुझे छोड़ने में क्यों डरती हो ?''

''डॉक्टर ने कहा था। क्या कहा था, याद है ?''

''उसने तुम्हें पत्नी कहा था। क्या वह तुम्हें बहुत अच्छा लगा ?''

''हाँ, वह मेरी ज़िन्दगी का सपना था ?''

''आज पूरा न हो तो हर्ज़ नहीं क्योंकि अब अगर यह सुहाग बन गया तो तुम्हारा वैधव्य दूर नहीं है।''

नीरा चिल्ला उठी, ''क्या कह रहे हो ?''

''कुछ नहीं,'' उमानाथ ने गम्भीरता से कहा।

दोनों फिर चुप हो रहे।

"लेट जाओ," नीरा ने उठकर कहा। गिलास की शराब फेंक दी और बोतल उठाकर उसने मोरी में उँडेल दी। उमानाथ चुप बैठा रहा। ख़ाली बोतल फेंककर नीरा ने अधिकार-भरे स्वर में कहा, "उठो।"

उमानाथ उठा। नीरा ने उसे पलंग पर लिटा दिया और दवा उठाने लगी।

"क्यों ? डॉक्टर ने क्या कहा ?"

"कहा है बीमारी बहुत बढ़ गई है, पर इलाज होने से ठीक हो जाओगे।"

उमानाथ हँसा ! उसने कहा, "झूठ है। अब मैं ज़्यादा नहीं चल सकता। क्या बीमारी बताई है ?"

"कुछ फेफड़ों की ख़राबी है। गुर्दे में भी ख़राबी आ गई है।"

"साफ़-साफ़ नहीं कहा कि मुझे तपेदिक हो गई।"

नीरा का हाथ रुक गया। उसने मुड़कर देखा और कहा, "और तुम जानते थे ?"

"कई दिन से जानता था।"

"फिर भी मुझसे नहीं कहा।"

"मैंने तभी से तुमको छूना बन्द कर दिया, न कभी तुम्हारे साथ खाया-पिया, न तुम्हें अपने कमरे में सोने दिया।"

नीरा की आँखों में पानी भर आया। उसने मुँह फेर कहा, "क्या तुम समझते हो कि मैंने अपने स्वास्थ्य को बचाने के लिए पूछा था ?"

उमानाथ ने कहा, "नहीं।"

"तब ?"

"तुम मेरा भला करने के लिए जानना चाहती थीं।"

नीरा ने आँसू पोछ लिये। वह बैठ गई और उसने धीरे से कहा, "जानते थे फिर क्यों नहीं कहा ? क्या तुम मुझ पर अविश्वास करते थे ?"

"नहीं, विश्वास करता था, तभी नहीं कहा। तुम इलाज करवातीं और मुझे शराब छोड़नी पड़ती," फिर उसने छत की ओर देखकर कहा, "सचमुच मैं अब जी नहीं सकता, न जीना चाहता ही हूँ।"

फिर उसने रुककर कहा, "एक बात कहूँ। बुरा तो नहीं मानोगी ?"

"क्या ?"

"पहले वादा करो।"

"तुम पहले दवा पी लो।"

"नहीं पहले वादा करो, तभी पियूँगा।"

"अच्छा वादा करती हूँ।"

"कहो, जो कहोगे, वही मानूँगी, यह मेरी प्रतिज्ञा है।"

नीरा ने दुहराया। उमानाथ ने दवा पी ली। कुछ देर वह चुप रहा और फिर धीरे-धीरे कहने लगा, "एक दिन जो स्वस्थ उमानाथ था, वह हड्डी का छाया मात्र रह गया है। बहुत दिन तक हम तुम साथ-साथ रहे हैं।"

नीरा चुप रही। उमानाथ कहता गया, ''अब मैं तुम्हें सुख नहीं दे सकता। बक्स में कितने रुपए हैं ?''

नीरा ने कहा, ''बहुत हैं। तुम्हारे इलाज के लिए काफी हैं। उसके बाद हम एक नई जिन्दगी शुरू करेंगे। कहीं दूर चलकर रहेंगे। हम-तुम, पति-पत्नी की तरह।''

उमानाथ का विकृत हास्य गूँज उठा। नीरा के हृदय पर भय की छाया डोल गई। उमानाथ ने कहा, ''असम्भव! यह असम्भव है। दस हजार रुपए हैं ?''

''होंगे।''

''उन्हें लेकर तुम चली जाओ और कहीं आराम से जिन्दगी गुजार दो। यदि कोई मिल जाए तो शादी कर लेना, अभी तुम्हारी बहुत उम्र है।''

नीरा को लगा जैसे वह नहीं रही थी। उसने कहा, ''किसलिए ?''

''पगली, यह न समझना कि मैं तुम पर एहसान कर रहा हूँ। तुम्हारी सेवा का मूल्य नहीं चुकाता। यह मरते हुए दोस्त की आरजू है। जो कुछ मैंने किया है, उसकी सजा मुझे भोगने दो।''

नीरा रोने लगी। उसका हृदय घुमड़ रहा था। उसने कहा, ''आज जो इतने दिन में पाया, वह अधिकार भी मुझसे छीन लेना चाहते हो ? मैं नहीं जा सकती।''

''तुमने वादा किया है।''

''मैं उसे तोड़ती हूँ।''

''तब तुम मेरे लाश पर थूक कर जाना चाहती हो ?''

नीरा ने सिर उठाया और कहा, ''तो क्या मुझे तुम अपनी नहीं समझते ?''

''समझता हूँ, तभी अक्ल की बात कहता हूँ। आज तक जो मेरी आँखों पर पर्दा था वह अब फट गया है।''

''तो फिर तुम्हारी देखभाल कौन करेगा ?''

''दुनिया में सैकड़ों आदमी मरते हैं, कौन पूछता है।''

''किसी को घर से बुलाओगे ?''

''कोई नहीं आएगा।''

''तुम्हारी स्त्री आएगी।''

''मुझे विश्वास नहीं है।''

''तुम स्त्री को नहीं जानते। वह जरूर आएगी।''

उमानाथ हँसा। उसने फिर कहा, ''मैं नहीं जिऊँगा ! किसलिए जिऊँ ? इस जीवन से मैं घृणा करता हूँ। और तुम्हें देखकर मुझे बार-बार उसी की याद आती है।''

''मैंने शराब नहीं पीने दी तो इतनी बात उठा रहे हो ? लो पी लो। अभी एक बोतल और है।''

''नहीं, तुम जाओ।''

नीरा निरुत्तर हो गई। उमानाथ ने आँखें बन्द कर लीं। नीरा दूसरे कमरे में जाकर फूट-फूटकर रोने लगी।

3

नीरा का हृदय पिघल उठा। किसलिए उसका अपमान किया जा रहा है ? उमानाथ उसे क्यों अपने से अलग समझता रहा है ? क्योंकि वह उसकी पत्नी नहीं है ? तो क्या उमानाथ ने सदैव उसे एक नीची नज़र से देखा परन्तु कहा नहीं। छिपाए रखा ? कितने दिन बाद जब वह समझने लगी थी कि अब उसको एक नई ज़िन्दगी मिल गई है। आज उससे वह अधिकार भी छीना जा रहा है। अचानक ही उसे जो यह व्यक्ति मिला, अपनी निर्बलताओं का दास था भले ही, उत्तेजक वासना के अन्धेपन में दौड़ लगा जाने की भी क्षमता थी, ऐसी कि जीवन और मृत्यु को ललकारता हुआ वह जुआ खेलता रहा, इसलिए कि मन का रिक्त किसी प्रकार भर जाए, पर जो नहीं मिला, नहीं मिला, परन्तु वह सदैव नीरा को अच्छा लगा है और धीरे-धीरे कल्पना में समा गया।

एक-एक कर नीरा को वे दृश्य याद आने लगे जिनमें उमानाथ था। वह स्मृति उसे अधिकाधिक दुख देने लगी। उसकी समझ में ही नहीं आया कि इस परिस्थिति में वह करे भी तो क्या ? उमानाथ के बाद वह क्या करेगी ? अगर उसके घर के लोगों को बुला लिया जाए तो ? महालक्ष्मी आएगी। क्यों ? क्योंकि वह उसका पति है, और फिर नीरा ? घृणित, कलुषित, उपेक्षित, अपमानित...

नहीं, वह उमानाथ को नहीं छोड़ेगी, किसी भी हालत में नहीं छोड़ेगी।

नीरा उठी। उसने मुँह धोया और उमानाथ के पास जाकर खड़ी हो गई। वह आँख मूँदे लेटा था। नीरा एकटक उसे देखती रही। उमानाथ ने आँखें खोल दीं जैसे वह सोया नहीं था, केवल आँखों को बन्द किए, सपने समेट रहा था, इस डर से कि कहीं वे बाहर न निकल जाएँ, और जब वह शून्य में मिल जाएँ तब वह उद्भ्रान्त-सा पुकारता हुआ भटकता रहे कि मेरे सपने मुझे वापस दे दो, जिसको सुनकर यह दुनिया ठहाका मारकर हँसा करे।

''नीरा,'' उमानाथ का काँपता हुआ स्वर निकला, जिसको सुनकर नीरा का हृदय भीतर ही भीतर झनझनाहट से भर उठा। कितना ममत्व और कितनी उपेक्षा, कितना अलगाव था उस स्वर में। नीरा उसके पास बैठ गई। उसका हाथ अपने हाथों में ले लिया और सहलाने लगी। उमानाथ घूर रहा था। नीरा ने सिर झुकाकर कहा, ''क्या सचमुच तुम्हें मुझसे इतनी नफ़रत हो गई है।''

''किसने कहा ?''

''मन कहता है।''

''वह घबरा गया है।''

''तो तुम मुझसे नफ़रत नहीं करते !''

''बिल्कुल नहीं।''

''फिर मुझसे चले जाने को क्यों कहते हो ?''

''उसमें तुम्हारा भला है।''

"मुझे ऐसा भला नहीं चाहिए।"

"तुम भावावेश में हो नीरा।"

"तुम शराब के पीछे मुझसे गुस्सा हो गए हो। बताओ, तुम पियोगे तो नुकसान नहीं करेगी ?"

"करेगी।"

"फिर क्यों पीना चाहते हो ?"

"पीना नहीं चाहता।"

"झूठ।"

"कसम खा सकता हूँ। मुझे नफ़रत हो गई है।"

और नीरा ने देखा उमानाथ की आँखों में कुछ नमी आ गई। नीरा काँप उठी। वह यह जानती थी कि शराबी को जब शराब से नफ़रत हो जाती है, तब वह संकट का समय है अर्थात् शराबी मौत से दूर नहीं है। वह कुछ देर देखती रही, फिर ज़ोर से रो पड़ी और चिल्लाने लगी, "नहीं, नहीं, यह नहीं हो सकता। तुम्हें पीनी ही पड़ेगी। अपने लिए नहीं तो मेरे लिए पियो।"

वह रोने की आवाज़ उमानाथ को व्याकुल करने लगी। उसने कहा, "रोओ नहीं नीरा। तुम रोती हो, उफ़ भयानक ! मुझे लगता है मैं मर गया हूँ और तुम लाश पर रो रही हो।"

नीरा एकदम चुप हो गई। उसने आँसू पोंछ लिये, फिर धीरे से कहा, "तुम जो चाहते हो, मैं अब वह करूँगी। मुझे आज्ञा दो।"

उमानाथ ने कहा, "बक़्स के रुपए लेकर चली जाओ।"

"और तुम्हें बीमार छोड़ जाऊँ ?"

"हाँ।"

"अच्छी बात है यही होगा। अब कहो और क्या चाहते हो ?"

"कोई अच्छी सी कहानी सुना दो। मुझे सब कुछ बहुत डरावना-सा दिखाई देता है।"

"मैं कैसे लगती हूँ ?"

"भयानक।"

"और इस कमरे की और चीज़ें ?"

"सब खौफ़नाक।"

नीरा का हृदय थर्रा उठा।

"कुछ खाओगे ?"

"कुछ नहीं।"

नीरा उठ खड़ी हुई। जाकर दूसरे कमरे में बैठी-बैठी सोचती रही। इसी प्रकार उसे बहुत देर बीत गई। कुछ सोचकर वह उठ खड़ी हुई और एक पत्र लिखने लगी। लिखकर उसे घर के बाहर बम्बे में जाकर डाल आई। इस समय वह अत्यन्त दृढ़ दिखाई दे रही

थी। उसने आकर देखा—उमानाथ सो रहा था। खड़ी-खड़ी उसे देखती रही। इस प्रकार काफ़ी समय गुज़र गया। बहुत देर बाद उसे ध्यान आया और वह वहीं बैठ गई।

सोचने लगी। अब क्या होगा ? उमानाथ को वह कितना अधिक प्यार करने लगी, यह उसे अब महसूस हुआ। पर अब इसका क्या मूल्य है ? जब तक वह ठीक था, तब तक वह अकेला काफ़ी था। समाज, संसार, सबको कभी भी कोई चिन्ता नहीं हुई, पर अब जब वह ही...तब...

नीरा इस कल्पना पर सिहर उठी।

दिन और रात मिले। धुँधलका छा गया। उमानाथ ने आँख खोलकर कहा, "फिर अँधेरा ? वही अँधेरा..."

"क्या हुआ ?" नीरा ने पूछा।

"अँधेरा...नीरा...अँधेरा ?" उमानाथ ने धीरे-धीरे कहा, "अँधेरा छा गया है...अब सुबह होनेवाली है या रात ?"

"अब तो रात होगी," नीरा ने सहमकर कहा।

"ठीक है, रात ही होगी, यही मैं भी सोचता था। उस भोर तक मैं नहीं रह सकूँगा।"

"क्या कहते हो ?" नीरा ने घबराकर पूछा।

"ठीक कहता हूँ नीरा। मैंने एक सपना देखा था। भयानक था वह। एक ओर सोने के महल बने हैं। वहाँ एक अधनंगी सुन्दर स्त्री, सोने के ढेर पर बैठी शराब पिला रही है। दूसरी ओर दूर एक सुन्दर भोर है। जहाँ बच्चे मुस्कुरा रहे हैं, फूलों पर ओस काँप रही है। मैंने देखा। उस सोने के महल से आवाज़ आने लगी—उमानाथ, यहाँ आओ। इस सोने के महल के वासी, घर आ जाओ। और महल की छाया में दो राक्षस ज़िन्दे आदमियों को लोहे के बड़े-बड़े चिमटों से पकड़कर भून रहे थे और उनकी चीख-पुकार से आसमान फट रहा था। मैं डर गया क्योंकि राक्षसों की फ़ौज ने सारी दुनिया को घेर लिया। मैं डरकर उस अधनंगी औरत की गोद में छिप गया। वह मुझे शराब पिलाने लगी। मैं भूल चला। नीचे जलते हुए आदमियों की देह रूई की तरह जलने लगी क्योंकि कमरे में लपटें आने लगीं। उमानाथ ! तू उस भोर की खोज में चला था। यहाँ कहाँ आ गया। जिस घर को छोड़कर गया था। दूसरे द्वार से उसी के दूसरे कमरे में आकर भ्रम में पड़ गया। चल उठ। उधर जा। देख ताज़े फूल हवा में सिर हिला रहे हैं। नीरा ! मैं उठा। पर मेरे पाँव गल गए। मैंने देखा मेरे बदन में लकवा मार गया और हाथों में कोढ़ फैल..."

नीरा चीख़ उठी...उमानाथ को गश आ गया था। नीरा ने उसके माथे पर पानी डाला। उमानाथ धीरे-धीरे होश में आया।

उसने कहा, "नीरा ! कम्युनिस्टों को हिन्दुस्तान में खुले रहकर काम करना चाहिए।"

नीरा चुप रही।

"एक बार नींद क्यों नहीं आ जाती। तुम बैठी हो ?"

"हाँ।"

"जाओ, चली जाओ। मैं छिपकर रहना पसन्द नहीं करता।"

नीरा उठी और उस रात में कमरे के बाहर निकल गई।

4

महालक्ष्मी ने पत्र खोला और पढ़ने लगी,

प्रिय बहन,

वैसे तो मुझे अपने को बहन कहने का अधिकार नहीं दोगी। इतने दिन तक मैं तुम्हारे पति के पास रही हूँ और उन्हें अपना पति मानने लगी हूँ। इसलिए इतना अधिकार दिखाए बिना मैं नहीं रह सकी; चाहे तुम इसे स्वीकार करो या अस्वीकार। तुम्हें याद होगा तुम्हारे पति को खाँसी आती थी। उस दिन तुम मोटर से उतरकर खड़ी थीं और हम दोनों नाव में थे। मैं देखते ही भाँप गई थी कि तुम उनकी पत्नी हो। पर उस समय मैं तुम्हारे अधिकार तुम्हें लौटा नहीं सकी थी। आज जब लौटाने की इच्छा नहीं करती तब भी मुझे विवश होना पड़ा है, क्योंकि वे बहुत ज़्यादा बीमार हैं। क्षय की दूसरी स्टेज है। इस समय डॉक्टर परेशान हैं। उनके पास दस हज़ार रुपए के लगभग हैं। मुझसे कहते हैं कि लेकर भाग जाऊँ। पर तुम सुनकर क्या कहोगी यह मैं जानती हूँ। तुम कहोगी, रुपए रखकर इस स्त्री को जूते मारकर निकाल दो। समाज ने जो अधिकार मुझे नहीं दिए, वह अचानक ही मुझे मिल गए थे, परन्तु भगवान को यह मंजूर नहीं हुआ। मैं नहीं जानती मुसीबत में भगवान क्यों याद आते हैं। ज़िन्दगी-भर मैंने झूठ और फ़रेब का जाल रचा है। लेकिन मैंने तुम्हारे पति को छीना नहीं। ज़िन्दगी में उन्हें तुम जो नहीं दे सकी, वह मैं उन्हें देने की लगन में बनी रही।

मैं एक एक्ट्रेस हूँ, वेश्या की भाँति जीवन प्रारम्भ किया परन्तु इस अभागे आदमी ने मुझे यह बता दिया कि मेरी ज़िन्दगी कुत्ते की जिन्दगी है। कितना छली है कि वह बताकर भी कभी इससे यह नहीं कहा कि चलो इसे छोड़ दें, कोई नई ज़िन्दगी बिताएँ। लोग मुझे असमर्थ नहीं कहते। मैं जानती हूँ, मेरी सामर्थ्य मुझे अपनी स्त्रीत्व की मर्यादा और लाज बेचकर मिली है। मैंने वह नंगापन धारण करके बाज़ार में प्रवेश किया है कि अब शरीफ़ कहलानेवाले मुझे देखकर डरते हैं, उनमें मेरी ओर आँख उठाकर देखने का साहस नहीं रहा है। पर यह सब व्यर्थ की बातें हैं।

उनकी तीमारदारी कर रही हूँ। वे कुछ नहीं कहते। बस मुझसे भाग जाने को कहा करते हैं। पर मैं कैसे भाग जाऊँ। लाचार होकर तुम्हारी शरण आती हूँ। यदि तुम आ सको तो मैं चली जाऊँगी। बक्स में रुपए रखे हैं। उन्हें आकर सँभाल लेना। मैं उन्हें नहीं ले जाऊँगी।

ठहरी रहती, पर उनके पिता से डरती हूँ। वे मुझे देखेंगे तो न जाने क्या सजा देंगे। तुम्हारे पति भी उन्हीं के कारण डरते हैं। जल्दी करना। वक़्त ज़रूरत से ज़्यादा गुज़र

चुका है। पत्र पाते ही चल पड़ना।

अभागिन

नीरा

महालक्ष्मी सिर पकड़कर बैठ गई। उसे लगा जैसे सारी दुनिया घूम रही है। और वह एक आँधी में फुफकारती नदी में डूब रही है। अनेक प्रकार के विचारों ने उसके दिमाग़ को कुन्द कर दिया। मानो नई-नई भावनाएँ आतीं और चली जातीं जिनका उसे ध्यान ही न होता।

बाहर रामनाथ श्यामनाथ से बातें कर रहे थे। महालक्ष्मी ने अवधेश के हाथ में पत्र देकर कहा, ''जा, ददुआ को दे आ।''

अवधेश ने पूछा, ''किसका है ?''

''किसी का हो,'' महालक्ष्मी ने कहा, ''तुझे क्या है ? दे आ जा।''

अवधेश डाँट खाकर ज़रा दुरुस्त हो गए और उन्होंने ले जाकर पत्र ददुआ को देकर कहा, ''ये चिट्‌ठी आई है।''

रामनाथ मुस्कुराए। पत्र पढ़ने लगे। जैसे-जैसे पढ़ते थे उनके चेहरे का रंग बदलता जाता था। अन्त में उन्होंने पत्र श्यामनाथ पर फेंक दिया और दोनों हाथों से चेहरा ढाँपकर बैठ गए। श्यामनाथ ने इस घबराहट को देखा और पत्र पढ़ा। फिर हँसे। बोले, ''तो क्या हुआ। टी.बी. है। पहाड़ ले जाना पड़ेगा।''

रामनाथ ने आँखों पर से हाथ हटाया और आश्चर्य से श्यामनाथ की ओर देखा। पूछा, ''क्या कह रहे हो ?''

श्यामनाथ ने कहा, ''दूसरी स्टेज होती तो ख़तरनाक है, पर पहाड़ ले जाए बिना, काम नहीं चल सकता।''

''श्यामू,'' रामनाथ ने चिल्लाकर कहा, ''तुम बिल्कुल पागल हो।''

श्यामनाथ अब चौंके। बोले, ''क्या बात है ? लड़का मर रहा है तो क्या उसे मर जाने दिया जाए।''

''जो उसने किया है उसे भुगतने दो,'' रामनाथ ने अकड़कर कहा।

श्यामनाथ ने कहा, ''जो यह भुगत रहा है और भुगतेगा, वही क्या आपको दुख नहीं देता ? आप उसके पिता हैं।''

''जिस दिन उसने कुल की नाक कटा दी, उस दिन उससे मेरा सम्बन्ध टूट गया,'' परन्तु इस समय उनका स्वर काँप उठा।

''तो क्या अब कोई रिश्ता ही नहीं रहा ?''

''तुम तो सब जानते हो श्यामू।''

महालक्ष्मी द्वार के पीछे से सब सुन रही थी। उसने सुनाई देने योग्य स्वर से कहा, ''यह आपका आख़िरी फैसला है ?''

रामनाथ को लगा जैसे वे कुछ गलत सुन गए थे। उन्होंने कहा, ''यह किसने पूछा ? क्या पूछा !''

श्यामनाथ ने कहा, "बहू है !"

रामनाथ ने दर्प से कहा, "पूछो, क्या कहती हैं !"

श्यामनाथ ने कहा, "कहो बेटी। क्या पूछती हो !"

महालक्ष्मी का दृढ़ स्वर सुनाई दिया, "ददुआ से उनके बेटे की बहू पूछती है कि जब उनका बेटा और बहू का पति मौत के बिस्तर पर पड़ा हुआ हो, और एक बाज़ारू औरत धन और मान का त्याग करके उसकी दम तोड़ती ज़िन्दगी को थामे हुए उसके घरवालों को पुकार रही हो, उस समय अगर बाप का दिल पत्थर का हो जाए, तो बहू को अपने पति की सेवा करने के लिए जाने का अधिकार है या नहीं ! अपने सुहाग को बचाने की आख़िरी कोशिश करने का हक़ है या नहीं !"

रामनाथ को लगा जैसे वह सुन नहीं रहे हैं। इन्हें इतना अधिक आश्चर्य हुआ कि वे समझे शायद आज आसमान बोल रहा है, या धरती चिल्ला रही है। उनकी बहू। यह सवाल ! कौन ! महालक्ष्मी पूछ रही है ! असम्भव !! यह क्या सच है ! नहीं, नहीं, यह उनका भ्रम है जो वे यह सब सोच रहे हैं।

महालक्ष्मी ने फिर पूछा, "मैं जवाब चाहती हूँ।"

रामनाथ क्रुद्ध हो उठे। उन्होंने उत्तर दिया, "रामनाथ से कोई भी जवाब चाहकर आज तक नहीं पा सका। लेकिन तुम अगर इतने घमंड पर मर्यादा छोड़ रही हो तो सुनो आज तुम्हारी सास होती तो वह तुम से बात करती, पर उनके न होने से मुझे कहना पड़ता है क्योंकि आख़िर तुम बच्ची हो, नादान हो, बेवकूफ़ हो। पूछो, हुक्म दो। मैं जवाब दूँगा। मैं ही इस घर का मालिक था, अब मैं ही नौकर हो गया हूँ।"

श्यामनाथ ने कहा, "भइया, ज़रा-सी बात है..."

"तुम चुप रहो !" रामनाथ ने डाँटा, "तुमने इन सबको सिर चढ़ा लिया है। दया, दया की बहू, उमा, प्रभा सब इसी बेवकूफ़ी में दुख झेल रहे हैं। अब यह लड़की भी उसी तरफ़ क़दम बढ़ा रही है। अन्धे हैं ये लोग। दिखाई नहीं देता ! चुनाव हारा तो दया लौटकर आया। मैंने उसे निकाल दिया। यही उमा कम्युनिस्ट बनता था। अब यह भी कम्युनिस्टी है ! अरे कह दिया, सौ दफ़े समझा दिया। भगवान ने जो सामर्थ्य दी है उसे बरतो। खाने को दिया है खाओ। तुम उसकी रक्षा करो जो मिला है। जिनके पास नहीं है वे हा-हा हू-हू करें तो ठीक है। पर तुम क्यों उन लुच्चों के साथ मिलते हो ! क्या है ! बस नाम ही जाएगा। आदतें पड़ी हैं ऐश की, और चलते हैं नेता बनने ! दो दिन चाय न मिली, वहीं रोने लगे," फिर मुड़कर कहा, "क्या पूछती हो !"

महालक्ष्मी झिझकी। साहस करके कहा, "मैं जा सकती हूँ !"

"जाना चाहती हो !" रामनाथ ने कठोर स्वर में कहा।

महालक्ष्मी ने अविचलित स्वर में कहा, "हाँ।"

रामनाथ को दूसरा झटका लगा। उन्होंने आँखें उठाकर आकाश की ओर देखा और कहा, "तो क्या अब तुम भी उन्हीं में मिल जाना चाहती हो !"

"किनमें !"

"जिन्होंने अपनी बेवकूफ़ियों से ख़ानदान को तबाह करने में कोई कसर नहीं छोड़ी।"

"मैं नहीं जानती। पर इतना जानती हूँ कि इस घर से मेरा सम्बन्ध तभी हुआ था जब उनसे विवाह हुआ था।"

"सो तो मैं भी जानता हूँ। वरना मैं तुम्हें यहाँ घुसने भी न देता।"

"यह मैं भी जानती हूँ। तभी उनकी आज तक पूजा करती रही हूँ। अब यदि इस समय मैं नहीं जाऊँगी तो और कौन जाएगा।"

"तुम जब पैदा भी नहीं हुई थी, तब हम उसे गोदी में खिलाया करते थे। अगर वह नालायक न होता, तो क्यों उससे इतनी घृणा हो जाती !"

"आपको घृणा हो, मुझे न कभी थी, न है और न होगी।"

"इसका मतलब क्या है !"

"मैं जाऊँगी," महालक्ष्मी ने दृढ़ता से कहा, "अगर कोई मेरे साथ नहीं चलेगा तो मैं अकेली जाऊँगी। अगर कोई मुझे यहाँ नहीं लौटने देगा तो मुझे इसकी भी परवाह नहीं।"

"शाबाश !" रामनाथ ने क्रोध से कहा, "यही सुनना बाकी था। लेकिन जो तीन बेटों को ठोकर मार चुका है, उसके सामने पहाड़ बाकी नहीं रहे, टीले रह गए हैं जिन्हें कुचल देना बहुत आसान है।"

"टीलों को कुचलनेवाले पाँव मैदान में अपने आप गड्ढे बना सकते हैं, जिनमें से निकलना भी कठिन हो जाएगा।"

"लड़की," रामनाथ ने चिल्लाकर कहा, "बहस करती है ! तुझे शर्म नहीं आती। चली जा। अगर जाना चाहती है तो अकेली निकल जा। अवधेश तुझको नहीं मिलेगा।"

"अवधेश मेरा है। उसे मुझसे कोई नहीं छीन सकता। लेकिन मैं उसे नहीं ले जाऊँगी।"

"तो फिर लौटकर मत आना," रामनाथ ने कुर्सी पर लेटकर कहा।

श्यामनाथ अब तक चुप थे। अब बोले, "चलो बेटी। तैयार हो जाओ।"

रामनाथ ने आँखें फाड़कर कहा, "तुम क्या कह गए !"

"मैंने कहा, तैयार हो जाओ। भैया गुस्से में हैं। कुछ देर में ठीक हो जाएँगे। मैं तुम्हारे साथ चलता हूँ। कानपुर से दया को भी ले लेंगे।"

रामनाथ ने चिल्लाकर कहा, "श्यामू। तुम भी..."

परन्तु श्यामनाथ ने ध्यान नहीं दिया। वे कहते रहे, "आज तक राजा रामनाथ का हुक्म चला है। लेकिन आज मेरा हुक्म चलेगा।"

कहते हुए श्यामनाथ उठ खड़े हुए। रामनाथ ने देखा और आश्चर्य से उनका मुँह खुल गया। वे कुछ नहीं कह सके।

उनके देखते ही देखते महालक्ष्मी बाहर आई। उसने उन्हें प्रणाम किया और आशीर्वाद की प्रतीक्षा किए बिना ही वह श्यामनाथ के पीछे-पीछे उतर गई। रामनाथ ने

देखा, वे आराम से उनकी ही मोटर में बैठकर चले गए।

रामनाथ ने देखा और देखते ही रह गए। मोटर के पीछे उड़ती हुई धूल ने उन्हें बता दिया कि अब वे अकेले रह गए हैं। उन्हें विश्वास नहीं हुआ। उठकर देखा। मोटर अब दूर चली गई है, दिखाई ही नहीं देती। फिर...रामनाथ हताश से आकर कुर्सी पर गिर गए। यह जो कुछ हो गया है, क्या सच है...या फिर कोई भयानक स्वप्नमात्र है...

5

नीरा के चले जाने के बाद उमानाथ रात को बड़बड़ाने लगा। आज वह अकेला रह गया था। वह विलायत की रातें नहीं रहीं जब अधनंगी औरतों के नृत्य होते थे या फिर क्यूबा और वैटिकैन की गप्पें होती थीं। जब प्राचीन सैक्सनी और हैनोवर की वीर गाथाओं से लेकर बिशप उल्फिलम्स की चाँदी की इंजील के बारे में कथाएँ सुनाई जाती थीं। कोई कौंटिनेंट और कोई अमेरिका की बातें करते, या फिर तिपाइयों पर प्रेतात्मा बुलाने का प्रयत्न किया जाता। और उन्हीं में से जर्मनी के संगठन, रूस की क्रान्ति, पेरिस कम्यून और अमेरिका के हब्शी दमन की बातें निकल पड़तीं और उमानाथ को लगता, जैसे—भारत, तिब्बत, तुर्की, अरब, अफ्रीका, यूरोप, अमेरिका और भी न जाने कितने द्वीप, कितने जीवन भागे जा रहे हैं। लेकिन सारी दुनिया अगर बनी है तो वह उमानाथ के लिए। जिस दिन वह स्वप्न टूट गया, उमानाथ पतन के रास्ते पर बह चला।

सुबह हो गई। आज शराब नहीं भाती। अब जीवन के संघर्ष और कोलाहल-भरे दिन इस निर्जीव बेला में निहित हो गए हैं। और मूर्च्छित पड़े हैं। कितने भरे-पूरे घर का वह प्राणी इस विदेश में अकेला तड़प-तड़पकर घुल रहा है। यहाँ सैकड़ों लोग हैं, पर कोई क़िसी के लिए व्यर्थ ही अपना समय नष्ट क्यों करे ?

आधी रात की गाड़ी से ही श्यामनाथ, महालक्ष्मी और दयानाथ चल पड़े। रात की रेल यात्रा एक ऊँघी हुई दुनिया का बहाव होता है जो अटक-अटककर बढ़ता है और उस समय ऊँघे हुए यात्री दुःस्वप्न में चिल्ला उठते हैं। गर्मी के कारण लोगों की तबीयत स्टेशनों पर घबरा जाती है। छोटा सफ़र था। आवेश में ऐसे बीत गया कि पता नहीं चला। वे लोग उतर पड़े।

महालक्ष्मी की ओर देखकर दयानाथ ने पूछा, ''अरे पते का काग़ज़।''

महालक्ष्मी ने कहा, ''मुझे याद है।''

रात बीत चली थी। हवा के स्वच्छ झोंके आ रहे थे। सुबह के वक़्त एक तरावट थी। ताँगा चल पड़ा। राह में वे लोग बोले नहीं। सब का मन भारी था। कुछ लोग चलने लगे थे। धीरे-धीरे जागती हुई दुनिया का हलचल और कोलाहल करते हुए बाहर निकलना एक देखने योग्य बात होती है, परन्तु उनमें से किसी का भी उधर ध्यान नहीं था।

दयानाथ ने ताँगेवाले से कहा, ''वह मोड़ है न उधर...''

''जानता हूँ बाबूजी, जानता हूँ,'' ताँगेवाले ने चाबुक फटकारकर कहा।

द्वार पर जब महालक्ष्मी, दयानाथ और चाचा श्यामनाथ आए तब उन्हें विस्मय हुआ। द्वार खुला हुआ था। उन्होंने एक-दूसरे की ओर देखा। भीतर घुसते ही उन्हें वहाँ का सन्नाटा देखकर भय हुआ। क्या इस घर में कोई नहीं ? कोई बोलता क्यों नहीं ?

दयानाथ आगे बढ़ा। बरामदा पार करके जब उसने कमरे में देखा तो उसकी आँखें ठहर गईं। उमानाथ बिस्तर पर बेहोश-सा पड़ा था। महालक्ष्मी और दयानाथ धीरे से आगे बढ़ आए। उन्होंने भी देखा। उन्हें लगा शायद वह...

महालक्ष्मी ने मुँह फेर लिया। दयानाथ कमरे में घुसा। ग़ौर से देखा। साँस चल रही थी। उसके मुँह से एक खुशी की आवाज़ निकली। यह देखकर दोनों भी कमरे में घुस गए।

अभी भी आशा थी। श्यामनाथ ने कहा, "शायद बेहोश हो गया है ?"

"हाँ," दयानाथ ने उत्तर दिया। फिर सोचकर कहा, "तुम लोग चुपचाप रहो। मैं डॉ. अवस्थी को लाता हूँ।"

"तुम यहीं रहो," चाचा ने कहा, "वे मेरे दोस्त हैं। मैं ही चला जाता हूँ।"

दया रुक गया। इस समय वह बहस नहीं करना चाहता था। वह घूम-घूमकर सब चीज़ें देखने लगा। चाचा चले गए। महालक्ष्मी चटाई पर उमा के पास बैठ गई। दया धीरे-धीरे भीतर के कमरे में चला गया था। महालक्ष्मी ने उमा के मुँह पर हाथ फेरा और उसके हाथ को अपने हाथों में लेकर कहा, "मैं आ गई हूँ।"

स्वर धीमा था, पर आश्वासन भरा था।

उमानाथ निष्पन्द पड़ा था।

महालक्ष्मी ने फिर कहा, "मैं सचमुच आ गई हूँ। मुझे किसी भी प्रकार का विरोध नहीं, कोई शिकायत नहीं, केवल तुम्हारी नीरा के बुलाने पर आई हूँ। तुम्हें नाराजी तो नहीं ?"

उमानाथ ने फिर भी नहीं सुना। महालक्ष्मी समझे थी कि डर के मारे, संकोच और लाज के कारण उमानाथ अभिनय कर रहा है। सबके चले जाने पर वह तुरन्त उसे होश में ले आएगी। पर यह भी एक दुराशा मात्र साबित हुई। सारा जीवन ऐसी ही कल्पनाओं में बीत चला।

वह सचमुच बेहोश था।

दया बगल के कमरे में हर चीज़ उलट-पुलटकर देख रहा था। बक्स में उसे शराब की एक भरी बोतल दिखाई दी, जिसे उसने वहीं छिपा दिया।

घर में घूम दया ने लौटकर पूछा, "कुछ होश आया ?"

महालक्ष्मी ने कहा, "नहीं।"

"बिल्कुल नहीं ?"

"नहीं।"

दया चुप होकर उमानाथ को देखने लगा। उसकी आँखों के नीचे गड्ढे पड़ गए थे। नीरा की साड़ी पास ही पड़ी थी। पास में ही कुछ शीशियाँ भी छोटी मेज़ पर रखी

थीं। इसका मतलब था दवा आई थी। शायद कुछ पिलाई भी गई थी। किसने पिलाई होगी ? नीरा ने ही। और किसने ? दया ने देखा महालक्ष्मी निस्संकोच उमानाथ को घूर रही थी। वह उस दृष्टि की तन्मयता की अधिक देखने की सामर्थ्य नहीं रखता था।''

''तब तो यह विलायत नहीं गया था,'' दया ने कहा।

''नहीं।''

''तुम्हें क्या मालूम था ?''

''जी हाँ।''

''पर तुमने किसी से कहा नहीं।''

''कहने से लाभ क्या था ?''

''हो सकता था इसे बीच में ही रोका जाता।''

महालक्ष्मी को यह बात कुछ चुभी, ''तो क्या अब भी उसी का दोष समझा जाएगा ?''

चाचा का स्वर सुनाई दिया। उन्होंने कहा, ''दया ! डॉक्टर साहब आ गए।''

डॉक्टर अवस्थी से दया का परिचय था। इस समय उनके साथ उनका असिस्टेंट डॉ. शुक्ला भी था।

''ज़रा सारी बात बताने में देर हो गई,'' चाचाजी ने कहा और डॉक्टर से मुड़कर कहा, ''आइए।''

डॉक्टरों ने उमानाथ की जाँच शुरू की।

''टी.बी. है,'' डॉ. अवस्थी ने देखते ही कहा।

''डॉक्टर साहब,'' दया ने कहा, ''ये तो बोलते ही नहीं। ऐसी क्या बेहोशी है ?''

डॉक्टर कुछ देर चुप रहा। फिर उसने कहा, ''इन्हें कोमा हो गया है।''

''कोमा !!'' दयानाथ ने डरते हुए स्वर से कहा।

महालक्ष्मी कोमा का शब्दार्थ नहीं समझी, पर परिस्थिति और दया के स्वर की भय-विह्वलता से उत्पन्न आशंका उस तक पहुँच गई। उसने अर्थ लगाया कि कोई बहुत भयानक रोग हो गया है।

डॉ. उमानाथ के बारे में सब सुन चुके थे। बोले, ''शराब बहुत पीता था ? कौन कह सकता है कि यह भी आप ही के खानदान में हुआ था ?''

महालक्ष्मी को बुरा लगा ज़रूर, पर वह चाचाजी के मित्र डॉक्टर से क्या कहती ? और डॉक्टर ने क्या कुछ ग़लत कहा ? इतनी बड़ी मिसाल सामने है फिर उसे क्या छिपाया जा सकता है ?

उसने धीरे से कहा, ''यह क्या होता है ?''

डॉक्टर अवस्थी ने कहा, ''कोमा ? इसे, तन्द्रा तो कहना ठीक नहीं होगा, पर हाँ एक तरह की बेहोशी आने लगती है, जिसमें आदमी को बहुत कम होश रहता है।''

''बहुत ख़तरनाक होती है ?'' महालक्ष्मी ने फिर साहस किया।

डॉक्टर शुक्ला कह उठे, ''बस यह समझिए कि...''

दयानाथ समझ गया कि अब यह नया डॉक्टर कुछ ऊटपटाँग बक जाएगा। उसने काटकर कहा, "बहुत तो क्या, पर होती ज़रूर है, इससे तो इनकार नहीं किया जा सकता है। पर अब तो डॉक्टर साहब आ ही गए हैं !"

और उसने डॉक्टर अवस्थी की ओर देखा। वे कहने लगे, "घबराओ नहीं बेटी। कोशिश करता हूँ। अभी तो हम हैं ही। तुम इतनी चिन्ता मत करो।"

महालक्ष्मी कैसे कहे कि उसको चैन नहीं मिलता। पर अब वह क्या करती दवा देकर डॉक्टर चला गया। इसी प्रकार वह रात, दूसरी सुबह और साँझ बीत चली। अब धुँधलका आकाश में छितरने लगा।

डॉक्टर अवस्थी की कोशिशें बेकार होने लगीं। बड़ा अज़ीब केस था। केवल उनके पास आश्वासन रह गए थे। पर उनका भी कब तक असर होता, परिवार के लोग तो यह जानना चाहते थे कि अब उमानाथ को होश आ सकता है या नहीं ?

दया ने पूछा, "तो क्या यह बेहोशी दूर नहीं होगी ?"

डॉक्टर अवस्थी ने कोई उत्तर नहीं दिया, केवल अपनी असिस्टेंट की ओर उसने झुककर कहा, "केस बहुत देर में हाथ आया।"

श्यामनाथ ने अवस्थी के दोनों हाथ पकड़कर कहा, "डॉक्टर साहब यह मेरा दूसरा बेटा है। क्या यह भी...क्या यह भी..."

"ऐसा न कहिए," डॉक्टर ने कहा, "बुरी बातों को सोच में भी न लाइए।"

"ठीक हो जाएगा न ?" चाचा ने पूछा।

डॉक्टर अवस्थी ने धीरे से कहा, "परमात्मा चाहेगा तो सब ठीक होगा श्यामनाथ जी।"

चाचा ने सिर झुका लिया। परमात्मा !!!

महालक्ष्मी के जाने के बाद रामनाथ को लगा जैसे अब दुनिया नष्ट हो जाने के पहले दो-चार झोंके खा रही है। आज तक जो नहीं हुआ, वह भी आज हो गया। अब वे क्या करें ? और श्यामनाथ ने तनिक भी चिन्ता नहीं की, उलटे महालक्ष्मी को ही बढ़ावा दिया। रामनाथ ने क्रोध से होंठ चबाए और मन-ही-मन कहा, "चले गए तो देखूँ अब वे लौटते कैसे हैं ?"

फिर विचार आया, "अब वे अगर न लौटें तो ?"

अपने परिवार के सदस्यों का हठ वे जानते थे। दबते रहे दबते रहे, पर जब उठे तो ऐसे उठे कि फिर कभी दबे ही नहीं। घोर विक्षोभ के इस आतुर क्षण में अवधेश ने आकर पूछा, "ददुआ !"

"क्या है ?" रामनाथ ने रूखे स्वर से पूछा।

बालक सहम गया।

"क्या है बेटा," रामनाथ को एकाएक ध्यान आया।

"माँ कहाँ गई ?"

"चली गई।"

"कहाँ गई ?"

"मालूम नहीं–"

"मालूम नहीं।"

"माँ बुला दो।"

"मैं कहाँ से बुला दूँ !"

बालक रोने लगा।

और फिर रामनाथ की पुचकार, गोद में लेना, डाँटना, घुड़कना, सैर, मिठाई, खिलौने, चन्दा मामा, रामदीन के समस्त प्रयत्न कुछ भी कारगर नहीं हुए। बालक को चैन नहीं था। उसने न खाया, न पिया। पिटकर भी नहीं माना।

रामनाथ कहते, "खा ले बेटा।"

बालक अड़कर कहता, "नहीं।"

"खा ले बड़ा राजा बेटा है।"

बालक का एक ही उत्तर था, "नहीं।"

इस छोटे से जीवन की यह 'नहीं' बहुत बड़ी साबित हुई। सत्यनारायण सुबह मोटर ले आया। और प्रायः यह दिन भी बीत चला। परन्तु बालक सिर्फ़ पानी पीता और कुछ भी खाता। रात को वह जब सोया तो कई बार चौंक-चौंककर उठा। रामनाथ ने उसे अपने पास सुला दिया। आज उन्हें मालूम दिया कि बच्चा पालना कितना कठिन है। जब तक बच्चा खिलौना है तभी तक वह अच्छा लगता है। जब वह बच्चा बन जाता है, तब उसको सँभालना टेढ़ी खीर है। बेवजह रात को उठ बैठे और हथेलियों की उलटी तरफ़ से आँखें मीड़ कर रोने लगे। ज़रा थपथपा दिया, फिर सो गए।

उस अथक रें रें को सुनकर रामनाथ का हृदय अब छटपटाने लगा। इसका मतलब ? सब कुछ हो गया। अब इस पर कोई चाल ही नहीं चलती ? ऐसे क्या यह ज़िन्दा रह सकेगा।

यह विचार बहुत भयानक साबित हुआ। अवधेश उनका आख़िरी सहारा था। यदि यह भी नहीं रहा तो !!

जायदाद, ख़ानदान, मर्यादा, परम्परा, एक-एक करके सब उनकी आँखों के सामने से गुज़र गया। उनकी कड़ी डाँट से सहमा हुआ बालक अब रूठकर धरती पर बैठकर रो रहा था। रामनाथ घबरा उठे। वे विक्षुब्ध से टहलने लगे। तब उनकी शक्ति सब जगह चलकर यहाँ चूर-चूर हो गई !!

कैसी परवशता है !!

बदला भी लें तो किससे ? यह तो बालक है। समझाए उसे जिसमें बुद्धि हो। उसमें तो लेशमात्र भी नहीं। वह दुधमुँहा क्या जाने कि परम्परा और मर्यादा क्या है ? रामनाथ सोचने लगे।

तो क्या उन्होंने ग़लती की है ? क्या महालक्ष्मी अब सचमुच नहीं लौटेगी ? क्यों लौटेगी ? अब जब पति मिल गया तो वह क्यों लौटने लगी ? उसके लिए और क्या है ?

यह बालक उसके लिए रो रहा है जो उसे एकदम छोड़कर चली गई ? उसे नहीं सताया ममता ने ? वह अपने पति के लिए पागल हो उठी थी। क्योंकि वह उसके जीवन-मरण की कठिन घड़ी थी।

अवधेश उठकर उनके पैरों से चिपट गया और कहने लगा, ''ददुआ तलो, तलो ददुआ...''

उस आर्द्र याचना, उस अबोध पुकार को सुनकर वे काँप गए। उन्होंने नितान्त करुणा से उसे देखा। बालक का पाश छूट गया।

''अच्छा, ठहर जा,'' रामनाथ ने विवश होकर कहा, ''चलते हैं। बोल कहाँ चलेगा ?''

''माँ के पाछ,'' अवधेश ने आँखें मिलाकर कहा। उस छोटी सी कमज़ोर देह में क्या था ! पर उन आँसू भरी मासूम आँखों में एक बहुत बड़ी शक्ति थी। उसे देखकर रामनाथ को लगा जैसे वे एक अत्याचारी थे, वे अमानुषिक थे। उस पर वे अपना शासन नहीं चला सकते।

रामनाथ को लगा वे पत्थर हो गए थे।

''माँ के पाछ,'' शब्द कानों में गूँज उठे ! क्या है 'माँ के पाछ।' वहाँ इसे क्या मिल जाएगा ? माँ के पाछ।

''अच्छा,'' एकाएक उन्होंने कहा, ''चलो।''

बालक प्रसन्न हो उठा। परन्तु अभी उसकी आँखों में सन्देह था।

''फिर तो नहीं रोएगा ?'' रामनाथ ने पूछा।

बालक ने निःसंकोच सिर हिलाया। उस अबोध सरलता को देखकर वे विवश से मुस्कुरा दिए। क्या तबीयत है भला। ज़रा भी नहीं झेंपते कि बेवजह रो रहे हैं। उन्हें मालूम दिया कि वे एक बहुत बड़े बादशाह के सामने खड़े थे, जिस पर उनका ज़ोर नहीं चल सकता था। वे ममता से पराजित हो गए थे।

राजा रामनाथ उठ खड़े हुए। उन्होंने आवाज़ दी, ''रामदीन।''

रामदीन उपस्थित हुए। उन्होंने कहा, ''सत्यनारायण को बुला।''

सत्यनारायण आ गया। उन्होंने कहा, ''मोटर लेकर कहाँ गए थे ?''

''सरकार सीधे कानपुर गया था।''

''फिर।''

''कुँवर साब के घर वे उतर गए और उसी रात रेल से चले गए।''

''कहाँ ?''

''इलाहाबाद।''

''ठीक, जाओ।''

रामनाथ सत्यनारायण के जाने पर बैठ गए। उन्होंने दराज में से नीरा का पत्र निकालकर पता डायरी में दर्ज कर लिया। फिर सत्यनारायण को बुलवाया। उसने कहा, ''मोटर तैयार करो। हम इलाहाबाद चलेंगे।''

''सरकार मोटर में ही चलेंगे ?''

''हाँ।''

सत्यनारायण चकित था।

उन्होंने कहा, ''अरे मोटर में जल्दी पहुँच जाएँगे। रेल में देर हो जाएगी। यह तो मानता ही नहीं। जब से बहू गई है तब से जो रोना शुरू किया है अभी तक चुप ही नहीं हुआ। रो-रोकर आसमान सिर पर उठा लिया है।''

''सरकार, कुँवर साब सारी रात सोए भी नहीं।''

''तुम्हें कैसे मालूम।''

''सरकार मैं सुन रहा था। इनका रोना सुनकर मुझे भी रात-भर नींद नहीं आई।''

रामनाथ ने कृतज्ञता से सत्यनारायण की ओर देखा जो अत्यन्त नम्र बना सामने खड़ा था। ''जाओ रामदीन को भेज दो,'' उन्होंने कहा और बैठ गए।

रामदीन आया। उसे देखकर रामनाथ ने विवश स्वर में कहा, ''सब इन्तज़ाम कर दे, क्या-क्या ज़रूरत होती है ? तुझे मालूम है ?''

''मालूम है सरकार।''

''देख, कुछ रास्ते में खाने को भी रख दीजो।''

''हाँ सरकार।''

''हाँ सरकार,'' रामनाथ धीरे से फुसफुसा उठे। फिर अवधेश से कहा, ''अब तो ठीक है ? गधा...''

बालक पानी-भरी आँखों से देखता हुआ संकोच से टेढ़ी गर्दन करके मुस्कुराने लगा। रामनाथ को उस पर क्रोध नहीं आया। अच्छा लगा। जैसे पत्थर फोड़कर सोता निकला और पहाड़ पुलक उठा।

7

डॉक्टर अवस्थी के चले जाने पर डॉ. शुक्ला ने कुछ इंजेक्शन दिए। उमानाथ के हाथ में जब सुई घुसी तब वह तनिक मुँह टेढ़ा करके कराहा पर जैसे इससे अधिक कुछ नहीं। कुछ देर बाद डॉ. शुक्ला भी चले गए। महालक्ष्मी उमानाथ के पलंग के पास बैठी थी। ज़मीन पर ही चटाई बिछी थी। दया और श्यामनाथ कुर्सियों पर बैठे थे, बातें करते जाते थे और बीच-बीच में उमानाथ की ओर देखते जाते थे।

दयानाथ ने कहा, ''आपने देखा ? बक्स में सचमुच रुपया रखा है।'' श्यामनाथ ने सिर हिलाया।

''वह कोई मामूली औरत तो नहीं थी।''

''क्यों ?'' चाचा ने पूछा।

''अरे दस हज़ार रुपया ! एक बाज़ारू औरत। साथ में एक बेहोश रोगी। और यह नहीं कि चलते वक्त उसके रुपए छोड़ गई वरन् उसके घरवालों को भी बुला गई।''

चाचा श्यामनाथ ने कहा, ''दुनिया में अभी इंसानियत बाकी है। जिस दिन वह कहीं भी मिलेगी, उसी दिन हम एक-दूसरे का गला घोंटकर हत्या करने लगेंगे।''

''न जाने कहाँ गई बेचारी,'' दयानाथ ने करुणा-भरे स्वर से कहा।

चाचा को इतनी हमदर्दी पसन्द नहीं आई। यह ज़रा ख़तरे की बात थी। कहा, ''जहाँ उसकी तक़दीर ले गई।''

''उमानाथ से उसे सच्चा प्रेम था।''

''था तो, उसकी ब्याहता तो नहीं थी। दुनिया तो उसे स्वीकार नहीं करती।''

महालक्ष्मी सुन रही थी। यद्यपि नीरा की सद्भावना से वह भी प्रभावित हुई थी, पर औरों के मुँह से उसकी प्रशंसा सुनकर उसे लगा जैसे उसकी हीनता का वर्णन हो रहा है। दयानाथ निश्चिन्त थे। इस बात पर उनका ध्यान ही नहीं था। कहा, ''हमारा जीवन अप्राकृतिक रूप से बँधा है कि अक्सर तबीयत मेल नहीं खाती।''

श्यामनाथ ने व्यवहार की बात की। ''अक्सर दुनिया के पंचानवे फीसदी स्त्री-पुरुष प्रेम नहीं करते। जिसे तुम प्रेम कहते हो, वह सिनेमा, थिएटरवाले ही करते हैं। दुनिया में तो आश्रय की ज़रूरत पड़ती है। संग रहने का ही नाम प्रेम है। कानून से संग रहना विवाह है, इसी से समाज उसे स्वीकार कर लेता है। ज़्यादातर स्वस्थ लोग वक़्त पर खाना पसन्द करते हैं। दुनिया में कुछ ऐसे भी होते हैं। जो घर का खाना छोड़कर बाज़ार की चाट खाया करते हैं। उन्हें एक न एक दिन हैजे का शिकार होना ही पड़ता है।''

दयानाथ को चाचा की व्यवहार-बुद्धि पर आश्चर्य हुआ। यह इतना सब समझते हैं ?

ज़्यादातर नई पीढ़ी के आदमी यही समझते हैं कि उनके पहले की पीढ़ी उनसे कम समझदार हैं। दुनिया में अगर अक़्लमन्दी शुरू हुई है तो इस नई पीढ़ी ही से।

दोनों अपनी बातों में लगे हुए थे। इधर किसी का भी ध्यान नहीं गया कि अब तक महालक्ष्मी उमानाथ को आँखें फाड़े देख रही थी, जैसे उसे सदा के लिए अपनी तारा में अंकित कर लेना चाहती थी, सदा के लिए अपने दिल में नक्श कर लेना चाहती थी। और देखते ही देखते वह लुढ़क गई। उसके गिरने की आवाज़ से दयानाथ चौंक उठा। उसने कहा, ''चाचाजी।''

चाचा श्यामनाथ घबरा गए। बोले, ''क्या हुआ ?''

''यह देखिए इसे क्या हुआ ?''

चाचाजी निकट आए। महालक्ष्मी पड़ी थी। उसके हाथ-पाँव ऐंठ रहे थे, और मुँह टेढ़ा हो गया था। श्यामनाथ ने देखकर कहा, ''कुछ नहीं ! उसे पड़ा रहने दो। घंटे-भर में ठीक हो जाएगी।''

दयानाथ समझा नहीं। पूछा, ''यह क्या बीमारी है ?''

चाचा मुस्कुराए। कहा, ''इसे फिट आते हैं।''

''कब से ?''

''अब तो कई दिन हो गए। भैया कहते थे इलाहाबाद से शुरू हुए।''

"इलाहाबाद कब गए थे ?"

"लम्बा किस्सा है।"

दयानाथ को कुछ मालूम न था। वह बहुत कुछ जानना चाहता था, पर श्यामनाथ इस समय बताने की रुझान में न थे। आख़िर वे क्या-क्या सुनाते। दयानाथ ने पूछा, "यह क्यों होता है ?"

"डॉक्टर कहते हैं कि जीवन में जब अतृप्ति होती है तब ऐसा होता है। विशेषकर स्त्री को जब दाम्पत्य-सुख नहीं मिलता।"

"फिर ?"

"फिर वह आदत हो जाती है। कमज़ोर तबीयत के लोगों को जब कोई सदमा लगता है तब वे बिखर जाते हैं। और जिन्हें तरक़ीब आ जाती है। उन्हें फिट आ जाता है ?" श्यामनाथ हँस दिए।

चाचा कह रहे हैं ! दयानाथ को बात में मज़ा आया।

"एक तरह से ये लोग सुखी हैं," श्यामनाथ ने कहा।

"क्यों ?"

"जब सदमा लगा, लेट गए। इन लोगों की बुद्धि इतनी कुंठित हो जाती है कि ज़रा धक्का लगा, बस विचार दिमाग़ में ऐसे गिरकर झनझनाते हुए टूट-फूट होने लगते हैं जैसे चीनी बर्त्तनों की दुकान में बैल घुस जाने से गड़बड़ी मचने लगती है।"

दयानाथ सुनता रहा। चाचा कहते गए, "और जो इतना भी सोच नहीं पाते वे सुखी हैं। उनका बोझ कुछ देर में अपने आप हल्का हो जाता है। ठीक ऐसे समझो जैसे ऑपरेशन के पहले रोगी को डॉक्टर क्लोरोफ़ार्म देता है। जिसकी बेहोशी में रोगी को फिर ध्यान नहीं रहता कि क्या हो रहा है। सचमुच वे सुखी हैं। जो अपनी अक़्ल को इतना कमज़ोर बना चुके हैं कि दुख को सहने की ताकत पैदा करने की ज़रूरत ही नहीं।"

दयानाथ ने कहा, "लेकिन चाचाजी ! इन्हें तो चेतन मनुष्य कहना चाहिए। हम लोगों पर दुख असर भी नहीं करते, तब यह वेदनाओं के प्रति इतने जागरूक होते हैं कि उसको सह नहीं पाते। हमारी खाल असल में मोटी हो गई है।"

"अरे तो बेटा, छुई-मुई होने से तो काम नहीं चलता।"

"यह व्यवहार की बात है। हमारे यहाँ मनुष्य को अछूत बनाना एक रोज़मर्रा की बात हो गई है। यहाँ तक कि अछूत यदि मनुष्यत्व के अधिकार माँगता है, तो वह माँग हमें अमानुषिक मालूम देती है। पर जिस देश में सब मनुष्यों में परस्पर ऐक्य है, वहाँ का आदमी यहाँ आ जाए तो उसका तो दम घुटने लगे। वह तो यही समझेगा कि वह मनुष्यों के बीच में रहता ही नहीं।"

चाचा निरुत्तर हुए। पर बात बदलकर कहा, "ऐसे लोगों में अहम् बढ़ जाता है, चिड़चिड़े हो जाते हैं, खुशामदपसन्द होते हैं।"

"तो उसे क्षमा कर देना चाहिए। वह उनकी अचतुर सामाजिकता है, जिसमें वे समझते हैं कि समाज को उल्लू बना रहे हैं। वे नहीं समझते कि लोग उन पर दया करते हैं, उन्हें

अपाहिज समझकर उन्हें स्नेह देते हैं। आख़िर तो वे विकृत मनुष्य कहला सकते हैं।''

चाचा को सन्तोष हो गया। फिर उन्होंने महालक्ष्मी की ओर देखकर कहा, ''अब और तो यहाँ कोई है नहीं। आपद्धर्म है। फिर तुम ही इसका काम करो। एक काम करो, तौलिया ले लो और मुँह पर पानी के छींटे दो। होश में आ जाएगी।''

''सच ?'' दया ने पूछा ! वह अधेड़ हो चला था, पर स्त्रियों के रोगों से बिल्कुल अनभिज्ञ था क्योंकि उसकी स्त्री राजेश्वरी एक हँसमुख और सरल स्वभाव की स्वस्थ स्त्री थी। उसे ज़्यादा से ज़्यादा मलेरिया हुआ, या फिर मौसम बदलने पर कभी-कभार जुकाम हो गया। इससे आगे कुछ नहीं। चाचा ने जो कहा था उसने वही किया। महालक्ष्मी की दाँती खुली। पानी लगते ही वह चौंकी, फिर करवट बदल ली। दयानाथ ने फिर पानी के छींटे दिए। एकदम कुलबुलाई जैसे कोई मुर्दा जानवर चौंक उठा हो। तीसरे छींटे पर उसने आँखें खोल दीं। क्षण-भर बाद उसे ध्यान आया कि जेठजी पानी के छींटे दे रहे हैं संकोच करती हुई कपड़े सँभालती उठ बैठी और दया के हाथ से तौलिया लेकर मुँह पोंछ लिया।

''अब तो तबीयत ठीक है बेटी ?'' श्यामनाथ ने पूछा।

''सिर में थोड़ा भारीपन है।''

''जाओ सो रहो कुछ देर। हम यहीं हैं।''

महालक्ष्मी बगल के कमरे में चली गई।

कुछ देर कमरे में सन्नाटा छाया रहा। फिर उमानाथ की ओर देखकर दयानाथ ने कहा, ''चाचाजी ! क्या था ? क्या हो गया ?''

''अपना-अपना भाग्य है।''

''यह जीवन के एक कठिन संघर्ष पथ पर चला था।''

''बड़े-बड़े योगी तपभ्रष्ट हो जाते थे। स्त्री का जादू क्या मामूली होता है। तभी तो बड़ों ने ब्याह के इतने गीत गाए हैं।''

''पर इसका तो ब्याह भी हो चुका था। और इतनी सुशील लड़की मिली थी।''
''ठीक है पर जिस छत की मुँडेर जितनी नीची होती है, उतना ही उस पर से गिरने का ख़तरा होता है। चूने की जाली देखने के लिए होती है, उस पर विश्वास करके झुका नहीं जा सकता।''

दयानाथ ने सोचा, चाचाजी ने ठीक ही कहा। स्त्री को इतना दासत्व मिला है। वह क्या उसके बदले में एक भी पुरुष को अपनी वासना की शक्ति से नहीं दाब सकती। अपनी हीनता में भी हर एक को अपने ज़्यादा से ज़्यादा अधिकारों को इस्तेमाल करना चाहिए।

''जीवन-भर बेचारी ने दुख ही भोगा,'' दयानाथ ने फिर कहा। चाचा श्यामनाथ ने कुछ नहीं कहा।

''इससे कुछ कहिएगा तो नहीं,'' दया ने उमा की ओर दिखाकर कहा।

श्यामनाथ ने अस्वीकर करते हुए सिर हिलाकर कहा, ''क्यों, मैं क्या पागल हूँ ?

यह वक़्त कुछ कहने-सुनने का है ?"

दयानाथ ने कनखियों से देखा। चाचा शान्त थे। अचानक ही उसे याद हो आया कि चाचा में कुछ पागलपन है ! उसे उससे भय हुआ। विचार आया, राजेश्वरी को ले आते तो अच्छा रहता, पर फिर बच्चों की देखभाल कौन करता ? उन्हें कौन वक़्त पर खाना खिलाता।

विचार बदला, ददुआ क्या सोचते होंगे ? सचमुच चाचा ने कमाल कर दिया। सामने से चले आए।

पिता के स्वभाव को भली-भाँति जानने के कारण वह उनके औद्धत्य से परिचित था; सब तरह का विद्रोह करके भी मन-ही-मन दबता था। इस समय उसे प्रसन्नता हुई और उसने मन-ही-मन कहा, 'कैसे अज़ीब आदमी हैं। बेटा बीमार है और इस समय भी अपनी मर्यादा लिये बैठे हैं। ले जाएँगे इन सबको ? अन्त तो आख़िर सब यहीं छूट जाएगा !'

उसके लिए इतनी हृदयहीनता...

क्या उनके हृदय है...

और फिर प्रश्न उठा, "क्या वे मनुष्य हैं, या नितान्त पशु..."

दयानाथ सिहर उठा।

कमरे का सन्नाटा अचानक टूट गया। उमानाथ ने कहा, "कौन ?"

महालक्ष्मी चटाई पर बैठी थी। उसने कहा, "क्या है ? मैं हूँ ? महालक्ष्मी।"

"ओह," उमानाथ ने धीरे से कहा।

"क्या हुआ ?" महालक्ष्मी ने ज़ोर से पूछा, "दर्द होता है ?"

उसका स्वर सुनकर दयानाथ और श्यामनाथ भी उसी कमरे में आ गए। उमानाथ ने कहा, "कुछ नहीं, अब दर्द नहीं होता।"

"अब तो पहले से तबीयत कुछ अच्छी मालूम देती है," दयानाथ ने कहा। सचमुच उमानाथ अब पहले से स्वस्थ प्रतीत होता था। उसके चेहरे और आँखों में एक चमक आ गई थी। उसने कहा, "कौन ? भइया ? अरे चाचाजी..."

उसने उठने का प्रयत्न किया किन्तु दयानाथ ने कहा, "लेटे रहो, लेटे रहो..."

"उठने की ज़रूरत नहीं बेटा," श्यामनाथ ने जल्दी से कहा।

महालक्ष्मी ने उसे फिर लिटा दिया।

उमानाथ ने धीरे से कहा, "आप लोग मुझसे नाराज हैं ?"

"नहीं बेटा," श्यामनाथ ने उसके सिर पर हाथ फेरते हुए कहा, "नाराज़ परायों पर हुआ जाता है, अपनों पर नहीं।"

उमानाथ ने पूछा, "ददुआ आए हैं ?"

"नहीं," दयानाथ ने कहा।

"उनकी तबीयत ठीक नहीं थी," महालक्ष्मी ने बात बनाई।

"झूठ," उमानाथ ने कहा, "ज़िन्दगी-भर तुम इस तरह दूसरों को दोषों से बचाने

के लिए अपने आपको धोखा देती रही हो। इस चीज़ ने ही दूसरों को तुमसे नाजायज फ़ायदे उठाने की अक़्ल दी। जब मैंने हिल्डा के ब्याह की बात बताई थी तभी अगर तुम रोक देती तो कितना अच्छा रहता।''

दया और श्यामनाथ ने महालक्ष्मी की ओर आश्चर्य से देखा। उन्हें एक नया भेद मालूम दिया। यह क्या कह रहा है ? क्या इसका एक ब्याह और हो चुका है। और दयानाथ ने देखा महालक्ष्मी प्रशान्त बैठी थी। उसका सिर झुक गया था। दयानाथ की अब समझ में आने लगा। तब तो यही शीलराज था। इसी ने इतना बड़ा जाल रचा था। परन्तु उसने कहा, ''बोलो नहीं, उमा, तबीयत ठीक हो जाने पर सब लोगों से बातें ही करते रहना।''

उमानाथ मुस्कुराया। उसने कहा, ''अब मैं ठीक नहीं हो सकूँगा। बड़के भैया। अब मैं ठीक नहीं हो सकूँगा।''

और पानी की एक रेख उसकी आँख की नोंक से कनपटी पर बहकर तकिए पर गिर गई। कितना मोह था। जीवन के लिए मनुष्य में कितनी तृष्णा होती है। सब कुछ हो जाने पर भी जैसे सब कुछ उसे बहुत सुन्दर लगता है और वह उस सबको सदा के लिए देखता रहना चाहता है।

आकर्षण की उस विह्वलता को देखकर दयानाथ का मन घुमड़ने लगा। उसने मुख फेरकर आँखें पोंछ लीं। परन्तु महालक्ष्मी रोने लगी। उसने कहा, ''ऐसा न कहो, मुझे डर लगता है, पर तुम्हारा दिल नहीं समझता...''

दया ने डाँटा, ''क्यों रोती हो ? बेकार। अशुभ नहीं दुहराना चाहिए।''

महालक्ष्मी कुछ देर सुबककर चुप हो गई। उसने कहा, ''तुम लोगों के पत्थर का दिल होता है।''

इस दिल और दिमाग़ की लड़ाई सृष्टि में बहुत पुरानी है। गौतम बुद्ध दिमाग़ पर ज़ोर देते रहे और यशोधरा अपने दिल के लिए किसी भी तरह झुकने को तैयार नहीं थी। महालक्ष्मी की बात का किसी ने उत्तर नहीं दिया।

उमानाथ का चेहरा देख दयानाथ चौंक उठा। क्षय का रोगी अत्यन्त सुन्दर दिखाई देता है। उसके चेहरे पर एक आभा-सी दिख रही थी। महालक्ष्मी ने देखा। उमानाथ की आँखें झपकने लगीं। वह धीरे-धीरे अस्फुट शब्द कहने लगा, ''कौन ? कौन है... ददुआ...क्षमा...मैं दोषी हूँ...पापी...क्या करूँ...नीरा...चली गई ?...कितना दुख हुआ तुझे—मुझे छोड़ने में...कितनी वेदना...और फिर अँधेरा...अँधेरा...भयानक विकराल अँधेरा...मनुष्य उस नई भोर में जागेगा...वह प्रभात...नया प्रकाश...धवल...नीहारस्नात उज्ज्वल यह गुलामी, यह ग़रीबी दूर होगी...इस ऐश को क्षय हो गई है...हँ हँ हँ...अब यह पापी नहीं बच सकता...''

सब सुन रहे थे। उमानाथ कहता जा रहा था। महालक्ष्मी रो रही थी। दया व्याकुल हो उठा। उसने नीचे का होंठ काट लिया जैसे वह भीतर ही घुमड़कर रोकने की चेष्टा कर रहा था।

"इंग्लैंड...आह। वह सर्द रातें...कितनी शान, कितनी ऐयाशी...जर्मनी...विश्व यात्रा के वे स्वप्न...नीरा...मैं पापी हूँ...महालक्ष्मी मुझे माफ़ करो...मैं पापी हूँ..."

महालक्ष्मी ने कहा, "कौन कहता है तुम हो। मैं तो नहीं कहती। हृदय हल्का कर लो। एक बार मेरी बात तो सुन लो..."

परन्तु उमानाथ कहता रहा, "मज़दूर...किसान...राज़...एक खेल बन गया...मैं अपने ऐश नहीं छोड़ सकता...बेग़म...बेग़म...हत्या...ख़ून..."

उमानाथ चिल्लाया, "ख़ून...ख़ून..."

दया ने ज़ोर से कहा, "उमानाथ ! होश में आओ उमानाथ।"

उसकी बात का कोई असर नहीं हुआ। उमानाथ कह रहा था, "मैंने दग़ा की... देश की स्वतन्त्रता से गद्दारी की...ग़रीबों को धोखा दिया...क्या...अपने लिए..."

वह फिर चिल्लाया, "अपने लिए...अपने लिए–"

"पानी पी लो," दया ने मुँह से गिलास लगाकर कहा।

पानी वह नहीं पी सका। जो गले में गया वह खरखराने लगा और उसके मुँह से ऐसी आवाज़ निकली जैसे घायल जानवर आर्त्त स्वर से चिल्ला उठता है। दयानाथ ने पानी का गिलास महालक्ष्मी को लौटा दिया।

चाचा श्यामनाथ ने उदास दृष्टि से देखकर कहा, "लगता है सन्निपात हो गया है।"

सन्निपात ! कितना भयानक था वह शब्द जो कानों पर बजा और भीतर उतरकर हड्डी तक कँपा गया।

"डॉक्टर को लाऊँ ?" दया ने कहा।

"ले आओ," महालक्ष्मी ने आशा-भरी दृष्टि से कहा।

दयानाथ तुरन्त चला गया। क़रीब बीस मिनट बाद जब डॉ. शुक्ला आया उस समय उमानाथ का बहकना बन्द हो चुका था। वह बेचैन था ! डॉक्टर देखने लगा। उसने एक दवा दी और असर देखा। कुछ देर बाद दूसरी दी और उठ खड़ा हुआ। उसके चेहरे पर घोर निराशा थी। उसने कहा, "घबराइए नहीं..."

पर स्वर स्वयं डूब गया, जैसे वह कह नहीं सका।

दयानाथ ने पूछा, "कोई आशा है ?"

"बहुत कम।"

कम पर ध्यान न देकर दया ने बहुत को ही ग्राह्य समझा क्योंकि उसी में उसका सन्तोष था।

"ज़्यादा ख़तरा है ?" उसने पूछा।

"आज की रात निकल जाए तो फिर कुछ नहीं," डॉक्टर ने कहा, "मुझे इजाज़त है ? ज़रूरत पड़े तो जब चाहे बुला लीजिएगा।"

फीस देकर दया उसे द्वार तक पहुँचाने आया। फिर पूछा, "डॉक्टर, ठीक बताइए। ठीक हो जाएँगे ?"

डॉक्टर ने कोई उत्तर नहीं दिया। केवल उदास आँखों से देखा और बाहर निकल

गया। दया थोड़ी देर तक देखता रहा फिर उसी कमरे में लौट आया। उसका हृदय भारी था। महालक्ष्मी ने उसे सशंक नेत्रों से देखा पर इतनी गहरी उदासी देखकर वह डर गई।

चाचा श्यामनाथ ने डॉक्टर की दी हुई बाकी दवा भी दे दी, परन्तु फ़ायदा नज़र नहीं आया।

"भूलभुलैया..." उमानाथ बुड़बुड़ाया, "रास्ता...सीधा-सादा छोड़कर...मैं टेढ़े-मेढ़े पर भटकता रहा...मैं पापी हूँ...मैं पापी हूँ..."

और वह ज़ोर से चिल्लाया। उसके बाद जो कुछ उसने कहा वह स्पष्ट नहीं था। गले में कफ़ अटक रहा था। उसके पाँव पर हाथ रखते ही महालक्ष्मी चौंक उठी। वे ठंडे हो रहे थे।

"गंगाजल लाओ," श्यामनाथ ने कहा।

घर में नहीं था। दयानाथ तेज़ी से गया और पड़ोसी से माँगा। उसने बिना आनाकानी किए तुरन्त दे दिया। लाकर गले में डाला, पर इतने पापी जिस गंगा में नहा चुके थे, उसमें अब शक्ति नहीं रही थी।

उमानाथ हाथ-पाँव फेंक रहा था। उसके चेहरे पर भय की छाया बढ़ती जा रही थी। जिसने उसे विकराल बना दिया। उसके चेहरे को देखकर लगता था कि इस मनुष्य ने सारा जीवन पाप समझकर बिताया है। यह अपनी कमज़ोरियों का गुलाम बनकर जिया। महालक्ष्मी स्तब्ध बैठ गई जैसे अब वह कुछ नहीं कर सकती। उसकी आँखें सूख गईं। आज वह पत्नी बनकर पति के पास बैठने का स्वतन्त्र अधिकार पा सकी है, पर कितनी देर हो गई है। और उमानाथ चिल्ला उठता था। मृत्यु की यह यातना असह्य थी। उसकी इस हालत को देख सकना भी एक कठिन काम था। दयानाथ चुपचाप खड़ा देख रहा था। उसके चेहरे पर घोर निराशा थी। चाचा श्यामनाथ विस्फारित नेत्रों से जैसे कुछ ढूँढ़ रहे थे। पर उन्हें वहाँ कुछ मिल नहीं रहा था। उस करुण दृश्य में एक हृदय को रुला देने की शक्ति थी।

सब देख रहे हैं पर कोई क्या करे ? अब क्या किसी का बस चलता है ? यदि चल सकता तो आज भी कुछ उठा नहीं रखते। सब कुछ हो गया। सड़क पर पड़े बच्चे को बचाने के लिए तब नज़र पड़ी जब मोटर का पहिया उसे नीचे गिरा चुका था। कैसा भी ब्रेक होता, पर अब गाड़ी का ऊपर से फिर जाना रोक देना असम्भव था। इस समय दयानाथ की इच्छा हो रही है। कुछ ऐसा हो जाए कि यह बन्द हो जाए। हे भगवान् ! इसे रोक दो।

पर भगवान ने आज तक न कभी रोका है, न उसे दिलचस्पी ही है। और उमानाथ के मुँह से निकली कुछ वे डरावनी आवाज़ें उनके कानों में गूँजने लगीं। दयानाथ कमरे के बाहर चला गया। उसके लिए यह सब देख सकना असम्भव था। उससे बचने की और कोई भी तरक़ीब नज़र नहीं आती थी। बग़ल के कमरे में जाकर वह कुर्सी पर थका हुआ सा बैठ गया।

एकाएक उसने सुना। चाचाजी ने ज़ोर से पुकारा, "उमा ! बेटा ! उमानाथ !"

कोई उत्तर नहीं। दयानाथ कमरे में तेज़ी से घुस आया। उमानाथ शान्त पड़ा था। कोई नहीं कह सकता था कि अभी यह प्राणी मृत्यु से लड़ रहा था। कैसा पड़ा है, काठ-सा। उफ ! अब...

चाचा फिर पुकार उठे, "उमानाथ, उमानाथ..."

उनका स्वर रुँध गया और दयानाथ चिल्लाया, "उमा ! उमा !"

कोई उत्तर नहीं।

और तब पागल की तरह महालक्ष्मी बुक्का फाड़कर रोती हुई उमानाथ के शव पर गिर पड़ी। उसका वह रोना कमरे को रुलाने लगा। उसका हाहाकार पुरुषों के कठोर हृदयों को झकझोर उठा और उन्होंने मुँह फेरकर अपने आँसू पोंछ लिये।

श्यामनाथ खिड़की के बाहर देखने लगे। दयानाथ ज़मीन पर लाश को उतारने के लिए ढकने लगा। उसने धीरे से कहा, "चाचाजी।"

"क्या है ?" श्यामनाथ ने पूछा।

"उतार लीजिए।"

"हाँ बेटा। अब क्या धरा है।"

दोनों ने बड़ी सावधानी से लाश उतारी और ढक दिया। महालक्ष्मी ने गर्दन तक खोल दी और फिर कुछ देर तक एकटक देखती रही। उस समय कमरे में एक बीभत्स सन्नाटा छा गया। एकदम सन्नाटा। यहाँ तक कि घड़ी की टिक-टिक, टिक-टिक सुनाई देने लगी।

चाचा श्यामनाथ आकर बैठ गए। और उन्होंने कहा, "तो तुम भी चले ही गए ? माने नहीं।" और उन्होंने अत्यन्त दयनीय स्वर में दयानाथ से कहा, "कोई नहीं मानता। यही तो बच्चों में दोष हो गया है।"

दयानाथ ने सिर झुका लिया। खिड़की पर अँधेरा झुक गया था। चाचा ने उमानाथ का मुख छुआ। आँखों की विस्फारित पलकें बन्द कर दीं। दयानाथ ने उमा के अकड़े हुए पैर जल्दी से सीधे कर दिए, और अँगूठों में एक तागा बाँध दिया, और फिर वह सिर पकड़कर बैठ गया। शराबी के पाँव टेढ़े से थे। सुबह तक उनके अकड़ जाने का भय था।

कोई नहीं बोल रहा था। सब चुप थे जैसे सबकी कहानी ख़त्म हो गई थी। अब किसी को न शिकायत है, न जिज्ञासा। जो कुछ होना था। वह हो चुका है और महालक्ष्मी कभी-कभी 'हाय' कह देती है फिर कमरे में वही सन्नाटा छा जाता है।

दयानाथ ने उठकर बत्ती जला दी। कमरे में बिजली का उजाला भर गया, जिसमें सफ़ेद कपड़े से ढकी वह उमानाथ की लाश साफ़-साफ़ दिखाई देने लगी।

इसी समय स्वर सुनाई दिया, "मैं आ गया हूँ बहू। इस बूढ़े के पास यह बालक माँ के बिना नहीं रह सका। मैं क्या करता ? आज तक सबको डाँटता रहा, सब पर मेरा शासन चलता रहा, परन्तु यह नादान मेरे अधिकारों को नहीं समझ सका। यहाँ आ जाओ। मेरे साथ चलो। देखो यह बालक तुम्हें बुलाने आ रहा है। खानदान की इज़्ज़त

तुमसे ममता की भीख माँगने आ रही है। इसे ठुकरा न देना। यह ज़िद न करना कि मैं भीतर न आऊँ।''

और कमरे में छोटे-छोटे पैरों पर चलते हुए अवधेश ने प्रवेश किया, जिसको देखकर महालक्ष्मी चिल्ला उठी, ''आ गया बेटा। आ जा ! देख तेरे पिता यही हैं। तू मुझसे पूछता था न कि मेरे पिता कहाँ हैं, ले यही हैं, आ, आकर पाँव छू ले।''

अवधेश माँ के पास आकर खड़ा हो गया और उसे रोते देखकर स्वयं भी 'माँ, माँ,' कहके रोने लगा।

श्यामनाथ मुस्कुरा दिए। उन्होंने द्वार पर खड़े होकर कहा, ''आ गए भैया ? बहुत अच्छा किया। ज़रा देर पहले आते तो तुम्हें स्वयं यहीं आना पड़ता, पर अब नहीं आना पड़ेगा। अब तो यह स्वयं तुम्हारे पास आएगा, पर याद रखना आएगा इज्ज़त से ही। वह अब ज़मीन पर नहीं, कन्धों पर आएगा...''

श्यामनाथ की वह थर्राती आवाज़ अभी थमी भी नहीं थी कि महालक्ष्मी की 'हाय' गूँज उठी। आज सब लुट गया। उजड़ा हुआ सुहाग पड़ा है। अब महालक्ष्मी को पूरा अधिकार प्राप्त हो गया। इस समय उसे कैसा संकोच है ? किसकी शक्ति है जो उसे रोक ले।

रामनाथ ने सुना तो काँप गए। उनकी समझ में नहीं आया। वे एकदम बढ़ आए और कमरे में घुसते ही उनके पाँव ठिठक गए। श्यामनाथ हँस पड़े। उन्होंने कहा, ''अरे इतना भी धीरज नहीं रहा भैया ? जब इतने दिन से पहाड़ बने बैठे थे तो और थोड़ी देर रुक जाते। मैं गंगा में फेंकने के पहले इसके फूल लाकर चरणों में छुआ देता। आप उसे आशीर्वाद की जगह गाली दे लेते, पर आपने तो कुल की मर्यादा नष्ट कर दी। क्या हर्ज़ था। वह तो आप आ जाता। बेचारा ! इतना हठ करके हारनेवाला था कि आप स्वयं हार गए।

रामनाथ भौंचक से झुके हुए खड़े थे। यह क्या सच है ? क्या उनके सामने उनके दूसरे बेटे की लाश पड़ी है ? क्या वह सचमुच मर चुका है ? क्या यह सब लोग एक मुर्दे को घेरे बैठे हैं ? और महालक्ष्मी दारुण क्रन्दन कर रही है ? क्या हुआ ? इसका संकोच और इसकी वह लज्ज़ा कहाँ गई ? अरे अब क्या है ? बेचारी जीवन-भर विधवा बनकर रही। पर आज तक एक आस थी, अब वह भी नहीं रही। आज वह सचमुच विधवा हो गई। आज से माँग में सिन्दूर भरने का, चूड़ी पहनने का भी अधिकार उससे छिन गया है। हाय, वह विधवा हो गई है। उसका पति मर गया है।

शान्त निस्वन पड़ा है उमानाथ। बिल्कुल नहीं। हिलता-डुलता, चेहरे पर कितना भय, कितनी अतृप्ति जिसको देखकर रोना-सा आता है। अभी रामनाथ ज़िन्दा है, और वे देख रहे हैं। इनका दूसरा बेटा मर गया है।

रामनाथ ने मेज़ का सहारा लिया और कमरे में वह भयानक रुदन का शब्द दिल को दहला रहा है, थर्रा रहा है। क्या महालक्ष्मी को कहीं शान्ति है ?

श्यामनाथ फिर बोल उठे, ''मर गया है बेचारा। महालक्ष्मी ! यही समझकर रो रही

है। दयानाथ खड़ा देख रहा है। सोच रहा है, यह मेरा भाई है। यह मेरा छोटा भाई है। इसे मैंने एक दिन प्यार किया था। पर वह कब तक काम देता ? कोई किसी को रोक सका है। प्रभा को किसने रोक लिया था ? वह जब गया था तो तुमने उसे देखा नहीं। चेहरा नीला पड़ गया था। वह ज़हर खाकर मरा था और ज़हर खाकर दूसरा चल बसा है। जानते हो न ? शराब और क्या है ? पर मर गया तो मर जाने दो। जिनके लिए वह आज मरा है, वे भले ही रो लें। बानापुर के राजा रामनाथ के लिए तो वह कभी का मर चुका था। भइया यह किसे घूर-घूरकर देख रहे हो। तुम जाओ, तुम्हें कहीं लाश में से बदबू तो नहीं आती।''

रामनाथ ने सुना और शून्य दृष्टि से देखा। उनके चेहरे पर घबराहट थी। श्यामनाथ ठठाकर हँसे। उनके उस भयानक हास्य को सुनकर दयानाथ का हृदय डर गया। इस हँसी में वेदना का तूफ़ान था, कितना विषाद; गम्भीर समुद्र जैसे गरजता है, हाहाकार करता है और लहरों को देखकर लगता है, केवल खेल रहा है, लहरों से खेल रहा है...

परन्तु उन्होंने कुछ नहीं कहा। श्यामनाथ ने फिर कहा, ''उमानाथ ! तुम पूछते थे ददुआ नाराज हैं ? वे नहीं आए। अब आ गए हैं। तुम सदा के हठीले हो। एक तो ख़ुद नहीं गए, और जब वे स्वयं आए हैं। तब तुम उठकर उनका स्वागत भी नहीं करते ? डरते क्यों हो।''

और मुड़कर रामनाथ ने कहा, ''कुछ कहना चाह रहा है, मुझे लगता है इसके होंठ फड़कनेवाले हैं। जल्दी न हो तो कुछ देर ठहर ही जाओ न ? अभी से जाकर भी क्या करोगे। सच मरा नहीं है सो रहा है...''

''श्यामू !'' रामनाथ ने चिल्लाकर कहा, ''तुम पागल हो गए हो जानते हो तुम क्या कह रहे हो ?''

''क्या कह रहा हूँ,'' श्यामनाथ ने सरलता से कहा, ''मैं सच कहता हूँ, वह मरा नहीं है...आपको देखकर आँखें मींच ली है...''

रामनाथ का चेहरा यह सुनकर स्याह पड़ गया, क्योंकि तभी अवधेश ने भी कहा, ''ददुआ, माँ क्यों लोती हैं ? क्या बात है, क्या हो गया है ? मरना क्या होता है ?''

इस प्रश्न से कमरा हिल उठा क्योंकि महालक्ष्मी का आर्तनाद लाश पर बजने लगा।

कमरे की दहशत बढ़ गई। महालक्ष्मी पति की लाश पर फूट-फूटकर रोने लगी।

रामनाथ ऐसे देखते रहे जैसे जो वह देख रहे हैं। वह सब एक दुःस्वप्न है। तब श्यामनाथ ने कहा, ''डरो नहीं भैया। अब वह कुछ नहीं कर सकता। आगे बढ़ो। देखो न ? उसका चेहरा तो देख लो एक बार। इसे तुमने गोदी में खिलाया था। तुम्हारा जवान बेटा घुल-घुलकर मर गया है। याद है न ? इसकी देह को देखकर सोने का-सा भ्रम होता था। पर अब वह चिकनी खाल सिकुड़ गई है। अब वह डरावना मालूम देता है। अब वह कुछ नहीं कर सकता। कोई पकड़ थोड़े ही लेगा ?''

उनके विकृत हास्य को सुनकर रामनाथ के शरीर के रोंगटे तक खड़े हो गए। श्यामनाथ बिल्कुल पागल हो गए हैं। पर क्या यह सब सच है ? क्या उनका बेटा मर

गया है ? उमानाथ मर गया है ? वह प्यारा बेटा अब नहीं रहा, जिसे इतने लाड़-प्यार से पाला था, जिसको दुलारकर छाती ठंडी होती थी...

सचमुच वही तो मर गया है...

रामनाथ को लगा जैसे उनकी स्मृतियाँ घनी हो गईं। समस्त ममता अब ज़ोर-ज़ोर से चिल्लाने लगी, "रामनाथ तेरा बेटा मर गया है...देख तेरे बेटे की बहू विधवा हो गई है...रामनाथ, तेरा बेटा चल बसा है..."

अरे बूढ़े तेरे पापों का फल है कि तू खड़ा है, तू प्रेत-सा खड़ा है और तेरा जवान बेटा अब मिट्टी हो गया है...

तभी श्यामनाथ ने फिर कहा, "वह तो अब किसी का नहीं, निठुर सबसे ममता तोड़ गया। कैसा बीच मँझधार में छोड़ गया है। डूबती यादगारें जिसे इस समन्दर से पार होने के लिए लकड़ी का तख़्ता समझकर पकड़ रही हैं, वह तो एक टूटा हुआ कच्चा घड़ा है। पर देख लो भइया, कल यह चेहरा जल जाएगा। कल मेरा बेटा चिता पर धू-धूकर जल उठेगा।"

लगा जैसे छाती फट जाएगी।

रामनाथ धीरे से बढ़े।

दयानाथ चौंका। उसने कहा, "क्या है ? कहाँ जा रहे हैं ? यहाँ नहीं, यहाँ नहीं।"

रामनाथ समझे नहीं। उन्होंने फिर क़दम उठाया। परन्तु अब दयानाथ चिल्ला उठा, "ख़बरदार ! आगे न बढ़िए। अब वह किसी भी मान और गौरव को ठुकरा चुका है..."

लगता था दयानाथ पागल हो गया था। आज उसकी प्रतिहिंसा विक्षुब्ध होकर गरज़ उठी थी। वह किसी भी प्रकार का अंकुश सहने के लिए तैयार नहीं था। उसकी आवाज़ में एक विचित्र तीखापन था जिसको सुनकर श्यामनाथ की मुस्कुराहट भी आश्चर्य में परिणत हो गई।

रामनाथ का उठा हुआ क़दम रुक गया। उन्होंने आश्चर्य से देखा और उनकी मुद्रा में प्रगाढ़ विस्मय दिखाई दिया। किन्तु दयानाथ कठोर दीखता था। उसने फिर कहा, "ठहर जाइए। वहीं ठहर जाइए। आप इधर क्यों आ रहे हैं ?"

रामनाथ ने रुँधे कंठ से कहा, "दया..."

वे आगे नहीं कह सके। परन्तु दया ने अविचलित होकर कहा, "मेरा भाई मर गया है। महालक्ष्मी का पति मर गया है। अवधेश का बाप मर गया है। मर गया है चाचा श्यामनाथजी का भतीजा, पर आपका क्या है। जो आ रहे हैं ?"

महालक्ष्मी ने रोते हुए कहा, "क्यों रोकते हैं ? ऐसे पत्थर हो गए हैं..."

दयानाथ ने फिर दृढ़ स्वर से कहा, "जिनको अपने कुल का अभिमान हो। उनकी यहाँ ज़रूरत नहीं। उमा का यह अन्त किसके कारण हुआ ? आज इस वक़्त याद आया है कि बेटा मर रहा है ? मर गया है तब दुनिया में यह दिखाने के लिए आए हैं कि कुछ भी हो, मेरा ही बेटा था ? मिट्टी को भी चैन से नहीं रहने देना चाहते। जो मर

गया है, उसके एक बेटा है, वह दाग़ दे लेगा। मैं उसके हाथ से दाग़ लेकर श्राद्ध करूँगा। मेरे भइया की आत्मा कभी अतृप्त होकर हाहाकार नहीं करेगी...''

वह रो दिया। झुके, वृद्ध, रामनाथ ने सुना और जैसे उसके पाँव टूट गए, शरीर की शक्ति क्षीण हो गई, चक्कर-सा आ गया और वहीं गिर पड़े। परन्तु तब भी वे उमानाथ के शरीर को नहीं छू पाए।

अवधेश पूछ रहा था, ''माँ ! पिताजी बोलते क्यों नहीं। छो लये हैं, क्यों लोती हो, छब लोते हैं...क्यों लोते हैं...''

किन्तु उसकी बात का किसी ने भी उत्तर नहीं दिया।

रात का अँधेरा अच्छी तरह घिर गया था। लाश को लेकर पूरी रात इन्तज़ार करना था। श्यामनाथ के चेहरे पर मुस्कुराहट थी, दयानाथ की कठोरता मिट गई थी...

और महालक्ष्मी का टूटता हुआ दिल बीच-बीच में कमरे में भयानकता पैदा करता हुआ गूँज उठता था...

परन्तु उमानाथ सो रहा था...शान्त...नीरव...

उसके दाँत कुछ खुल गए थे...

जैसे वह कुछ कहना चाहता था, अपने भीतर का सारा रहस्य, सारी जलन, आज खोल देना चाहता था पर अधूरी बात लेकर चला गया था, वह निर्मम बिना कहे ही चला गया था और अभी तक लक्ष्मी रो रही थी। एकाएक उसे फिट आ गया।

उपसंहार

दुपहर ढल चुकी है। रामनाथ अकेले बैठे हैं। उनके पास इस समय कोई नहीं। प्रकृति में एक सूनापन है। लगता है उमस छा रही है। इस घुटन का परिणाम होगा, भीषण जल-वर्षा। वे चुपचाप सो रहे थे...

आज उनके समीप कोई नहीं है। एक बहुत बड़ी इमारत थी, दूर से देखने को उसके वैभव से डर लगता था, पर उसकी काया में इतने अधिक अत्याचार थे, इतना अधिक अन्धकार था...हवा के नए झोकों ने उस इमारत को गिराना शुरू कर दिया। पहले ऊपर से चूना झड़ा, तब उसे किसी ने गम्भीरता से नहीं लिया...अब इस इमारत का उजाड़ ही मन को डराने लगा है...

रामनाथ...वृद्ध...अपाहिज-सा...दयनीय...आज वह अपनी ही स्वार्थ सीमाओं में संसार में घृणित समझा जानेवाला...जैसे गाँववाले पुराने पेड़ को देखकर कहते हैं। इसमें भूत है...इसमें भूत है...

रामनाथ उठ खड़े हुए। उन्होंने एक बार बाहर की ओर देखा और फिर भीतर के कमरे में जाकर बैठ गए। कलुआ आकर पंखा खींचने लगा। उन्होंने सोचा, 'विद्रोह थम गया।...यदि वे उमा को विलायत नहीं भेजते...यदि उन्होंने लड़कों को अंग्रेज़ी नहीं पढ़ाई

होती...यदि उनके संसार में कुछ भी नहीं बदलता...क्या रह गया है घर में...'

पगचाप सुनकर उन्होंने सिर उठाया। देखा। सामने श्यामनाथ खड़े थे...पागल...बिल्कुल ही भूले हुए...रामनाथ उन्हें देखकर सिहर उठे। किस पर चलाएँ यह शासन ? गाँववाले लाठी-बन्दूक देखकर दबते हैं, पर वे कब तक इसी तरह दबा करेंगे ? मनुष्य वह दबता है जिसकी आत्मा दबी रहती है और वह आत्मा खुल गई है। उसने बार-बार सिर उठाना सीख लिया है। पहले भी वह अत्याचार की सीमा होने पर अपने ऊपर की सत्ता को उखाड़ फेंकती थी...पर वही लोग बार-बार लौट आते थे...

अब वह सब नहीं चाहती। वह नई दुनिया चाहती है। जहाँ यह नहीं कि खेत की नालियों से कोई न कोई पानी चुराता रहे, रास्ता लम्बा है, बहुत कठिन है, इस कदर बाधाएँ हैं...

और रामनाथ को उमानाथ के शब्द याद आने लगे, 'रास्ता लम्बा है, बहुत कठिन है, बीच में पत्थर हैं। पर उन्हें छोड़कर बग़ल से नहीं जा सकते, उन्हें कुचलना होगा...उन्हें धूल में मिला देना होगा...'

रामनाथ काँप उठे और इस घर के यह अन्तिम प्रतीक...जैसे अन्तिम साँस लेते हुए...कोई क्षीण रोगी...

देखा। श्यामनाथ शून्य की ओर आँखें लगाए देख रहे हैं और उसी सूनेपन पर एक विषाद की छाया गहरी हो उठी है।

रामनाथ की इच्छा हुई कुछ कहें। पूछा, "श्याम ! सोए थे !"

श्यामनाथ मुस्कुराए। बोल उठे, "क्या मैं जाग रहा हूँ ? मैं..."

मैं पुलिस सुपरिंटेंडेंट हूँ...मैं सबको...गिरफ़्तार कर सकता हूँ...

रामनाथ का हृदय हाहाकार कर उठा। यह उनके गौरव की अन्तिम पराजय थी। वे उठे...उन्होंने श्यामनाथ से कुछ नहीं कहा। भीतरी बड़े कमरे में जाकर खड़े हो गए। देखा अभी तक उसी शान से पूर्वजों के चित्र टँगे थे। यह हैं अमरनाथ...इन्होंने ली थीं वे वफ़ादारी की सनदें...और आज इन्हें मुल्क़ कुत्ता और गद्दार कहता है...

तभी रामनाथ की दृष्टि फिरकर चाचा चन्द्रनाथ के चित्रों की ओर गई, कितना रुआब, हृदय के तार-तार झनझना उठे। उन्होंने कहा, "सब झूठ है...यही रहेगा...जो है वही बना रहेगा..."

पर मन को स्वयं विश्वास नहीं हुआ। उन्होंने सुना अवधेश बग़ल के कमरे में पूछ रहा था। क्या पूछ रहा है, उन्होंने ग़ौर से सुना। पर सुन नहीं सके। वे लौटकर फिर श्यामनाथ के पास आ गए। कहा, "श्यामू !"

"भैया !" श्यामनाथ ने गम्भीरता से कहा।

"तुम्हें नींद नहीं आई।"

"मुझे...मुझे डरावने सपने दिखाई देते हैं...भूत पिशाच...राक्षस...।"

और एकाएक श्यामनाथ विकराल नेत्रों को फाड़कर ठठाकर हँस उठे। रामनाथ का हृदय थर्रा उठा।

उन्होंने आज्ञा के स्वर में कहा, "जाओ। सो जाओ..."

"भइया..." श्यामनाथ ने काटकर कुछ कहना चाहा किन्तु रामनाथ ने कड़े स्वर में डाँटकर कहा, "चलो, चलो, जाओ।"

श्यामनाथ अचानक ही हँस दिए। आज उनकी आज्ञा को सिर झुकाकर माननेवाला, जो बुद्धि से कुछ भी काम नहीं लेता था, लकीर का फ़कीर था। अपने ही गलतियों के कारण पागल हो गया था...इसका दिमाग़ ख़राब हो गया था...झक्की हो गया था...

वे श्यामनाथ को घूरते रहे। घूरते रहे फिर सोचने लगे। फिर...फिर दिमाग़ में कुछ नहीं...

एकाएक देखा—श्यामनाथ द्वार की ओर बढ़े।

रामनाथ ने उन्हें टोका और कहा, "कहाँ जा रहे हो श्याम।"

"क्या मैं कहीं जा रहा हूँ।"

"नहीं, तुम रास्ता भूलकर जा रहे हो। कमरा भीतर है..."

"पर मैं उस नींद से डरता हूँ। उसमें मुझे भयावने सपने दिखाई देते हैं..."

"तो क्या तुम सो भी नहीं सकते," रामनाथ ने उदासी से पूछा।

"मुझे डर लगता है..." श्यामनाथ ने बड़े भाई को पकड़ लिया।

"नहीं श्यामू, कुछ नहीं हुआ। तुम्हें किसका डर है, जाओ सो रहो..." उस स्नेह के स्वर से श्यामनाथ भीतर लौट गए।

रामनाथ खड़े रहे...उनकी आँखें खिड़की के बाहर दूर झाँक रही थीं...कलुआ ऊँघ रहा था, जब आँख खुलती थी दो-एक हाथ पंखे के चले कि फिर नींद आ गई...पर रामनाथ का आज उधर ध्यान नहीं था...

वे सोच रहे थे...क्या...कहाँ...कुछ नहीं...

वह सिर झुक गया था...

रामनाथ हताश से आकर लेट गए। पंखा-कुली फिर चैतन्य होकर उठ बैठा और सतर्क होकर हाथ चलाने लगा। फिर वही देखा...घड़ी में अभी तीन...बजे थे...

रामदीन ने प्रवेश किया और एक लिफ़ाफा पेश किया। रामनाथ ने लिफ़ाफा खोलकर पढ़ा। डिप्टी कमिश्नर डासबन ने बधाई का पत्र भेजा था कि उसने उनके नाम की ग़वर्नर के यहाँ 'सर' की पदवी के लिए सिफारिश की थी। उम्मीद थी कि ज़रूर मिल जाएगी क्योंकि सरकार उनकी सेवाओं से बहुत खुश थी...

रामनाथ पत्र लिये देखते रहे...

शाम अभी दूर है...पर बहुत दूर नहीं...

अब दिन और तारीख़ याद नहीं, पर उन्हें याद रखने की आवश्यकता थी, क्योंकि पतन का प्रत्येक क्षण, इतिहास में, उठते हुओं के संगठन और शक्ति का परिचायक है...

क्योंकि देश और काल के बिना कुछ भी...सीधा...सादा...रास्ता...नहीं है...

●●●